民族文字出版专项资金资助项目

唱唐皇影印译注

[上]

广西民族语文研究中心
广西壮族自治区少数民族古籍保护研究中心
田阳县布洛陀文化研究会　编

主　编　黄明标

副主编　杨兰桂

广西教育出版社·南宁

图书在版编目（CIP）数据

唱唐皇影印译注 / 广西民族语文研究中心，广西壮族自治区少数民族古籍保护研究中心，田阳县布洛陀文化研究会编；黄明标主编. -- 南宁：广西教育出版社，2023.12

（广西古籍文库）

ISBN 978-7-5435-9236-0

Ⅰ. ①唱… Ⅱ. ①广… ②广… ③田… ④黄… Ⅲ. ①壮族-民歌-广西 Ⅳ. ①I277.291.8

中国版本图书馆 CIP 数据核字(2022)第 210808 号

策　　划：吴春霞　熊奥奔　陈逸飞
项目统筹：熊奥奔
组稿编辑：韦胜辉
责任编辑：熊奥奔　陈逸飞
特约编辑：黄　明　韦林池
美术编辑：杨　阳
责任校对：陆嫭澄　何　云　唐　雯
责任技编：蒋　媛

出 版 人：石立民
出版发行：广西教育出版社
地　　址：广西南宁市鲤湾路 8 号　邮政编码：530022
电　　话：0771-5865797
本社网址：http://www.gxeph.com
电子信箱：gxeph@vip.163.com
印　　刷：广西壮族自治区地质印刷厂
开　　本：889mm×1194mm　1/16
印　　张：55.75
字　　数：800 千字
版　　次：2023 年 12 月第 1 版
印　　次：2023 年 12 月第 1 次印刷
书　　号：ISBN 978-7-5435-9236-0
定　　价：398.00 元

图 1 《唱唐皇》流传地之一：广西百色市田阳区田州镇东江村上屯

图 2 《唱唐皇》抄本书影

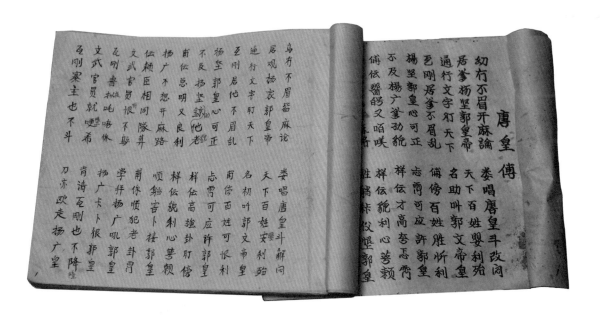

图 3 《唱唐皇》抄本内文页

图 4　本书主编黄明标 1970 年下乡调查《唱唐皇》流传情况

图 5　本书主编黄明标 1986 年在瑶族村寨调查《唱唐皇》流传情况

图 6　本书编纂成员到民间调研《唱唐皇》流传情况

图 7　退休干部李炳标（左）正在清点其搜集到的《唱唐皇》抄本

图 8 《唱唐皇》传唱人覃安业（中）

图 9 《唱唐皇》传唱人黄晓亮

图 10　陆雄然（右）歌师正在辅导 90 后孙女学习《唱唐皇》

图 11　山歌手黄少群（中）指导孩子们学习《唱唐皇》

图 12　黄月初（右）老歌师传授《唱唐皇》

图 13　广西百色市田阳区巴别乡三坡村文艺队演唱《唱唐皇》

图 14　广西百色市田阳区田州镇三雷村雷公屯妇女一边剥玉米一边演唱《唱唐皇》

图 15　百色市田阳区布洛陀文化研究会成员指导群众学习《唱唐皇》

图 16　本书主编黄明标向学生讲授《唱唐皇》相关知识

图 17　本书主编黄明标（中）和《唱唐皇》传唱人交流

图 18本书编纂人员合照

目　录

上　册

前言 / 001

凡例 / 011

一　杨广弑父夺大位 / 001

二　李渊登基立大唐 / 015

三　李世民继位称帝 / 025

四　番邦蔑视唐天子 / 037

五　仁贵挺身救世民 / 063

六　李治接掌唐王朝 / 091

七　唐后宫妖风四起 / 103

八　武则天密令杀太子 / 125

九　杜回抗命救太子 / 141

十　唐太子落难流浪 / 165

十一　唐太子委身为奴 / 179

十二　胡发家李旦遇凤娇 / 197

十三　好梦促成鸳鸯对 / 213

十四　玉带扣紧鸳鸯结 / 239

十五　风流马迪抢人妻 / 253

十六　胡发动怒打鸳鸯 / 269

十七　汉阳千里寻太子 / 285

十八　鸳鸯盟誓不移情 / 293

十九　马迪死缠美凤娇 / 303

二十　为夺人妻马迪造谣 / 331

二十一　遭暗算老仆救凤娇 / 355

二十二　破庙避雨遇文德 / 377

二十三　被逼婚凤娇投河 / 393

二十四　陶知府救轻生女 / 405

下　册

二十五　当替身李旦相亲 / 413

二十六　困书斋李旦不圆房 / 455

二十七　陶小姐借酒表心扉 / 471

二十八　李旦智探女娲镜 / 485

二十九　武则天兵败汉阳 / 501

三十　徐英酒后露天机 / 513

三十一　苦鸳鸯相见不相识 / 533

三十二　厢房洒泪诉衷肠 / 551

三十三　陶小姐醋发打鸳鸯 / 567

三十四　李旦坦然亮身世 / 579

三十五　陶小姐押李旦进京 / 595

三十六　曹彪夜奔汉阳城 / 607

三十七　陶小姐自食其果 / 623

三十八　凤娇诉马迪文德 / 641

三十九　老仆人忠心护主 / 661

四十　患难夫妻吐心声 / 679

四十一　汉阳倾城迎凤娇 / 695

四十二　喜进宫难忘往事 / 707

四十三　行大德李旦寻亲 / 735

四十四　薛刚醉酒闯大祸 / 759

四十五　薛刚进京祭铁坟 / 781

四十六　薛义不义卖兄弟 / 795

四十七　九连山薛刚遇救 / 805

四十八　庐陵王感召薛刚 / 817

四十九　薛家将复唐建功 / 825

五十　《唐皇》一曲唱千年 / 839

《唱唐皇》曲调 / 847

后记 / 849

前言

　　壮族是中华民族大家庭中的重要成员之一，主要居住在我国岭南地区。岭南地区资源丰富，历史文化源远流长。神奇秀美的八桂大地，不仅蕴藏着丰富的矿产资源，也蕴含着绚丽多姿的文化瑰宝。壮族长篇叙事歌谣《唱唐皇》，便是壮族文化瑰宝中的一颗晶莹剔透的明珠。

一

　　《唱唐皇》主要流传于今广西百色市右江河谷地区各县（区），以及周边的田林县、凌云县和河池市巴马瑶族自治县一带，即古田州路、田州府辖区范围。《唱唐皇》大约产生于宋元时期，首先出现于古田州城内，而后逐步向周边农村扩散。田州地处右江腹地，历史上为桂西重镇。汉元鼎六年（公元前111年），汉武帝统一岭南后，在今田阳一带设置了增食县；唐开元年间（713—741年），朝廷在这里设置田州。唐王朝将流官统治的田州改为羁縻州，以当地氏族首领治理地方，使得地方少数民族在政治上有了地位，地方氏族大姓首领有了出头的机会，从而非常感恩唐王朝。即使后来改朝换代，田州土官土民仍然忘不了唐王朝的恩德，于是田州一带便逐渐产生了以李旦为主角的壮族长篇叙事歌谣《唱唐皇》。

二

　　《唱唐皇》以口头传唱为主，后来被记录成手抄本传世。演唱时均为清唱，没有伴奏。演唱方式有单人独唱，也有多人合唱。演唱地点、时间不固定，有时是在劳动之余于田间地头自唱自乐，有时是在夏天树荫下或冬天火塘边为他人唱，比较随意。演唱者有男有女，有老人有中青年人，而以长辈为晚辈演唱居多。《唱唐皇》演唱风潮从宋元延续到今天，千年不衰。过去在百色田阳一带，从县城小镇到偏远小山村，到处都有人演唱《唱唐皇》，演唱队伍不计其数。演唱《唱唐皇》风潮催生了壮族的一朵音乐奇葩——"唐皇调"，也孕育出了一支庞大的"唐皇"歌师、歌手队伍。

以广西百色市田阳区田州镇为例，田州镇为古田州府、奉议州治所所在地。据明代广西巡抚杨芳主编的《殿粤要纂》所示，田州土司衙署就在今百色市田阳区田州镇隆平村四牙屯至凤马村度立屯一带的右江岸上，而流官管理的奉议州城便在河对岸的今田州镇兴城村旧城屯。两个府州治所的存在，使田州成了当时桂西地区的政治经济文化中心，自然也成为《唱唐皇》盛行的中心。在这一区域范围里，村村有人演唱《唱唐皇》，有《唱唐皇》歌手传歌，有《唱唐皇》歌本传世。

田州镇隆平村平街屯演唱《唱唐皇》风潮尤盛。平街屯位于田州镇的右江支流北岸，古时为田州古城一条街，故称平街。由于受到土司文化的影响较大，平街居民与《唱唐皇》结下了不解之缘。自明清时期至今，平街屯一直都有《唱唐皇》歌书传世，代代都有《唱唐皇》歌手传歌，涌现出不少闻名遐迩的歌师。其中，20世纪60年代之前的代表性歌师有凌美音，60年代以后的代表性歌师有张国宪、黄忠汉、凌桂权、黄正贵、黄礼元等。

田州镇除了平街屯，各村屯都有自己的《唱唐皇》歌师、歌手，其中有些是盲人歌师。这些盲人歌师凭着超强的记忆力，能把4000多行的《唱唐皇》全部熟记于心。例如田州镇民权街盲人女歌师韦凤书，她虽先天性失明，但记忆力超群，只要听别人演唱《唱唐皇》三遍，就能一句不落地熟记于心。许多人记不全《唱唐皇》内容时，便来向她讨教。

田州镇定律村下屯的黄毓丁也是一位久负盛名的盲人歌师，他不仅《唱唐皇》演唱得好，而且热心传歌。改革开放以来，随着传统文化的复兴和《唱唐皇》演唱活动的重新兴起，许多歌手都慕名来到定律村找黄毓丁拜师学唱。黄毓丁不厌其烦地将《唱唐皇》从头到尾演唱了一遍又一遍，让大家录音回去学习。不仅如此，他还接受其他村屯的邀请，在徒弟们的帮助下前去传歌，为壮族长篇叙事歌谣《唱唐皇》的传唱做了有益的工作，同时也带出了一批成熟的《唱唐皇》演唱歌手。国家级非物质文化遗产项目代表性传承人、著名歌手黄达佳的父亲黄炳权，也是远近闻名的盲人歌师，黄达佳从小就跟父亲学唱《唱唐皇》。黄炳权去世后，黄达佳拜黄毓丁为师，成为黄毓丁的高徒。黄达佳所抄录的《唱唐皇》歌本，就是根据黄毓丁所教的《唱唐皇》录音记录而成。在师父黄毓丁的影响下，黄达佳也热心传授《唱唐皇》，他把从黄毓丁那里学来的《唱唐皇》传到各地，足迹遍布周边各乡镇、村屯。

像黄毓丁、黄炳权、黄达佳这样热心传授《唱唐皇》的老一代歌师，在广西还有很多。如广西百色市田阳区田州镇那塘村已故"山歌校长"李春芬、罗金龙，龙河村黄美秀、黄少群，东江村黄达高、梁宪法、梁尚军，隆平村张国宪、黄正贵、黄礼元、黄建三；百育镇新民村潘妈少远、向少尧；头塘镇百沙村黄忠祯；玉凤镇亭怀屯覃安业，华彰村罗占贤，朔柳村覃守仁等。这些人都是远近闻名的《唱唐皇》歌师，正是有这样一批有志于传歌的老歌师，濒临失传的《唱唐皇》才得以幸存。

三

《唱唐皇》抄本在广西百色市右江河谷地区各县（区）的广大城乡均有传世，虽然20世纪70年代之前的老歌本多已消失，但80年代以后又出现了一批新的抄本，这些新抄本大多从幸存的古抄本中转抄，有的是根据像黄毓丁这样记忆超常的老歌手的演唱录音整理而成，其内容基本完整。本书翻译整理的《唱唐皇》底本为原田阳县民族局收藏的复印本，其搜集者、提供者均无记录。据抄本中的文字多为简体借汉字记音、少有繁体古壮字推断，该抄本当为20世纪七八十年代重抄本。此抄本无封面封底，无落款、年款，内文不分章节。为方便读者检阅，编者整理时根据内容进行分章并增加每章标题。抄本全文以毛笔书写，字体为行书，以汉字记壮音，偶有繁体古壮字。抄本以A4纸双面复印，共168码。页面高29.7厘米，宽21.3厘米，每码唱词12行，偶有10行或14行，每行14字，分上下两栏排列。

　　《唱唐皇》在广西百色市田阳区流行范围很广，20世纪50年代以前，田阳各乡镇各村屯基本上都有人传唱，都有抄本流传。因为《唱唐皇》篇幅长达4000多行，从头到尾唱完要几天几夜，所以除了一些盲人歌手，一般歌师很少能背唱全歌。歌手除了在野外劳动之余即兴哼几段《唱唐皇》解闷时不需要看歌本，其他时候演唱《唱唐皇》往往是拿歌本翻看，照歌本演唱。据此推断，以前在田阳一带流传的《唱唐皇》抄本应该还有很多，只是其他抄本或藏于民间或已丢失。据编者调查，仅田州镇隆平村平街一个屯，就有七八家明确表示过去家里收藏有《唱唐皇》抄本。这些抄本，有的是封面浸过桐油的祖传古本，有的是后辈重抄的新本，均以民间纱纸誊抄，以毛笔书写，页面尺寸大多为25厘米×20厘米左右。因为演唱《唱唐皇》时往往是几个人一起看歌书，所以歌书的字一般有指头般大小，便于众人看清内容。遗憾的是，这些歌本现在大多已丢失，究其原因，主要有两方面。一是文化环境的变化造成传统文化的流失。20世纪50年代以前，我国经济落后，文化生活单调贫乏，特别是在广大农村，传统文化生活主要有老人讲故事、唱山歌以及逢年过节时的地方戏剧表演等。1949年以后，随着经济文化的发展，许多传统文化内容渐渐被流行歌曲、电影、电视所取代，农村中演唱《唱唐皇》的歌手越来越少，年轻一代渐渐不识《唱唐皇》等民族文化瑰宝，没有多少人对保存的《唱唐皇》歌本感兴趣，故而流失。二是"文化大革命"期间，《唱唐皇》和其他传统文化内容一道被禁唱禁演，歌手被批斗，歌本被没收焚毁，许多歌本就此消失了。只有极少数歌手不忍这份民族文化瑰宝丢失，冒着风险珍藏了下来，部分《唱唐皇》歌本才得以存世。

四

　　《唱唐皇》选取隋末唐初的李渊朝到李旦朝这一历史时期，结合唐朝建立、改唐立周、废周复唐等波澜起伏的历史事件进行创作，配以长篇叙事歌谣曲调。主要内容包括以下四个方面：

　　（一）灭隋立唐，治国安邦。隋朝是我国历史上短命的封建王朝之一，仅存在38年。公元604年，杨广弑父篡位，引起了社会震荡。炀帝在位期间好大喜功，奢侈无度，李渊眼见天下大乱，隋朝灭亡的形势不可逆转，遂起兵灭隋立唐，并实施一系列治国安邦的政策。随后李世民登基，任用贤能，开创了"贞观之治"。经过李渊、李世民、李治祖孙三代的励精图治，中国历史上出现了少有的盛世。这部分的内容含《杨广弑父夺大位》《李渊登基立大唐》《李世民继位称帝》《番邦蔑视唐天子》《仁贵挺身救世民》《李治接掌唐王朝》等章。

（二）武则天害太子，李旦落难。唐初，经过李渊、李世民父子的大力整治，把隋朝末年留下的社会凋敝、民不聊生的烂摊子建设成政治清明、社会安定、经济发展的盛世。唐太宗去世后，李治即位，他将李世民的后宫才人武则天立为皇后，并对其宠爱有加，令其参与朝政。李治驾崩后，武则天临朝称制，并于载初元年（690年）称帝，改国号为周，建立武周政权，大肆杀害唐朝宗室，兴起"酷吏政治"。《唱唐皇》反映这些内容的有《唐后宫妖风四起》《武则天密令杀太子》《杜回抗命救太子》《唐太子落难流浪》《唐太子委身为奴》等章。

（三）李旦遇凤娇，苦鸳鸯命运多舛。李旦是李治与武则天所生第四子，在其落难途中遇见同为天涯沦落人的美丽姑娘凤娇（虚构人物），两人一见钟情，定下山盟海誓。然而，李旦和凤娇的爱情并非一帆风顺，而是几经周折方成眷属。李旦和凤娇这段千古绝恋的故事，占据了《唱唐皇》的大部分篇幅。故此，壮族地区也有民众直接将《唱唐皇》称为《李旦与凤娇》。有关李旦与凤娇的爱情故事共30章，主要有《胡发家李旦遇凤娇》《好梦促成鸳鸯对》《玉带扣紧鸳鸯结》《风流马迪抢人妻》《胡发动怒打鸳鸯》《鸳鸯盟誓不移情》《马迪死缠美凤娇》《为夺人妻马迪造谣》《遭暗算老仆救凤娇》《破庙避雨遇文德》《被逼婚凤娇投河》《陶知府救轻生女》《当替身李旦相亲》《困书斋李旦不圆房》《陶小姐借酒表心扉》《李旦智探女娲镜》《武则天兵败汉阳》《徐英酒后露天机》《苦鸳鸯相见不相识》《厢房洒泪诉衷肠》《陶小姐醋发打鸳鸯》《李旦坦然亮身世》《陶小姐押李旦进京》《曹彪夜奔汉阳城》《陶小姐自食其果》《凤娇诉马迪文德》《老仆人忠心护主》《患难夫妻吐心声》《汉阳倾城迎凤娇》《喜进宫难忘往事》等章。

（四）薛家将复唐，李旦登基。在《唱唐皇》中，汉阳郡公李开芳（虚构人物）是李旦的外公，由于李旦改名换姓，不知去向，李开芳多年来一直派人寻找李旦下落。李旦在流浪途中多遭歧视，万般无奈亮出身份，这才被李开芳派去的人发现。李开芳立即出兵将李旦接进汉阳城，依靠李旦为李唐皇室的身份与武则天争夺天下。以薛仁贵为代表的薛家将三代人，为护唐立过盖世之功，却因为薛仁贵之孙薛刚醉酒踩死武则天儿子而被武则天下令满门抄斩，逼着薛仁贵走上反武周之路，帮助李旦登基复唐。这部分内容有《行大德李旦寻亲》《薛刚醉酒闯大祸》《薛刚进京祭铁坟》《薛义不义卖兄弟》《九连山薛刚遇救》《庐陵王感召薛刚》《薛家将复唐建功》《〈唐皇〉一曲唱千年》等章。

五

《唱唐皇》是壮族地区流传很广的长篇叙事歌谣，演唱时没有舞台，没有化妆，没有道具，没有伴奏，为单人或多人清唱。这么长的叙事歌谣，竟然能够在桂西右江河谷地区传唱千年，其成功的创作艺术手法值得我们探讨。

（一）《唱唐皇》采用虚实结合的艺术手法设计故事矛盾，剧情引人入胜。坐唱这种演唱形式比较枯燥单调，加之没有道具、没有伴奏，如果没有很好的故事情节，就很难吸引听众、留住听众。《唱唐皇》作为一部历史题材的叙事长歌，主要唱述了唐高祖李渊到唐睿宗李旦五位皇帝的故事。这段历史众所周知，如何把熟悉的历史故事唱好唱活，这非常考验创作者的功夫。《唱唐皇》不拘泥于历史，在尊重历史大框架的前提下，大胆突破。武则天改唐立周，李显、李旦复唐等都是真实的历史事件，而武则天和李旦也都是真实的历史人物，且为母子关系。《唱唐皇》围绕着"改唐为周"与"改周复唐"的历史事件，设计了以李旦与武则天为主线、李旦与凤娇为副线的两组矛盾线，但又不仅仅是简单地记录历史，而是采用虚实结合的手法来改编历史剧情。历史上从未有皇后从幕后走到台前登基称帝，武则天要当皇帝，阻碍她登基的因素，除了传统观念，最直接的阻力便是李唐宗室和一拨朝廷重臣。武则天 14 岁进宫，是唐太宗李世民众多妃子中不受宠的才人之一。她在李世民去世后又成了李世民儿子李治的皇后，并诞下四子，即李弘、李贤、李显、李旦，还有两个女儿。《唱唐皇》重新编排了历史剧情，将武则天亲生的李旦改为王皇后所生，并设计了李旦与武则天的矛盾。武则天为当上皇后，亲手掐死了亲生女儿并嫁祸给王皇后，致使王皇后被打入冷宫，而李旦为王皇后在冷宫中所生。李旦与武则天的矛盾，就是从李旦出生的那一刻开始，他是武则天登基称帝的最大阻碍。为了除掉这心头大患，李旦刚呱呱坠地就被武则天下令暗中处死。然而，武则天派去的"杀手"竟然大发慈悲，把襁褓中的李旦秘密送出宫。从此，李旦改名换姓，四处流浪，委身为奴，受尽屈辱，最终在瓦岗寨义军和薛家将的帮助下登基复唐，中间穿插了李旦与凤娇的爱情故事。剧情跌宕起伏，故事一波三折，不断地调动着听众的情绪，极具感染力，这也是《唱唐皇》能够被广大群众喜爱并传唱至今的重要原因。

（二）采用七言句式结构手法，更加完整地呈现人物的性格特征。壮族歌谣文化源远流长。传统的壮族歌谣一般以壮语清唱，押腰脚韵，其句式结构主体为五言句式，偶尔有七字或多字。同为叙事类的壮族排歌，其句式亦为五言体，偶有长短句，最短仅有一字，多者七八字，也有多于十字的，但少有通篇七字句。五言体的优点是文字简洁，凝练有力，不足之处在于受句式限制，有时一字之差就难以完整而准确地描述较复杂的人物性格和故事情节。《唱唐皇》跳出了壮族歌谣传统句式结构的束缚，4000 多行的歌谣作品，以七言句式一唱到底，准确到位的表达，把人物描绘得活灵活现，入木三分。例如，在《唐后宫妖风四起》一章中，在唱到武则天的身世外貌时，一句"容貌姣好心歹毒"，就把武则天的相貌和人品完整地勾画出来了。作为靠听觉欣赏的演唱艺术，唱词必须让人一听就明白，这就是《唱唐皇》选择七言句式结构的原因。

（三）采用口语化的艺术手法创作唱词，更贴近民众，容易被大众所接受。叙事歌谣属于大众文化，它通过演唱来叙述人物故事，一般篇幅比较长，要唱上几个小时甚至几天，这就要求这类艺术作品不但要有好的故事情节，而且其唱词必须通俗易懂，朗朗上口，易记易唱。《唱唐皇》在这方面的创作是成功的，4000多行的唱词非常口语化，非常贴近生活，许多唱词就是群众日常用语，深受群众喜爱。例如开头一句“闲来无事可谈论，唱述唐皇来解闷”，以朴实的句式开篇，十分贴近生活。在每一段结束之后，常常以口语化的句式进行转折——“讲到这里先休息，再讲……”，留下悬念，让听众意犹未尽，有继续听下去的欲望。此外，内文的其他唱词也采用了大众熟悉的生活语言。例如在讲到王皇后被诬陷打入冷宫时，《唱唐皇》这样描述当时的情景：“戴着枷锁关牢房，皇后欲死在水牢。”王皇后被打入冷宫时，是怀有身孕的。在冷宫中，环境恶劣，这与奢华的宫廷生活形成极大反差，王皇后也变得越发憔悴。《唱唐皇》描述这时候的王皇后的唱词为：“再说皇后在冷宫，蓬头垢面像猴子。手脚黑黑像墨砚，身上味道如臭屎。”李旦在冷宫中降生，面对恶劣的环境，王皇后抱着李旦痛苦万分。《唱唐皇》关于这个场景叙述的唱词为：“生儿没有水来洗，肚痛喉辣快气绝。”

在创作艺术手法上，《唱唐皇》还采用了形象、夸张的语言，将人物刻画得活灵活现，极大地吸引听众，将听众带入剧情中。例如，薛家将第一代代表人物薛仁贵的出场，就采用了夸张的外形描写：“仁贵拳头似木槌，挥拳打虎虎就死。”木槌是壮族地区用于锤碎大土块的一种农具，木质长柄，槌头为坚硬硕大的木头，也称木榍。这里将薛仁贵的拳头比作木槌，一拳就能把老虎打死，凸显了薛仁贵武将的特征，给听众留下虎将的印象。对薛家将第三代薛猛、薛勇、薛刚、薛强四兄弟的外形描写，也是采用了类似的修辞手法。“四人走路似群虎”，“薛刚拳头大如罐，眼珠圆睁像太阳”，这些比喻、夸张手法的运用，驱散了长篇叙事歌谣给听众带来的审美疲劳，让听众百听不厌。

（四）独创的悲剧音乐，塑造了立体的人物形象，唤起听众对剧情人物的爱和恨。壮族民间歌谣有几种曲调，如山歌调、唱经调、祭祀调和戏曲调等。山歌调、祭祀调和戏曲调会根据内容需要进行转调，如在追思父母养育之恩的《孝义歌》或《十月怀胎》中的"祭祀调"，就是用的转悲调。但很少有自始至终保持悲调的，《唱唐皇》不同于其他壮族歌谣和壮剧等艺术，它属于悲剧题材，故而选用的曲调也较为特殊。

戏剧可从内容和审美范畴主要划分为正剧、悲剧、喜剧三种。正剧是以严肃的题材为主，正面描写主人公跌宕的人生和美好结局，悲喜交错；悲剧亦是严肃的题材，但以悲情组织戏剧矛盾，以悲惨的结局收场；喜剧则以幽默的笑料来刻画人物，取悦观众，在笑声中揭露、鞭挞丑恶，以激发人们的爱恨之情，在欢笑中收场。从分类上来看，壮族长篇叙事歌谣《唱唐皇》无疑是正剧，但它全篇贯穿着主人公的悲惨人生，又是十足的悲剧题材。李旦从出生那一刻开始就被武则天派人追杀。为了生存，为了复唐，李旦从皇室太子到流落民间，继而又委身为奴，一生大起大落，这是一个十足的悲剧人物。为了突出李旦大起大落的悲惨身世，唤起人们对他的同情，《唱唐皇》采用了以悲调为主的曲调并贯穿全篇，自成一体。其旋律平缓，高低起伏变化较小，相对简单，易记易唱，深受壮族民众喜爱。人们一听到音乐就知道是"唐皇调"，不管男女老少，都会情不自禁地跟着哼几句。

正是凭借独特的旋律和引人入胜的剧情，《唱唐皇》得以不断深入人心，广受欢迎，在桂西右江地区的壮族民众中传唱，并逐渐演绎出独具特色的民歌曲调"唐皇调"。

六

《唱唐皇》在右江流域广泛流传，对民众的文化生活产生了深远的影响。《唱唐皇》的音乐旋律不断地触动着人们的心灵，激发着歌手们的创作热情。此后不断有歌手将壮族民间广为流传的历史人物瓦氏夫人的故事，传说《文龙文凤》《铁乍铁伦》《杨高与小妹》，戏曲《梁山伯与祝英台》，小说《金陵春梦》等，以"唐皇调"进行改编并加以传唱。此外，"唐皇调"还被广泛运用到祭祀活动中，如以"唐皇调"来缅怀父母养育之恩的《孝义歌》《十月怀胎》等。

　　《唱唐皇》的旋律在壮族地区的千山万壑中回响，其催人泪下的悲情音乐，千百年来不断打动人们的心。然而，"唐皇调"并不是悲剧题材专用。近年来，人们又把这动人的音乐旋律，移植到朝拜壮族人文始祖布洛陀的祭祀活动中，用"唐皇调"来唱诵布洛陀造天造地的功德。例如广西百色市田阳区田州镇龙河村朗江屯妇女在《十拜布洛陀》中，当唱到祈祷布洛陀保佑时，即转以"唐皇调"唱："子孙求祖公祖婆，求天求地求祖公，保子孙做事成功。……"田阳区玉凤镇亭怀屯有一座布洛陀山，山下设有布洛陀祭坛，每年正月初四至初六为布洛陀祭祀日，人们在朝拜唱诵怀念布洛陀时，也以"唐皇调"唱："到哪里也想也想，想到布洛陀洛陀，想到姆六甲六甲。……"

　　可见，《唱唐皇》和"唐皇调"作为壮族地区独特的文化元素，已经深深地扎根于地方民众的文化生活中，成为中华优秀传统文化百花园中的艺术奇葩，在中华民族文化大树上熠熠生辉。

凡例

一、底本来源

《唱唐皇》主要流传于今广西百色市右江河谷地区各县（区），以及周边的田林县、凌云县和河池市巴马瑶族自治县一带，即古田州路、田州府辖区范围。

《唱唐皇》抄本在右江河谷各县城乡均有流传，虽然20世纪70年代之前的老歌本多已消失，但80年代以后又出现了新的抄本，这些新抄本大多从幸存的古抄本中转抄，本书翻译整理的《唱唐皇》底本，为原田阳县民族局收藏的复印本，其搜集者、提供者均无记录。据抄本中的文字多为简体借汉字记音、少有繁体古壮字推断，该抄本当为20世纪七八十年代重抄本。

二、整理体例

本书按"五对照"体例进行翻译整理，即第一行为古壮字行，遵循保留原抄本文字原貌的原则；第二行为国际音标行，记录当地壮语的实际语音；第三行为拼音壮文行，是对古壮字的壮文转写，遵循《壮文方案》的要求；第四行为汉文直译行，是歌本逐个字、词的原义；第五行为汉文意译行，是歌本整句唱词的汉意。

三、特殊原则

1. 壮文与古壮字一一对应编排，壮文词组不连写，句首、词首字母均不大写。

2. 由多音节结合起来才能表达意义的结合体，或分开之后意义有变的结合体，均在壮文的第一个词后面加连写符号，且直译合并到第一个壮文下面。

3. 为方便读者阅读，本书将以底本单面为单位做"五对照"整理，相关注释置于每单位"五对照"整理之后。

四、语音说明

壮族唐皇调《唱唐皇》流传地区属于壮语北部方言右江土语区，该歌谣壮语语音以田阳区田州镇为记音点（以下简称田州壮语）。国际音标行是对古壮字行的注音；拼音壮文行是按当地壮语方言与壮语标准音的声、韵、调的对应规律，将古壮字行的壮语方言读音转换为壮语标准音，其中少量无法找到对应的方言词，仍记田州壮语音。

1. 声母

田州壮语有声母有 18 个，具体如下：

发音方法		发音部位					
		双唇	唇齿	舌尖	舌面	舌根	喉门
塞音	清音	p		t		k	
	浊音	b		d			
塞擦音	清音				tɕ		
鼻音		m		n		ŋ	
边音				l			
边擦				ɬ			
擦音	清音		f		ɕ		h
	浊音	w			j	ʔj	
唇化音	塞音					kw	

例词：

声母	例词
p	pai¹（去）、po⁶（父亲）、pat⁷（扫）
b	bau¹（轻）、boːn⁵（床）、beːŋ¹（薄）
m	mi²（有）、me⁶（母亲）、muŋ²（你）
f	fi²（火）、foːŋ¹（补）、fiat⁸（翅膀）
w	waːi²（牛）、waːn¹（甜）、wɛŋ⁵（缺口）
t	ta⁶（河）、tau³（来）、taːt⁷（山崖）
d	daːŋ¹（身）、do⁴（躲）、doːk⁷（骨）
n	na¹（厚）、no⁶（肉）、nin²（睡）
l	la¹（找）、laːi⁶（爬）、loːm⁶（早）
ɬ	ɬaːm¹（三）、ɬai³（肠）、ɬeːu⁵（绣）
ɕ	ɕip⁸（十）、ɕoːŋ⁶（洞）、ɕit⁷（淡）
j	ju²（油）、jin²（筋）、jɛn⁵（生气）
k	ka¹（脚）、kai⁵（鸡）、kaːŋ³（讲）
ŋ	ŋon²（日）、ŋan²（钱）、ŋau²（影子）
h	ha⁵（嫁）、heːu⁶（叫）、heːn³（黄）
ʔj	ʔjau¹（忧）、ʔjian¹（烟）、ʔjia⁵（完）

说明：

田州壮语主要语音特点是声母简化。声母 pj、kj 合并为 tɕ，ɲ 并入 j，mj 并入 n。例如"鱼"读 tɕa¹（标准音 pja¹），"蛋"读 tɕai⁵（标准音 kjai⁵），"蚊子"读 juŋ²（标准音 ɲuŋ²），"口水"读 naːi²（标准音 mjaːi²）。s 音位该镇方言读边擦音 ɬ，例如"三"读 ɬaːm¹（标准音 θaːm¹）。r 声类并入 l，例如"房屋"读 laːn²（标准音 ɣaːn²）。y、v 声类该镇方言有部分发喉塞音 ʔj、ʔw，例如"隐瞒"读 ʔjam¹（标准音 jam¹），"傻"读 ʔwa⁴（标准音 wa⁴）。

2. 韵母

田州壮语有韵母84个，具体如下：

单韵母	复韵母
i	ia　iai　iau　iːu　im　iam　in　ian　iŋ　iaŋ　ip　iap　it　iat　ik　iak
e	eːu　ɛm　eːm　ɛn　eːn　ɛ:ŋ　eːŋ　eːp　ɛt　eːt　eːk　ɛp　ɛk
a	ai　aːi　au　aːu　am　aːm　an　aːn　aŋ　aːŋ　ap　aːp　at　aːt　ak　aːk
o	oːi　om　oːm　on　oːn　oŋ　oːŋ　op　oːp　ot　oːt　ok　oːk
u	ua　uai　um　uəm　un　uan　uŋ　uaŋ　up　uap　ut　uat　uːt　uk　uak
ɯ	ɯn　ɯŋ　ɯt　ɯk
ə	

例词：

韵母	例词
i	fi² (火)、li³ (溪)、di¹ (好)
ia	çia² (邀约)、ʔjia¹ (医)、pia⁶ (衣)
iai	ɬiai⁵ (洗)、kiai⁶ (骑)、tiai⁴ (碗)
iau	kiau² (桥)、liau¹ (笑)、miau⁶ (庙)
iːu	ɬiːu¹tɕaːi² (秀才)、laːn²kiːu² (篮球)
im	kim¹ (金)、lim¹ (满)、im⁵ (饱)
iam	kiam⁵ (剑)、jiam² (嫌)、jiam⁶ (屋檐)
in	nin² (睡)、in¹ (痛)、lin¹ (石头)
ian	mian² (细)、dian¹ (月)、ɬian¹ (园子)
iŋ	iŋ¹ (靠)、diŋ¹ (红)、hiŋ¹ (姜)
iaŋ	liaŋ¹ (尾巴)、miaŋ¹ (水渠)、liaŋ³ (伞)
ip	ɬip⁷ (蜈蚣)、tip⁷ (瓣)、çip⁸ (十)
iap	çiap⁷ (接)、liap⁷ (蚊帐)、tiap⁸ (踏)
it	çit⁷ (淡)、pit⁷ (鸭)、pit⁸ (蝉)
iat	hiat⁷ (腰)、piat⁷ (跑)、ɬiat⁸ (亏损)
ik	kik⁷ (懒)、ɬik⁷ (撕)、kiŋ¹çik⁸ (惊蛰)
iak	piak⁷ (芋头)、liak⁸ (换)、tiak⁸ (地)

续表

韵母	例词
e	te¹（他）、me⁶（母亲）、kwe³（割）
e:u	te:u²（逃）、he:u¹（青）、ɬe:u⁵（绣）
ɛm	tɛm⁵（矮）、ɬɛm¹（尖）、lɛm⁶（喋喋不休）
e:m	te:m³（点）、le:m³（焦）、e:m⁵（喊）
ɛn	tɕɛn³（急）、tɕɛn¹（打呼噜）、jɛn⁵（生气）
e:n	he:n³（黄）、ke:n¹（臂）、we:n³（挂）
ɛŋ	wɛŋ⁵（缺口）
e:ŋ	te:ŋ¹（对）、pe:ŋ²（贵）、ɕe:ŋ⁴（冷）
e:p	le:p⁷（嘶哑）、ɬe:p⁷（钓钩）、ne:p⁸（追）
ɛt	ɬɛt⁷（跳）、tɕɛt⁷（摘）、ɕɛt⁸（密实）
e:t	pe:t⁷（八）、kwe:t⁷（刮）、he:t⁸（磨损）
e:k	te:k⁷（爆裂）、he:k⁷（客）、me:k⁸（麦子）
ɛp	kɛp⁸（窄）
ɛk	lɛk⁸（细长）
a	da⁵（骂）、ha³（五）、ha⁵（嫁）
ai	dai¹（内）、tai³（哭）、kai⁵（鸡）
a:i	wa:i²（水牛）、ha:i²（鞋子）、ma:i³（爱）
au	au¹（要）、tau³（来）、lau³（酒）
a:u	ta:u⁵（返回）、la:u¹（怕）、ɕa:u³（炒）
am	lam⁴（水）、ɕam¹（沉）、tam²（塘）
a:m	ɕa:m¹（问）、ɬa:m¹（三）、ta:m³（胆）
an	an¹（个）、han⁶（赞）、pan²（成）
a:n	ɬa:n¹（编织）、ha:n⁶（汗）、ha:n⁵（节省）
aŋ	daŋ¹（鼻子）、naŋ⁶（坐）、faŋ⁴（粽子）
a:ŋ	ɬa:ŋ¹（高）、na:ŋ²（妻子）、ka:ŋ³（讲）
ap	tap⁷（肝）、ɬap⁷（涩）、hap⁸（咬）
a:p	la:p⁷（担）、na:p⁷（挤压）、la:p⁸（蜡）
at	hat⁷（早）、kat⁷（啃）、pat⁸（神）

续表

韵母	例词
aːt	paːt^7（盆）、daːt^7（热）、maːt^8（袜子）
ak	ɬak^7（颜色）、tɕak^7（菜）、lak^8（深）
aːk	maːk^7（果）、taːk^7（晒）、ɕaːk^8（绳子）
o	no^6（肉）、po^6（父亲）、bo^5（泉）
oːi	oːi^4（甘蔗）、hoːi^3（挂）、loːi^1（梳）
om	jom^1（头发）、hom^2（锋利）、kom^1（钝）
oːm	hoːm^1（香）、loːm^6（早）、loːm^3（蓝靛）
on	ŋon^2（日）、kon^6（手镯）、hon^1（路）
oːn	ɬoːn^1（教）、boːn^5（床）、hoːn^2（松动）
oŋ	ɬoŋ^5（送）、doŋ^4（簸箕）、loŋ^2（下）
oːŋ	ɬoːŋ^1（二）、foːŋ^1（补）、doːŋ^5（闪耀）
op	op^7（沤）、kop^7（青蛙）、pia^{6}kop^8（棉衣）
oːp	poːp^7（泡）、hoːp^{7}pi^1（周年）、hoːp^8（合拢）
ot	tɕot^7（冷）、lot^7（屁）、hot^8（说）
oːt	tɕoːt^7（脆）、toːt^7（脱）、moːt^8（蛀虫）
ok	tok^7（掉）、lok^7（拔）、lok^8（绿）
oːk	oːk^7（出）
u	ju^2（油）、mu^1（猪）、ku^1（我）
ua	mua^6（磨）、lua^2（船）、kua^1（盐）
uai	ɕuai^3（衰）、luai^5（蓑衣）、kuai^2（歪）
um	mum^6（胡须）、ɕum^4（潮湿）、tum^6（涝）
uəm	luəm^3（光滑）、luəm^6（蚱蜢）、nuəm^1（蟒蛇）
un	hun^2（人）、un^5（软）、hun^1（雨）
uan	luan^6（乱）、ɬuan^5（算）、puan^5（贩卖）
uŋ	tuŋ^4（肚）、juŋ^2（蚊子）、ɕuŋ^5（枪）
uaŋ	nuaŋ^4（弟妹）、luaŋ^2（铜）、muaŋ^6（望）
up	up^7（关）、ɕup^7（亲吻）、tup^8（捶打）
uap	luap^7（层）

续表

韵母	例词
ut	lut^7（缩）、kut^7（蕨草）、kut^8（秃）
uat	luat^7（抢夺）、ŋuat^8（月）
uːt	po^{5}uːt^8（吹号）
uk	nuk^7（聋）、kuk^7（虎）、luk^8（房间）
uak	kuak^7（国）、kuak^8（做）、luak^8（山谷）
ɯ	tɯ^2（拿）、hɯ^1（圩）、tɯ^6（筷子）
ɯn	pɯn^1（毛）、bɯn^1（天）、fɯn^2（柴）
ɯŋ	mɯŋ^2（你）、fɯŋ^2（手）、tɯŋ^4（拐杖）
ɯt	lɯt^7（纱筒）、pɯt^7（肺）、fɯt^8（打）
ɯk	tɯk^7（打）、tɯk^8（是）、lɯk^8（孩子）
ə	kə^{2}min^1（革命）、taːu^{1}tə^2（道德）、pə^{2}ɬə^2（百色）

说明：

标准音的单韵母 i，田州壮语音有的与标准音同音，读 i，有的读 ia，例如"肥"读 pi^2（标准音 pi^2），"处所"读 kia^2（标准音 ki^2）。

u 田州壮语有的读 ua，有的读 ia，例如"船"lua^2（标准音 ɣu^2），"衣服"读 pia^6（标准音 pu^6）。

ɯ 田州壮语通常读 ia，例如"云"读 fia^3（标准音读 fɯ^3），少量汉语借词读 ə，例如"道德"读 taːu^{1}tə^2。

标准音的 iu 田州壮语通常读 iau，例如"桥"读 kiau^2（标准音 kiːu^2）。

标准音的 ei、ou 田州壮语读 i、u（汉语借词除外），例如"好"读 di^1（标准音 dei^1）、"猪"读 mu^1（标准音 mou^1）。

标准音 a- 的短韵 aed、aet、aem、aen，田州壮语有的读 e- 的短韵，例如"粒"读 nɛt^8（标准音 nat^8），"跳"读 ɬɛt^7（标准音 θat^7），"矮"读 tɛm^5（标准音 tam^5），"急"读 tɕɛn^3（标准音 kan^3）。

标准音的 aɯ，田州壮语有的读 ɯ，有的读 ai，例如"拿"读 tɯ^2（标准音 taɯ^2），"给"读 hai^3（标准音 haɯ^3）。

标准音 ɯ- 的长韵田州壮语合并到 i- 的长韵，例如"血"读 liat^8（标准音读 luːt^8）。

韵母中 e-、o- 长韵田州壮语念得比较闭，像国际音标 ɪ 和 ʋ，短的则念得开，短 e 像国际音标的 ɛ 发音。

所有这些特点，在文中已有反映，在此不一一列举。

3. 声调

根据实际读音，田州壮语有 6 个舒声调和 2 个促声调。6 个舒声调分别标记为 1、2、3、4、5、6 调，2 个促声调分别标记为 7、8 调。各调的调值和例词如下：

调号	调值	例词
1	214	na^1（厚）、pai^1（去）
2	31	na^2（田）、taŋ^2（到达）
3	55	na^3（脸）、piŋ^3（饼）
4	33	ma^4（马）、tuŋ^4（肚子）
5	35	na^5（箭）、kwa^5（过）
6	22	ta^6（河）、tai^6（袋子）
7	55	faːt^7（发）、dit^7（阳光）
	35（长元音派生调）	paːk^7（口）、oːk^7（出）
8	31	mok^8（被子）、tap^8（折）
	22	maːt^8（袜子）、liat^8（血）
	33（长元音派生调）	ʔjiap^8（腌）

说明：

田州壮语塞声韵长元音声调有派生调，即第七调、第八调的长元音调分别有 2 个声调，如第七调 faːt^7（发）调值为 55，paːk^7（口）派生调调值为 35；第八调 liat^8（血）调值为 22，派生调 ʔjiap^8（腌）为 33。派生调虽然调值不同，但调类仍然是相同的，因此国际音标行不另标记派生调。浊塞音 mb、nd 做声母和元音带喉塞音时，田州壮语声调第三调跑到第四调。关于借汉词的声调，拼音壮文行按《壮文方案》书写，国际音标行按田州壮语实际读音记声调。

田阳区田州镇方言音与武鸣标准音调值对照表

调值	语言点	调类									
		第一调	第二调	第三调	第四调	第五调	第六调	第七调		第八调	
								短调	长调	短调	长调
	田阳区田阳镇方言音	214	31	55	33	35	22	55	55（35）	31	22（33）
	武鸣标准音	24	31	55	42	35	33	55	35	33	33

一 杨广弑父夺大位

乌方不眉皆麻說，　娄唱奮皇斗解洞，

吾观扬家郭皇帝，　天下百姓安利始，

通行文字肝天下，　名初叫郭文帝皇，

瓦刚君他不眉乱，　甫傍百姓可恨利，

扬坚郭皇心可正，　忘罚可立許郭皇，

不及扬光孙他老，　样伍高强卦肝傍，

甫伝悉明又良利，　株伝魏利心姜颜，

扬广不想开麻路，　顺艕害卜接郭皇，

伍颜臣相同隊算，　甫你顺犯老卦雨，

文武庆员恨不乌，　学年方、呪郭皇，

通行文字肝天下，　名初叫郭扬帝皇，

扬广郭皇就扮付　　肯請豆刚汁投降

1

乌	冇	不	眉	皆	麻	論
u^5	diai^1	bau^5	mi^2	ka:i^5	ma^2	lun^6
youq	ndwi	mbouj	miz	gaiq	maz	lwnh
住	空	没	有	块	什么	论

闲来无事可谈论，

2

娄	唱	唐	皇	斗	解	闷
lau^2	çiaŋ^5	ta:ŋ^2	wa:ŋ^2	tau^3	ka:i^3	bia^5
raeuz	ciengq	dangz	vangz	daeuj	gaij	mbwq
我们	唱	唐	皇	来	解	闷

唱述唐皇来解闷。

3

居	观	扬	家	郭	皇	帝
ku^5	ko:n^5	ja:ŋ^2	kia^5	kuak^8	wuaŋ^2	tai^5
gwq	gonq	yangz	gya	guh	vuengz	daeq
时	前	杨	家	做	皇	帝

过去杨家做皇帝，

4

天	下	百	姓	安	利	殆
te:n^6	ja^5	pe:k^8	ɬiŋ^5	a:ŋ^5	di^1	ta:i^1
dien	yah	bek	singq	angq	ndi	dai
天	下	百	姓	高兴	不	死

天下百姓好欢乐。

5

通	行	文	字	肍	天	下
toŋ^1	he:ŋ^2	fan^2	ɬu^1	taŋ^2	te:n^6	ja^5
doeng	hengz	faenz	saw	daengz	dien	yah
通	行	文	字	到	天	下

发文通告到全国，

6

名	初	叫	郭	文	帝	皇①
miŋ^2	ço^6	he:u^6	kuak^8	wun^2	ti^1	wuaŋ^2
mingz-	coh	heuh	guh	vwnz	di	vuengz
名字		叫	做	文	帝	皇

名字就叫隋文帝。

7

瓦	刚②	居	他	不	眉	乱
wa^4	ka:ŋ^5	ku^5	te^1	bau^5	mi^2	luan^6
vaj	gangh	gwq	de	mbouj	miz	luenh
瓦	岗	时	那	不	有	乱

那时瓦岗没动乱，

8

甫	傍	百	姓	可	恨	利
pu^4	piaŋ^2	pe:k^8	ɬiŋ^5	ko^3	han^1	di^1
boux	biengz	bek	singq	goj	raen	ndei
个	天下	百	姓	也	见	好

百姓安居又乐业。

9

扬	坚	郭	皇	心	可	正
ja:ŋ^2	ke:n^5	kuak^8	wuaŋ^2	ɬam^1	ko^3	çiŋ^5
yangz	genh	guh	vuengz	sim	goj	cingq
杨	坚	做	皇	心	也	正

杨坚称帝心地善，

10

志	霄	可	应	許	郭	皇
kɯn^2	bun^1	ko^3	iŋ^5	hai^3	kuak^8	wuaŋ^2
gwnz	mbwn	goj	wngq	hawj	guh	vuengz
上	天	也	应	给	做	皇

上苍认可杨坚皇。

11

不	及	扬	坚	劲	他	老
bau⁵	ko³	ja:ŋ²	ke:n⁵	lɯk⁸	te¹	la:u⁴
mbouj	goj	yangz	genh	lwg	de	laux
不	料	杨	坚	儿	他	大

不久杨坚儿长大，

12

样	伝	高	強	卦	肘	傍
jiaŋ⁶	hun²	ka:u⁵	kiaŋ²	kwa⁵	taŋ²	piaŋ²
yiengh	vunz	gauh	gyangz	gvaq	daengx	biengz
样	人	高	强	过	全部	天下

高大威猛赛众人。

13

甫	伝	总	明	又	良	利
pu⁴	hun²	çoŋ³	miŋ²	jau⁶	liaŋ²	li⁶
boux	vunz	coeng	mingz	youh	lingz	leih
个	人	聪	明	又	伶	俐

为人聪明又伶俐，

14

样	伝	貌	利	心	蕚	赖
jiaŋ⁶	hun²	ba:u⁵	di¹	ɬam¹	ʔja:k⁷	la:i¹
yiengh	vunz	mbauq-	ndei	sim	yak	lai
样	人	英俊		心	恶	多

相貌堂堂心肠坏。

15

扬	广③	不	想	开	麻	路
ja:ŋ²	kwa:ŋ⁴	bau⁵	ɬiaŋ³	ka:i⁵	ma²	lo⁶
yangz	gvangj	mbouj	siengj	gaiq	maz	loh
杨	广	不	想	块	什么	路

杨广什么也不想，

16

顺	殆	害	卜	接	郭	皇
çin¹	da:ŋ¹	ha:i⁶	po⁶	çiap⁷	kuak⁸	wuaŋ²
caen	ndang	haih	boh	ciep	guh	vuengz
亲	身	害	父	接	做	皇

亲手杀父抢皇位。

17

伝	赖	臣	相	同		隊	算
hun²	la:i¹	tçin²	ɬiaŋ¹	toŋ⁶		to:i⁶	ɬuan⁵
vunz	lai	cinz	sieng	doengh-		doih	suenq
人	多	臣	相	共		同	算

群臣哗然论纷纷，

18

甫	你	顺	犯	老	卦	霄
pu⁴	ni⁴	çin¹	fa:m⁶	la:u⁴	kwa⁵	buun¹
boux	neix	caen	famh	laux	gvaq	mbwn
个	这	真	犯	大	过	天

这人犯忌罪滔天。

19

文	武	宦	员	恨	不	乌
wun²	u⁴	kuan⁵	je:n²	han¹	bau⁵	u⁵
vwnz	vuj	gvanh	yenz	raen	mbouj	youq
文	武	官	员	看	不	住

百官也无可奈何，

20

学	拜	扬	广	吼	郭	皇
tço⁶	pa:i⁵	ja:ŋ²	kwa:ŋ⁴	hau³	kuak⁸	wuaŋ²
coh	baiq	yangz	gvangj	haeuj	guh	vuengz
才	拜	扬	广	进	做	皇

才拜杨广为皇帝。

21

通　行　文　字　肶　天　下

toŋ¹　heːŋ²　fan²　ɬuː¹　taŋ²　teːn⁶　ja⁵

doeng　hengz　faenz　saw　daengz　dien　yah

通　行　文　字　到　天　下

行文通告到全国，

22

名　初　叫　郭　扬　帝　皇

miŋ²　ço⁶　heːu⁶　kuak⁸　jaːŋ²　ti¹　wuaŋ²

mingz-　coh　heuh　guh　yangz　di　vuengz

名　字　　　叫　做　杨　帝　皇

名字叫作隋炀帝。

23

扬　广　郭　皇　就　吩　咐

jaːŋ²　kwaːŋ⁴　kuak⁸　wuaŋ²　tço⁶　fɯn⁵　fu⁶

yangz　gvangj　guh　vuengz　couh　faenq　fuh

杨　广　做　皇　就　吩　咐

杨广称帝发号令，

24

背　請　瓦　刚　斗　投　降

pai¹　çiŋ³　wa⁴　kaːŋ⁵　tau³　tau²　hiaŋ²

bae　cingj　vaj　gangh　daeuj　douz　yangz

去　请　瓦　岗　来　投　降

号令瓦岗寨投降。

---

①文帝皇 [wuun² ti¹ wuaŋ²]：文皇帝，隋朝开国皇帝，名杨坚，谥号文皇帝。公元581—604年在位。

②瓦刚 [wa⁴ kaːŋ⁵]：瓦岗寨，今河南滑县东南瓦岗寨乡。隋末，翟让、李密等领导的农民军曾聚众于此起义，号称"瓦岗军"。

③扬广 [jaːŋ² kwaːŋ⁴]：隋炀帝杨广，杨坚次子。趁杨坚病而弑父夺位，为隋朝第二任皇帝，公元604—618年在位。

玉刚喜哪听你，　　　　扬广卡卜狠郇皇

文武官员越哽希，　　　背请玉刚也不隆，

皇刚鉴主也不斗，　　　刀亦欧走扬广皇，

扬广郇皇心不正，　　　往他小姐背花园，

小姐恨骂啦了闹，　　　小姐亦叫劳跆蹈，

小姐恨彼行心姜，　　　不礼开百骂色畤，

扬广提挺很相会，　　　小姐十分涕林匕，

双甫肝畤不礼讲，　　　彼往相会刀团团，

因彼乌志磐怀闹，　　　因往乌忑酬亦跆，

小姐狠褂刀兰观，　　　各眠隆床涕林匕，

扬广郇皇样雷礼，　　　天下道理不眉行，

彼哥行蛊犯天下，　　　培你失礼许佢笑。

25

瓦	刚	鲁	哪	吒	哖	你
wa⁴	ka:ŋ⁵	lo⁴	jia¹	ha:u⁵	çon²	ni⁴
vaj	gangh	rox	nyi	hauq	coenz	neix
瓦	岗	懂	听	讲	句	这

瓦岗听到这些话，

26

扬	广	卡	卜	很	郭	皇
ja:ŋ²	kwa:ŋ⁴	ka³	po⁶	hun³	kuak⁸	wuaŋ²
yangz	gvangj	gaj	boh	hwnj	guh	vuengz
杨	广	杀	父	上	做	皇

杨广弑父当皇帝。

27

文	武	官	员	就	哽	希
wun²	u⁴	kuan⁵	je:n²	tço⁶	kun¹	hi⁵
vwnz	vuj	gvanh	yenz	couh	gwn	heiq
文	武	官	员	就	吃	气

百官害怕不敢言，

28

背	請	瓦	刚	也	不	隆
pai¹	çiŋ³	wa⁴	ka:ŋ⁵	je³	bau⁵	loŋ²
bae	cingj	vaj	gangh	yej	mbouj	roengz
去	请	瓦	岗	也	不	下

劝降瓦岗也失败。

29

瓦	刚	塞	主	也	不	斗
wa⁴	ka:ŋ⁵	tça:i¹	tçu⁴	je³	bau⁵	tau³
vaj	gangh	cai	cuj	yej	mbouj	daeuj
瓦	岗	寨	主	也	不	来

瓦岗寨主不来降，

30

刀	亦	欧	走	扬	广	皇
ta:u⁵	a³	au¹	tçau³	ja:ŋ²	kwa:ŋ⁴	wuaŋ²
dauq	aj	aeu	gyaeuj	yangz	gvangj	vuengz
反而	想	要	头	杨	广	皇

扬言要拿杨广头。

31

扬	广	郭	皇	心	不	正
ja:ŋ²	kwa:ŋ⁴	kuak⁸	wuaŋ²	ɬam¹	bau⁵	çiŋ⁵
yangz	gvangj	guh	vuengz	sim	mbouj	cingq
杨	广	做	皇	心	不	正

杨广皇帝心肠坏，

32

往	他	小	姐	背	花	园
nuaŋ⁴	te¹	ɬiau⁴	tçe⁴	pai¹	wa⁵	je:n²
nuengx	de	siuj	cej	bae	vah	yenz
妹	他	小	姐	去	花	园

他命妹妹到花园；

33

小	姐	恨	霄	啦	了	闹
ɬiau⁴	tçe⁴	han¹	bun¹	lap⁷	le:u⁴	na:u⁵
siuj	cej	raen	mbwn	laep	liux	nauq
小	姐	见	天	黑	完	没

小姐看到天已黑，

34

小	姐	亦	叫	劳	殆	殆
ɬiau⁴	tçe⁴	a³	he:u⁶	la:u¹	ta:i¹	da:ŋ¹
siuj	cej	aj	heuh	lau	dai	ndang
小	姐	想	叫	怕	死	身

本欲呼救恐遭难。

35

小	姐	恨	彼	行	心	蒏
ɬiau⁴	tɕe⁴	han¹	pi⁴	heːŋ²	ɬam¹	ʔjaːk⁷
siuj	cej	raen	beix	hengz	sim	yak
小	姐	见	兄	行	心	恶

小姐知道兄险恶，

40

彼	往	相	会	刀	团	园
pi⁴	nuaŋ⁴	ɬiaŋ¹	haːi⁶	taːu⁵	tuan²	jeːn²
beix	nuengx	sieng	haih	dauq	donz	yenz
兄	妹	伤	害	来	团	圆

兄奸小妹在花园。

36

不	礼	开	百	骂	色	哢
bau⁵	dai⁴	haːi¹	paːk⁷	da⁵	ɬak⁷	çon²
mbouj	ndaej	hai	bak	ndaq	saek	coenz
不	得	开	口	骂	一	些	句

未敢开口骂一句。

41

图	彼	乌	志	躺	怀	胎
tua²	pi⁴	u⁵	kun²	daːŋ¹	waːi²	taːi⁵
duz	beix	youq	gwnz	ndang	vaiz	daih
个	兄	在	上	身	怀	胎

为兄在上身力壮，

37

扬	广	提	缝	很	相	会
jaːŋ²	kwaːŋ⁴	tu²	fuŋ²	hun⁵	ɬiaŋ¹	haːi⁶
yangz	gvangj	dawz	fwngz	hwnq	sieng	haih
杨	广	拿	手	起	伤	害

杨广下手来强奸，

42

图	往	乌	悉	利	亦	殆
tua²	nuaŋ⁴	u⁵	la³	li⁴	a³	taːi¹
duz	nuengx	youq	laj	lij	aj	dai
个	妹	在	下	将	要	死

妹在下边怕要死。

38

小	姐	十	分	涕	林	林
ɬiau⁴	tɕe⁴	çip⁸	fan¹	tai³	lian²	lian²
siuj	cej	cib	faen	daej-	lien-	lien
小	姐	十	分	哭	涟	涟

小姐惊恐泪涟涟。

43

小	姐	很	躺	刀	兰	观
ɬiau⁴	tɕe⁴	hun⁵	daːŋ¹	taːu⁵	laːn²	koːn⁵
siuj	cej	hwnq	ndang	dauq	ranz	gonq
小	姐	起	身	回	家	先

小姐起身先回家，

39

双	甫	盯	哢	不	礼	讲
ɬoːŋ¹	pu⁴	taŋ²	çon²	bau⁵	dai⁴	kaːŋ³
song	boux	daengx	coenz	mbouj	ndaej	gangj
两	人	整	句	不	得	讲

两人未能说句话，

44

各	眠	隆	床	涕	林	林
kaːk⁸	nin²	loŋ²	boːn⁵	tai³	lian²	lian²
gag	ninz	roengz	mbonq	daej-	lien-	lien
自	睡	下	床	哭	涟	涟

含泪入睡泪涟涟。

45

扬	广	郭	皇	样	雷	礼
ja:ŋ²	kwa:ŋ⁴	kuak⁸	wuaŋ²	jiaŋ⁶	lai²	dai⁴
yangz	gvangj	guh	vuengz	yiengh	lawz	ndaej
杨	广	做	皇	样	哪	得

杨广称帝怎得了,

46

天	下	道	理	不	眉	行
te:n⁶	ja⁵	ta:u⁶	lai⁴	bau⁵	mi²	he:ŋ²
dien	yah	dauh	leix	mbouj	miz	hengz
天	下	道	理	没	有	行

伦理道德恐难行。

47

彼	哥	行	蒡	犯	天	下
pi⁴	ko⁵	he:ŋ²	ʔja:k⁷	fa:m⁶	te:n⁶	ja⁵
beix	go	hengz	yak	famh	dien	yah
长	兄	行	恶	犯	天	下

为兄作恶犯天条,

48

培	你	失	礼	许	伝	笑
pai²	ni⁴	ɬet⁷	lai⁴	hai³	hun²	liau¹
baez	neix	saet	laex	hawj	vunz	riu
次	这	失	礼	给	人	笑

有失伦理丢尽脸。

2

2

扬广心头顺行叟，　昙咋正犯希肝霄

扬广郭皇心不正，　各害天下不太平

郭皇行利雪造立，　郭使行利正造假

扬广郭皇行心莫，　天下百姓有济路

扬广郭皇恒昙乱，　随朝居他不平安

扬广肝他卦召，　　勃他扬有涕林匕

许勃乱京郭皇么，　兄刚已颇不卫隆

扬有当祥还游屯，　扬家居你不贫皇

布故郭皇心可讨，　卜故扬猜不贫皇

勃他卡卜郭皇帝，　因为兄刚锗不隆

卜故音功不眉闹，　县你许勃不贫皇

布故郭皇心可讨，

黄龙二十四华皇

49

扬	广	心	头	顺	行	蓴
ja:ŋ²	kwa:ŋ⁴	ɬam¹	tau²	çin¹	he:ŋ²	ʔja:k⁷
yangz	gvangj	sim	daeuz	caen	hengz	yak
杨	广	心	头	真	行	恶

杨广内心真凶狠，

50

昙	昨	正	希	犯	肟	霄
ŋon²	ço:k⁸	çin⁵	hi⁵	fa:m⁶	taŋ²	bɯn¹
ngoenz	cog	cingq-	heiq	famh	daengz	mbwn
日	明	真	正		犯	到	天

将来必定犯大错。

51

扬	广	郭	皇	心	不	正
ja:ŋ²	kwa:ŋ⁴	kuak⁸	wuaŋ²	ɬam¹	bau⁵	çin⁵
yangz	gvangj	guh	vuengz	sim	mbouj	cingq
杨	广	做	皇	心	不	正

杨广为皇心不正，

52

各	害	天	下	不	太	平
ka:k⁸	ha:i⁶	te:n⁶	ja⁵	bau⁵	ta:i¹	piŋ²
gag	haih	dien	yah	mbouj	dai	bingz
自	害	天	下	不	太	平

祸害天下不太平。

53

郭	皇	行	利	霄	造	应
kuak⁸	wuaŋ²	he:ŋ²	di¹	bɯn¹	tço⁶	iŋ⁵
guh	vuengz	hengz	ndei	mbwn	coh	wngq
做	皇	行	好	天	才	应

为皇善政有好报，

54

郭	使	行	利	正	造	伝
kuak⁸	ɬai⁵	he:ŋ²	di¹	çin⁵	tço⁶	hun²
guh	saeq	hengz	ndei	cingq	coh	vunz
做	官	行	好	正	才	人

为官行善得人心。

55

扬	广	郭	皇	行	心	蓴
ja:ŋ²	kwa:ŋ⁴	kuak⁸	wuaŋ²	he:ŋ²	ɬam¹	ʔja:k⁷
yangz	gvangj	guh	vuengz	hengz	sim	yak
杨	广	做	皇	行	心	恶

杨广称皇多作恶，

56

天	下	百	姓	冇	亦	殆
te:n⁶	ja⁵	pe:k⁸	ɬiŋ⁵	tçu⁵	a³	ta:i¹
dien	yah	bek	singq	byouq	aj	dai
天	下	百	姓	空	要	死

天下百姓穷要死。

57

扬	广	郭	皇	恒	昙	乱
ja:ŋ²	kwa:ŋ⁴	kuak⁸	wuaŋ²	hun²	ŋon²	luan⁶
yangz	gvangj	guh	vuengz	hwnz	ngoenz	luenh
杨	广	做	皇	夜	日	乱

杨广时期天下乱，

58

随	朝	居	他	不	平	安
çuai²	tça:u²	ku⁵	te¹	bau⁵	piŋ²	a:n¹
suiz	cauz	gwq	de	mbouj	bingz	an
隋	朝	时	那	不	平	安

隋朝那时不平安。

59

扬	广	肝	昙	他	卦	召
ja:ŋ²	kwa:ŋ⁴	taŋ²	ŋon²	te¹	kwa⁵	ɕiau⁶
yangz	gvangj	daengz	ngoenz	de	gvaq	ciuh
杨	广	到	日	他	过	世

待到杨广去世时，

60

孙	他	扬	有①	涕	林	林
luk⁸	te¹	ja:ŋ²	jau¹	tai³	lian²	lian²
lwg	de	yangz	you	daej-	lien-	lien
儿	他	杨	侑	哭	涟	涟

儿子杨侑泪涟涟。

61

許	孙	吼	京	郭	皇	么
hai³	luk⁸	hau³	kiŋ¹	kuak⁸	wuaŋ²	mo⁵
hawj	lwg	haeuj	ging	guh	vuengz	moq
给	儿	进	京	做	皇	新

又让儿子当皇帝，

62

瓦	刚	己	赖	不	丑	隆
wa⁴	ka:ŋ⁵	ki³	la:i¹	bau⁵	ɕau²	loŋ²
vaj	gangh	geij	lai	mbouj	caeuz	roengz
瓦	岗	几	多	不	接受	下

瓦岗死活不归降。

63

扬	有	当	祥	还	唪	吒
ja:ŋ²	jau¹	ta:ŋ¹	ɕiaŋ²	wa:n²	ɕon²	ha:u⁵
yangz	you	dang	ciengz	vanz	coenz	hauq
杨	侑	当	场	回	句	说

杨侑当即就回答，

64

扬	家	居	你	不	贫	皇
ja:ŋ²	kia⁵	ku⁵	ni⁴	bau⁵	pan²	wuaŋ²
yangz	gya	gwq	neix	mbouj	baenz	vuengz
杨	家	时	这	不	成	皇

杨家现在不像样。

65

布	故	郭	皇	心	可	所
pau⁵	ku¹	kuak⁸	wuaŋ²	ɬam¹	ko³	ɬo⁶
baeuq	gou	guh	vuengz	sim	goj	soh
爷爷	我	做	皇	心	也	直

爷爷称帝为明君，

66

卜	故	扬	广	不	贫	皇
po⁶	ku¹	ja:ŋ²	kwa:ŋ⁴	bau⁵	pan²	wuaŋ²
boh	gou	yangz	gvangj	mbouj	baenz	vuengz
父	我	杨	广	不	成	皇

父亲杨广多凶残。

67

孙	他	卡	卜	郭	皇	帝
luk⁸	te¹	ka³	po⁶	kuak⁸	wuaŋ²	tai⁵
lwg	de	gaj	boh	guh	vuengz	daeq
儿	他	杀	父	做	皇	帝

弑父夺权来登基，

68

因	为	瓦	刚	请	不	隆
jin⁵	wi⁶	wa⁴	ka:ŋ⁵	ɕiŋ³	bau⁵	loŋ²
yinh	vih	vaj	gangh	cingj	mbouj	roengz
因	为	瓦	岗	请	不	下

所以瓦岗不肯降。

69

卜	故	音	功	不	眉	闹
po⁶	ku¹	jam¹	koŋ¹	bau⁵	mi²	naːu⁵
boh	gou	yaem	goeng	mbouj	miz	nauq
父	我	阴	功	没	有	没

父亲无德损阴功，

70

昙	你	許	劝	不	贫	皇
ŋon²	ni⁴	hai³	luuk⁸	bau⁵	pan²	wuaŋ²
ngoenz	neix	hawj	lwg	mbouj	baenz	vuengz
日	今	给	儿	不	成	皇

为儿继位真为难。

71

布	故	郭	皇	心	可	所
pau⁵	ku¹	kuak⁸	wuaŋ²	ɬam¹	ko³	ɬo⁶
baeuq	gou	guh	vuengz	sim	goj	soh
爷爷	我	做	皇	心	也	直

爷爷称帝行善举，

72

苌	礼	二	十	四	年	皇
kuan³	dai⁴	ŋi⁶	ɕip⁸	ɬi⁵	pi¹	wuaŋ²
guenj	ndaej	ngeih	cib	seiq	bi	vuengz
管	得	二	十	四	年	皇

在位二十四年整。

---

①扬有 [jaːŋ² jau¹]：杨侑，即隋恭帝，杨广的孙子，公元 617—618 年在位。

二 李渊登基立大唐

黔故敢礼三年淄

随朝皇帝礼三代，

扬有当祥远呀吃，

开故郭皇上眉麻必用，

臣相鲁哪呢皊你，

同隊退定随朝中，

臣相恨咛亦造乱，

造安朝中郭皇么，

至刚鲁郭心欢喜，

随朝所你讨了闹，

讲肘茄你又乙奈，

君他随朝郭皇帝，

文武百官乱淜匕

其眉三十八年皇

时你至刚请不隆

朝信随朝不郭皇

当祥隆贺跪随朝

同隊拜跪不芰咛

学拜李渊吼郭皇

又许叫郭唐朝人

李渊背请他造隆

刀论喜朝贪祥●

再讲李渊吼郭皇

天下傺乱不太平

73

躺　故　苊　礼　三　年　潚

da:ŋ¹　ku¹　kuan³　dai⁴　ła:m¹　pi¹　muan⁴

ndang　gou　guenj　ndaej　sam　bi　muenx

身　我　管　得　三　年　满

今我继位已三年，

74

文　武　官　员　乱　沉　沉

wun²　u⁴　kuan⁵　je:n²　luan⁶　çum²　çum²

vwnz　vuj　gvanh　yenz　luenh-　cum-　cum

文　武　官　员　乱　哄　哄

朝廷仍然乱纷纷。

75

随　朝　皇　帝　礼　三　代

çuai²　tça:u²　wuaŋ²　tai⁵　dai⁴　ła:m¹　ta:i⁶

suiz　cauz　vuengz　daeq　ndaej　sam　daih

隋　朝　皇　帝　得　三　代

隋朝已经三代皇，

76

共　眉　三　十　八　年　皇

kuŋ⁶　mi²　ła:m¹　çip⁸　pe:t⁷　pi¹　wuaŋ²

gungh　miz　sam　cib　bet　bi　vuengz

共　有　三　十　八　年　皇

总共三十八年整。

77

扬　有　当　祥　还　哠　吒

ja:ŋ²　jau¹　ta:ŋ¹　çiaŋ²　wa:n²　çon²　ha:u⁵

yangz　you　dang　ciengz　vanz　coenz　hauq

杨　侑　当　场　回　句　话

杨侑立即回答说，

78

時　你　瓦　刚　請　不　隆

çu²　ni⁴　wa⁴　ka:ŋ⁵　çiŋ³　bau⁵　loŋ²

cawz　neix　vaj　gangh　cingj　mbouj　roengz

时　这　瓦　岗　请　不　下

如今瓦岗不归降。

79

开　故　郭　皇　眉　麻　用

ka:i⁵　ku¹　kuak⁸　wuaŋ²　mi²　ma²　juŋ⁶

gaiq　gou　guh　vuengz　miz　maz　yungh

个　我　做　皇　有　什么　用

我当皇帝有何用，

80

朔　信　随　朝　不　郭　皇

ło²　łim¹　çuai²　tça:u²　bau⁵　kuak⁸　wuaŋ²

soz　sim　suiz　cauz　mbouj　guh　vuengz

索　性　隋　朝　不　做　皇

不如改朝又换代。

81

臣　相　鲁　哪　吒　哠　你

tçin²　łiaŋ¹　lo⁴　jia¹　ha:u⁵　çon²　ni⁴

cinz　sieng　rox　nyi　hauq　coenz　neix

臣　相　懂　听　说　句　这

群臣听到这样说，

82

当　祥　隆　贺　跪　随　朝

ta:ŋ¹　çiaŋ²　loŋ²　ho⁵　kwi⁶　çuai²　tça:u²

dang　ciengz　roengz　hoq　gvih　suiz　cauz

当　场　下　膝　跪　隋　朝

当场下跪求皇上。

83

同	隊	退	定	隨	朝	中
toŋ⁶	to:i⁶	to:i⁵	tin¹	ɕuai²	tɕa:u²	tɕa:ŋ¹
doengh-	doih	doiq	din	suiz	cauz	gyang
共同		退	脚	隋	朝	中

一起不做隋朝官，

84

同	隊	拜	跪	不	苊	傍
toŋ⁶	to:i⁶	pa:i⁵	kwi⁶	bau⁵	kuan³	piaŋ²
doengh-	doih	baiq	gvih	mbouj	guenj	biengz
共同		拜	跪	不	管	天下

一起告别隋王朝。

85

臣	相	恨	旁	亦	造	乱
tɕin²	ɬiaŋ¹	han¹	piaŋ²	a³	ɕa:u⁴	luan⁶
cinz	sieng	raen	biengz	aj	caux	luenh
臣	相	见	天下	要	造	乱

群臣眼见乱不止，

86

学	拜	李	渊①	吼	郭	皇
tɕo⁶	pa:i⁵	li⁴	je:n⁵	hau³	kuak⁸	wuaŋ²
coh	baiq	lij	yenh	haeuj	guh	vuengz
才	拜	李	渊	入	做	皇

这才拥李渊称帝。

87

造	安	朝	中	郭	皇	么
tɕo⁶	a:n¹	ɕiau⁶	ɕin⁵	kuak⁸	wuaŋ²	mo⁵
coh	an	ciuh	cingq	guh	vuengz	moq
才	安	朝	我	做	皇	新

这才建立新王朝，

88

又	許	叫	郭	唐	朝	人
jau⁶	hai³	he:u³	kuak⁸	ta:ŋ²	tɕa:u²	hun²
youh	hawj	heuh	guh	dangz	cauz	vunz
又	给	叫	做	唐	朝	人

这才有了唐王朝。

89

瓦	刚	鲁	哪	心	欢	喜
wa⁴	ka:ŋ⁵	lo⁴	jia¹	ɬam¹	wuan⁶	hi³
vaj	gangh	rox	nyi	sim	vuen	heij
瓦	岗	懂	听	心	欢	喜

瓦岗闻讯心中喜，

90

李	渊	背	請	他	造	隆
li⁴	je:n⁵	pai¹	ɕin³	te¹	tɕo⁶	loŋ²
lij	yenh	bae	cingj	de	coh	roengz
李	渊	去	请	他	才	下

李渊招安才成功。

91

隨	朝	肛	你	讲	了	闹
ɕuai²	tɕa:u²	taŋ²	ni⁴	ka:ŋ³	le:u⁴	na:u⁵
suiz	cauz	daengz	neix	gangj	liux	nauq
隋	朝	到	这	讲	完	没

隋朝故事讲到此，

92

刀	詥	唐	朝	贫	样	雷
ta:u⁵	lun⁶	ta:ŋ²	tɕa:u²	pan²	jiaŋ⁶	lai²
dauq	lwnh	dangz	cauz	baenz	yiengh	lawz
回	讲	唐	朝	成	样	哪

现在来讲唐朝事。

93

講	肝	茄	你	又	乙	奈
ka:ŋ³	taŋ²	kia²	ni⁴	jau⁶	ʔjiat⁷	na:i⁵
gangj	daengz	giz	neix	youh	yiet	naiq
讲	到	地方	这	又	歇	累

讲到这里先休息，

94

再	講	李	渊	吼	郭	皇
tça:i¹	ka:ŋ³	li⁴	je:n⁵	hau³	kuak⁸	wuaŋ²
caiq	gangj	lij	yenh	haeuj	guh	vuengz
再	说	李	渊	进	做	皇

再说李渊当皇帝。

95

居	他	隨	朝	郭	皇	帝
ku⁵	te¹	ҫuai²	tça:u²	kuak⁸	wuaŋ²	tai⁵
gwq	de	suiz	cauz	guh	vuengz	daeq
时	那	隋	朝	做	皇	帝

那时还是隋王朝，

96

天	下	僚	乱	不	太	平
te:n⁶	ja⁵	liau⁴	luan⁶	bau⁵	ta:i¹	piŋ²
dien	yah	liuj	luenh	mbouj	dai	bingz
天	下	混杂	乱	不	太	平

天下大乱不太平。

----

①李渊 [li⁴ je:n⁵]：唐高祖李渊，唐王朝的建立者。公元 618—626 年在位。

扬六郡皇爱反乱，天下百姓方亦难

色颜扬六他卦召，学请李渊凯郭皇

通行文字打天下，名初叫郭高祖皇

李渊郭皇天下走，背请互刚斗投降

互刚恨请心欢喜，不保李渊保不雷

隆斗十六甫万岁，同傢隆斗保唐重

互刚好奴隆斗初，同傢隆斗贺中朝

面他天下正造足，雪妹百姓造贡依

李渊郭皇顺岁火，黄札九年热况七

不反李烟又卦召，文武官员瓜况七

文武官员就速吃，朝中甫㿟造贡皇

封许劝他郭皇必，君卿州郭李世明

97

扬　广　郭　皇　苍　反　乱

ja:ŋ² kwa:ŋ⁴ kuak⁸ wua:ŋ² kuan³ fa:n³ luan⁶

yangz gvangj guh vuengz guenj fanj luenh

杨　广　做　皇　管　反　乱

杨广统治更加乱，

98

天　下　百　姓　冇　亦　殆

te:n⁶ ja⁵ pe:k⁸ ɬiŋ⁵ tɕu⁵ a³ ta:i¹

dien yah bek singq byouq aj dai

天　下　百　姓　空　要　死

天下百姓多困苦。

99

色　赖　扬　广　他　卦　召

ɬak⁷ la:i⁵ ja:ŋ² kwa:ŋ⁴ te¹ kwa⁵ ɕiau⁶

caek- laiq yangz gvangj de gvaq ciuh

幸好　杨　广　他　过　世

幸好杨广早去世，

100

学　請　李　渊　吼　郭　皇

tɕo⁶ ɕiŋ³ li⁴ je:n⁵ hau³ kuak⁸ wua:ŋ²

coh cingj lij yenh haeuj guh vuengz

才　请　李　渊　进　做　皇

才推李渊来称帝。

101

通　行　文　字　肕　天　下

toŋ¹ he:ŋ² fa:n² ɬu¹ ta:ŋ¹ te:n⁶ ja⁵

doeng hengz faenz saw daengz dien yah

通　行　文　字　到　天　下

发文通告到全国，

102

名　初　叫　郭　高　祖　皇

miŋ² ço⁶ he:u⁶ kuak⁸ ka:u⁵ tɕu⁴ wua:ŋ²

mingz- coh heuh guh gauh cuj vuengz

名字　　叫　做　高　祖　皇

名字叫作唐高祖。

103

李　渊　郭　皇　天　下　定

li⁴ je:n⁵ kuak⁸ wua:ŋ² te:n⁶ ja⁵ tiŋ⁶

lij yenh guh vuengz dien yah dingh

李　渊　做　皇　天　下　定

李渊称帝国安定，

104

背　請　瓦　刚　斗　投　降

pai¹ ɕiŋ³ wa⁴ ka:ŋ⁵ tau³ tau² hia:ŋ²

bae cingj vaj gangh daeuj douz yangz

去　请　瓦　岗　来　投　降

诏请瓦岗来归顺。

105

瓦　刚　恨　請　心　欢　喜

wa⁴ ka:ŋ⁵ han¹ ɕiŋ³ ɬam¹ wuan⁶ hi³

vaj gangh raen cingj sim vuen heij

瓦　岗　见　请　心　欢　喜

瓦岗闻讯心欢喜，

106

不　保　李　渊　保　不　雷

bau⁵ pa:u³ li⁴ je:n⁵ pa:u³ pu⁴ lai²

mbouj bauj lij yenh bauj boux lawz

不　保　李　渊　保　人　哪

不降李渊归顺谁？

107

隆	斗	十	六	甫	历	害
loŋ²	tau³	ɕip⁸	lok⁷	pu⁴	li¹	haːi¹
roengz	daeuj	cib	roek	boux	leix	haih
下	来	十	六	人	厉	害

归顺好汉十六人，

108

同	隊	隆	斗	保	朝	廷
toŋ⁶	toːi⁶	loŋ²	tau³	paːu³	tɕaːu²	tiŋ²
doengh-	doih	roengz	daeuj	bauj	cauz	dingz
共同		下	来	保	朝	廷

共同效力新朝廷。

109

瓦	刚	好	汉	隆	斗	初
wa⁴	kaːŋ⁵	haːu³	haːn¹	loŋ²	tau³	ɕo⁶
vaj	gangh	hauj	han	roengz	daeuj	coh
瓦	岗	好	汉	下	来	向

瓦岗好汉来归降，

110

同	隊	隆	斗	贺	中	钥
toŋ⁶	toːi⁶	loŋ²	tau³	ho⁵	ɕiŋ⁵	ɕiau⁶
doengh-	doih	roengz	daeuj	hoh	cingq	ciuh
共同		下	来	贺	我	朝

一起庆贺唐王朝。

111

面	他	天	下	正	造	定
mia⁶	te¹	teːn⁶	ja⁵	ɕiŋ⁵	tɕo⁶	tiŋ⁶
mwh	de	dien	yah	cingq	coh	dingh
时	那	天	下	正	才	定

国家这才得安定，

112

霄	淋	百	姓	造	贫	伝
bun¹	lam⁴	peːk⁸	ɬiŋ⁵	tɕo⁶	pan²	hun²
mbwn	raemx	bek	singq	coh	baenz	vunz
天	水	百	姓	才	成	人

风调雨顺人安乐。

三　李世民继位称帝

扫码听音频

扬六郡皇叚反乱，天下百姓方亦殆，

色颊扬六他卦召，学请李渊乳郭皇，

通行文字扌天下，名初卅郭高祖皇，

李渊郭皇天下定，背请互刚斗投降，

互刚恨请心欢喜，不保李渊保不雷，

隆斗十六甫万害，同隊隆斗保耷皇，

至刚好汉隆斗初，同隊隆斗贺中朝，

西他天下正造定，雪嗦百姓造贡依，

李渊郭皇顺兰欢喜，黄礼九年热况七，

不反李姻又卦召，文武官员况况七，

文武官员就建吃，朝中甫聚造贫皇，

封許勄他郭皇么，君砌卅郭李世明

113

李　渊　郭　皇　顺　欢　喜
li⁴　jeːn⁵　kuak⁸　wuaŋ²　çin¹　wuaŋ⁶　hi³
lij　yenh　guh　vuengz　caen　vuen　heij
李　渊　做　皇　真　欢　喜
李渊称皇百姓欢，

114

苍　礼　九　年　热　沉　沉
kuan³　dai⁴　ku³　pi¹　niŋ¹　çum²　çum²
guenj　ndaej　gouj　bi　ning-　cum-　cum
管　得　九　年　闹　哄　哄
在位九年国兴旺。

115

不　及　李　烟　又　卦　召
bau⁵　ko³　li⁴　jeːn⁵　jau⁶　kwa⁵　çiau⁶
mbouj　goj　lij　yenh　youh　gvaq　ciuh
不　料　李　渊　又　过　世
不料李渊又去世，

116

文　武　佞　员　乱　沉　沉
wun²　u⁴　kuan⁵　jeːn²　luan⁶　çum²　çum²
vwnz　vuj　gvanh　yenz　luenh-　cum-　cum
文　武　官　员　乱　哄　哄
文武百官乱纷纷。

117

文　武　佞　员　就　连　吽
wun²　u⁴　kuan⁵　jeːn²　tço⁶　leːn⁶　haːu⁵
vwnz　vuj　gvanh　yenz　couh　lenh　hauq
文　武　官　员　就　连忙　说
文武百官直呼号，

118

朝　中　甫　黎　造　贫　皇
çiau⁶　çiŋ⁵　pu⁴　lai²　tço⁶　pan²　wuaŋ²
ciuh　cingq　boux　lawz　coh　baenz　vuengz
朝　我　人　哪　才　成　皇
我朝谁人能称皇？

119

封　許　孙　他　郭　皇　么
fuŋ⁶　hai³　luk⁸　te¹　kuak⁸　wuaŋ²　mo⁵
fung　hawj　lwg　de　guh　vuengz　moq
封　给　儿　他　做　皇　新
又推他儿来继位，

120

名　初　叫　郭　李　世　明①
miŋ²　ço⁶　heːu⁶　kuak⁸　li⁴　çi¹　min²
mingz-　coh　heuh　guh　lij　si　minz
名　字　叫　做　李　世　民
名字就叫李世民。

①李世明 [li⁴ çi¹ min²]：李世民，即唐太宗，唐朝第二任皇帝，李渊次子。公元626—649 年在位。

文武官员还磕吭，　不拜搡世拜不褒

嘚讲盯你又乙奈，　李烟封令许世明。

再讲世明孙李烟，　万件幸噹造贫皇。

世明他难可恨奢，　眉依亦卡鸟水牢。

色来茨公来守闱，　世明不殆造贫皇。

文武官员就逢吭，　娄拜世明狠郭皇。

世明干即很能殿，　文武官员拜谢恩。

通行文孛盯灭下，　名初叫郭太宗皇。

吾业甫傍如劲内，　各荚天下又太平。

世明恣明又良利，　厉生许他斗郭皇。

世明郡皇可利殿（自再），　却迈那卜再再生。

恒晏三吹鸟不希，　钖铂样希累蝉聚。

121

文	武	宦	员	还	哢	咤
wuːn²	u⁴	kuan⁵	jeːn²	waːn²	çon²	haːu⁵
vwnz	vuj	gvanh	yenz	vanz	coenz	hauq
文	武	官	员	回	句	话

文武百官均附和，

122

不	拜	世	明	拜	不	黎
bau⁵	paːi⁵	çi¹	min²	paːi⁵	pu⁴	lai²
mbouj	baiq	si	minz	baiq	boux	lawz
不	拜	世	民	拜	人	哪

不拥世民还拥谁？

123

哢	講	肨	你	又	乙	奈
çon²	kaːŋ³	taŋ²	ni⁴	jau⁶	ʔjiat⁷	naːi⁵
coenz	gangj	daengz	neix	youh	yiet	naiq
句	讲	到	这	又	歇	累

讲到这里先休息，

124

李	烟	封	令	許	世	明
li⁴	jeːn⁵	fuŋ⁶	liŋ⁶	hai³	çi¹	min²
lij	yenh	fung	lingh	hawj	si	minz
李	渊	封	令	给	世	民

李渊立诏给世民。

125

再	講	世	明	孖	李	烟
tɕaːi¹	kaːŋ³	çi¹	min²	luk⁸	li⁴	jeːn⁵
caiq	gangj	si	minz	lwg	lij	yenh
再	讲	世	民	儿	李	渊

李渊儿子李世民，

126

万	件	辛	苦	造	贫	皇
faːn⁶	kian⁶	ɬin⁶	ho³	tɕo⁶	pan²	wuaŋ²
fanh	gienh	sin	hoj	coh	baenz	vuengz
万	件	辛	苦	才	成	皇

千辛万苦才称帝。

127

世	明	他	难	可	恨	夸
çi¹	min²	te¹	naːn⁶	ko³	han¹	kwa⁵
si	minz	de	nanh	goj	raen	gvaq
世	民	他	难	也	见	过

世民遭受过磨难，

128

眉	伝	亦	卡	乌	水	牢
mi²	hun²	a³	ka³	u⁵	çuai⁴	laːu²
miz	vunz	aj	gaj	youq	suij	lauz
有	人	想	杀	在	水	牢

差点遇害于水牢。

129

色	来	茂	公①	来	字	周
ɬak⁷	laːi⁵	mau⁴	kuŋ⁵	laːi²	ɬu¹	tɕau⁵
caek-	laiq	mou	gungh	raiz	saw	gouq
幸好		茂	公	写	字	救

幸亏徐茂公相救，

130

世	明	不	殆	造	贫	皇
çi¹	min²	bau⁵	taːi¹	tɕo⁶	pan²	wuaŋ²
si	minz	mbouj	dai	coh	baenz	vuengz
世	民	不	死	才	成	皇

大难不死才称帝。

131

文	武	宧	员	就	连	咭
wun²	u⁴	kuan⁵	jeːn²	tɕo⁶	leːn⁶	haːu⁵
vwnz	vuj	gvanh	yenz	couh	lenh	hauq
文	武	官	员	就	连忙	说

文武百官纷纷说，

136

名	初	叫	郭	太	宗	皇
miŋ²	ɕo⁶	heːu⁶	kuak⁸	taːi¹	tɕuŋ⁵	wuaŋ²
mingz-	coh	heuh	guh	dai	cungh	vuengz
名字		叫	做	太	宗	皇

名字叫作唐太宗。

132

娄	拜	世	明	很	郭	皇
lau²	paːi⁵	ɕi¹	min²	hun³	kuak⁸	wuaŋ²
raeuz	baiq	si	minz	hwnj	guh	vuengz
我们	拜	世	民	上	做	皇

齐拥世民来称帝。

133

世	明	干	即	很	能	殿
ɕi¹	min²	kaːn³	ɕɯ⁵	hun³	naŋ⁶	teːn⁶
si	minz	ganj-	cwq	hwnj	naengh	dienh
世	民	赶紧		上	坐	殿

世民立即来登基，

137

各	业	甫	傍	如	孙	内
kaːk⁸	diap⁷	pu⁴	pian²	lum³	luk⁸	noːi⁶
gag	ndiep	boux	biengz	lumj	lwg	noih
自	爱	人	天下	像	儿	小

待人好比亲生儿，

138

各	苍	天	下	又	太	平
kaːk⁸	kuan³	teːn⁶	ja⁵	jau⁶	taːi¹	piŋ²
gag	guenj	dien	yah	youh	dai	bingz
自	管	天	下	又	太	平

从此天下又安定。

134

文	武	宧	员	拜	谢	恩
wun²	u⁴	kuan⁵	jeːn²	paːi⁵	ɬe¹	ŋun⁵
vwnz	vuj	gvanh	yenz	baiq	se	wnh
文	武	官	员	拜	谢	恩

文武百官来跪拜。

139

世	明	总	明	又	良	利
ɕi¹	min²	ɕoŋ³	miŋ²	jau⁶	lian²	li⁶
si	minz	coeng	mingz	youh	lingz	leih
世	民	聪	明	又	伶	俐

世民聪明又机敏，

135

通	行	文	字	肘	天	下
toŋ¹	heːŋ²	fan²	ɬu¹	taŋ²	teːn⁶	ja⁵
doeng	hengz	faenz	saw	daengz	dien	yah
通	行	文	字	到	天	下

通告全国立新皇，

140

霄	生	許	他	斗	郭	皇
bun¹	ɬeːŋ¹	haːi³	te¹	tau³	kuak⁸	wuaŋ²
mbwn	seng	hawj	de	daeuj	guh	vuengz
天	生	给	他	来	做	皇

天降大任他为皇。

141

世	明	郭	皇	可	利	乌
çi¹	min²	kuak⁸	wuaŋ²	ko³	di¹	u⁵
si	minz	guh	vuengz	goj	ndei	youq
世	民	做	皇	也	好	住

世民称皇也安然,

142

却	迈	那	卜	每	霄	生
tço¹	ba:i⁵	na³	po⁶	di⁴	bun¹	łe:ŋ¹
gyo-	mbaiq	naj	boh	ndij	mbwn	seng
谢谢		面	父	和	天	生

多谢其父和苍天。

143

恒	昙	三	吹	乌	不	希
hun²	ŋon²	ła:m¹	po⁵	u⁵	bau⁵	hi⁵
hwnz	ngoenz	sam	boq	youq	mbouj	heiq
夜	日	三	吹	住	不	忧

歌舞升平无愁虑,

144

锣	铂	样	希	罧	蝉	黎
la²	tça:m³	jiaŋ²	hi⁵	lum³	pit⁸	lai²
laz	camj	yiengz-	heiq	lumj	bid	raez
锣	镲	唢呐		像	蝉	鸣

锣鼓喧天唢呐响。

---

① 茂公 [mau¹ kuŋ⁵]:徐茂公,即为李勣,唐初大将。本姓徐,名世勣,字懋功。武德元年(618 年)归唐,任右武候大将军,封曹国公。赐姓李,因避李世民(太宗)讳,单名勣。

4

4

讲肝猪你又乙素，再讲皇帝梦四恒。

恒他三更巴恒梦，梦恨着郡高确国。

眉依急故隆泥淋，肝依肝马急隆朋。

甫皇叫雪匕不立，的皇叫命匕不通。

色额忘雪眉思同，就眉的相隆斗肝。

同提喜皇很坭淋，唐皇多巴就连嗦。

许他乳京斗郭使，他叫福分末曾肝。

兰乌山西龙门砚，名初叫郭薛仁贵。

居他三更可亦卦，四更隆想百可不凡。

世明四更可隆认，肚屋驾夫肝鲈辰。

唐皇些样就开咭，恒你三更梦不利。

眉依急故隆沉淋，肝依肝马急隆朋。

145

讲	肝	茄	你	又	乙	奈
ka:ŋ³	taŋ²	kia²	ni⁴	jau⁶	ʔjiat⁷	na:i⁵
gangj	daengz	giz	neix	youh	yiet	naiq
讲	到	地方	这	又	歇	累

讲到这里先休息，

146

再	讲	皇	帝	梦	巴	恒
tɕa:i¹	ka:ŋ³	wuaŋ²	tai⁵	muŋ⁶	pa²	hɯn²
caiq	gangj	vuengz	daeq	mungh	baz-	hwnz
再	讲	皇	帝	梦	做梦

再说太宗做夜梦。

147

恒	他	三	更	巴	恒	梦
hɯn²	te¹	ɬa:m¹	ke:ŋ¹	pa²	hɯn²	muŋ⁶
hwnz	de	sam	geng	baz-	hwnz	mungh
夜	他	三	更	做梦	梦

那晚三更他做梦，

148

梦	恨	番	帮	高	丽	国①
muŋ⁶	han¹	fa:n⁵	pa:ŋ⁵	ka:u⁵	li¹	ko²
mungh	raen	fanh	bangh	gauh	li	goz
梦	见	番	邦	高	丽	国

梦中去到高句丽。

149

眉	伝	急	故	隆	泥	淋
mi²	hun²	kap⁸	ku¹	loŋ²	nai²	lom⁵
miz	vunz	gaeb	gou	roengz	naez	loemq
有	人	捉	我	下	泥	陷

有人按我下泥坑，

150

肝	伝	肝	馬	急	隆	朋
taŋ²	hun²	taŋ²	ma⁴	kap⁸	loŋ²	waŋ²
daengz	vunz	daengz	max	gaeb	roengz	vaengz
连	人	连	马	抓	下	潭

连人带马推下潭。

151

甫	皇	叫	霄	霄	不	应
pu⁴	wuaŋ²	he:u⁶	bɯn¹	bɯn¹	bau⁵	iŋ⁵
boux	vuengz	heuh	mbwn	mbwn	mbouj	wngq
人	皇	叫	天	天	不	应

皇帝呼天天不应，

152

的	皇	叫	命	命	不	通
tua²	wuaŋ²	he:u⁶	miŋ⁶	miŋ⁶	bau⁵	toŋ¹
duz	vuengz	heuh	mingh	mingh	mbouj	doeng
个	皇	叫	命	命	不	通

皇帝叫地地不灵。

153

色	顿	志	霄	眉	恩	周
ɬak⁷	la:i⁵	kun²	bɯn¹	mi²	an¹	tɕau⁵
caek-	laiq	gwnz	mbwn	miz	aen	gouq
幸好	上	天	有	恩	救

幸亏苍天来救助，

154

就	眉	的	相	隆	斗	肝
tɕo⁶	mi²	tua²	ɬian¹	loŋ²	tau³	taŋ²
couh	miz	duz	sien	roengz	daeuj	daengz
才	有	个	仙人	下	来	到

派了仙人下来救。

155

周	提	唐	皇②	很	坭	淋
tçau⁵	tuɯ²	taːŋ²	waːŋ²	hɯɯn³	nai²	lom⁵
gouq	dawz	dangz	vangz	hwnj	naez	loemq
救	拿	唐	皇	上	泥	陷

才把太宗救上来，

156

唐	皇	多	巴	就	連	嗲
taːŋ²	waːŋ²	to⁵	pa⁶	tço⁶	leːn⁶	çaːm¹
dangz	vangz	doq-	bah	couh	lenh	cam
唐	皇	立即		就	连忙	问

太宗立即就询问。

157

许	他	吼	京	斗	郭	使
hai³	te¹	hau³	kiŋ¹	tau³	kuak⁸	ɬai⁵
hawj	de	haeuj	ging	daeuj	guh	saeq
给	他	进	京	来	做	官

愿意进京为官否？

158

他	吽	福	分	末	曾	肨
te¹	nau²	fuk⁷	fan⁶	mi³	çaŋ²	taŋ²
de	naeuz	fuk	faenh	mij	caengz	daengz
他	讲	福	分	未	曾	到

他却推脱不肯当。

159

兰	乌	山	西	龙	门	砚③
laːn²	u⁵	çaːn⁵	ɬi⁵	luŋ²	muɯn²	heːn¹
ranz	youq	sanh	sih	lungz	mwnz	yen
家	在	山	西	龙	门	县

家在山西龙门县，

160

名	初	叫	郭	薛	仁	贵④
miŋ²	ço⁶	heːu⁶	kuak⁸	ɬe²	jin²	kwai¹
mingz-	coh	heuh	guh	sez	yinz	gvei
名字		叫	做	薛	仁	贵

名字就叫薛仁贵。

---

①高丽国 [kaːu⁵ li¹ ko²]：此处指高句丽国，始建于公元前 37 年。

②唐皇 [taːŋ² waːŋ²]：这里指唐太宗李世民，下同。

③龙门砚 [luŋ² muɯn² heːn¹]：龙门县，古县名。故城在今山西省河津市。

④薛仁贵 [ɬe² jin² kwai¹]：薛仁贵，名礼，唐朝大将，绛州龙门（今山西河津）人。唐太宗时应募从军，因功升右领军中郎将，唐高宗时累立战功，封平阳郡公。

四 番邦蔑视唐天子

扫码听音频

4

讲肝茄你又乙秦，再讲皇帝梦巴恒。

恒他三更巴恒梦，梦恨番邦高丽国。

眉佐急故隆泥淋，肝佐肝马急隆朋。

莆皇叫雪匕不远，的皇叫命匕不通。

色额志雪眉恩间，就眉的相隆斗肝。

同提喜皇很坭淋，唐皇多巴就连嗲。

许他乳京斗郭使，他叫福分末曾肝。

兰乌山西龙门砚，名初叫郭薛仁贵。

君他三更可亦卦，四更隆想可不凡。

世明四更可隆认，肚屋驾尖肝鹊辰。

卢皇当祥就开哨，恒你三更梦不利。

眉佐急故隆泥淋，

肝佐肝与急隆朋。

161

居	他	三	更	可	亦	卦
kɯ⁵	te¹	ɬaːm¹	keːŋ¹	ko³	a³	kwa⁵
gwq	de	sam	geng	goj	aj	gvaq
时	那	三	更	也	将	过

那时三更将要过，

162

四	更	隆	认	可	不	厷
ɬi⁵	keːŋ¹	lo⁴	jin⁶	ko³	bau⁵	lum²
seiq	geng	rox	nyinh	goj	mbouj	lumz
四	更	懂	醒	也	不	忘

四更醒来也不忘。

163

世	明	四	更	可	隆	认
çi¹	min²	ɬi⁵	keːŋ¹	ko³	lo⁴	jin⁶
si	minz	seiq	geng	goj	rox	nyinh
世	民	四	更	也	懂	醒

世民四更已醒来，

164

肚	屋	笃	失	肛	躺	辰
tua³	uk⁷	tok⁷	ɬet⁷	taŋ²	daːŋ¹	ɬen²
duj	uk	doek	saet	daengz	ndang	saenz
头	脑	惊	跳	到	身	抖

浑身打抖又惊恐。

165

唐	皇	当	祥	就	开	咟
taːŋ²	waːŋ²	taŋ¹	çiaŋ²	tço⁶	haːi¹	paːk⁷
dangz	vangz	dang	ciengz	couh	hai	bak
唐	皇	当	场	就	开	口

太宗即刻就说开，

166

恒	你	三	更	梦	不	利
hun²	ni⁴	ɬaːm¹	keːŋ¹	muŋ⁶	bau⁵	di¹
hwnz	neix	sam	geng	mungh	mbouj	ndei
夜	今	三	更	梦	不	好

今夜三更做恶梦。

167

眉	伝	急	故	隆	泥	淋
mi²	hun²	kap⁸	ku¹	loŋ²	nai²	lom⁵
miz	vunz	gaeb	gou	roengz	naez	loemq
有	人	抓	我	下	泥	陷

有人按我下泥坑，

168

肛	伝	肛	馬	急	隆	朋
taŋ²	hun²	taŋ²	ma⁴	kap⁸	loŋ²	laŋ²
daengz	vunz	daengz	max	gaeb	roengz	raengz
连	人	连	马	抓	下	潭

连人带马推下潭。

象数同谋每故想，梦你化是梦不相，

正相同谋甬故断，利董羞叁亦焦典，

色墨背价残门僧，劳希天下不不平，

臣相恨哗还疼吃，五主哽希乌内心，

同谋郭相保皇帝，茄雷反乱不容呈，

不及年他就反乱，当群特字斗中围，

皇帝就参除戎公，皆你特字信茄雷，

除戎当祥开晒讲，皆你不特家番国，

安他原来特字反，查皇不鲁那字雷，

特字卦斗辞皇帝，哗许雀东李世明，

戎公初欧字斗竞，皆你特字高丽国，

哗许中围背进功，不用朝中李世明。

169

象	数	同	隊	㐱	故	想
tɕiŋ⁵	ɬu¹	toŋ⁶	toːi⁶	di⁴	ku¹	ɬiaŋ³
gyoengq	sou	doengh-	doih	ndij	gou	siengj
众	你们	共同		和	我	想

你们和我一起想，

170

夣	你	八	定	夣	不	利
muŋ⁶	ni⁴	pa⁶	tiŋ⁶	muŋ⁶	bau⁵	di¹
mungh	neix	bah	dingh	mungh	mbouj	ndei
梦	这	必定		梦	不	好

这梦肯定不吉利。

171

臣	相	同	隊	㐱	故	断
tɕin²	ɬiaŋ¹	toŋ⁶	toːi⁶	di⁴	ku¹	tuan⁵
cinz	sieng	doengh-	doih	ndij	gou	duenq
臣	相	共同		和	我	判断

众臣和我来判断，

172

利	荟	差	娄	亦	点	兵
di¹	ʔjaːk⁷	ɕa³	lau²	a³	teːm³	peːŋ¹
ndei	yak	caj	raeuz	aj	diemj-	beng
好	坏	等	我们	要	禳解	

不管好坏都禳解。

173

色	昙	皇	亦	肝	傍	斌
ɬak⁷	ŋon²	wuaŋ²	a³	taŋ²	piaŋ²	fia⁴
saek	ngoenz	vuengz	aj	daengz	biengz	fwx
哪	天	皇	想	到	地方	别人

哪天皇帝要出巡，

174

劳	希	天	下	不	太	平
laːu¹	hi⁵	teːn⁶	ja⁵	bau⁵	taːi¹	piŋ²
lau	heiq	dien	yah	mbouj	dai	bingz
怕	忧	天	下	不	太	平

担心天下不太平。

175

臣	相	恨	吽	还	唪	吒
tɕin²	ɬiaŋ¹	han¹	nau²	waːn²	ɕon²	haːu⁵
cinz	sieng	raen	naeuz	vanz	coenz	hauq
臣	相	见	说	回	句	话

群臣听完回答道，

176

五	主	哽	希	乌	内	心
ŋo⁴	ɬu³	kun¹	hi⁵	u⁵	dai¹	ɬam¹
ngoh	souj	gwn	heiq	youq	ndaw	sim
我	主	吃	忧	在	内	心

我主心里在担惊。

177

同	隊	郭	相	保	皇	帝
toŋ⁶	toːi⁶	kuak⁸	ɬiaŋ¹	paːu³	wuaŋ²	tai⁵
doengh-	doih	guh	sieng	bauj	vuengz	daeq
共同		做	相	保	皇	帝

为臣共同来护主，

178

茄	雷	反	乱	不	容	呈
kia²	lai²	faːn³	luan⁶	bau⁵	jun²	ɕiŋ²
giz	lawz	fanj	luenh	mbouj	yungz	cingz
地方	哪	反	乱	不	容	情

哪里叛乱就平定。

179

不	及	年	他	就	反	乱
bau⁵	ko³	pi¹	te¹	jau⁶	fa:n³	luan⁶
mbouj	goj	bi	de	youh	fanj	luenh
不	料	年	那	又	反	乱

不料那年有叛乱，

180

畨	帮	特	字	斗	中	国①
fa:n⁵	pa:ŋ⁵	tuuk⁷	łɯ¹	tau³	tɕuŋ⁵	ko²
fanh	bangh	dwk	saw	daeuj	cungh	goz
番	邦	写	信	来	中	国

外邦来函到长安。

181

皇	帝	就	嗙	除	茂	公
wuaŋ²	tai⁵	tɕo⁶	ça:m¹	çi²	mau¹	kuŋ⁵
vuengz	daeq	couh	cam	ciz	mou	gungh
皇	帝	就	问	徐	茂	公

皇帝就问徐茂公，

182

皆	你	特	字	信	茄	雷
ka:i⁵	ni⁴	tuuk⁸	łɯ¹	łin⁵	kia²	lai²
gaiq	neix	dwg	saw	saenq	giz	lawz
块	这	是	书	信	地方	哪

这是哪国来的信?

183

除	茂	当	祥	开	咟	讲
çi²	mau¹	ta:ŋ¹	çiaŋ²	ha:i¹	pa:k⁷	ka:ŋ³
ciz	mou	dang	ciengz	hai	bak	gangj
徐	茂	当	场	开	口	讲

茂公立即回答道，

184

皆	你	不	特	家	畨	国
ka:i⁵	ni⁴	bau⁵	tuuk⁸	kia²	fa:n⁵	ko²
gaiq	neix	mbouj	dwg	giz	fanh	goz
块	这	不	是	地方	番	国

这些不是外国信。

185

字	他	原	来	特	字	反
łɯ¹	te¹	je:n²	la:i²	tuuk⁸	łɯ¹	fa:n³
saw	de	yienz	laiz	dwg	saw	fanj
字	他	原	来	是	字	反

他们的字是反字，

186

唐	皇	不	鲁	那	字	雷
ta:ŋ²	wa:ŋ²	bau⁵	lo⁴	na³	łɯ¹	lai²
dangz	vangz	mbouj	rox	naj	saw	lawz
唐	皇	不	识	面	字	哪

太宗不识一个字。

187

特	字	卦	斗	许	皇	帝
tɯ²	łɯ¹	kwa⁵	tau³	hai³	wuaŋ²	tai⁵
dawz	saw	gvaq	daeuj	hawj	vuengz	daeq
拿	信	过	来	给	皇	帝

书信拿给皇帝看，

188

吶	许	唐	東	李	世	明
nau²	hai³	ta:ŋ²	tuŋ⁵	li⁴	çi¹	min²
naeuz	hawj	dangz	dungh	lij	si	minz
说	给	唐	东	李	世	民

呈上唐皇李世民。

189

茂	公	初	欧	字	斗	尧
mau¹	kuŋ⁵	ço⁶	au¹	łu¹	tau³	jiau⁵
mou	gungh	coh	aeu	saw	daeuj	yiuq
茂	公	接	要	信	来	看

茂公接过信来看，

190

皆	你	特	字	高	丽	国
kaːi⁵	ni⁴	tuk⁸	łu¹	kaːu⁵	li¹	ko²
gaiq	neix	dwg	saw	gauh	li	goz
块	这	是	字	高	丽	国

函件来自高句丽。

191

吽	许	中	国	背	进	功
nau²	hai³	tɕuŋ⁵	ko²	pai¹	hau³	koŋ⁵
naeuz	hawj	cungh	goz	bae	haeuj	goengq
说	给	中	国	去	进	贡

叫唐皇朝去进贡，

192

不	用	朝	中	李	世	明
bau⁵	jin⁶	ɕiau⁶	ɕiŋ⁵	li⁴	ɕi¹	min²
mbouj	nyinh	ciuh	cingq	lij	si	minz
不	认	朝	我	李	世	民

不认唐皇李世民。

---

①中国 [tɕuŋ⁵ ko²]：指唐朝都城长安 (今陕西省西安市)。历史上的"中国"指"中央之城"，即地理中心、
　政治中心和文化中心。

世明宰相同队算，就点兵马斗肛齐

差叫年你不进功，年么八月就点兵

提芩李斗骂皇帝，骂叫五主郭劝铜

蕃郡的将他利害，吾初叫郭盖苏文，

唐皇鲁哪呢哮你，打隆桌业不容呈

太宗于郎就发令，东南西北叫兵齐

世明语你造哽蒂，里难不鲁脱郭皇

吃楞京城全同初，可里点兵末曾肛

旱楞就点欧兵斗，皆姜亦点亮肛齐

兵马点礼几拾万，将粮火药点欧齐

就点除茂公夸观，再点三十八总爷

于郎逞县利彩路，实定县咋亦彩路

193

世	明	臣	相	同	隊	算
çi¹	min²	tçin²	ɬiaŋ¹	toŋ⁶	to:i⁶	ɬuan⁵
si	minz	cinz	sieng	doengh-	doih	suenq
世	民	臣	相	共	同	算

世民与大臣商议，

194

就	点	兵	馬	斗	肛	齐
tço⁶	te:m³	piŋ¹	ma⁴	tau³	taŋ²	çai²
couh	diemj	bing	max	daeuj	daengz	caez
就	点	兵	马	来	到	齐

立刻召集众兵马。

195

差	叫	年	你	不	进	功
ça³	he:u⁶	pi¹	ni⁴	bau⁵	hau³	koŋ⁵
caj	heuh	bi	neix	mbouj	haeuj	goengq
若	说	年	今	不	进	贡

高句丽若不进贡，

196

年	么	八	月	就	点	兵
pi¹	mo⁵	pe:t⁷	ŋuat⁸	tço⁶	te:m³	piŋ¹
bi	moq	bet	nyied	couh	diemj	bing
年	新	八	月	就	点	兵

明年八月就出兵。

197

提	字	夸	斗	罵	皇	帝
tuk⁷	ɬu¹	kwa⁵	tau³	da⁵	wuaŋ²	tai⁵
dwk	saw	gvaq	daeuj	ndaq	vuengz	daeq
写	信	过	来	罵	皇	帝

竟然来函骂唐皇，

198

罵	吽	五	主	郭	孙	锏
da⁵	nau²	ŋo⁴	ɬu³	kuak⁸	luk⁸	kaŋ¹
ndaq	naeuz	ngoh	souj	guh	lwg	gaeng
罵	讲	我	主	做	儿	猴

辱骂我皇是猴仔。

199

畨	邦	的	将	他	利	害
fa:n⁵	pa:ŋ⁵	tua²	tçian¹	te¹	li¹	ha:i¹
fanh	bangh	duz	ciengq	de	leix	haih
番	邦	个	将	他	厉	害

高句丽国有猛将，

200

名	初	叫	郭	盖	苏	文①
miŋ²	ço⁶	he:u⁶	kuak⁸	ka:i¹	ɬu⁵	wun²
mingz-	coh	heuh	guh	gai	suh	vwnz
名字		叫	做	盖	苏	文

名字叫作盖苏文。

201

唐	皇	鲁	哪	咤	唒	你
ta:ŋ²	wa:ŋ²	lo⁴	jia¹	ha:u⁵	çon²	ni⁴
dangz	vangz	rox	nyi	hauq	coenz	neix
唐	皇	懂	听	说	句	这

唐皇听到这些话，

202

打	隆	桌	案	不	容	呈
ta³	loŋ²	ço:ŋ²	a:n⁵	bau⁵	jun²	çiŋ²
daj	roengz	congz	anq	mbouj	yungz	cingz
拍	下	桌	案	不	容	情

怒而拍案不留情。

203

太	宗	干	即	就	发	令
ta:i¹	tɕuŋ⁵	ka:n³	ɕɯ⁵	tɕo⁶	fa:t⁷	liŋ⁶
dai	cungh	ganj-	cwq	couh	fat	lingh
太	宗	赶紧		就	发	令

太宗即刻发诏书，

204

東	南	西	北	叫	兵	齐
tuŋ⁵	na:n²	ɬi⁵	pə²	he:u⁶	piŋ¹	ɕai²
doeng	namz	sae	baek	heuh	bing	caez
东	南	西	北	叫	兵	齐

全国兵马全调用。

205

世	明	培	你	造	哽	希
ɕi¹	min²	pai²	ni⁴	tɕo⁶	kɯn¹	hi⁵
si	minz	baez	neix	coh	gwn	heiq
世	民	次	这	才	吃	气

世民这时又担心，

206

里	难	不	鲁	脱	郭	皇
li⁴	na:n⁶	bau⁵	lo⁴	to:t⁷	kuak⁸	wuaŋ²
lij	nanh	mbouj	rox	duet	guh	vuengz
还	难	不	懂	脱	做	皇

不想做皇也真难。

207

吃	楞	京	城②	全	同	初
hat⁷	laŋ¹	kiŋ¹	ɕiŋ²	ɕuan²	toŋ⁶	ɕo⁶
haet	laeng	ging	singz	cienz	doengh	coh
早	后	京	城	传	相	向

次日京城就传开，

208

可	里	点	兵	未	曾	肍
ko³	li⁴	te:m³	piŋ¹	mi³	ɕaŋ²	taŋ²
goj	lij	diemj	bing	mij	caengz	daengz
也	还	点	兵	未	曾	到

还有兵马未到齐。

209

昙	楞	就	点	欧	兵	斗
ŋon²	laŋ¹	tɕo⁶	te:m³	au¹	piŋ¹	tau³
ngoenz	laeng	couh	diemj	aeu	bing	daeuj
日	后	就	点	要	兵	来

过后又继续招兵，

210

皆	娄	亦	点	尧	肍	齐
ka:i⁵	lau²	a³	te:m³	jiau⁵	taŋ²	ɕai²
gaiq	raeuz	aj	diemj	yiuq	daengz	caez
个	我们	要	点	看	到	齐

定要召集够兵马。

211

兵	馬	点	礼	几	拾	万
piŋ¹	ma⁴	te:m³	dai⁴	ki³	ɕip⁸	fa:n⁶
bing	max	diemj	ndaej	geij	cib	fanh
兵	马	点	得	几	十	万

招来兵马几十万，

212

糇	粮	火	药	点	欧	齐
hau⁴	liaŋ²	jia¹	ɕuŋ⁵	te:m³	au¹	ɕai²
haeux	liengz	yw	cungq	diemj	aeu	caez
米	粮	药	枪	点	要	齐

粮草兵器全备齐。

213

就	点	除	茂	公	夸	观
tɕo⁶	teːm³	ɕi²	mau¹	kuŋ⁵	kwa⁵	koːn⁵
couh	diemj	ciz	mou	gungh	gvaq	gonq
就	点	徐	茂	公	过	先

首先点将徐茂公，

214

再	点	三	十	八	总	爺③
tɕaːi¹	teːm³	ɬaːm¹	ɕip⁸	peːt⁷	tɕuŋ³	je²
caiq	diemj	sam	cib	bet	cungj	yez
再	点	三	十	八	总	爷

再点三十八总兵。

215

干	即	逻	昙	利	彩	路
kaːn³	ɕɯ⁵	la¹	ŋon²	di¹	tɕaːi³	hon¹
ganj-	cwq	ra	ngoenz	ndei	byaij	roen
赶紧		找	日	好	走	路

立刻择吉日开拔，

216

决	定	昙	昨	亦	彩	路
ke²	tin¹	ŋon²	ɕoːk⁸	a³	tɕaːi³	hon¹
giet	dingh	ngoenz	cog	aj	byaij	roen
决	定	日	明	要	走	路

决定明天就出发。

①盖苏文 [kaːi¹ ɬu⁵ wɯn²]：指渊盖苏文，高句丽军事统帅，是高句丽国末期极具争议的铁腕军事独裁者。

②京城 [kiŋ¹ ɕiŋ²]：指唐朝都城长安（今陕西省西安市）。

③总爷 [tɕuŋ³ je²]：总兵官，古时统率某一支部队的指挥官，称"总兵"。

唐皇当祥就吩咐，　　蒲雷夏楼不容呈，

同队开定背贡邦，　　夸板夸瘰暴蝉雷，

背肝东州甲营鸟，　　肝生肝灰斗肝齐，

唐皇干即就发令，　　甫雷历岩故不劳，

数哗邦皇特容易，　　拾分半命每唐朝，

造哗不摇不难旧，　　不摇朝中特他谋，

县楼使字背同初，　　决定县昨亦彩路，

唐皇开兵背缘延，　　当邦开兵斗沉七，

斗肝县楼就同提，　　忘胃吃雾显林七，

双救同摇殆无妙，　　兵马同犬乱沉七，

双版同糟不惧港，　　兵马千兵初同故，

217
唐　皇　当　祥　就　吩　咐
ta:ŋ²　wa:ŋ²　ta:ŋ¹　ɕian²　tɕo⁶　fun⁵　fu⁶
dangz　vangz　dang　ciengz　couh　faenq　fuh
唐　皇　当　场　就　吩　咐
唐皇当众就发话，

218
甫　雷　良　楞　不　容　呈
pu⁴　lai²　lian²　laŋ¹　bau⁵　jun²　ɕiŋ²
boux　lawz　riengz　laeng　mbouj　yungz　cingz
人　谁　跟　后　不　容　情
谁人掉队要受罚。

219
同　隊　开　定　背　贫　邦
toŋ⁶　to:i⁶　ha:i¹　tin¹　pai¹　pan²　pa:ŋ¹
doengh-　doih　hai　din　bae　baenz　bang
共同　　开　脚　去　成　群
成群结队奔战场，

220
夸　槑　夸　瘝　厸　蝉　雷
kwa⁵　doŋ¹　kwa⁵　luak⁸　lum³　pit⁸　lai²
gvaq　ndoeng　gvaq　lueg　lumj　bid　raez
过　森林　过　山谷　像　蝉　鸣
穿林跨溪似蝉鸣。

221
背　肕　東　州　甲　营　乌
pai¹　taŋ²　tuŋ⁵　tɕau⁵　tɕa:p⁸　jiŋ²　u⁵
bae　daengz　dungh　couh　cab　yingz　youq
去　到　东　州　扎　营　住
行到东州安营寨，

222
肕　主　肕　灰　斗　肕　齐
taŋ²　ɬu³　taŋ²　ho:i⁵　tau³　taŋ²　ɕai²
daengz　souj　daengz　hoiq　daeuj　daengz　caez
连　主　连　奴　来　到　齐
主仆全数都到齐。

223
太　宗　干　即　就　吩　咐
ta:i¹　tɕuŋ⁵　ka:n³　ɕu⁵　tɕo⁶　fun⁵　fu⁶
dai　cungh　ganj-　cwq　couh　faenq　fuh
太　宗　赶紧　就　吩　咐
太宗即刻又交代，

224
甫　雷　历　害　故　不　劳
pu⁴　lai²　li¹　ha:i¹　ku¹　bau⁵　la:u¹
boux　lawz　leix　haih　gou　mbouj　lau
人　哪　厉　害　我　不　怕
谁人凶残我不怕。

225
唐　皇　干　即　就　发　令
ta:ŋ²　wa:ŋ²　ka:n³　ɕu⁵　tɕo⁶　fa:t⁷　liŋ⁶
dangz　vangz　ganj-　cwq　couh　fat　lingh
唐　皇　赶紧　就　发　令
唐皇立刻下诏书，

226
使　字　背　初　亦　同　坟
ɬai³　ɬu¹　pai¹　ço⁶　a³　toŋ⁶　fut⁸
sawj　saw　bae　coh　aj　doengh　fwd
用　信　去　向　要　对　打
送去战书便宣战。

227

数	吽	郭	皇	特	容	易
ɬu¹	nau²	kuak⁸	wuaŋ²	tuuk⁸	juŋ²	ji⁶
sou	naeuz	guh	vuengz	dwg	yungz	heih
你们	讲	做	皇	是	容	易

谁说皇帝容易当，

228

拾	分	半	命	㑻	唐	轺
ɕip⁸	fan¹	piŋ⁵	miŋ⁶	di⁴	ta:ŋ²	tɕa:u²
cib	faen	bingq	mingh	ndij	dangz	cauz
十	分	拼	命	为	唐	朝

宵衣旰食为国家。

229

造	吽	不	擂	不	难	旧
ɕiau⁵	nau²	bau⁵	do:i⁵	bau⁵	na:n²	kau⁵
ciuq	naeuz	mbouj	ndoiq	mbouj	nanz	gaeuq
照	说	不	打	不	为难	自己

倘若不战图安逸，

230

不	擂	朝	中	特	他	谋
bau⁵	do:i⁵	ɕiau⁶	ɕiŋ⁵	tuuk⁸	te¹	mau²
mbouj	ndoiq	ciuh	cingq	dwg	de	maeuz
不	打	朝	我	是	他	谋

江山要被他人夺。

231

昙	楞	使	字	背	同	初
ŋon²	laŋ¹	ɬai³	ɬu¹	pai¹	toŋ⁶	ɕo⁶
ngoenz	laeng	sawj	saw	bae	doengh	coh
日	后	用	信	去	相	向

次日送战书过去，

232

决	定	昙	昨	亦	彩	路
ke²	tin¹	ŋon²	ço:k⁸	a³	tɕa:i³	hon¹
giet	dingh	ngoenz	cog	aj	byaij	roen
决	定	日	明	要	走	路

决定明天就上路。

233

唐	皇	开	兵	背	绿	班
ta:ŋ²	wa:ŋ²	ha:i¹	piŋ¹	pai¹	lo:k⁸	pa:n⁶
dangz	vangz	hai	bing	bae	rog	banh
唐	皇	开	兵	去	外面	游荡

李世民率兵开拔，

234

番	邦	开	兵	斗	沉	沉
fa:n⁵	pa:ŋ⁵	ha:i¹	piŋ¹	tau³	ɕum²	ɕum²
fanh	bangh	hai	bing	daeuj	cum-	cum
番	邦	开	兵	来	纷纷	

敌国出兵势汹汹。

235

斗	肛	昙	楞	就	同	提
tau³	taŋ²	ŋon²	laŋ¹	tɕo⁶	toŋ⁶	tuuk⁷
daeuj	daengz	ngoenz	laeng	couh	doengh	dwk
来	到	日	后	就	对	打

次日双方就开战，

236

志	霄	啦	雾	显	林	林
kun²	bun¹	lap⁷	mo:k⁷	he:n³	lom²	lom²
gwnz	mbwn	laep	mok	henj-	loem-	loem
上	天	黑	雾	黄	滚滚	

打得漫天烟滚滚。

237

双	汲	同	擂	殆	無	所
ɬoːŋ¹	fiaŋ⁴	toŋ⁶	doːi⁵	taːi¹	bau⁵	ɬo⁵
song	fiengx	doengh	ndoiq	dai	mbouj	soq
双	方	对	打	死	无	数

开战双方死伤多，

238

兵	馬	同	卡	乱	沉	沉
piŋ¹	ma⁴	toŋ⁶	ka³	luan⁶	ɕum²	ɕum²
bing	max	doengh	gaj	luenh-	cum-	cum
兵	马	相	杀	乱	哄哄	

双方厮杀乱糟糟。

239

双	汲	同	擂	不	恨	落
ɬoːŋ¹	fiaŋ⁴	toŋ⁶	doːi⁵	bau⁵	han¹	loŋ²
song	fiengx	doengh	ndoiq	mbouj	raen	roengz
双	方	对	打	不	见	下

双方激战难分解，

240

兵	馬	千	兵	初	同	坟
piŋ¹	ma⁴	ɕian¹	piŋ¹	tɕo⁶	toŋ⁶	fɯt⁸
bing	max	cien	bing	coh	doengh	fwd
兵	马	千	兵	就	对	打

数千兵马同对阵。

擂礼几年太狠潜，肝年差年不恨行。

唐皇哎帝肝那里，君他不时愿郭皇。

鱼颗志雪眉思固，太宗擂他造礼行。

婚邦擂跑几拾万，败背七拾里甲营。

擂背擂马正进贩，擂礼十八年造行。

讲肝茹你又乙奈，再讲唐皇亦刀兰。

不及的将他历害，者物叫郭盖苏文，

急肝唐皇隆泥淋，唐皇佐马急隆明，

唐宗居他雪吃了，不眉甫雷固唐皇，

唐皇叫雪上不亥，唐皇叫命上不通，

甫雷固礼唐天子，许他郭将故郭皇，

甫雷礼固提很斗，天下双逢故退逢。

241
擂　礼　几　年　不　恨　落
do:i⁵　dai⁴　ki³　pi¹　bau⁵　han¹　loŋ²
ndoiq　ndaej　geij　bi　mbouj　raen　roengz
打　得　几　年　不　见　下
打了几年攻不下，

242
肕　年　差　年　不　恨　行
taŋ²　pi¹　ça³　pi¹　bau⁵　han¹　hiŋ²
daengz　bi　caj　bi　mbouj　raen　hingz
到　年　等　年　不　见　赢
年复一年打不赢。

243
唐　皇　哽　希　肕　那　显
ta:ŋ²　wa:ŋ²　kun¹　hi⁵　taŋ²　na³　he:n³
dangz　vangz　gwn　heiq　daengz　naj　henj
唐　皇　吃　忧　到　脸　黄
世民忧虑面色黄，

244
居　他　不　時　愿　郭　皇
ku⁵　te¹　bau⁵　çiŋ²　jian⁶　kuak⁸　wuan²
gwq　de　mbouj　cingz　nyienh　guh　vuengz
时　那　不　情　愿　做　皇
那时不愿当皇帝。

245
色　赖　志　霄　眉　恩　周
ɬak⁷　la:i⁵　kun²　buɯn¹　mi²　an¹　tɕau⁵
caek-　laiq　gwnz　mbwn　miz　aen　gouq
幸好　　上　天　有　恩　救
多亏老天爷帮助，

246
太　宗　擂　他　造　礼　行
ta:i¹　tɕuŋ⁵　do:i⁵　te¹　tɕo⁶　dai⁴　hiŋ²
dai　cungh　ndoiq　de　coh　ndaej　hingz
太　宗　打　他　才　得　赢
太宗这才能取胜。

247
提　殆　畨　邦　几　拾　万
tuk⁷　ta:i¹　fa:n⁵　pa:ŋ⁵　ki³　ɕip⁸　fa:n⁶
dwk　dai　fanh　bangh　geij　cib　fanh
打　死　番　邦　几　十　万
消灭番邦几十万，

248
贩　背　七　拾　里　甲　营
pa:i⁶　pai¹　ɕɛt⁷　ɕip⁸　li⁴　tɕa:p⁸　jiŋ²
baih　bae　caet　cib　leix　cab　yingz
败　去　七　十　里　扎　营
败退逃去七十里。

249
擂　背　擂　罵　正　造　贩
do:i⁵　pai¹　do:i⁵　ma¹　çiŋ⁵　tɕo⁶　pa:i⁶
ndoiq　bae　ndoiq　ma　cingq　coh　baih
打　去　打　来　正　才　败
打来打去才胜利，

250
擂　礼　十　八　年　造　行
do:i⁵　dai⁴　ɕip⁸　pe:t⁷　pi¹　tɕo⁶　hiŋ²
ndoiq　ndaej　cib　bet　bi　coh　hingz
打　得　十　八　年　才　赢
十八年才打得赢。

251

讲	肝	茄	你	又	乙	奈
ka:ŋ³	taŋ²	kia²	ni⁴	jau⁶	ʔjiat⁷	na:i⁵
gangj	daengz	giz	neix	youh	yiet	naiq
讲	到	地方	这	又	歇	累

讲到这里先休息，

252

再	讲	唐	皇	亦	刀	兰
tɕa:i¹	ka:ŋ³	ta:ŋ²	wa:ŋ²	a³	ta:u⁵	la:n²
caiq	gangj	dangz	vangz	aj	dauq	ranz
再	讲	唐	皇	要	回	家

再讲世民要回家。

253

不	及	的	将	他	历	害
bau⁵	ko³	tua²	tɕiaŋ¹	te¹	li¹	ha:i¹
mbouj	goj	duz	ciengq	de	leix	haih
不	料	个	将	他	厉	害

未料对方有猛将，

254

名	初	叫	郭	盖	苏	文
miŋ²	ço⁶	he:u⁶	kuak⁸	ka:i¹	ɬu⁵	wun²
mingz-	coh	heuh	guh	gai	suh	vwnz
名字		叫	做	盖	苏	文

那人名叫盖苏文。

255

急	肝	唐	皇	隆	泥	淋
kap⁸	taŋ²	ta:ŋ²	wa:ŋ²	loŋ²	nai²	lom⁵
gaeb	daengz	dangz	vangz	roengz	naez	loemq
抓	到	唐	皇	下	泥	陷

抓世民按下泥沼，

256

唐	皇	伝	馬	急	隆	朋
ta:ŋ²	wa:ŋ²	hun²	ma⁴	kap⁸	lon²	laŋ²
dangz	vangz	vunz	max	gaeb	roengz	raengz
唐	皇	人	马	抓	下	潭

连人带马下泥潭。

257

唐	宗	居	他	霄	啦	了
taŋ²	tɕiŋ⁵	ku⁵	te¹	bun¹	lap⁷	le:u⁴
dae ngx	gyoengq	gwq	de	mbwn	laep	liux
全部	众	时	那	天	黑	完

那时众人全没招，

258

不	眉	甫	雷	周	唐	皇
bau⁵	mi²	pu⁴	lai²	tɕau⁵	ta:ŋ²	wa:ŋ²
mbouj	miz	boux	lawz	gouq	dangz	vangz
没	有	人	哪	救	唐	皇

没有谁来救唐皇。

259

唐	皇	叫	霄	霄	不	应
ta:ŋ²	wa:ŋ²	he:u⁶	bun¹	bun¹	bau⁵	iŋ⁵
dangz	vangz	heuh	mbwn	mbwn	mbouj	wngq
唐	皇	叫	天	天	不	应

唐皇呼天天不应，

260

唐	皇	叫	命	命	不	通
ta:ŋ²	wa:ŋ²	he:u⁶	miŋ⁶	miŋ⁶	bau⁵	toŋ¹
dangz	vangz	heuh	mingh	mingh	mbouj	doeng
唐	皇	叫	命	命	不	通

唐皇叫地地不灵。

261

甫	雷	周	礼	唐	天	子
pu⁴	lai²	tɕau⁵	dai⁴	taːŋ²	teːn⁵	ɬɯ⁴
boux	lawz	gouq	ndaej	dangz	denh	swj
人	哪	救	得	唐	天	子

若有谁能救天子，

262

许	他	郭	将	故	郭	皇
hai³	te¹	kuak⁸	tɕiaŋ¹	ku¹	kuak⁸	wuaŋ²
hawj	de	guh	ciengq	gou	guh	vuengz
给	他	做	将	我	做	皇

许诺让他当将军。

263

甫	雷	礼	周	提	很	斗
pu⁴	lai²	dai⁴	tɕau⁵	tɯ²	hun³	tau³
boux	lawz	ndaej	gouq	dawz	hwnj	daeuj
人	哪	得	救	拿	上	来

谁救唐皇出泥沼，

264

天	下	双	迁	故	退	迁
teːn⁶	ja⁵	ɬoːŋ¹	fuŋ²	ku¹	toːt⁷	fuŋ²
dien	yah	song	fwngz	gou	duet	fwngz
天	下	双	手	我	脱	手

愿双手奉上江山。

盖文迟剑就亦长，许遥天下造容墨。

唐皇当祥逐瘙呒，愿退天下不都皇，

盖文恨吽也不进，吽许来字造容呈，

不来字退不既旧，不退天下不特依，

就服天下忌退了，开哂叶雪弟林七，

领隆蒋讲就不丑，拾分亦牝故林七，

亦来请许壹墨砚，不鲁欧麻郭沙来，

太宗哂哈捱尾血，踅柏狮袍郭沙来，

唐皇领斗不眉笔，唐皇拨发郭笔来，

来退唐朝许了闹，天下十三省退齐，

踅打手莫皇可进，兄件容命不郭皇，

盖文恨来卹欢喜，那花毡叙跳林七，

265

盖	文	达	剑	就	亦	卡
ka:i⁵	wuun²	ta²	kiam⁵	tço⁶	a³	ka³
gaiq	vwnz	daz	giemq	couh	aj	gaj
盖	文	拉	剑	就	要	杀

盖苏文拔剑要杀，

266

许	退	天	下	造	容	呈
hai³	to:t⁷	te:n⁶	ja⁵	tço⁶	juŋ²	çiŋ²
hawj	duet	dien	yah	coh	yungz	cingz
给	脱	天	下	才	容	情

让出江山才能活。

267

唐	皇	当	祥	还	唪	吒
ta:ŋ²	wa:ŋ²	ta:ŋ¹	çiaŋ²	wa:n²	çon²	ha:u⁵
dangz	vangz	dang	ciengz	vanz	coenz	hauq
唐	皇	当	场	回	句	话

世民即刻就回答，

268

愿	退	天	下	不	郭	皇
jian⁶	to:i⁵	te:n⁶	ja⁵	bau⁵	kuak⁸	wuan²
nyienh	doiq	dien	yah	mbouj	guh	vuengz
愿	退	天	下	不	做	皇

愿让江山不称皇。

269

盖	文	恨	唪	也	不	准
ka:i⁵	wuun²	han¹	nau²	je³	bau⁵	çin³
gaiq	vwnz	raen	naeuz	yej	mbouj	cinj
盖	文	见	讲	也	不	准

盖苏文恐无凭证，

270

唪	許	耒	字	造	容	呈
nau²	hai³	la:i²	ɬu¹	tço⁶	juŋ²	çiŋ²
naeuz	hawj	raiz	saw	coh	yungz	cingz
讲	给	写	字	才	容	情

说写契书才算数。

271

不	耒	字	退	不	能	旧
bau⁵	la:i²	ɬu¹	to:i⁵	bau⁵	dai⁴	tçau⁵
mbouj	raiz	saw	doiq	mbouj	ndaej	gouq
不	写	字	退	不	得	救

不写契书难得救，

272

不	退	天	下	不	特	伝
bau⁵	tuat⁷	te:n⁶	ja⁵	bau⁵	tuk⁸	hun²
mbouj	dued	dien	yah	mbouj	dwg	vunz
不	夺	天	下	不	是	人

不夺江山非君子。

273

就	服	天	下	愿	退	了
tço⁶	fuk⁸	te:n⁶	ja⁵	jian⁶	to:i⁵	le:u⁴
couh	fug	dien	yah	nyienh	doiq	liux
就	服	天	下	愿	退	完

唐皇甘愿让江山，

274

开	咟	叫	霄	涕	林	林
ha:i¹	pa:k⁷	he:u⁶	bun¹	tai³	lian²	lian²
hai	bak	heuh	mbwn	daej-	lien-	lien
开	口	叫	天	哭	涟	涟

呼天喊地泪涟涟。

275

领	隆	哢	讲	就	不	刄
liŋ⁴	loŋ²	çon²	ka:ŋ³	tço⁶	bau⁵	çau²
lingx	roengz	coenz	gangj	couh	mbouj	caeuz
领	下	句	讲	就	不	接受

说过的话竟不认，

276

拾	分	亦	卡	故	林	林
çip⁸	fan¹	a³	ka³	ku¹	lin²	lin²
cib	faen	aj	gaj	gou	lin-	lin
十	分	想	杀	我	紧	紧

时刻都想将我杀。

277

亦	耒	請	许	磨	墨	砚
a³	la:i²	çiŋ³	hai³	mua⁶	mak⁸	jian⁶
aj	raiz	cingj	hawj	muh	maeg	yienh
要	写	请	给	磨	墨	砚

想写字叫我研墨，

278

不	鲁	欧	麻	郭	沙	来
bau⁵	lo⁴	au¹	ma²	kuak⁸	ła¹	la:i²
mbouj	rox	aeu	maz	guh	sa	raiz
不	知	要	什么	做	纸	写

不知拿什么当纸。

279

太	宗	咱	哈	撻	屋	血
ta:i¹	tçuŋ⁵	pa:k⁷	hap⁸	fuŋ²	o:k⁷	liat⁸
dai	cungh	bak	haeb	fwngz	ok	lwed
太	宗	嘴	咬	手	出	血

太宗咬破手指头，

280

撻	拍	裇	袍	郭	沙	来
fuŋ²	be:k⁷	paŋ²	pa:u²	kuak⁸	ła¹	la:i²
fwngz	mbek	baengz	bauz	guh	sa	raiz
手	撕	布	袍	做	纸	写

撕下袍子来当纸。

281

唐	皇	领	斗	不	眉	笔
ta:ŋ²	wa:ŋ²	lin²	tau³	bau⁵	mi²	pit⁷
dangz	vangz	linz	daeuj	mbouj	miz	bit
唐	皇	临	来	没	有	笔

唐皇血出又没笔，

282

唐	皇	拔	髪	郭	笔	来
ta:ŋ²	wa:ŋ²	lok⁷	jom¹	kuak⁸	pit⁷	la:i²
dangz	vangz	loek	byoem	guh	bit	raiz
唐	皇	拔	头发	做	笔	写

唐皇拔发当笔写。

283

来	退	唐	朝	许	了	阑
la:i²	to:i⁵	ta:ŋ²	tça:u²	hai³	le:u⁴	na:u⁵
raiz	doiq	dangz	cauz	hawj	liux	nauq
写	退	唐	朝	给	完	没

愿退江山让唐朝，

284

天	下	十	三	省	退	齐
te:n⁶	ja⁵	çip⁸	ła:m¹	łun⁴	to:i⁵	çai²
dien	yah	cib	sam	sengj	doiq	caez
天	下	十	三	省	退	全

全国十三省全让。

285

搥	打	手	莫	皇	可	准
fuŋ²	ta³	çau⁴	mo⁵	wuaŋ²	ko³	çin³
fwngz	daj	souj	moh	vuengz	goj	cinj
手	按	手	印	皇	也	准

按下手印皇同意，

286

凣	件	容	命	不	郭	皇
fa:n⁶	kian⁶	juŋ²	miŋ⁶	bau⁵	kuak⁸	wuaŋ²
fanh	gienh	yungz	mingh	mbouj	guh	vuengz
万	件	容	命	不	做	皇

愿保性命不称皇。

287

盖	文	恨	耒	心	欢	喜
ka:i⁵	wun²	han¹	la:i²	ɬam¹	wuan⁶	hi³
gaiq	vwnz	raen	raiz	sim	vuen	heij
盖	文	见	写	心	欢	喜

见契书盖苏文喜，

288

那	花	镊	红	跳	林	林
na³	wa¹	pɯn¹	hoŋ²	tiau⁵	lin²	lin²
naj	va	bwn	hoengz	diuq-	lin-	lin
脸	花	发	红	跳	连	连

手舞足蹈跳连连。

恨来字许正察命，急许唐来来壬壬

唐来来字背肝半，字通肝罚报玉皇。

玉皇干师就连吒，造放的天隆固皇，

唐皇君他里眉难，干背忈岩還仁贵，

就放金同隆忈地，变卖玉冕如棉弓。

金童還恨乌忈岩，仁贵咬与乌他从。

讲肝荭你又乙奈，再讲靈家眉功劳，

仁贵恨难肝你刀，君观功劳特斌谋，

讲肝仁贵龙虎山，论讲屉斗顺娈凉。

甫他色暑里愿退，名初叫邦张仕贵。

仁贵造条背朵命，背岩军尚乌朵盤，

乌岩军尚双年满，九甫扰缝乌他从。

289

恨	来	字	许	正	容	命
han¹	la:i²	ɬɯ¹	hai³	çiŋ⁵	juŋ²	miŋ⁶
raen	raiz	saw	hawj	cingq	yungz	mingh
见	写	字	给	才	容	命

见写契书才留命，

290

急	许	唐	東	耒	壬	壬
tçap⁷	hai³	ta:ŋ²	tuŋ⁵	la:i²	jam²	jam²
gyaep	hawj	dangz	dungh	raiz	yaemz	yaemz
催	给	唐	东	写	快	快

催着唐皇快快写。

291

唐	東	来	字	背	肝	半
ta:ŋ²	tuŋ⁵	la:i²	ɬɯ¹	pai¹	taŋ²	tiŋ²
dangz	dungh	raiz	saw	bae	daengz	dingz
唐	东	写	字	去	到	半

唐皇写契书通天，

292

字	通	肝	霄	报	玉	皇
ɬɯ¹	toŋ¹	taŋ²	bun¹	pa:u⁵	ji¹	wuaŋ²
saw	doeng	daengz	mbwn	bauq	yi	vuengz
字	通	到	天	报	玉	皇

契书通天报玉皇。

五 仁贵挺身救世民

扫码听音频

恨来字许正疼命，急许唐东来壬壬。

唐东来字背肘半，字通肝雨板玉皇。

玉皇干即就连咣，造放的天隆周皇，

唐皇君他里眉难，干背恋岩还仁贵，

就放金同隆恶地，变卖玉冠如棉弓。

金童还恨乌恶岩，仁贵低马乌他従。

讲肝荔你又飞奈，再讲灵家眉功劳，

仁贵恨难肝你刀，居观功劳特斌谋，

讲肝仁贵龙虎山，论讲尾斗顺娈凉。

甫他色暴里愿逃，名初叫邦张仕贵。

仁贵造条背架命，背岩单尚乌朵船。

乌岩单尚双午蒲，九甫纸挂乌他従。

293

玉	皇	干	即	就	连	旺
ji¹	wuaŋ²	kaːŋ³	ɕɯ⁵	tɕo⁶	leːŋ⁶	haːu⁵
yi	vuengz	ganj-	cwq	couh	lenh	hauq
玉	皇	赶紧		就	连忙	说

玉皇立刻发话说，

294

造	放	的	夭	隆	周	皇
tɕo⁶	ɕuaŋ⁵	tua²	ʔjiau¹	loŋ²	tɕau⁵	wuaŋ²
coh	cuengq	duz	iu	roengz	gouq	vuengz
才	放	个	妖	下	救	皇

派下天兵救唐皇。

295

唐	皇	居	他	里	眉	难
taːŋ²	waːŋ²	ku⁵	te¹	li⁴	mi²	naːn⁶
dangz	vangz	gwq	de	lij	miz	nanh
唐	皇	时	那	还	有	难

唐皇那时有灾难，

296

干	背	忑	岩	逻	仁	贵
kaːk⁸	pai¹	la³	kaːm³	la¹	jin²	kwai¹
gag	bae	laj	gamj	ra	yinz	gvei
自	去	下	岩洞	找	仁	贵

自去岩下找仁贵。

297

就	放	金	同	隆	忑	地
tɕo⁶	ɕuaŋ⁵	kin⁵	tuŋ²	loŋ²	la³	kaːm³
couh	cuengq	ginh	dungz	roengz	laj-	gamj
就	放	金	童	下		人间

又派金童下凡间，

298

变	贫	玉	兔	如	棉	弓
pian⁵	pan²	juk⁸	to⁵	lum³	faːi⁵	koŋ¹
bienq	baenz	yug	doq	lumj	faiq	goeng
变	成	玉	兔	像	棉花	弓

变成玉兔像棉弓。

299

金	童	逻	恨	乌	忑	岩
kin⁵	tuŋ²	la¹	han¹	u⁵	la³	kaːm³
ginh	dungz	ra	raen	youq	laj	gamj
金	童	找	见	在	下	岩洞

金童岩下找到他，

300

仁	贵	伝	马	乌	他	從
jin²	kwai¹	hun²	ma⁴	u⁵	te¹	ɬuŋ²
yinz	gvei	vunz	max	youq	de	soengz
仁	贵	人	马	在	那	住

薛仁贵在那驻兵。

301

讲	肝	茄	你	又	乙	奈
kaːŋ³	taŋ²	kia²	ni⁴	jau⁶	ʔjiat⁷	naːi⁵
gangj	daengz	giz	neix	youh	yiet	naiq
讲	到	地方	这	又	歇	累

说到这里又休息，

302

再	讲	雪	家	眉	功	劳
tɕaːi¹	kaːŋ³	ɬe²	kia⁵	mi²	koŋ¹	laːu²
caiq	gangj	sez	gya	miz	goeng	lauz
再	讲	薛	家	有	功	劳

再说薛家的功劳。

303

仁	贵	恨	难	肟	你	刀
jin²	kwai¹	han¹	na:n⁶	taŋ²	ni⁴	ta:u⁵
yinz	gvei	raen	nanh	daengz	neix	dauq
仁	贵	见	难	到	这	回

仁贵遇难到此止，

304

居	观	功	劳	特	斌	谋
ku⁵	ko:n⁵	koŋ¹	la:u²	tuuk⁸	fia⁴	mau²
gwq	gonq	goeng	lauz	dwg	fwx	maeuz
时	先	功	劳	是	别人	谋

先前功劳无人提。

305

讲	肟	仁	贵	龙	虎	山
ka:ŋ³	taŋ²	jin²	kwai¹	luŋ²	hu⁴	ça:n⁵
gangj	daengz	yinz	gvei	lungz	huj	sanh
讲	到	仁	贵	龙	虎	山

仁贵来到龙虎山，

306

论	讲	屋	斗	顺	凄	凉
lun⁶	ka:ŋ³	o:k⁷	tau³	çin¹	ɬi⁵	liaŋ²
lwnh	gangj	ok	daeuj	caen	si	liengz
论	说	出	来	真	凄	凉

现在说来好凄凉。

307

甫	他	色	昙	里	愿	退
pu⁴	te¹	ɬak⁷	ŋon²	li⁴	jian⁶	tuat⁷
boux	de	saek	ngoenz	lij	nyienh	dued
人	他	哪	日	还	愿	夺

不知哪天谁来夺，

308

名	初	叫	郭	張	仕	贵
miŋ²	ço⁶	he:u⁶	kuak⁸	tça:ŋ⁵	ɬɯ¹	kwai¹
mingz-	coh	heuh	guh	cangh	sw	gvei
名字		叫	做	张	士	贵

名字就叫张士贵。

309

仁	贵	造	条	背	朵	命
jin²	kwai¹	tço⁶	te:u²	pai¹	do⁴	miŋ⁶
yinz	gvei	coh	deuz	bae	ndoj	mingh
仁	贵	才	逃	去	躲	命

仁贵赶紧去逃命，

310

背	岩	軍	嵩	乌	朵	躺
pai¹	ka:m³	kun¹	toŋ⁶	u⁵	do⁴	da:ŋ¹
bae	gamj	gun	doengh	youq	ndoj	ndang
去	岩洞	官军	山野	住	躲	身

住在山洞里躲藏。

311

乌	岩	軍	嵩	双	年	蒲
u⁵	ka:m³	kun¹	toŋ⁶	ɬo:ŋ¹	pi¹	muan⁴
youq	gamj	gun	doengh	song	bi	muenx
在	岩洞	官军	山野	两	年	满

躲在山洞满两年，

312

九	甫	批	往	乌	他	從
ku³	pu⁴	pi⁴	nuan⁴	u⁵	te¹	ɬuŋ²
gouj	boux	beix	nuengx	youq	de	soengz
九	个	兄	弟	在	那	住

九个兄弟同居住。

八甫挑在背提斗，叫许仁贵鸟亮盖，
斗肝县娇办呆奔，的鸟各鸟跳林上。
不及县榜贼皇贩，的鸟各鸟哑林上。
仁贵当祥就连呢，富生眠忘介麻贫。
鲁民已县不眉骑，许故骑民背游鳉，
仁贵忙七想内肚，不信仕贵还烟仇。
仁贵干即就却马，学卞张延退烟仇。
鸟恨即妥就不跳，即了吐带跳夸坡，
金童变负的玉兔，变负玉兔背负兀。
不反志罚眉恩固，的马放蹄背如兀。

313
八 甫 批 往 背 提 斗
peːt⁷ pu⁴ pi⁴ nuaŋ⁴ pai¹ tuuk⁷ tau⁵
bet boux beix nuengx bae dwk daeuq
八 个 兄 弟 去 打 猎
八个兄弟去打猎，

314
吽 許 仁 贵 乌 尧 兰
nau² hai³ jin² kwai¹ u⁵ jiau⁵ laːn²
naeuz hawj yinz gvei youq yiuq ranz
说 给 仁 贵 在 看 家
说让仁贵待在家。

315
斗 肕 昙 楞 办 呆 夸
tau³ taŋ² ŋon² laŋ¹ paːn¹ ŋaːi² kwa⁵
daeuj daengz ngoenz laeng ban ngaiz gvaq
来 到 日 后 时 早饭 过
待到次日早饭后，

316
的 馬 各 乌 跳 林 林
tua² ma⁴ kaːk⁸ u⁵ tiau⁵ lin² lin²
duz max gag youq diuq lin- lin
只 马 自 住 跳 连连
战马自个蹦蹦跳。

317
不 及 昙 楞 贼 皇 贩
bau⁵ ko³ ŋon² laŋ¹ çak⁸ wuaŋ² faːn³
mbouj goj ngoenz laeng caeg vuengz fanj
不 料 日 后 兵 皇 反
不料朝廷出兵乱，

318
的 馬 各 乌 噔 林 林
tua² ma⁴ kaːk⁸ u⁵ heːu⁶ lin² lin²
duz max gag youq heuh lin- lin
只 马 自 在 叫 连连
战马自个叫不停。

319
仁 贵 当 祥 就 连 吒
jin² kwai¹ taːŋ¹ çiaŋ² tɕo⁶ leːn⁶ haːu⁵
yinz gvei dang ciengz couh lenh hauq
仁 贵 当 场 就 连忙 说
仁贵立刻冲着骂，

320
畜 生 眠 忑 介 麻 贫
ɬuk⁷ ɬeːŋ¹ nin² la³ kaːi⁵ ma² pan²
cuk- seng ninz laj gaiq maz baenz
畜 生 睡 下 块 什么 成
畜生喊叫做什么。

321
鲁 民 己 昙 不 眉 骑
lo⁴ muŋ² ki³ ŋon² bau⁵ mi² kiai⁶
rox mwngz geij ngoenz mbouj miz gwih
知 你 几 日 没 有 骑
或是因为没人骑，

322
许 故 骑 民 背 遊 躺
hai³ ku¹ kiai⁶ muŋ² pai¹ do⁴ daːŋ¹
hawj gou gwih mwngz bae ndoj ndang
给 我 骑 你 去 躲 身
那就驮我去逃命。

323

仁	贵	忙	忙	想	内	肚
jin²	kwai¹	muaŋ²	muaŋ²	ɬiaŋ³	dai¹	tuŋ⁴
yinz	gvei	muengz	muengz	siengj	ndaw	dungx
仁	贵	急	急	想	中	肚

仁贵心里默默想，

324

不	信	仕	贵	还	烟	仇
bau⁵	ɬin⁵	ɬu¹	kwai¹	wa:n²	ʔjian¹	çau²
mbouj	saenq	sw	gvei	vanz	ien	caeuz
不	信	士	贵	还	冤	仇

不信士贵能报仇。

325

仁	贵	干	即	就	郎	馬
jin²	kwai¹	ka:n³	çu⁵	tço⁶	la:ŋ³	ma⁴
yinz	gvei	ganj-	cwq	couh	langj	max
仁	贵	赶紧		就	套	马

仁贵立即套上马，

326

学	卡	張	还	退	烟	仇
tço⁶	ka³	tça:ŋ⁵	wa:n²	to:i⁵	ʔjian¹	çau²
coh	gaj	cangh	vanz	doiq	ien	caeuz
才	杀	张	环	退	冤	仇

先杀张环报冤仇。

327

馬	恨	郎	安	就	不	跳
ma⁴	han¹	la:ŋ³	a:n¹	tço⁶	bau⁵	tiau⁵
max	raen	langj	an	couh	mbouj	diuq
马	见	套	鞍	就	不	跳

马见套鞍停止跳，

328

郎	了	吐	带	跳	夸	坡
la:ŋ³	le:u⁴	tuŋ⁴	ça:k⁸	tiau⁵	kwa⁵	po¹
langj	liux	dungx	cag	diuq	gvaq	bo
套	完	肚	绳	跳	过	坡

套好鞍绳跳过坡。

329

金	童	变	贫	的	玉	兔
kin⁵	tuŋ²	pian⁵	pan²	tua²	juk⁸	to⁵
ginh	dungz	bienq	baenz	duz	yug	doq
金	童	变	成	只	玉	兔

金童变成了玉兔，

330

变	贫	玉	兔	背	贫	乃
pian⁵	pan²	juk⁸	to⁵	pai¹	pan²	lum²
bienq	baenz	yug	doq	bae	baenz	rumz
变	成	玉	兔	去	成	风

变成玉兔行似风。

331

不	及	志	霄	眉	恩	周
bau⁵	ko³	kun²	bun¹	mi²	an¹	tçau⁵
mbouj	goj	gwnz	mbwn	miz	aen	gouq
不	料	上	天	有	恩	救

上料上苍来搭救，

332

的	馬	放	蹄	背	如	乃
tua²	ma⁴	çuan⁵	lit⁸	pai¹	lum³	lum²
duz	max	cuengq	lid	bae	lumj	rumz
只	马	放	蹄	去	如	风

战马奋蹄如疾风。

的马恨跻背不刀，急良玉兔肘而桑。

仁贵背良就不刀，的马又跳背壬壬。

玉兔肘达就连变，飞很霄背救玉皇。

马肘志坡又很达，的马造鹤等不隆。

被他叫郭断太山，个眉十五文桑。

（5）仁贵恨坏碰四马刀，瞪逻忑恨唐皇。

又恨盖文亦要走，盖故闻他郭主傣。

仁贵亦周很背碰，合到报霄双三嗒。

奈命唐皇得故固，的马强隆碰不始。

盖世志霄不许间强隆背肘忑梭强。

志霄亦许郭皇帝，强隆肘忑许眉力。

仁贵肘忑轮不杀，的马肘忑跳林七。

333

的	馬	恨	路	背	不	刀
tua²	ma⁴	han¹	hon¹	pai¹	bau⁵	ta:u⁵
duz	max	raen	roen	bae	mbouj	dauq
只	马	见	路	去	不	回

一路飞奔不回头，

334

急	良	玉	兔	肝	顶	桑
tɕap⁷	liaŋ²	juk⁸	to⁵	taŋ²	tiŋ³	ła:ŋ¹
gyaep	riengz	yug	doq	daengz	dingj	sang
追	跟	玉	兔	到	顶	高

紧跟玉兔上高山。

335

仁	贵	背	良	就	不	刀
jin²	kwai¹	pai¹	liaŋ²	tɕo⁶	bau⁵	ta:u⁵
yinz	gvei	bae	riengz	couh	mbouj	dauq
仁	贵	去	跟	就	不	回

仁贵跟去不回头，

336

的	馬	又	跳	背	壬	壬
tua²	ma⁴	jau⁶	tiau⁵	pai¹	jam²	jam²
duz	max	youh	diuq	bae	yaemz	yaemz
只	马	又	跳	去	快	快

战马疾驰飞奔快。

337

玉	兔	肝	达	就	连	变
juk⁸	to⁵	taŋ²	ta:t⁷	tɕo⁶	le:n⁶	pian⁵
yug	doq	daengz	dat	couh	lenh	bienq
玉	兔	到	山崖	就	连忙	变

玉兔崖前忽变身，

338

飛	很	霄	背	报	玉	皇
bin¹	huɯn³	bɯɯn¹	pai¹	pa:u⁵	ji¹	wuaŋ²
mbin	hwnj	mbwn	bae	bauq	yi	vuengz
飞	上	天	去	报	玉	皇

飞到天上报玉皇。

339

馬	肝	志	坡	又	很	达
ma⁴	taŋ²	kun²	po¹	jau⁶	huɯn³	ta:t⁷
max	daengz	gwnz	bo	youh	hwnj	dat
马	到	上	坡	又	上	山崖

战马上坡爬山崖，

340

的	馬	造	乌	等	不	隆
tua²	ma⁴	tɕo⁶	u⁵	taŋ⁴	bau⁵	loŋ²
duz	max	coh	youq	daengx	mbouj	roengz
只	马	才	住	停	不	下

仁贵驻马不下鞍。

341

坡	他	叫	郭	卧	龙	山
po¹	te¹	he:u⁶	kuak⁸	ŋo¹	luŋ²	ça:n⁵
bo	de	heuh	guh	ngo	lungz	sanh
山	它	叫	做	卧	龙	山

那山就叫卧龙山，

342

个	磴	眉	十	五	丈	桑
ka¹	ta:t⁷	mi²	çip⁸	ha³	çiaŋ⁶	ła:ŋ¹
ga	dat	miz	cib	haj	ciengh	sang
处	山崖	有	十	五	丈	高

山崖有十五丈高。

343

仁	贵	恨	磁	囲	馬	刀
jin²	kwai¹	han¹	taːt⁷	hoːi²	ma⁴	taːu⁵
yinz	gvei	raen	dat	hoiz	max	dauq
仁	贵	见	山崖	回	马	回

仁贵崖前勒住马，

344

望	逻	忑	磁	恨	唐	皇
muaŋ⁶	loŋ²	la³	taːt⁷	han¹	taːŋ²	waːŋ²
muengh	roengz	laj	dat	raen	dangz	vangz
望	下	下	山崖	见	唐	皇

望见唐皇在山下。

345

又	恨	盖	文	亦	要	走
jau⁶	han¹	kaːi⁵	wun²	a³	au¹	tɕau³
youh	raen	gaiq	vwnz	aj	aeu	gyaeuj
又	见	盖	文	想	要	头

正被盖苏文追杀，

346

差	故	周	他	郭	主	傍
ɕa³	ku¹	tɕau⁵	teː¹	kuak⁸	ɬu³	piaŋ²
caj	gou	gouq	de	guh	souj	biengz
等	我	救	他	做	主	天下

等我救他做天子。

347

仁	贵	亦	周	很	背	磁
jin²	kwai¹	a³	tɕau⁵	han¹	pai¹	taːt⁷
yinz	gvei	aj	gouq	raen	bae	dat
仁	贵	要	救	见	去	山崖

仁贵又见有断崖，

348

合	烈	报	霄	双	三	唪
hot⁸	le⁴	paːu⁵	buun¹	ɬoːŋ¹	ɬaːm¹	ɕon²
hoed	le	bauq	mbwn	song	sam	coenz
说	了	报	天	二	三	句

连忙呼喊叫苍天。

349

条	命	唐	皇	得	故	周
teːu²	miŋ⁶	taːŋ²	waːŋ²	tuuk⁸	ku¹	tɕau⁵
diuz	mingh	dangz	vangz	dwg	gou	gouq
条	命	唐	皇	是	我	救

若让我救唐皇命，

350

的	馬	強	隆	磁	不	殆
tua²	ma⁴	kiaŋ⁶	loŋ²	taːt⁷	bau⁵	taːi¹
duz	max	giengh	roengz	dat	mbouj	dai
只	马	跳	下	山崖	不	死

战马跃崖不会死。

351

差	呐	志	霄	不	许	周
ɕa³	nau²	kun²	buun¹	bau⁵	hai³	tɕau⁵
caj	naeuz	gwnz	mbwn	mbouj	hawj	gouq
若	讲	上	天	不	给	救

如果上天不让救，

352

強	隆	背	肌	忑	按	殆
kiaŋ⁶	loŋ²	pai¹	taŋ²	la³	aːn¹	taːi¹
giengh	roengz	bae	daengz	laj	an	dai
跳	下	去	到	下	定	死

跃下悬崖定会死。

353

志	霄	亦	許	郭	皇	帝
kɯn²	bɯn¹	a³	hai³	kuak⁸	wuaŋ²	tai⁵
gwnz	mbwn	aj	hawj	guh	vuengz	daeq
上	天	要	给	做	皇	帝

如果苍天让称皇，

354

強	隆	肝	忑	许	眉	力
kiaŋ⁶	loŋ²	taŋ²	la³	hai³	mi²	le:ŋ²
giengh	roengz	daengz	laj	hawj	miz	rengz
跳	下	到	下	给	有	力

跳下山崖仍无恙。

355

仁	贵	肝	忑	跻	不	奈
jin²	kwai¹	taŋ²	la³	da:ŋ¹	bau⁵	na:i⁵
yinz	gvei	daengz	laj	ndang	mbouj	naiq
仁	贵	到	下	身	不	累

仁贵跳崖不觉累，

356

的	馬	肝	忑	跳	林	林
tua²	ma⁴	taŋ²	la³	tiau⁵	lin²	lin²
duz	max	daengz	laj	diuq-	lin-	lin
只	马	到	下	跳	连	连

马儿仍然跳不停。

及马三棍，所迎海，亦特盖文莠不行

高，查民因故礼命夸，

高，唐皇卅仁贵二百，民礼因故不罪愚。

许

铃民都将故都皇

盖文恨射余躲命，干即发马背壬。

仁贵鲁耶呢蒔你，又再夸背里他文

提六七合不恨行。

盖文不服又刀提，

盖文同提也不夸，发马夸海背肝

盖文肘湖马刀，刀骂长贵都唐皇

仁道莲要白虎鞭，摇打盖文血屋合

世明仁贵初眉难，不犯是雷可时雷，

查民利害里故提，铃故布瓶命牙

民礼斗良故许料，故不许头不得传

357

发	馬	三	便	肌	边	海
faːt⁸	ma⁴	łaːm¹	pian¹	taŋ²	heːn²	haːi³
fad	max	sam	bien	daengz	henz	haij
抽	马	三	鞭	到	边	海

快马加鞭到海边，

358

亦	特	盖	文	劳	不	行
a³	tuk⁷	kaːi⁵	wun²	laːu¹	bau⁵	hiŋ²
aj	dwk	gaiq	vwnz	lau	mbouj	hingz
要	打	盖	文	怕	不	赢

攻盖苏文恐难赢。

359

唐	皇	叫	仁	贵	二	咟
taːŋ²	waːŋ²	heːu⁶	jin²	kwai¹	łoːŋ¹	paːk⁷
dangz	vangz	heuh	yinz	gvei	song	bak
唐	皇	叫	仁	贵	两	口

唐皇对着仁贵说，

360

民	礼	周	故	不	罧	恩
mun²	dai⁴	tɕau⁵	ku¹	bau⁵	lum²	an¹
mwngz	ndaej	gouq	gou	mbouj	lumz	aen
你	得	救	我	不	忘	恩

救命之恩我不忘。

361

查	民	周	故	礼	命	夸
ɕa³	mun²	tɕau⁵	ku¹	dai⁴	miŋ⁶	kwa⁵
caj	mwngz	gouq	gou	ndaej	mingh	gvaq
若	你	救	我	得	命	过

今天你若救了我，

362

許	民	郭	将	故	郭	皇
hai³	muŋ²	kuak⁸	tɕiaŋ¹	ku¹	kuak⁸	wuaŋ²
hawj	mwngz	guh	ciengq	gou	guh	vuengz
给	你	做	将	我	做	皇

我为皇来你为将。

363

仁	贵	鲁	耶	咘	哹	你
jin²	kwai¹	lo⁴	jia¹	haːu⁵	çon²	ni⁴
yinz	gvei	rox	nyi	hauq	coenz	neix
仁	贵	懂	听	说	句	这

仁贵听他这样说，

364

又	再	夸	背	里	他	文
jau⁶	tɕaːi¹	kwa⁵	pai¹	di⁴	te¹	fut⁸
youh	caiq	gvaq	bae	ndij	de	fwd
又	再	过	去	和	他	打

即刻上前又交战。

365

盖	文	恨	肌	条	躲	命
kaːi⁵	wun²	han¹	taŋ²	teːu²	do⁴	miŋ⁶
gaiq	vwnz	raen	daengz	deuz	ndoj	mingh
盖	文	见	到	逃	躲	命

盖苏文落败而逃，

366

干	即	发	馬	背	壬	壬
kaːn³	çu⁵	faːt⁸	ma⁴	pai¹	jam²	jam²
ganj-	cwq	fad	max	bae	yaemz	yaemz
赶	紧	抽	马	去	快	快

立刻抽鞭催马跑。

367

盖	文	不	服	又	刀	提
ka:i⁵	wun²	bau⁵	fuk⁸	jau⁶	ta:u⁵	tuk⁷
gaiq	vwnz	mbouj	fug	youh	dauq	dwk
盖	文	不	服	又	回	打

盖苏文不服又战，

368

提	六	七	合	不	恨	行
tuk⁷	lok⁷	ɕɛt⁷	ho:i²	bau⁵	han¹	hiŋ²
dwk	roek	caet	hoiz	mbouj	raen	hingz
打	六	七	回	不	见	赢

几个回合没打赢。

369

仁	贵	鐽	要	白	虎	鞭
jin²	kwai¹	fuŋ²	au¹	pə²	hu⁴	pe:n⁵
yinz	gvei	fwngz	aeu	bwz	huj	benh
仁	贵	手	要	白	虎	鞭

仁贵手挥白虎鞭，

370

擂	打	盖	文	血	屋	合
do:i⁵	tuk⁸	ka:i⁵	wun²	liat⁸	o:k⁷	ho²
ndoiq	dwk	gaiq	vwnz	lwed	ok	hoz
打	得	盖	文	血	出	喉

打得盖苏文吐血。

371

盖	文	同	提	也	不	夸
ka:i⁵	wun²	toŋ⁶	tuk⁷	je³	bau⁵	kwa⁵
gaiq	vwnz	doengh	dwk	yej	mbouj	gvaq
盖	文	对	打	也	不	过

盖苏文见打不过，

372

发	馬	夸	海	背	肛	壮
fa:t⁸	ma⁴	kwa⁵	ha:i³	pai¹	taŋ²	tɕa:ŋ¹
fad	max	gvaq	haij	bae	daengz	gyang
抽	马	过	海	去	到	中

催马过海到江中。

373

盖	文	肛	江	囬	馬	刀
ka:i⁵	wun²	taŋ²	tɕa:ŋ¹	ho:i²	ma⁴	ta:u⁵
gaiq	vwnz	daengz	gyang	hoiz	max	dauq
盖	文	到	中	回	马	回

行到半途又返回，

374

刀	骂	仁	贵	与	唐	皇
ta:u⁵	da⁵	jin²	kwai¹	di⁴	ta:ŋ²	wa:ŋ²
dauq	ndaq	yinz	gvei	ndij	dangz	vangz
回	骂	仁	贵	和	唐	皇

咒骂仁贵与唐皇。

375

世	明	仁	贵	初	眉	难
ɕi¹	min²	jin²	kwai¹	tɕo⁶	mi²	na:n⁶
si	minz	yinz	gvei	coh	miz	nanh
世	民	仁	贵	才	有	难

世民仁贵有灾难，

376

不	犯	昙	雷	可	時	雷
bau⁵	fa:m⁶	ŋon²	lai²	ko³	ɕw²	lai²
mbouj	famh	ngoenz	lawz	goj	cawz	lawz
不	犯	日	哪	也	时	哪

不知哪天犯天条。

377

查	民	利	害	里	故	提
ça³	muɯŋ²	li¹	ha:i¹	di⁴	ku¹	tuuk⁷
caj	mwngz	leix	haih	ndij	gou	dwk
若	你	厉	害	和	我	打

你别逞凶和我斗，

378

给	故	旬	民	半	命	牙
hai³	ku¹	di⁴	muɯŋ²	puak⁷	miŋ⁶	ja⁴
hawj	gou	ndij	mwngz	buek	mingh	yax
给	我	和	你	拼	命	狠

我会拼命和你打。

379

民	礼	斗	良	故	许	头
muɯŋ²	dai⁴	tau³	liaŋ²	ku¹	hai³	tçau³
mwngz	ndaej	daeuj	riengz	gou	hawj	gyaeuj
你	得	来	跟	我	给	头

你还敢打我奉陪，

380

故	不	许	头	不	得	伝
ku¹	bau⁵	hai³	tçau³	bau⁵	tuuk⁸	hun²
gou	mbouj	hawj	gyaeuj	mbouj	dwg	vunz
我	不	给	头	不	是	人

我不杀你不为人。

唐太宗恨他吽咳你，　　　故许仁贵里他文

仁贵亦打劳不夸，　　　不打天下得他谋

盖文半命又刀打，　　吽民利害不劳民

仁贵恨他咳一你，　　发马夸涝里他文

的马盖文累猎壮，　　的马仁贵不肖蹄

盖文贩杀背颈命，　　发马夸涝背壬上

盖文同打不礼夸，　　斯各达剑割头始

盖文依马嗜隆海、求马踏观割头稆

仁贵礼头四马刀，振许唐皇李世明、

唐皇礼头心欢喜，民礼围故不累恩、

唐皇礼头哈三庵、拜初仁贵安林々、

中秦命十分将民国，民礼围故不累恩、

381

太	宗	恨	他	吽	嗊	你
ta:i¹	tɕuŋ⁵	han¹	te¹	nau²	ɕon²	ni⁴
dai	cungh	raen	de	naeuz	coenz	neix
太宗		见	他	说	句	这

太宗见他这样讲，

382

故	许	仁	贵	里	他	文
ku¹	hai³	jin²	kwai¹	di⁴	te¹	fut⁸
gou	hawj	yinz	gvei	ndij	de	fwd
我	给	仁	贵	和	他	打

我叫仁贵去对阵。

383

仁	贵	亦	打	劳	不	夸
jin²	kwai¹	a³	fut⁸	la:u¹	bau⁵	kwa⁵
yinz	gvei	aj	fwd	lau	mbouj	gvaq
仁	贵	要	打	怕	不	过

仁贵又怕打不过，

384

不	打	天	下	得	他	谋
bau⁵	fut⁸	te:n⁶	ja⁵	tuk⁸	te¹	mau²
mbouj	fwd	dien	yah	dwg	de	maeuz
不	打	天	下	是	他	谋

不打恐其夺江山。

385

盖	文	半	命	又	刀	打
ka:i⁵	wun²	puak⁷	miŋ⁶	jau⁶	ta:u⁵	fut⁸
gaiq	vwnz	buek	mingh	youh	dauq	fwd
盖	文	拼	命	又	回	打

盖苏文拼命回打，

386

吽	民	利	害	不	劳	民
nau²	muŋ²	li¹	ha:i¹	bau⁵	la:u¹	muŋ²
naeuz	mwngz	leix	haih	mbouj	lau	mwngz
讲	你	厉	害	不	怕	你

你功夫高我不怕。

387

仁	贵	恨	他	吽	嗊	你
jin²	kwai¹	han¹	te¹	nau²	ɕon²	ni⁴
yinz	gvei	raen	de	naeuz	coenz	neix
仁	贵	见	他	说	句	这

仁贵见他这样讲，

388

发	馬	夸	海	里	他	文
fa:t⁸	ma⁴	kwa⁵	ha:i³	di⁴	te¹	fut⁸
fad	max	gvaq	haij	ndij	de	fwd
抽	马	过	海	和	他	打

策马对战盖苏文。

389

的	馬	盖	文	罧	消	肚
tua²	ma⁴	ka:i⁵	wun²	lom⁵	ɕiau⁵	tuŋ⁴
duz	max	gaiq	vwnz	loemq	ciuq	dungx
匹	马	盖	文	陷	到	肚

对方战马陷水中，

390

的	馬	仁	贵	不	消	蹄
tua²	ma⁴	jin²	kwai¹	bau⁵	ɕiau⁵	lit⁸
duz	max	yinz	gvei	mbouj	ciuq	lid
匹	马	仁	贵	不	到	蹄

仁贵战马正奋蹄。

391

盖	文	贩	条	背	顾	命
ka:i⁵	wun²	pa:i⁶	te:u²	pai¹	ko⁵	min⁶
gaiq	vwnz	baih	deuz	bae	goq	mingh
盖	文	败	逃	去	顾	命

盖苏文溃败逃命，

392

发	马	夸	海	背	壬	壬
fa:t⁸	ma⁴	kwa⁵	ha:i³	pai¹	jam²	jam²
fad	max	gvaq	haij	bae	yaemz	yaemz
抽	马	过	海	去	快	快

策马过海逃夭夭。

393

盖	文	同	打	不	礼	夸
ka:i⁵	wun²	toŋ⁶	fut⁸	bau⁵	dai⁴	kwa⁵
gaiq	vwnz	doengh	fwd	mbouj	ndaej	gvaq
盖	文	对	打	不	得	过

盖苏文对阵失利，

394

手	各	达	劍	割	头	殆
fuiŋ²	ka:k⁸	daz	kiam⁵	kwe³	tɕau³	ta:i¹
fwngz	gag	ta²	giemq	gvej	gyaeuj	dai
手	自	拉	剑	割	头	死

拔剑自刎甘愿死。

395

盖	文	伝	马	啫	隆	海
ka:i⁵	wun²	hun²	ma⁴	ɕe⁶	loŋ²	ha:i³
gaiq	vwnz	vunz	max	ceh	roengz	haij
盖	文	人	马	浸	下	海

连人带马沉入海，

396

卡	馬	殆	观	割	头	楞
ka³	ma⁴	ta:i¹	ko:n⁵	kwe³	tɕau³	laŋ¹
gaj	max	dai	gonq	gvej	gyaeuj	laeng
杀	马	死	先	割	头	后

先杀战马后自刎。

397

仁	贵	礼	头	囬	馬	刀
jin²	kwai¹	dai⁴	tɕau³	ho:i²	ma⁴	ta:u⁵
yinz	gvei	ndaej	gyaeuj	hoiz	max	dauq
仁	贵	得	头	回	马	回

仁贵得胜返回营，

398

报	许	唐	皇	李	世	明
pa:u⁵	hai³	ta:ŋ²	wa:ŋ²	li⁴	ɕi¹	min²
bauq	hawj	dangz	vangz	lij	si	minz
报	给	唐	皇	李	世	民

报告皇上李世民。

399

唐	皇	礼	头	心	欢	喜
ta:ŋ²	wa:ŋ²	dai⁴	tɕau³	ɬam¹	wuan⁶	hi³
dangz	vangz	ndaej	gyaeuj	sim	vuen	heij
唐	皇	得	头	心	欢	喜

打了胜仗皇高兴，

400

民	礼	周	故	不	罧	恩
muŋ²	dai⁴	tɕau⁵	ku¹	bau⁵	lum²	an¹
mwngz	ndaej	gouq	gou	mbouj	lumz	aen
你	得	救	我	不	忘	恩

不忘仁贵救命恩。

401

唐	皇	礼	头	哈	三	唵
ta:ŋ²	wa:ŋ²	dai⁴	tɕau³	hap⁸	ɬa:m¹	a:m⁵
dangz	vangz	ndaej	gyaeuj	haeb	sam	amq
唐	皇	得	头	咬	三	口

唐皇咬首级三口，

402

拜	初	仁	贵	安	林	林
pa:i⁵	ɕo⁶	jin²	kwai¹	a:ŋ⁵	lin²	lin²
baiq	coh	yinz	gvei	angq-	lin-	lin
拜	向	仁	贵	喜	滋	滋

面向仁贵喜滋滋。

403

条	命	十	分	特	民	周
te:u²	miŋ⁶	ɕip⁸	fan¹	tuuk⁸	muuŋ²	tɕau⁵
diuz	mingh	cib	faen	dwg	mwngz	gouq
条	命	十	分	是	你	救

这条性命是你救，

404

民	礼	周	故	不	槑	恩
muuŋ²	dai⁴	tɕau⁵	ku¹	bau⁵	lum²	an¹
mwngz	ndaej	gouq	gou	mbouj	lumz	aen
你	得	救	我	不	忘	恩

永不忘你救命恩。

仁贵恨哶隆贺跪，孟主福交初贺焦，

唐皇哸他就连封，李氏征东贲察皇，

造安蕃邦打郭使，同队退定刀中国，

差咁蕃邦亦反乱，代匕进攻背天朝，

蕃国张还隆贺跪，刀送银钱许唐皇，

唐皇的你他心诉，不你蕃国要祥雷，

唐皇当祥开喵噛，屡他不喜交数哶，

送银送钱也不领，刀送银钱发甫平，

打礼十二彼正呶，彩坏百姓几颗俵。

蕃国张还隆贺跪，谢恩五主发甫平，

唐皇当祥就连吧，就点兵马刀中国

405

仁	贵	恨	吽	隆	贺	跪
jin²	kwai¹	han¹	nau²	loŋ²	ho⁵	kwi⁶
yinz	gvei	raen	naeuz	roengz	hoq	gvih
仁	贵	见	说	下	膝	跪

仁贵听着忙下跪，

406

五	主	福	庆	初	贫	伝
ŋo⁴	ɬu³	fuk⁷	hiŋ⁵	tço⁶	pan²	hun²
ngoh	souj	fuk	hingq	coh	baenz	vunz
我	主	福	幸	才	成	人

吾主洪福自无恙。

407

唐	皇	時	他	就	連	封
ta:ŋ²	wa:ŋ²	çu²	te¹	tço⁶	le:n⁶	fuŋ⁶
dangz	vangz	cawz	de	couh	lenh	fung
唐	皇	时	那	就	连忙	封

唐皇立即就封赏，

408

奉	民	征	東	贫	尞	皇
fuŋ⁶	muŋ²	tçin⁵	tuŋ⁵	pan²	liau²	wa:ŋ²
fung	mwngz	cwngh	dungh	baenz	liuz	vangz
封	你	征	东	成	辽	王

封你为征东辽王。

409

太	宗	時	他	就	分	付
ta:i¹	tçuŋ⁵	çu²	te¹	tço⁶	fun⁵	fu⁶
dai	cungh	cawz	de	couh	faenq	fuh
太	宗	时	那	就	吩	咐

那时太宗就嘱咐，

410

同	隊	退	定	刀	中	國
toŋ⁶	to:i⁶	to:i⁵	tin¹	ta:u⁵	tçuŋ⁵	ko²
doengh-	doih	doiq	din	dauq	cungh	goz
共	同	退	脚	回	中	国

共同退兵回长安。

411

造	安	番	邦	肛	郭	使
tça:u¹	a:n¹	fa:n⁵	pa:ŋ⁵	taŋ²	kuak⁸	ɬai⁵
ciu	an	fanh	bangh	daengz	guh	saeq
招	安	番	邦	到	做	官

招安番邦命为官，

412

培	你	反	乱	初	安	殆
pai²	ni⁴	fa:n³	luan⁶	tço⁶	a:n³	ta:i¹
baez	neix	fanj	luenh	coh	anj	dai
次	这	反	乱	才	不	死

这次反叛方免死。

413

差	吽	番	邦	亦	反	乱
ça³	nau²	fa:n⁵	pa:ŋ⁵	a³	fa:n³	luan⁶
caj	naeuz	fanh	bangh	aj	fanj	luenh
若	讲	番	邦	要	反	乱

今后番邦不谋反，

414

代	代	進	攻	背	天	朝
ta:i⁶	ta:i⁶	hau³	koŋ⁵	pai¹	te:n⁵	tça:u²
daih	daih	haeuj	goengq	bae	denh	cauz
代	代	进	贡	去	天	朝

世代进贡给朝廷。

415

畨	国	張	还	隆	贺	跪
faːn⁵	ko²	tɕaːŋ⁵	waːn²	loŋ²	ho⁵	kwi⁶
fanh	goz	cangh	vanz	roengz	hoq	gvih
番	国	张	环	下	膝	跪

使臣张环忙下跪，

420

居	你	不	音	众	数	吽
kɯ⁵	ni⁴	bau⁵	ʔjam¹	tɕiŋ⁵	ɬu¹	nau²
gwq	neix	mbouj	yaem	gyoengq	sou	naeuz
时	这	不	瞒	众	你们	讲

现在不瞒大家说。

416

刀	送	銀	钱	许	唐	皇
taːu⁵	ɬoŋ⁵	ŋan²	ɕeːn²	hai³	taːŋ²	waːŋ²
dauq	soengq	ngaenz	cienz	hawj	dangz	vangz
还	送	银	钱	给	唐	皇

恭送金银给唐皇。

421

送	银	送	钱	也	不	领
ɬoŋ⁵	ŋan²	ɬoŋ⁵	ɕeːn²	je³	bau⁵	liŋ⁴
soengq	ngaenz	soengq	cienz	yej	mbouj	lingx
送	银	送	钱	也	不	领

金银财宝不受领，

417

唐	皇	的	伝	他	心	所
taːŋ²	waːŋ²	tua²	hun²	te¹	ɬam¹	ɬo⁶
dangz	vangz	duz	vunz	de	sim	soh
唐	皇	个	人	他	心	直

唐皇这人心善良，

422

刀	送	銀	钱	发	甫	平
taːu⁵	ɬoŋ⁵	ŋan²	ɕeːn²	faːt⁷	pu⁴	piaŋ²
dauq	soengq	ngaenz	cienz	fat	boux	biengz
还	送	银	钱	发	人	天下

还送钱财给百姓。

418

不	领	畨	国	要	样	雷
bau⁵	liŋ⁴	faːn⁵	ko²	au¹	jiaŋ⁶	lai²
mbouj	lingx	fanh	goz	aeu	yiengh	lawz
不	领	番	国	要	样	哪

不要番国进贡品。

423

打	礼	十	二	被	正	贩
doːi⁵	dai⁴	ɕip⁸	ŋi⁶	pi¹	ɕiŋ⁵	paːi⁶
ndoiq	ndaej	cib	ngeih	bi	cingq	baih
打	得	十	二	年	才	败

打十二年才平定，

419

唐	皇	当	祥	开	咟	嗿
taːŋ²	waːŋ²	taːŋ¹	ɕiaŋ²	haːi¹	paːk⁷	kaːŋ³
dangz	vangz	dang	ciengz	hai	bak	gangj
唐	皇	当场		开	口	讲

唐皇当场开口说，

424

彩	坏	百	姓	几	赖	伝
ɕaːi³	waːi⁶	peːk⁸	ɬiŋ⁵	ki³	laːi¹	hun²
caij	vaih	bek	singq	geij	lai	vunz
踩	坏	百	姓	几	多	人

害死多少老百姓。

425

畨	国	張	还	隆	贺	跪
faːn⁵	ko²	tɕaːŋ⁵	waːn²	loŋ²	ho⁵	kwi⁶
fanh	goz	cangh	vanz	roengz	hoq	gvih
番	国	张	环	下	膝	跪

使臣张环忙下跪，

426

谢	恩	五	主	发	甫	平
ɬe¹	ŋɯn⁵	ŋo⁴	ɬu³	faːt⁷	pu⁴	piaŋ²
se	wnh	ngoh	souj	fat	boux	biengz
谢	恩	我	主	发	人	天下

感谢龙恩惠百姓。

427

唐	皇	当	祥	就	連	呸
taːŋ²	waːŋ²	taːŋ¹	ɕiaŋ²	tɕo⁶	leːn⁶	haːu⁵
dangz	vangz	dang	ciengz	couh	lenh	hauq
唐	皇	当	场	就	连忙	说

唐皇当面又说话，

428

就	点	兵	馬	刀	中	国
tɕo⁶	teːm³	piŋ¹	ma⁴	taːu⁵	tɕuŋ⁵	ko²
couh	diemj	bing	max	dauq	cungh	goz
就	点	兵	马	回	中	国

下令收兵回京城。

同嶽开船精米奔班，　船茶李海如鸡飛，

文城宦宠拜五主，　矢乌闭团刀盯城，

太宗肝兰乳能毁，　三吹三打闹沉沦，

遂许仁贵点六部，　太宗偿恩许功劳，

遊犬张还六卜劝，　得屋牢吃斗杨娇，

唐皇邵煌与荃苦，　仁贵邓将臣妻珠，

不反太宗又寄召，　皮礼式十四故皇，

劝他李治可良利，　劳希朝中得妞谍，

李治恨卜他扑召，　恒娄各恋哭淋淋，

卜故邓皇可辛苦，　不鲁要当麻还恩，

屋背提贼眠迎尚，　十分辛苦造览皇，

龙刀新兰亦亦利鱼，　昌你郭为刀舍轮。

429
同	隊	开	船	背	奔	班
toŋ⁶	to:i⁶	ha:i¹	lua²	pai¹	pan²	pa:ŋ¹
doengh-	doih	hai	ruz	bae	baenz	bang
共同		开	船	去	成	帮

大伙一起乘船去，

430
船	茶	夸	海	如	鸩	飛
lua²	ça:u⁶	kwa⁵	ha:i³	lum³	lok⁸	bin¹
ruz	cauh	gvaq	haij	lumj	roeg	mbin
船	划	过	海	像	鸟	飞

船儿似鸟飞过海。

431
文	武	官	员	拜	五	主
wun²	u⁴	kuan⁵	je:n²	pa:i⁵	ŋo⁴	ɬu³
vwnz	vuj	gvanh	yenz	baiq	ngoh	souj
文	武	官	员	拜	我	主

文武群臣拜唐皇，

432
兵	馬	团	园	刀	肝	城
piŋ¹	ma⁴	tuan²	je:n²	ta:u⁵	taŋ²	çiŋ²
bing	max	donz	yenz	dauq	daengz	singz
兵	马	团	圆	回	到	城

队伍全部回京城。

433
太	宗	肝	兰	吼	能	殿
ta:i¹	tçuŋ⁵	taŋ²	la:n²	hau³	naŋ⁶	te:n⁶
dai	cungh	daengz	ranz	haeuj	naengh	dienh
太	宗	到	家	入	坐	殿

太宗回来即上朝，

434
三	吹	三	打	闹	沉	沉
ɬa:m¹	po⁵	ɬa:m¹	do:i⁵	na:u⁶	çum²	çum²
sam	boq	sam	ndoiq	nauh-	cum-	cum
三	吹	三	打	闹	哄哄	

吹吹打打好热闹。

435
学	许	仁	贵	点	六	部①
tço⁶	hai³	jin²	kwai¹	te:m³	lok⁷	pu⁶
coh	hawj	yinz	gvei	diemj	roek	bouh
就	给	仁	贵	点	六	部

赏赐仁贵主六部，

436
太	宗	償	恩	许	功	劳
ta:i¹	tçuŋ⁵	tçiaŋ⁴	an¹	hai³	koŋ¹	la:u²
dai	cungh	ciengj	aen	hawj	goeng	lauz
太	宗	赏	恩	给	功	劳

太宗论功来行赏。

437
学	卡	張	还	六	卜	孙
tço⁶	ka³	tça:ŋ⁵	wa:n²	lok⁷	po⁶	luk⁸
coh	gaj	cangh	vanz	roek	boh	lwg
就	杀	张	环	六	父	儿

又杀张环六父子，

438
得	屋	牢	啦	斗	卡	齐
tu²	o:k⁷	la:u²	lap⁷	tau³	ka³	çai²
dawz	ok	lauz	laep	daeuj	gaj	caez
拿	出	牢	黑	来	杀	全

抓出监牢来杀光。

439

唐	皇	郭	皇	可	辛	苦
ta:ŋ²	wa:ŋ²	kuak⁸	wuaŋ²	ko³	ɬin⁶	ho³
dangz	vangz	guh	vuengz	goj	sin	hoj
唐	皇	做	皇	也	辛	苦

唐皇称帝太难当，

440

仁	贵	郭	将	可	凄	凉
jin²	kwai¹	kuak⁸	tɕiaŋ¹	ko³	ɬi⁵	liaŋ²
yinz	gvei	guh	ciengq	goj	si	liengz
仁	贵	做	将	也	凄	凉

仁贵为臣也不易。

---

① 六部 [lok⁷ pu⁶]：唐朝执掌中央行政大权的六个部门，即吏部、户部、礼部、兵部、刑部和工部，总称六部。

六 李治接掌唐王朝

回

同徐开船背精李班，船荼李海如妈飛，

文武官员拜五主，兵马圈团刀盯城，

太荣射兰凯能殺，三吹三打闹沉沙，

选许仁贵点六部，太宗偿恩许功劳，

选犬张还六卜功，得星牢吐斗搏冤，

唐皇郭煌为辛苦，仁贵郭将可毒味，

不反太宗又夸召，皇礼式十四被皇，

动他李治可良利，劳希朝中得娇谋，

李治恨小他孙日，恒昰各忍哭淋淋，

卜故郭皇可辛苦，不鲁要窑麻还恩，

屋背提賊眼辺省，十分辛苦遣竞皇，

龙刀所斩兰布利鱼，昰你郭莴刀合轻。

441

不	及	太	宗	又	夸	召
bau⁵	ko³	ta:i¹	tɕuŋ⁵	jau⁶	kwa⁵	ɕiau⁶
mbouj	goj	dai	cungh	youh	gvaq	ciuh
不	料	太	宗	又	过	世

不料太宗又驾崩，

442

宦	礼	弍	十	四	被	皇
kuan³	dai⁴	ŋi⁶	ɕip⁸	ɬi⁵	pi¹	wuaŋ²
guenj	ndaej	ngeih	cib	seiq	bi	vuengz
管	得	二	十	四	年	皇

在位共二十四年。

443

孙	他	李	治①	可	良	利
luk⁸	te¹	li⁴	tɕi¹	ko³	liaŋ²	li⁶
lwg	de	lij	ci	goj	lingz	leih
儿	他	李	治	也	伶	俐

太子李治有才华，

444

劳	希	朝	中	得	他	谋
la:u¹	hi⁵	ɕiau⁶	ɕiŋ⁵	tuk⁸	te¹	mau²
lau	heiq	ciuh	cingq	dwg	de	maeuz
怕	忧	朝	我	是	他	谋

生怕皇位被人夺。

445

李	治	恨	卜	他	卦	召
li⁴	tɕi¹	han¹	po⁶	te¹	kwa⁵	ɕiau⁶
lij	ci	raen	boh	de	gvaq	ciuh
李	治	见	父	他	过	世

李治见父亲去世，

446

恒	昙	各	愁	哭	淋	淋
huun²	ŋon²	ka:k⁸	hi⁵	tai³	lian²	lian²
hwnz	ngoenz	gag	heiq	daej-	lien-	lien
夜	日	自	忧	哭	涟	涟

日夜忧虑泪涟涟。

447

卜	故	郭	皇	可	辛	苦
po⁶	ku¹	kuak⁸	wuaŋ²	ko³	ɬin⁶	ho³
boh	gou	guh	vuengz	goj	sin	hoj
父	我	做	皇	也	辛	苦

父皇一生好辛苦，

448

不	鲁	要	皆	麻	还	恩
bau⁵	lo⁴	au¹	ka:i⁵	ma²	wa:n²	an¹
mbouj	rox	aeu	gaiq	maz	vanz	aen
不	知	要	块	什么	还	恩

不知拿什么报恩。

449

屋	背	提	贼	眠	江	岽
o:k⁷	pai⁷	tuuk⁷	ɕak⁸	nin²	tɕa:ŋ¹	toŋ⁶
ok	bae	dwk	caeg	ninz	gyang	doengh
出	去	打	贼	睡	中	山野

风餐露宿去征战，

450

十	分	辛	苦	造	贫	皇
ɕip⁸	fan¹	ɬin⁶	ho³	tɕo⁶	pan²	wuaŋ²
cib	faen	sin	hoj	coh	baenz	vuengz
十	分	辛	苦	才	成	皇

历尽艰辛方称帝。

451

礼	刀	肝	兰	亦	利	腮
dai⁴	taːu⁵	taŋ²	laːn²	a³	di¹	laːi¹
ndaej	dauq	daengz	ranz	aj	ndei	lai
得	回	到	家	要	好	多

安全返朝才放心，

452

昙	你	郭	乌	刀	舍	躺
ŋon²	ni⁴	kuak⁸	ʔju⁵	taːu⁵	çe¹	daːŋ¹
ngoenz	neix	guh	youq	dauq	ce	ndang
日	今	做	什么	又	舍	身

如今却撒手人寰。

①李治 [li⁴ tçi¹]：指唐高宗，唐朝第三位皇帝，公元 649—683 年在位。

鸟金恩唐朝不顾，文武官员不郭位，
国老群臣相同咲嚀，荃封李治狠郭皇，
世明卜他可封令，不及县你化背陰，
封令含许他搂，可拜李治狠郭皇，
通行文字开天能下殿，民文新叫货郭高宗恩皇，
天下甫平可欢喜，文武官员可欢容，
她他王娘郭正官，恩明良利夸肝伝，
東官亲劲李开劳，甲许李治郭关她，
李治郭皇按天下一，甫平百姓可恨利，
又嘴王娘郭東官，恒县屋兰可恨利，
雪淋半熟个百姓，甫平百姓蹈欢容，
郭皇行利宵造立，郭使行利剑正

453

乌	舍	恩	唐	朝	不	顧
u⁵	çe¹	an¹	taːŋ²	tɕaːu²	bau⁵	ko⁵
youq	ce	aen	dangz	cauz	mbouj	goq
在	舍	个	唐	朝	不	顾

抛下了大唐江山，

454

文	武	官	员	不	郭	伝
wun²	u⁴	kuan⁵	jeːn²	bau⁵	kuak⁸	hun²
vwnz	vuj	gvanh	yenz	mbouj	guh	vunz
文	武	官	员	不	做	人

文武百官没了魂。

455

国	老	臣	相	同	隊	嘒
kuak⁷	laːu⁴	tɕin²	ɬiaŋ¹	toŋ⁶	toːi⁶	kaːŋ³
guek	laux	cinz	sieng	doengh-	doih	gangj
国	老	臣	相	共	同	讲

丞相元老同上书，

456

娄	封	李	治	很	郭	皇
lau²	fuŋ⁶	li⁴	tɕi¹	hun³	kuak⁸	wuaŋ²
raeuz	fung	lij	ci	hwnj	guh	vuengz
我们	封	李	治	上	做	皇

奏请李治为新皇。

457

世	明	卜	他	可	封	令
çi¹	min²	po⁶	te¹	ko³	fuŋ⁶	liŋ⁶
si	minz	boh	de	goj	fung	lingh
世	民	父	他	也	封	令

李世民也留密诏，

458

不	及	昙	你	化	背	阴
bau⁵	ko³	ŋon²	ni⁴	wa⁵	pai¹	jam¹
mbouj	goj	ngoenz	neix	vaq	bae	yaem
不	料	日	这	化	去	阴

谁料去世那么快。

459

封	令	舍	许	劣	他	接
fuŋ⁶	liŋ⁶	çe¹	hai³	luk⁸	te¹	ɕiap⁷
fung	lingh	ce	hawj	lwg	de	ciep
封	令	留	给	儿	他	接

留密诏传位李治，

460

可	拜	李	治	很	郭	皇
ko³	pai⁵	li⁴	tɕi¹	hun³	kuak⁸	wuaŋ²
goj	baiq	lij	ci	hwnj	guh	vuengz
也	拜	李	治	上	做	皇

齐拥李治继帝位。

461

李	治	干	即	很	能	殿
li⁴	tɕi¹	kaːn³	ɕɯ⁵	hun³	naŋ⁶	teːn⁶
lij	ci	ganj-	cwq	hwnj	naengh	dienh
李	治	赶紧		上	坐	殿

李治立刻来登基，

462

文	武	官	员	拜	谢	恩
wun²	u⁴	kuan⁵	jeːn²	pai⁵	ɬe¹	ŋun⁵
vwnz	vuj	gvanh	yenz	baiq	se	wnh
文	武	官	员	拜	谢	恩

众臣立即拜新皇。

463

通	行	文	字	肕	天	下
toŋ¹	heːŋ²	fan²	ɬu¹	taŋ²	teːn⁶	ja⁵
doeng	hengz	faenz	saw	daengz	dien	yah
通	行	文	字	到	天	下

行文通告到全国，

464

民	初	叫	郭	高	宗	皇
miŋ²	ço⁶	heːu⁶	kuak⁸	kaːu⁵	tçuŋ⁵	wuaŋ²
mingz-	coh	heuh	guh	gauh	cungh	vuengz
名字		叫	做	高	宗	皇

新皇叫作唐高宗。

465

天	下	甫	平	可	欢	喜
teːn⁶	ja⁵	pu⁴	piaŋ²	ko³	wuan⁶	hi³
dien	yah	boux	biengz	goj	vuen	heij
天	下	人	天下	也	欢	喜

天下百姓皆欢喜，

466

文	武	官	員	可	欢	容
wuun²	u⁴	kuan⁵	jeːn²	ko³	wuan⁶	juŋ²
vwnz	vuj	gvanh	yenz	goj	vuen	yungz
文	武	官	員	也	欢	容

文武百官皆欢欣。

467

妣	他	王	娘	郭	正	宫
pa²	te¹	waːŋ²	niaŋ²	kuak⁸	tçin¹	kuŋ⁵
baz	de	vangz	niengz	guh	cwng	gungh
妻	他	皇	娘	做	正	宫

正室发妻为皇后，

468

总	明	良	利	夸	肕	伝
çoŋ³	miŋ²	liaŋ²	li⁶	kwa⁵	taŋ²	hun²
coeng	mingz	lingz	leih	gvaq	daengx	vunz
聪	明	伶	俐	过	全部	人

聪明伶俐无人及。

469

東	宫	親	孙	李	开	芳
tuŋ⁵	kuŋ⁵	çin¹	luɯk⁸	li⁴	kaːi⁵	faːŋ⁵
dungh	gungh	caen	lwg	lij	gaih	fangh
东	宫	亲	儿	李	开	芳

皇后是李开芳女，

470

甲	许	李	治	郭	关	妣
kaːp⁷	hai³	li⁴	tçi¹	kuak⁸	kwaːn¹	pa²
gap	hawj	lij	ci	guh	gvan	baz
配	给	李	治	做	夫	妻

嫁给李治为夫妻。

471

李	治	郭	皇	按	天	下
li⁴	tçi¹	kuak⁸	wuaŋ²	aːn¹	teːn⁶	ja⁵
lij	ci	guh	vuengz	an	dien	yah
李	治	做	皇	安	天	下

李治称帝安天下，

472

甫	平	百	姓	可	恨	利
pu⁴	piaŋ²	peːk⁸	ɬiŋ⁵	ko³	han¹	di¹
boux	biengz	bek	singq	goj	raen	ndei
人	天下	百	姓	也	见	好

黎民百姓得幸福。

473

又	嗊	王	娘	郭	東	宫
jau⁶	ka:ŋ³	wa:ŋ²	niaŋ²	kuak⁸	tuŋ⁵	kuŋ⁵
youh	gangj	vangz	niengz	guh	dungh	gungh
又	讲	皇	娘	做	东	宫

再讲东宫皇娘娘，

474

恒	昙	屋	兰	可	恨	利
huɐn²	ŋon²	u⁵	la:n²	ko³	han¹	di¹
hwnz	ngoenz	youq	ranz	goj	raen	ndei
夜	日	在	家	也	见	好

足不出户享清福。

475

霄	淋	丰	熟	介	百	姓
bun¹	lam⁴	fuŋ¹	çuk⁷	ka:i⁵	pe:k⁸	ɬiŋ⁵
mbwn	raemx	fung	cuk	gaiq	bek	singq
天	水	丰	足	块	百	姓

风调雨顺民安乐，

476

甫	平	百	姓	躭	欢	容
pu⁴	pian²	pe:k⁸	ɬiŋ⁵	da:ŋ¹	wuan⁶	juŋ²
boux	biengz	bek	singq	ndang	vuen	yungz
人	天下	百	姓	身	欢	容

黎民百姓人欢欣。

477

郭	皇	行	利	霄	造	应
kuak⁸	wuaŋ²	he:ŋ²	di¹	buɐn¹	tço⁶	iŋ⁵
guh	vuengz	hengz	ndei	mbwn	coh	wngq
做	皇	行	好	天	才	应

为帝开明顺天道，

478

郭	使	行	利	正	特	伝
kuak⁸	ɬai⁵	he:ŋ²	di¹	çiŋ⁵	tuk⁸	huɐn²
guh	saeq	hengz	ndei	cingq	dwg	vunz
做	官	行	好	才	是	人

为官行善方称职。

嗨朕若是你又乞崇，再将东宫王娘白，

李淮都皇搂天下，的娘都妖干斗兰。

东宫的娘鞋代福，不恨太子鹭孙大。

万反李淮背拜者，党恨武氏媚利报。

皇帝就要那奴功，武家甫安利始。

民初叫那武则天，样佑媚利心不利。

甫佑媚利心头整，各那旭剑害王娘。

东宫王娘行心许，西宫武氏行心狂。

各髟公那行心薑，东要八字皇背埋。

夸我九县好皇俞，嗨咩谷许皇不容差呈。

五主要故那西宫，吴昨劳民鲁殆鹊。

君你东宫行心薑，八定昙昨初不利。

479

嘴	肟	茄	你	又	乙	奈
kaːŋ³	taŋ²	kia²	ni⁴	jau⁶	ʔjiat⁷	naːi⁵
gangj	daengz	giz	neix	youh	yiet	naiq
讲	到	地方	这	又	歇	累

讲到这里先休息，

480

再	嘴	東	宫	王	娘	娘
tɕaːi¹	kaːŋ³	tuŋ⁵	kuŋ⁵	waːŋ²	niaŋ²	niaŋ²
caiq	gangj	dungh	gungh	vangz	niengz	niengz
再	讲	东	宫	皇	娘	娘

再说那东宫娘娘。

七 唐后宫妖风四起

扫码听音频

嗤衍把你又乞奈，　再蒋东官王娘々，

李治都皇接天下，　的娘那妖干斗兰，

东宫的娘鞋代福，　不恨太子鹭劝大，

万反李治背拜者，　尧恨武氏媚利颖，

皇帝就要那奸功，　武家甫々安利始，

民初叫那武则天，　样佐媚利心不利，

甫佐媚利心火煞，　各旭剑害王娘，

东宫王娘行心诉，　西宫武氏行心狂，

各默公那行心曼，　东要八字皇背埋，

夸桃九呈好皇伦，　嗨哗荅许皇不容差呈，

五主要故那西宫，　昌咋劳民鲁始骱，

君你东宫行心曼　　八是昌咋初不利。

481

李	治	郭	皇	按	天	下
li⁴	tɕi¹	kuak⁸	wuaŋ²	a:n¹	te:n⁶	ja⁵
lij	ci	guh	vuengz	an	dien	yah
李	治	做	皇	安	天	下

李治称帝治天下，

482

的	娘	郭	妚	干	斗	兰
te²	niaŋ²	kuak⁸	ja⁶	ka:k⁸	tau³	la:n²
dez	niengz	guh	yah	gag	daeuj	ranz
个	娘	做	妻	自	来	家

皇后为妻自回宫。

483

東	宫	的	娘	躬	代	福
tuŋ⁵	kuŋ⁵	te²	niaŋ²	da:ŋ¹	ta:i⁵	fuk⁷
dungh	gungh	dez	niengz	ndang	daiq	fuk
东	宫	个	娘	身	带	福

东宫娘娘有身孕，

484

不	恨	太	子	乌	孙	大
bau⁵	han¹	ta:i¹	ɬu⁴	u⁵	luk⁸	ta:i⁶
mbouj	raen	dai	swj	youq	lwg	daih
不	见	太	子	生	儿	大

不见太子来降生。

485

不	及	李	治	背	拜	庙
bau⁵	ko³	li⁴	tɕi¹	pai¹	pa:i⁵	miau⁶
mbouj	goj	lij	ci	bae	baiq	miuh
不	料	李	治	去	拜	庙

李治去寺庙进香，

486

尧	恨	武	氏	婥	利	赖
jiau⁵	han¹	u⁴	ɕi¹	ɬa:u¹	di¹	la:i¹
yiuq	raen	vuj	si	sau-	ndei	lai
看	见	武	氏	漂亮		多

看见武氏太漂亮。

487

皇	帝	就	要	郭	妚	内
wuaŋ²	tai⁵	tɕo⁶	au¹	kuak⁸	ja⁶	no:i⁶
vuengz	daeq	couh	aeu	guh	yah	noih
皇	帝	就	娶	做	妻	小

皇帝将其纳为妾，

488

武	家	甫	甫	安	利	殆
u⁴	kia⁵	pu⁴	pu⁴	a:ŋ⁵	di¹	ta:i¹
vuj	gya	boux	boux	angq	ndei	dai
武	家	人	人	高兴	好	死

武家人人心欢喜。

489

民	初	叫	郭	武	则	天①
miŋ²	ɕo⁶	he:u⁶	kuak⁸	u⁴	tɕə²	te:n⁵
mingz-	coh	heuh	guh	vuj	cwz	denh
名字		叫	做	武	则	天

名字就叫武则天，

490

样	伝	婥	利	心	不	利
jiaŋ⁶	hun²	ɬa:u¹	di¹	ɬam¹	bau⁵	di¹
yiengh	vunz	sau-	ndei	sim	mbouj	ndei
样	人	漂亮		心	不	好

容貌姣好心歹毒。

491

甫	伝	娟	利	心	头	绞
pu⁴	hun²	ɬa:u¹	di¹	ɬam¹	tau²	kwe:u⁴
boux	vunz	sau-	ndei	sim	daeuz	gveux
个	人	漂亮		心	头	狡

容貌靓丽心凶狠，

492

各	郭	把	劍	害	王	娘
ka:k⁸	kuak⁸	fa:k⁸	kiam⁵	ha:i⁶	wa:ŋ²	niaŋ²
gag	guh	fag	giemq	haih	vangz	niengz
自	做	把	剑	害	皇	娘

私制利剑害皇后。

493

東	宫	王	娘	行	心	所
tuŋ⁵	kuŋ⁵	wa:ŋ²	niaŋ²	he:ŋ²	ɬam¹	ɬo⁶
dungh	gungh	vangz	niengz	hengz	sim	soh
东	宫	皇	娘	行	心	直

东宫皇后心善良，

494

西	宫	武	氏	行	心	狂
ɬi⁵	kuŋ⁵	u⁴	çi¹	he:ŋ²	ɬam¹	kwa:ŋ²
sih	gungh	vuj	si	hengz	sim	guengz
西	宫	武	氏	行	心	狂

西宫武氏心歹毒。

495

各	与	公	那	行	心	萼
ka:k⁸	di⁴	koŋ¹	na⁴	he:ŋ²	ɬam¹	ʔja:k⁷
gag	ndij	goeng	nax	hengz	sim	yak
自	和	公	舅	行	心	恶

私下与内弟密谋，

496

来	要	八	字	皇	背	埋
la:i²	au¹	pe:t⁷	çi⁶	wuaŋ²	pai¹	hom¹
raiz	aeu	bet	cih	vuengz	bae	hoem
写	要	八	字	皇	去	埋

拿皇上八字去埋。

497

夸	礼	几	昙	好	皇	喻
kwa⁵	dai⁴	ki³	ŋon²	ha:u⁵	wuaŋ²	lɯn⁶
gvaq	ndaej	geij	ngoenz	hauq	vuengz	lwnh
过	得	几	天	说	皇	论

过几天诬告皇后，

498

喻	吽	许	皇	不	容	呈
lɯn⁶	nau²	hai³	wuaŋ²	bau⁵	juŋ²	çiŋ²
lwnh	naeuz	hawj	vuengz	mbouj	yungz	cingz
讲	说	给	皇	不	容	情

求皇上狠狠处理。

499

五	主	要	故	郭	西	宫
ŋo⁴	ɬu³	au¹	ku¹	kuak⁸	ɬi⁵	kuŋ⁵
ngoh	souj	aeu	gou	guh	sih	gungh
我	主	要	我	做	西	宫

皇上让我进西宫，

500

昙	昨	劳	民	鲁	殆	骀
ŋon²	ço:k⁸	la:u¹	mɯn²	lo⁴	ta:i¹	da:ŋ¹
ngoenz	cog	lau	mwngz	rox	dai	ndang
日	明	怕	你	或	死	身

怕你明天遭不测。

501

居	你	東	宮	行	心	蕚
kɯ⁵	ni⁴	tuŋ⁵	kuŋ⁵	he:ŋ²	ɬam¹	ʔja:k⁷
gwq	neix	dungh	gungh	hengz	sim	yak
时	这	东	宫	行	心	恶

如今东宫心狠毒，

502

八	定	昙	昨	初	不	利
pa⁶	tiŋ⁶	ŋon²	ço:k⁸	tço⁶	bau⁵	di¹
bah	dingh	ngoenz	cog	couh	mbouj	ndei
必	定	日	明	就	不	好

将来肯定遭不测。

---

①武则天 [u⁴ tçɔ² te:n⁵]：唐高宗皇后、武周皇帝。公元 690—705 年在位。名曌，并州文水（今山西文水东）人。14 岁时被唐太宗选为才人，太宗死，入寺为尼，复被高宗召为昭仪。载初元年（690年），自称"圣神皇帝"，改国号为"周"，改元"天授"，史称"武周"。

不鲁脑郭利落囊，不要要八字博志麻

李治鲁耶吃穿你，他来八字鹅哑雷

五主恨吽肝心蹭，许估吽他斗助故

王娘当祥就斗初，亦吽故斗眉麻吽

李治恨扪和元狼，就嗲爸根不容呈

皆民东宫行心喜，未要八字故慎埋

若你许估吽民斗，民吽开你得开麻

李治反那就发令，打走打手将王娘

就捉王娘多亦卡，乱内朝中如假冒

文武官员就连吃，县你五主贵癌皇

五主得哼西宫寿，是昨朝中初不利

反吽王娘他眉难，亦嗲爸根贵祥雷

503
不 鲁 他 郭 利 落 蕚
bau^{5} lo^{4} te^{1} kuak^{8} di^{1} lo^{4} ʔja:k^{7}
mbouj rox de guh ndei rox yak
不 知 他 做 好 或 坏
不知她要干什么，

504
耒 要 八 字 埋 忑 床
la:i^{2} au^{1} pe:t^{7} ɕi^{6} hom^{1} la^{3} bo:n^{5}
raiz aeu bet cih hoem laj mbonq
写 要 八 字 埋 下 床
写你八字埋床下。

505
李 治 鲁 耶 吒 啈 你
li^{4} tɕi^{1} lo^{4} jia^{1} ha:u^{5} ɕon^{2} ni^{4}
lij ci rox nyi hauq coenz neix
李 治 懂 听 讲 句 这
李治听到这些话，

506
他 来 八 字 乌 茄 雷
te^{1} la:i^{2} pe:t^{7} ɕi^{6} u^{5} kia^{2} lai^{2}
de raiz bet cih youq giz lawz
她 写 八 字 在 地方 哪
忙问八字藏在哪？

507
五 主 恨 吽 肛 心 ⿰火着
ŋo^{4} ɬu^{3} han^{1} nau^{2} taŋ^{2} ɬam^{1} tɕo^{2}
ngoh souj raen naeuz daengz sim byoz
我 主 见 讲 到 心 烫
皇上听了就发火，

508
许 伝 叫 他 斗 初 故
hai^{3} hun^{2} he:u^{6} te^{1} tau^{3} ɕo^{6} ku^{1}
hawj vunz heuh de daeuj coh gou
给 人 叫 她 来 向 我
马上叫她来见我。

509
王 娘 当 祥 就 斗 初
wa:ŋ^{2} niaŋ^{2} ta:ŋ^{1} ɕiaŋ^{2} tɕo^{6} tau^{3} ɕo^{6}
vangz niengz dang ciengz couh daeuj coh
皇 娘 当 场 就 来 向
皇后即刻来见面，

510
亦 叫 故 斗 眉 麻 吽
a^{3} he:u^{6} ku^{1} tau^{3} mi^{2} ma^{2} nau^{2}
aj heuh gou daeuj miz maz naeuz
要 叫 我 来 有 什么 讲
你叫我来有何事？

511
李 治 恨 肛 和 元 很
li^{4} tɕi^{1} han^{1} taŋ^{2} ho^{2} je^{6} hɯn^{3}
lij ci raen daengz hoz yeh hwnj
李 治 见 到 脖 也 起
李治见她怒火烧，

512
就 嘇 谷 根 不 容 呈
tɕo^{6} ɕa:m^{1} kok^{7} kan^{1} bau^{5} juŋ^{2} ɕiŋ^{2}
couh cam goek gaen mbouj yungz cingz
就 问 源 根 不 容 情
追根问底不留情。

513

皆	民	東	宮	行	心	萼
kaːi⁵	muːŋ²	tuŋ⁵	kuŋ⁵	heːŋ²	ɬam¹	ʔjaːk⁷
gaiq	mwngz	dungh	gungh	hengz	sim	yak
个	你	东	宫	行	心	恶

东宫你做事狠毒，

514

耒	要	八	字	故	背	埋
laːi²	au¹	peːt⁷	ɕi⁶	ku¹	pai¹	hom¹
raiz	aeu	bet	cih	gou	bae	hoem
写	要	八	字	我	去	埋

竟然拿我八字埋。

515

居	你	许	伝	叫	民	斗
kɯ⁵	ni⁴	hai³	hun²	heːu⁶	muɯŋ²	tau³
gwq	neix	hawj	vunz	heuh	mwngz	daeuj
时	今	给	人	叫	你	来

现在派人叫你来，

516

民	吽	开	你	得	开	麻
muɯŋ²	nau²	kaːi⁵	ni⁴	tuːk⁸	kaːi⁵	ma²
mwngz	naeuz	gaiq	neix	dwg	gaiq	maz
你	讲	块	这	是	块	什么

你来看这是什么。

517

李	治	反	那	就	发	令
li⁴	tɕi¹	faːn³	na³	jau⁶	faːt⁷	liŋ⁶
lij	ci	fanj	naj	youh	fat	lingh
李	治	反	脸	又	发	令

李治翻脸发皇威，

518

打	定	打	手	特	王	娘
ta³	tin¹	ta³	fuŋ²	tuːk⁷	waːŋ²	niaŋ²
daj	din	daj	fwngz	dwk	vangz	niengz
打	脚	打	手	对	皇	娘

怒气冲冲斥皇后。

519

就	捉	王	娘	多	亦	卡
tɕo⁶	ɕuk⁸	waːŋ²	niaŋ²	to⁵	a³	ka³
couh	cug	vangz	niengz	doq	aj	gaj
就	绑	皇	娘	马上	要	杀

抓着皇后就要杀，

520

乱	内	朝	中	如	假	雷
luan⁶	dai¹	ɕiau⁶	ɕiŋ⁵	lum³	tɕa³	lai²
luenh	ndaw	ciuh	cingq	lumj	byaj	raez
乱	中	朝	我	似	雷	鸣

一时朝廷乱糟糟。

521

文	武	官	员	就	连	吒
wuːn²	u⁴	kuan⁵	jeːn²	tɕo⁶	leːn⁶	haːu⁵
vwnz	vuj	gvanh	yenz	couh	lenh	hauq
文	武	官	员	就	连忙	说

文武百官都求情，

522

昙	你	五	主	贫	瘟	皇
ŋon²	ni⁴	ŋo⁴	ɬu³	pan²	ŋon⁶	wuan²
ngoenz	neix	ngoh	souj	baenz	ngoenh	vuengz
日	今	我	主	成	瘟	皇

还望皇上查详情。

523

五	主	恨	咮	西	宫	噤
ŋo⁴	ɬu³	han¹	ɕon²	ɬi⁵	kuŋ⁵	ka:ŋ³
ngoh	souj	raen	coenz	sih	gungh	gangj
我	主	见	句	西	宫	讲

皇上只听西宫说，

524

昙	昨	朝	中	初	不	利
ŋon²	ɕo:k⁸	ɕiau⁶	ɕiŋ⁵	tɕo⁶	bau⁵	di¹
ngoenz	cog	ciuh	cingq	coh	mbouj	ndei
日	明	朝	我	就	不	好

往后朝廷恐要乱。

525

反	吽	王	娘	他	眉	难
fa:n³	nau²	wa:ŋ²	niaŋ²	te¹	mi²	na:n⁶
fanj	naeuz	vangz	niengz	de	miz	nanh
反	讲	皇	娘	她	有	难

轻言皇娘行坏事，

526

亦	嗲	谷	根	贫	样	雷
a³	ɕa:m¹	kok⁷	kan¹	pan²	jiaŋ⁶	lai²
aj	cam	goek	gaen	baenz	yiengh	lawz
要	问	源	根	成	样	哪

事情应先问清楚。

五主走那件亦卡，鲁那他犯路歹麻。

依颇同队呒蜂你，五主卡他可跲有

文武官员隆贺晚，眉麻蜂呒勒记瓶

五主亦叮耶灰嘴，因母珆有胜不贵

李洎恨吥就连呒，象数丁耶羞故吥

居你东宫行心善，来要八守故背埋

许故跲舍　天小下，皆你得犯鲁不眉

象数同队有故想，居添力劳故卡珆

离想恨礼不夸意，皆你真犯老夸霄

文武官员想收本，因母怀胎颰内躺

五主走卡鲐怀胎，天下道理不眉行。

同许五主容条命，许他夸错怀不恭。

527

五	主	反	那	吽	亦	卡
ŋo⁴	ɬu³	faːn³	na³	nau²	a³	ka³
ngoh	souj	fanj	naj	naeuz	aj	gaj
我	主	反	脸	讲	要	杀

皇上翻脸要杀人，

528

鲁	那	他	犯	路	开	麻
lo⁴	na³	te¹	faːm⁶	lo⁶	kaːi⁵	ma²
rox	naj	de	famh	loh	gaiq	maz
知	面	她	犯	路	块	什么

知道她犯什么罪。

529

伝	赖	同	陈	吒	哢	你
hun²	laːi¹	toŋ⁶	toːi⁶	haːu⁵	çon²	ni⁴
vunz	lai	doengh-	doih	hauq	coenz	neix
人	多	共同		讲	句	这

大家一起这样说，

530

五	主	卡	他	可	殆	冇
ŋo⁴	ɬu³	kaː³	te¹	ko³	taːi¹	tçu⁵
ngoh	souj	gaj	de	goj	dai	byouq
我	主	杀	她	也	死	空

她被杀死也冤枉。

531

文	武	官	员	隆	贺	跪
wun²	u⁴	kuan⁵	jeːn²	loŋ²	ho⁵	kwi⁶
vwnz	vuj	gvanh	yenz	roengz	hoq	gvih
文	武	官	员	下	膝	跪

文武百官齐下跪，

532

眉	麻	啈	吒	勒	记	赖
mi²	ma²	çon²	haːu⁵	lak⁸	ki⁵	laːi¹
miz	maz	coenz	hauq	laeg	geiq	lai
有	什么	句	说	莫	记	多

如果得罪莫责怪。

533

五	主	亦	叮	耶	灰	啌
ŋo⁴	ɬu³	a³	tiŋ⁵	jia¹	hoːi⁵	kaːŋ³
ngoh	souj	aj	dingq	nyi	hoiq	gangj
我	主	要	听	见	奴	讲

皇上听奴才句话，

534

国	母	殆	冇	胜	不	贫
ko²	mu⁴	taːi¹	tçu⁵	çin¹	bau⁵	pan²
goz	muj	dai	byouq	caen	mbouj	baenz
国	母	死	空	真	不	成

别让皇后冤枉死。

535

李	治	恨	吒	就	連	吒
li⁴	tçi¹	han¹	nau²	tço⁶	leːn⁶	haːu⁵
lij	ci	raen	naeuz	couh	lenh	hauq
李	治	见	讲	就	连忙	说

李治听后接话说，

536

象	数	丁	耶	差	故	吒
tçiŋ⁵	ɬu¹	tiŋ⁵	jia¹	ça³	ku¹	nau²
gyoengq	sou	dingq	nyi	caj	gou	naeuz
众	你们	听	见	等	我	讲

你们一起听我说。

537

居	你	東	宮	行	心	蕚
ku⁵	ni⁴	tuŋ⁵	kuŋ⁵	he:ŋ²	ɬam¹	ʔja:k⁷
gwq	neix	dungh	gungh	hengz	sim	yak
时	今	东	宫	行	心	恶

现在东宫心狠毒，

538

来	要	八	字	故	背	埋
la:i²	au¹	pe:t⁷	çi⁶	ku¹	pai¹	hom¹
raiz	aeu	bet	cih	gou	bae	hoem
写	要	八	字	我	去	埋

将我八字拿去埋。

539

许	故	殆	背	舍	天	下
hai³	ku¹	ta:i¹	pai¹	çe¹	te:n⁶	ja⁵
hawj	gou	dai	bae	ce	dien	yah
给	我	死	去	留	天	下

诅咒我死丢江山，

540

皆	你	得	犯	鲁	不	眉
ka:i⁵	ni⁴	tuk⁸	fa:m⁶	lo⁴	bau⁵	mi²
gaiq	neix	dwg	famh	rox	mbouj	miz
块	这	是	犯	或	不	有

这些是不是犯错？

541

象	数	同	隊	旾	故	想
tçiŋ⁵	ɬu¹	toŋ⁶	to:i⁶	di⁴	ku¹	ɬiaŋ³
gyoengq	sou	doengh-	doih	ndij	gou	siengj
众	你们	共同		和	我	想

你们替我想一想，

542

居	添	刀	害	故	卡	殆
ku⁵	tum¹	ta:u⁵	ha:i⁶	ku¹	ka³	ta:i¹
gwq-	dem	dauq	haih	gou	gaj	dai
等会儿		回	害	我	杀	死

那是要把我害死。

543

臣	相	恨	礼	不	夸	意
tçin²	ɬian¹	han¹	dai⁴	bau⁵	kwa⁵	i⁵
cinz	sieng	raen	ndaej	mbouj	gvaq	eiq
臣	相	见	得	不	过	意

众臣见争论不过，

544

皆	你	真	犯	老	夸	霄
ka:i⁵	ni⁴	çin¹	fa:m⁶	la:u⁴	kwa⁵	bɯn¹
gaiq	neix	caen	famh	laux	gvaq	mbwn
块	这	真	犯	大	过	天

知她已犯下大错。

545

文	武	官	員	想	收	本
wun²	u⁴	kuan⁵	je:n²	ɬian³	tçau¹	pun⁴
vwnz	vuj	gvanh	yenz	siengj	cou	bwnj
文	武	官	员	想	奏	本

文武百官有本奏，

546

国	母	怀	胎	乌	内	躬
ko²	mu⁴	wa:i²	ta:i⁵	u⁵	dai¹	da:ŋ¹
goz	muj	vaiz	daih	youq	ndaw	ndang
国	母	怀	胎	在	内	身

皇后如今怀龙胎。

547

五	主	定	卡	躺	怀	胎
ŋo⁴	ɬu³	tiŋ⁶	ka³	da:ŋ¹	wa:i²	ta:i⁵
ngoh	souj	dingh	gaj	ndang	vaiz	daih
我	主	定	杀	身	怀	胎

皇上非杀怀孕人,

548

天	下	道	理	不	眉	行
te:n⁶	ja⁵	ta:u⁶	lai⁴	bau⁵	mi²	he:ŋ²
dien	yah	dauh	leix	mbouj	miz	hengz
天	下	道	理	没	有	行

天下没有这道理。

549

周	许	五	主	容	条	命
tɕau²	hai³	ŋo⁴	ɬu³	juŋ²	te:u²	miŋ⁶
gouz	hawj	ngoh	souj	yungz	diuz	mingh
求	给	我	主	容	条	命

但求皇上留条命,

550

许	他	夸	躺	卡	不	时
hai³	te¹	kwa⁵	da:ŋ¹	ka³	bau⁵	çi²
hawj	de	gvaq	ndang	gaj	mbouj	ceiz
给	她	过	身	杀	不	迟

分娩后杀也不晚。

皇帝娘收本可难，准许夸拳料再除粒

皇帝君他就发参，提隆岭宫不容墨

嘴射茄休又飞柔，再嗬王娘很西凉

就捉王娘隆岭宫，恩朴百式提王娘

提朴刀许刘乌荣哑，王娘市姑初水牵

君他王娘初冷宣，腮和亦混得乌水牵

提朴内貂也不放，王娘恨难哭林林

提朴西被崖冷宫、恒晏爱哭名水牵

李治就封武则天，西宫就封东宫娘

不反东馆又眉难，反那西宫喜姑有

皇帝君他带奸内，意他吽雷可衣雷

许他乱行内朝中，甲里今那雲重娘　皇重娘

551

皇	帝	恨	收	本	可	准
wuaŋ²	tai⁵	han¹	tɕau¹	pu;n⁴	ko³	ɕin³
vuengz	daeq	raen	cou	bwnj	goj	cinj
皇	帝	见	奏	本	也	准

皇帝准了这奏本，

552

准	许	夸	舑	料	再	叔
ɕin³	hai³	kwa⁵	da;ŋ¹	le;u⁴	tɕa;i¹	ɕu²
cinj	hawj	gvaq	ndang	liux	caiq	cuz
准	给	过	身	了	再	拔

等她分娩再收拾。

553

皇	帝	居	他	就	发	令
wuaŋ²	tai⁵	ku⁵	te¹	tɕo⁶	fa;t⁷	liŋ⁶
vuengz	daeq	gwq	de	couh	fat	lingh
皇	帝	时	那	就	发	令

皇帝这时就降旨，

554

捉	隆	冷	宫	不	容	呈
ɕuk⁸	loŋ²	luun⁴	kuŋ⁵	bau⁵	juŋ²	ɕiŋ²
cug	roengz	lwngj	gungh	mbouj	yungz	cingz
绑	下	冷	宫	不	容	情

打入冷宫不容情。

555

嘴	盯	茄	你	又	乙	奈
ka;ŋ³	taŋ²	kia²	ni⁴	jau⁶	ʔjiat⁷	na;i⁵
gangj	daengz	giz	neix	youh	yiet	naiq
讲	到	地方	这	又	歇	累

讲到这里先休息，

556

再	嘴	王	娘	很	西	凉
tɕa;i¹	ka;ŋ³	wa;ŋ²	niaŋ²	han¹	ɬi⁵	liaŋ²
caiq	gangj	vangz	niengz	raen	si	liengz
再	讲	皇	娘	见	凄	凉

再说皇后好凄凉。

557

就	捉	王	娘	隆	冷	宫
tɕo⁶	ɕuk⁸	wa;ŋ²	niaŋ²	loŋ²	luun⁴	kuŋ⁵
couh	cug	vangz	niengz	roengz	lwngj	gungh
就	绑	皇	娘	下	冷	宫

皇后被打入冷宫，

558

恩	枵	百	式	提	王	娘
an¹	ka²	pa;k⁷	ɕi¹	tu²	wa;ŋ²	niaŋ²
aen	gaz	bak	ci	dawz	vangz	niengz
个	枷	口	推	捉	皇	娘

皇后被铐上枷锁。

559

提	枵	刀	许	乌	牢	啦
tu²	ka²	ta;u⁵	hai³	u⁵	la;u²	lap⁷
dawz	gaz	dauq	hawj	youq	lauz	laep
拿	枷	回	给	在	牢	黑

戴着枷锁关牢房，

560

王	娘	亦	殆	初	水	牢
wa;ŋ²	niaŋ²	a³	ta;i¹	u⁵	ɕuai⁴	la;u²
vangz	niengz	aj	dai	youq	suij	lauz
皇	娘	要	死	在	水	牢

皇后欲死在水牢。

561

居	他	王	娘	乌	冷	宫
kɯ⁵	te¹	waːŋ²	niaŋ²	u⁵	luɯn⁴	kuŋ⁵
gwq	de	vangz	niengz	youq	lwngj	gungh
时	那	皇	娘	在	冷	宫

皇后娘娘在冷宫，

562

腮	和	亦	混	乌	水	牢
ɬaːi¹	ho²	a³	kon⁵	u⁵	ɕuai⁴	laːu²
sai-	hoz	aj	goenq	youq	suij	lauz
气管		要	断	在	水	牢

快要咽气水牢中。

563

提	枴	西	被	乌	冷	宫
tɯ²	ka²	ɬi⁵	pi¹	u⁵	luɯn⁴	kuŋ⁵
dawz	gaz	seiq	bi	youq	lwngj	gungh
拿	枷	四	年	住	冷	宫

身戴枷锁关冷宫，

564

恒	昙	筦	哭	乌	水	牢
huɯn²	ŋon²	kuan³	tai³	u⁵	ɕuai⁴	laːu²
hwnz	ngoenz	guenj	daej	youq	suij	lauz
夜	日	管	哭	在	水	牢

日夜哭泣水牢中。

565

提	枴	内	舭	也	不	放
tɯ²	ka²	dai¹	daːŋ¹	je³	bau⁵	ɕuaŋ⁵
dawz	gaz	ndaw	ndang	yej	mbouj	cuengq
拿	枷	内	身	也	不	放

枷锁时时戴在身，

566

王	娘	恨	难	哭	林	林
waːŋ²	niaŋ²	han¹	naːn⁶	tai³	lian²	lian²
vangz	niengz	raen	nanh	daej-	lien-	lien
皇	娘	见	难	哭	涟	涟

皇后遇难泪涟涟。

567

李	治	就	封	武	则	天
li⁴	tɕi¹	tɕo⁶	fuŋ⁶	u⁴	tɕə²	teːn⁵
lij	ci	couh	fung	vuj	cwz	denh
李	治	就	封	武	则	天

李治册封武则天，

568

西	宫	就	封	東	宫	娘
ɬi⁵	kuŋ⁵	tɕo⁶	fuŋ⁶	tuŋ⁵	kuŋ⁵	niaŋ²
sih	gungh	couh	fung	dungh	gungh	niengz
西	宫	就	封	东	宫	娘

西宫扶正主东宫。

569

不	及	東	宫	又	眉	难
bau⁵	ki³	tuŋ⁵	kuŋ⁵	jau⁶	mi²	naːn⁶
mbouj	geij	dungh	gungh	youh	miz	nanh
不	几	东	宫	又	有	难

不久东宫又遭殃，

570

反	那	西	宫	害	殆	冇
faːn³	na³	ɬi⁵	kuŋ⁵	haːi⁶	taːi¹	diai¹
fanj	naj	sih	gungh	haih	dai	ndwi
反	脸	西	宫	害	死	空

西宫又诉东宫事。

571

皇	帝	居	他	带	奸	内
wuaŋ²	tai⁵	kuɯ⁵	te¹	taːi⁵	ja⁶	noːi⁶
vuengz	daeq	gwq	de	daiq	yah	noih
皇	帝	时	那	带	妻	小

皇帝那时宠小妾，

572

意	他	吽	雷	可	衣	雷
i⁵	te¹	nau²	lai²	ko³	i¹	lai²
eiq	de	naeuz	lawz	goj	ei	lawz
任意	他	讲	啥	也	依	啥

她说什么都依她。

573

许	他	乱	行	内	朝	中
hai³	te¹	luan⁶	heːŋ²	dai¹	ɕiau⁶	ɕiŋ⁵
hawj	de	luenh	hengz	ndaw	ciuh	cingq
给	他	乱	行	中	朝	我

任凭她扰乱朝廷，

574

甲	每	公	那	害	皇	娘
kaːk⁸	di⁴	koŋ¹	na⁴	haːi⁶	waːŋ²	niaŋ²
gag	ndij	goeng	nax	haih	vangz	niengz
自	和	公	舅	害	皇	娘

勾结内弟害皇后。

今那叫郭武三思，甲里则天叫王娘，

又嘱王娘乌冷宫，那黑当相如独养灵，

定手可黑如墨砚，貂肉可臭如屎仗，

仇呆可礼便培半，不恨开肉鲁开妞皮，

王娘恒县哭恶命，那亚合吲如旁妞，

生劝肘水不眉洗，吐慢剃亦温腮和，

王娘亦始路不路，十分不想郭召佐，

眉依报肘武则天，晚莲王娘生劝腮，

武氏吲那呢寮你，忙七妖七乌肉心，

就屋主意隆背卡，卡肘妈劲不容里，

善毌三主他鲁夜，诿你狼不算利开姜，

许佬背叫杜四斗，吽放此沁眉事情。

575

公	那	叫	郭	武	三	思①
koŋ¹	na⁴	heːu⁶	kuak⁸	u⁴	ɬaːn⁵	ɬɯ⁵
goeng	nax	heuh	guh	vuj	sanh	swh
公	舅	叫	做	武	三	思

内弟名叫武三思，

576

甲	里	则	天	害	王	娘
kaːk⁸	di⁴	tɕə²	teːn⁵	haːi⁶	waːŋ²	niaŋ²
gag	ndij	cwz	denh	haih	vangz	niengz
自	和	则	天	害	皇	娘

联手则天害皇后。

577

又	嘴	王	娘	乌	冷	宫
jau⁶	kaːŋ³	waːŋ²	niaŋ²	u⁵	lɯn⁴	kuŋ⁵
youh	gangj	vangz	niengz	youq	lwngj	gungh
又	讲	皇	娘	在	冷	宫

再说皇后在冷宫，

578

那	黑	峼	拥	如	独	灵
na³	foːn⁴	pun¹	juŋ⁵	lum³	tua²	liŋ²
naj	fonx	bwn	nyungq	lumj	duz	lingz
脸	黑	毛	乱	像	只	猴

蓬头垢面像猴子。

579

定	手	可	黑	如	墨	砚
tin¹	fuŋ²	ko³	foːn⁴	lum³	mak⁸	jian⁶
din	fwngz	goj	fonx	lumj	maeg	yienh
脚	手	也	黑	似	墨	砚

手脚黑黑像墨砚，

580

殆	肉	可	臭	如	屎	伝
daːŋ¹	no⁶	ko³	hau¹	lum³	e⁴	hun²
ndang	noh	goj	haeu	lumj	haex	vunz
身	肉	也	臭	如	屎	人

身上味道如臭屎。

581

仇	呆	可	礼	哽	培	半
ɕau²	ŋaːi²	ko³	dai⁴	kuːn¹	pai²	puan⁵
caeuz	ngaiz	goj	ndaej	gwn	baez	buenq
晚饭	早饭	也	得	吃	次	半

每餐只能吃半饱，

582

不	恨	开	肉	鲁	开	皮
bau⁵	han¹	kaːi⁵	no⁶	lo⁴	kaːi⁵	naŋ¹
mbouj	raen	gaiq	noh	rox	gaiq	naeng
不	见	块	肉	或	块	皮

不见半点荤腥味。

583

王	娘	恒	昙	哭	愿	命
waːŋ²	niaŋ²	hun²	ŋon²	tai³	ʔjian⁵	miŋ⁶
vangz	niengz	hwnz	ngoenz	daej	ienq	mingh
皇	娘	夜	日	哭	怨	命

皇后日夜哭怨命，

584

那	显	各	罗	如	房	殆
na³	heːn³	kaːk⁸	lo²	lum³	faːŋ²	taːi¹
naj	henj	gag	roz	lumj	fangz	dai
脸	黄	自	瘦	似	鬼	死

又瘦又黄像死鬼。

585

生	劲	肝	水	不	眉	洗
ɬeːŋ¹	luɯk⁸	taŋ²	lam⁴	bau⁵	mi²	ɬiai⁵
seng	lwg	daengz	raemx	mbouj	miz	swiq
生	儿	连	水	没	有	洗

生儿没有水来洗，

586

吐	利	慢	亦	混	腮	和
tuŋ⁴	li⁴	maːn⁶	a³	kon⁵	ɬaːi¹	ho²
dungx	lij	manh	aj	goenq	sai-	hoz
肚	还	辣	要	断	气	管

肚痛喉辣快气绝。

587

王	娘	亦	殆	路	不	路
waːŋ²	niaŋ²	a³	taːi¹	lo⁶	bau⁵	lo⁶
vangz	niengz	aj	dai	loh	mbouj	loh
皇	娘	想	死	路	不	路

皇后想死不见路，

588

十	分	不	想	郭	召	伝
çip⁸	fan¹	bau⁵	ɬiaŋ³	kuak⁸	çiau⁶	hun²
cib	faen	mbouj	siengj	guh	ciuh	vunz
十	分	不	想	做	世	人

实在不愿活在世。

---

①武三思 [u⁴ ɬaːn⁵ ɬɯ⁵]：武则天之侄，并州文水（今山西文水东）人。武则天称帝后受封为梁王，为武则天外戚干政的主要人物。

八 武则天密令杀太子

谷那叫郭武三思，甲里则天害王娘

又嘱王娘乌冷宫，那黑苗相如犯衣裳。

定手可黑如墨砚，貂肉可臭如屎传。

仇呆可礼更堆半，不恨开肉鲁开皮。

王娘恒昙哭恶命，那昙怨想胚市凄家。

生劝肘水不眉洗，吐慢利亦混腮和。

王娘亦哈路不路，十分不想郭召传。

眉依报肘武则天，晚蓬王娘生劝腮，

武氏叮那呢疼你，忙七缺上乌内心。

就屡主意隆背卡，卡町妈劲不容呈

羞咩五主他鲁哽，培你狠不算利开盖。

许侍背叫杜四斗，呼敛此他眉事悔。

589

眉	伝	报	盯	武	则	天
mi²	hun²	pa:u⁵	taŋ²	u⁴	tɕə²	te:n⁵
miz	vunz	bauq	daengz	vuj	cwz	denh
有	人	报	到	武	则	天

有人禀告武则天，

590

晚	连	王	娘	生	孙	腮
ham⁶	lian²	wa:ŋ²	niaŋ²	ɬe:ŋ¹	lɯk⁸	ɬa:i¹
haemh	lwenz	vangz	niengz	seng	lwg	sai
晚	昨	皇	娘	生	儿	男

昨晚皇后生儿子。

591

武	氏	叮	耶	哴	晴	你
u⁴	ɕi¹	tiŋ⁵	jia¹	ha:u⁵	ɕon²	ni⁴
vuj	si	dingq	nyi	hauq	coenz	neix
武	氏	听	见	讲	句	这

武氏听到来人报，

592

忙	忙	妙	妙	乌	内	心
muaŋ²	muaŋ²	miau⁶	miau⁶	u⁵	dai¹	ɬam¹
muengz-	muengz-	miuh-	miuh	youq	ndaw	sim
急	急	忙	忙		在	内	心

心中反复在思考。

593

就	屋	主	意	隆	背	卡
tɕo⁶	o:k⁷	ɕɯ³	i⁵	loŋ²	pai¹	ka³
couh	ok	cawj	eiq	roengz	bae	gaj
就	出	主	意	下	去	杀

最终决定杀皇后，

594

卡	盯	嫣	孙	不	容	呈
ka³	taŋ²	me⁶	luk⁸	bau⁵	juŋ²	ɕiŋ²
gaj	daengz	meh	lwg	mbouj	yungz	cingz
杀	到	母	儿	不	容	情

杀绝母子不留情。

595

差	哴	五	主	他	鲁	哝
ɕa³	nau²	ŋo⁴	ɬu³	te¹	lo⁴	jia¹
caj	naeuz	ngoh	souj	de	rox	nyi
若	讲	我	主	他	懂	听

如果皇上他知道，

596

培	你	不	算	利	开	娄
pai²	ni⁴	bau⁵	ɬuan⁵	di¹	ka:i⁵	lau²
baez	neix	mbouj	suenq	ndei	gaiq	raeuz
次	这	不	算	好	个	我们

这次不利于我们。

597

许	伝	背	叫	杜	囬	斗
hai³	hun²	pai¹	he:u⁶	tu¹	wai²	tau³
hawj	vunz	bae	heuh	du	veiz	daeuj
给	人	去	叫	杜	回	来

派人去叫杜回来，

598

哴	故	叫	他	眉	事	悙
nau²	ku¹	he:u⁶	te¹	mi²	ɬian⁵	ɕiŋ²
naeuz	gou	heuh	de	miz	saeh	cingz
说	我	叫	他	有	事	情

说我找他有要事。

天送鲁耶晚啼脉，干邓隆斗叫杜田，

娘女许民隆背初，差民忙慢初不利，

杜田鲁耶吃啼俏，若他很鲒斗生々，

斗肘相房隆贺跪，娘々叫灰眉麻啼，

武氏当祥迓啼吃，牙民可得老炎依，

晚莲王娘生太子，叫居斗事故商量，

许民隆背里故卡，差故吾剑许介名，

民亦干邓隆背卡，卡肘母劝不密易，

啼吃洪民娘许依，五主鲁疲卡娄殆，

差民郭条事依屋，差故封民万户候，

杜田当祥迓啼吃，娘々使灰敢不依，

杜田领剑就隆斗，备想忉心各不贵。

599

天	还	鲁	耶	吒	哢	你
ja⁵	wa:n²	lo⁴	jia¹	ha:u⁵	çon²	ni⁴
yah	vanz	rox	nyi	hauq	coenz	neix
丫鬟	鬟	懂	听	讲	句	这

丫鬟听主子吩咐，

600

干	即	隆	斗	叫	杜	囬
ka:n³	çɯ⁵	loŋ²	tau³	he:u⁶	tu¹	wai²
ganj-	cwq	roengz	daeuj	heuh	du	veiz
赶紧		下	来	叫	杜	回

立刻前去叫杜回。

601

娘	娘	許	民	隆	背	初
nian²	nian²	hai³	muŋ²	loŋ²	pai¹	ço⁶
niengz	niengz	hawj	mwngz	roengz	bae	coh
娘	娘	给	你	下	去	向

娘娘叫你快去见，

602

差	民	太	慢	初	不	利
ça³	muŋ²	ta:i¹	ma:n¹	tço⁶	bau⁵	di¹
caj	mwngz	daih	menh	coh	mbouj	ndei
若	你	怠	慢	就	不	好

若你去晚可不好。

603

杜	囬	鲁	耶	吒	哢	你
tu¹	wai²	lo⁴	jia¹	ha:u⁵	çon²	ni⁴
du	veiz	rox	nyi	hauq	coenz	neix
杜	回	懂	听	讲	句	这

杜回听她这样说，

604

居	他	很	骱	斗	壬	壬
ku⁵	te¹	hun⁵	da:ŋ¹	tau³	jam²	jam²
gwq	de	hwnq	ndang	daeuj	yaemz	yaemz
时	那	起	身	来	快	快

急忙起身赶快走。

605

斗	肛	相	房	隆	贺	跪
tau³	taŋ²	ɬian⁵	fa:ŋ²	loŋ²	ho⁵	kwi⁶
daeuj	daengz	siengh	fangz	roengz	hoq	gvih
来	到	厢	房	下	膝	跪

见了武后便下跪，

606

娘	娘	叫	灰	眉	麻	哢
nian²	nian²	he:u⁶	ho:i⁵	mi²	ma²	çon²
niengz	niengz	heuh	hoiq	miz	maz	coenz
娘	娘	叫	奴	有	什么	句

忙问召见有何事。

607

武	氏	当	祥	还	哢	吒
u⁴	çi¹	ta:ŋ¹	çian²	wa:n²	çon²	ha:u⁵
vuj	si	dang	ciengz	vanz	coenz	hauq
武	氏	当	场	回	句	话

武氏立即就开口，

608

开	民	可	得	老	实	伝
ka:i⁵	muŋ²	ko³	tuk⁸	la:u⁴	çi²	hun²
gaiq	mwngz	goj	dwg	laux	saed	vunz
个	你	也	是	老	实	人

我看你是老实人。

609

晚	连	王	娘	生	太	子
ham⁶	lian²	waːŋ²	niaŋ²	ɬeːŋ¹	taːi¹	ɬɯ⁴
haemh	lwenz	vangz	niengz	seng	dai	swj
晚	昨	皇	娘	生	太	子

昨晚皇后生太子，

610

叫	民	斗	亩	故	商	量
heːu⁶	muŋ²	tau³	di⁴	ku¹	çaːŋ⁵	lian²
heuh	mwngz	daeuj	ndij	gou	sieng	liengz
叫	你	来	和	我	商	量

叫你来与我商量。

611

許	民	隆	背	里	故	卡
hai³	muŋ²	loŋ²	pai¹	di⁴	ku¹	ka³
hawj	mwngz	roengz	bae	ndij	gou	gaj
给	你	下	去	和	我	杀

让你去帮我杀人，

612

差	故	告	劍	許	介	名
ça³	ku¹	kaːu¹	kiam⁵	hai³	kaːi⁵	muɯŋ²
caj	gou	gyau	giemq	hawj	gaiq	mwngz
等	我	交	劍	给	块	你

现在我交剑给你。

613

民	亦	干	即	隆	背	卡
muŋ²	a³	kaːn³	çɯ⁵	loŋ²	pai¹	ka³
mwngz	aj	ganj-	cwq	roengz	bae	gaj
你	要	赶紧		下	去	杀

你要立刻去杀她，

614

卡	肌	媽	孙	不	容	易
ka³	taŋ²	me⁶	luk⁸	bau⁵	juŋ²	ji⁶
gaj	daengz	meh	lwg	mbouj	yungz	heih
杀	到	母	儿	不	容	易

母子都杀不容易。

615

唒	吒	民	勒	許	伝	乐
çon²	haːu⁵	muŋ²	lak⁸	hai³	hun²	lo⁴
coenz	hauq	mwngz	laeg	hawj	vunz	rox
句	话	你	莫	给	人	懂

这些莫让别人懂，

616

五	主	鲁	哴	卡	娄	殆
ŋo⁴	ɬu³	lo⁴	jia¹	ka³	lau²	taːi¹
ngoh	souj	rox	nyi	gaj	raeuz	dai
我	主	懂	听	杀	我们	死

皇上若知定杀咱。

617

差	民	郭	条	事	你	屋
ça³	muɯŋ²	kuak⁸	teːu²	ɬian⁵	ni⁴	oːk⁷
caj	mwngz	guh	diuz	saeh	neix	ok
若	你	做	件	事	这	出

若你做好这件事，

618

差	故	封	民	万	户	侯
ça³	ku¹	fuŋ⁶	muɯŋ²	waːn¹	hu¹	hau²
caj	gou	fung	mwngz	van	hu	houz
等	我	封	你	万	户	侯

我就封你万户侯。

619

杜	囬	当	祥	还	哢	吒
tu¹	wai²	taːŋ¹	ɕiaŋ²	waːn²	ɕon²	haːu⁵
du	veiz	dang	ciengz	vanz	coenz	hauq
杜	回	当	场	回	句	话

杜回急忙回答说，

620

娘	娘	使	灰	敢	不	依
niaŋ²	niaŋ²	ɬai³	hoːi⁵	kaːm³	bau⁵	i¹
niengz	niengz	sawj	hoiq	gamj	mbouj	ei
娘	娘	用	奴	敢	不	依

我听娘娘来使唤。

621

杜	囬	领	劍	就	隆	斗
tu¹	wai²	liŋ⁴	kiam⁵	tɕo⁶	loŋ²	tau³
du	veiz	lingx	giemq	couh	roengz	daeuj
杜	回	领	剑	就	下	来

杜回领差提剑走，

622

各	想	内	心	各	不	贫
kaːk⁸	ɬiaŋ³	dai¹	ɬam¹	kaːk⁸	bau⁵	pan²
gag	siengj	ndaw	sim	gag	mbouj	baenz
自	想	里	心	自	不	成

内心越想越不对。

杜四想背又想刀，样乌许故背卡他、

妈骂则天真肚薹，他骂几颗甫忠呈、

志男劝晚不眉惠，鲁咩铭观眉冤仇、

内心故想贪依定，资雷可唉命他净、

杜四隆背肘岭宫，开晒就叫开度牢、

干那背报各娘娘，叫咩开度眉事愤。

妖还鲁那呢哼依，许他凯斗差故嗲。

王娘鲁那呢哼依，呈斗开度许杜回。

妖还恨叫呢哼依，居依开灰惧不音。

杜四凯背隆贺跪，甲里公那咎娘々。

妈骂则天行心薹，居你眉依报肘他。

晚连娘々坐太子，

623

杜	囬	想	背	又	想	刀
tu¹	wai²	ɬiaŋ³	pai¹	jau⁶	ɬiaŋ³	ta:u⁵
du	veiz	siengj	bae	youh	siengj	dauq
杜	回	想	去	又	想	回

杜回想来又想去，

624

样	乌	许	故	背	卡	他
jiaŋ⁶	ʔju⁵	hai³	ku¹	pai¹	ka³	te¹
yiengh	youq	hawj	gou	bae	gaj	de
样	怎	给	我	去	杀	她

为何让我去杀人。

625

妈	骂	则	天	真	肚	蕚
me⁶	ma¹	tɕə²	te:n⁵	ɕin¹	tuŋ⁴	ʔja:k⁷
meh	ma	cwz	denh	caen	dungx	yak
母	狗	则	天	真	肚	恶

武则天似疯狗毒，

626

他	害	几	颓	甫	忠	呈
te¹	ha:i⁶	ki³	la:i¹	pu⁴	tɕuŋ⁵	tɕin²
de	haih	geij	lai	boux	cungh	cinz
她	害	几	多	人	忠	臣

她害忠臣多少人。

627

志	霄	劧	眺	不	眉	惠
kɯn²	bun¹	luk⁸	ta¹	bau⁵	mi²	wi⁶
gwnz	mbwn	lwg	da	mbouj	miz	ngveih
上	天	儿	眼	不	有	核

老天爷有眼无珠，

628

鲁	吽	躺	观	眉	寃	仇
lo⁴	nau²	da:ŋ¹	ko:n⁵	mi²	ʔjian¹	ɕau²
rox	naeuz	ndang	gonq	miz	ien	caeuz
或	说	身	前	有	冤	仇

或者前世有冤仇。

629

内	心	故	想	贫	你	定
dai¹	ɬam¹	ku¹	ɬiaŋ³	pan²	ni⁴	tiŋ⁶
ndaw	sim	gou	siengj	baenz	neix	dingh
里	心	我	想	成	这	定

我内心这样决定，

630

贫	雷	可	哝	命	他	净
pan²	lai²	ko³	di⁴	miŋ⁶	te¹	ɕe:ŋ¹
baenz	lawz	goj	ndij	mingh	de	ceng
成	怎样	也	和	命	她	争

无论如何都抗争。

631

杜	囬	隆	背	肛	冷	宫
tu¹	wai²	loŋ²	pai¹	taŋ²	luɯn⁴	kuŋ⁵
du	veiz	roengz	bae	daengz	lwngj	gungh
杜	回	下	去	到	冷	宫

杜回去到冷宫里，

632

开	咟	就	叫	开	度	牢
ha:i¹	pa:k⁷	tɕo⁶	he:u⁶	ha:i¹	tu¹	la:u²
hai	bak	couh	heuh	hai	dou	lauz
开	口	就	叫	开	门	牢

开口叫打开牢门。

633

妖　还　鲁　耶　吼　哄　你
ja^5　$wa:n^2$　lo^4　jia^1　$ha:u^5$　$çon^2$　ni^4
yah　vanz　rox　nyi　hauq　coenz　neix
丫　鬟　懂　听　说　句　这
丫鬟见人叫开门，

634

干　即　背　报　各　娘　娘①
$ka:n^3$　$çɯ^5$　pai^1　$pa:u^5$　$ka:i^5$　$nian^2$　$nian^2$
ganj-　cwq　bae　bauq　gaiq　niengz　niengz
赶紧　　去　报　个　娘　娘
立刻去报告娘娘。

635

贩　绿　三　更　眉　伝　叫
$pa:i^6$　$lo:k^8$　$ɬa:m^1$　$ke:ŋ^1$　mi^2　hun^2　$he:u^6$
baih　rog　sam　geng　miz　vunz　heuh
面　外　三　更　有　人　叫
半夜有人来叫门，

636

叫　吽　开　度　眉　事　悭
$he:u^6$　nau^2　$ha:i^1$　tu^1　mi^2　$ɬian^5$　$çiŋ^2$
heuh　naeuz　hai　dou　miz　saeh　cingz
叫　讲　开　门　有　事　情
说有事情快开门。

637

王　娘　鲁　耶　吼　哄　你
$wa:ŋ^2$　$nian^2$　lo^4　jia^1　$ha:u^5$　$çon^2$　ni^4
vangz　niengz　rox　nyi　hauq　coenz　neix
皇　娘　懂　听　讲　句　这
皇娘听她这样说，

638

許　他　吼　斗　差　故　嗲
hai^3　te^1　hau^3　tau^3　$ça^3$　ku^1　$ça:m^1$
hawj　de　haeuj　daeuj　caj　gou　cam
给　他　进　来　等　我　问
让他进来我问话。

639

妖　还　恨　吜　吼　哄　你
ja^5　$wa:n^2$　han^1　nau^2　$ha:u^5$　$çon^2$　ni^4
yah　vanz　raen　naeuz　hauq　coenz　neix
丫　鬟　见　说　讲　句　这
丫鬟听她这样说，

640

屋　斗　开　度　許　杜　囬
$o:k^7$　tau^3　$ha:i^1$　tu^1　hai^3　tu^1　wai^2
ok　daeuj　hai　dou　hawj　du　veiz
出　来　开　门　给　杜　回
打开门让杜回进。

641

杜　囬　吼　背　隆　贺　跪
tu^1　wai^2　hau^3　pai^1　$loŋ^2$　ho^5　kwi^6
du　veiz　haeuj　bae　roengz　hoq　gvih
杜　回　进　去　下　膝　跪
杜回进去就下跪，

642

居　你　开　灰　嘴　不　音
$kɯ^5$　ni^4　$ka:i^5$　$ho:i^5$　$ka:ŋ^3$　bau^5　$ʔjam^1$
gwq　neix　gaiq　hoiq　gangj　mbouj　yaem
时　这　个　奴　讲　不　瞒
现在我不瞒您说。

643

妈	骂	则	天	行	心	蕚
me⁶	ma¹	tɕə²	teːn⁵	heːŋ²	ɫam¹	ʔjaːk⁷
meh	ma	cwz	denh	hengz	sim	yak
母	狗	则	天	行	心	恶

武则天像疯狗毒，

644

甲	里	公	那	害	娘	娘
kaːk⁸	di⁴	koŋ¹	na⁴	haːi⁶	niaŋ²	niaŋ²
gag	ndij	goeng	nax	haih	niengz	niengz
自	和	公	舅	害	娘	娘

勾结内弟害娘娘。

645

晚	连	娘	娘	生	太	子
ham⁶	lian²	niaŋ²	niaŋ²	ɬeːŋ¹	taːi¹	ɫɯ⁴
haemh	lwenz	niengz	niengz	seng	dai	swj
晚	昨	娘	娘	生	太	子

昨晚娘娘生太子，

646

居	你	眉	伝	报	肟	他
kɯ⁵	ni⁴	mi²	hun²	paːu⁵	taŋ²	te¹
gwq	neix	miz	vunz	bauq	daengz	de
时	这	有	人	报	到	她

现已有人报给她。

———————————

① 娘娘 [niaŋ² niaŋ²]：这里指被废了的皇后。

647

妖	还	晚	你	斗	叫	灰
ja⁵	wa:n²	ham⁶	ni⁴	tau³	he:u⁶	ho:i⁵
yah	vanz	haemh	neix	daeuj	heuh	hoiq
丫	鬟	晚	今	来	叫	奴

丫鬟今晚来找我，

648

許	灰	隆	斗	卡	娘	娘
hai³	ho:i⁵	loŋ²	tau³	ka³	niaŋ²	niaŋ²
hawj	hoiq	roengz	daeuj	gaj	niengz	niengz
给	奴	下	来	杀	娘	娘

叫我今晚杀娘娘。

649

娘	娘	恨	吽	贫	样	你
niaŋ²	niaŋ²	han¹	nau²	pan²	jiaŋ⁶	ni⁴
niengz	niengz	raen	naeuz	baenz	yiengh	neix
娘	娘	见	讲	成	样	这

东宫娘娘听到这，

650

哭	初	杜	囬	殆	淋	淋
tai³	ço⁶	tu¹	wai²	ta:i¹	lian²	lian²
daej	coh	du	veiz	dai	lien-	lien
哭	向	杜	回	死	涟涟	

对着杜回泪涟涟。

651

許	民	肚	囬	隆	斗	卡
hai³	mɯŋ²	tu¹	wai²	loŋ²	tau³	ka³
hawj	mwngz	du	veiz	roengz	daeuj	gaj
给	你	杜	回	下	来	杀

让你杜回来杀我，

652

买	民	不	卡	故	可	殆
ma:i⁶	mɯŋ²	bau⁵	ka³	ku¹	ko³	ta:i¹
maih	mwngz	mbouj	gaj	gou	goj	dai
就算	你	不	杀	我	也	死

就是不杀我也死。

653

生	劢	屋	斗	不	眉	糫
ɬe:ŋ¹	luk⁸	o:k⁷	tau³	bau⁵	mi²	hau⁴
seng	lwg	ok	daeuj	mbouj	miz	haeux
生	儿	出	来	没	有	米

生了孩子没饭吃，

654

不	恨	开	肉	鲁	开	皮
bau⁵	han¹	ka:i⁵	no⁶	lo⁴	ka:i⁵	naŋ¹
mbouj	raen	gaiq	noh	rox	gaiq	naeng
不	见	块	肉	或	块	皮

未曾尝过鱼肉味。

655

皆	故	可	愿	殆	居	你
ka:i⁵	ku¹	ko³	jian⁶	ta:i¹	kɯ⁵	ni⁴
gaiq	gou	goj	nyienh	dai	gwq	neix
个	我	也	愿	死	时	这

我也宁愿现在死，

656

故	也	不	愿	做	召	伝
ku¹	je³	bau⁵	jian⁶	kuak⁸	çiau⁶	hun²
gou	yej	mbouj	nyienh	guh	ciuh	vunz
我	也	不	愿	做	世	人

我已不愿再苟活。

657

民	亦	卡	故	可	斗	卡
muɯŋ²	a³	ka³	ku¹	ko³	tau³	ka³
mwngz	aj	gaj	gou	goj	daeuj	gaj
你	要	杀	我	就	来	杀

你要杀我便动手，

658

民	亦	样	那	故	郭	麻
muɯŋ²	a³	jiaŋ⁶	na³	ku¹	kuak⁸	ma²
mwngz	aj	nyiengh	naj	gou	guh	maz
你	要	让	脸	我	做	什么

不必顾及我脸面。

九　杜回抗命救太子

妖还晚你斗料灰，许灰隆斗卡娘，

娘女恨咊贪祥你，哭初杜四跁淋淋。

许民肚四隆斗卡，买民矛卡故可跁，

生劲屋斗不眉蘚，不恨开由鲁开皮，

皆故可愿殆君你，故也不愿彼召任。

民亦卡故可斗卡，民亦祥那故都麻，

杜四恨娘吒哼你，皆故不敢卡主僧，

灰里娘女屋主憲，周提太子屋背漆，

昙咋他贪位可鲁，差里扳仇各娘女，

的婚恨咊隆夏跪，有灰周他都召伝，

如故暮他佢话你，劲故昏韶劲的皇，

杜四鲁那吒哼你，双手苦赀淋哋隆。

659
杜　田　恨　娘　呍　哢　你
tu¹　wai²　han¹　niaŋ²　ha:u⁵　çon²　ni⁴
du　veiz　raen　niengz　hauq　coenz　neix
杜　回　见　娘　讲　句　这
杜回听她这样说，

660
皆　故　不　敢　卡　主　傍
ka:i⁵　ku¹　bau⁵　ka:m³　ka³　łu³　piaŋ²
gaiq　gou　mbouj　gamj　gaj　souj　biengz
个　我　不　敢　杀　主　天下
我不敢杀皇太子。

661
灰　里　娘　娘　屋　主　意
ho:i⁵　di⁴　niaŋ²　niaŋ²　o:k⁷　çɯ³　i⁵
hoiq　ndij　niengz　niengz　ok　cawj　eiq
奴　和　娘　娘　出　主　意
我给娘娘出主意，

662
周　提　太　子　屋　背　添
tçau⁵　tu²　ta:i¹　łu⁴　o:k⁷　pai¹　tiam¹
gouq　dawz　dai　swj　ok　bae　diem
救　拿　太　子　出　去　藏
先救太子出去藏。

663
昙　昨　他　贫　伝　可　鲁
ŋon²　ço:k⁸　te¹　pan²　hun²　ko³　lo⁴
ngoenz　cog　de　baenz　vunz　goj　rox
日　明　他　成　人　也　懂
有朝一日他知道，

664
差　里　报　仇　各　娘　娘
ça³　dai⁴　pa:u⁵　çau²　ka:i⁵　niaŋ²　niaŋ²
caj　ndaej　bauq　caeuz　gaiq　niengz　niengz
等　得　报　仇　个　娘　娘
还可为娘娘报仇。

665
的　媽　恨　吽　隆　贺　跪
tua²　me⁶　han¹　nau²　loŋ²　ho⁵　kwi⁶
duz　meh　raen　naeuz　roengz　hoq　gvih
个　母　见　讲　下　膝　跪
娘娘听了忙下跪，

666
与　灰　周　他　郭　召　伝
di⁴　ho:i⁵　tçau⁵　te¹　kuak⁸　çiau⁶　hun²
ndij　hoiq　gouq　de　guh　ciuh　vunz
和　奴　救　他　做　世　人
你来帮我救太子。

667
如　故　居　你　殆　可　愿
hai³　ku¹　kɯ⁵　ni⁴　ta:i¹　ko³　jian⁶
hawj　gou　gwq　neix　dai　goj　nyienh
给　我　时　这　死　也　愿
现在我死也无怨，

668
劲　故　骨　骱　劲　的　皇
luk⁸　ku¹　do:k⁷　da:ŋ¹　luk⁸　tua²　wuaŋ²
lwg　gou　ndok　ndang　lwg　duz　vuengz
儿　我　骨　身　儿　个　皇
我儿是皇室血脉。

669

杜	回	鲁	耶	咟	哼	你
tu¹	wai²	lo⁴	jia¹	haːu⁵	çon²	ni⁴
du	veiz	rox	nyi	hauq	coenz	neix
杜	回	懂	听	讲	句	这

杜回听她这样说，

670

双	手	葛	贺	淋	眵	隆
ɬoːŋ¹	fɯŋ²	koːt⁷	ho²	lam⁴	ta¹	loŋ²
song	fwngz	got	hoz	raemx	da	roengz
双	手	搂	脖	水	眼	下

双手掩面泪水落。

杜四書懷隆志埔，双逢蝶那弟利狍。

娘也罵你不用帝，惹灰算升提背垂。

嘴周提太子底背茄你仔又乞奈，再娘嘴娘不用帝帆连凉他。

杜四彩肝县灯吐，肚餓不散背參哽。

彩路肝县不肩释，杜鈇替経利亦始。

背肝漢陽里參路，背肝二更豬乳城。

漢陽晚連昌甫客，王金蕒髭哽释仇。

挑肝火門老突叫，要石通鐘遊魯邪。

主兰甫容同駅可，叮那太畫叶林林。

汉個許佐星斗尭，就叫杜四乳背參。

杜四乳背隆貧跪，斗許老爺開命牙。

灰抱太子隆斗親，浦你太子得燃爺。

671

杜	田	鸾	怀	隆	志	埔
tu¹	wai²	luan²	wa:i²	loŋ²	kun²	na:m⁶
du	veiz	ruenz-	vaiz	roengz	gwnz	namh
杜	回	匍匐		下	上	地

杜回匍匐于地上，

672

双	逢	噤	那	涕	利	殆
ɬo:ŋ¹	fuŋ²	kom⁵	na³	tai³	a³	ta:i¹
song	fwngz	goemq	naj	daej	aj	dai
双	手	掩	面	哭	要	死

满眼是泪欲昏倒。

673

娘	娘	乌	你	不	用	希
nian²	nian²	u⁵	ni⁴	bau⁵	juŋ⁶	hi⁵
niengz	niengz	youq	neix	mbouj	yungh	heiq
娘	娘	在	这	不	用	忧

娘娘你不必担心，

674

依	灰	算	计	提	背	添
di⁴	ho:i⁵	ɬuan⁵	ki⁶	tu²	pai¹	tiam¹
ndij	hoiq	suenq	geiq	dawz	bae	diem
和	奴	算	计	拿	去	藏

我们商量救太子。

675

周	提	太	子	屋	背	躲
tɕau⁵	tu²	ta:i¹	ɬu⁴	o:k⁷	pai¹	do⁴
gouq	dawz	dai	swj	ok	bae	ndoj
救	拿	太	子	出	去	躲

设法救太子出去，

676

娘	娘	不	用	希	肛	他
nian²	nian²	bau⁵	juŋ⁶	hi⁵	taŋ²	te¹
niengz	niengz	mbouj	yungh	heiq	daengz	de
娘	娘	不	用	忧	到	他

娘娘不用担心他。

677

嘴	肛	茄	你	又	乙	奈
ka:ŋ³	taŋ²	kia²	ni⁴	jau⁶	ʔjiat⁷	na:i⁵
gangj	daengz	giz	neix	youh	yiet	naiq
讲	到	地方	这	又	歇	累

讲到这里先休息，

678

再	嘴	杜	田	顺	凄	凉
tɕa:i¹	ka:ŋ³	tu¹	wai²	çin¹	ɬi⁵	lian²
caiq	gangj	du	veiz	caen	si	liengz
再	讲	杜	回	真	凄	凉

再讲杜回好凄凉。

679

杜	田	彩	肛	昙	肛	啦
tu¹	wai²	tɕa:i³	taŋ²	ŋon²	taŋ²	lap⁷
du	veiz	byaij	daengx	ngoenz	daengz	laep
杜	回	走	整	日	到	黑

杜回他日夜兼程，

680

肚	饿	不	敢	被	嗲	哽
tuŋ⁴	ʔjiak⁷	bau⁵	ka:m³	pai¹	ça:m¹	kun¹
dungx	iek	mbouj	gamj	bae	cam	gwn
肚	饿	不	敢	去	问	吃

肚饿不敢去找吃。

681

彩	路	肕	昙	不	眉	糇
tɕa:i³	hon¹	taŋ²	ŋon²	bau⁵	mi²	hau⁴
byaij	roen	daengx	ngoenz	mbouj	miz	haeux
走	路	整	日	没	有	米

成天赶路没饭吃，

682

肚	饿	跆	缠	利	亦	殆
tuŋ⁴	ʔjiak⁷	da:ŋ¹	ɬɛn⁵	li⁴	a³	ta:i¹
dungx	iek	ndang	saenz	lij	aj	dai
肚	饿	身	抖	还	要	死

饿得颤抖快要死。

683

背	肕	漢	陽①	里	嗲	路
pai¹	taŋ²	ha:n¹	ja:ŋ²	li⁴	ɕa:m¹	lo⁶
bae	daengz	han	yangz	lij	cam	loh
去	到	汉	阳	还	问	路

到汉阳找人问路，

684

背	肕	二	更	杳	吼	城
pai¹	taŋ²	ŋi⁶	ke:ŋ¹	tɕo⁶	hau³	ɕiŋ²
bae	daengz	ngeih	geng	coh	haeuj	singz
去	到	二	更	才	进	城

直到二更才进城。

685

漢	陽	晚	连	眉	甫	客
ha:n¹	ja:ŋ²	ham⁶	lian²	mi²	pu⁴	he:k⁷
han	yangz	haemh	lwenz	miz	boux	hek
汉	阳	晚	昨	有	人	客

汉阳昨晚有客人，

686

王	金②	曹	彪③	哽	糇	仇
wa:ŋ²	kin⁵	tɕa:u²	piau⁵	kun¹	hau⁴	ɕau²
vangz	ginh	cauz	byauh	gwn	haeux	caeuz
王	金	曹	彪	吃	饭	晚饭

王金曹彪吃晚饭。

687

批	肕	头	门	老	实	叫
pai¹	taŋ²	tɕau³	tu¹	la:u⁴	ɕi⁶	he:u⁶
bae	daengz	gyaeuj	dou	laux	cij	heuh
去	到	头	门	大	才	叫

直到大门前才叫，

688

要	石	通	镗	学	鲁	耶
au¹	lin¹	to:ŋ³	tɕo:ŋ¹	tɕo⁶	lo⁴	jia¹
aeu	rin	dongj	gyong	coh	rox	nyi
要	石	撞	鼓	才	懂	听

石头击鼓才听见。

689

主	兰	甫	客	同	隊	叮
ɬu³	la:n²	pu⁴	he:k⁷	toŋ⁶	to:i⁶	tiŋ⁵
souj	ranz	boux	hek	doengh-	doih	dingq
主	家	人	客	共	同	听

主人客人一起听，

690

叮	耶	太	堂	叫	林	林
tiŋ⁵	jia¹	ta¹	ta:ŋ²	he:u⁶	lin²	lin²
dingq	nyi	da	dangz	heuh-	lin-	lin
听	见	大	堂	叫	连	连

听见大堂连连叫。

691

汉	阳④	许	伝	屋	斗	尧
haːn¹	jaːŋ²	hai³	hun²	oːk⁷	tau³	jiau⁵
han	yangz	hawj	vunz	ok	daeuj	yiuq
汉	阳	给	人	出	来	看

汉阳派人出去看，

692

就	叫	杜	囬	吼	背	嗲
tɕo⁶	heːu⁶	tu¹	wai²	hau³	pai¹	ɕaːm¹
couh	heuh	du	veiz	haeuj	bae	cam
就	叫	杜	回	进	去	问

又叫杜回来问话。

693

杜	囬	吼	背	隆	贺	跪
tu¹	wai²	hau³	pai¹	loŋ²	ho⁵	kwi⁶
du	veiz	haeuj	bae	roengz	hoq	gvih
杜	回	进	去	下	膝	跪

杜回进门就下跪，

694

斗	许	老	爺	周	命	牙
tau³	hai³	laːu⁴	je²	tɕau⁵	miŋ⁶	a²
daeuj	hawj	laux	yez	gouq	mingh	ya
来	给	老	爷	救	命	呀

今天请老爷救命。

695

灰	抱	太	子	隆	斗	观
hoːi⁵	um⁴	taːi¹	ɬu⁴	loŋ²	tau³	koːn⁵
hoiq	umj	dai	swj	roengz	daeuj	gonq
奴	抱	太	子	下	来	先

我现在抱太子来，

696

甫	你	太	子	得	烂	爺
pu⁴	ni⁴	taːi¹	ɬu⁴	tuk⁸	laːn¹	jia²
boux	neix	dai	swj	dwg	lan	yiz
个	这	太	子	是	孙	伯爷

太子是你的孙子。

①漢阳 [haːn¹ jaːŋ²]：古地名，位于今湖北省武汉市汉阳区。

②王金 [waːŋ² kin⁵]：人名，虚构人物。

③曹彪 [tɕaːu² piau⁵]：人名，虚构人物。

④汉阳 [haːn¹ jaːŋ²]：此处指汉阳郡公李开芳，虚构人物。

漢陽就嚟他名初，皆是叫郭皆春毛。

杜四當評就連喛，公文叮嘹差灰哗。

皆灰杜四束城地，同隊叮那差灰哗。

許灰舍木子墜魂，甫你太子劫去傷。

漢陽恨他吔哮你，荒恨太子利赤殆。

杜四當祥还嗜吔，五主君你資遠皇。

則天乱行内朝中，未要八字皇背塑。

武氏西宫衍心姜，甲里公那害玉娘。

晚遠娘生太子，許灰隆斗卡去平。

許卡婚劫乌冷宫，開提太子斗初爺。

灰不眉衣良他濟，喜灰不卡闹主平。

朕呢臺鐵火軍，收藥咲咻萬歷車。

697

漢	陽	就	嗲	他	名	初
ha:n¹	ja:ŋ²	tɕo⁶	ɕa:m¹	te¹	miŋ²	ɕo⁶
han	yangz	couh	cam	de	mingz-	coh
汉	阳	就	问	他	名	字

汉阳就问他姓名，

698

皆	民	叫	郭	皆	麻	名
ka:i⁵	muŋ²	he:u⁶	kuak⁸	ka:i⁵	ma²	miŋ²
gaiq	mwngz	heuh	guh	gaiq	maz	mingz
个	你	叫	做	个	什么	名

请问你叫什么名？

699

杜	囬	当	祥	就	連	吒
tu¹	wai²	ta:ŋ¹	ɕiaŋ²	tɕo⁶	le:n⁶	ha:u⁵
du	veiz	dang	ciengz	couh	lenh	hauq
杜	回	当	场	就	连忙	说

杜回立即回答道，

700

公	大	叮	耶	差	灰	吽
koŋ¹	la:u⁴	tiŋ⁵	jia¹	ɕa³	ho:i⁵	nau²
goeng	laux	dingq	nyi	caj	hoiq	naeuz
公	大	听	见	等	奴	讲

老爷你听奴才说。

701

皆	灰	杜	囬	京	城	地
ka:i⁵	ho:i⁵	tu¹	wai²	kiŋ¹	ɕiŋ²	tiak⁸
gaiq	hoiq	du	veiz	ging	singz	dieg
个	奴	杜	回	京	城	地方

我杜回从京城来，

702

同	隊	叮	耶	差	灰	吽
toŋ⁶	to:i⁶	tiŋ⁵	jia¹	ɕa³	ho:i⁵	nau²
doengh-	doih	dingq	nyi	caj	hoiq	naeuz
共同		听	见	等	奴	讲

大家一起听我说。

703

許	灰	舍	太	子	隆	观
hai³	ho:i⁵	ɕe¹	ta:i¹	ɬu⁴	loŋ²	ko:n⁵
hawj	hoiq	ce	dai	swj	roengz	gonq
给	奴	放	太	子	下	先

让我先放下太子，

704

甫	你	太	子	劲	主	傍
pu⁴	ni⁴	ta:i¹	ɬu⁴	luk⁸	ɬu³	piaŋ²
boux	neix	dai	swj	lwg	souj	biengz
个	这	太	子	儿	主	天下

这小孩是皇太子。

705

漢	陽	恨	他	吒	唥	你
ha:n¹	ja:ŋ²	han¹	te¹	ha:u⁵	ɕon²	ni⁴
han	yangz	raen	de	hauq	coenz	neix
汉	阳	见	他	讲	句	这

汉阳见他这样说，

706

尭	恨	太	子	利	亦	殆
jiau⁵	han¹	ta:i¹	ɬu⁴	di¹	a³	ta:i¹
yiuq	raen	dai	swj	ndei	aj	dai
看	见	太	子	好	要	死

看见太子好伶俐。

707

杜	囬	当	祥	还	啈	吒
tu¹	wai²	ta:ŋ¹	ɕiaŋ²	wa:n²	ɕon²	ha:u⁵
du	veiz	dang	ciengz	vanz	coenz	hauq
杜	回	当	场	回	句	话

杜回立即就回答，

708

五	主	居	你	贫	瘟	皇
ŋo⁴	ɬu³	ku⁵	ni⁴	pan²	ŋon⁶	wuaŋ²
ngoh	souj	gwq	neix	baenz	ngoenh	vuengz
我	主	时	这	成	瘟	皇

皇上现在很昏庸。

709

则	天	乱	行	内	朝	中
tɕə²	te:n⁵	luan⁶	he:ŋ²	dai¹	ɕiau⁶	ɕiŋ⁵
cwz	denh	luenh	hengz	ndaw	ciuh	cingq
则	天	乱	行	里	朝	我

武则天扰乱朝廷，

710

耒	要	八	字	皇	背	埋
la:i²	au¹	pe:t⁷	ɕi⁶	wuaŋ²	pai¹	hom¹
raiz	aeu	bet	cih	vuengz	bae	hoem
写	要	八	字	皇	去	埋

拿皇上八字去埋。

711

武	氏	西	宫	行	心	蕚
u⁴	ɕi¹	ɬi⁵	kuŋ⁵	he:ŋ²	ɬam¹	ʔja:k⁷
vuj	si	sih	gungh	hengz	sim	yak
武	氏	西	宫	行	心	恶

西宫武氏心狠毒，

712

甲	里	公	那	害	王	娘
ka:k⁸	di⁴	koŋ¹	na⁴	ha:i⁶	wa:ŋ²	niaŋ²
gag	ndij	goeng	nax	haih	vangz	niengz
自	和	公	舅	害	皇	娘

与内弟合谋害人。

713

晚	连	娘	娘	生	太	子
ham⁶	lian²	niaŋ²	niaŋ²	ɬe:ŋ¹	ta:i¹	ɬɯ⁴
haemh	lwenz	niengz	niengz	seng	dai	swj
晚	昨	娘	娘	生	太	子

昨晚娘娘生太子，

714

許	灰	隆	斗	卡	主	平
hai³	ho:i⁵	loŋ²	tau³	ka³	ɬu³	piaŋ²
hawj	hoiq	roengz	daeuj	gaj	souj	biengz
给	奴	下	来	杀	主	天下

武氏派我杀太子。

715

許	卡	媽	劲	乌	冷	宫
hai³	ka³	me⁶	lɯk⁸	u⁵	lun⁴	kuŋ⁵
hawj	gaj	meh	lwg	youq	lwngj	gungh
给	杀	母	儿	在	冷	宫

让杀母子于冷宫，

716

周	提	太	子	斗	初	爺
tɕau⁵	tɯ²	ta:i¹	ɬɯ⁴	tau³	ɕo⁶	jia²
gouq	dawz	dai	swj	daeuj	coh	yiz
救	拿	太	子	来	向	伯爷

我救太子见王爷。

717
灰	不	眉	衣	良	他	嘴
ho:i⁵	bau⁵	mi²	ɛt⁷	liaŋ²	te¹	ka:ŋ³
hoiq	mbouj	miz	aet	riengz	de	gangj
奴	没	有	点	跟	他	讲

我没按她讲的做，

718
惠	灰	不	卡	周	主	平
wi¹	ho:i⁵	bau⁵	ka³	tɕau⁵	ɬu³	piaŋ²
vi	hoiq	mbouj	gaj	gouq	souj	biengz
违背	奴	不	杀	救	主	天下

抗命救下了太子。

16　　　　　　　　汤

故晚连提展尽冷宫，唤妈尾牵里鲁瑶。

事情恼智灾可尤鲁，县城拜娇灰勒咔，

则天原来列罢罢，他害九赖甫忠呈。

五主不信吾你姜，刀姜妃故隆水牢。

杜四瘴嚎咔炎你，武家呈咔劳及朝，

与鸾则天行心姜，兔骂三恩行心狂。

汉阳鲁邪呢睿你，妈鸾则天顺特偌，

朝中吐姜得三恩，居你茅忙得他当。

君像皇帝走爻轨，剪希武家风新皇。

色县记山将他排，县咔朝中得他来，

杜四当祥隆贺晚，爻咚老爷甫刀兰。

君他汉阴又吟咔，勤峰大夫尾莫莫。

719

故	晚	连	提	屋	冷	宫
ku¹	ham⁶	lian²	tu²	o:k⁷	luun⁴	kuŋ⁵
gou	haemh	lwenz	dawz	ok	lwngj	gungh
我	晚	昨	拿	出	冷	宫

昨晚救太子出宫，

720

啵	妈	屋	牢	里	鲁	殆
de⁵	me⁶	u⁵	la:u²	li⁴	lo⁴	ta:i¹
ndeq	meh	youq	lauz	lix	rox	dai
晓	母	在	牢	活	或	死

娘娘现生死未卜。

721

事	情	皆	灰	可	元	鲁
ɬian⁵	ɕiŋ²	ka:i⁵	ho:i⁵	ko³	ŋa:m⁵	lo⁴
saeh	cingz	gaiq	hoiq	goj	ngamq	rox
事	情	个	奴	也	刚	知

这事我也刚知道，

722

昙	昨	拜	庙	灰	初	吽
ŋon²	ɕo:k⁸	pa:i⁵	miau⁶	ho:i⁵	tɕo⁶	nau²
ngoenz	cog	baiq	miuh	hoiq	coh	naeuz
日	明	拜	庙	奴	才	讲

明天祭神我才讲。

723

则	天	原	来	行	心	蕚
tɕə²	te:n⁵	je:n²	la:i²	he:ŋ²	ɬam¹	ʔja:k⁷
cwz	denh	yienz	laiz	hengz	sim	yak
则	天	原	来	行	心	恶

武则天原本毒辣，

724

他	害	几	赖	甫	忠	呈
te¹	ha:i⁶	ki³	la:i¹	pu⁴	tɕuŋ⁵	tɕin²
de	haih	geij	lai	boux	cungh	cinz
她	害	几	多	人	忠	臣

她害了多少忠良。

725

五	主	不	信	昙	你	蕚
ŋo⁴	ɬu³	bau⁵	ɬin⁵	ŋon²	ni⁴	ʔja:k⁷
ngoh	souj	mbouj	saenq	ngoenz	neix	yak
我	主	不	信	日	今	恶

皇上不信她险恶，

726

刀	害	妣	故	隆	水	牢
ta:u⁵	ha:i⁶	pa³	ku¹	loŋ²	ɕuai⁴	la:u²
dauq	haih	baj	gou	roengz	suij	lauz
反	而	害	伯	母	我	下	水	牢

反害娘娘下水牢。

727

杜	囬	唒	嘴	吽	贫	你
tu¹	wai²	ɕon²	ka:ŋ³	nau²	pan²	ni⁴
du	veiz	coenz	gangj	naeuz	baenz	neix
杜	回	句	讲	说	成	这

杜回把话说到这，

728

武	家	昙	昨	劳	反	朝
u⁴	kia⁵	ŋon²	ɕo:k⁸	la:u¹	fa:n³	ɕiau⁶
vuj	gya	ngoenz	cog	lau	fanj	ciuh
武	家	日	明	怕	反	朝

武氏恐怕要谋反。

729

媽	罵	則	天	行	心	蕚
me⁶	ma¹	tɕə²	teːn⁵	heːŋ²	ɬam¹	ʔjaːk⁷
meh	ma	cwz	denh	hengz	sim	yak
母	狗	则	天	行	心	恶

武则天似母狗凶，

730

鬼	罵	三	思	行	心	狂
faːŋ²	ma¹	ɬaːn⁵	ɬɯ⁵	heːŋ²	ɬam¹	kwaːŋ²
fangz	ma	sanh	swh	hengz	sim	guengz
鬼	狗	三	思	行	心	狂

狗仔三思心也狂。

731

漢	阳	鲁	耶	吒	唪	你
haːn¹	jaːŋ²	lo⁴	jia¹	haːu⁵	çon²	ni⁴
han	yangz	rox	nyi	hauq	coenz	neix
汉	阳	懂	听	讲	句	这

汉阳听他这么说，

732

媽	罵	則	天	順	特	墥
me⁶	ma¹	tɕə²	teːn⁵	çin¹	tuɯk⁸	ham²
meh	ma	cwz	denh	caen	dwg	haemz
母	狗	则	天	真	是	恨

可恨则天这疯狗。

733

朝	中	肚	蕚	得	三	思
çiau⁶	çiŋ⁵	tuŋ⁴	ʔjaːk⁷	tuɯk⁸	ɬaːn⁵	ɬɯ⁵
ciuh	cingq	dungx	yak	dwg	sanh	swh
朝	我	肚	恶	是	三	思

朝中三思心最黑，

734

居	你	事	悻	得	他	当
ku⁵	ni⁴	ɬian⁵	çiŋ²	tuɯk⁸	te¹	taːŋ¹
gwq	neix	saeh	cingz	dwg	de	dang
时	这	事	情	是	她	当

现在她把持朝政。

735

明	日	皇	帝	变	贫	貌
ŋon²	ɕoːk⁸	wuaŋ²	tai⁵	pian⁵	pan²	baːu⁵
ngoenz-	cog	vuengz	daeq	bienq	baenz	mbauq
日	后	皇	帝	变	成	小伙

将来太子长成人，

736

劳	希	李	家	吼	郭	皇
laːu¹	hi⁵	li⁴	kia⁵	hau³	kuak⁸	wuaŋ²
lau	heiq	lij	gya	haeuj	guh	vuengz
怕	忧	李	家	进	做	皇

李氏或可主朝政。

737

色	昙	江	山	特	他	接
ɬak⁷	ŋon²	kiaŋ⁵	ɕaːn⁵	tuɯk⁸	te¹	ɕiap⁷
saek	ngoenz	gyangh	sanh	dwg	de	ciep
哪	天	江	山	是	他	接

哪天太子坐江山，

738

昙	昨	朝	中	得	他	谋
ŋon²	ɕoːk⁸	çiau⁶	çiŋ⁵	tuɯk⁸	te¹	mau²
ngoenz	cog	ciuh	cingq	dwg	de	maeuz
日	明	朝	我	是	他	谋

日后他主持朝政。

739

杜	囘	当	祥	隆	贺	跪
tu¹	wai²	ta:ŋ¹	ҫiaŋ²	loŋ²	ho⁵	kwi⁶
du	veiz	dang	ciengz	roengz	hoq	gvih
杜	回	当	场	下	膝	跪

杜回听了即下跪，

740

灰	嘇	老	爺	亦	刀	兰
ho:i⁵	ҫa:m¹	la:u⁴	je²	a³	ta:u⁵	la:n²
hoiq	cam	laux	yez	aj	dauq	ranz
奴	问	老	爷	要	回	家

事已禀明我该回。

741

居	他	漢	阳	又	吩	咐
ku⁵	te¹	ha:n¹	ja:ŋ²	jau⁶	fun⁵	fu⁶
gwq	de	han	yangz	youh	faenq	fuh
时	那	汉	阳	又	吩	咐

当时汉阳就交待，

742

勒	吽	太	子	乌	茄	故
lak⁸	nau²	ta:i¹	ɬɯ⁴	u⁵	kia²	ku¹
laeg	naeuz	dai	swj	youq	giz	gou
莫	说	太	子	在	地方	我

别说太子在我这。

杜四礼计好娘登，刀斧老爷斩娄罗，

羞咋志害他鲁走，妈妈新叫郭秉旦。

汉阳鲁郡吃病你，由放后依管生平。

杜四叫了就连刀，君他退定刀防羊。

刚天妗叫背书俩，礼长妈劝鲁来曾。

杜四隆复就连吨，就半甫功妈来曾，

鲥天鲁耶吃嗦你，样你不劳他报仇，

杜四叫了就举斗，隆斗水牢尧王娘。

亦周狼娘提背线，不反王娘跆山牢。

杜四弟王娘儿咱，皆民甫老叫不是，

雅周太子特背缘，刃斗亦周民娘娘，

不反娘々赂舍命，杜觉斩放彩防恒。

743

杜	甶	礼	计	咛	媽	登
tu¹	wai²	dai⁴	ki⁵	çon²	me⁶	taŋ⁵
du	veiz	ndaej	geiq	coenz	meh	daengq
杜	回	得	记	句	母	叮嘱

记起娘娘所嘱托，

744

刀	吽	老	爺	許	按	名
ta:u⁵	nau²	la:u⁴	je²	hai³	a:n¹	miŋ²
dauq	naeuz	laux	yez	hawj	an	mingz
还	说	老	爷	给	安	名

杜回请老爷起名。

745

差	吽	志	霄	他	鲁	应
ça³	nau²	kun²	bun¹	te¹	lo⁴	iŋ⁵
caj	naeuz	gwnz	mbwn	de	rox	wngq
若	说	上	天	他	会	应

如果老天爷认可，

746

媽	他	許	叫	郭	李	旦①
me⁶	te¹	hai³	he:u⁶	kuak⁸	li⁴	ta:n¹
meh	de	hawj	heuh	guh	lij	dan
母	他	给	叫	做	李	旦

娘娘唤他为李旦。

747

漢	阳	鲁	耶	呿	咛	你
ha:n¹	ja:ŋ²	lo⁴	jia¹	ha:u⁵	çon²	ni⁴
han	yangz	rox	nyi	hauq	coenz	neix
汉	阳	懂	听	讲	句	这

汉阳听他这样说，

748

由	故	乌	你	管	主	平
jau²	ku¹	u⁵	ni⁴	kuan³	ɬu³	piaŋ²
youz	gou	youq	neix	guenj	souj	biengz
由	我	在	这	管	主	天下

许诺定会护太子。

749

杜	甶	吽	了	就	連	刀
tu¹	wai²	nau²	le:u⁴	tço⁶	le:n⁶	ta:u⁵
du	veiz	naeuz	liux	couh	lenh	dauq
杜	回	讲	完	就	连忙	回

杜回说罢赶紧回，

750

居	他	退	定	刀	肛	兰
ku⁵	te¹	to:i⁵	tin¹	ta:u⁵	taŋ²	la:n²
gwq	de	doiq	din	dauq	daengz	ranz
时	那	退	脚	回	到	家

那时刚刚回到家。

751

则	天	就	叫	背	讲	咕
tçə²	te:n⁵	tço⁶	he:u⁶	pai¹	ka:ŋ³	ko³
cwz	denh	couh	heuh	bae	gangj	goj
则	天	就	叫	去	讲	故事

武则天叫去问话，

752

礼	卡	媽	孙	鲁	未	曾
dai⁴	ka³	me⁶	luk⁸	lo⁴	mi³	çaŋ²
ndaej	gaj	meh	lwg	rox	mij	caengz
得	杀	母	儿	或	未	曾

那母子杀了没有？

753

杜	畖	隆	贺	就	連	吒
tu¹	wai²	loŋ²	ho⁵	tɕo⁶	le:n⁶	ha:u⁵
du	veiz	roengz	hoq	couh	lenh	hauq
杜	回	下	膝	就	连忙	说

杜回下跪忙回答，

754

礼	卡	甫	孖	媽	未	曾
dai⁴	ka³	pu⁴	luuk⁸	me⁶	mi³	ɕaŋ²
ndaej	gaj	boux	lwg	meh	mij	caengz
得	杀	人	儿	母	未	曾

杀了儿子娘还在。

755

则	天	鲁	耶	吒	啈	你
tɕə²	te:n⁵	lo⁴	jia¹	ha:u⁵	ɕon²	ni⁴
cwz	denh	rox	nyi	hauq	coenz	neix
则	天	懂	听	讲	句	这

武则天听了这话，

756

样	你	不	劳	他	报	仇
jiaŋ⁶	ni⁴	bau⁵	la:u¹	te¹	pa:u⁵	ɕau²
yiengh	neix	mbouj	lau	de	bauq	caeuz
样	这	不	怕	他	报	仇

这样不怕他报仇。

757

杜	畖	吽	了	就	屋	斗
tu¹	wai²	nau²	le:u⁴	tɕo⁶	o:k⁷	tau³
du	veiz	naeuz	liux	couh	ok	daeuj
杜	回	讲	完	就	出	来

杜回说完退出门，

758

隆	斗	水	牢	尭	王	娘
loŋ²	tau³	ɕuai⁴	la:u²	jiau⁵	wa:ŋ²	niaŋ²
roengz	daeuj	suij	lauz	yiuq	vangz	niengz
下	来	水	牢	看	皇	娘

下到水牢见娘娘。

759

亦	周	王	娘	提	背	躲
a³	tɕau⁵	wa:ŋ²	niaŋ²	tu²	pai¹	do⁴
aj	gouq	vangz	niengz	dawz	bae	ndoj
要	救	皇	娘	拿	去	躲

欲救娘娘出水牢，

760

不	及	王	娘	殆	内	牢
bau⁵	ko³	wa:ŋ²	niaŋ²	ta:i¹	dai¹	la:u²
mbouj	goj	vangz	niengz	dai	ndaw	lauz
不	料	皇	娘	死	内	牢

不料娘娘死牢中。

761

杜	畖	涕	王	娘	几	陌
tu¹	wai²	tai³	wa:ŋ²	niaŋ²	ki³	pa:k⁷
du	veiz	daej	vangz	niengz	geij	bak
杜	回	哭	皇	娘	几	口

杜回见状落眼泪，

762

皆	民	甫	老	吽	不	灵
ka:i⁵	muŋ²	pu⁴	la:u⁴	nau²	bau⁵	liŋ²
gaiq	mwngz	boux	laux	naeuz	mbouj	lingz
个	你	人	大	讲	不	灵

贵人说话不算数。

763

雅	周	太	子	特	背	躲
a³	tɕau⁵	ta:i¹	ɬɯ⁴	tɯ²	pai¹	do⁴
aj	gouq	dai	swj	dawz	bae	ndoj
要	救	太	子	拿	去	躲

先救太子出去躲，

764

刀	斗	亦	周	民	娘	娘
ta:u⁵	tau³	a³	tɕau⁵	mɯŋ²	nian²	nian²
dauq	daeuj	aj	gouq	mwngz	niengz	niengz
回	来	要	救	你	娘	娘

回来再救娘娘你。

765

不	及	娘	娘	殆	舍	命
bau⁵	ko³	nian²	nian²	ta:i¹	ɕe¹	miŋ⁶
mbouj	goj	niengz	niengz	dai	ce	mingh
不	料	娘	娘	死	留	命

不料你舍命而去，

766

枉	费	許	故	彩	肝	恒
wa:ŋ⁴	fai¹	hai³	ku¹	tɕa:i³	taŋ²	huun²
uengj	feiq	hawj	gou	byaij	daengx	hwnz
枉	费	给	我	走	整	夜

害我白赶一整晚。

---

① 李旦 [li⁴ ta:n¹]：唐睿宗，高宗之子，中宗之弟，武后生，曾名旭轮、轮。公元 684—690、710—712 年在位。始封殷王，武后废中宗，立他为帝，但事皆决于母。武后称帝，废为皇嗣。中宗复辟，封安国相王。景龙四年（710 年）中宗被韦后毒死，临淄王李隆基起兵杀韦后，拥其即位。政事决于隆基及太平公主。延和元年 (712 年) 传位于李隆基，称太上皇。

合孙乌汉阳都奏，鲁那他贪位不贡，

杜四弟了就尾斗、刀兰各想各边蓼。

则天正京列听义，合普东富貉背有，

嘴附茄你又乙奉，再嘴默子冠汉阳，

汉阳恒昌食代事、贺乳太子礼三被，

差礼乱京投枇媽，亦卡则天祭各権，

江昌鲁边刀鲁娇，李旦咭礼米八被口

功皇初功皇福延、怠明良利寺財竹。

甫魶朝捷雷教庠（是昨背那鲁贡位口

佐老恨他屠天星，束城亦斗揺汉阳。

汉阳鲁那刀更恶，遷峰李旦収三塘。

眉佐亦遷卡氏莫，鲁許熖放寄雷貴。

767

舍	孙	乌	漢	阳	郭	爻
çe¹	luk⁸	u⁵	ha:n¹	ja:ŋ²	kuak⁸	tça⁴
ce	lwg	youq	han	yangz	guh	gyax
留	儿	住	汉	阳	做	孤

丢下太子当孤儿，

768

鲁	那	他	贫	伝	不	贫
lo⁴	na³	te¹	pan²	hun²	bau⁵	pan²
rox	naj	de	baenz	vunz	mbouj	baenz
知	面	他	成	人	不	成

不知他能否成人。

769

杜	囬	涕	了	就	屋	斗
tu¹	wai²	tai³	le:u⁴	tço⁶	o:k⁷	tau³
du	veiz	daej	liux	couh	ok	daeuj
杜	回	哭	完	就	出	来

杜回哭罢就出来，

770

刀	兰	各	想	各	凄	凉
ta:u⁵	la:n²	ka:k⁸	ɬiaŋ³	ka:k⁸	ɬi⁵	liaŋ²
dauq	ranz	gag	siengj	gag	si	liengz
回	家	自	想	自	凄	凉

回家越想越悲伤。

771

则	天	正	京	行	心	萼
tçə²	te:n⁵	çiŋ⁵	kiŋ¹	he:ŋ²	ɬam¹	ʔja:k⁷
cwz	denh	cingq	ging	hengz	sim	yak
则	天	正	经	行	心	恶

武则天实在凶狠，

772

各	害	東	宫	殆	背	冇
ka:k⁸	ha:i⁶	tuŋ⁵	kuŋ⁵	ta:i¹	pai¹	diai¹
gag	haih	dungh	gungh	dai	bae	ndwi
自	害	东	宫	死	去	空

害得东宫白白死。

773

嘴	盯	茄	你	又	乙	奈
ka:ŋ³	taŋ²	kia²	ni⁴	jau⁶	ʔjiat⁷	na:i⁵
gangj	daengz	giz	neix	youh	yiet	naiq
讲	到	地方	这	又	歇	累

讲到这里先休息，

774

再	嘴	太	子	乌	漢	阳
tça:i¹	ka:ŋ³	ta:i¹	ɬu⁴	u⁵	ha:n¹	ja:ŋ²
caiq	gangj	dai	swj	youq	han	yangz
再	讲	太	子	在	汉	阳

再讲太子在汉阳。

十 唐太子落难流浪

舍孙鸟汉阳都委，鲁那他贪位不贪，

杜四弟丁就尾斗，刀兰令想备边凉。

则天正京判心萋，舍普东宫猪猪背有。

嘴附茄你又凡秦，再嘴默子冠汉阳。

汉阳恒景长代事。受乳太子礼三被，

差礼叫京投机场，亦卡则天紫各横。

江喜喜边刀鲁娇，李旦咭礼米八被口

劲皇初功皇福匹，恶明良判专时竹。

南魏地捷留孙章，是眠背那鲁责任口

依尧恨他眉天星，末城亦斗摇汉阳。

汉阳鲁那刀便恶，避峰李旦双三塔。

眉依亦运卡民莫，鲁许焰教李雪育口

775

漢	阳	恒	昙	筶	伏	事
ha:n¹	ja:ŋ²	huɯn²	ŋon²	kuan³	fuk⁸	ɬai⁶
han	yangz	hwnz	ngoenz	guenj	fug	saeh
汉阳		夜	日	管	服	侍

汉阳日夜来服侍，

776

筶	乳	太	子	礼	三	被
kuan³	tɕi³	ta:i¹	ɬuɯ⁴	dai⁴	ɬa:m¹	pi¹
guenj	cij	dai	swj	ndaej	sam	bi
管	乳	太	子	得	三	年

喂养太子三年整。

777

差	礼	吼	京	报	仇	妈
ɕa³	dai⁴	hau³	kiŋ¹	pa:u⁵	ɕau²	me⁶
caj	ndaej	haeuj	ging	bauq	caeuz	meh
若	得	进	京	报	仇	母

若能进京报母仇，

778

亦	卡	则	天	祭	谷	旗
a³	ka³	tɕɔ²	te:n⁵	ɕai⁵	kok⁷	ki²
aj	gaj	cwz	denh	caeq	goek	geiz
要	杀	则	天	祭	根	旗

先杀则天祭祖宗。

779

江	昙	鲁	啦	刀	鲁	烌
tɕak⁷	ŋon²	lo⁴	lap⁷	ta:u⁵	lo⁴	lo:ŋ⁶
daeng-	ngoenz	rox	laep	dauq	rox	rongh
太阳		会	黑	又	会	亮

太阳落下又升起，

780

李	旦	唔	礼	柒	八	被
li⁴	ta:n¹	ŋa:m⁵	dai⁴	ɕɛt⁷	pe:t⁷	pi¹
lij	dan	ngamq	ndaej	caet	bet	bi
李	旦	刚	得	七	八	岁

李旦长到七八岁。

781

孙	皇	初	孙	皇	福	欻
luk⁸	wuaŋ²	tɕo⁶	luk⁸	wuaŋ²	fuk⁷	hi⁵
lwg	vuengz	coh	lwg	vuengz	fuk	heiq
儿	皇	就	儿	皇	福	气

皇子终有皇福气，

782

总	明	良	利	夸	盯	伝
ɕoŋ³	miŋ²	liaŋ²	li⁶	kwa⁵	taŋ²	hun²
coeng	mingz	lingz	leih	gvaq	daengx	vunz
聪	明	伶	俐	过	全部	人

聪明伶俐赛凡人。

783

甫	伝	把	撻	雷	餡	贺
pu⁴	hun²	fa³	fuɯŋ²	lai²	ha:m³	ho⁵
boux	vunz	faj	fwngz	raez	hamj	hoq
个	人	只	手	长	超过	膝

双手修长过膝盖，

784

昙	昨	背	那	鲁	贫	伝
ŋon²	ɕo:k⁸	pai¹	na³	lo⁴	pan²	hun²
ngoenz	cog	bae	naj	rox	baenz	vunz
日	明	去	前	会	成	人

将来一定会成人。

785

伝	尭	恨	他	眉	天	星
hun²	jiau⁵	han¹	te¹	mi²	tian¹	ɬiŋ¹
vunz	yiuq	raen	de	miz	dien	sing
人	看	见	他	有	天	星

人见他有帝皇命，

786

京	城	亦	斗	提	漢	阳
kiŋ¹	ɕiŋ²	a³	tau³	tu²	haːn¹	jaːŋ²
ging	singz	aj	daeuj	dawz	han	yangz
京	城	要	来	拿	汉	阳

朝廷派人来抓拿。

787

漢	阳	鲁	耶	刀	哽	炋
haːn¹	jaːŋ²	lo⁴	jia¹	taːu⁵	kɯn¹	hi⁵
han	yangz	rox	nyi	dauq	gwn	heiq
汉	阳	懂	听	又	吃	忧

汉阳得知好担忧，

788

学	吽	李	旦	双	三	唒
tɕo⁶	nau²	li⁴	taːn¹	ɬoːŋ¹	ɬaːm¹	ɕon²
coh	naeuz	lij	dan	song	sam	coenz
就	讲	李	旦	二	三	句

对李旦说几句话。

789

眉	伝	亦	逻	卡	民	莫
mi²	hun²	a³	la¹	ka³	muŋ²	mo⁵
miz	vunz	aj	ra	gaj	mwngz	moq
有	人	要	找	杀	你	新

有人想要追杀你，

790

鲁	許	烂	故	夸	雷	背
lo⁴	hai³	laːn¹	ku¹	kwa⁵	lai²	pai¹
rox	hawj	lan	gou	gvaq	lawz	bae
知	给	孙	我	过	哪	去

让我外孙往哪躲。

民不昆背，初不礼，磋救如假背遊傷。

屋背遊傷郭介花，屈背介花同命考。

李旦鲁耶吒哢体，隆贺初太涞镉生。

汉阳想背又想刀，再哢孝旦双三症。

民不桑背学不礼，民不桑背善要瘟。

小脇那心匱不一正，妈瓦可里乌水宰。

皆民生多内参官，夏生双酲尢水宰。

则天心莫岂的妈，许皇至妈隆水宰。

收许杜陞口斗卡，杜曲不卡载名条。

肚曲盯恒荷名头，责依介勒乌杜曲。

李旦鲁耶吃哂係，拜跪汉阳不都话。

羞哗妈炎乌涂宫，友亦郭依开麻话。

791

民	不	屋	背	初	不	礼
muɯŋ²	bau⁵	oːk⁷	pai¹	tço⁶	bau⁵	dai⁴
mwngz	mbouj	ok	bae	coh	mbouj	ndaej
你	不	出	去	就	不	得

你不逃走又不行,

792

荪	故	知	假	背	遊	傍
laːn¹	ku¹	çi⁶	tça³	pai¹	jau²	piaŋ²
lan	gou	cih	gyaj	bae	youz	biengz
孙	我	就	假	去	游	天下

我孙装着去流浪。

793

屋	背	遊	傍	郭	介	花
oːk⁷	pai¹	jau²	piaŋ²	kuak⁸	kaːu⁶	wa⁵
ok	bae	youz	biengz	guh	gauj-	vaq
出	去	游	天下	做	乞丐	

到处流浪做乞丐,

794

屋	背	介	花	周	命	牙
oːk⁷	pai¹	kaːu⁶	wa⁵	tçau⁵	miŋ⁶	jia⁵
ok	bae	gauj-	vaq	gouq	mingh	ywq
出	去	乞丐		救	命	罢

乞讨保命为上计。

795

李	旦	鲁	耶	吒	唪	你
li⁴	taːn¹	lo⁴	jia¹	haːu⁵	çon²	ni⁴
lij	dan	rox	nyi	hauq	coenz	neix
李	旦	懂	听	讲	句	这

李旦听到这些话,

796

隆	贺	初	太	涕	臨	臨
loŋ²	ho⁵	ço⁶	ta¹	tai³	ɬop⁸	ɬop⁸
roengz	hoq	coh	da	daej-	soeb-	soeb
下	膝	向	外公	哭	涟涟	

跪向外公泪涟涟。

797

漢	阳	想	背	又	想	刀
haːn¹	jaːŋ²	ɬiaŋ³	pai¹	jau⁶	ɬiaŋ³	taːu⁵
han	yangz	siengj	bae	youh	siengj	dauq
汉	阳	想	去	又	想	回

汉阳想来又想去,

798

再	嘩	李	旦	双	三	唪
tçaːi¹	kaːŋ³	li⁴	taːn¹	ɬoːŋ¹	ɬaːm¹	çon²
caiq	gangj	lij	dan	song	sam	coenz
再	讲	李	旦	二	三	句

又对李旦说几句。

799

民	不	条	背	学	不	礼
muɯŋ²	bau⁵	teːu²	pai¹	tço⁶	bau⁵	dai⁴
mwngz	mbouj	deuz	bae	coh	mbouj	ndaej
你	不	逃	去	就	不	得

你不逃走也不行,

800

民	不	条	背	差	安	殆
muɯŋ²	bau⁵	teːu²	pai¹	ça³	aːn¹	taːi¹
mwngz	mbouj	deuz	bae	caj	an	dai
你	不	逃	去	等	定	死

你不逃走定遇难。

801

卜	名	郭	皇	心	不	正
po⁶	muŋ²	kuak⁸	wuaŋ²	ɬam¹	bau⁵	ɕiŋ⁵
boh	mwngz	guh	vuengz	sim	mbouj	cingq
父	你	做	皇	心	不	正

你父皇行事不公，

802

媽	民	可	里	乌	水	牢
me⁶	muŋ²	ko³	li⁴	u⁵	ɕuai⁴	la:u²
meh	mwngz	goj	lij	youq	suij	lauz
母	你	也	还	在	水	牢

你娘还关水牢中。

803

皆	民	生	乌	内	冷	宫
ka:i⁵	muŋ²	ɬe:ŋ¹	u⁵	dai¹	lun⁴	kuŋ⁵
gaiq	mwngz	seng	youq	ndaw	lwngj	gungh
个	你	生	在	里	冷	宫

你出生在冷宫里，

804

夏	生	双	抱	乌	水	牢
ʔja⁵	ɬe:ŋ¹	ɬuak⁷	um⁴	u⁵	ɕuai⁴	la:u²
yaq	seng	suek	umj	youq	suij	lauz
刚	生	包	抱	在	水	牢

出生便陷水牢中。

805

则	天	心	蓴	害	的	媽
tɕə²	te:n⁵	ɬam¹	ʔja:k⁷	ha:i⁶	tua²	me⁶
cwz	denh	sim	yak	haih	duz	meh
则	天	心	恶	害	个	母

则天心狠害你娘，

806

许	皇	至	媽	隆	水	牢
hai³	wuaŋ²	ɕi¹	me⁶	loŋ²	ɕuai⁴	la:u²
hawj	vuengz	ci	meh	roengz	suij	lauz
给	皇	推	母	下	水	牢

害你母亲下水牢。

807

收	許	杜	囬	隆	斗	卡
tɕo⁶	hai³	tu¹	wai²	loŋ²	tau³	ka³
coh	hawj	du	veiz	roengz	daeuj	gaj
就	给	杜	回	下	来	杀

又派杜回来杀人，

808

杜	囬	不	卡	找	名	条
tu¹	wai²	bau⁵	ka³	la¹	muŋ²	te:u²
du	veiz	mbouj	gaj	ra	mwngz	deuz
杜	回	不	杀	找	你	逃

杜回带你去逃命。

809

杜	囬	肛	恒	荷	名	斗
tu¹	wai²	taŋ²	hun²	o³	muŋ²	tau³
du	veiz	daengx	hwnz	oj	mwngz	daeuj
杜	回	整	夜	背	你	来

杜回背你彻夜逃，

810

贫	伝	介	勒	为	杜	囬
pan²	hun²	ka⁶	lak⁸	lum²	tu¹	wai²
baenz	vunz	gah	laeg	lumz	du	veiz
成	人	别	莫	忘	杜	回

成才别忘杜回恩。

811

李	旦	鲁	耶	咘	哢	你
li⁴	taːn¹	lo⁴	jia¹	haːu⁵	çon²	ni⁴
lij	dan	rox	nyi	hauq	coenz	neix
李	旦	懂	听	讲	句	这

李旦听他这样说，

812

拜	跪	漢	阳	不	郭	伝
paːi⁵	kwi⁶	haːn¹	jaːŋ²	bau⁵	kuak⁸	hun²
baiq	gvih	han	yangz	mbouj	guh	vunz
拜	跪	汉	阳	不	做	人

久跪汉阳不起身。

813

差	吽	嫣	灰	乌	冷	宫
ça³	nau²	me⁶	hoːi⁵	u⁵	luun⁴	kuŋ⁵
caj	naeuz	meh	hoiq	youq	lwngj	gungh
若	讲	母	奴	在	冷	宫

若我母亲在冷宫，

814

灰	亦	郭	伝	开	麻	伝
hoːi⁵	a³	kuak⁸	hun²	kaːi⁵	ma²	hun²
hoiq	aj	guh	vunz	gaiq	maz	vunz
奴	要	做	人	块	什么	人

我活在世枉为人。

友里郭條不忠用，内心不愿都召怯。

漢陽双逢抢他很，若背遊傍不劳路。

但名各利郭介花，屋背咚將养命牙。

差故闹名条礼寺，县昨脱难造贡体。

许故你匀点兵写，要你脱难造贡桑。

娟许玉带荷名斗，县你也告许各名。

李旦学要就连沸，呈背介花弟淋淋。

譬名李旦胜眉难，县么班弟怨命牙。

舍学愿霄刀恶路，卜故郭皇不贡皇。

县你舍功班介花，鲁那寺雪背咚更。

卜故郭皇心不正，舍功雪班寺恶勇。

故鲁輪观难贡你，里娟乌牢魏还利。

815

灰	里	郭	伝	不	忠	用
ho:i⁵	li⁴	kuak⁸	hun²	bau⁵	tɕuŋ⁵	juŋ⁶
hoiq	lix	guh	vunz	mbouj	cung	yungh
奴	活	做	人	不	中	用

我活着也不中用,

816

内	心	不	愿	郭	召	伝
dai¹	ɬam¹	bau⁵	jian⁶	kuak⁸	ɕiau⁶	hun²
ndaw	sim	mbouj	nyienh	guh	ciuh	vunz
中	心	不	愿	做	世	人

我愿去死不愿活。

817

漢	陽	双	逢	抬	他	很
ha:n¹	ja:ŋ²	ɬo:ŋ¹	fuŋ²	ta:i²	te¹	hun⁵
han	yangz	song	fwngz	daiz	de	hwnq
汉	阳	双	手	抬	他	起

汉阳将李旦扶起,

818

名	背	逰	傍	不	劳	殆
muɯŋ²	pai¹	jau²	piaŋ²	bau⁵	la:u¹	ta:i¹
mwngz	bae	youz	biengz	mbouj	lau	dai
你	去	游	天	下	不	怕	死

你去流浪死不了。

819

但	名	各	利	郭	介	花
ta:n⁵	muɯŋ²	ka:k⁸	ki³	kuak⁸	ka:u⁶	wa⁵
danq	mwngz	gag	geij	guh	gauj-	vaq
劝	你	自	己	做	乞	丐

你还是去做乞丐,

820

屋	背	嗲	糫	养	命	牙
o:k⁷	pai¹	ɕa:m¹	hau⁴	ɕiaŋ⁴	miŋ⁶	jia⁵
ok	bae	cam	haeux	ciengx	mingh	ywq
出	去	问	饭	养	命	罢

出去讨饭来保命。

821

差	故	周	名	条	礼	夸
ɕa³	ku¹	tɕau⁵	muŋ²	te:u²	dai⁴	kwa⁵
caj	gou	gouq	mwngz	deuz	ndaej	gvaq
若	我	救	你	逃	得	过

若能帮你脱此难,

822

昙	昨	脱	难	造	贫	伝
ŋon²	ɕo:k⁸	to:t⁷	na:n⁶	tɕo⁶	pan²	hun²
ngoenz	cog	duet	nanh	coh	baenz	vunz
日	明	脱	难	才	成	人

大难不死方成人。

823

许	故	乌	你	点	兵	馬
hai³	ku¹	u⁵	ni⁴	te:m³	piŋ¹	ma⁴
hawj	gou	youq	neix	diemj	bing	max
给	我	在	这	点	兵	马

我在此招兵买马,

824

要	名	脱	难	造	鸳	桑
ɕa³	muŋ²	to:t⁷	na:n⁶	tɕo⁶	me:n⁵	ɬa:ŋ³
caj	mwngz	duet	nanh	coh	menh	sangj
等	你	脱	难	才	慢	动

等你脱难才起兵。

825

媽	许	玉	带	荷	名	斗
me⁶	hai³	ji¹	taːi¹	o³	muŋ²	tau³
meh	hawj	yi	dai	oj	mwngz	daeuj
母	给	玉	带	背	你	来

母留玉带背你来，

826

昙	你	也	告	许	各	名
ŋon²	ni⁴	je³	kaːu¹	hai³	kaːi⁵	muŋ²
ngoenz	neix	yej	gyau	hawj	gaiq	mwngz
天	今	也	交	给	个	你

今天我就交给你。

827

李	旦	学	要	就	连	涕
li⁴	taːn¹	ço⁶	au¹	tçau⁶	leːn²	tai³
lij	dan	coh	aeu	couh	lienz	daej
李	旦	接	要	就	连	哭

李旦接过失声哭，

828

屋	背	介	花	涕	淋	淋
oːk⁷	pai¹	kaːu⁶	wa⁵	tai³	lian²	lian²
ok	bae	gauj-	vaq	daej-	lien-	lien
出	去	乞	丐		哭	涟涟

念及流浪泪满面。

829

皆	名	李	旦	胜	眉	难
kaːi⁵	muŋ²	li⁴	taːn¹	çin¹	mi²	naːn⁶
gaiq	mwngz	lij	dan	caen	miz	nanh
个	你	李	旦	真	有	难

李旦你真是命苦，

830

昙	昙	班	涕	怨	命	牙
ŋon²	ŋon²	pan²	tai³	ʔjian⁵	miŋ⁶	ʔjaːk⁷
ngoenz	ngoenz	baenz	daej	ienq	mingh	yak
天	天	成	哭	怨	命	凶

天天痛哭怨命苦。

831

各	涕	愿	霄	刀	愿	路
kaːk⁸	tai³	ʔjian⁵	bun¹	taːu⁵	ʔjian⁵	lo⁶
gag	daej	ienq	mbwn	dauq	ienq	loh
自	哭	怨	天	又	怨	路

独自哭怨天怨地，

832

卜	故	郭	皇	不	贫	皇
po⁶	ku¹	kuak⁸	wuaŋ²	bau⁵	pan²	wuaŋ²
boh	gou	guh	vuengz	mbouj	baenz	vuengz
父	我	做	皇	不	成	皇

父亲为皇不像皇。

833

昙	你	舍	劲	班	介	花
ŋon²	ni⁴	çe¹	luk⁸	paːn⁶	kaːu⁶	wa⁵
ngoenz	neix	ce	lwg	banh	gauj-	vaq
天	今	留	儿	流浪	乞	丐

今日儿流浪乞讨，

834

鲁	那	夸	雷	背	嗲	哽
lo⁴	na³	kwa⁵	lai²	pai¹	çaːm¹	kun¹
rox	naj	gvaq	lawz	bae	cam	gwn
知	面	过	哪	去	问	吃

不知去哪要饭吃？

835

卜	**故**	**郭**	**皇**	**心**	**不**	**正**
po^{6}	ku^{1}	kuak^{8}	wuaŋ^{2}	ɬam^{1}	bau^{5}	çiŋ^{5}
boh	gou	guh	vuengz	sim	mbouj	cingq
父	我	做	皇	心	不	正

父亲为皇也狠心，

836

舍	**扐**	**管**	**班**	**夸**	**忑**	**雩**
çe^{1}	lɯk^{8}	kuan^{3}	paːn^{6}	kwa^{5}	la^{3}	bɯn^{1}
ce	lwg	guenj	banh	gvaq	laj	mbwn
留	儿	只管	流浪	过	下	天

让孩儿浪迹天下。

837

故	**鲁**	**躺**	**观**	**难**	**贫**	**你**
ku^{1}	lo^{4}	daːŋ^{1}	koːn^{5}	naːn^{6}	pan^{2}	ni^{4}
gou	rox	ndang	gonq	nanh	baenz	neix
我	知	身	先	难	成	这

若知遭如此磨难，

838

里	**媽**	**乌**	**牢**	**殆**	**还**	**利**
di^{4}	me^{6}	u^{5}	laːu^{2}	taːi^{1}	li^{4}	di^{1}
ndij	meh	youq	lauz	dai	lij	ndei
和	母	在	牢	死	还	好

不如同娘死牢中。

十一 唐太子委身为奴

扫码听音频

志貞勸他不肯聽，各想肉心想命听，

李旦屋背肝太路，肚餓不魯背參娅，

背斷涼州再娅了，点々凱背兰胡法，

香弟也不魯开咐，肚餓各想各專家，

胡法恨他弟不斷，克样甫他孫甫雷，

胡法亦參不好司，八定他亦參哽屎凯，

胡法許依屋背叫，佐故參他怯嫁雷，

迢許福興屋背叫，老爺許若乳背肉心，

李旦魯耶吒嗲你，壯々妙々屋內心，

李旦居他肚也饿，很躭乳背學胡法，

胡法分付郭辉菜，福興提桌里他哽，

李旦乳桌就連吒，老爺太慢灰哽哽，

839

志	霄	劲	眵	不	眉	惠
kɯn²	buɯn¹	luk⁸	ta¹	bau⁵	mi²	wi⁶
gwnz	mbwn	lwg	da	mbouj	miz	ngveih
上	天	儿	眼	没	有	核

上天真是不长眼，

840

各	想	内	心	怨	命	牙
ka:k⁸	ɬiaŋ³	dai¹	ɬam¹	ʔjian⁵	miŋ⁶	ʔja:k⁷
gag	siengj	ndaw	sim	ienq	mingh	yak
自	想	中	心	怨	命	凶

自己埋怨命不好。

841

李	旦	屋	背	肕	太	路
li⁴	ta:n¹	o:k⁷	pai¹	taŋ²	ta:i⁶	lo⁶
lij	dan	ok	bae	daengz	daih	loh
李	旦	出	去	到	大	路

李旦流浪到路上，

842

肚	饿	不	鲁	背	嗲	哽
tuŋ⁴	ʔjiak⁷	bau⁵	lo⁴	pai¹	ɕa:m¹	kɯn¹
dungx	iek	mbouj	rox	bae	cam	gwn
肚	饿	不	知	去	问	吃

肚饿不知哪讨食。

843

背	肕	東	州①	霄	啦	了
pai¹	taŋ²	tuŋ⁵	tɕau⁵	buɯn¹	lap⁷	le:u⁴
bae	daengz	dungh	couh	mbwn	laep	liux
去	到	东	州	天	黑	完

去到东州天已黑，

844

点	点	吼	背	兰	胡	法②
me:n⁵	me:n⁵	hau³	pai¹	la:n²	hu²	fa²
menh	menh	haeuj	bae	ranz	huz	faz
慢	慢	进	去	家	胡	发

慢慢走进胡发家。

845

各	涕	也	不	鲁	开	咟
ka:k⁸	tai³	je³	bau⁵	lo⁴	ha:i¹	pa:k⁷
gag	daej	yej	mbouj	rox	hai	bak
自	哭	也	不	知	开	口

哭着不知怎开口，

846

肚	饿	各	想	各	凄	凉
tuŋ⁴	ʔjiak⁷	ka:k⁸	ɬiaŋ³	ka:k⁸	ɬi⁵	liaŋ²
dungx	iek	gag	siengj	gag	si	liengz
肚	饿	自	想	自	凄	凉

饥肠难耐自悲伤。

847

胡	法	恨	他	涕	不	断
hu²	fa²	han¹	te¹	tai³	bau⁵	tuan⁶
huz	faz	raen	de	daej	mbouj	duenh
胡	发	见	他	哭	不	断

胡发见他哭不停，

848

尧	样	甫	他	劲	甫	雷
jiau⁵	jiaŋ⁶	pu⁴	te¹	luk⁸	pu⁴	lai²
yiuq	yiengh	boux	de	lwg	boux	lawz
看	样	人	他	儿	人	谁

不知他是谁儿子。

849
胡	法	亦	嘇	不	好	司
hu²	fa²	a³	ça:m¹	bau⁵	di¹	ɬi⁴
huz	faz	aj	cam	mbouj	ndei	six
胡	发	想	问	不	好	细问

胡发又觉不便问，

850
八	定	他	亦	嘇	哽	仇
pa⁶	tiŋ⁶	te¹	a³	ça:m¹	kun¹	çau²
bah	dingh	de	aj	cam	gwn	caeuz
必	定	他	想	问	吃	晚饭

猜想他是问饭吃。

851
胡	法	許	伝	屋	背	叫
hu²	fa²	hai³	hun²	o:k⁷	pai¹	he:u⁶
huz	faz	hawj	vunz	ok	bae	heuh
胡	发	给	人	出	去	叫

胡发派人出去叫，

852
佐	故	嘇	他	伝	茄	雷
ça³	ku¹	ça:m¹	te¹	hun²	kia²	lai²
caj	gou	cam	de	vunz	giz	lawz
等	我	问	他	人	地方	哪

待我问他哪里人。

853
学	許	福	兴③	屋	背	叫
tço⁶	hai³	fu²	hin⁵	o:k⁷	pai¹	he:u⁶
coh	hawj	fuz	hingh	ok	bae	heuh
才	给	福	兴	出	去	叫

才让福兴出去叫，

854
老	爺	許	名	吼	背	内
la:u⁴	je²	hai³	mɯŋ²	hau³	pai¹	dai¹
laux	yez	hawj	mwngz	haeuj	bae	ndaw
老	爷	给	你	进	去	里面

老爷叫你进屋里。

855
李	旦	鲁	耶	咙	嵸	你
li⁴	ta:n¹	lo⁴	jia¹	ha:u⁵	çon²	ni⁴
lij	dan	rox	nyi	hauq	coenz	neix
李	旦	懂	听	讲	句	这

李旦听他这样说，

856
忙	忙	妙	妙	屋	内	心
muaŋ²	muaŋ²	miau⁶	miau⁶	u⁵	dai¹	ɬam¹
muengz-	muengz-	miuh-	miuh	youq	ndaw	sim
慌慌张张				在	内	心

慌慌张张没主意。

857
李	旦	居	他	肚	也	饿
li⁴	ta:n¹	ku⁵	te¹	tuŋ⁴	je³	ʔjiak⁷
lij	dan	gwq	de	dungx	yej	iek
李	旦	时	那	肚	也	饿

李旦那时肚子饿，

858
很	躺	吼	背	学	胡	法
hɯn⁵	da:ŋ¹	hau³	pai¹	ço⁶	hu²	fa²
hwnq	ndang	haeuj	bae	coh	huz	faz
起	身	进	去	向	胡	发

起身进屋见胡发。

859

胡	法	分	付	郭	糇	菜
hu²	fa²	fuŋ⁵	fu⁶	kuak⁸	hau⁴	tɕak⁷
huz	faz	faenq	fuh	guh	haeux	byaek
胡	发	吩	咐	做	饭	菜

胡发吩咐备晚饭，

860

福	兴	提	桌	里	他	哽
fu²	hin⁵	tuk⁷	ɕoːŋ²	di⁴	te¹	kun¹
fuz	hingh	dwk	congz	ndij	de	gwn
福	兴	摆	桌	和	他	吃

福兴摆桌陪他吃。

861

李	旦	吼	桌	就	连	吒
li⁴	taːn¹	hau³	ɕoːŋ²	tɕo⁶	leːn⁶	haːu⁵
lij	dan	haeuj	congz	couh	lenh	hauq
李	旦	入	桌	就	连忙	说

李旦落座连连说，

862

老	爺	太	慢	灰	哽	仇
laːu⁴	je²	taːi⁶	meːn⁵	hoːi⁵	kun¹	ɕau²
laux	yez	daih	menh	hoiq	gwn	caeuz
老	爷	待	慢	奴	吃	晚饭

多谢老爷赏晚饭。

①東州 [tuŋ⁵ tɕau⁵]：古地名，在今河北省河间市，因魏志将"束州"误写成"东州"而得名。

②胡法 [hu² fa²]：指胡发，人名，虚构人物，东州富商。

③福兴 [fu² hin⁵]：胡家老仆，虚构人物。

19

胡法恨他咘哞你，刀嗲劲貌双三哞。

劲貌居机恤你屋雷斗，卜妈者里鲁不眉。

李旦哽米机还癖吨，昝炗劲颏班忌罘。

谷祖卜乌汉阳地，卜妈先始化背音。

胡法恨他咘癖你，刀嗲劲貌双三癖。

昝故嗲名亦咁砂，谷祖卜名乌茄雷。

李旦劲皇可良利，老爷叮耶差炗咁。

卜始舍劲可里於，坐夷老爷眉呆哽。

谷祖卜乌京郭将，安平不正贩劝兰。

胡法恨她咘癖你，内心备想懒凄原。

胡法刀嗲他双百，名里故乌利不利。

李旦恨咔隆贺跪，老爷使灰可刹艱。

863

胡	法	恨	他	呓	唭	你
hu²	fa²	han¹	te¹	ha:u⁵	çon²	ni⁴
huz	faz	raen	de	hauq	coenz	neix
胡	发	见	他	讲	句	这

胡发见他这样说，

864

刀	嘇	孙	貌	双	三	唭
ta:u⁵	ça:m¹	luuk⁸	ba:u⁵	ło:ŋ¹	ła:m¹	çon²
dauq	cam	lwg	mbauq	song	sam	coenz
回	问	儿	小伙	二	三	句

就问李旦几句话。

865

孙	貌	居	你	屋	雷	斗
luuk⁸	ba:u⁵	ku:⁵	ni⁴	o:k⁷	lai²	tau³
lwg	mbauq	gwq	neix	ok	lawz	daeuj
儿	小伙	时	这	出	哪	来

小伙你从哪里来，

866

卜	媽	名	里	鲁	不	眉
po⁶	me⁶	muɯŋ²	li⁴	lo⁴	bau⁵	mi²
boh	meh	mwngz	lix	rox	mbouj	miz
父	母	你	活	或	没	有

父母亲可还健在？

867

李	旦	哽	仇	还	唭	呓
li⁴	ta:n¹	kun¹	çau²	wa:n²	çon²	ha:u⁵
lij	dan	gwn	caeuz	vanz	coenz	hauq
李	旦	吃	晚饭	还	句	话

李旦边吃边回答，

868

皆	灰	孙	爻	班	忑	霄
ka:i⁵	ho:i⁵	luuk⁸	tça⁴	pa:n⁶	la³	buɯn¹
gaiq	hoiq	lwg	gyax	banh	laj	mbwn
个	奴	儿	孤	流浪	下	天

我是孤儿来流浪。

869

谷	祖	卜	乌	漢	阳	地
kok⁷	ço³	po⁶	u⁵	ha:n¹	ja:ŋ²	tiak⁸
goek	coj	boh	youq	han	yangz	dieg
根	祖	父	在	汉	阳	地方

祖宗都是汉阳人，

870

卜	媽	先	殆	化	背	音
po⁶	me⁶	łe:n⁵	ta:i¹	wa⁵	pai¹	jam¹
boh	meh	senq	dai	vaq	bae	yaem
父	母	早已	死	化	去	阴

父母早逝去阴间。

871

胡	法	恨	他	呓	唭	你
hu²	fa²	han¹	te¹	ha:u⁵	çon²	ni⁴
huz	faz	raen	de	hauq	coenz	neix
胡	发	见	他	讲	句	这

胡发听他这样说，

872

刀	嘇	孙	貌	双	三	唭
ta:u⁵	ça:m¹	luuk⁸	ba:u⁵	ło:ŋ¹	ła:m¹	çon²
dauq	cam	lwg	mbauq	song	sam	coenz
回	问	儿	小伙	二	三	句

又问李旦几句话。

873

皆	故	嘇	名	亦	吽	所
ka:i⁵	ku¹	ça:m¹	muŋ²	a³	nau²	ło⁶
gaiq	gou	cam	mwngz	aj	naeuz	soh
个	我	问	你	要	讲	直

你要跟我说实话，

874

谷	祖	卜	名	乌	茄	雷
kok⁷	ço³	po⁶	muŋ²	u⁵	kia²	lai²
goek	coj	boh	mwngz	youq	giz	lawz
根	祖	父	你	在	地方	哪

你家祖上哪里人？

875

李	旦	劲	皇	可	良	利
li⁴	ta:n¹	luk⁸	wuaŋ²	ko³	liaŋ²	li⁶
lij	dan	lwg	vuengz	goj	lingz	leih
李	旦	儿	皇	也	伶	俐

皇子李旦人机灵，

876

老	爺	叮	耶	差	灰	吽
la:u⁴	je²	tiŋ⁵	jia¹	ça³	ho:i⁵	nau²
laux	yez	dingq	nyi	caj	hoiq	naeuz
老	爷	听	见	等	奴	讲

老爷你听奴才说。

877

谷	祖	卜	乌	京	郭	将
kok⁷	ço³	po⁶	u⁵	kiŋ¹	kuak⁸	tçiaŋ¹
goek	coj	boh	youq	ging	guh	ciengq
根	祖	父	在	京	做	将

家父在京城为官，

878

安	平	不	正	贩	合	兰
a:n¹	piaŋ²	bau⁵	çiŋ⁵	pa:i⁶	ho:k⁷	la:n²
an	biengz	mbouj	cingq	baih	hok	ranz
安	天下	不	正	败	产	家

治理无能败家产。

879

卜	殆	舍	劲	可	里	於
po⁶	ta:i¹	çe¹	luk⁸	ko³	li⁴	i³
boh	dai	ce	lwg	goj	lij	iq
父	死	留	儿	也	还	小

父亲死时我还小，

880

坐	卖	老	爺	眉	呆	哽
tço¹	ba:i⁵	la:u⁴	je²	mi²	ŋa:i²	kun¹
gyo-	mbaiq	laux	yez	miz	ngaiz	gwn
谢谢		老	爷	有	早饭	吃

多谢老爷赏饭吃。

881

胡	法	恨	他	吼	哘	你
hu²	fa²	han¹	te¹	ha:u⁵	çon²	ni⁴
huz	faz	raen	de	hauq	coenz	neix
胡	发	见	他	讲	句	这

胡发听他这样说，

882

内	心	各	想	贫	凄	凉
dai¹	łam¹	ka:k⁸	łiaŋ³	pan²	łi⁵	liaŋ²
ndaw	sim	gag	siengj	baenz	si	liengz
中	心	自	想	成	凄	凉

只觉小伙好可怜。

883

胡	法	刀	嗲	他	双	百
hu²	fa²	taːu⁵	çaːm¹	te¹	ɬoːŋ¹	paːk⁷
huz	faz	dauq	cam	de	song	bak
胡	发	回	问	他	二	口

胡发又问他两句，

884

名	里	故	乌	利	不	利
muɯŋ²	di⁴	ku¹	u⁵	di¹	bau⁵	di¹
mwngz	ndij	gou	youq	ndei	mbouj	ndei
你	和	我	住	好	不	好

你住我这好不好？

885

李	旦	恨	吽	隆	贺	跪
li⁴	taːn¹	han¹	nau²	loŋ²	ho⁵	kwi⁶
lij	dan	raen	naeuz	roengz	hoq	gvih
李	旦	见	讲	下	膝	跪

李旦听了忙下跪，

886

老	爺	使	灰	可	利	赖
laːu⁴	je²	ɬai³	hoːi⁵	ko³	di¹	laːi¹
laux	yez	sawj	hoiq	goj	ndei	lai
老	爷	用	奴	也	好	多

多谢老爷收留我。

当慈志再生培美，卜媳还生发良梯。

李旦恨叶许里乌，内心欢喜奴三分。

李旦卓初郭信兴，肌骼使烟又使茶！

讲听茄你又乙奈，昙硬三断烈沉沉。

喧々肌眠里福兴，再讲信兴郭友低，

坐遍福兴许里瞒。

奴苗侵眠可同业，兴结西喰百届心，

催兴就参福兴哥，比往同业可婿利，

催眠优很暴比住，老爷眉几颊甫勃，

福兴当祥还寮吃，往故亦参差比叶，

老爷劝他可嫁了，莫娇喜娇得劝他。

喜嬌先嫁许马家，关他名初郭马迪。

887

当	慈	志	霄	生	培	莫
ta:ŋ¹	ɬu²	kun²	bun¹	ɬe:ŋ¹	pai²	mo⁵
dang	swz	gwnz	mbwn	seng	baez	moq
当	是	上	天	生	次	新

只当有幸获新生，

888

卜	妈	还	生	灰	良	楞
po⁶	me⁶	li⁴	ɬe:ŋ¹	ho:i⁵	lian²	laŋ¹
boh	meh	lij	seng	hoiq	riengz	laeng
父	母	还	生	奴	跟	后

恩情赛亲生父母。

889

李	旦	恨	吽	许	里	乌
li⁴	ta:n¹	han¹	nau²	hai³	di⁴	u⁵
lij	dan	raen	naeuz	hawj	ndij	youq
李	旦	见	讲	给	同	住

李旦听说收留他，

890

内	心	欢	喜	双	三	分
dai¹	ɬam¹	wuan⁶	hi³	ɬo:ŋ¹	ɬa:m¹	fan¹
ndaw	sim	vuen	heij	song	sam	faen
中	心	欢	喜	二	三	分

内心又燃起希望。

891

李	旦	改	初	郭	信	兴①
li⁴	ta:n¹	ka:i³	ço⁶	kuak⁸	ɬin¹	hin⁵
lij	dan	gaij	coh	guh	sin	hingh
李	旦	改	名	做	信	兴

李旦改名叫信兴，

892

叽	瞰	使	烟	又	使	茶
hat⁷	ham⁶	ɬai³	ʔjian¹	jau⁶	ɬai³	ça²
haet	haemh	sawj	ien	youh	sawj	caz
早	晚	服侍	烟	又	服侍	茶

日夜服侍做仆人。

893

李	旦	培	你	不	劳	忑
li⁴	ta:n¹	pai²	ni⁴	bau⁵	la:u¹	hi⁵
lij	dan	baez	neix	mbouj	lau	heiq
李	旦	次	这	不	怕	忧

这回李旦放下心，

894

昙	哽	三	断	烈	沉	沉
ŋon²	kun¹	ɬa:m¹	to:n⁵	ne:t⁷	çɛt⁸	çɛt⁸
ngoenz	gwn	sam	donq	net	caed	caed
日	吃	三	餐	紧	实	实

一日三餐有保障。

895

讲	肝	茄	你	又	乙	奈
ka:ŋ³	taŋ²	kia²	ni⁴	jau⁶	ʔjiat⁷	na:i⁵
gangj	daengz	giz	neix	youh	yiet	naiq
讲	到	地方	这	又	歇	累

讲到这里先休息，

896

再	讲	信	兴	郭	灰	伝
tça:i¹	ka:ŋ³	ɬin¹	hin⁵	kuak⁸	ho:i⁵	hun²
caiq	gangj	sin	hingh	guh	hoiq	vunz
再	讲	信	兴	做	奴	人

再说信兴做仆人。

897

嗡	嗡	吼	眠	里	福	兴
ham⁶	ham⁶	hau³	nin²	di⁴	fu²	hin⁵
haemh	haemh	haeuj	ninz	ndij	fuz	hingh
晚	晚	入	睡	和	福	兴

与福兴朝夕相处，

898

坐	邁	福	兴	許	里	眠
tɕo¹	ba:i⁵	fu²	hin⁵	hai³	di⁴	nin²
gyo-	mbaiq	fuz	hingh	hawj	ndij	ninz
谢谢		福	兴	给	同	睡

感谢福兴与相处。

899

双	甫	侵	眠	可	同	业
ɬo:ŋ¹	pu⁴	ɕam⁶	nin²	ko³	toŋ⁶	diap⁷
song	boux	caemh	ninz	goj	doengh	ndiep
二	个	同	睡	也	相	爱

两人同住心相亲，

900

头	结	陌	嗡	可	眉	心
tɕau³	ke:t⁷	pa:k⁷	ham²	ko³	mi²	ɬam¹
gyaeuj	get	bak	haemz	goj	miz	sim
头	疼	口	苦	也	有	心

头疼脑热也相帮。

901

侵	眠	侵	很	夥	比	往
ɕam⁶	nin²	ɕam⁶	hun⁵	lum³	pi⁴	nuaŋ⁴
caemh	ninz	caemh	hwnq	lumj	beix	nuengx
同	睡	同	起	像	兄	弟

同吃同住如兄弟，

902

比	往	同	业	可	哨	利
pi⁴	nuaŋ⁴	toŋ⁶	diap⁷	ko³	ɬa:u¹	di¹
beix	nuengx	doengh	ndiep	goj	sau-	ndei
兄	弟	相	爱	也	漂亮	

互敬互爱好兄弟。

903

信	兴	就	嗲	福	兴	哥
ɬin¹	hin⁵	tɕo⁶	ɕa:m¹	fu²	hin⁵	ko⁵
sin	hingh	couh	cam	fuz	hingh	go
信	兴	就	问	福	兴	哥

信兴就问福兴哥，

904

老	爺	眉	几	赖	甫	劢
la:u⁴	je²	mi²	ki³	la:i¹	pu⁴	luk⁸
laux	yez	miz	geij	lai	boux	lwg
老	爷	有	几	多	个	儿

老爷有几个孩子？

905

福	兴	当	祥	还	哞	吒
fu²	hin⁵	ta:ŋ¹	ɕiaŋ²	wa:n²	ɕon²	ha:u⁵
fuz	hingh	dang	ciengz	vanz	coenz	hauq
福	兴	当	场	回	句	话

福兴连忙回答说，

906

往	故	亦	嗲	差	比	吽
nuaŋ⁴	ku¹	a³	ɕa:m¹	ɕa³	pi⁴	nau²
nuengx	gou	aj	cam	caj	beix	naeuz
弟	我	想	问	等	兄	讲

弟弟你听哥哥说。

907

老	爺	孨	他	可	嫁	了
la:u⁴	je²	luk⁸	te¹	ko³	ha⁵	le:u⁴
laux	yez	lwg	de	goj	haq	liux
老	爷	儿	他	也	嫁	完

老爷女儿都嫁了，

908

英	娇②	鸾	娇③	得	孨	他
jiŋ⁵	kiau⁵	luan²	kiau⁵	tuk⁸	luk⁸	te¹
yingh	gyauh	luenz	gyauh	dwg	lwg	de
英	娇	鸾	娇	是	儿	他

英娇鸾娇他女儿。

909

鸾	娇	先	嫁	許	馬	家
luan²	kiau⁵	ɬe:n⁵	ha⁵	hai³	ma⁴	kia⁵
luenz	gyauh	senq	haq	hawj	maj	gya
鸾	娇	早已	嫁	给	马	家

大女鸾娇嫁马家，

910

关	他	名	初	郭	馬	迪④
kwa:n¹	te¹	miŋ²	ço⁶	kuak⁸	ma⁴	ti²
gvan	de	mingz-	coh	guh	maj	diz
夫	她	名字		做	马	迪

丈夫名字叫马迪。

---

①信兴 [ɬin¹ hin⁵]：李旦隐姓埋名时的化名。

②英娇 [jiŋ⁵ kiau⁵]：胡发的二女儿，虚构人物。

③鸾娇 [luan² kiau⁵]：胡发的大女儿，虚构人物。

④马迪 [ma⁴ ti²]：胡发大女婿，虚构人物。

20　　　　　77

英娇可嫁许陈家，关他去初郭陈楷

老爷勘他可嫁了，煆他凤娇未曾汗

凤娇他特勘胡登，胡登先跟化背音。

哪他文氏可郭买，内兰不眉甫雷当。

金银内兰贩了用，可里妈勘乌你叔。

勘他凤娇可良利，楣利那号如观音。

那象花挑笨大凤，鬓软拨隆隆贩楞。

哈美浪了见提锯，楣利贵样暴嫦娥，

筆大弓弓暴肝斑，尧暴观音肥花莲

楣利不眉依私比，几颜贯史不礼如，

信兴恨比晄嗨你，内心备想乌内合

婿利当祥延嗨绳，许灰乳雷背恨他

911

英	娇	可	嫁	許	陳	家
jiŋ⁵	kiau⁵	ko³	ha⁵	hai³	tɕin²	kia⁵
yingh	gyauh	goj	haq	hawj	cinz	gya
英	娇	也	嫁	给	陈	家

英娇也嫁进陈家，

912

关	他	名	初	郭	陳	信①
kwaːn¹	te¹	miŋ²	ço⁶	kuak⁸	tɕin²	ɬin¹
gvan	de	mingz-	coh	guh	cinz	sin
夫	她	名字		做	陈	信

丈夫名字叫陈信。

913

老	爺	劲	他	可	嫁	了
laːu⁴	je²	luk⁸	te¹	ko³	ha⁵	leːu⁴
laux	yez	lwg	de	goj	haq	liux
老	爷	儿	他	也	嫁	完

两个女儿都嫁了，

914

烂	他	凤	娇②	末	曾	汗
laːn¹	te¹	fuŋ¹	kiau⁵	mi²	çaŋ²	haːn¹
lan	de	fung	gyauh	mij	caengz	han
侄	他	凤	娇	未	曾	定婚

侄女凤娇还未嫁。

915

凤	娇	他	特	劲	胡	登③
fuŋ¹	kiau⁵	te¹	tuk⁸	luk⁸	hu²	tun⁵
fung	gyauh	de	dwg	lwg	huz	dwngh
凤	娇	她	是	儿	胡	登

凤娇父亲叫胡登，

916

胡	登	先	殆	化	背	音
hu²	tun⁵	ɬeːn⁵	taːi¹	wa⁵	pai¹	jam¹
huz	dwngh	senq	dai	vaq	bae	yaem
胡	登	早已	死	化	去	阴

胡登早逝去阴间。

917

媽	他	文	氏④	可	郭	买
me⁶	te¹	wun²	çi¹	ko³	kuak⁸	maːi⁵
meh	de	vwnz	si	goj	guh	maiq
母	她	文	氏	也	做	寡

母亲文氏已守寡，

918

内	兰	不	眉	甫	雷	当
dai¹	laːn²	bau⁵	mi²	pu⁴	lai²	taːŋ¹
ndaw	ranz	mbouj	miz	boux	lawz	dang
中	家	没	有	人	哪	当

家里缺了当家人。

919

金	銀	内	兰	贩	了	闹
kim¹	ŋan²	dai¹	laːn²	paːi⁶	leːu⁴	naːu⁵
gim	ngaenz	ndaw	ranz	baih	liux	nauq
金	银	中	家	败	完	没

家中财产已散尽，

920

可	里	媽	劲	乌	你	叔
ko³	li⁴	me⁶	luk⁸	u⁵	di⁴	ɕuk⁷
goj	lij	meh	lwg	youq	ndij	cuk
也	有	母	儿	住	和	叔

只剩母女住叔家。

921

孙	**他**	**风**	**娇**	**可**	**良**	**利**
lɯk^{8}	te^{1}	fuŋ^{1}	kiau^{5}	ko^{3}	liaŋ^{2}	li^{6}
lwg	de	fung	gyauh	goj	lingz	leih
儿	她	风	娇	也	伶	俐

女儿凤娇也聪明，

922

娋	**利**	**那**	**号**	**如**	**观**	**音**
ɬaːu^{1}	di^{1}	na^{3}	haːu^{1}	lum^{3}	kuan^{3}	jam^{1}
sau-	ndei	naj	hau	lumj	guen	yaem
漂亮		脸	白	似	观	音

肤白貌美像观音。

923

那	**象**	**花**	**桃**	**笨**	**大**	**凤**
na^{3}	lum^{3}	wa^{1}	taːu^{2}	pɯn^{1}	ta^{1}	fuŋ^{6}
naj	lumj	va	dauz	bwn	da	fungh
脸	似	花	桃	毛	眼	凤

面若桃花丹凤眼，

924

髪	**軟**	**拨**	**隆**	**隆**	**贩**	**楞**
jom^{1}	un^{5}	piat^{8}	loŋ^{2}	loŋ^{2}	paːi^{6}	laŋ^{1}
byoem	unq	bued	roengz	roengz	baih	laeng
头发	软	披	下	下	方	后

长发飘飘披身后。

925

咟	**美**	**浪**	**了**	**見**	**提**	**錕**
paːk^{7}	mai^{5}	laːŋ^{6}	leːu^{4}	keːn^{1}	tɯ^{2}	kon^{6}
bak	maeq	lag-	leux	gen	dawz	goenh
嘴	粉红	苗条		手臂	戴	镯

身材苗条戴手镯，

926

娋	**利**	**贫**	**样**	**罧**	**嫦**	**娥**
ɬaːu^{1}	di^{1}	pan^{2}	jiaŋ^{6}	lum^{3}	tɕaːŋ^{2}	ŋo^{2}
sau-	ndei	baenz	yiengh	lumj	cangz	ngoz
漂亮		成	样	像	嫦	娥

容貌靓丽赛嫦娥。

927

笨	**大**	**弓**	**弓**	**罧**	**腁**	**班**
pɯn^{1}	ta^{1}	koŋ^{5}	koŋ^{5}	lum^{3}	dian^{1}	baːn^{5}
bwn	da	goengq	goengq	lumj	ndwen	mbanq
毛	眼	弯	弯	似	月亮	缺

眉毛弯弯似月牙，

928

尭	**罧**	**观**	**音**	**能**	**花**	**連**
jiau^{5}	lum^{3}	kuan^{3}	jam^{1}	naŋ^{6}	wa^{1}	leːn^{2}
yiuq	lumj	guen	yaem	naengh	va	lienz
看	像	观	音	坐	花	莲

就像观音莲中坐。

---

①陳信 [tɕin^{2} ɬin^{1}]：胡发二女婿，虚构人物。

②凤娇 [fuŋ^{1} kiau^{5}]：胡发侄女，李旦患难妻子，虚构人物。

③胡登 [hu^{2} tɯn^{5}]：胡发兄弟，虚构人物。

④文氏 [wɯn^{2} ɕi^{1}]：胡发嫂子，李旦的岳母，虚构人物。

929

娟	利	不	眉	伝	礼	比
ła:u¹	di¹	bau⁵	mi²	hun²	dai⁴	pi³
sau-	ndei	mbouj	miz	vunz	ndaej	beij
漂亮		没	有	人	得	比

容貌美丽无人及,

930

几	赖	贡	史	不	礼	如
ki³	la:i¹	koŋ¹	łai⁵	bau⁵	dai⁴	ji²
geij	lai	goeng	saeq	mbouj	ndaej	yawz
几	多	公	官	不	得	如

多少小姐比不上。

十二 胡发家李旦遇凤娇

扫码听音频

20　　　　　　　刀

英娇可嫁许陈家，吴他老初郭陈愷

老爷劝他可嫁了，煦他凤娇未曾汗

凤娇他特劝胡登，胡登先难化背音。

妈他丈氏可郭哭，内兰不眉甫雷当，

金银内兰贩了闹，可里妈劝乌你叔。

劝他凤娇可良利，赵利那号如观音，

那桑花桃笨大风，髮软拨隆隆贩楞，

晤美浪了见提银，婿利直祥暴婶娥，

笨大弓弓暴所斑，尧暴观音鲍花连，

婿利不眉依礼比，几颜夏犹不礼如，

信兴恨比听嗳你，内心备想乌内含，

信兴当祥还嗅呢，许灰乳雷背恨他

931

信	兴	恨	比	呠	哢	你
ɬin¹	hin⁵	han¹	pi⁴	ha:u⁵	çon²	ni⁴
sin	hingh	raen	beix	hauq	coenz	neix
信	兴	见	兄	讲	句	这

信兴听他这样说，

932

内	心	各	想	乌	内	合
dai¹	ɬam¹	ka:k⁸	ɬiaŋ³	u⁵	dai¹	ho²
ndaw	sim	gag	siengj	youq	ndaw	hoz
中	心	自	想	在	内	喉

不免心中有想法。

933

信	兴	当	祥	还	哢	呠
ɬin¹	hin⁵	ta:ŋ¹	çiaŋ²	wa:n²	çon²	ha:u⁵
sin	hingh	dang	ciengz	vanz	coenz	hauq
信	兴	当	场	回	句	说

信兴立刻询问道，

934

许	灰	吼	雷	背	恨	他
hai³	ho:i⁵	hau³	lai²	pai¹	han¹	te¹
hawj	hoiq	haeuj	lawz	bae	raen	de
给	奴	进	哪	去	见	她

我到哪里能见她？

福兴暂祥述嗜呒，催炊中恨雁麻烦

嗒咋嗒嗒勒娄礼荒，姜比代往乳背恨

斗肝暗楞龙礼荒，就代信兴叽背恨眼

信兴背肝就连鸟，福兴退定刀背恨眼

信兴羌恨如佛画，鲁嫩他得如甫雷

各乌缘发各背刀，羌恨娇利亦殳危

叮耶弹琴心头乱，勒烈叫小姐开度

凤娇鲁耶信兴叫，斗老小姐弹月琴

信兴当祥述嗷呒，管名二更斗郁麻

皆发立恒眠不温，亦羌小姐弹改心

凤娇当祥还嗒呒，皆故首奸不敢开

信兴为缘老实叫，小姐放心开郁趄荄

935

福	兴	当	祥	还	哷	吒
fu²	hin⁵	ta:ŋ¹	ɕiaŋ²	wa:n²	ɕon²	ha:u⁵
fuz	hingh	dang	ciengz	vanz	coenz	hauq
福	兴	当	场	回	句	话

福兴当场回答说，

936

往	灰	亦	恨	眉	麻	难
nuaŋ⁴	ho:i⁵	a³	han¹	mi²	ma²	na:n²
nuengx	hoiq	aj	raen	miz	maz	nanz
弟	奴	要	见	有	什么	难

弟想见她有何难。

937

晗	昨	晗	勒	娄	礼	荒
ham⁶	ɕo:k⁸	ham⁶	lu²	lau²	dai⁴	wa:ŋ⁵
haemh	cog	haemh	rawz	raeuz	ndaej	vangq
晚	明	晚	后	我们	得	空

明后晚我们有空，

938

差	比	代	往	吼	背	恨
ɕa³	pi⁴	ta:i⁵	nuaŋ⁴	hau³	pai¹	han¹
caj	beix	daiq	nuengx	haeuj	bae	raen
等	兄	带	弟	进	去	见

哥哥带你去见她。

939

斗	盯	晗	楞	就	礼	荒
tau³	taŋ²	ham⁶	laŋ¹	tɕo⁶	dai⁴	wa:ŋ⁵
daeuj	daengz	haemh	laeng	couh	ndaej	vangq
来	到	晚	后	就	得	空

后天晚上有时间，

940

就	代	信	兴	吼	背	恨
tɕo⁶	ta:i⁵	ɬin¹	hin⁵	hau³	pai¹	han¹
couh	daiq	sin	hingh	haeuj	bae	raen
就	带	信	兴	进	去	见

就带信兴去见她。

941

信	兴	背	盯	就	连	乌
ɬin¹	hin⁵	pai¹	taŋ²	tɕo⁶	le:n²	u⁵
sin	hingh	bae	daengz	couh	lenz	youq
信	兴	去	到	就	盯	住

信兴一见就入神，

942

福	兴	退	定	刀	背	眠
fu²	hin⁵	to:i⁵	tin¹	ta:u⁵	pai¹	nin²
fuz	hingh	doiq	din	dauq	bae	ninz
福	兴	退	脚	回	去	睡

福兴笑着退出去。

943

信	兴	尧	恨	如	佛	画
ɬin¹	hin⁵	jiau⁵	han¹	lum³	fuk⁷	wa¹
sin	hingh	yiuq	raen	lumj	fuk	va
信	兴	看	见	似	幅	画

信兴似见画中人，

944

不	鲁	他	得	妑	甫	雷
bau⁵	lo⁴	te¹	tuk⁸	pa²	pu⁴	lai²
mbouj	rox	de	dwg	baz	boux	lawz
不	知	她	是	妻	人	哪

不知她是谁妻子。

945

各	乌	绿	度	各	背	刀
ka:k⁸	u⁵	lo:k⁸	tu¹	ka:k⁸	pai¹	ta:u⁵
gag	youq	rog	dou	gag	bae	dauq
自	在	外	门	自	去	回

独在门外踱步想，

946

尧	恨	娟	利	亦	殆	危
jiau⁵	han¹	ła:u¹	di¹	a³	ta:i¹	wi²
yiuq	raen	sau-	ndei	aj	dai	viz
看	见	漂亮		将	死	瘫软

容貌娇美迷死人。

947

叮	耶	弹	琴	心	头	乱
tiŋ⁵	jia¹	ta:n⁶	kin²	łam¹	tau²	luan⁶
dingq	nyi	danz	ginz	sim	daeuz	luenh
听	见	弹	琴	心	头	乱

听见琴声心头乱，

948

勒	烈	叫	小	姐	开	度
lak⁸	le:m⁴	he:u⁶	łiau⁴	tçe⁴	ha:i¹	tu¹
laeg-	lemx	heuh	siuj	cej	hai	dou
悄悄		叫	小	姐	开	门

悄悄叫凤娇开门。

949

凤	娇	鲁	耶	信	兴	叫
fuŋ¹	kiau⁵	lo⁴	jia¹	łin¹	hin⁵	he:u⁶
fung	gyauh	rox	nyi	sin	hingh	heuh
凤	娇	懂	听	信	兴	叫

凤娇听到信兴叫，

950

皆	名	二	更	斗	郭	麻
ka:i⁵	muŋ²	ło:ŋ¹	ke:ŋ¹	tau³	kuak⁸	ma²
gaiq	mwngz	song	geng	daeuj	guh	maz
个	你	二	更	来	做	什么

半夜来访有何事？

951

信	兴	当	祥	还	哼	吒
łin¹	hin⁵	ta:ŋ¹	çiaŋ²	wa:n²	çon²	ha:u⁵
sin	hingh	dang	ciengz	vanz	coenz	hauq
信	兴	当	场	回	句	说

信兴立刻回答道，

952

斗	尧	小	姐	弹	月	琴
tau³	jiau⁵	łiau⁴	tçe⁴	ta:n⁶	je²	kin²
daeuj	yiuq	siuj	cej	danz	yez	ginz
来	看	小	姐	弹	月	琴

来听小姐弹月琴。

953

皆	灰	江	恒	眠	不	湿
ka:i⁵	ho:i⁵	tça:ŋ¹	hun²	nin²	bau⁵	çam¹
gaiq	hoiq	gyang	hwnz	ninz	mbouj	caem
个	奴	半	夜	睡	不	沉

半夜失眠睡不着，

954

亦	尧	小	姐	弹	改	心
a³	jiau⁵	łiau⁴	tçe⁴	ta:n⁶	ka:i³	łam¹
aj	yiuq	siuj	cej	danz	gaij	sim
要	看	小	姐	弹	解	心

想听弹琴散散心。

955

凤	娇	当	祥	还	唪	吒
fuŋ¹	kiau⁵	taːŋ¹	ɕiaŋ²	waːn²	ɕon²	haːu⁵
fung	gyauh	dang	ciengz	vanz	coenz	hauq
凤	娇	当	场	回	句	话

凤娇立刻回答说，

956

皆	故	首	奷	不	敢	开
kaːi⁵	ku¹	ɕau²	ja⁶	bau⁵	kaːm³	haːi¹
gaiq	gou	caeuz-	yah	mbouj	gamj	hai
个	我	女人		不	敢	开

我是女子不敢开。

957

信	兴	乌	绿	老	实	叫
ɬin¹	hin⁵	u⁵	loːk⁸	laːu⁴	ɕi²	heːu⁶
sin	hingh	youq	rog	laux	saed	heuh
信	兴	在	外	老	实	叫

门外信兴实话答，

958

小	姐	放	心	开	不	劳
ɬiau⁴	tɕe⁴	ɕuaŋ⁵	ɬam¹	haːi¹	bau⁵	laːu¹
siuj	cej	cuengq	sim	hai	mbouj	lau
小	姐	放	心	开	不	怕

小姐放心来开门。

21.　　　　　　　　壹拾捌　娘

文氏恨哛不夸依，若买吖耶差故开

文氏背哛就分付，皆名哛斗勒乱行

信兴哛背就连呢，老妈哩伉鲁未曾

凤娇妈劢就连呢，辫呆妈劢可先哽

信兴哛背不敢龀，论老小姐弹月琴

信兴祥还嗬一呢，学小姐要弹玫心

凤娇现许信兴弹，劳君不鲁弹媚利

信兴初要槑连弹，六律八音可曾齐

信兴当祥还时呢，扎粟小姐佈老娘

凤娇请信兴隆能，恨论等雷贪弹鋆

喻你茖的獉能登，昔灰道理顺不介

凤娇当祥还嗬呢，皆遠低侵嗾切兰

959
文	氏	恨	吽	不	夸	依
wun²	çi¹	han¹	nau²	bau⁵	kwa⁵	i⁵
vwnz	si	raen	naeuz	mbouj	gvaq	eiq
文	氏	见	讲	不	过	意

文氏见过意不去，

960
名	买	叮	耶	差	故	开
muŋ²	ma:i⁶	tiŋ⁵	jia¹	ça³	ku¹	ha:i¹
mwngz	maih	dingq	nyi	caj	gou	hai
你	就算	听	见	等	我	开

你听我的去开门。

961
文	氏	吼	背	就	分	付
wun²	çi¹	hau³	pai¹	tço⁶	fun⁵	fu⁶
vwnz	si	haeuj	bae	couh	faenq	fuh
文	氏	进	去	就	吩	咐

文氏开门就吩咐，

962
皆	名	吼	斗	勒	乱	行
ka:i⁵	muŋ²	hau³	tu¹	lak⁸	luan⁶	he:ŋ²
gaiq	mwngz	haeuj	dou	laeg	luenh	hengz
个	你	进	门	莫	乱	行

你进来了别乱动。

963
信	兴	吼	背	就	连	吒
ɬin¹	hin⁵	hau³	pai¹	tço⁶	le:n⁶	ha:u⁵
sin	hingh	haeuj	bae	couh	lenh	hauq
信	兴	进	去	就	连忙	说

信兴进来连忙问，

964
老	妈	哽	仇	鲁	未	曾
la:u⁴	me⁶	kun¹	çau²	lo⁴	mi³	çaŋ²
laux	meh	gwn	caeuz	rox	mij	caengz
老	母	吃	晚饭	或	未	曾

夫人可曾吃过饭？

965
吼	背	肛	内	喃	凤	娇
hau³	pai¹	taŋ²	dai¹	ju⁴	fuŋ¹	kiau⁵
haeuj	bae	daengz	ndaw	yawj	fung	gyauh
进	去	到	里	看	凤	娇

进屋偷偷瞅凤娇，

966
小	姐	哽	糇	鲁	未	曾
ɬiau⁴	tçe⁴	kun¹	hau⁴	lo⁴	mi³	çaŋ²
siuj	cej	gwn	haeux	rox	mij	caengz
小	姐	吃	饭	或	未	曾

小姐你可用过餐？

967
凤	娇	妈	劢	就	连	吒
fuŋ¹	kiau⁵	me⁶	luk⁸	tço⁶	le:n⁶	ha:u⁵
fung	gyauh	meh	lwg	couh	lenh	hauq
凤	娇	母	儿	就	连忙	说

凤娇母女就回答，

968
糇	呆	妈	劢	可	先	哽
hau⁴	ŋa:i²	me⁶	luk⁸	ko³	ɬe:n⁵	kun¹
haeux	ngaiz	meh	lwg	goj	senq	gwn
饭	早饭	母	儿	也	早已	吃

饭菜我们已吃过。

969

信	兴	吼	背	不	敢	能
ɬin¹	hin⁵	hau³	pai¹	bau⁵	ka:m³	naŋ⁶
sin	hingh	haeuj	bae	mbouj	gamj	naengh
信	兴	进	去	不	敢	坐

信兴进来不敢坐，

970

论	尧	小	姐	弹	月	琴
dun¹	jiau⁵	ɬiau⁴	tɕe⁴	ta:n⁶	je²	kin²
ndwn	yiuq	siuj	cej	danz	yez	ginz
站	看	小	姐	弹	月	琴

站着听凤娇弹琴。

971

信	兴	当	祥	还	嗨	吒
ɬin¹	hin⁵	ta:ŋ¹	ɕiaŋ²	wa:n²	ɕon²	ha:u⁵
sin	hingh	dang	ciengz	vanz	coenz	hauq
信	兴	当	场	回	句	话

信兴立刻开口问，

972

学	小	姐	要	弹	改	心
ɕo⁶	ɬiau⁴	tɕe⁴	au¹	ta:n⁶	ka:i³	ɬam¹
coh	siuj	cej	aeu	danz	gaij	sim
向	小	姐	要	弹	解	心

问小姐要琴来弹。

973

凤	娇	现	許	信	兴	弹
fuŋ¹	kiau⁵	jian⁶	hai³	ɬin¹	hin⁵	ta:n⁶
fung	gyauh	yienh	hawj	sin	hingh	danz
凤	娇	递	给	信	兴	弹

凤娇递琴给信兴，

974

劳	名	不	鲁	弹	婧	利
la:u¹	muŋ²	bau⁵	lo⁴	ta:n⁶	ɬa:u¹	di¹
lau	mwngz	mbouj	rox	danz	sau-	ndei
怕	你	不	会	弹	漂亮	

怕你弹得不好听。

975

信	兴	初	要	就	连	弹
ɬin¹	hin⁵	ɕo⁶	au¹	tɕo⁶	le:n⁶	ta:n⁶
sin	hingh	coh	aeu	couh	lenh	danz
信	兴	接	要	就	连忙	弹

信兴接过来就弹，

976

六	律	八	音	可	鲁	齐
lok⁷	lut⁸	pe:t⁷	jam¹	ko³	lo⁴	ɕai²
roek	lwd	bet	yaem	goj	rox	caez
六	律	八	韵	也	知	齐

六律八韵全都会。

977

六	吾	八	音	可	鲁	了
lok⁷	u:t⁸	pe:t⁷	jam¹	ko³	lo⁴	le:u⁴
roek	ued	bet	yaem	goj	rox	liux
六	号	八	音	也	知	完

六号八音都精通，

978

因	為	等	你	学	班	平
jin⁵	wi⁶	taŋ³	ni⁴	tɕo⁶	pa:n⁶	piaŋ²
yinh	vih	daengj	neix	coh	banh	biengz
因	为	样	这	才	流浪	地方

因为这样才流浪。

979

信	兴	当	祥	还	唓	吒
ɬin¹	hin⁵	taːŋ¹	ɕiaŋ²	waːn²	ɕon²	haːu⁵
sin	hingh	dang	ciengz	vanz	coenz	hauq
信	兴	当	场	回	句	说

信兴弹罢又说道，

980

礼	票	小	姐	旬	老	娘
dai⁴	peːu¹	ɬiau⁴	tɕe⁴	di⁴	laːu⁴	me⁶
ndaej	beu	siuj	cej	ndij	laux	meh
得	得罪	小	姐	和	大	母

小姐夫人献丑了。

981

凤	娇	請	信	兴	隆	能
fuŋ¹	kiau⁵	ɕin³	ɬin¹	hin⁵	loŋ²	naŋ⁶
fung	gyauh	cingj	sin	hingh	roengz	naengh
凤	娇	请	信	兴	下	坐

凤娇请信兴坐下，

982

恨	论	等	雷	贫	弹	琴
huɯn⁵	dun¹	taŋ³	lai²	pan²	taːn⁶	kin²
hwnq	ndwn	daengj	lawz	baenz	danz	ginz
起	站	样	哪	成	弹	琴

站着怎么能弹琴。

983

晗	你	搭	的	罳	能	登
ham⁶	ni⁴	tɕo⁶	dai⁴	ma¹	naŋ⁶	taŋ⁵
haemh	neix	coh	ndaej	ma	naengh	daengq
晚	这	才	得	来	坐	凳

信兴太晚来拜访，

984

皆	灰	道	理	顺	不	介
kaːi⁵	hoːi⁵	taːu⁶	lai⁴	ɕin¹	bau⁵	ha¹
gaiq	hoiq	dauh	leix	caen	mbouj	ha
个	奴	道	理	真	不	匹配

行事粗鲁不知礼。

985

凤	娇	当	祥	还	唓	吒
fuŋ¹	kiau⁵	taːŋ¹	ɕiaŋ²	waːn²	ɕon²	haːu⁵
fung	gyauh	dang	ciengz	vanz	coenz	hauq
凤	娇	当	场	回	句	说

凤娇立刻回答说，

986

皆	娄	伝	侵	队	内	兰
kaːi⁵	lau²	hun²	ɕam⁶	toːi⁶	dai¹	laːn²
gaiq	raeuz	vunz	caemh-	doih	ndaw	ranz
个	我们	人	共	同	里	家

我们都是一家人。

信兴恨吓心欢喜，能里小姐牌月养，

信兴各论时各涕，生灰屋斗不贤依。

各论谷根贤兰贱，不恨卜妈乌茄雷，

各论内鞋史各涕，皆灰乌贱贵你赖，

志再劝大不眉惠，劝题昙你斑恋罗，

恨劝依利娄兰贱，各怨条命不郭佑，

皆灰泰史哑养命，坐蓬小姐里老娘，

小姐业内心可讲，样依媚利又怒明，

凤娇恨论肚哑婿，水大强隆恩搐恩，

文氏可侵水大篤，皆你如仙家下凡，

凤娇恨论刀各满，收许信兴背兰眍，

信兴屋背登双哨，不用记轻灰叟牙。

987

信	兴	恨	吽	心	欢	喜
ɬin¹	hin⁵	han¹	nau²	ɬam¹	wuan⁶	hi³
sin	hingh	raen	naeuz	sim	vuen	heij
信	兴	见	讲	心	欢	喜

信兴听着心中喜，

988

能	里	小	姐	弹	月	琴
naŋ⁶	di⁴	ɬiau⁴	tɕe⁴	taːn⁶	je²	kin²
naengh	ndij	siuj	cej	danz	yez	ginz
坐	和	小	姐	弹	月	琴

坐下与小姐弹琴。

989

信	兴	各	论	時	各	涕
ɬin¹	hin⁵	kaːk⁸	luun⁶	ɕi⁶	kaːk⁸	tai³
sin	hingh	gag	lwnh	cih	gag	daej
信	兴	自	讲	就	自	哭

说到身世信兴哭，

990

生	灰	屋	斗	不	贫	伝
ɬeːŋ¹	hoːi⁵	oːk⁷	tau³	bau⁵	pan²	hun²
seng	hoiq	ok	daeuj	mbouj	baenz	vunz
生	奴	出	来	不	成	人

我自出生就命苦。

991

各	论	谷	根	贫	兰	贱
kaːk⁸	luun⁶	kok⁷	kan¹	pan²	laːn²	ɕian⁶
gag	lwnh	goek	gaen	baenz	ranz	cienh
自	论	源	根	成	家	贱

自述家庭多磨难，

992

不	恨	卜	媽	乌	茄	雷
bau⁵	han¹	po⁶	me⁶	u⁵	kia²	lai²
mbouj	raen	boh	meh	youq	giz	lawz
不	见	父	母	在	地方	哪

不知父母在何方。

993

各	论	内	躺	史	各	涕
kaːk⁸	luun⁶	dai¹	daːŋ¹	ɕi⁶	kaːk⁸	tai³
gag	lwnh	ndaw	ndang	cih	gag	daej
自	论	内	身	就	自	哭

边诉身世边哭泣，

994

皆	灰	乌	贱	贫	你	赖
kaːi⁵	hoːi⁵	ʔju⁵	ɕian⁶	pan²	ni⁴	laːi¹
gaiq	hoiq	youq	cienh	baenz	neix	lai
个	奴	怎	贱	成	这	多

此生命运这般苦。

995

忐	宵	劧	大	不	眉	惠
kuun²	bun¹	luk⁸	ta¹	bau⁵	mi²	wi⁶
gwnz	mbwn	lwg-	da	mbouj	miz	ngveih
上	天	眼	睛	没	有	核

老天爷有眼无珠，

996

劧	爻	昙	你	班	忑	宵
luk⁸	tɕa⁴	ŋon²	ni⁴	paːn⁶	la³	bun¹
lwg	gyax	ngoenz	neix	banh	laj	mbwn
儿	孤	日	今	流	浪	下天

孤儿流浪无家归。

997

恨	劧	伝	利	娄	兰	賎
han2	lɯk8	hun2	di1	lau2	laːn2	ɕian6
haenz	lwg	vunz	ndei	raeuz	ranz	cienh
羡	儿	人	好	我们	家	贱

恨己命贱人命好，

998

各	愿	条	命	不	郭	伝
kaːk8	ʔjian5	teːu2	miŋ6	bau5	kuak8	hun2
gag	ienq	diuz	mingh	mbouj	guh	vunz
自	怨	条	命	不	做	人

不愿做人自哀叹。

999

皆	灰	無	发	哽	养	命
kaːi5	hoːi5	hu2	fa2	kɯn1	ɕiaŋ4	miŋ6
gaiq	hoiq	huz	faz	gwn	ciengx	mingh
个	奴	胡	发	吃	养	命

卖身为奴来谋生，

1000

坐	邁	小	姐	里	老	娘
tɕo1	baːi5	ɬiau4	tɕe4	di4	laːu4	me6
gyo-	mbaiq	siuj	cej	ndij	laux	meh
谢谢		小	姐	和	大	母

多谢小姐与夫人。

1001

小	姐	业	内	心	可	讲
ɬiau4	tɕe4	diap7	dai1	ɬam1	ko3	kaːŋ3
siuj	cej	ndiep	ndaw	sim	goj	gangj
小	姐	爱	内	心	也	讲

小姐见着疼在心，

1002

样	伝	娋	利	又	总	明
jiaŋ6	hun2	ɬaːu1	di1	jau6	ɕoŋ3	miŋ2
yiengh	vunz	sau-	ndei	youh	coeng	mingz
样	人	漂亮		又	聪	明

面貌靓丽又聪明。

1003

凤	娇	恨	论	肚	虽	⿰火青
fuŋ1	kiau5	han1	lɯn6	tuŋ4	ɬai3	tɕo2
fung	gyauh	raen	lwnh	dungx	saej	byoz
凤	娇	见	论	肚	肠	烫

凤娇听着肝肠断，

1004

水	大	強	隆	恩	擂	恩
lam4	ta1	kiaŋ6	loŋ2	an1	loːi6	an1
raemx	da	giengh	roengz	aen	loih	aen
水	眼	跳	下	滴	连	滴

两眼落泪滴连滴。

1005

文	氏	可	侵	水	大	笃
wɯn2	ɕi1	ko3	ɕam6	lam4	ta1	tok7
vwnz	si	goj	caemh	raemx	da	doek
文	氏	也	同	水	眼	掉

文氏跟着也落泪，

1006

皆	你	如	仙	家	下	凢
kaːi5	ni4	lum3	ɬian1	kia5	ja1	faːn2
gaiq	neix	lumj	sien	gya	ya	fanz
个	这	似	仙	家	下	凡

这人似仙家下凡。

1007

凤	娇	恨	论	刀	各	涕
fuŋ¹	kiau⁵	han¹	luun⁶	taːu⁵	kaːk⁸	tai³
fung	gyauh	raen	lwnh	dauq	gag	daej
凤	娇	见	论	又	自	哭

凤娇听完自哭泣，

1008

收	许	信	兴	背	兰	眠
tɕo⁶	hai³	łin¹	hin⁵	pai¹	laːn²	nin²
coh	hawj	sin	hingh	bae	ranz	ninz
就	给	信	兴	去	家	睡

就叫信兴回去睡。

1009

信	兴	屋	背	登	双	陌
łin¹	hin⁵	oːk⁷	pai¹	taŋ⁵	łoːŋ¹	paːk⁷
sin	hingh	ok	bae	daengq	song	bak
信	兴	出	去	叮嘱	两	口

信兴临走又叮嘱，

1010

不	用	记	肝	灰	乏	牙
bau⁵	juŋ⁶	ki⁵	taŋ²	hoːi⁵	tɕa⁴	jia⁵
mbouj	yungh	geiq	daengz	hoiq	gyax	ywq
不	用	记	到	奴	孤	罢

不必惦记孤儿我。

十三 好梦促成鸳鸯对

扫码听音频

22

又

信兴登了就墨斗，妈劲媛含煖眍背眠。

妈劲隆眠又讲咕，样依信兴皆森依。

甫依肉号刀佰美，正京娟利如神仙。

江县鲁咥刀鲁姊，县昨背那鲁资依。

甫依总明又良利，唪讲得依店千金。

貌利不眉依礼比，几寂棐狭不礼如。

妈劲讲咕又眠涩，三更当甫当吧恒。

讲矴茄你又乙奈，再讲信兴刀兰眠。

福兴就参信兴茬，住故屋背高你难。

信兴当祥还滂呢，友恨媘利学乌难。

福兴尧风娇不鲁了，捡分媘利眔观者。

彼住讲咕又眠涩，妈劲风娇又吧恒。

1011

信	兴	登	了	就	屋	斗
ɬin¹	hin⁵	taŋ⁵	le:u⁴	tɕo⁶	o:k⁷	tau³
sin	hingh	daengq	liux	couh	ok	daeuj
信	兴	叮嘱	完	就	出	来

信兴说完就出门，

1012

妈	孖	合	度	吼	背	眠
me⁶	luuk⁸	up⁷	tu¹	hau³	pai¹	nin²
meh	lwg	haep	dou	haeuj	bae	ninz
母	儿	关	门	进	去	睡

母女关门去就寝。

1013

妈	孖	隆	眠	又	讲	咕
me⁶	luuk⁸	lon²	nin²	jau⁶	ka:ŋ³	ko³
meh	lwg	roengz	ninz	youh	gangj	goj
母	儿	下	睡	又	讲	故事

母女躺下又聊开，

1014

样	伝	信	兴	皆	麻	伝
jiaŋ⁶	hun²	ɬin¹	hin⁵	ka:i⁵	ma²	hun²
yiengh	vunz	sin	hingh	gaiq	maz	vunz
样	人	信	兴	个	什么	人

信兴到底什么人。

1015

甫	伝	肉	号	刀	咟	美
pu⁴	hun²	no⁶	ha:u¹	ta:u⁵	pa:k⁷	mai⁵
boux	vunz	noh	hau	dauq	bak	maeq
个	人	肉	白	又	嘴	粉红

长得唇红脸白嫩，

1016

正	京	娋	利	如	神	仙
ɕiŋ⁵	kiŋ¹	ɬa:u¹	di¹	lum³	pat⁸	ɬian¹
cingq	ging	sau-	ndei	lumj	baed	sien
正	经	漂亮		似	神	仙

模样英俊似仙人。

1017

江	昙	鲁	啦	刀	鲁	烆
tɕak⁷	ŋon²	lo⁴	lap⁷	ta:u⁵	lo⁴	lo:ŋ⁶
daeng-	ngoenz	rox	laep	dauq	rox	rongh
太阳		会	黑	又	会	亮

太阳落下又升起，

1018

昙	昨	背	那	鲁	贫	伝
ŋon²	ɕo:k⁸	pai¹	na³	lo⁴	pan²	hun²
ngoenz	cog	bae	naj	rox	baenz	vunz
日	明	去	前	会	成	人

这人往后必成才。

1019

甫	伝	总	明	又	良	利
pu⁴	hun²	ɕoŋ³	miŋ²	jau⁶	liaŋ²	li⁶
boux	vunz	coeng	mingz	youh	lingz	leih
个	人	聪	明	又	伶	俐

他人聪明又伶俐，

1020

哬	讲	得	依	底	千	金
ɕon²	ka:ŋ³	tuuk⁸	i⁵	tai³	ɕian¹	kim¹
coenz	gangj	dwg	eiq	dij	cien	gim
句	讲	合	意	值	千	金

言语温和值千金。

1021

貌	利	不	眉	伝	礼	比
ba:u⁵	di¹	ba:u⁵	mi²	hun²	dai⁴	pi³
mbauq-	ndei	mbouj	miz	vunz	ndaej	beij
英俊		没	有	人	得	比

英俊无人可以比，

1022

几	赖	贡	史	不	礼	如
ki³	la:i¹	koŋ¹	ła:i⁵	ba:u⁵	dai⁴	ji²
geij	lai	goeng	saeq	mbouj	ndaej	yawz
几	多	公	官	不	得	如

多少公子不如他。

1023

妈	孙	讲	咕	又	眠	湿
me⁶	luuk⁸	ka:ŋ³	ko³	jau⁶	nin²	çam¹
meh	lwg	gangj	goj	youh	ninz	caem
母	儿	讲	故事	又	睡	沉

母女聊完睡得沉，

1024

三	更	当	甫	当	吧	恒
ła:m¹	ke:ŋ¹	ta:ŋ⁵	pu⁴	ta:ŋ⁵	pa²	hun²
sam	geng	dangq	boux	dangq	baz-	hwnz
三	更	各	人	各	做梦	

各自进入了梦乡。

1025

讲	盯	茄	你	又	乙	奈
ka:ŋ³	taŋ²	kia²	ni⁴	jau⁶	ʔjiat⁷	na:i⁵
gangj	daengz	giz	neix	youh	yiet	naiq
讲	到	地方	这	又	歇	累

讲到这里先休息，

1026

再	讲	信	兴	刀	兰	眠
tça:i¹	ka:ŋ³	łin¹	hin⁵	ta:u⁵	la:n²	nin²
caiq	gangj	sin	hingh	dauq	ranz	ninz
再	讲	信	兴	回	家	睡

再说信兴回房睡。

1027

福	兴	就	嗲	信	兴	往
fu²	hin⁵	tço⁶	ça:m¹	łin¹	hin⁵	nuaŋ⁴
fuz	hingh	couh	cam	sin	hingh	nuengx
福	兴	就	问	信	兴	弟

福兴就问信兴弟，

1028

往	故	屋	背	高	你	难
nuaŋ⁴	ku¹	o:k⁷	pai¹	ka:u⁶	ni⁴	na:n²
nuengx	gou	ok	bae	gauh-	neix	nanz
弟	我	出	去	这么		久

弟你去得这么久。

1029

信	兴	当	祥	还	唭	吒
łin¹	hin⁵	ta:ŋ¹	çiaŋ²	wa:n²	çon²	ha:u⁵
sin	hingh	dang	ciengz	vanz	coenz	hauq
信	兴	当	场	回	句	说

信兴马上回答道，

1030

灰	恨	哨	利	学	乌	难
ho:i⁵	han¹	ła:u¹	di¹	tço⁶	u⁵	na:n²
hoiq	raen	sau-	ndei	coh	youq	nanz
奴	见	漂亮		才	住	久

她人漂亮我难舍。

1031

灰	尧	凤	娇	不	鲁	了
hoːi⁵	jiau⁵	fuŋ¹	kiau⁵	bau⁵	lo⁴	leːu⁴
hoiq	yiuq	fung	gyauh	mbouj	rox	liux
奴	看	凤	娇	不	会	完

一见凤娇看不够，

1032

拾	分	娋	利	㾂	观	音
ɕip⁸	fan¹	ɬaːu¹	di¹	lum³	kuan³	jam¹
cib	faen	sau-	ndei	lumj	guen	yaem
十	分	漂亮		似	观	音

漂亮好似观世音。

1033

彼	往	讲	咕	又	眠	湿
pi⁴	nuaŋ⁴	kaːŋ³	ko³	jau⁶	nin²	ɕam¹
beix	nuengx	gangj	goj	youh	ninz	caem
兄	弟	讲	故事	又	睡	沉

两人说着就睡去，

1034

媽	孙	凤	娇	又	吧	恒
me⁶	luk⁸	fuŋ¹	kiau⁵	jau⁶	pa²	hun²
meh	lwg	fung	gyauh	youh	baz-	hwnz
母	儿	凤	娇	又	做梦	

凤娇母女又做梦。

文氏三更吧恒梦，梦眼皇帝瓯斗哝兰，

凤娇三更可侵梦，梦眼江县笃隆蹈。

又恨思月里相会，萝眼兰苤要哩朗

妈那兰篠百侵梦，梦眼那司要晋烂

妈那吧㭒很问陌，洗那礼计斗吡夂，

妈那吧楞肘早夂、嗯烟哑茶可各笑。

文斌恨笑嗲双陌，名斗早早眉麻嗦，

妈那当祥还游吨，大姐隆能差灰哗

告故三更吧恒梦，梦眼那司要婿燃

惠夜吡你斗早夂、不鲁郭司要甫雷

文氏恨哗秕礼计，恒你肘故可吧恒

迁紫速眠迁鲁诺，梦眼皇帝瓯斗盖

1035

文	氏	三	更	吧	恒	梦
wun²	çi¹	ɬa:m¹	ke:ŋ¹	pa²	hun²	muŋ⁶
vwnz	si	sam	geng	baz-	hwnz	mungh
文	氏	三	更	做梦		梦

文氏三更又做梦，

1036

梦	恨	皇	帝	吼	斗	兰
muŋ⁶	han¹	wuaŋ²	tai⁵	hau³	tau³	la:n²
mungh	raen	vuengz	daeq	haeuj	daeuj	ranz
梦	见	皇	帝	进	来	家

梦见皇帝进家门。

1037

凤	娇	三	更	可	侵	梦
fuŋ¹	kiau⁵	ɬa:m¹	ke:ŋ¹	ko³	çam⁶	muŋ⁶
fung	gyauh	sam	geng	goj	caemh	mungh
凤	娇	三	更	也	同	梦

凤娇三更也做梦，

1038

梦	恨	江	昙	笃	隆	躺
muŋ⁶	han¹	tçak⁷	ŋon²	tok⁷	loŋ²	da:ŋ¹
mungh	raen	daeng-	ngoenz	doek	roengz	ndang
梦	见	太阳		掉	下	身

梦见太阳落身上。

1039

又	恨	恩	月	里	相	会
jau⁶	han¹	an¹	dian¹	di⁴	ɬian⁵	ho:i⁶
youh	raen	aen	ndwen	ndij	sieng	hoih
又	见	个	月	和	相	会

又见月亮来相会，

1040

梦	恨	兰	李	要	兰	胡
muŋ⁶	han¹	la:n²	li⁴	au¹	la:n²	hu²
mungh	raen	ranz	lij	aeu	ranz	huz
梦	见	家	李	娶	家	胡

梦见李家娶胡家。

1041

媽	那	兰	绿	可	侵	梦
me⁶	na⁴	la:n²	lo:k⁸	ko³	çam⁶	muŋ⁶
meh	nax	ranz	rog	goj	caemh	mungh
母	姨	家	外	也	同	梦

外家姨母也做梦，

1042

梦	恨	郭	司	要	胥	烂
muŋ⁶	han¹	kuak⁸	ɬu⁵	au¹	kiai²	la:n¹
mungh	raen	guh	swq	aeu	gwiz	lan
梦	见	做	媒	娶	婿	侄

梦见做媒招侄婿。

1043

媽	那	吃	楞	很	闷	咟
me⁶	na⁴	hat⁷	laŋ¹	hun⁵	bon¹	pa:k⁷
meh	nax	haet	laeng	hwnq	mboen	bak
母	姨	早	后	起	喃	嘴

次日姨母自叨念，

1044

洗	那	礼	计	斗	忙	忙
ɬiai⁵	na³	dai⁴	ki⁵	tau³	muaŋ²	muaŋ²
swiq	naj	ndaej	geiq	daeuj	muengz	muengz
洗	脸	得	记	来	急	急

洗把脸匆忙赶来。

1045

媽	那	吃	楞	肝	早	早
me⁶	na⁴	hat⁷	laŋ¹	taŋ²	lo:m⁶	lo:m⁶
meh	nax	haet	laeng	daengz	romh	romh
母	姨	早	后	到	早	早

姨母次日早早到，

1046

哽	烟	哽	茶	可	各	笑
kun¹	ʔjian¹	kun¹	ça²	ko³	ka:k⁸	liau¹
gwn	ien	gwn	caz	goj	gag	riu
吃	烟	吃	茶	也	自	笑

抽烟喝茶笑吟吟。

1047

文	氏	恨	笑	嗲	双	咟
wun²	çi¹	han¹	liau¹	ça:m¹	ło:ŋ¹	pa:k⁷
vwnz	si	raen	riu	cam	song	bak
文	氏	见	笑	问	二	口

文氏问她为何笑，

1048

名	斗	早	早	眉	麻	唪
muŋ²	tau³	lo:m⁶	lo:m⁶	mi²	ma²	çon²
mwngz	daeuj	romh	romh	miz	maz	coenz
你	来	早	早	有	什么	句

你早早来有何事？

1049

媽	那	当	祥	还	唪	吒
me⁶	na⁴	ta:ŋ¹	çiaŋ²	wa:n²	çon²	ha:u⁵
meh	nax	dang	ciengz	vanz	coenz	hauq
母	姨	当	场	回	句	说

姨母立即回答说，

1050

大	姐	隆	能	差	灰	咁
ta:i⁶	tçe⁴	loŋ²	naŋ⁶	ça³	ho:i⁵	nau²
daih	cej	roengz	naengh	caj	hoiq	naeuz
大	姐	下	坐	等	奴	讲

大姐坐下听我说。

1051

皆	故	三	更	吧	恒	梦
ka:i⁵	ku¹	ła:m¹	ke:ŋ¹	pa²	huun²	muŋ⁶
gaiq	gou	sam	geng	baz-	hwnz	mungh
个	我	三	更	做梦		梦

昨夜三更我做梦，

1052

梦	恨	郭	司	要	胥	烂
muŋ⁶	han¹	kuak⁸	łuɯ⁵	au¹	kiai²	la:n¹
mungh	raen	guh	swq	aeu	gwiz	lan
梦	见	做媒	婆	婿	侄	

梦见做媒招侄婿。

1053

惠	灰	呢	你	斗	早	早
wi⁶	ho:i⁵	hat⁷	ni⁴	tau³	lo:m⁶	lo:m⁶
vih	hoiq	haet	neix	daeuj	romh	romh
为	奴	早	今	来	早	早

所以我就早早来，

1054

不	鲁	郭	司	要	甫	雷
bau⁵	lo⁴	kuak⁸	łuɯ⁵	au¹	pu⁴	lai²
mbouj	rox	guh	swq	aeu	boux	lawz
不	知	做媒	婆	娶	人	哪

不知要招谁做婿。

1055

文	氏	恨	吽	就	礼	计
wuun²	çi¹	han¹	nau²	tço⁶	dai⁴	ki⁵
vwnz	si	raen	naeuz	couh	ndaej	geiq
文	氏	见	讲	就	得	记

文氏听着才想起，

1056

恒	你	肝	故	可	巴	恒
hun²	ni⁴	taŋ²	ku¹	ko³	pa²	hun²
hwnz	neix	daengz	gou	goj	baz-	hwnz
夜	今	到	我	也		做梦

昨夜我也做了梦。

1057

迁	壹	眠	湿	迁	鲁	认
tiŋ²	it⁷	nin²	çam¹	tiŋ²	lo⁴	jin⁶
dingz	it	ninz	caem	dingz	rox	nyinh
半	一	睡	沉	半	懂	醒

睡得半醒又半熟，

1058

荮	恨	皇	帝	吼	斗	兰
muŋ⁶	han¹	wuaŋ²	tai⁵	hau³	tau³	laːn²
mungh	raen	vuengz	daeq	haeuj	daeuj	ranz
梦	见	皇	帝	进	来	家

梦见皇帝进家来。

不鲁得顺鲁得假　鲁邺甫皇帝雷盯

凤娇恨妈他吽了，内心礼计就不暴，

皆友恒你三更夸，萝眼江县笃隆锴，

又恨恩府想里会　皆友正京萝出书，

妈他恨凤娇吽了，妈那多百就連修，

三娄妈劝萝样你，鼓萝甫雷斗兰娄，

正京不屑甫雷闹，丹剁信共斗喻連，

喻連凤娇弹琴乱，各剁信共斗料兰

妈那恨吽心欢喜，不得甫你支甫雷

耕依信共鲁剁薯，皆故末曾鲁邺他

文尺曾祥还溥蛇，辑依信共剁李依，

甫依慈明又良剁，磨埼得於辰千金。

1059

不	鲁	得	顺	鲁	得	假
bau⁵	lo⁴	tuuk⁸	çin¹	lo⁴	tuuk⁸	tça³
mbouj	rox	dwg	caen	rox	dwg	gyaj
不	知	是	真	或	是	假

不知是真还是假，

1060

鲁	那	甫	皇	帝	雷	肕
lo⁴	na³	pu⁴	wuaŋ²	tai⁵	lai²	taŋ²
rox	naj	boux	vuengz	daeq	lawz	daengz
知	面	人	皇	帝	哪	到

不知哪个皇帝来。

1061

凤	娇	恨	妈	他	吽	了
fuŋ¹	kiau⁵	han¹	me⁶	te¹	nau²	le:u⁴
fung	gyauh	raen	meh	de	naeuz	liux
凤	娇	见	母	她	讲	完

凤娇听母亲说完，

1062

内	心	礼	计	就	不	寐
dai¹	ɬam¹	dai⁴	ki⁵	tço⁶	bau⁵	lum²
ndaw	sim	ndaej	geiq	couh	mbouj	lumz
中	心	得	记	就	不	忘

记在心间忘不掉。

1063

皆	灰	恒	你	三	更	夸
ka:i⁵	ho:i⁵	hun²	ni⁴	ɬa:m¹	ke:ŋ¹	kwa⁵
gaiq	hoiq	hwnz	neix	sam	geng	gvaq
个	奴	夜	今	三	更	过

昨夜三更刚刚过，

1064

萝	恨	江	昙	笃	隆	殆
muŋ⁶	han¹	tçak⁷	ŋon²	tok⁷	loŋ²	da:ŋ¹
mungh	raen	daeng-	ngoenz	doek	roengz	ndang
梦	见	太阳		掉	下	身

梦见太阳落身上，

1065

又	恨	恩	胖	里	想	会
jau⁶	han¹	an¹	dian¹	di⁴	ɬiaŋ⁵	ho:i⁶
youh	raen	aen	ndwen	ndij	sieng	hoih
又	见	个	月亮	和	相	会

又见月亮来相会，

1066

皆	灰	正	京	萝	出	吉
ka:i⁵	ho:i⁵	çiŋ⁵	kiŋ¹	muŋ⁶	o:k⁷	tçen³
gaiq	hoiq	cingq	ging	mungh	ok	gaenj
个	奴	正	经	梦	出	急

我真梦了好一阵。

1067

妈	他	恨	凤	娇	吽	了
me⁶	te¹	han¹	fuŋ¹	kiau⁵	nau²	le:u⁴
meh	de	raen	fung	gyauh	naeuz	liux
母	她	见	凤	娇	讲	完

母亲见凤娇说完，

1068

妈	那	多	百	就	连	嗲
me⁶	na⁴	to⁵	pa:k⁷	tço⁶	le:n⁶	ça:m¹
meh	nax	doq	bak	couh	lenh	cam
母	姨	马上	嘴	就	连忙	问

姨母接着开口讲。

1069

三	娄	媽	孞	荾	样	你
ɬaːm¹	lau²	me⁶	luk⁸	muŋ⁶	jiaŋ⁶	ni⁴
sam	raeuz	meh	lwg	mungh	yiengh	neix
三	我们	母	儿	梦	样	这

我们同做一样梦，

1070

故	劳	甫	雷	斗	兰	娄
ku¹	laːu¹	pu⁴	lai²	tau³	laːn²	lau²
gou	lau	boux	lawz	daeuj	ranz	raeuz
我	怕	人	哪	来	家	我们

唯恐有人忽来到。

1071

正	京	不	眉	甫	雷	闹
ɕiŋ⁵	kiŋ¹	bau⁵	mi²	pu⁴	lai²	naːu⁵
cingq	ging	mbouj	miz	boux	lawz	nauq
正	经	没	有	人	哪	没

确实没有谁人来，

1072

丹	利	信	兴	斗	瞜	连
taːn⁵	li⁴	ɬin¹	hin⁵	tau³	ham⁶	lian²
dan	lij	sin	hingh	daeuj	haemh	lwenz
单	有	信	兴	来	晚	昨

只有信兴昨晚来。

1073

瞜	连	风	娇	弹	琴	乱
ham⁶	lian²	fuŋ¹	kiau⁵	taːn⁶	kin²	luan⁶
haemh	lwenz	fung	gyauh	danz	ginz	luenh
晚	昨	凤	娇	弹	琴	乱

昨晚风娇在弹琴，

1074

各	利	信	兴	斗	料	兰
kaːk⁸	li¹	ɬin¹	hin⁵	tau³	liau⁶	laːn²
gag-	lij	sin	hingh	daeuj	liuh	ranz
只有		信	兴	来	玩	家

只有信兴来串门。

1075

媽	那	恨	吽	心	欢	喜
me⁶	na⁴	han¹	nau²	ɬam¹	wuan⁶	hi³
meh	nax	raen	naeuz	sim	vuen	heij
母	姨	见	讲	心	欢	喜

姨母听完心中喜，

1076

不	得	甫	你	吏	甫	雷
bau⁵	tuk⁸	pu⁴	ni⁴	ɕi⁶	pu⁴	lai²
mbouj	dwg	boux	neix	cih	boux	lawz
不	是	个	这	是	个	哪

不是这人能是谁。

1077

样	伝	信	兴	利	鲁	萼
jiaŋ⁶	hun²	ɬin¹	hin⁵	di¹	lo⁴	ʔjaːk⁷
yiengh	vunz	sin	hingh	ndei	rox	yak
样	人	信	兴	好	或	坏

信兴这人怎么样，

1078

皆	故	末	曾	鲁	那	他
kaːi⁵	ku¹	mi³	ɕaŋ²	lo⁴	na³	te¹
gaiq	gou	mij	caengz	rox	naj	de
个	我	未	曾	识	面	他

我还未曾见过他。

1079

文	氏	当	祥	还	哢	吒
wuun²	çi¹	ta:ŋ¹	çiaŋ²	wa:n²	çon²	ha:u⁵
vwnz	si	dang	ciengz	vanz	coenz	hauq
文	氏	当	场	回	句	话

文氏立即回答说，

1080

样	伝	信	兴	利	夸	伝
jiaŋ⁶	hun²	ɫin¹	hin⁵	di¹	kwa⁵	hun²
yiengh	vunz	sin	hingh	ndei	gvaq	vunz
样	人	信	兴	好	过	人

信兴相貌无人及。

1081

甫	伝	总	明	又	良	利
pu⁴	hun²	çoŋ³	miŋ²	jau⁶	liaŋ²	li⁶
boux	vunz	coeng	mingz	youh	lingz	leih
个	人	聪	明	又	伶	俐

他人聪明又机灵，

1082

哢	讲	得	於	底	千	金
çon²	ka:ŋ³	tuk⁸	i⁵	tai³	çian¹	kim¹
coenz	gangj	dwg	eiq	dij	cien	gim
句	讲	合	意	值	千	金

说话中意值千金。

嬷那恨咩贪样条，刀唪风娇双三唪。

信兴（君礼恨他李，羞那背唪甲许名。

风娇恨咩就开陌，旦那背唪灰可欧。

嬷那又唪彼双陌，得灰郑冃姐勒净，

文氏恨徴往呢唪条，唪讲什衣支许名

嬷那恨咩呢嘻唪，等条羞灰夸背唪

嬷那就背唪福兴，信兴屋条数背雷

福兴当祥就蓮呢，信兴常时屋兰茶

查那亦迟星依佐，羞灰尧他乌鲁眉

福兴干郎叽背叶，就恨信兴乌兰茶

福兴就叶他屋斗，嬷那迟名眉事情

信兴恨彼呢唪条，唔他屋斗不敢净

1083

媽	那	恨	吽	贫	样	你
me⁶	na⁴	han¹	nau²	pan²	jian⁶	ni⁴
meh	nax	raen	naeuz	baenz	yiengh	neix
母	姨	见	讲	成	样	这

姨母听她这样说，

1084

刀	嗲	凤	娇	双	三	唪
ta:u⁵	ça:m¹	fuŋ¹	kiau⁵	ło:ŋ¹	ła:m¹	çon²
dauq	cam	fung	gyauh	song	sam	coenz
又	问	凤	娇	二	三	句

又来问凤娇几句。

1085

信	兴	名	礼	恨	他	夸
łin¹	hin⁵	muŋ²	dai⁴	han¹	te¹	kwa⁵
sin	hingh	mwngz	ndaej	raen	de	gvaq
信	兴	你	得	见	他	过

你已经见过信兴，

1086

差	那	背	嗲	甲	許	名
ça³	na⁴	pai¹	ça:m¹	ka:p⁷	hai³	muŋ²
caj	nax	bae	cam	gap	hawj	mwngz
等	姨	去	问	合	给	你

让我帮你去说媒。

1087

凤	娇	恨	吽	就	开	咟
fuŋ¹	kiau⁵	han¹	nau²	tço⁶	ha:i¹	pa:k⁷
fung	gyauh	raen	naeuz	couh	hai	bak
凤	娇	见	讲	就	开	口

凤娇听了就开口，

1088

旦	那	背	嗲	灰	可	歘
ta:n¹	na⁴	pai¹	ça:m¹	ho:i⁵	ko³	au¹
dan	nax	bae	cam	hoiq	goj	aeu
只要	姨	去	问	奴	也	娶

若你去问我愿意。

1089

媽	那	又	嗲	彼	双	咟
me⁶	na⁴	jau⁶	ça:m¹	pi⁴	ło:ŋ¹	pa:k⁷
meh	nax	youh	cam	beix	song	bak
母	姨	又	问	长	两	口

姨母又问凤娇娘，

1090

特	灰	郭	司	姐	勒	净
tuk⁸	ho:i⁵	kuak⁸	łu⁵	tçe⁴	lak⁸	çe:ŋ¹
dwg	hoiq	guh	swq	cej	laeg	ceng
是	奴	做	媒	姐	莫	争

我来说媒姐别争。

1091

文	氏	恨	往	吒	唪	你
wun²	çi¹	han¹	nuaŋ⁴	ha:u⁵	çon²	ni⁴
vwnz	si	raen	nuengx	hauq	coenz	neix
文	氏	见	妹	说	句	这

文氏听她这样说，

1092

唪	讲	什	衣	交	許	名
çon²	ka:ŋ³	çuu²	ni⁴	ka:u¹	hai³	muŋ²
coenz	gangj	cawz	neix	gyau	hawj	mwngz
句	讲	时	这	交	给	你

这事就全交给你。

1093

媽	那	恨	吽	吒	唪	你
me⁶	na⁴	han¹	nau²	ha:u⁵	çon²	ni⁴
meh	nax	raen	naeuz	hauq	coenz	neix
母	姨	见	说	讲	句	这

姨母听她这样说，

1094

等	你	差	灰	夸	背	嗲
tan³	ni⁴	ça³	ho:i⁵	kwa⁵	pai¹	ça:m¹
daengj	neix	caj	hoiq	gvaq	bae	cam
样	这	等	奴	过	去	问

若这样待我去问。

1095

媽	那	就	背	嗲	福	兴
me⁶	na⁴	tço⁶	pai¹	ça:m¹	fu²	hin⁵
meh	nax	couh	bae	cam	fuz	hingh
母	姨	就	去	问	福	兴

姨母就去问福兴，

1096

信	兴	屋	你	鲁	背	雷
łin¹	hin⁵	u⁵	ni⁴	lo⁴	pai¹	lai²
sin	hingh	youq	neix	rox	bae	lawz
信	兴	在	这	或	去	哪

信兴他在不在家？

1097

福	兴	当	祥	就	连	吒
fu²	hin⁵	ta:ŋ¹	çiaŋ²	tço⁶	le:n⁶	ha:u⁵
fuz	hingh	dang	ciengz	couh	lenh	hauq
福	兴	当	场	就	连忙	说

福兴马上就回答，

1098

信	兴	常	時	屋	兰	茶
łin¹	hin⁵	ça:ŋ⁶	çu²	u⁵	la:n²	ça:n²
sin	hingh	ciengz	cawz	youq	ranz	canz
信	兴	常	时	在	家	干栏

信兴几乎都在家。

1099

查	那	亦	逻	屋	你	佐
ça³	na⁴	a³	la¹	u⁵	ni⁴	ça³
caj	nax	aj	ra	youq	neix	caj
若	姨	要	找	在	这	等

若你要找在这等，

1100

差	灰	尧	他	乌	鲁	眉
ça³	ho:i⁵	jiau⁵	te¹	u⁵	lo⁴	mi²
caj	hoiq	yiuq	de	youq	rox	mi
等	奴	看	他	在	或	有

我去看他在不在。

1101

福	兴	干	即	吼	背	叫
fu²	hin⁵	ka:n³	çu⁵	hau³	pai¹	he:u⁶
fuz	hingh	ganj-	cwq	haeuj	bae	heuh
福	兴	赶紧		进	去	叫

福兴赶紧去叫人，

1102

就	恨	信	兴	乌	兰	茶
tço⁶	han¹	łin¹	hin⁵	u⁵	la:n²	ça:n²
couh	raen	sin	hingh	youq	ranz	canz
就	见	信	兴	在	家	干栏

看见信兴在楼上。

1103

福	兴	就	叫	他	屋	斗
fu²	hin⁵	tço⁶	heːu⁶	te¹	oːk⁷	tau³
fuz	hingh	couh	heuh	de	ok	daeuj
福	兴	就	叫	他	出	来

福兴就叫他出来，

1104

妈	那	逻	名	眉	事	情
me⁶	na⁴	la¹	muŋ²	mi²	ɬian⁵	çiŋ²
meh	nax	ra	mwngz	miz	saeh	cingz
母	姨	找	你	有	事	情

姨母找你有事情。

1105

信	兴	恨	彼	吒	哢	你
ɬin¹	hin⁵	han¹	pi⁴	haːu⁵	çon²	ni⁴
sin	hingh	raen	beix	hauq	coenz	neix
信	兴	见	兄	讲	句	这

信兴听他这样说，

1106

居	他	屋	斗	不	敢	净
ku⁵	te¹	oːk⁷	tau³	bau⁵	kaːm³	çeːŋ¹
gwq	de	ok	daeuj	mbouj	gamj	ceng
时	那	出	来	不	敢	争

马上出来不敢慢。

24　　　　又

嬷那恨肟开咟讲，劝故哽呆鲁未曾。

信兴当祥还哮吔，皆灰辩呆未曾哽。

灰恨彼哥凯背叶，咁那迎者晋事情。

嬷那当祥还哮吔，叶名斗里故商良。

皆名脾脐可里貌，故甲凤娇许杏者。

唔你许故斗郭司，字命不合可各合。

故许逛故者郭奸，羞那昵晗礼银隆。

唵者脊甲许凤娇，盖故嬷那勒夸心。

信兴恨那呢疗你，刀还嬷那双三哮。

皆友郭忾资兰贱，友堂黔小姐同和。

卖友无法逛养命，嬷那乱讲许依笑。

的鸡踟漢里托缠，甫诶亦讲里竟楞。

1107

媽	那	恨	肒	开	咟	讲
me⁶	na⁴	han¹	taŋ²	ha:i¹	pa:k⁷	ka:ŋ³
meh	nax	raen	daengz	hai	bak	gangj
母	姨	见	到	开	口	讲

姨母见人就说道，

1108

孙	故	哽	呆	鲁	末	曾
luk⁸	ku¹	kɯn¹	ŋa:i²	lo⁴	mi³	ɕaŋ²
lwg	gou	gwn	ngaiz	rox	mij	caengz
儿	我	吃	早饭	或	未	曾

小伙可曾吃早饭？

1109

信	兴	当	祥	还	唃	吒
ɬin¹	hin⁵	ta:ŋ¹	ɕiaŋ²	wa:n²	ɕon²	ha:u⁵
sin	hingh	dang	ciengz	vanz	coenz	hauq
信	兴	当	场	回	句	说

信兴接着回答她，

1110

皆	灰	糇	呆	末	曾	哽
ka:i⁵	ho:i⁵	hau⁴	ŋa:i²	mi³	ɕaŋ²	kɯn¹
gaiq	hoiq	haeux	ngaiz	mij	caengz	gwn
个	奴	饭	早饭	未	曾	吃

早饭我还未曾吃。

1111

灰	恨	彼	哥	吼	背	叫
ho:i⁵	han¹	pi⁴	ko⁵	hau³	pai¹	he:u⁶
hoiq	raen	beix	go	haeuj	bae	heuh
奴	见	兄	哥	进	去	叫

我见兄长进来说，

1112

吽	那	逻	名	眉	事	情
nau²	na⁴	la¹	muŋ²	mi²	ɬian⁵	ɕiŋ²
naeuz	nax	ra	mwngz	miz	saeh	cingz
讲	姨	找	你	有	事	情

说您有事要找我。

1113

媽	那	当	祥	还	唃	吒
me⁶	na⁴	ta:ŋ¹	ɕiaŋ²	wa:n²	ɕon²	ha:u⁵
meh	nax	dang	ciengz	vanz	coenz	hauq
母	姨	当	场	回	句	说

姨母接着回答道，

1114

叫	名	斗	里	故	商	良
he:u⁶	muŋ²	tau³	di⁴	ku¹	ɕa:ŋ⁵	liaŋ²
heuh	mwngz	daeuj	ndij	gou	sieng	liengz
叫	你	来	和	我	商	量

叫你来同我商量。

1115

皆	名	脾	胅	可	里	貌
ka:i⁵	muŋ²	pi¹	dian¹	ko³	li⁴	ba:u⁵
gaiq	mwngz	bi	ndwen	goj	lij	mbauq
个	你	年	月	也	还	年少

看你还年纪轻轻，

1116

故	甲	凤	娇	許	各	名
ku¹	ka:p⁷	fuŋ¹	kiau⁵	hai³	ka:i⁵	muŋ²
gou	gap	fung	gyauh	hawj	gaiq	mwngz
我	合	凤	娇	给	个	你

我将凤娇许配你。

1117

居　你　許　故　斗　郭　司

kɯ^{5} ni^{4} hai^{3} ku^{1} tau^{3} kuak^{8} ɬɯ^{5}

gwq neix hawj gou daeuj guh swq

时　这　给　我　来　做　媒

现在让我来说媒，

1118

字　命　不　合　可　各　合

ɬɯ^{1} miŋ^{6} bau^{5} ha:p^{8} ko^{3} ka:k^{8} ho^{2}

saw mingh mbouj hab goj gag hoz

字　命　不　合　也　自　合

生辰八字自然合。

1119

故　許　烂　故　名　郭　奷

ku^{1} hai^{3} la:n^{1} ku^{1} mɯŋ^{2} kuak^{8} ja^{6}

gou hawj lan gou mwngz guh yah

我　给　侄　我　你　做　妻

我将侄女许配你，

1120

差　那　盵　晗　礼　很　隆

ça^{3} na^{4} hat^{7} ham^{6} dai^{4} hɯn^{3} loŋ^{2}

caj nax haet haemh ndaej hwnj roengz

等　姨　早　晚　得　上　下

让姨来往得方便。

1121

嗲　名　背　甲　許　凤　娇

ça:m^{1} mɯŋ^{2} pai^{1} ka:p^{7} hai^{3} fuŋ^{1} kiau^{5}

cam mwngz bae gap hawj fung gyauh

问　你　去　合　给　凤　娇

问你愿娶凤娇否，

1122

差　故　媽　那　勒　夸　心

ça^{3} ku^{1} me^{6} na^{4} lak^{8} kwa^{5} ɬam^{1}

caj gou meh nax laeg gvaq sim

等　我　母　姨　莫　过　心

别让姨母再操心。

1123

信　兴　恨　那　吒　咘　你

ɬin^{1} hin^{5} han^{1} na^{4} ha:u^{5} çon^{2} ni^{4}

sin hingh raen nax hauq coenz neix

信　兴　见　姨　说　句　这

信兴听她这样说，

1124

刀　还　媽　那　双　三　咘

ta:u^{5} wa:n^{2} me^{6} na^{4} ɬo:ŋ^{1} ɬa:m^{1} çon^{2}

dauq vanz meh nax song sam coenz

又　回　母　姨　二　三　句

回复姨母几句话。

1125

皆　灰　郭　伝　贫　兰　賎

ka:i^{5} ho:i^{5} kuak^{8} hun^{2} pan^{2} la:n^{2} çian^{6}

gaiq hoiq guh vunz baenz ranz cienh

个　奴　做　人　成　家　贱

晚辈我出身贫寒，

1126

灰　屋　与　小　姐　同　和

ho:i^{5} u^{5} di^{4} ɬiau^{4} tçe^{4} toŋ^{6} ha:p^{8}

hoiq youq ndij siuj cej doengh hab

奴　在　和　小　姐　同　合

要我与小姐结合。

1127

皆	灰	無	法	哽	养	命
ka:i⁵	ho:i⁵	bau⁵	fa²	kun¹	ɕiaŋ⁴	miŋ⁶
gaiq	hoiq	mbouj	faz	gwn	ciengx	mingh
个	奴	无	法	吃	养	命

晚辈自身尚难保，

1128

媽	那	乱	讲	許	伝	笑
me⁶	na⁴	luan⁶	ka:ŋ³	hai³	hun²	liau¹
meh	nax	luenh	gangj	hawj	vunz	riu
母	姨	乱	讲	给	人	笑

姨母乱许让人笑。

1129

的	鸡	亦	漢	里	托	毯
tua²	kai⁵	a³	ha:n¹	li⁴	to:t⁷	fiat⁸
duz	gaeq	aj	han	lij	duet	fwed
只	鸡	要	鸣叫	还	脱	翅膀

鸡啼还先扇翅膀，

1130

甫	伝	亦	讲	里	尭	楞
pu⁴	hun²	a³	ka:ŋ³	li⁴	jiau⁵	laŋ¹
boux	vunz	aj	gangj	lij	yiuq	laeng
个	人	要	讲	还	看	后

人说话要顾前后。

嫣那恨净又刀钦、眉心眉尔断各吾。

双甫双见双惠价，双数正京利甲缘。

妈那乱拼又乱一吨了，凤娇小姐该麻佑。

但名立呈不剪燕，許故失礼顺不贲。

信兴恨吽心欢喜，妈那吽你夌可依。

劳夌劲夌不礼此，亦立妈那俟佑一笑。

信兴恨净可不吞，惡領妈那立呈欧。

居你惟兴他衣了，凤娇恨吽安内心。

妈那居他屋主意，就吽双败斗甲缘。

凤娇信兴笑同初，关妲双甫同笑爱。

双甫拜堂拜儀妈，座恩彼哥夌眉缘。

双甫钦逢拜天地，羞甫惠甫斱宵恨。

1131

妈	那	恨	净	又	刀	欽
me⁶	na⁴	han¹	ҫeːŋ¹	jau⁶	taːu⁵	kaːŋ³
meh	nax	raen	ceng	youh	dauq	gangj
母	姨	见	争	又	回	说

姨母见状又来说，

1132

眉	心	眉	衣	許	各	名
mi²	ɬam¹	mi²	i⁵	hai³	kaːi⁵	muŋ²
miz	sim	miz	eiq	hawj	gaiq	mwngz
有	心	有	意	给	个	你

凤娇有意许给你。

1133

双	甫	双	见	双	惠	印
ɬoːŋ¹	pu⁴	ɬoːŋ¹	keːn¹	ɬoːŋ¹	wai¹	jin⁶
song	boux	song	gen	song	venj	yinz
二	个	二	手臂	二	挂	经常

两人常常手相牵，

1134

双	数	正	京	利	甲	缘
ɬoːŋ¹	ɬu¹	ҫiŋ⁵	kiŋ¹	di¹	kaːp⁷	jian²
song	sou	cingq	ging	ndei	gap	yienz
二	你们	正	经	好	合	缘

你俩真是好姻缘。

1135

妈	那	乱	讲	又	乱	吒
me⁶	na⁴	luan⁶	kaːŋ³	jau⁶	luan⁶	haːu⁵
meh	nax	luenh	gangj	youh	luenh	hauq
母	姨	乱	讲	又	乱	说

姨母乱讲又乱说，

1136

凤	娇	小	姐	该	麻	伝
fuŋ¹	kiau⁵	ɬiau⁴	tҫe⁴	kaːi⁵	ma²	hun²
fung	gyauh	siuj	cej	gaiq	maz	vunz
凤	娇	小	姐	个	什么	人

我怎会配得上她？

1137

但	名	应	呈	不	劳	烎
taːn¹	muŋ²	iŋ⁵	ҫiŋ²	bau⁵	laːu¹	hi⁵
dan	mwngz	wngq	cingz	mbouj	lau	heiq
只要	你	应	承	不	怕	忧

你就答应别担心，

1138

許	故	失	礼	顺	不	贫
hai³	ku¹	ɬet⁷	lai⁴	ҫin¹	bau⁵	pan²
hawj	gou	saet	laex	caen	mbouj	baenz
给	我	失	礼	真	不	成

莫让姨母出丑了。

1139

信	兴	恨	吽	心	欢	喜
ɬin¹	hin⁵	han¹	nau²	ɬam¹	wuan⁶	hi³
sin	hingh	raen	naeuz	sim	vuen	heij
信	兴	见	讲	心	欢	喜

信兴听完心中喜，

1140

妈	那	吽	你	灰	可	依
me⁶	na⁴	nau²	muŋ²	hoːi⁵	ko³	i¹
meh	nax	naeuz	mwngz	hoiq	goj	ei
母	姨	讲	你	奴	也	依

既然这样我接受。

1141

劳	灰	孓	爻	不	礼	比
la:u¹	ho:i⁵	luk⁸	tɕa⁴	bau⁵	dai⁴	pi³
lau	hoiq	lwg	gyax	mbouj	ndaej	beij
怕	奴	儿	孤	不	得	比

我是孤儿配不上,

1142

亦	应	妈	那	劳	伝	笑
ɕi³	iŋ⁵	me⁶	na⁴	la:u¹	hun²	liau¹
cij	wngq	meh	nax	lau	vunz	riu
若	应	母	姨	怕	人	笑

若答应又怕人笑。

1143

信	兴	恨	净	可	不	夸
ɬin¹	hin⁵	han¹	ɕe:ŋ¹	ko³	bau⁵	kwa⁵
sin	hingh	raen	ceng	goj	mbouj	gvaq
信	兴	见	争	也	不	过

信兴见争论不过,

1144

愿	领	妈	那	应	呈	欧
jian⁶	liŋ⁴	me⁶	na⁴	iŋ⁵	ɕiŋ²	au¹
nyienh	lingx	meh	nax	wngq	cingz	aeu
愿	领	母	姨	应	承	要

领姨母情娶凤娇。

1145

居	你	信	兴	他	衣	了
ku⁵	ni⁴	ɬin¹	hin⁵	te¹	i¹	le:u⁴
gwq	neix	sin	hingh	de	ei	liux
时	这	信	兴	他	依	完

现在信兴同意了,

1146

凤	娇	恨	咁	安	内	心
fuŋ¹	kiau⁵	han¹	nau²	a:ŋ⁵	dai¹	ɬam¹
fung	gyauh	raen	naeuz	angq	ndaw	sim
凤	娇	听	讲	高兴	内	心

凤娇听着好高兴。

1147

妈	那	居	他	屋	主	意
me⁶	na⁴	ku⁵	te¹	o:k⁷	ɕɯ³	i⁵
meh	nax	gwq	de	ok	cawj	eiq
母	姨	时	那	出	主	意

这时姨母出主意,

1148

就	叫	双	贩	斗	甲	缘
tɕo⁶	he:u⁶	ɬo:ŋ¹	pa:i⁶	tau³	ka:p⁷	jian²
couh	heuh	song	baih	daeuj	gap	yienz
就	叫	二	方	来	合	缘

就叫双方来结缘。

1149

凤	娇	信	兴	笑	同	初
fuŋ¹	kiau⁵	ɬin¹	hin⁵	liau¹	toŋ⁶	ɕo⁶
fung	gyauh	sin	hingh	riu	doengh	coh
凤	娇	信	兴	笑	相	向

凤娇信兴相对笑,

1150

关	妳	双	甫	同	笑	寅
kwa:n¹	pa²	ɬo:ŋ¹	pu⁴	toŋ⁶	liau¹	je:n²
gvan	baz	song	boux	doengh	riu-	yenz
夫	妻	二	人	同	笑	吟吟

夫妻双双笑吟吟。

1151

双	甫	拜	堂	拜	儀	媽
ɬoːŋ¹	pu⁴	paːi⁵	taːŋ²	paːi⁵	ʔjai¹	me⁶
song	boux	baiq	dangz	baiq	yae	meh
二	人	拜	堂	拜	义	母

两人拜堂拜义娘,

1152

座	恩	彼	哥	灰	眉	缘
tɕo¹	an¹	pi⁴	ko⁵	hoːi⁵	mi²	jian²
gyo	aen	beix	go	hoiq	miz	yienz
谢	恩	兄	哥	奴	有	缘

多谢长辈牵姻缘。

1153

双	甫	欽	逢	拜	天	地
ɬoːŋ¹	pu⁴	kam¹	fɯŋ²	paːi⁵	tian¹	ti⁶
song	boux	gaem	fwngz	baiq	dien	deih
二	人	抓	手	拜	天	地

两人牵手拜天地,

1154

差	甫	惠	甫	許	霄	恨
ça³	pu⁴	wi¹	pu⁴	hai³	bun¹	han¹
caj	boux	vi	boux	hawj	mbwn	raen
若	人	违背	人	给	天	见

谁毁婚约苍天见。

十四　玉带扣紧鸳鸯结

甲郭关她不许惠，拜跪不许累恩缘，

同队甲缘暑你定，居你不眉读麻还，

双妈恨劲心欢喜，暑你甲妈诈团团，

信兴居他就连吃，又里凤娇讲九蒋，

信兴礼她可得意，许许玉带定那娘，

定许那娘进那皮，故许宝贝十分逞，

凤娇初欢笑八戆，各恨特意各笑嗔，

信兴当祥咩双喵，玉带勒许条初故，

颜白内铛不用洗，番拜送许介卜故，

居观小故郭皇帝，可里条你郭召行，

暑你落收斗肝你，差咩伝恨吾哈雠，

许引邕勒乱得座，

1155

甲	郭	关	妲	不	許	惠
ka:p⁷	kuak⁸	kwa:n¹	pa²	bau⁵	hai³	wi¹
gap	guh	gvan	baz	mbouj	hawj	vi
合	做	夫	妻	不	给	违背

结成夫妇不毁婚，

1156

拜	跪	不	許	罧	恩	缘
pa:i⁵	kwi⁶	bau⁵	hai³	lum²	an¹	jian²
baiq	gvih	mbouj	hawj	lumz	aen	yienz
拜	跪	不	给	忘	恩	缘

夫妻对拜不忘情。

1157

同	隊	甲	缘	昙	你	定
toŋ⁶	to:i⁶	ka:p⁷	jian²	ŋon²	muɯ²	tiŋ⁶
doengh-	doih	gap	yienz	ngoenz	mwngz	dingh
共同		合	缘	日	你	定

今日姻缘是你牵，

1158

居	你	不	眉	该	麻	还
kɯ⁵	ni⁴	bau⁵	mi²	ka:i⁵	ma²	wa:n²
gwq	neix	mbouj	miz	gaiq	maz	vanz
时	这	没	有	块	什么	还

没有什么来还恩。

1159

双	媽	恨	孙	心	欢	喜
ɬo:ŋ¹	me⁶	han¹	luk⁸	ɬam¹	wuan⁶	hi³
song	meh	raen	lwg	sim	vuen	heij
二	母	见	儿	心	欢	喜

长辈见状心中喜，

1160

昙	你	甲	犸	許	团	园
ŋon²	ni⁴	ka:p⁷	ma¹	hai³	tuan²	je:n²
ngoenz	neix	gap	ma	hawj	donz	yenz
日	今	合	来	给	团	圆

今天结合大团圆。

1161

信	兴	居	他	就	连	吒
ɬin¹	hin⁵	kɯ⁵	te¹	tɕo⁶	le:n⁶	ha:u⁵
sin	hingh	gwq	de	couh	lenh	hauq
信	兴	时	那	就	连忙	说

信兴那时连忙说，

1162

又	里	凤	娇	讲	几	唪
jau⁶	di⁴	fuŋ¹	kiau⁵	ka:ŋ³	ki³	ɕon²
youh	ndij	fung	gyauh	gangj	geij	coenz
又	和	凤	娇	讲	几	句

又和凤娇说几句。

1163

信	兴	礼	妲	可	得	意
ɬin¹	hin⁵	dai⁴	pa²	ko³	tuk⁸	i⁵
sin	hingh	ndaej	baz	goj	dwg	eiq
信	兴	得	妻	也	合	意

信兴娶妻好满意，

1164

计	许	玉	带①	定	那	娘
ka:k⁸	hai³	ji¹	ta:i¹	tiŋ⁵	na³	na:ŋ²
gag	hawj	yi	dai	dangq	naj	nangz
自	给	玉	带	当	面	妻

长辈面前送玉带。

1165

定	许	那	娘	准	那	灰
tiŋ⁶	hai³	na³	naːŋ²	ɕin³	na³	hoːi⁵
dingh	hawj	naj	nangz	cinj	naj	hoiq
订	给	面	妻	准	脸	奴

我送玉带请赏脸，

1166

故	許	宝	贝	十	分	灵
ku¹	hai³	paːu³	poːi⁵	ɕip⁸	fan¹	liŋ²
gou	hawj	bauj	boiq	cib	faen	lingz
我	给	宝	贝	十	分	灵

我这宝贝很灵验。

1167

凤	娇	初	欧	笑	八	曦
fuŋ¹	kiau⁵	ɕo⁶	au¹	liau¹	pa⁶	ji⁵
fung	gyauh	coh	aeu	riu-	bah-	yiq
凤	娇	接	要	笑	吟	吟

凤娇接过笑吟吟，

1168

各	恨	特	意	各	笑	嗊
kaːk⁸	han¹	tuk⁸	i⁵	kaːk⁸	liau¹	jeːn²
gag	raen	dwg	eiq	gag	riu-	yenz
自	见	中	意	自	笑	吟吟

喜形于色笑连连。

1169

信	兴	当	祥	吽	双	咟
ɬin¹	hin⁵	taːŋ¹	ɕiaŋ²	nau²	ɬoːŋ¹	paːk⁷
sin	hingh	dang	ciengz	naeuz	song	bak
信	兴	当	场	讲	二	口

信兴当即说几句，

1170

玉	带	勒	許	伝	初	欧
ji¹	taːi¹	lak⁸	hai³	hun²	ɕo⁶	au¹
yi	dai	laeg	hawj	vunz	coh	aeu
玉	带	莫	给	人	向	要

别将玉带给他人。

1171

颏	乌	内	躺	不	用	洗
tɕap⁸	u⁵	dai¹	daːŋ¹	bau⁵	juŋ⁶	ɬak⁸
gyaeb	youq	ndaw	ndang	mbouj	yungh	saeg
扎	在	内	身	不	用	洗

扎在身上不用洗，

1172

伝	吽	孥	雷	可	勒	开
hun²	nau²	taŋ³	lai²	ko³	lak⁸	haːi¹
vunz	naeuz	daengj	lawz	goj	laeg	hai
人	讲	样	哪	也	莫	开

别人说啥也莫解。

1173

居	观	卜	故	郭	皇	帝
kɯ⁵	koːn⁵	po⁶	ku¹	kuak⁸	wuaŋ²	tai⁵
gwq	gonq	boh	gou	guh	vuengz	daeq
时	前	父	我	做	皇	帝

过去我父当皇帝，

1174

番	拜	送	許	介	卜	故
faːn⁵	paːŋ⁵	ɬoŋ⁵	hai³	kaːi⁵	po⁶	ku¹
fanh	bangh	soengq	hawj	gaiq	boh	gou
番	邦	送	给	个	父	我

番国送给我父亲。

1175

昙	你	落	贩	斗	肚	你
ŋon²	ni⁴	lo:t⁷	pa:i⁶	tau³	taŋ²	ni⁴
ngoenz	neix	lot	baih	daeuj	daengz	neix
日	今	落	败	来	到	这

今天落难到这里，

1176

可	里	条	你	郭	召	伝
ko³	di⁴	te:u²	ni⁴	kuak⁸	¢iau⁶	hun²
goj	ndij	diuz	neix	guh	ciuh	vunz
也	和	条	这	做	世	人

也和玉带伴终身。

1177

許	宝	名	勒	乱	得	屋
hai³	pa:u³	muŋ²	lak⁸	luan⁶	tu²	o:k⁷
hawj	bauj	mwngz	laeg	luenh	dawz	ok
给	宝	你	莫	乱	拿	出

玉带可别随意解，

1178

差	吽	伝	恨	名	殆	䠀
¢a³	nau²	hun²	han¹	muŋ²	ta:i¹	da:ŋ¹
caj	naeuz	vunz	raen	mwngz	dai	ndang
若	讲	人	见	你	死	身

让人见到就危险。

---

①玉带 [ji¹ ta:i¹]：以玉饰的腰带，古时官员所佩戴，唐朝时三品官以上方可佩玉饰腰带。

正京不许佢恨涧，　故登嘮你去勒尾。

凤娇恨吴登嘮你，　堂许甫吴屋背兰。

关她钦逢亦同登，　甫尧初甫安利始。

信兴礼她可特态，　凤娇乱吴可特合。

凤娇居他就不讲，　信兴同嫐刀背兰。

讲肝荔你又乙奈，　再讲信兴刀背兰。

福兴就嗲往双唔，　妈那斗叫眉麻嘮。

往故亦背鲁师刀，　眉麻嘮吡初难难。

信兴恨嗲可唑讲，　座莲彼哥眉恩缘。

勒烈妈那斗郭司，　夫人许小姐介娄。

该灰恨鲐宾兰贱，　灰净不放莒利始。

灰叁开咭他无甲，　坐莲彼哥郭召佬。

1179

正	京	不	许	伝	恨	闹
çiŋ⁵	kiŋ¹	bau⁵	hai³	hun²	han¹	na:u⁵
cingq	ging	mbouj	hawj	vunz	raen	nauq
正经		不	给	人	见	没

千万别让他人见，

1180

故	登	嗊	你	名	勒	乤
ku¹	taŋ⁵	çon²	ni⁴	muŋ²	lak⁸	lum²
gou	daengq	coenz	neix	mwngz	laeg	lumz
我	叮嘱	句	这	你	莫	忘

我说这事你别忘。

1181

凤	娇	恨	关	登	嗊	你
fuŋ¹	kiau⁵	han¹	kwa:n¹	taŋ⁵	çon²	ni⁴
fung	gyauh	raen	gvan	daengq	coenz	neix
凤	娇	见	夫	叮嘱	句	这

凤娇听丈夫叮嘱，

1182

学	許	甫	关	屋	背	兰
tço⁶	hai³	pu⁴	kwa:n¹	o:k⁷	pai¹	la:n²
coh	hawj	boux	gvan	ok	bae	ranz
才	给	人	夫	出	去	家

才让丈夫离她去。

1183

关	妺	钦	逢	亦	同	登
kwa:n¹	pa²	kam¹	fuŋ²	a³	toŋ⁶	taŋ⁵
gvan	baz	gaem	fwngz	aj	doengh	daengq
夫	妻	握	手	要	相	叮嘱

夫妻牵手相叮嘱，

1184

甫	尧	初	甫	安	利	殆
pu⁴	jiau⁵	ço⁶	pu⁴	a:ŋ⁵	di¹	ta:i¹
boux	yiuq	coh	boux	angq	ndei	dai
人	看	向	人	高兴	好	死

两人相对好高兴。

1185

信	兴	礼	妽	可	特	意
ɬin¹	hin⁵	dai⁴	pa²	ko³	tuk⁸	i⁵
sin	hingh	ndaej	baz	goj	dwg	eiq
信	兴	得	妻	也	中	意

信兴娶妻好中意，

1186

凤	娇	礼	关	可	特	合
fuŋ¹	kiau⁵	dai⁴	kwa:n¹	ko³	tuk⁸	ho²
fung	gyauh	ndaej	gvan	goj	dwg	hoz
凤	娇	得	夫	也	中	脖子

凤娇嫁夫也满意。

1187

凤	娇	居	他	就	不	讲
fuŋ¹	kiau⁵	ku⁵	te¹	tço⁶	bau⁵	ka:ŋ³
fung	gyauh	gwq	de	couh	mbouj	gangj
凤	娇	时	那	就	不	讲

凤娇那时没有讲，

1188

信	兴	同	叉	刀	背	兰
ɬin¹	hin⁵	toŋ⁶	tça:k⁸	ta:u⁵	pai¹	la:n²
sin	hingh	doengh	biek	dauq	bae	ranz
信	兴	同	别	回	去	家

信兴相别回房去。

1189

讲	肝	茄	你	又	乙	奈
ka:ŋ³	taŋ²	kia²	ni⁴	jau⁶	ʔjiat⁷	na:i⁵
gangj	daengz	giz	neix	youh	yiet	naiq
讲	到	地方	这	又	歇	累

讲到这里先休息，

1190

再	讲	信	兴	刀	背	兰
tɕa:i¹	ka:ŋ³	ɬin¹	hin⁵	ta:u⁵	pai¹	la:n²
caiq	gangj	sin	hingh	dauq	bae	ranz
再	讲	信	兴	回	去	家

再说信兴回房间。

1191

福	兴	就	嗲	往	双	咟
fu²	hin⁵	tɕo⁶	ɕa:m¹	nuaŋ⁴	ɬo:ŋ¹	pa:k⁷
fuz	hingh	couh	cam	nuengx	song	bak
福	兴	就	问	弟	二	口

福兴就问弟两句，

1192

妈	那	斗	叫	眉	麻	啋
me⁶	na⁴	tau³	he:u⁶	mi²	ma²	ɕon²
meh	nax	daeuj	heuh	miz	maz	coenz
母	姨	来	叫	有	什么	句

姨母找你有何事。

1193

往	故	亦	背	鲁	亦	刀
nuaŋ⁴	ku¹	a³	pai¹	lo⁴	a³	ta:u⁵
nuengx	gou	aj	bae	rox	aj	dauq
弟	我	要	去	或	要	回

弟你是去还是回，

1194

眉	麻	啋	吒	初	难	难
mi²	ma²	ɕon²	ha:u⁵	ɕo⁶	na:n²	na:n²
miz	maz	coenz	hauq	coh	nanz	nanz
有	什么	句	话	向	久	久

有何事聊这么久？

1195

信	兴	恨	嗲	可	吽	所
ɬin¹	hin⁵	han¹	ɕa:m¹	ko³	nau²	ɬo⁶
sin	hingh	raen	cam	goj	naeuz	soh
信	兴	见	问	也	讲	直

信兴实话回答说，

1196

座	邁	彼	哥	眉	恩	缘
tɕo¹	ba:i⁵	pi⁴	ko⁵	mi²	an¹	jian²
gyo-	mbaiq	beix	go	miz	aen	yienz
谢谢		兄	哥	有	恩	缘

多谢兄长赐姻缘。

1197

勒	烈	妈	那	斗	郭	司
lak⁷	le²	me⁶	na⁴	tau³	kuak⁸	ɬɯ⁵
laek-	lez	meh	nax	daeuj	guh	swq
不料		母	姨	来	做	媒

不料姨母来保媒，

1198

夫	人	許	小	姐	介	娄
fu⁵	jin²	hai³	ɬiau⁴	tɕe⁴	ka:i⁵	lau²
fuh	yinz	hawj	siuj	cej	gaiq	raeuz
夫	人	给	小	姐	个	我们

夫人将小姐嫁我。

1199

该	**灰**	**恨**	**躺**	**贫**	**兰**	**賎**
kaːi^{5}	hoːi^{5}	han^{1}	daːŋ^{1}	pan^{2}	laːn^{2}	ɕian^{6}
gaiq	hoiq	raen	ndang	baenz	ranz	cienh
个	**奴**	**见**	**身**	**成**	**家**	**贱**

自知出身贫寒家，

1200

灰	**净**	**不**	**欧**	**罵**	**利**	**殆**
hoːi^{5}	ɕeːŋ^{1}	bau^{5}	au^{1}	ma^{1}	di^{1}	taːi^{1}
hoiq	ceng	mbouj	aeu	ma	ndei	dai
奴	**争**	**不**	**娶**	**来**	**好**	**死**

执意不敢娶小姐。

1201

灰	**多**	**开**	**咟**	**他**	**元**	**甲**
hoːi^{5}	to^{5}	haːi^{1}	paːk^{7}	te^{1}	jian^{6}	kaːp^{7}
hoiq	doq	hai	bak	de	nyienh	gap
奴	**刚**	**开**	**口**	**她**	**愿**	**合**

我刚开口她答应，

1202

坐	**邁**	**彼**	**哥**	**郭**	**召**	**伝**
tɕo^{1}	baːi^{5}	pi^{4}	ko^{5}	kuak^{8}	ɕiau^{6}	hun^{2}
gyo-	mbaiq	beix	go	guh	ciuh	vunz
谢谢		**兄**	**哥**	**做**	**世**	**人**

多谢兄长一世情。

吾业甫住累劲肉，恩仪被溂灰不霖

稻兴恨咩还哼呢，样你住故造贫伭。

眉劲眉她佐利鲞，眉太昌大佐欢荣。

悄兴恨彼哦嗨你，羞难住贫临不累名。

彼住讲可又又杂，彼住侵乡兰胡法。

讲肘枯你又乙甏，再讲陈信每马迪。

盖肘善雖年羞被莫，斗初公大他遊花。

胡发恨肘就連哺，劲故同隊斗遊花。

陈信马迪特老斤，英娇事娇待她他。

彼住骑马隆斗初，公大靖能哽烟茶。

胡发刀兰就分忖，郭菜壬名亦哽呆。

兰厨菜夌特墨斗，大家哽湄蛍讲篦。

1203

名	业	甫	往	罧	劧	内
mɯŋ^{2}	diap^{7}	pu^{4}	nuaŋ^{4}	lum^{3}	lɯk^{8}	no:i^{6}
mwngz	ndiep	boux	nuengx	lumj	lwg	noih
你	爱	人	弟	似	儿	小

你待小弟像儿子，

1204

恩	儀	彼	哥	灰	不	罧
an^{1}	ŋi^{6}	pi^{4}	ko^{5}	ho:i^{5}	bau^{5}	lum^{2}
aen	ngih	beix	go	hoiq	mbouj	lumz
恩	义	长	兄	奴	不	忘

兄长恩情我不忘。

1205

福	兴	恨	吽	还	唷	吒
fu^{2}	hin^{5}	han^{1}	nau^{2}	wa:n^{2}	ɕon^{2}	ha:u^{5}
fuz	hingh	raen	naeuz	vanz	coenz	hauq
福	兴	见	说	回	句	话

福兴接过话头说，

1206

样	你	往	故	造	贫	伝
jiaŋ^{6}	ni^{4}	nuaŋ^{4}	ku^{1}	tɕo^{6}	pan^{2}	hun^{2}
yiengh	neix	nuengx	gou	coh	baenz	vunz
样	这	弟	我	才	成	人

我弟终于熬出头。

1207

眉	劧	眉	妑	佐	利	腮
mi^{2}	lɯk^{8}	mi^{2}	pa^{2}	tɕo^{6}	di^{1}	ɬa:i^{6}
miz	lwg	miz	baz	coh	ndei	saih
有	儿	有	妻	才	好	完

人有妻儿才完美，

1208

眉	太	眉	大	佐	欢	荣
mi^{2}	ta:i^{5}	mi^{2}	ta^{1}	tɕo^{6}	wuan^{6}	juŋ^{2}
miz	daiq	miz	da	coh	vuen	yungz
有	岳母	有	岳父	才	欢	容

有岳父母才幸福。

1209

信	兴	恨	彼	吒	唷	你
ɬin^{1}	hin^{5}	han^{1}	pi^{4}	ha:u^{5}	ɕon^{2}	ni^{4}
sin	hingh	raen	beix	hauq	coenz	neix
信	兴	见	兄	说	句	这

信兴听兄这样说，

1210

差	往	贫	伝	不	罧	名
ɕa^{3}	nuaŋ^{4}	pan^{2}	hun^{2}	bau^{5}	lum^{2}	mɯŋ^{2}
caj	nuengx	baenz	vunz	mbouj	lumz	mwngz
若	弟	成	人	不	忘	你

弟若成功不忘兄。

1211

彼	往	讲	可	又	夸	晗
pi^{4}	nuaŋ^{4}	ka:ŋ^{3}	ko^{3}	jau^{6}	kwa^{5}	ham^{6}
beix	nuengx	gangj	goj	youh	gvaq	haemh
兄	弟	讲	故事	又	过	夜

兄弟又聊过一晚，

1212

彼	往	侵	乌	兰	胡	法
pi^{4}	nuaŋ^{4}	ɕam^{6}	u^{5}	la:n^{2}	hu^{2}	fa^{2}
beix	nuengx	caemh	youq	ranz	huz	faz
兄	弟	同	在	家	胡	发

兄弟同在胡发家。

1213

讲	盯	茄	你	又	乙	奈
kaːŋ³	taŋ²	kia²	ni⁴	jau⁶	ʔjiat⁷	naːi⁵
gangj	daengz	giz	neix	youh	yiet	naiq
讲	到	地方	这	又	歇	累

讲到这里先休息，

1214

再	讲	陳	信	旬	馬	迪
tɕaːi¹	kaːŋ³	tɕin²	ɬin¹	di⁴	ma⁴	ti²
caiq	gangj	cinz	sin	ndij	maj	diz
再	说	陈	信	和	马	迪

再说陈信和马迪。

十五 风流马迪抢人妻

吾业甫往累劲肉，恩仪能湖灰不累，

福兴恨哗还唛呢，样你往故造贵伍，

眉劲眉妲佐利为，眉太昌大佐欢菜，

信兴恨皱吡哗你，差拙往贵临不累名，

彼往讲可又夸略，做往侵乌兰胡荒，

讲肝茄你又乙寿，再讲陈信每马迪，

盖肝善骺讯不选被莫，斗初公大他游花，

南隊新年被莫，劲故同隊斗游花，

胡发恨肝就连哺，

陈信马迪特老片，英娇事娇待她他，

彼往骑马隆斗初，公大靖能哽烟茶，

胡发刀兰就分付，郭菜壬乂亦哽呆，

兰厨菜贵特圣斗，大家哽沤莹讲笑。

1215

差	肝	告	胜	吼	被	莫
ça³	taŋ²	kaːu¹	çin¹	hau³	pi¹	mo⁵
caj	daengz	gyau	cin	haeuj	bi	moq
等	到	交	春	进	年	新

等到立春新一年，

1216

斗	初	公	大	他	遊	花
tau³	ço⁶	koŋ¹	ta¹	te¹	jau²	wa¹
daeuj	coh	goeng-	da	de	youz	va
来	向	岳父		他	游	花

看望岳父同赏花。

1217

胡	发	恨	肝	就	连	喃
hu²	fa²	han¹	taŋ²	tço⁶	leːn⁶	toːŋ⁴
huz	faz	raen	daengz	couh	lenh	dongx
胡	发	见	到	就	连忙	招呼

胡发赶忙打招呼，

1218

劲	故	同	隊	斗	遊	花
luɯk⁸	ku¹	toŋ⁶	toːi⁶	tau³	jau²	wa¹
lwg	gou	doengh-	doih	daeuj	youz	va
儿	我	共同		来	游	花

我儿一起来赏花。

1219

陳	信	馬	迪	特	老	斤
tçin²	ɬin¹	ma⁴	ti²	tuk⁸	laːu⁴	kin⁵
cinz	sin	maj	diz	dwg	laux-	ginq
陈	信	马	迪	是	连襟	

陈信马迪是连襟，

1220

英	娇	鸾	娇	特	妣	他
jiŋ⁵	kiau⁵	luan²	kiau⁵	tuk⁸	pa²	te¹
yingh	gyauh	luenz	gyauh	dwg	baz	de
英	娇	鸾	娇	是	妻	他

他们妻子是姐妹。

1221

彼	往	骑	馬	隆	斗	初
pi⁴	nuaŋ⁴	kiai⁶	ma⁴	loŋ²	tau³	ço⁶
beix	nuengx	gwih	max	roengz	daeuj	coh
兄	弟	骑	马	下	来	向

兄弟骑马来省亲，

1222

公	大	請	能	哽	烟	茶
koŋ¹	ta¹	çin³	naŋ⁶	kun¹	ʔjian¹	ça²
goeng-	da	cingj	naengh	gwn	ien	caz
岳父		请	坐	吃	烟	茶

岳父请坐享烟茶。

1223

胡	发	刀	兰	就	分	付
hu²	fa²	taːu⁵	laːn²	tço⁶	fun⁵	fu⁶
huz	faz	dauq	ranz	couh	faenq	fuh
胡	发	回	家	就	吩	咐

胡发回家忙吩咐，

1224

郭	菜	壬	壬	亦	哽	呆
kuak⁸	tçak⁷	jam²	jam²	a³	kun¹	ŋaːi²
guh	byaek	yaemz	yaemz	aj	gwn	ngaiz
做	菜	快	快	要	吃	早饭

快煮饭菜吃早餐。

1225

兰	厨	菜	贫	特	屋	斗
laːn²	ɕɯ³	tɕak⁷	pan²	tɯ²	oːk⁷	tau³
ranz	cawj	byaek	baenz	dawz	ok	daeuj
家	煮	菜	成	拿	出	来

煮好饭菜端出来，

1226

大	家	哽	酒	管	讲	笑
ta¹	kia⁵	kun¹	lau³	kuan³	kaːŋ³	liau¹
daih	gya	gwn	laeuj	guenj	gangj	riu
大	家	吃	酒	尽管	讲	笑

大家边喝酒边聊。

凤娇乌内他斗嘴，双哥同隊斗遊花。

陈信当祥还嘛咙，轻故哽呆鲁未曾。

凤娇又还啼太二。哽，观双哥礼不丁。

马迪尧恨他特意，内心算记想亦故。

马迪忙々想内肚，就叫陈信背絲咵。

故尧凤娇恨得意，祥乌算計故郭她。

若你他嫁許信兴，姜許他对贠不贠。

陈信恨咵贠样你，衣吾心事贠不贠。

马迪与陈信同算，信兴鲁耶屋背良。

信兴背良就達咙，双况同隊咵皆森。

马迪当祥还啼咙，往故乌你差彼咵。

马迪亦咵不好司，乃許陈故信有他咵。

1227

凤	娇	乌	内	他	斗	嘴
fuŋ¹	kiau⁵	u⁵	dai¹	te¹	tau³	toːŋ⁴
fung	gyauh	youq	ndaw	de	daeuj	dongx
凤	娇	在	内	那	来	招呼

凤娇在屋里招待，

1228

双	哥	同	队	斗	遊	花
ɬoːŋ¹	ko⁵	toŋ⁶	toːi⁶	tau³	jau²	wa¹
song	go	doengh-	doih	daeuj	youz	va
两	哥	共	同	来	游	花

哥俩一起来赏花。

1229

陳	信	当	祥	还	唪	呸
tɕin²	ɬin¹	taŋ¹	ɕiaŋ²	waːn²	ɕon²	haːu⁵
cinz	sin	dang	ciengz	vanz	coenz	hauq
陈	信	当	场	回	句	话

陈信这时也问道，

1230

往	故	哽	呆	鲁	未	曾
nuaŋ⁴	ku¹	kun¹	ŋaːi²	lo⁴	mi³	ɕaŋ²
nuengx	gou	gwn	ngaiz	rox	mij	caengz
妹	我	吃	早饭	或	未	曾

妹妹你可曾吃饭？

1231

凤	娇	又	还	唪	太	二
fuŋ¹	kiau⁵	jau⁶	waːn²	ɕon²	taːi⁶	ŋi⁶
fung	gyauh	youh	vanz	coenz	daih	ngeih
凤	娇	又	回	句	第	二

凤娇又回第二句，

1232

哽	观	双	哥	礼	不	丁
kun¹	koːn⁵	ɬoːŋ¹	ko⁵	lai⁴	bau⁵	teːŋ¹
gwn	gonq	song	go	laex	mbouj	deng
吃	先	两	哥	礼	不	对

妹没礼貌先吃了。

1233

馬	迪	尧	恨	他	特	意
ma⁴	ti²	jiau⁵	han¹	te¹	tuk⁸	i⁵
maj	diz	yiuq	raen	de	dwg	eiq
马	迪	看	见	她	中	意

马迪越看越中意，

1234

内	心	算	记	想	亦	欧
dai¹	ɬam¹	ɬuan⁵	ki⁵	ɬiaŋ³	a³	au¹
ndaw	sim	suenq	geiq	siengj	aj	aeu
中	心	算	计	想	要	娶

心中算计想娶她。

1235

馬	迪	忙	忙	想	内	肚
ma⁴	ti²	muaŋ²	muaŋ²	ɬiaŋ³	dai¹	tuŋ⁴
maj	diz	muengz	muengz	siengj	ndaw	dungx
马	迪	急	急	想	中	肚

马迪心中忙谋划，

1236

就	叫	陳	信	背	绿	吽
tɕo⁶	heːu⁶	tɕin²	ɬin¹	pai¹	loːk⁸	nau²
couh	heuh	cinz	sin	bae	rog	naeuz
就	叫	陈	信	去	外	讲

就叫陈信来商量。

1237

故	**尭**	**风**	**娇**	**恨**	**得**	**意**
ku^{1}	jiau^{5}	fuŋ^{1}	kiau^{5}	han^{1}	tɯk^{8}	i^{5}
gou	yiuq	fung	gyauh	raen	dwg	eiq
我	看	风	娇	见	合	意

我见凤娇很中意，

1238

样	**乌**	**算**	**計**	**欧**	**郭**	**妑**
jiaŋ^{6}	ʔju^{5}	ɬuan^{5}	ki^{6}	au^{1}	kuak^{8}	pa^{2}
yiengh	youq	suenq	geiq	aeu	guh	baz
样	怎	算	计	娶	做	妻

怎样才能娶到她？

1239

居	**你**	**他**	**嫁**	**許**	**信**	**兴**
kɯ^{5}	ni^{4}	te^{1}	ha^{5}	hai^{3}	ɬin^{1}	hin^{5}
gwq	neix	de	haq	hawj	sin	hingh
时	这	她	嫁	给	信	兴

现在她已嫁信兴，

1240

娄	**許**	**他**	**对**	**贫**	**不**	**贫**
lau^{2}	hai^{3}	te^{1}	toːi^{5}	pan^{2}	bau^{5}	pan^{2}
raeuz	hawj	de	doiq	baenz	mbouj	baenz
我们	给	她	退	成	不	成

让她退婚行不行。

1241

陳	**信**	**恨**	**吽**	**贫**	**样**	**你**
tɕin^{2}	ɬin^{1}	han^{1}	nau^{2}	pan^{2}	jiaŋ^{6}	ni^{4}
cinz	sin	raen	naeuz	baenz	yiengh	neix
陈	信	见	讲	成	样	这

陈信听他这样说，

1242

衣	**名**	**心**	**事**	**贫**	**不**	**贫**
di^{4}	mɯŋ^{2}	ɬam^{1}	ɬuan^{5}	pan^{2}	bau^{5}	pan^{2}
ndij	mwngz	sim	suenq	baenz	mbouj	baenz
和	你	心	算	成	不	成

以你意思谋划看。

1243

馬	**迪**	**与**	**陳**	**信**	**同**	**算**
ma^{4}	ti^{2}	di^{4}	tɕin^{2}	ɬin^{1}	toŋ^{6}	ɬuan^{5}
maj	diz	ndij	cinz	sin	doengh	suenq
马	迪	和	陈	信	同	算

马迪和陈信算计，

1244

信	**兴**	**鲁**	**耶**	**屋**	**背**	**良**
ɬin^{1}	hin^{5}	lo^{4}	jia^{1}	oːk^{7}	pai^{1}	liaŋ^{2}
sin	hingh	rox	nyi	ok	bae	riengz
信	兴	懂	听	出	去	跟

信兴听到跟出去。

1245

信	**兴**	**背**	**良**	**就**	**連**	**吒**
ɬin^{1}	hin^{5}	pai^{1}	liaŋ^{2}	tɕo^{6}	leːn^{6}	haːu^{5}
sin	hingh	bae	riengz	couh	lenh	hauq
信	兴	去	跟	就	连忙	说

信兴跟在后面说，

1246

双	**况**	**同**	**隊**	**吽**	**皆**	**麻**
ɬoːŋ^{1}	kwaːŋ^{1}	toŋ^{6}	toːi^{6}	nau^{2}	kaːi^{5}	ma^{2}
song	gvang	doengh-	doih	naeuz	gaiq	maz
两	兄	共同		讲	块	什么

两位在说些什么？

1247

馬	迪	当	祥	还	哠	咘
ma⁴	ti²	ta:ŋ¹	ɕiaŋ²	wa:n²	ɕon²	ha:u⁵
maj	diz	dang	ciengz	vanz	coenz	hauq
马	迪	当	场	回	句	说

马迪当场回答说，

1248

往	故	乌	你	差	彼	咘
nuaŋ⁴	ku¹	u⁵	ni⁴	ɕa³	pi⁴	nau²
nuengx	gou	youq	neix	caj	beix	naeuz
弟	我	在	这	等	兄	讲

小弟你听哥哥说。

1249

馬	迪	亦	咘	不	好	司
ma⁴	ti²	a³	nau²	bau⁵	di¹	ɬi¹
maj	diz	aj	naeuz	mbouj	ndei	sei
马	迪	想	讲	不	好	说

马迪当面不好讲，

1250

刀	许	陳	信	每	他	咘
ta:u⁵	hai³	tɕin²	ɬin¹	di⁴	te¹	nau²
dauq	hawj	cinz	sin	ndij	de	naeuz
反	而	给	陈	信	和	他	说

反让陈信来转述。

27

皆名信兴斗幸苦，背兰欧弓斗許姜，

信兴恨吽就連吔，干刀欧弓背土夕，

斗肘瑰許陳信西，的鸡竹乌可不电，

陳信現許馬迪西，鸡乌资对也不电，

馬迪現許信兴西，吽益剌害西許姜，

信兴初欧就連西，几百妹羑多篡，

西信弓竹妹羑多篡，鸡马迪也先N腮合，

馬迪各西台不服，西可不洄力骂兰，

馬迪各西台不服，又西几板也不电，

許西不电可容易，各害醋旧盒橙糖，

馬迪府很就連吔，亦村信兴不容呈。

信兴恨吽隆賀跪，盖峰释你交祝粟

1251

皆	名	信	兴	斗	辛	苦
ka:i⁵	muuŋ²	ɬin¹	hin⁵	tau³	ɬin⁶	ho³
gaiq	mwngz	sin	hingh	daeuj	sin	hoj
个	你	信	兴	来	辛	苦

辛苦信兴跑一趟,

1252

背	兰	欧	弓	斗	許	娄
pai¹	la:n²	au¹	koŋ¹	tau³	hai³	lau²
bae	ranz	aeu	goeng	daeuj	hawj	raeuz
去	家	要	弓	来	给	我们

回家帮拿弓箭来。

1253

信	兴	恨	呌	就	連	吒
ɬin¹	hin⁵	han¹	nau²	tɕo⁶	le:n⁶	ha:u⁵
sin	hingh	raen	naeuz	couh	lenh	hauq
信	兴	见	讲	就	连忙	说

信兴听完急忙应,

1254

干	刀	欧	弓	背	壬	壬
ka:n³	ta:u⁵	au¹	koŋ¹	pai¹	jam²	jam²
ganj	dauq	aeu	goeng	bae	yaemz	yaemz
赶	回	要	弓	去	快	快

赶紧回去取弓箭。

1255

斗	朋	現	許	陳	信	西
tau³	taŋ²	jian⁶	hai³	tɕin²	ɬin¹	ɬi⁵
daeuj	daengz	yienh	hawj	cinz	sin	siq
来	到	递	给	陈	信	射

取来弓箭给陈信,

1256

的	鸡	仃	乌	可	不	电
tua²	kai⁵	tiŋ⁶	u⁵	ko³	bau⁵	te:ŋ¹
duz	gaeq	dingh	youq	goj	mbouj	deng
只	鸡	定	住	也	不	中

野鸡站着射不中。

1257

陳	信	現	許	馬	迪	西
tɕin²	ɬin¹	jian⁶	hai³	ma⁴	ti²	ɬi⁵
cinz	sin	yienh	hawj	maj	diz	siq
陈	信	递	给	马	迪	射

陈信又让马迪试,

1258

鸡	乌	贫	对	也	不	电
kai⁵	u⁵	pan²	to:i⁵	je³	bau⁵	te:ŋ¹
gaeq	youq	baenz	doiq	yej	mbouj	deng
鸡	在	成	对	也	不	中

野鸡成双射不中。

1259

馬	迪	現	許	信	兴	西
ma⁴	ti²	jian⁶	hai³	ɬin¹	hin⁵	ɬi⁵
maj	diz	yienh	hawj	sin	hingh	siq
马	迪	递	给	信	兴	射

马迪又给信兴射,

1260

吒	名	利	害	西	许	娄
nau²	muuŋ²	li¹	ha:i¹	ɬi⁵	hai³	lau²
naeuz	mwngz	leix	haih	siq	hawj	raeuz
讲	你	厉	害	射	给	我们

说你厉害试射看。

1261

信	兴	初	欧	就	连	西
ɬin¹	hin⁵	ço⁶	au¹	jau⁶	le:n⁶	ɬi⁵
sin	hingh	coh	aeu	youh	lenh	siq
信	兴	接	要	又	连忙	射

信兴接过就开弓，

1262

几	百	妹	美	篤	林	林
ki³	pa:k⁷	bai¹	mai⁴	tok⁷	lom²	lom²
geij	bak	mbaw	faex	doek	loem-	loem
几	百	叶	树	掉	纷纷	

成百树叶落纷纷。

1263

西	弓	仃	妹	美	多	篤
ɬi⁵	koŋ¹	te:ŋ¹	bai¹	mai⁴	to⁵	tok⁷
siq	goeng	deng	mbaw	faex	doq	doek
射	弓	中	叶	树	马上	掉

弓箭射得树叶落，

1264

的	鸡	也	先	电	腮	合
tua²	kai⁵	je³	ɬe:n⁵	te:ŋ¹	ɬa:i¹	ho²
duz	gaeq	yej	senq	deng	sai-	hoz
只	鸡	也	早已	中	气管	

射鸡一箭中喉头。

1265

馬	迪	又	刀	西	培	二
ma⁴	ti²	jau⁶	ta:u⁵	ɬi⁵	pai²	ŋi⁶
maj	diz	youh	dauq	siq	baez	ngeih
马	迪	又	回	射	次	二

马迪见状又来射，

1266

西	可	不	电	刀	罵	兰
ɬi⁵	ko³	bau⁵	te:ŋ¹	ta:u⁵	ma¹	la:n²
siq	goj	mbouj	deng	dauq	ma	ranz
射	也	不	中	回	来	家

再射不中就回家。

1267

馬	迪	各	西	各	不	服
ma⁴	ti²	ka:k⁸	ɬi⁵	ka:k⁸	bau⁵	fuk⁸
maj	diz	gag	siq	gag	mbouj	fug
马	迪	自	射	自	不	服

马迪越射越不服，

1268

又	西	几	板	也	不	电
jau⁶	ɬi⁵	ki³	pa:n³	je³	bau⁵	te:ŋ¹
youh	siq	geij	banj	yej	mbouj	deng
又	射	几	次	也	不	中

又射几箭均不中。

1269

许	西	不	电	可	容	易
hai³	ɬi⁵	bau⁵	te:ŋ¹	ko³	juŋ²	ji⁶
hawj	siq	mbouj	deng	goj	yungz	heih
让	射	不	中	也	容	易

拉弓不对易出错，

1270

各	害	躺	旧	爹	橙	害
ka:k⁸	ha:i⁶	da:ŋ¹	kau⁵	te¹	tiŋ⁵	ha:i¹
gag	haih	ndang	gaeuq	de	dingq-	hai
自	害	身	自己	他	仰倒	

开弓自己却倒下。

1271

馬	迪	何	很	就	連	呿
ma⁴	ti²	ho²	huːn³	tɕo⁶	leːn⁶	haːu⁵
maj	diz	hoz	hwnj	couh	lenh	hauq
马	迪	脖	起	就	连忙	说

马迪恼火连连喊，

1272

亦	打	信	兴	不	容	呈
a³	taːt⁸	ɬin¹	hin⁵	bau⁵	juŋ²	ɕiŋ²
aj	dad	sin	hingh	mbouj	yungz	cingz
要	打	信	兴	不	容	情

欲打信兴来出气。

1273

信	兴	恨	吽	隆	贺	跪
ɬin¹	hin⁵	han¹	nau²	loŋ²	ho⁵	kwi⁶
sin	hingh	raen	naeuz	roengz	hoq	gvih
信	兴	见	讲	下	膝	跪

信兴下跪来求情，

1274

差	吽	样	你	灰	礼	票
ça³	nau²	jiaŋ⁶	ni⁴	hoːi⁵	dai⁴	peːu¹
caj	naeuz	yiengh	neix	hoiq	ndaej	beu
若	讲	样	这	奴	得	得罪

并未存心得罪你。

双迪知很就发令，异命罗名银指挥，

皆故西弓可不夸，许名有故打墙缠，

马迪又刀吁信兴，刀叫信兴双三嗬，

马迪正京开唔讲，凤娇居你得她名，

故许银钱与名退，名欲甫温可得依，

信兴当祥还嗬呪，相公叫你礼不电，

相公讲嗬你与那，小姐凤娇皆森佐，

陈信当祥吽双晤，佐名不退史不利，

陈信笑老裕双晤，差名欲甫你不冇兰，

马迪当辥吽还嗬呪，马迪礼犬条鲁背兰，

胡发与兰就莲呪，姑爷郭与条背兰。

陈信当祥就连呪，公大何那差灰畔。

1275

馬	迪	和	很	就	发	令
ma⁴	ti²	ho²	hun³	tɕo⁶	fa:t⁷	liŋ⁶
maj	diz	hoz	hwnj	couh	fat	lingh
马	迪	脖	起	就	发	令

马迪恼火发威风，

1276

并	命	每	名	很	培	撻
piŋ⁵	miŋ⁶	di⁴	muɯŋ²	hun³	pai²	fuŋ²
bingq	mingh	ndij	mwngz	hwnj	baez	fwngz
拼	命	和	你	上	次	手

和你交手来拼命。

1277

皆	故	西	弓	可	不	夸
ka:i⁵	ku¹	ɬi⁵	koŋ¹	ko³	bau⁵	kwa⁵
gaiq	gou	siq	goeng	goj	mbouj	gvaq
个	我	射	弓	也	不	过

今我射箭不如你，

1278

许	名	每	故	打	培	撻
hai³	muɯŋ²	di⁴	ku¹	ta:t⁸	pai²	fuŋ²
hawj	mwngz	ndij	gou	dad	baez	fwngz
给	你	和	我	打	次	手

今日与你来比武。

1279

馬	迪	又	刀	吽	信	兴
ma⁴	ti²	jau⁶	ta:u⁵	nau²	ɬin¹	hin⁵
maj	diz	youh	dauq	naeuz	sin	hingh
马	迪	又	回	讲	信	兴

马迪又对信兴说，

1280

刀	吽	信	兴	双	三	啭
ta:u⁵	nau²	ɬin¹	hin⁵	ɬo:ŋ¹	ɬa:m¹	çon²
dauq	naeuz	sin	hingh	song	sam	coenz
回	讲	信	兴	二	三	句

又说信兴几句话。

1281

馬	迪	正	京	开	咟	讲
ma⁴	ti²	çiŋ⁵	kiŋ¹	ha:i¹	pa:k⁷	ka:ŋ³
maj	diz	cingq	ging	hai	bak	gangj
马	迪	正	经	开	口	讲

马迪开口认真说，

1282

凤	娇	居	你	得	妣	名
fuŋ¹	kiau⁵	ku⁵	ni⁴	tuk⁸	pa²	muɯŋ²
fung	gyauh	gwq	neix	dwg	baz	mwngz
凤	娇	时	这	是	妻	你

凤娇现在是你妻。

1283

故	许	銀	钱	每	名	退
ku¹	hai³	ŋan²	çe:n²	di⁴	muɯŋ²	to:i⁵
gou	hawj	ngaenz	cienz	ndij	mwngz	doiq
我	给	银	钱	和	你	退

我出钱让你退婚，

1284

名	欧	甫	温	可	得	伝
muɯŋ²	au¹	pu⁴	un⁵	ko³	tuk⁸	hun²
mwngz	aeu	boux	wnq	goj	dwg	vunz
你	娶	人	别	也	是	人

你娶他人也是妻。

1285

信	兴	当	祥	还	唪	吒
ɬin¹	hin⁵	taːŋ¹	ɕiaŋ²	waːn²	ɕon²	haːu⁵
sin	hingh	dang	ciengz	vanz	coenz	hauq
信	兴	当	场	回	句	话

信兴立刻回答他，

1286

相	公	吽	你	礼	不	电
ɬiaŋ¹	kuŋ⁵	nau²	ni⁴	lai⁴	bau⁵	teːŋ¹
sieng	gungh	naeuz	neix	leix	mbouj	deng
相	公	讲	这	理	不	对

这样说话无情理。

1287

相	公	讲	唪	你	每	那
ɬiaŋ¹	kuŋ⁵	kaːŋ³	ɕon²	ni⁴	di⁴	na⁴
sieng	gungh	gangj	coenz	neix	ndij	nax
相	公	讲	句	这	和	姨

这些你和姨母说，

1288

小	姐	凤	娇	皆	麻	伝
ɬiau⁴	tɕe⁴	fuŋ¹	kiau⁵	kaːi⁵	ma²	hun²
siuj	cej	fung	gyauh	gaiq	maz	vunz
小	姐	凤	娇	块	什么	人

凤娇小姐是何人。

1289

馬	迪	当	祥	还	唪	吒
ma⁴	ti²	taːŋ¹	ɕiaŋ²	waːn²	ɕon²	haːu⁵
maj	diz	dang	ciengz	vanz	coenz	hauq
马	迪	当	场	回	句	话

马迪立刻回答说，

1290

佐	名	不	退	史	不	利
ɕi³	muŋ²	bau⁵	toːi⁵	ɕi⁶	bau⁵	di¹
cij	mwngz	mbouj	doiq	cih	mbouj	ndei
若	你	不	退	就	不	好

你若不退可不好。

1291

陳	信	当	祥	吽	双	陌
tɕin²	ɬin¹	taːŋ¹	ɕiaŋ²	nau²	ɬoːŋ¹	paːk⁷
cinz	sin	dang	ciengz	naeuz	song	bak
陈	信	当	场	讲	两	口

陈信当场说马迪，

1292

差	名	欧	甫	你	不	仃
ɕa³	muŋ²	au¹	pu⁴	ni⁴	bau⁵	teːŋ¹
caj	mwngz	aeu	boux	neix	mbouj	deng
若	你	娶	人	这	不	对

你执意娶她不对。

1293

陳	信	笑	老	裕	双	陌
tɕin²	ɬin¹	liau¹	laːu⁴	kin⁵	ɬoːŋ¹	paːk⁷
cinz	sin	riu	laux-	ginq	song	bak
陈	信	笑	连	襟	两	口

陈信笑连襟兄弟，

1294

馬	迪	失	礼	条	背	兰
ma⁴	ti²	ɬet⁷	lai⁴	teːu²	pai¹	laːn²
maj	diz	saet	laex	deuz	bae	ranz
马	迪	失	礼	逃	去	家

马迪出丑逃回家。

十六　胡发动怒打鸳鸯

发迪知恨就发令，异命将鲁银捧槍，

管故酒写可不夸，许名再故村培缠。

马迪又刀叫信兴，刀叫信兴双三唪，

马迪正京开唔讲，凤娇居你得她名，

故许银钱与吞退，名欧甫温可得佑，

信兴当祥还唪呢，相公叫你礼不电，

相公讲唪你有那，佐名不退史不利，

马迪当群还唔唪，小姐凤娇皆森佑，

陈信当祥叫双唔，差名欧甫你不仃兰。

陈信笑若裕双唔，马迪礼失条叠背兰。

胡发与兰就莲呢，姑爷郭与条背兰。

陈信当祥就连呢，令大呵郁差灰呼。

1295

胡	发	乌	兰	就	连	吒
hu²	fa²	u⁵	la:n²	tɕo⁶	le:n⁶	ha:u⁵
huz	faz	youq	ranz	couh	lenh	hauq
胡	发	在	家	就	连忙	说

胡发见状连忙问，

1296

姑	爺	郭	乌	条	背	兰
ku⁵	jia²	kuak⁸	ʔju⁵	te:u²	pai¹	la:n²
go	yez	guh	youq	deuz	bae	ranz
姑	爷	做	什么	逃	去	家

女婿为何跑回家？

1297

陳	信	当	祥	就	连	吒
tɕin²	ɬin¹	ta:ŋ¹	ɕiaŋ²	tɕo⁶	le:n⁶	ha:u⁵
cinz	sin	dang	ciengz	couh	lenh	hauq
陈	信	当	场	就	连忙	说

陈信立刻回答道，

1298

公	大	叮	耶	差	灰	吽
koŋ¹	ta¹	tiŋ⁵	jia¹	ɕa³	ho:i⁵	nau²
goeng-	da	dingq	nyi	caj	hoiq	naeuz
岳父		听	见	等	奴	讲

岳父你且听我说。

他许信兴退凤娇，皆灰笑他条青兰、

胡发恨哄就连吧，妈骂凤娇莆雷汉、

防骂信兴莆雷甲，鲁哄各甲欢郭妃，

胡发就叫信恭斗，皆吞龙粟马姑爷。

信兴恨哄隆贺晚，坐连老爷周命牙。

胡发恨哄就打令，福兴愿领也不衣。

就拟信兴提背打、陈信愿领，可不衣，

就打信兴五十板、踏背三时乌兰房、

信兴叫霄多不闻，教冊走叫隆桶桶　　不漠。

打发百放正连也，福兴莆背蛊兰内，我

数爷盈雨不乱桑，十分不乱桑分雷，

笑鼓不票皆麻路，福灯翻脯南查下凡。

1299

他	許	信	兴	退	凤	娇
te^1	hai^3	ɬin^1	hin^5	to:i^5	fuŋ^1	kiau^5
de	hawj	sin	hingh	doiq	fung	gyauh
他	给	信	兴	退	凤	娇

他叫信兴去退婚，

1300

皆	灰	笑	他	条	背	兰
ka:i^5	ho:i^5	liau^1	te^1	te:u^2	pai^1	la:n^2
gaiq	hoiq	riu	de	deuz	bae	ranz
个	奴	笑	他	逃	去	家

被我嘲笑逃回家。

1301

胡	发	恨	吽	就	连	吒
hu^2	fa^2	han^1	nau^2	tɕo^6	le:n^6	ha:u^5
huz	faz	raen	naeuz	couh	lenh	hauq
胡	发	见	讲	就	连忙	说

胡发听完就骂道，

1302

妈	骂	凤	娇	甫	雷	漢
me^6	ma^1	fuŋ^1	kiau^5	pu^4	lai^2	ha:n^1
meh	ma	fung	gyauh	boux	lawz	han
母	狗	凤	娇	人	哪	定婚

谁让凤娇你定亲？

1303

防	骂	信	兴	甫	雷	甲
fa:ŋ^2	ma^1	ɬin^1	hin^5	pu^4	lai^2	ka:p^7
fangz	ma	sin	hingh	boux	lawz	gap
鬼	狗	信	兴	人	哪	合

谁让信兴你结缘，

1304

鲁	吽	各	甲	欧	郭	妣
lo^4	nau^2	ka:k^8	ka:p^7	au^1	kuak^8	pa^2
rox	naeuz	gag	gap	aeu	guh	baz
或	说	自	合	娶	做	妻

或者私自定终身？

1305

胡	发	就	叫	信	兴	斗
hu^2	fa^2	tɕo^6	he:u^6	ɬin^1	hin^5	tau^3
huz	faz	couh	heuh	sin	hingh	daeuj
胡	发	就	叫	信	兴	来

胡发叫信兴来问，

1306

皆	名	礼	票	马	姑	爺
ka:i^5	muŋ^2	dai^4	pe:u^1	ma^4	ku^5	jia^2
gaiq	mwngz	ndaej	beu	maj	go	yez
个	你	得	得罪	马	姑	爷

你得罪了马姑爷。

1307

信	兴	恨	吽	隆	贺	跪
ɬin^1	hin^5	han^1	nau^2	loŋ^2	ho^5	kwi^6
sin	hingh	raen	naeuz	roengz	hoq	gvih
信	兴	见	讲	下	膝	跪

信兴听了忙下跪，

1308

坐	邁	老	爺	周	命	牙
tɕo^1	ba:i^5	la:u^4	je^2	tɕau^5	miŋ^6	jia^5
gyo-	mbaiq	laux	yez	gouq	mingh	ywq
谢谢		老	爷	救	命	罢

恳请老爷能宽恕。

1309

胡	发	恨	吽	就	打	令
hu²	fa²	han¹	nau²	tɕo⁶	ta³	liŋ⁶
huz	faz	raen	naeuz	couh	daj	lingh
胡	发	见	讲	就	打	令

胡发发火就拍案，

1310

福	兴	愿	领	也	不	衣
fu²	hin⁵	jian⁶	liŋ⁴	je³	bau⁵	i¹
fuz	hingh	nyienh	lingx	yej	mbouj	ei
福	兴	愿	领	也	不	依

福兴求情没有用。

1311

就	捉	信	兴	提	背	打
tɕo⁶	ɕuk⁸	ɬin¹	hin⁵	tu²	pai¹	ta³
couh	cug	sin	hingh	dawz	bae	daj
就	绑	信	兴	拿	去	打

说着就抓信兴打，

1312

陈	信	愿	领	可	不	衣
tɕin²	ɬin¹	jian⁶	liŋ⁴	ko³	bau⁵	i¹
cinz	sin	nyienh	lingx	goj	mbouj	ei
陈	信	愿	领	也	不	依

陈信求情也没用。

1313

就	打	信	兴	五	十	板
tɕo⁶	ta³	ɬin¹	hin⁵	ha³	ɕip⁸	pa:n⁴
couh	daj	sin	hingh	haj	cib	banj
就	打	信	兴	五	十	板

就打信兴五十板，

1314

殆	背	三	時	乌	兰	房
ta:i¹	pai¹	ɬa:m¹	ɕɯ²	u⁵	la:n²	fa:ŋ²
dai	bae	sam	cawz	youq	ranz	fangz
死	去	三	时	在	家	鬼

信兴昏倒在房里。

1315

信	兴	叫	霄	霄	不	周
ɬin¹	hin⁵	he:u⁶	bun¹	bun¹	bau⁵	tɕau⁵
sin	hingh	heuh	mbwn	mbwn	mbouj	gouq
信	兴	叫	天	天	不	救

信兴叫天天不应，

1316

叩	走	叫	埇	埇	不	漢
to:k⁸	tɕau³	he:u⁶	na:m⁶	na:m⁶	bau⁵	ha:n¹
dog	gyaeuj	heuh	namh	namh	mbouj	han
磕	头	叫	地	地	不	应

磕头叫地地不灵。

1317

打	殆	忑	板	正	遭	也
ta³	ta:i¹	la³	pe:n³	ɕiŋ⁵	tɕo⁶	jia⁵
daj	dai	laj	benj	cingq	coh	ywq
打	死	下	板	正	才	停

打昏倒地才罢手，

1318

福	兴	荷	背	社	兰	内
fu²	hin⁵	o³	pai¹	ɕe¹	la:n²	dai¹
fuz	hingh	oj	bae	ce	ranz	ndaw
福	兴	背	去	留	家	内

福兴背回里屋去。

1319

钦	水	隆	咟	不	礼	桑
a:m⁵	lam⁴	loŋ²	pa:k⁷	bau⁵	dai⁴	ła:ŋ³
amq	raemx	roengz	bak	mbouj	ndaej	sangj
口	水	下	口	不	得	动

喂他喝水不见醒，

1320

十	分	不	礼	桑	分	雷
ɕip⁸	fan¹	bau⁵	dai⁴	ła:ŋ³	fan¹	lai²
cib	faen	mbouj	ndaej	sangj	faen	lawz
十	分	不	得	动	分	哪

动弹不得未曾醒。

1321

关	故	不	票	皆	麻	路
kwa:n¹	ku¹	bau⁵	pe:u¹	ka:i⁵	ma²	lo⁶
gvan	gou	mbouj	beu	gaiq	maz	loh
夫	我	不	得罪	个	什么	路

我丈夫有何罪过，

1322

擂	肝	躺	肉	贫	下	几
do:i⁵	taŋ²	da:ŋ¹	no⁶	pan²	la³	fa:ŋ²
ndoiq	daengz	ndang	noh	baenz	laj	fangz
打	到	身	肉	成	下	鬼

打得皮开又肉绽。

你

凤娇亮帐脱忿惜，乃尧甫关乃娈凉

陈佳恨礼不夸衣，呑他骑马刀背兰

凤桥叫关匕不讲，劲池他也哇林林

凤娇唆刀各一滞，许故管参也不汉

难她与故蒋几陌，不信亦哈狐劲她

差名着良故劲炙，开陌每故讲色滞

佳兴哇她不礼讲，她他各叫滞林林

小姐各滞刀各也，谈登胡发好赖昏

叔故郭伍纲心善，狼提舢剌许他踏

龟来志胃眉恩间，佳兴回策不殆怡

信兴喈夕礼开陌，水大雜隆恩播恩

卟喻卟雪眠志喃，净很不礼叫罗吞

1323

凤	娇	尧	恨	盯	心	熻
fuŋ¹	kiau⁵	jiau⁵	han¹	taŋ²	łam¹	tço²
fung	gyauh	yiuq	raen	daengz	sim	byoz
凤	娇	看	见	到	心	烫

凤娇看着心焦急，

1324

乃	尧	甫	关	乃	凄	凉
na:i⁶	jiau⁵	pu⁴	kwa:n¹	na:i⁶	łi⁵	liaŋ²
naih	yiuq	boux	gvan	naih	si	liengz
越	看	人	夫	越	凄	凉

越看丈夫越伤心。

1325

陈	信	恨	礼	不	夸	衣
tçin²	łin¹	han¹	dai⁴	bau⁵	kwa⁵	i⁵
cinz	sin	raen	ndaej	mbouj	gvaq	eiq
陈	信	见	得	不	过	意

陈信看着不过意，

1326

居	他	骑	馬	刀	背	兰
ku⁵	te¹	kiai⁶	ma⁴	ta:u⁵	pai¹	la:n²
gwq	de	gwih	max	dauq	bae	ranz
时	那	骑	马	回	去	家

转身骑马回了家。

1327

凤	娇	叫	关	关	不	讲
fuŋ¹	kiau⁵	he:u⁶	kwa:n¹	kwa:n¹	bau⁵	ka:ŋ³
fung	gyauh	heuh	gvan	gvan	mbouj	gangj
凤	娇	叫	夫	夫	不	讲

凤娇呼唤夫不应，

1328

劸	袘	他	也	啦	林	林
luk⁸	ta¹	te¹	je³	lap⁷	lin²	lin²
lwg	da	de	yej	laep-	lin-	lin
儿	眼	他	也	闭	紧	紧

紧闭双眼不动弹。

1329

凤	娇	各	嗲	刀	各	涕
fuŋ¹	kiau⁵	ka:k⁸	ça:m¹	ta:u⁵	ka:k⁸	tai³
fung	gyauh	gag	cam	dauq	gag	daej
凤	娇	自	问	却	自	哭

凤娇边问又边哭，

1330

許	故	管	嗲	也	不	漢
hai³	ku¹	kuan³	ça:m¹	je³	bau⁵	ha:n¹
hawj	gou	guenj	cam	yej	mbouj	han
给	我	尽	管	问	也	不	应

怎样喊他也不应。

1331

雅	袘	每	故	嘈	几	咟
dia⁴	ta¹	di⁴	ku¹	ka:ŋ³	ki³	pa:k⁷
ndwj	da	ndij	gou	gangj	geij	bak
睁	眼	和	我	说	几	口

睁眼跟我说几句，

1332

不	信	亦	殆	叉	劸	妚
bau⁵	łin⁵	a³	ta:i¹	tça:k⁸	luk⁸	pa²
mbouj	saenq	aj	dai	biek	lwg	baz
不	信	要	死	别	儿	妻

不信将死别妻子。

1333

差	名	荷	良	故	孖	爻
ça³	muŋ²	ha³	lian²	ku¹	luuk⁸	tça⁴
caj	mwngz	hoj	lienz	gou	lwg	gyax
若	你	可	怜	我	儿	孤

若你可怜我孤寡，

1334

开	咟	甸	故	讲	色	唗
ha:i¹	pa:k⁷	di⁴	ku¹	ka:ŋ³	ɬak⁷	çon²
hai	bak	ndij	gou	gangj	saek	coenz
开	口	和	我	讲	一些	句

开口跟我说句话。

1335

信	兴	啦	祂	不	礼	讲
ɬin¹	hin⁵	lap⁷	ta¹	bau⁵	dai⁴	ka:ŋ³
sin	hingh	laep	da	mbouj	ndaej	gangj
信	兴	闭	眼	不	得	讲

信兴闭眼仍不应，

1336

妺	他	各	叫	涕	林	林
pa²	te¹	ka:k⁸	he:u⁶	tai³	lian²	lian²
baz	de	gag	heuh	daej-	lien-	lien
妻	他	自	叫	哭	涟	涟

妻子边叫边流泪。

1337

小	姐	各	涕	刀	各	也
ɬiau⁴	tçe⁴	ka:k⁸	tai³	ta:u⁵	ka:k⁸	jia⁵
siuj	cej	gag	daej	dauq	gag	ywq
小	姐	自	哭	又	自	停

小姐泪干自己停，

1338

談	登	胡	发	好	赖	唗
ta:m²	taŋ²	hu²	fa²	ha:u³	la:i¹	çon²
damz	daengz	huz	faz	hauj	lai	coenz
喃	到	胡	发	好	多	句

提到胡发好几回。

1339

叔	故	郭	伝	行	心	蕚
çuk⁷	ku¹	kuak⁸	hun²	he:ŋ²	ɬam¹	ʔja:k⁷
cuk	gou	guh	vunz	hengz	sim	yak
叔	我	做	人	行	心	恶

我叔为人心狠毒，

1340

猇	提	靐	剥	許	他	殆
kuk⁷	tu²	tça³	pa:k⁸	ha:i³	te¹	ta:i¹
guk	dawz	byaj	bag	hawj	de	dai
虎	抓	雷	劈	给	他	死

终遭报应不好死。

1341

色	耒	忐	霄	眉	恩	周
ɬak⁷	la:i⁵	kun²	bun¹	mi²	an¹	tçau⁵
caek-	laiq	gwnz	mbwn	miz	aen	gouq
幸	好	上	天	有	恩	救

有幸苍天来相救，

1342

信	兴	回	氣	不	殆	伝
ɬin¹	hin⁵	ho:i²	hi⁵	bau⁵	ta:i¹	hun²
sin	hingh	hoiz	heiq	mbouj	dai	vunz
信	兴	回	气	不	死	人

信兴醒来回了气。

1343

信	兴	咭	咭	礼	开	啪
ɬin¹	hin⁵	tɕeːt⁸	tɕeːt⁸	dai⁴	haːi¹	paːk⁷
sin	hingh	gyed	gyed	ndaej	hai	bak
信	兴	渐	渐	得	开	口

信兴慢慢张了嘴，

1344

水	大	強	隆	恩	擂	恩
lam⁴	ta¹	kiaŋ⁶	loŋ²	an¹	loːi⁶	an¹
raemx	da	giengh	roengz	aen	loih	aen
水	眼	跳	下	滴	连	滴

眼泪掉下流不停。

1345

扑	垱	扑	害	眠	志	埔
pok⁷	hom³	pok⁷	haːi¹	nin²	kuun²	naːm⁶
boek	hoemj	boek	hai	ninz	gwnz	namh
翻	俯	翻	仰	睡	上	地

翻来覆去睡地上，

1346

净	很	不	礼	叫	霄	吞
ɕeːŋ⁵	huun⁵	bau⁵	dai⁴	heːu⁶	bun¹	den¹
cengq	hwnq	mbouj	ndaej	heuh	mbwn	ndaen
硬	撑	起	不	得	叫	天	土地

想叫苍天撑不起。

贩榔鳝肉剥卖经、贩那血流泵淋淋，

小姐尧恨肚虽燔，剥亦晒哈唅跆鳍。

夸礼几景正造剥，造礼焉怀净很站，

凤娇郭她雪伏事，信兴礼很能撵回，

关她正学礼讲可，开灸不殂算命雷。

不可忘离眉恩周，若可管业故不凡。

嘴肘茄你又乙亲，再讲汉阳屋斗良。

六七南况隆斗学，斗肘束州佐恨他。

恨他乌兰胡发主，算计呃背佐恨他。

背恨李旦能忘栖，王金曹龙隆贺咔。

双蒲隆贺窖酉拼，请许玉主刀背兰。

双发特发汉阳地，磊你汉阳点头齐。

1347

贩	楞	艄	肉	术	贫	桱
pa:i⁶	laŋ¹	da:ŋ¹	no⁶	çi⁶	pan²	fa:i⁵
baih	laeng	ndang	noh	cih	baenz	faiq
面	后	身	肉	就	成	棉花

后背腰身长肉疮，

1348

贩	那	血	流	罧	淋	龙
pa:i⁶	na³	liat⁸	lai¹	lum³	lam⁴	lo:ŋ²
baih	naj	lwed	lae	lumj	raemx	rongz
面	前	血	流	似	水	洪

前胸出血似水流。

1349

小	姐	尧	恨	肚	虽	燋
ɬiau⁴	tçe⁴	jiau⁵	han¹	tuŋ⁴	ɬai³	tço²
siuj	cej	yiuq	raen	dungx	saej	byoz
小	姐	看	见	肚	肠	烫

小姐看着肝肠断，

1350

利	亦	咟	哈	呤	殆	艄
li⁴	a³	pa:k⁷	hap⁸	lin¹	ta:i¹	da:ŋ¹
lij	aj	bak	haeb	linx	dai	ndang
还	要	口	咬	舌	死	身

还想要咬舌自尽。

1351

夸	礼	几	昙	正	造	利
kwa⁵	dai⁴	ki³	ŋon²	çiŋ⁵	tço⁶	di¹
gvaq	ndaej	geij	ngoenz	cingq	coh	ndei
过	得	几	天	正	才	好

几天过后伤渐好，

1352

造	礼	鸾	怀	净	很	站
tço⁶	dai⁴	luan²	wa:i²	çe:ŋ⁵	hun⁵	dun¹
coh	ndaej	ruenz-	vaiz	cengq	hwnq	ndwn
才	得	匍匐		硬撑	起	站

信兴方能挣扎起。

1353

凤	娇	郭	妣	管	伏	事
fuŋ¹	kiau⁵	kuak⁸	pa²	kuan³	fuk⁸	ɬai⁶
fung	gyauh	guh	baz	guenj	fug	saeh
凤	娇	做	妻	只管	服	侍

妻子凤娇来照顾，

1354

信	兴	礼	很	能	撜	同
ɬin¹	hin⁵	dai⁴	hun⁵	naŋ⁶	taŋ⁵	to:k⁸
sin	hingh	ndaej	hwnq	naengh	daengq	dog
信	兴	得	起	坐	凳	独

信兴才能坐起来。

1355

关	妣	正	学	礼	讲	可
kwa:n¹	pa²	çiŋ⁵	tço⁶	dai⁴	ka:ŋ³	ko³
gvan	baz	cingq	coh	ndaej	gangj	goj
夫	妻	正	才	得	讲	故事

夫妻才能说说话，

1356

开	灰	不	殆	算	命	雷
ka:i⁵	ho:i⁵	bau⁵	ta:i¹	ɬuan⁵	miŋ⁶	lai²
gaiq	hoiq	mbouj	dai	suenq	mingh	raez
个	奴	不	死	算	命	长

大难不死算命大。

1357

不	可	志	霄	眉	恩	周
bau⁵	ko³	kɯn²	bun¹	mi²	an¹	tɕau⁵
mbouj	goj	gwnz	mbwn	miz	aen	gouq
不	料	上	天	有	恩	救

多谢上苍救我命，

1358

名	可	管	业	故	不	乑
mɯŋ²	ko³	kuan³	diap⁷	ku¹	bau⁵	lum²
mwngz	goj	guenj	ndiep	gou	mbouj	lumz
你	也	尽管	爱	我	不	忘

服侍恩情铭心间。

1359

嗃	肝	茄	你	又	乙	奈
kaːŋ³	taŋ²	kia²	ni⁴	jau⁶	ʔjiat⁷	naːi⁵
gangj	daengz	giz	neix	youh	yiet	naiq
讲	到	地方	这	又	歇	累

讲到这里先休息，

1360

再	讲	漢	阳	屋	斗	良
tɕaːi¹	kaːŋ³	haːn¹	jaːŋ²	oːk⁷	tau³	liaŋ²
caiq	gangj	han	yangz	ok	daeuj	riengz
再	讲	汉	阳	出	来	跟

再讲汉阳跟着来。

十七　汉阳千里寻太子

扫码听音频

败将辖肉利贡疑、贩那血流景淋庥

小姐尧恨肚虽燔，利亦哂哈哈殆瑙

考礼几旦正造利，造礼鸢怀净很站

凤娇郭她管伏事，信兴礼很能撞回

关她正学礼讲可，开炎不殆算命雷

不可志鸾，眉恩同，名可管业姣不凡。○○

六七、甫况隆斗学，斗府东州佐恨他。

嘴肘茹你又乙亲，再讲汉阳屋斗良。

恨他乌兰胡发主，算计凯背佐恨他。

背恨李旦能忘楠，王金曹虺隆贤哗。

双蔺隆觅密酒讲，请许五主刀背兰。

双炎特铱钦汉阳地，蛋你汉阳点兵齐。

1361
六 七 甫 况 隆 斗 学
lok⁷ ɕɛt⁷ pu⁴ kwa:ŋ¹ loŋ² tau³ ço⁶
roek caet boux gvang roengz daeuj coh
六 七 个 兄 下 来 向
六七兄弟跟下来，

1362
斗 肛 東 州 佐 恨 他
tau³ taŋ² tuŋ⁵ tɕau⁵ tɕo⁶ han¹ te¹
daeuj daengz dungh couh coh raen de
来 到 东 州 才 见 他
来到东州见李旦。

1363
恨 他 乌 兰 胡 发 主
han¹ te¹ u⁵ la:n² hu² fa² ɬu³
raen de youq ranz huz faz souj
见 他 在 家 胡 发 主
见他住在胡发家，

1364
算 计 吼 背 佐 恨 他
ɬuan⁵ ki⁶ hau³ pai¹ ço⁶ han¹ te¹
suenq geiq haeuj bae coh raen de
算 计 进 去 向 见 他
打算进家去找他。

1365
背 恨 李 旦 能 志 埔
pai¹ han¹ li⁴ ta:n¹ naŋ⁶ kun² na:m⁶
bae raen lij dan naengh gwnz namh
去 见 李 旦 坐 上 地
看见李旦坐地上，

1366
王 金 曹 彪 隆 贺 吽
wa:ŋ² kin⁵ tɕa:u² piau⁵ loŋ² ho⁵ nau²
vangz ginh cauz byauh roengz hoq naeuz
王 金 曹 彪 下 膝 讲
王金曹彪下跪道。

1367
双 甫 隆 贺 害 咟 讲
ɬo:ŋ¹ pu⁴ loŋ² ho⁵ ha:i¹ pa:k⁷ ka:ŋ³
song boux roengz hoq hai bak gangj
二 人 下 膝 开 口 讲
两人下跪开口说，

1368
請 許 五 主 刀 背 兰
ɕiŋ³ hai³ ŋo⁴ ɬu³ ta:u⁵ pai¹ la:n²
cingj hawj ngoh souj dauq bae ranz
请 给 我 主 回 去 家
请让太子回家去。

1369
双 灰 特 伝 漢 阳 地
ɬo:ŋ¹ ho:i⁵ tuk⁸ hun² ha:n¹ ja:ŋ² tiak⁸
song hoiq dwg vunz han yangz dieg
二 奴 是 人 汉 阳 地方
我俩都是汉阳人，

1370
居 你 漢 阳 点 兵 齐
ku⁵ ni⁴ ha:n¹ ja:ŋ² te:m³ piŋ¹ çai²
gwq neix han yangz diemj bing caez
时 这 汉 阳 点 兵 齐
如今汉阳调兵马。

先逻五主不恨那，话许五主刀汉阳

李旦鲁耶呎嘬你，双数呷郭开麻伝

王金曹尨呼驾，五主盯耶差灰呷

小将王金布曹尨，斗叫五主不恨從

李旦当样还嘬呎，刀呷王金双三嘬

皆故打点伝不鲁，唅你二更斗叫故

王金鲁耶呎嘬你，退定刀绿硬辉机

王金曹尨就连呎，屋背兰绿哽辉机

凤娇刀嗲呷双佰，双况他特依茄雷

李旦恨嗲不呷诗，凤娇刀嗲双三嘬

双他斗哈眉麻嘬，双他斗初眉麻嘬

李旦恨把他嗲莫，双他伝兰斗呷故

1371

先	逻	五	主	不	恨	那
ɬeːn⁵	la¹	ŋo⁴	ɬu³	bau⁵	han¹	na³
senq	ra	ngoh	souj	mbouj	raen	naj
早已	找	我	主	不	见	面

找您好久不见人，

1372

诗	许	五	主	刀	漢	阳
çiŋ³	hai³	ŋo⁴	ɬu³	taːu⁵	haːn¹	jaːŋ²
cingj	hawj	ngoh	souj	dauq	han	yangz
请	给	我	主	回	汉	阳

请让我主回汉阳。

1373

李	旦	鲁	耶	吽	哼	你
li⁴	taːn¹	lo⁴	jia¹	haːu⁵	çon²	ni⁴
lij	dan	rox	nyi	hauq	coenz	neix
李	旦	懂	听	说	句	这

李旦听他这样说，

1374

双	数	叫	郭	开	麻	伝
ɬoːŋ¹	ɬu¹	heːu⁶	kuak⁸	kaːi⁵	ma²	hun²
song	sou	heuh	guh	gaiq	maz	vunz
二	你们	叫	做	块	什么	人

问道你俩是何人。

1375

王	金	曹	彪	吽	名	乌
waːŋ²	kin⁵	tɕaːu²	piau⁵	nau²	miŋ²	oːk⁷
vangz	ginh	cauz	byauh	naeuz	mingz	ok
王	金	曹	彪	讲	名	出

王金曹彪报上名，

1376

五	主	叮	耶	差	灰	吽
ŋo⁴	ɬu³	tiŋ⁵	jia¹	ça³	hoːi⁵	nau²
ngoh	souj	dingq	nyi	caj	hoiq	naeuz
我	主	听	见	等	奴	讲

我主您听奴才报。

1377

小	将	王	金	旬	曹	彪
ɬiau⁴	tɕiaŋ¹	waːŋ²	kin⁵	di⁴	tɕaːu²	piau⁵
siuj	ciengq	vangz	ginh	ndij	cauz	byauh
小	将	王	金	和	曹	彪

小将王金与曹彪，

1378

斗	叫	五	主	不	恨	從
tau³	heːu⁶	ŋo⁴	ɬu³	bau⁵	han¹	ɬuŋ²
daeuj	heuh	ngoh	souj	mbouj	raen	soengz
来	叫	我	主	不	见	住

来请我主不见人。

1379

李	旦	当	祥	还	哼	吽
li⁴	taːn¹	taːŋ¹	çiaŋ²	waːn²	çon²	haːu⁵
lij	dan	dang	ciengz	vanz	coenz	hauq
李	旦	当	场	回	句	话

李旦当场就回话，

1380

刀	吽	王	金	双	三	哼
taːu⁵	nau²	waːŋ²	kin⁵	ɬoːŋ¹	ɬaːm¹	çon²
dauq	naeuz	vangz	ginh	song	sam	coenz
回	讲	王	金	二	三	句

交代王金几句话。

1381

皆	故	打	点	伝	不	鲁
ka:i⁵	ku¹	ta³	te:m³	hun²	bau⁵	lo⁴
gaiq	gou	daj-	diemj	vunz	mbouj	rox
个	我	隐藏		人	不	知

我是隐匿无人知，

1382

暗	你	二	更	斗	叫	故
ham⁶	ni⁴	ŋi⁶	ke:ŋ¹	tau³	he:u⁶	ku¹
haemh	neix	ngeih	geng	daeuj	heuh	gou
晚	今	二	更	来	叫	我

今晚二更来找我。

1383

王	金	鲁	耶	吒	唺	你
wa:ŋ²	kin⁵	lo⁴	jia¹	ha:u⁵	çon²	ni⁴
vangz	ginh	rox	nyi	hauq	coenz	neix
王	金	懂	听	说	句	这

王金听他说到这，

1384

退	定	刀	绿	哽	糇	仇
to:i⁵	tin¹	ta:u⁵	lo:k⁸	kun¹	hau⁴	çau²
doiq	din	dauq	rog	gwn	haeux	caeuz
退	脚	回	外面	吃	饭	晚饭

退出门去吃晚饭。

1385

王	金	曹	彪	就	连	吒
wa:ŋ²	kin⁵	tça:u²	piau⁵	tço⁶	le:n⁶	ha:u⁵
vangz	ginh	cauz	byauh	couh	lenh	hauq
王	金	曹	彪	就	连忙	说

王金曹彪接着说，

1386

屋	背	兰	绿	哽	糇	仇
o:k⁷	pai¹	la:n²	lo:k⁸	kun¹	hau⁴	çau²
ok	bae	ranz	rog	gwn	haeux	caeuz
出	去	房	外	吃	饭	晚饭

去到屋外吃晚饭。

1387

凤	娇	刀	嗲	吽	双	咟
fuŋ¹	kiau⁵	ta:u⁵	ça:m¹	nau²	ɬo:ŋ¹	pa:k⁷
fung	gyauh	dauq	cam	naeuz	song	bak
凤	娇	回	问	讲	两	口

凤娇又来问两句，

1388

双	况	他	特	伝	茄	雷
ɬo:ŋ¹	kwa:ŋ¹	te¹	tuk⁸	hun²	kia²	lai²
song	gvang	de	dwg	vunz	giz	lawz
两	兄	他	是	人	地方	哪

两位兄弟哪里人？

1389

李	旦	恨	嗲	不	吽	所
li⁴	ta:n¹	han¹	ça:m¹	bau⁵	nau²	ɬo⁶
lij	dan	raen	cam	mbouj	naeuz	soh
李	旦	见	问	不	讲	直

李旦没有说实话，

1390

凤	娇	刀	嗲	双	三	唺
fuŋ¹	kiau⁵	ta:u⁵	ça:m¹	ɬo:ŋ¹	ɬa:m¹	çon²
fung	gyauh	dauq	cam	song	sam	coenz
凤	娇	回	问	二	三	句

凤娇接着又问道。

1391

双	他	斗	嗲	眉	麻	路
ɬoːŋ¹	te¹	tau³	ça:m¹	mi²	ma²	lo⁶
song	de	daeuj	cam	miz	maz	loh
二	他	来	问	有	什么	路

这两人来问什么，

1392

双	他	斗	初	眉	麻	唒
ɬoːŋ¹	te¹	tau³	ço⁶	mi²	ma²	çon²
song	de	daeuj	coh	miz	maz	coenz
二	他	来	向	有	什么	句

二位来有什么事？

1393

李	旦	恨	妑	他	嗲	莫
li⁴	ta:n¹	han¹	pa²	te¹	ça:m¹	mo⁵
lij	dan	raen	baz	de	cam	moq
李	旦	见	妻	她	问	新

李旦见妻子又问，

1394

双	他	伝	兰	斗	叫	故
ɬoːŋ¹	te¹	hun²	la:n²	tau³	heːu⁶	ku¹
song	de	vunz	ranz	daeuj	heuh	gou
二	他	人	家	来	叫	我

二位家人来找我。

十八　鸳鸯盟誓不移情

扫码听音频

30

皆有勒乱叫尾缘，居你敢亦刀中國

凤娇恨关叫咛你，舍故各为不资佐

关故舍故乌半路，許故兰賊责你頼

劲爱辛苦不雷业，内兰卜報也不慣

李旦恨妣叫刀各弟，姓故不讲围连束

盖雪荷连礼能殺，眉眉桥斗丑者

关妣举了讲同学，双甫盟雪不許暴

妖太鲁耶呢嘈你，故皆责佐不累垂

李旦恨妣隆賀跪，劲故贵佐市业楞

文武妈劲乾不讲，发背贵佐不暴思

讲厢嘉你又乙亲，妈劲凤娇呪背眠

再讲关金曹魁盯

1395

皆	名	勒	乱	吽	屋	绿
ka:i⁵	muŋ²	lak⁸	luan⁶	nau²	o:k⁷	lo:k⁸
gaiq	mwngz	laeg	luenh	naeuz	ok	rog
个	你	莫	乱	讲	出	外

不要出去乱说话，

1396

居	你	故	亦	刀	中	國
ku⁵	ni⁴	ku¹	a³	ta:u⁵	tɕuŋ⁵	ko²
gwq	neix	gou	aj	dauq	cungh	goz
时	这	我	要	回	中	国

如今我将回长安。

1397

凤	娇	恨	关	吽	哯	你
fuŋ¹	kiau⁵	han¹	kwa:n¹	nau²	ɕon²	ni⁴
fung	gyauh	raen	gvan	naeuz	coenz	neix
凤	娇	见	夫	讲	句	这

凤娇听丈夫说完，

1398

舍	故	各	乌	不	贫	伝
ɕe¹	ku¹	ka:k⁸	u⁵	bau⁵	pan²	hun²
ce	gou	gag	youq	mbouj	baenz	vunz
留	我	自	在	不	成	人

留我独居怎做人。

1399

关	故	舍	故	乌	半	路
kwa:n¹	ku¹	ɕe¹	ku¹	u⁵	puan⁵	lo⁶
gvan	gou	ce	gou	youq	buenq	loh
夫	我	留	我	在	半	路

丈夫半路抛下我，

1400

許	故	兰	贱	贫	你	赖
hai³	ku¹	la:n²	ɕian⁶	pan²	ni⁴	la:i¹
hawj	gou	ranz	cienh	baenz	neix	lai
给	我	家	贱	成	这	多

让我成了卑贱人。

1401

孙	爻	辛	苦	不	雷	业
lɯk⁸	tɕa⁴	ɬin⁶	ho³	bau⁵	lai²	diap⁷
lwg	gyax	sin	hoj	mbouj	lawz	ndiep
儿	孤	辛	苦	没	谁	爱

孤儿寡母没人疼，

1402

内	兰	卜	叔	也	不	顺
dai¹	la:n²	po⁶	ɕuk⁷	je³	bau⁵	ɕin¹
ndaw	ranz	boh	cuk	yej	mbouj	caen
里	家	父	叔	也	不	亲

家里叔父也不亲。

1403

李	旦	恨	妑	吽	哯	你
li⁴	ta:n¹	han¹	pa²	nau²	ɕon²	ni⁴
lij	dan	raen	baz	naeuz	coenz	neix
李	旦	见	妻	讲	句	这

李旦听妻这样说，

1404

往	故	不	用	讲	凄	凉
nuaŋ⁴	ku¹	bau⁵	juŋ⁶	ka:ŋ³	ɬi⁵	lian²
nuengx	gou	mbouj	yungh	gangj	si	liengz
妹	我	不	用	讲	凄	凉

妹妹你莫要伤心。

1405

差	霄	荷	连	礼	能	殿
ça³	buɯn¹	ha³	lian²	dai⁴	naŋ⁶	teːn⁶
caj	mbwn	hoj	lienz	ndaej	naengh	dienh
若	天	可	怜	得	坐	殿

如老天让我称帝，

1406

眉	豆	眉	桥	斗	丑	名
mi²	tau¹	mi²	kiau⁶	tau³	çu⁴	muɯŋ²
miz	daeu	miz	giuh	daeuj	coux	mwngz
有	轿	有	轿	来	接	你

抬着花轿来接你。

1407

李	旦	恨	吽	刀	各	涕
li⁴	taːn¹	han¹	nau²	taːu⁵	kaːk⁸	tai³
lij	dan	raen	naeuz	dauq	gag	daej
李	旦	见	说	回	自	哭

李旦自说自落泪，

1408

皆	故	贪	伝	不	徕	名
kaːi⁵	ku¹	pan²	hun²	bau⁵	lum²	muɯŋ²
gaiq	gou	baenz	vunz	mbouj	lumz	mwngz
个	我	成	人	不	忘	你

我若成功不负你。

1409

关	妠	涕	了	讲	同	学
kwaːn¹	pa²	tai³	leːu⁴	kaːŋ³	toŋ⁶	ço⁶
gvan	baz	daej	liux	gangj	doengh	coh
夫	妻	哭	完	讲	同	向

夫妻面对面哭了，

1410

双	甫	盟	霄	不	许	徕
ɬoːŋ¹	pu⁴	miaŋ¹	buɯn¹	bau⁵	hai³	lum²
song	boux	mieng	mbwn	mbouj	hawj	lumz
二	人	发誓	天	不	给	忘

对天发誓不相忘。

1411

妠	太	鲁	耶	吒	哴	你
ja⁶	taːi⁵	lo⁴	jia¹	haːu⁵	çon²	ni⁴
yah-	daiq	rox	nyi	hauq	coenz	neix
岳母		懂	听	说	句	这

岳母听到这些话，

1412

孙	故	贫	伝	亦	业	楞
luɯk⁸	ku¹	pan²	hun²	a³	diap⁷	laŋ¹
lwg	gou	baenz	vunz	aj	ndiep	laeng
儿	我	成	人	要	爱	后

子婿荣耀莫忘母。

1413

李	旦	恨	吽	隆	贺	跪
li⁴	taːn¹	han¹	nau²	loŋ²	ho⁵	kwi⁶
lij	dan	raen	naeuz	roengz	hoq	gvih
李	旦	见	讲	下	膝	跪

李旦听了忙下跪，

1414

灰	背	贫	伝	不	徕	恩
hoːi⁵	pai¹	pan²	hun²	bau⁵	lum²	an¹
hoiq	bae	baenz	vunz	mbouj	lumz	aen
奴	去	成	人	不	忘	恩

我若荣耀不忘恩。

1415

文	氏	妈	孙	就	不	讲
wuun²	çi¹	me⁶	luuk⁸	tço⁶	bau⁵	ka:ŋ³
vwnz	si	meh	lwg	couh	mbouj	gangj
文	氏	母	儿	就	不	说

文氏母女才放心,

1416

妈	孙	风	娇	吼	背	眠
me⁶	luuk⁸	fuŋ¹	kiau⁵	hau³	pai¹	nin²
meh	lwg	fung	gyauh	haeuj	bae	ninz
母	儿	凤	娇	进	去	睡

母女二人回房睡。

1417

讲	肝	茄	你	又	乙	奈
ka:ŋ³	taŋ²	kia²	ni⁴	jau⁶	ʔjiat⁷	na:i⁵
gangj	daengz	giz	neix	youh	yiet	naiq
讲	到	地方	这	又	歇	累

讲到这里先休息,

1418

再	讲	王	金	曹	彪	肝
tça:i¹	ka:ŋ³	wa:ŋ²	kin⁵	tça:u²	piau⁵	taŋ²
caiq	gangj	vangz	ginh	cauz	byauh	daengz
再	讲	王	金	曹	彪	到

再说到王金曹彪。

奴真烦背教连呢，铺讲呈圭万粒背么。
暑你汉阳耀兵位，斗谈五生系许从。
奕马招礼凡寸万，能将招礼凡千表。
咻许五生刀背粜，全英全马亦桑遮。
娇太恨吽就连呢，劝故贫依亦业楞。
李旦当祥隆贺跪，姜故贫依不惠楞。
若你惜兴墨背缘，各墨圭意嗲许姜。
老妈鲁邪呢嗲你，干卿哑果就背嗲。
凤娇恨肟就连诵，甫娇县你老弄兰。
老妈当祥还嗲呢，小姐隆能差友吽。
马迪许友斗郭司，亦嗲小姐欧郭她。
凤娇恨吽就连呢，老奴郭司姜友吽。

1419

双	更	吼	背	就	连	吒
ɬoːŋ^1	keːŋ^1	hau^3	pai^1	tɕo^6	leːn^6	haːu^5
song	geng	haeuj	bae	couh	lenh	hauq
二	更	进	去	就	连忙	说

二更进来催促说，

1420

請	许	五	主	刀	背	壬
ɕiŋ^3	hai^3	ŋo^4	ɬu^3	taːu^5	pai^1	jam^2
cingj	hawj	ngoh	souj	dauq	bae	yaemz
请	给	我	主	回	去	快

请求我主快动身。

1421

居	你	漢	阳	招	兵	佐
ku^5	ni^4	haːn^1	jaːŋ^2	ɕiau^1	piŋ^1	ɕa^3
gwq	neix	han	yangz	ciu	bing	caj
时	这	汉	阳	招	兵	等

如今汉阳招壮兵，

1422

斗	请	五	主	不	许	従
tau^3	ɕiŋ^3	ŋo^4	ɬu^3	bau^5	hai^3	ɬuŋ^2
daeuj	cingj	ngoh	souj	mbouj	hawj	sungz
来	请	我	主	不	给	误

来请我主不得误。

1423

兵	馬	招	礼	几	十	万
piŋ^1	ma^4	ɕiau^1	dai^4	ki^3	ɕip^8	faːn^6
bing	max	ciu	ndaej	geij	cib	fanh
兵	马	招	得	几	十	万

已招兵马几十万，

1424

能	将	招	礼	几	千	名
nun^2	tɕiaŋ^1	ɕiau^1	dai^4	ki^3	ɕian^1	miŋ^2
naengz	ciengq	ciu	ndaej	geij	cien	mingz
能	将	招	得	几	千	名

又募将领几千名。

1425

吽	许	五	主	刀	背	紧
nau^2	hai^3	ŋo^4	ɬu^3	taːu^5	pai^1	tɕɛn^3
naeuz	hawj	ngoh	souj	dauq	bae	gaenj
说	给	我	主	回	去	急

催促我主赶快回，

1426

全	兵	全	馬	亦	桑	撞
taŋ^2	piŋ^1	taŋ^2	ma^4	a^3	ɬaːŋ^3	fuŋ^2
daengx	bing	daengx	max	aj	sangj	fwngz
全部	兵	全部	马	要	动	手

全部兵马将出征。

1427

妖	太	恨	吽	就	连	吒
ja^6	taːi^5	han^1	nau^2	tɕo^6	leːn^6	haːu^5
yah-	daiq	raen	naeuz	couh	lenh	hauq
岳母		见	说	就	连忙	说

岳母听后连忙说，

1428

劢	故	贫	伝	亦	业	楞
luk^8	ku^1	pan^2	hun^2	a^3	diap^7	laŋ^1
lwg	gou	baenz	vunz	aj	ndiep	laeng
儿	我	成	人	要	爱	后

子婿荣耀莫忘母。

1429

李	旦	当	祥	隆	贺	跪
li⁴	taːn¹	taːŋ¹	ɕiaŋ²	loŋ²	ho⁵	kwi⁶
lij	dan	dang	ciengz	roengz	hoq	gvih
李	旦	当	场	下	膝	跪

李旦马上就下跪，

1430

差	故	贫	伝	不	惠	楞
ɕa³	ku¹	pan²	hun²	bau⁵	wi¹	laŋ¹
caj	gou	baenz	vunz	mbouj	vi	laeng
若	我	成	人	不	违背	后

我若出头不忘恩。

十九 马迪死缠美凤娇

扫码听音频

奴更嗣背家連嘅，舗许五生刀背案，
喏你漢陽耜央位，斗跛五生许從
奥馬招礼几十万，能将招礼几千名，
晤许五生刀背案，全央全馬亦桑遊
妖太恨晤就連嘅，勃故贵依亦业楞
李旦当祥隆賀跪、姜故贵依不恶楞
舂你惜興屄背緣、名墨主意嗲许嘉
老媽鲁耶嗌將你，干卿哽呆就背嗲
凤娇恨肝就連啩、甫妖畏你老弄兰，
老媽当祥还啼嘅、小姐隆能姜友晤
馬迪许友斗郭司，亦嗲小姐故郭她
凤娇恨晤就連嘅，老妖郭司姜友晤

1431

居	你	信	兴	屋	背	缘
ku⁵	ni⁴	ɬin¹	hin⁵	o:k⁷	pai¹	lo:k⁸
gwq	neix	sin	hingh	ok	bae	rog
时	这	信	兴	出	去	外面

信兴别妻离家后，

1432

名	屋	主	意	嗲	许	娄
muɯŋ²	o:k⁷	ɕɯ³	i⁵	ɕa:m¹	hai³	lau³
mwngz	ok	cawj	eiq	cam	hawj	raeuz
你	出	主	意	问	给	我们

马迪请人去说媒。

1433

老	妈	鲁	耶	吒	嗉	你
la:u⁴	me⁶	lo⁴	jia¹	ha:u⁵	ɕon²	ni⁴
laux	meh	rox	nyi	hauq	coenz	neix
大	母	懂	听	说	句	这

媒婆听到马迪话，

1434

干	即	哽	呆	就	背	嗲
ka:n³	ɕɯ⁵	kun¹	ŋa:i²	tɕo⁶	pai¹	ɕa:m¹
ganj-	cwq	gwn	ngaiz	couh	bae	cam
赶紧		吃	早饭	就	去	问

赶忙吃饭就去问。

1435

凤	娇	恨	盯	就	连	喃
fuŋ¹	kiau⁵	han¹	taŋ²	tɕo⁶	le:n⁶	to:ŋ⁴
fung	gyauh	raen	daengz	couh	lenh	dongx
凤	娇	见	到	就	连忙	招呼

凤娇见到就招呼，

1436

甫	妚	旵	你	老	弄	兰
pu⁴	ja⁶	ŋon²	ni⁴	la:u¹	loŋ¹	la:n²
boux	yah	ngoenz	neix	lau	loeng	ranz
人	婆	日	这	怕	错	家

婆婆今日串错门。

1437

老	妈	当	祥	还	啼	吒
la:u⁴	me⁶	ta:ŋ¹	ɕiaŋ²	wa:n²	ɕon²	ha:u⁵
laux	meh	dang	ciengz	vanz	coenz	hauq
大	母	当	场	回	句	话

媒婆马上回答道，

1438

小	姐	隆	能	差	灰	吽
ɬiau⁴	tɕe⁴	loŋ²	naŋ⁶	ɕa³	ho:i⁵	nau²
siuj	cej	roengz	naengh	caj	hoiq	naeuz
小	姐	下	坐	等	奴	讲

小姐坐下听我说。

1439

馬	迪	许	灰	斗	郭	司
ma⁴	ti²	hai³	ho:i⁵	tau³	kuak⁸	ɬɯ⁵
maj	diz	hawj	hoiq	daeuj	guh	swq
马	迪	给	奴	来	做	媒

马迪请我来说媒，

1440

亦	嗲	小	姐	欧	郭	妑
a³	ɕa:m¹	ɬiau⁴	tɕe⁴	au¹	kuak⁸	pa²
aj	cam	siuj	cej	aeu	guh	baz
要	问	小	姐	娶	做	妻

想娶小姐你为妻。

1441

凤	娇	恨	吽	就	连	呍
fuŋ¹	kiau⁵	han¹	nau²	tɕo⁵	leːn⁶	haːu⁵
fung	gyauh	raen	naeuz	couh	lenh	hauq
凤	娇	见	说	就	连忙	说

凤娇听完立刻说，

1442

老	奵	郭	司	差	灰	吽
laːu⁴	ja⁶	kuak⁸	ɬɯ⁵	ɕa³	hoːi⁵	nau²
laux	yah	guh	swq	caj	hoiq	naeuz
大	婆	做	媒	等	奴	讲

说媒婆婆听我说。

引　　　　28

馬迪勇猛行心慌，关灰造逃背莆他，

馬迪赤欧样雷礼，天下遭礼不眉列，

他欧恶娇姐郭娇，群乌礼欧那郭她，

老媽鲁耶吃孬休，干郎狠鹞不敢继，

刀射馬迪心攻臺，就与老媽讲几宵，

老媽哑茶就连吃，凤娇不礼走呈姜，

他咐第各特姐夫，群乌礼欧那郭娘，

馬迪恨吽吃呼你，刀屋主恚不劳有，

老媽背兰就不拼，刀讲馬迪吞背哆，

馬迪恨公大背流，湖父屋背收银钱，

馬迪勒烈骑馬斗，耻背参史托双呼。

公大皇家背雪流。灰亦逆他眉事橘。

1443

馬	迪	号	伝	行	心	萼
ma⁴	ti²	ha:u⁶	hun²	he:ŋ²	ɬam¹	ʔja:k⁷
maj	diz	hauh	vunz	hengz	sim	yak
马	迪	这号	人	行	心	恶

马迪这人心肠狠，

1444

关	灰	造	逃	背	卣	他
kwa:n¹	ho:i⁵	tɕo⁶	te:u²	pai¹	di⁴	te¹
gvan	hoiq	coh	deuz	bae	ndij	de
夫	奴	才	逃	去	和	他

我夫因为他出逃。

1445

馬	迪	亦	欧	样	雷	礼
ma⁴	ti²	a³	au¹	jiaŋ⁶	lai²	dai⁴
maj	diz	aj	aeu	yiengh	lawz	ndaej
马	迪	想	娶	样	哪	得

马迪德性哪样行，

1446

天	下	道	礼	不	眉	行
te:n⁶	ja⁵	ta:u⁶	lai⁴	bau⁵	mi²	he:ŋ²
dien	yah	dauh	leix	mbouj	miz	hengz
天	下	道	理	没	有	行

天下没有了伦理。

1447

他	欧	鸾	娇	姐	郭	妠
te¹	au¹	luan²	kiau⁵	tɕe⁴	kuak⁸	ja⁶
de	aeu	luenz	gyauh	cej	guh	yah
他	娶	鸾	娇	姐	做	妻

他娶鸾娇姐为妻，

1448

样	乌	礼	欧	那	郭	妠
jiaŋ⁶	ʔju⁵	dai⁴	au¹	na⁴	kuak⁸	pa²
yiengh	youq	ndaej	aeu	nax	guh	baz
样	怎	得	娶	小姨	做	妻

怎么还来娶小姨？

1449

老	媽	鲁	耶	吒	哼	你
la:u⁴	me⁶	lo⁴	jia¹	ha:u⁵	ɕon²	ni⁴
laux	meh	rox	nyi	hauq	coenz	neix
大	母	懂	听	说	句	这

媒婆听她这样说，

1450

干	即	很	躺	不	敢	從
ka:n³	ɕu⁵	hun⁵	da:ŋ¹	bau⁵	ka:m³	ɬuŋ²
ganj-	cwq	hwnq	ndang	mbouj	gamj	soengz
赶紧	起	身	不	敢	住

马上起身就走人。

1451

刀	肕	馬	迪	心	欢	喜
ta:u⁵	taŋ²	ma⁴	ti²	ɬam¹	wuan⁶	hi³
dauq	daengz	maj	diz	sim	vuen	heij
回	到	马	迪	心	欢	喜

媒婆回到马迪乐，

1452

就	卣	老	媽	讲	几	哼
tɕo⁶	di⁴	la:u⁴	me⁶	ka:ŋ³	ki³	ɕon²
couh	ndij	laux	meh	gangj	geij	coenz
就	和	大	母	说	几	句

就和媒婆说上话。

1453

老	媽	哽	茶	就	連	吒
la:u⁴	me⁶	kun¹	ça²	tço⁶	le:n⁶	ha:u⁵
laux	meh	gwn	caz	couh	lenh	hauq
大	母	吃	茶	就	连忙	说

媒婆喝茶开口道，

1454

凤	娇	不	礼	应	呈	娄
fuŋ¹	kiau⁵	bau⁵	dai⁴	iŋ⁵	çiŋ²	lau²
fung	gyauh	mbouj	ndaej	wngq	cingz	raeuz
凤	娇	不	得	应	承	我们

凤娇没有答应你。

1455

他	吽	皆	名	特	姐	夫
te¹	nau²	ka:i⁵	muŋ²	tuk⁸	tçe⁴	fu⁵
de	naeuz	gaiq	mwngz	dwg	cej	fuh
她	说	个	你	是	姐	夫

她说你是她姐夫，

1456

样	乌	礼	欧	那	郭	娘
jiaŋ⁶	ʔju⁵	dai⁴	au¹	na⁴	kuak⁸	na:ŋ²
yiengh	youq	ndaej	aeu	nax	guh	nangz
样	怎	得	娶	小姨	做	妻

哪能又要娶小姨？

1457

馬	迪	恨	吽	吒	唪	你
ma⁴	ti²	han¹	nau²	ha:u⁵	çon²	ni⁴
maj	diz	raen	naeuz	hauq	coenz	neix
马	迪	见	讲	说	句	这

马迪听她这样说，

1458

刀	屋	主	意	不	劳	冇
ta:u⁵	o:k⁷	çɯ³	i⁵	bau⁵	la:u¹	diai¹
dauq	ok	cawj	eiq	mbouj	lau	ndwi
回	出	主	意	不	怕	空

心里打起坏主意。

1459

老	媽	背	兰	就	不	讲
la:u⁴	me⁶	pai¹	la:n²	tço⁶	bau⁵	ka:ŋ³
laux	meh	bae	ranz	couh	mbouj	gangj
大	母	去	家	就	不	讲

媒婆回家不再说，

1460

刀	讲	馬	迪	各	背	噖
ta:u⁵	ka:ŋ³	ma⁴	ti²	ka:k⁸	pai¹	ça:m¹
dauq	gangj	maj	diz	gag	bae	cam
回	讲	马	迪	自	去	问

再讲马迪自提亲。

1461

馬	迪	恨	公	大	背	流
ma⁴	ti²	han¹	koŋ¹	ta¹	pai¹	liau⁶
maj	diz	raen	goeng-	da	bae	liuh
马	迪	见	岳父		去	玩

马迪见岳父外出，

1462

胡	发	屋	背	收	銀	錢
hu²	fa²	o:k⁷	pai¹	çau¹	ŋan²	çe:n²
huz	faz	ok	bae	sou	ngaenz	cienz
胡	发	出	去	收	银	钱

胡发出门收款子。

1463

馬	迪	勒	烈	騎	馬	斗
ma⁴	ti²	lak⁸	le:m⁴	kiai⁶	ma⁴	tau³
maj	diz	laeg-	lemx	gwih	max	daeuj
马	迪	悄悄		骑	马	来

马迪骑马悄悄到，

1464

吼	背	嗲	文	氏	双	唪
hau³	pai¹	ça:m¹	wuun²	çi¹	ło:ŋ¹	çon²
haeuj	bae	cam	vwnz	si	song	coenz
进	去	问	文	氏	二	句

进去问文氏几句。

1465

公	大	昙	你	背	雷	流
koŋ¹	ta¹	ŋon²	ni⁴	pai¹	lai²	liau⁶
goeng-	da	ngoenz	neix	bae	lawz	liuh
岳父		日	这	去	哪	玩

岳父今天去哪儿？

1466

灰	亦	逻	他	眉	事	悙
ho:i⁵	a³	la¹	te¹	mi²	łian⁵	çiŋ²
hoiq	aj	ra	de	miz	saeh	cingz
奴	要	找	他	有	事	情

我有事情来找他。

文氏当祥眈莲呢，公大背缘收银锄，
马迪吾他束拦拼，甫他听劝曹亦眠，
文氏恨嗲不叫砂，唉他亦刀鲁亦眠。
马迪嗲呑报了翀，刀嗲凤娇背葙雷，
文氏恨嗲可晴砂，凤娇老缘他绣花。
马迪恨太叫啼你，内心欢喜双三分，
大家讲啼丢所晴，孙故流背鲁亦瞅，
文氏恨他不想恨，友旦重太眉事烦。
马迪恨太讲啼你，故劳他亦乌硬帆，
文氏恨他吩呀你，太亦凯胜逻样森。
马迪当祥还啼呢，
文氏当祥开晒讲，亦还啼帆许各各。

1467

文	氏	当	祥	就	连	咙
wuun²	çi¹	ta:ŋ¹	çiaŋ²	tço⁶	le:n⁶	ha:u⁵
vwnz	si	dang	ciengz	couh	lenh	hauq
文	氏	当	场	就	连忙	说

文氏立刻回答他，

1468

公	大	背	绿	收	银	钱
koŋ¹	ta¹	pai¹	lo:k⁸	çau¹	ŋan²	çe:n²
goeng-	da	bae	rog	sou	ngaenz	cienz
岳父		去	外	收	银	钱

岳父外出去收钱。

1469

馬	迪	居	他	开	咭	讲
ma⁴	ti²	ku⁵	te¹	ha:i¹	pa:k⁷	ka:ŋ³
maj	diz	gwq	de	hai	bak	gangj
马	迪	时	那	开	口	讲

马迪那时开口说，

1470

公	大	亦	刀	鲁	亦	眠
koŋ¹	ta¹	a³	ta:u⁵	lo⁴	a³	nin²
goeng-	da	aj	dauq	rox	aj	ninz
岳父		要	回	或	要	睡

岳父今晚回不回？

1471

文	氏	恨	嘇	不	吽	所
wuun²	çi¹	han¹	ça:m¹	bau⁵	nau²	ɬo⁶
vwnz	si	raen	cam	mbouj	naeuz	soh
文	氏	见	问	不	讲	直

文氏故意不直说，

1472

啵	他	亦	刀	鲁	亦	眠
de⁵	te¹	a³	ta:u⁵	lo⁴	a³	nin²
ndeq	de	aj	dauq	rox	aj	ninz
晓	他	要	回	或	要	睡

不知他要不要回。

1473

馬	迪	嘇	谷	根	了	闹
ma⁴	ti²	ça:m¹	kok⁷	kan¹	le:u⁴	na:u⁵
maj	diz	cam	goek	gaen	liux	nauq
马	迪	问	源	根	完	没

马迪盘根又问底，

1474

刀	嘇	凤	娇	背	茄	雷
ta:u⁵	ça:m¹	fuŋ¹	kiau⁵	pai¹	kia²	lai²
dauq	cam	fung	gyauh	bae	giz	lawz
回	问	凤	娇	去	地方	哪

又问凤娇去哪里。

1475

文	氏	恨	嘇	可	吽	所
wuun²	çi¹	han¹	ça:m¹	ko³	nau²	ɬo⁶
vwnz	si	raen	cam	goj	naeuz	soh
文	氏	见	问	也	讲	直

文氏这回讲实话，

1476

凤	娇	屋	绿	他	绣	花
fuŋ¹	kiau⁵	u⁵	luk⁸	te¹	ɬe:u⁵	wa¹
fung	gyauh	youq	rug	de	siuq	va
凤	娇	在	室	她	绣	花

凤娇在卧室绣花。

1477

馬	迪	恨	太	吽	唪	你
ma^4	ti^2	han^1	ta:i^5	nau^2	çon^2	ni^4
maj	diz	raen	daiq	naeuz	coenz	neix
马	迪	见	岳母	说	句	这

马迪见她这样说,

1478

内	心	欢	喜	双	三	分
dai^1	ɬam^1	wuan^6	hi^3	ɬo:ŋ^1	ɬa:m^1	fan^1
ndaw	sim	vuen	heij	song	sam	faen
内	心	欢	喜	二	三	分

心中有几分暗喜。

1479

大	家	讲	咕	昙	肝	嗑
ta^1	kia^5	ka:ŋ^3	ko^3	ŋon^2	taŋ^2	ham^6
daih	gya	gangj	goj	ngoenz	daengz	haemh
大	家	讲	故事	日	到	夜

两人从早聊到晚,

1480

文	氏	各	想	各	不	贫
wun^2	çi^1	ka:k^8	ɬian^3	ka:k^8	bau^5	pan^2
vwnz	si	gag	siengj	gag	mbouj	baenz
文	氏	自	想	自	不	成

文氏越想越不妥。

1481

文	氏	恨	他	不	想	很
wun^2	çi^1	han^1	te^1	bau^5	ɬian^3	hun^5
vwnz	si	raen	de	mbouj	siengj	hwnq
文	氏	见	他	不	想	起

文氏见他不起身,

1482

孙	故	亦	背	鲁	亦	眠
luk^8	ku^1	a^3	pai^1	lo^4	a^3	nin^2
lwg	gou	aj	bae	rox	aj	ninz
儿	我	要	去	或	要	睡

你要回去或留宿?

1483

馬	迪	恨	太	吽	唪	你
ma^4	ti^2	han^1	ta:i^5	nau^2	çon^2	ni^4
maj	diz	raen	daiq	naeuz	coenz	neix
马	迪	见	岳母	讲	句	这

马迪听她这样说,

1484

灰	里	大	太	眉	事	悾
ho:i^5	di^4	ta^1	ta:i^5	mi^2	ɬian^5	çiŋ^2
hoiq	ndij	da	daiq	miz	saeh	cingz
奴	和	岳父	岳母	有	事	情

我还有事找俩老。

1485

文	氏	恨	他	吽	唪	你
wun^2	çi^1	han^1	te^1	nau^2	çon^2	ni^4
vwnz	si	raen	de	naeuz	coenz	neix
文	氏	见	他	讲	句	这

文氏听他这样说,

1486

故	劳	他	亦	乌	哽	仇
ku^1	la:u^1	te^1	a^3	u^5	kun^1	çau^2
gou	lau	de	aj	youq	gwn	caeuz
我	怕	他	要	在	吃	晚饭

怕他留下吃晚饭。

1487

馬	迪	当	祥	还	哴	吽
ma⁴	ti²	ta:ŋ¹	ɕiaŋ²	wa:n²	ɕon²	ha:u⁵
maj	diz	dang	ciengz	vanz	coenz	hauq
马	迪	当	场	回	句	话

马迪见状问文氏，

1488

太	亦	吼	屋	逻	样	麻
ta:i⁵	a³	hau³	o:k⁷	la¹	jiaŋ⁶	ma²
daiq	aj	haeuj	ok	ra	yiengh	maz
岳母	要	进	出	找	样	什么

岳母进出找哪样？

1489

文	氏	当	祥	开	咟	讲
wun²	ɕi¹	ta:ŋ¹	ɕiaŋ²	ha:i¹	pa:k⁷	ka:ŋ³
vwnz	si	dang	ciengz	hai	bak	gangj
文	氏	当	场	开	口	讲

文氏接过话头说，

1490

亦	逻	糇	仇	许	各	名
a³	la¹	hau⁴	ɕau²	hai³	ka:i⁵	muŋ²
aj	ra	haeux	caeuz	hawj	gaiq	mwngz
想	找	米	晚饭	给	个	你

找米做饭给你吃。

32　　　　　　双

皆故迟雷也不墨，亦资朱礼许各名。

吾你不音思你讲，仇果替故又不眉。

马迪恨太咩瘆你，貓灰可代双带银。

马迪现许朕何领，观许开你太可欧。

文氏学欧笑八成，就礼背迟郭辉讥。

马迪亂桌就哽酒，江昙隆洞不断桌。

不可胡发就莲刀，再每哽仇不断桌。

胡发哽酒嗲双唷，劲故亦瞳正造际。

马迪开咟还嘻呢，滚斗初太借銀欧。

胡发恨咩吽不介末，劲故亦欧龇百欧。

大家酒多就不讲，大家像当蒲刀背眠。

不可马迪想凤娇，殷郭涛多乳背瞧眼。

1491
皆　故　逻　雷　也　不　屋
ka:i⁵　ku¹　la¹　lai²　je³　bau⁵　oːk⁷
gaiq　gou　ra　lawz　yej　mbouj　ok
个　我　找　哪　也　不　出
我什么都找不到，

1492
亦　贫　失　礼　许　各　名
a³　pan²　ɬet⁷　lai⁴　hai³　ka:i⁵　muŋ²
aj　baenz　saet　laex　hawj　gaiq　mwngz
要　成　失　礼　给　个　你
真是让你见笑了。

1493
居　你　不　音　恩　你　讲
kɯ⁵　ni⁴　bau⁵　ʔjam¹　an¹　mɯŋ²　ka:ŋ³
gwq　neix　mbouj　yaem　aen　mwngz　gangj
时　这　不　瞒　个　你　讲
现在我不瞒你说，

1494
仇　呆　皆　故　又　不　眉
ɕau²　ŋa:i²　ka:i⁵　ku¹　jau⁶　bau⁵　mi²
caeuz　ngaiz　gaiq　gou　youh　mbouj　miz
晚饭　早饭　个　我　又　没　有
今天没米下锅了。

1495
馬　迪　恨　太　吽　哹　你
ma⁴　ti²　han¹　ta:i⁵　nau²　ɕon²　ni⁴
maj　diz　raen　daiq　naeuz　coenz　neix
马　迪　见　岳母　讲　句　这
马迪见她这样说，

1496
殆　灰　可　代　双　常　银
da:ŋ¹　ho:i⁵　ko³　ta:i⁵　ɬo:ŋ¹　ɕa:ŋ²　ŋan²
ndang　hoiq　goj　daiq　song　cangz　ngaenz
身　奴　也　带　二　两　银
便说带有几两银。

1497
馬　迪　现　许　太　可　领
ma⁴　ti²　jian⁶　hai³　ta:i⁵　ko³　liŋ⁴
maj　diz　yienh　hawj　daiq　goj　lingx
马　迪　递　给　岳母　也　领
马迪递钱给岳母，

1498
现　许　开　你　太　可　欧
jian⁶　hai³　ka:i⁵　ni⁴　ta:i⁵　ko³　au¹
yienh　hawj　gaiq　neix　daiq　goj　aeu
递　给　块　这　岳母　也　要
递给岳母她接过。

1499
文　氏　学　欧　笑　八　仪
wun²　ɕi¹　ɕo⁶　au¹　liau¹　pa⁶　ji⁵
vwnz　si　coh　aeu　riu　bah-　yiq
文　氏　接　要　笑　吟吟
文氏接过笑口开，

1500
就　礼　背　逻　郭　糎　仇
tɕo⁶　dai⁴　pai¹　la¹　kuak⁸　hau⁴　ɕau²
couh　ndaej　bae　ra　guh　haeux　caeuz
才　得　去　找　做　米　晚饭
才有钱去买饭菜。

1501

馬	迪	能	桌	就	哽	酒
ma⁴	ti²	naŋ⁶	ço:ŋ²	tço⁶	kun¹	lau³
maj	diz	naengh	congz	couh	gwn	laeuj
马	迪	坐	桌	就	吃	酒

马迪入桌就喝酒，

1502

江	昙	隆	洞	不	断	桌
tçak⁷	ŋon²	loŋ²	ço:ŋ⁶	bau⁵	to:n⁵	ço:ŋ²
daeng-	ngoenz	roengz	congh	mbouj	donq	congz
太阳		下	洞	不	停	桌

太阳落山仍不停。

1503

不	可	胡	发	就	连	刀
bau⁵	ko³	hu²	fa²	tço⁶	le:n⁶	ta:u⁵
mbouj	goj	huz	faz	couh	lenh	dauq
不	料	胡	发	就	跑	回

不料胡发又回家，

1504

再	旬	哽	仇	不	断	桌
tça:i¹	di⁴	kun¹	çau²	bau⁵	to:n⁵	ço:ŋ²
caiq	ndij	gwn	caeuz	mbouj	donq	congz
再	和	吃	晚饭	不	停	桌

一起又喝不散桌。

1505

胡	发	哽	酒	嗲	双	咟
hu²	fa²	kun¹	lau³	ça:m¹	ło:ŋ¹	pa:k⁷
huz	faz	gwn	laeuj	cam	song	bak
胡	发	吃	酒	问	两	嘴

胡发喝着问几句，

1506

孙	故	亦	晗	正	造	肝
luk⁸	ku¹	a³	ham⁶	çiŋ⁵	tço⁶	taŋ²
lwg	gou	aj	haemh	cingq	coh	daengz
儿	我	要	晚	正	才	到

为何这么晚才来？

1507

馬	迪	开	咟	还	哘	咜
ma⁴	ti²	ha:i¹	pa:k⁷	wa:n²	çon²	ha:u⁵
maj	diz	hai	bak	vanz	coenz	hauq
马	迪	开	口	回	句	话

马迪开口回答道，

1508

灰	斗	初	太	借	欧	银
ho:i⁵	tau³	ço⁶	ta:i⁵	çia⁵	au¹	ŋan²
hoiq	daeuj	coh	daiq	ciq	aeu	ngaenz
奴	来	向	岳母	借	要	银

我来问岳母借钱。

1509

胡	发	恨	哖	牙	介	来
hu²	fa²	han¹	nau²	ja⁴	ka⁵	la:i⁴
huz	faz	raen	naeuz	yax	gaq-	laix
胡	发	见	讲	以为	真的	

胡发他信以为真，

1510

孙	故	亦	欧	史	可	欧
luk⁸	ku¹	a³	au¹	çi⁶	ko³	au¹
lwg	gou	aj	aeu	cih	goj	aeu
儿	我	想	要	就	也	要

子婿想要便来拿。

1511

大	家	酒	多	就	不	讲
ta¹	kia⁵	lau³	to⁶	tɕo⁶	bau⁵	kaːŋ³
daih	gya	laeuj	doh	couh	mbouj	gangj
大	家	酒	够	就	不	讲

大家喝醉先别说,

1512

大	家	当	甫	刀	背	眠
ta¹	kia⁵	taːŋ⁵	pu⁴	taːu⁵	pai¹	nin²
daih	gya	dangq	boux	dauq	bae	ninz
大	家	各	人	回	去	睡

大家各自去睡觉。

1513

不	可	馬	迪	想	凤	娇
bau⁵	ko³	ma⁴	ti²	ɬiaŋ³	fuŋ¹	kiau⁵
mbouj	goj	maj	diz	siengj	fung	gyauh
不	料	马	迪	想	凤	娇

然而马迪想凤娇,

1514

假	郭	酒	多	吼	背	眠
tɕa³	kuak⁸	lau³	to⁶	hau³	pai¹	nin²
gyaj	guh	laeuj	doh	haeuj	bae	ninz
假	做	酒	够	进	去	睡

装作喝醉进屋睡。

马迪陇眠又乙奈，

忙々渺々肝姜鸡，

凤娇岛内不鲁疲、

马迪雷能差肝暗、

凤娇哽忧就连流，

点灯尾斗肝贩绿，

乳背内姜鸡他能、

曈你眉麻贵样你，

凤娇欽鸡乳肉姜，

凤娇乳背就鲁疲，

凤娇备想各合很，

凤娇想背又想刀，

令依凤娇肝亦谋

姚碗洗锅海哽忧

差時達時不恨肝

亦斗捉鸡提乳姜

马迪岛内不敢奈

見脚各辰岛肉姜

曾鸡各岛刀各朝

刀咻、马迪鸡肉姜

肯岚眉候岛的他

本岚各礼斗妳故

欬水洗锅妾乳背

1515

馬	迪	隆	眠	又	乙	奈
ma⁴	ti²	loŋ²	nin²	jau⁶	ʔjiat⁷	naːi⁵
maj	diz	roengz	ninz	youh	yiet	naiq
马	迪	下	睡	又	歇	累

马迪躺下先休息，

1516

穿	背	娄	鸡	肝	相	房
çoːn¹	pai¹	loŋ⁵	kai⁵	taŋ²	ɬiaŋ⁵	faːŋ²
con	bae	roengq	gaeq	daengz	siengh	fangz
钻	去	笼	鸡	到	厢	房

从鸡笼钻到厢房。

1517

忙	忙	渺	渺	肝	娄	鸡
muaŋ²	muaŋ²	miau⁶	miau⁶	taŋ²	loŋ⁵	kai⁵
muengz-	muengz-	miuh-	miuh	daengz	roengq	gaeq
慌慌张张				到	笼	鸡

慌忙躲到鸡笼旁，

1518

乌	佐	凤	娇	肝	亦	谋
u⁵	ça³	fuŋ¹	kiau⁵	taŋ²	a³	mau²
youq	caj	fung	gyauh	daengz	aj	maeuz
住	等	凤	娇	到	要	抓

等凤娇来就抓人。

1519

凤	娇	乌	内	不	鲁	啵
fuŋ¹	kiau⁵	u⁵	dai¹	bau⁵	lo⁴	de⁵
fung	gyauh	youq	ndaw	mbouj	rox	ndeq
凤	娇	在	里	不	知	晓

屋里凤娇不知情，

1520

洗	碗	洗	锅	与	哽	仇
ɬiai⁵	tiai⁴	ɬiai⁵	çaːu⁵	di⁴	kun¹	çau²
swiq	duix	swiq	cauq	ndij	gwn	caeuz
洗	碗	洗	锅	和	吃	晚饭

洗碗洗锅吃晚饭。

1521

馬	迪	管	能	差	肝	晗
ma⁴	ti²	kuan³	naŋ⁶	ça³	taŋ²	ham⁶
maj	diz	guenj	naengh	caj	daengx	haemh
马	迪	只管	坐	等	整	夜

马迪蹲着到晚上，

1522

差	時	達	時	不	恨	肝
ça³	çu²	taːp⁸	çu²	bau⁵	han¹	taŋ²
caj	cawz	dab	cawz	mbouj	raen	daengz
等	时	叠	时	不	见	到

等了一时又一时。

1523

凤	娇	哽	仇	就	连	流
fuŋ¹	kiau⁵	kun¹	çau²	tço⁶	leːn⁶	liau⁶
fung	gyauh	gwn	caeuz	couh	lenh	liuh
凤	娇	吃	晚饭	就	跑	玩

凤娇饭后出去玩，

1524

亦	斗	捉	鸡	提	吼	娄
a³	tau³	kap⁸	kai⁵	tu²	hau³	loŋ⁵
aj	daeuj	gaeb	gaeq	dawz	haeuj	roengq
要	来	捉	鸡	拿	进	笼

欲来捉鸡进笼子。

1525

点	灯	屋	斗	朋	贩	绿
te:m³	taŋ¹	o:k⁷	tau³	taŋ²	pa:i⁶	lo:k⁸
diemj	daeng	ok	daeuj	daengz	baih	rog
点	灯	出	来	到	面	外

点灯出来外面看，

1526

馬	迪	乌	内	不	敢	条
ma⁴	ti²	u⁵	dai¹	bau⁵	ka:m³	te:u²
maj	diz	youq	ndaw	mbouj	gamj	deuz
马	迪	在	内	不	敢	逃

屋里马迪不出声。

1527

吼	背	内	娄	鸡	他	能
hau³	pai¹	dai¹	loŋ⁵	kai⁵	te¹	naŋ⁶
haeuj	bae	ndaw	roengq	gaeq	de	naengh
进	去	里	笼	鸡	那	坐

悄悄钻进鸡笼里，

1528

見	脚	各	辰	乌	内	娄
ke:n¹	ka¹	ka:k⁸	ɬɛn⁵	u⁵	dai¹	loŋ⁵
gen	ga	gag	saenz	youq	ndaw	roengq
手臂	脚	自	抖	在	内	笼

蹲在笼里自发抖。

1529

晗	你	眉	麻	贫	样	你
ham⁶	ni⁴	mi²	ma²	pan²	jiaŋ⁶	ni⁴
haemh	neix	miz	maz	baenz	yiengh	neix
晚	这	有	什么	成	样	这

今晚为何成这样，

1530

畳	鸡	各	乌	刀	各	翘
tua²	kai⁵	ka:k⁸	u⁵	ta:u⁵	ka:k⁸	ɕiau²
duz	gaeq	gag	youq	dauq	gag	ciuz
只	鸡	自	在	却	自	嘈

鸡在笼里叫不停。

1531

风	娇	欽	鸡	吼	内	娄
fuŋ¹	kiau⁵	kap⁸	kai⁵	hau³	dai¹	loŋ⁵
fung	gyauh	gaeb	gaeq	haeuj	ndaw	roengq
风	娇	捉	鸡	进	内	笼

风娇抓鸡进笼子，

1532

刀	恨	馬	迪	乌	内	娄
ta:u⁵	han¹	ma⁴	ti²	u⁵	dai¹	loŋ⁵
dauq	raen	maj	diz	youq	ndaw	roengq
却	见	马	迪	在	中	笼

却见马迪在笼里。

1533

风	娇	吼	背	就	鲁	啵
fuŋ¹	kiau⁵	hau³	pai¹	tɕo⁶	lo⁴	de⁵
fung	gyauh	haeuj	bae	couh	rox	ndeq
风	娇	进	去	就	知	晓

风娇进去就知道，

1534

肯	定	眉	伝	乌	内	他
kun⁴	tin¹	mi²	hun²	u⁵	dai¹	te¹
haengj	dingh	miz	vunz	youq	ndaw	de
肯	定	有	人	在	里	那

肯定有人在里面。

1535

凤	娇	各	想	各	合	很
fuŋ¹	kiau⁵	kaːk⁸	ɬiaŋ³	kaːk⁸	ho²	hun³
fung	gyauh	gag	siengj	gag	hoz	hwnj
凤	娇	自	想	自	脖	起

凤娇越想越生气，

1536

本	虽	名	礼	斗	欧	故
poːn³	ɬian⁵	muŋ²	dai⁴	tau³	au¹	ku¹
bonj	saeh	mwngz	ndaej	daeuj	aeu	gou
本	事	你	得	来	娶	我

有本事你来娶我。

1537

凤	娇	想	背	又	想	刀
fuŋ¹	kiau⁵	ɬiaŋ³	pai¹	jau⁶	ɬiaŋ³	taːu⁵
fung	gyauh	siengj	bae	youh	siengj	dauq
凤	娇	想	去	又	想	回

凤娇想来又想去，

1538

欧	水	洗	鍋	倒	吼	背
au¹	lam⁴	ɬiai⁵	ɕaːu⁵	taːu³	hau³	pai¹
aeu	raemx	swiq	cauq	dauj	haeuj	bae
要	水	洗	锅	倒	进	去

将洗锅水倒过去。

33　　　　双

水鸟志火可里烈，马迪不敢叫分雷，

凤娇尾翘锁嬢提，凤娇刀斗能兰内，

凤娇乳背吽毒抵，娄鸡唫你眉甫贼，

文氏狠劲吽蟀你，忙々叫佑兰般术，

马迪不鲁样雷算，假郭甫剥佑退鎗，

佑赖开皮乳背竞，失啼失跳亦哈佑，

佑颊君他竟不难，各榴故榴亦觅路，

佑颊榴如同嬢竞，勒剝特马姑爺娄，

福兴就嗲他双唔，姑爺亦鸟你都麻，

嗲背嗲刀不豊唒，刀郭甫剥亦哈佑，

福兴就叫不用桑，着故背报许老爺，

着他背报吽许学，姓爺唫你觅蔃瘫。

1539

水	乌	志	火	可	里	烈
lam⁴	u⁵	kuun²	fi²	ko³	li⁴	da:t⁷
raemx	youq	gwnz	feiz	goj	lij	ndat
水	在	上	火	也	还	热

锅里的水还滚烫，

1540

馬	迪	不	敢	叫	分	雷
ma⁴	ti²	bau⁵	ka:m³	he:u⁶	fan¹	lai²
maj	diz	mbouj	gamj	heuh	faen	lawz
马	迪	不	敢	叫	分	哪

马迪一声不敢吭。

1541

凤	娇	屋	绿	锁	度	提
fuŋ¹	kiau⁵	o:k⁷	lo:k⁸	ɬa³	tu¹	tuuk⁷
fung	gyauh	ok	rog	suj	dou	dwk
凤	娇	出	外面	锁	门	给

凤娇出去锁上门，

1542

凤	娇	刀	斗	能	兰	内
fuŋ¹	kiau⁵	ta:u⁵	tau³	naŋ⁶	la:n²	dai¹
fung	gyauh	dauq	daeuj	naengh	ranz	ndaw
凤	娇	回	来	坐	家	内

回来独自坐屋里。

1543

凤	娇	吼	背	吽	旬	媽
fuŋ¹	kiau⁵	hau³	pai¹	nau²	di⁴	me⁶
fung	gyauh	haeuj	bae	naeuz	ndij	meh
凤	娇	进	去	讲	跟	母

凤娇决定跟娘说，

1544

娄	鸡	晗	你	眉	甫	贼
loŋ⁵	kai⁵	ham⁶	ni⁴	mi²	pu⁴	çak⁸
roengq	gaeq	haemh	neix	miz	boux	caeg
笼	鸡	晚	这	有	人	贼

今晚鸡笼里有贼。

1545

文	氏	恨	劢	吽	哘	你
wun²	çi¹	han¹	luuk⁸	nau²	çon²	ni⁴
vwnz	si	raen	lwg	naeuz	coenz	neix
文	氏	见	儿	讲	句	这

文氏一听女儿说，

1546

忙	忙	叫	伝	兰	很	齐
muaŋ²	muaŋ²	he:u⁶	hun²	la:n²	hun⁵	çai²
muengz	muengz	heuh	vunz	ranz	hwnq	caez
急	急	叫	人	家	起	齐

赶紧叫家人起来。

1547

馬	迪	不	鲁	样	雷	算
ma⁴	ti²	bau⁵	lo⁴	jiaŋ⁶	lai²	ɬuan⁵
maj	diz	mbouj	rox	yiengh	lawz	suenq
马	迪	不	知	样	哪	算

马迪不知怎么办，

1548

假	郭	甫	剥	学	退	躺
tça³	kuak⁸	pu⁴	pa:k⁸	tço⁶	to:t⁷	da:ŋ¹
gyaj	guh	boux	bag	coh	duet	ndang
假	做	人	癫	才	脱	身

装疯卖傻才脱身。

1549

伝	赖	开	度	吼	背	尭
hun²	la:i¹	ha:i¹	tu¹	hau³	pai¹	jiau⁵
vunz	lai	hai	dou	haeuj	bae	yiuq
人	多	开	门	进	去	看

大家开门进去瞧，

1550

失	蹄	失	跳	亦	哈	伝
ɬɛt⁷	ti¹	ɬɛt⁷	tiau⁵	a³	hap⁸	hun²
saet-	di-	saet-	diuq	aj	haeb	vunz
跳来跳去				要	咬	人

乱跳乱舞要咬人。

1551

伝	赖	居	他	尭	不	准
hun²	la:i¹	ku⁵	te¹	jiau⁵	bau⁵	ɕin³
vunz	lai	gwq	de	yiuq	mbouj	cinj
人	多	时	那	看	不	准

那时大家看不清，

1552

名	擂	故	擂	亦	贫	殆
muŋ²	do:i⁵	ku¹	do:i⁵	a³	pan²	ta:i¹
mwngz	ndoiq	gou	ndoiq	aj	baenz	dai
你	打	我	打	将	成	死

拳打脚踢快要死。

1553

伝	赖	擂	仃	同	队	尭
hun²	la:i¹	do:i⁵	taŋ⁴	toŋ⁶	to:i⁶	jiau⁵
vunz	lai	ndoiq	daengx	doengh-	doih	yiuq
人	多	打	停	共同		看

大家住手一起看，

1554

勒	烈	特	马	姑	爺	娄
lak⁷	le²	tuk⁸	ma⁴	ku⁵	jia²	lau²
laek-	lez	dwg	max	go	yez	raeuz
不料		是	马	姑	爷	我们

谁知竟是马姑爷。

1555

福	兴	就	嗲	他	双	咟
fu²	hin⁵	tɕo⁶	ɕa:m¹	te¹	ɬo:ŋ¹	pa:k⁷
fuz	hingh	couh	cam	de	song	bak
福	兴	就	问	他	二	口

福兴问他几句话，

1556

姑	爺	亦	乌	你	郭	麻
ku⁵	jia²	a³	u⁵	ni⁴	kuak⁸	ma²
go	yez	aj	youq	neix	guh	maz
姑	爷	要	在	这	做	什么

姑爷你在这干吗？

1557

嗲	背	嗲	刀	不	害	咟
ɕa:m¹	pai¹	ɕa:m¹	ta:u⁵	bau⁵	ha:i¹	pa:k⁷
cam	bae	cam	dauq	mbouj	hai	bak
问	去	问	回	不	开	口

问来问去不回答，

1558

刀	郭	甫	剥	亦	哈	伝
ta:u⁵	kuak⁸	pu⁴	pa:k⁸	a³	hap⁸	hun²
dauq	guh	boux	bag	aj	haeb	vunz
却	做	人	癫	要	咬	人

装作疯子想咬人。

1559

福	兴	就	吽	不	用	桑
fu²	hin⁵	tɕo⁶	nau²	bau⁵	juŋ⁶	ɬaːŋ³
fuz	hingh	couh	naeuz	mbouj	yungh	sangj
福	兴	就	讲	不	用	动

福兴就说先别动,

1560

差	故	背	报	许	老	爺
ça³	ku¹	pai¹	paːu⁵	hai³	laːu⁴	je²
caj	gou	bae	bauq	hawj	laux	yez
等	我	去	报	给	老	爷

等我先报告老爷。

1561

居	他	背	报	吽	许	守
ku⁵	te¹	pai¹	paːu⁵	nau²	hai³	ɬu³
gwq	de	bae	bauq	naeuz	hawj	souj
时	那	去	报	讲	给	主

那时去报告主人,

1562

姑	爺	晗	你	贫	瘟	瘴①
ku⁵	jia²	ham⁶	ni⁴	pan²	ŋon⁶	waːŋ⁶
go	yez	haemh	neix	baenz	ngoenh	vangh
姑	爷	晚	今	成	瘟	痧

姑爷今晚发痧瘟。

---

①瘟瘴 [ŋon⁶ waːŋ⁶]：同"瘟痧",一种痧症。

胡发居他乳背竞，马迪采眺亦哈太。

胡发干即就连眈，叫咩许提他背瞩，

马迪隆眠心改善，瑭你样鸟礼恨你，

你频刀背同敲论，马迪暗你多发狂，

凤娇马迪开陪讲，马迪想故贵发狂，

同敲背眠又不讲，马迪勤到朵背兰。

胡发居斗肝败镜，马迪勤到朵背兰，

胡发遑背又遑刀，不恨姓爷鸟茄雷，

讲断茄你又乞奈，马迪失踹朵背兰，

屋银敖许依镣麦，再讲马迪尾计谋，

甫主礼银依他讲，许咩役兴体卡殆，

苏州依频可烤皮，依镣役兴贼卡殆，

甫于甫老可卖齐。

1563

胡	发	居	他	吼	背	尧
hu²	fa²	kɯ⁵	te¹	hau³	pai¹	jiau⁵
huz	faz	gwq	de	haeuj	bae	yiuq
胡	发	时	那	进	去	看

胡发听说进去瞧，

1564

馬	迪	失	跳	亦	哈	太
ma⁴	ti²	ɬɛt⁷	tiau⁵	a³	hap⁸	taːi⁵
maj	diz	saet	diuq	aj	haeb	daiq
马	迪	跳	跳	要	咬	岳母

马迪跳着吓岳母。

1565

胡	发	干	即	就	连	吼
hu²	fa²	kaːn³	ɕu⁵	tɕo⁶	leːn⁶	haːu⁵
huz	faz	ganj-	cwq	couh	lenh	hauq
胡	发	赶紧		就	连忙	说

胡发他赶紧发话，

1566

叫	吽	许	提	他	背	眠
heːu⁶	nau²	hai³	tu²	te¹	pai¹	nin²
heuh	naeuz	hawj	dawz	de	bae	ninz
叫	讲	给	拿	他	去	睡

叫人架着他去睡。

1567

馬	迪	隆	眠	心	欢	喜
ma⁴	ti²	loŋ²	nin²	ɬam¹	wuan⁶	hi³
maj	diz	roengz	ninz	sim	vuen	heij
马	迪	下	睡	心	欢	喜

马迪睡下心里想，

1568

培	你	样	乌	礼	恨	伝
pai²	ni⁴	jiaŋ⁶	ʔju⁵	dai⁴	han¹	hun²
baez	neix	yiengh	youq	ndaej	raen	vunz
次	这	样	怎	得	见	人

这回如何见得人。

1569

伝	赖	刀	背	同	隊	论
hun²	laːi¹	taːu⁵	pai¹	toŋ⁶	toːi⁶	lɯn⁶
vunz	lai	dauq	bae	doengh-	doih	lwnh
人	多	回	去	共	同	论

大家回去又议论，

1570

馬	迪	瞰	你	乌	发	狂
ma⁴	ti²	ham⁶	ni⁴	ʔju⁵	faːt⁷	waːŋ⁶
maj	diz	haemh	neix	youq	fat	vangh
马	迪	晚	这	怎	发	癫

马迪今晚怎发癫。

1571

凤	娇	馬	迪	开	咟	讲
fuŋ¹	kiau⁵	ma⁴	ti²	haːi¹	paːk⁷	kaːŋ³
fung	gyauh	maj	diz	hai	bak	gangj
凤	娇	马	迪	开	口	讲

凤娇开口说马迪，

1572

馬	迪	想	故	贫	发	狂
ma⁴	ti²	ɬiaŋ³	ku¹	pan²	faːt⁷	waːŋ⁶
maj	diz	siengj	gou	baenz	fat	vangh
马	迪	想	我	成	发	癫

马迪想我才发痴。

1573

同	隊	背	眠	又	不	讲
$toŋ^6$	$toːi^6$	pai^1	nin^2	jau^6	bau^5	$kaːŋ^3$
doengh-	doih	bae	ninz	youh	mbouj	gangj
共同		去	睡	又	不	讲

一同回去又不提，

1574

馬	迪	勒	烈	条	背	兰
ma^4	ti^2	lak^8	$leːm^4$	$teːu^2$	pai^1	$laːn^2$
maj	diz	laeg-	lemx	deuz	bae	ranz
马	迪	悄悄		逃	去	家

马迪偷偷逃回家。

1575

胡	发	屋	斗	肛	贩	绿
hu^2	fa^2	$oːk^7$	tau^3	$taŋ^2$	$paːi^6$	$loːk^8$
huz	faz	ok	daeuj	daengz	baih	rog
胡	发	出	来	到	面	外

胡发走出外面去，

1576

不	恨	姑	爺	乌	茄	雷
bau^5	han^1	ku^5	jia^2	u^5	kia^2	lai^2
mbouj	raen	go	yez	youq	giz	lawz
不	见	姑	爷	在	地方	哪

不见姑爷在哪里。

1577

胡	发	逻	背	又	逻	刀
hu^2	fa^2	la^1	pai^1	jau^6	la^1	$taːu^5$
huz	faz	ra	bae	youh	ra	dauq
胡	发	找	去	又	找	回

胡发找来又找去，

1578

馬	迪	失	跳	条	背	兰
ma^4	ti^2	$ɬet^7$	$tiau^5$	$teːu^2$	pai^1	$laːn^2$
maj	diz	saet	diuq	deuz	bae	ranz
马	迪	跳	跳	逃	去	家

马迪鼠窜逃回家。

1579

讲	肛	茄	你	又	乙	奈
$kaːŋ^3$	$taŋ^2$	kia^2	ni^4	jau^6	$ʔjiat^7$	$naːi^5$
gangj	daengz	giz	neix	youh	yiet	naiq
讲	到	地方	这	又	歇	累

讲到这里先休息，

1580

再	讲	馬	迪	屋	计	谋
$tɕaːi^1$	$kaːŋ^3$	ma^4	ti^2	$oːk^7$	ki^6	mau^2
caiq	gangj	maj	diz	ok	geiq	maeuz
再	讲	马	迪	出	计	谋

再讲马迪耍阴谋。

二十 为夺人妻马迪造谣

胡发君他乳脊觉，马迪哭啲亦哈太。

胡发于郎就连吻，叫吽许提他脊眠，

马迪隆眠心处善，话依样乌礼恨依，

依颊刀背同敲论，马迪唷依乌发狂。

凤娇马迪开唷讲，马迪想故虔发狂。

同敲脊眠又不讲，马迪勤剑条脊兰，

胡发尾斗肝贩缘，不恨姓爷乌茹雷，

胡发逞背又逞刀，马迪失跰条脊兰，

讲肝茹你又乙奈、再讲马迪尾计谋，

星银敢许依鬟虔，许吽仪兴依卡殆。

甫之礼银依他讲，依鬟仪兴贼卡殆。

东州依颊可鬟虔　甫于甫老可意齐

1581

屋	银	放	许	伝	寮	度
oːk⁷	ŋan²	ɕuaŋ⁵	hai³	hun²	liau²	to⁶
ok	ngaenz	cuengq	hawj	vunz	riuz	doh
出	银	放	给	人	传	够

马迪雇人放谣言，

1582

许	吽	仪	兴	伝	卡	殆
hai³	nau²	ɬin¹	hin⁵	hun²	ka³	taːi¹
hawj	naeuz	sin	hingh	vunz	gaj	dai
给	讲	信	兴	人	杀	死

谣传信兴被杀死。

1583

甫	甫	礼	银	依	他	讲
pu⁴	pu⁴	dai⁴	ŋan²	i¹	te¹	kaːŋ³
boux	boux	ndaej	ngaenz	ei	de	gangj
人	人	得	银	依	他	讲

人人收钱照传谣，

1584

伝	寮	仪	兴	贼	卡	殆
hun²	liau²	ɬin¹	hin⁵	ɕak⁸	ka³	taːi¹
vunz	riuz	sin	hingh	caeg	gaj	dai
人	传	信	兴	贼	杀	死

谣传信兴被贼杀。

1585

東	州	伝	赖	可	寮	度
tuŋ⁵	tɕau⁵	hun²	laːi¹	ko³	liau²	to⁶
dungh	couh	vunz	lai	goj	riuz	doh
东	州	人	多	也	传	够

东州百姓到处传，

1586

甫	于	甫	老	可	寮	齐
pu⁴	i⁵	pu⁴	laːu⁴	ko³	liau²	ɕai²
boux	iq	boux	laux	goj	riuz	caez
人	小	人	大	也	传	齐

大人小孩人人传。

34、

凤娇狠骂贵样你，　遥咻里妈妈双三嗟

文氏恨咻贵样你，　娄可妈劲背国签

许娄妈劲背球奋、　闯尧他里鲁他姑

晚楞五更很留次走，　马上裙梯赤很䯽

干郎咻福兴朗娇，　妈劲就背盯神缘

背肝走练乳乙泰，　背嗲兰扰双三瘆

伍察信兴殆茄你，　狭哥苦鲁咳不眉

兰扰恨嗲可咻站，　况貌嬈兴不眉殆

暂伝就咻许数奸，　彼兴他骀乌菰雷

妈劲硬烟管讲咔，　不可马迪斗良楞

他鲁凤娇背求奋，　干郎胡马背良楞

马迪乳背兰奋观，　峰银奋祝登几啓。

1587

凤	娇	恨	寮	贫	样	你
fuŋ¹	kiau⁵	han¹	liau²	pan²	jiaŋ⁶	ni⁴
fung	gyauh	raen	riuz	baenz	yiengh	neix
凤	娇	见	传	成	样	这

凤娇听到这谣言，

1588

学	吽	里	妈	双	三	啈
tɕo⁶	nau²	di⁴	me⁶	ɬoːŋ¹	ɬaːm¹	ɕon²
coh	naeuz	ndij	meh	song	sam	coenz
才	讲	跟	母	二	三	句

才跟母亲说几句。

1589

文	氏	恨	吽	贫	样	你
wun²	ɕi¹	han¹	nau²	pan²	jiaŋ⁶	ni⁴
vwnz	si	raen	naeuz	baenz	yiengh	neix
文	氏	见	讲	成	样	这

文氏听她这样说，

1590

娄	可	妈	孨	背	周	签
lau²	ko³	me⁶	luuk⁸	pai¹	jɛp⁸	ɕiam¹
raeuz	goj	meh	lwg	bae	yaeb	ciem
我们	也	母	儿	去	抽	签

我们母女去求签。

1591

许	娄	妈	孨	背	球	庙
hai³	lau²	me⁶	luuk⁸	pai¹	tɕau²	miau⁶
hawj	raeuz	meh	lwg	bae	gouz	miuh
给	我们	母	儿	去	求	庙

去到庙堂求神仙，

1592

背	尧	他	里	鲁	他	殆
pai¹	jiau⁵	te¹	li⁴	lo⁴	te¹	taːi¹
bae	yiuq	de	lix	rox	de	dai
去	看	他	活	或	他	死

抽签算知他生死。

1593

晚	楞	五	更	很	梳	走
ham⁶	laŋ¹	ŋo⁴	keːŋ¹	huun⁵	loːi¹	tɕau³
haemh	laeng	ngux	geng	hwnq	roi	gyaeuj
晚	后	五	更	起	梳	头

凌晨五更就梳洗，

1594

馬	上	摺	裇	亦	很	躺
ma⁴	ɕaːŋ¹	liak⁸	pia⁶	a³	huun⁵	daːŋ¹
maj	sang	rieg	buh	aj	hwnq	ndang
马	上	换	衣	要	起	身

立刻起身换衣服。

1595

干	即	叫	福	兴	朗	桥
kaːn³	ɕɯ⁵	heːu⁶	fu²	hin⁵	la¹	kiau⁶
ganj	cwq	heuh	fuz	hingh	ra	giuh
赶紧		叫	福	兴	找	轿

赶紧叫福兴备轿，

1596

妈	孨	就	背	肛	神	缘
me⁶	luuk⁸	tɕo⁶	pai¹	taŋ¹	ɕiaŋ²	loːk⁸
meh	lwg	couh	bae	daengz	ciengz	rog
母	儿	就	去	到	墙	外

母女到了墙外面。

1597

背	肜	走	绿	吼	乙	奈
pai¹	taŋ²	tɕau³	lo:k⁸	hau³	ʔjiat⁷	na:i⁵
bae	daengz	gyaeuj	rog	haeuj	yiet	naiq
去	到	头	外	进	歇	累

去到外头先休息，

1598

背	嗲	兰	托	双	三	唪
pai¹	ɕa:m¹	la:n²	to²	ło:ŋ¹	ła:m¹	ɕon²
bae	cam	ranz	doz	song	sam	coenz
去	问	家	寄宿	二	三	句

去问客栈两三句。

1599

伝	寮	信	兴	殆	茄	你
hun²	liau²	łin¹	hin⁵	ta:i¹	kia²	ni⁴
vunz	riuz	sin	hingh	dai	giz	neix
人	传	信	兴	死	地方	这

传说信兴死在这，

1600

彼	哥	名	鲁	啵	不	眉
pi⁴	ko⁵	muŋ²	lo⁴	de⁵	bau⁵	mi²
beix	go	mwngz	rox	ndeq	mbouj	miz
长	兄	你	知	晓	没	有

兄长你可曾听说。

1601

兰	托	恨	嗲	可	吽	所
la:n²	to²	han¹	ɕa:m¹	ko³	nau²	ło⁶
ranz	doz	raen	cam	goj	naeuz	soh
家	寄宿	见	问	也	讲	直

客栈房东老实说，

1602

况	貌	信	兴	不	眉	殆
kwa:ŋ¹	ba:u⁵	łin¹	hin⁵	bau⁵	mi²	ta:i¹
gvang	mbauq	sin	hingh	mbouj	miz	dai
兄	小伙	信	兴	没	有	死

信兴小伙没有死。

1603

皆	伝	乱	吽	许	数	圩
ka:i⁵	hun²	luan⁶	nau²	hai³	łu¹	hi⁵
gaiq	vunz	luenh	naeuz	hawj	sou	heiq
个	人	乱	讲	给	你们	忧

别人乱传令你忧，

1604

仗	兴	他	殆	乌	茄	雷
łin¹	hin⁵	te¹	ta:i¹	u⁵	kia²	lai²
sin	hingh	de	dai	youq	giz	lawz
信	兴	他	死	在	地方	哪

信兴何时死在哪？

1605

妈	孙	哽	烟	管	讲	咕
me⁶	luk⁸	kun¹	ʔjian¹	kuan³	ka:ŋ³	ko³
meh	lwg	gwn	ien	guenj	gangj	goj
母	儿	吃	烟	尽管	讲	故事

母女俩尽管交谈，

1606

不	可	馬	迪	斗	良	楞
bau⁵	ko³	ma⁴	ti²	tau³	liaŋ²	laŋ¹
mbouj	goj	maj	diz	daeuj	riengz	laeng
不	料	马	迪	来	跟	后

不料马迪跟着来。

1607

他	鲁	凤	娇	背	求	庙
te¹	lo⁴	fuŋ¹	kiau⁵	pai¹	tɕau²	miau⁶
de	rox	fung	gyauh	bae	gouz	miuh
他	知	凤	娇	去	求	庙

他懂凤娇去求神，

1608

干	即	朗	馬	背	良	楞
kaːn³	ɕɯ⁵	laːŋ³	ma⁴	pai¹	liaŋ²	laŋ¹
ganj-	cwq	langj	max	bae	riengz	laeng
赶紧		套	马	去	跟	后

立刻策马追上来。

1609

馬	迪	吼	背	兰	庙	观
ma⁴	ti²	hau³	pai¹	laːn²	miau⁶	koːn⁵
maj	diz	haeuj	bae	ranz	miuh	gonq
马	迪	进	去	家	庙	先

马迪抢先进庙堂，

1610

许	銀	庙	祝	噔	几	唭
hai³	ŋan²	miau⁶	ɕuk⁷	taŋ⁵	ki³	ɕon²
hawj	ngaenz	miuh	cuk	daengq	geij	coenz
给	银	庙	足	叮嘱	几	句

花钱收买解签人。

数数初里定讲幸苦，　　　居你凤娇斗同复，

居砌你里马兰绣，　　　　居忍妈劲就斗肘，

不用许他尾背急，　　　　勒他妈劲许各娄，

周公恨他叫喃哂，　　　　赤勤妈劲眉森哂，

马迪当祥还晡呕，　　　　勒他故亦里甲缘，

关他皮兴也殆莫，　　　　许数同蔽叫他始，

差他呱斗不许墨，　　　　双甫师付各商良，

马迪尾背兰缘乌，　　　　妈劲凤娇就连肘，

周公开是尾背缘，　　　　李公就叫不用忙，

凤娇点香就弄拜，　　　　居依师付不马兰，

周公师付里背流，　　　　妈劲乙奈居他肘，

居娇班灵他造刀，

1611

数	初	里	灰	讲	辛	苦
ɬu¹	tɕo⁶	di⁴	ho:i⁵	ka:ŋ³	ɬin⁶	ho³
sou	coh	ndij	hoiq	gangj	sin	hoj
你们	就	和	奴	讲	辛	苦

辛苦师傅帮说话，

1612

居	你	凤	娇	斗	周	签
kɯ⁵	ni⁴	fuŋ¹	kiau⁵	tau³	jɛp⁸	ɕiam¹
gwq	neix	fung	gyauh	daeuj	yaeb	ciem
时	这	凤	娇	来	抽	签

等下凤娇来求签。

1613

居	你	他	里	乌	兰	绿
kɯ⁵	ni⁴	te¹	li⁴	u⁵	la:n²	lo:k⁸
gwq	neix	de	lij	youq	ranz	rog
时	这	她	还	在	房	外

现在她还在外屋，

1614

居	添	妈	孙	就	斗	肛
kɯ⁵	tum¹	me⁶	luk⁸	tɕo⁶	tau³	taŋ²
gwq-	dem	meh	lwg	couh	daeuj	daengz
等会儿		母	儿	就	来	到

不久母女就过来。

1615

不	用	许	他	屋	背	急
bau⁵	juŋ⁶	ha:i³	te¹	o:k⁷	pai¹	tɕɛn³
mbouj	yungh	hawj	de	ok	bae	gaenj
不	用	给	她	出	去	急

别让她们急着走，

1616

勒	他	妈	孙	许	各	娄
laŋ²	te¹	me⁶	luk⁸	hai³	ka:i⁵	lau²
laengz	de	meh	lwg	hawj	gaiq	raeuz
拦	她	母	儿	给	个	我们

帮我拖住这母女。

1617

周	公①	恨	他	吽	嗬	你
tɕau⁵	kuŋ⁵	han¹	te¹	nau²	ɕon²	ni⁴
couh	gungh	raen	de	naeuz	coenz	neix
周	公	见	他	讲	句	这

周公听他这样说，

1618

亦	勒	妈	孙	眉	麻	嗬
a³	laŋ²	me⁶	luk⁸	mi²	ma²	ɕon²
aj	laengz	meh	lwg	miz	maz	coenz
要	拦	母	儿	有	什么	句

拖住她们有何事？

1619

玛	迪	当	祥	还	嗬	吒
ma⁴	ti²	ta:ŋ¹	ɕiaŋ²	wa:n²	ɕon²	ha:u⁵
maj	diz	dang	ciengz	vanz	coenz	hauq
马	迪	当	场	还	句	话

马迪立即回答说，

1620

勒	他	故	亦	里	甲	缘
laŋ²	te¹	ku¹	a³	di⁴	ka:p⁷	jian²
laengz	de	gou	aj	ndij	gap	yienz
拦	她	我	要	和	结	缘

拖住她与我为妻。

1621

关	他	仪	兴	也	殆	莫
kwa:n¹	te¹	ɬin¹	hin⁵	je³	ta:i¹	mo⁵
gvan	de	sin	hingh	yej	dai	moq
夫	她	信	兴	也	死	新

她丈夫信兴刚死，

1622

许	数	同	队	吽	他	殆
hai³	ɬu¹	toŋ⁶	to:i⁶	nau²	te¹	ta:i¹
hawj	sou	doengh-	doih	naeuz	de	dai
给	你们	共同		讲	他	死

请对她说信兴死。

1623

差	他	吼	斗	不	许	屋
ça³	te¹	hau³	tau³	bau⁵	hai³	o:k⁷
caj	de	haeuj	daeuj	mbouj	hawj	ok
等	她	进	来	不	给	出

等她进来不准出，

1624

双	数	师	父	帛	屋	力
ɬo:ŋ¹	ɬu¹	ɬai⁵	fu⁶	di⁴	o:k⁷	le:ŋ²
song	sou	sae	fouh	ndij	ok	rengz
二	你们	师	父	和	出	力

两位师父帮出力。

1625

馬	迪	屋	背	兰	绿	乌
ma⁴	ti²	o:k⁷	pai¹	la:n²	lo:k⁸	u⁵
maj	diz	ok	bae	ranz	rog	youq
马	迪	出	去	房	外	住

马迪走到屋外躲，

1626

双	甫	师	付	各	商	良
ɬo:ŋ¹	pu⁴	ɬai⁵	fu⁶	ka:k⁸	ça:ŋ⁵	liaŋ²
song	boux	sae	fouh	gag	sieng	liengz
二	个	师	父	自	商	量

两位师父又私议。

1627

周	公	开	度	屋	背	绿
tɕau⁵	kuŋ⁵	ha:i¹	tu¹	o:k⁷	pai¹	lo:k⁸
couh	gungh	hai	dou	ok	bae	rog
周	公	开	门	出	去	外面

周公开门走出去，

1628

媽	孙	风	娇	就	连	肝
me⁶	luk⁸	fuŋ¹	kiau⁵	tɕo⁶	le:n⁶	taŋ²
meh	lwg	fung	gyauh	couh	lenh	daengz
母	儿	风	娇	就	连忙	到

凤娇母女刚好到。

1629

风	娇	点	香	就	弄	拜
fuŋ¹	kiau⁵	te:m³	ʔjian¹	tɕo⁶	loŋ²	pa:i⁵
fung	gyauh	diemj	yieng	couh	roengz	baiq
风	娇	点	香	就	下	拜

凤娇上香将祭拜，

1630

李	公②	就	吽	不	用	忙
li⁴	kuŋ⁵	tɕo⁶	nau²	bau⁵	juŋ⁶	muaŋ²
lij	gungh	couh	naeuz	mbouj	yungh	muengz
李	公	就	讲	不	用	急

李公师傅说别急。

1631

周	公	师	付	里	背	流
tɕau⁵	kuŋ⁵	ɬai⁵	fu⁶	li⁴	pai¹	liau⁶
couh	gungh	sae	fouh	lij	bae	liuh
周	公	师	父	还	去	玩

周公师父刚出去，

1632

居	你	师	付	不	乌	兰
kɯ⁵	ni⁴	ɬai⁵	fu⁶	bau⁵	u⁵	laːn²
gwq	neix	sae	fouh	mbouj	youq	ranz
时	这	师	父	不	在	家

现在师父不在家。

1633

居	添	班	灵	他	造	刀
kɯ⁵	tum¹	paːn¹	liŋ²	te¹	tɕo⁶	taːu⁵
gwq-	dem	ban	ringz	de	coh	dauq
等会儿		时	午	他	才	回

待到中午他才回，

1634

妈	劲	乙	奈	居	添	肝
me⁶	lɯk⁸	ʔjiat⁷	naːi⁵	kɯ⁵	tum¹	taŋ²
meh	lwg	yiet	naiq	gwq-	dem	daengz
母	儿	歇	累	等会儿		到

你们边休息边等。

---

① 周公 [tɕau⁵ kuŋ⁵]：姬姓，名旦，亦称"叔旦"，文王之子，武王之弟。因采邑在周（今陕西岐山北），故称"周公"。传闻周公善解卦，民间多将其与梦联系起来。这里将寺庙中解签之人称为"周公"。

② 李公 [li⁴ kuŋ⁵]：人名，寺庙宗教人士，虚构人物。

皆炭不当皆森路，　大哥乌兰断造灵

文氏恨他哗嗦嗦，　差时答时不恨时

皆故路最亦背巢，　晋添得啦乌半路

李公恨哗还嗦呢，　妈劝差他不用忙。

妈劝管差乌盯啦，　江哥隆冲不恨附。

妈劝恨啦就亦恨，　周公正造呱背盯，

文氏恨盯嗦双陌，　师付背雷流盯差。

周公当祥还嗦呢，　彼喜最称背流兰。

经故先盯鲁尼力，　眉麻嗦呢十寸哗。

文氏岂祥还嗦呢，　吧伙平先斗亦求签。

妈劝恨啦忙台说，　文签现许周公背，

周公学欧就连斯，　条签囊囊贪饭报。

1635

皆	灰	不	当	皆	麻	路
kaːi⁵	hoːi⁵	bau⁵	taŋ¹	kaːi⁵	ma²	lo⁴
gaiq	hoiq	mbouj	dang	gaiq	maz	rox
个	奴	不	当	块	什么	知

我不怎么懂断签，

1636

大	哥	乌	兰	断	造	灵
taːi⁶	ko⁵	u⁵	laːn²	tuan⁶	tɕo⁶	liŋ²
daih	go	youq	ranz	duenh	coh	lingz
大	兄	在	家	断	才	灵

师兄断签才灵验。

1637

文	氏	恨	他	吽	唪	你
wun²	ɕi¹	han¹	te¹	nau²	ɕon²	ni⁴
vwnz	si	raen	de	naeuz	coenz	neix
文	氏	见	他	讲	句	这

文氏听他这样说，

1638

差	時	答	時	不	恨	肝
ɕa³	ɕɯ²	taːp⁸	ɕɯ²	bau⁵	han¹	taŋ²
caj	cawz	dab	cawz	mbouj	raen	daengz
等	时	叠	时	不	见	到

左等右等不见人。

1639

皆	故	路	最	亦	背	紧
kaːi⁵	ku¹	hon¹	tɕai¹	a³	pai¹	tɕɛn³
gaiq	gou	roen	gyae	aj	bae	gaenj
个	我	路	远	要	去	急

我们路远着急回，

1640

居	添	得	啦	乌	半	路
kɯ⁵	tum¹	tuk⁸	lap⁷	u⁵	tɕoːŋ⁶	lo⁶
gwq-	dem	dwg	laep	youq	byongh	loh
等会儿		是	黑	在	半	路

就怕半路上天黑。

1641

李	公	恨	吽	还	唪	吒
li⁴	kuŋ⁵	han¹	nau²	waːn²	ɕon²	haːu⁵
lij	gungh	raen	naeuz	vanz	coenz	hauq
李	公	见	讲	回	句	话

李公劝说文氏道，

1642

妈	劲	差	他	不	用	忙
me⁶	luk⁸	ɕa³	te¹	bau⁵	juŋ⁶	muaŋ²
meh	lwg	caj	de	mbouj	yungh	muengz
母	儿	等	他	不	用	忙

你们母女别着急。

1643

妈	劲	管	差	乌	肝	啦
me⁶	luk⁸	kuan³	ɕa³	u⁵	taŋ²	lap⁷
meh	lwg	guenj	caj	youq	daengz	laep
母	儿	只管	等	在	到	黑

母女等到天已黑，

1644

江	昙	隆	冲	不	恨	肝
tɕak⁷	ŋon²	loŋ²	ɕoːŋ⁶	bau⁵	han¹	taŋ²
daeng-	ngoenz	roengz	congh	mbouj	raen	daengz
太阳		下	洞	不	见	到

太阳下山未见人。

1645

媽	劲	恨	啦	就	亦	很
me⁶	luuk⁸	han¹	lap⁷	tço⁶	a³	hun⁵
meh	lwg	raen	laep	couh	aj	hwnq
母	儿	见	黑	就	要	起

天黑母女要起身，

1646

周	公	正	造	吼	背	肝
tçau⁵	kuŋ⁵	çiŋ⁵	tço⁶	hau³	pai¹	taŋ²
couh	gungh	cingq	coh	haeuj	bae	daengz
周	公	正	才	进	去	到

周公刚好走进来。

1647

文	氏	恨	肝	嗲	双	陌
wun²	çi¹	han¹	taŋ²	ça:m¹	ɬo:ŋ¹	pa:k⁷
vwnz	si	raen	daengz	cam	song	bak
文	氏	见	到	问	二	口

文氏见人问几句，

1648

师	付	背	雷	流	肝	昙
ɬai⁵	fu⁶	pai¹	lai²	liau⁶	taŋ²	ŋon²
sae	fouh	bae	lawz	liuh	daengx	ngoenz
师	父	去	哪	玩	整	日

师父去哪一整天？

1649

周	公	当	祥	还	哼	吒
tçau⁵	kuŋ⁵	ta:ŋ¹	çiaŋ²	wa:n²	çon²	ha:u⁵
couh	gungh	dang	ciengz	vanz	coenz	hauq
周	公	当	场	回	句	说

周公听了回答说，

1650

彼	名	昙	你	背	流	兰
pi⁴	muuŋ²	ŋon²	ni⁴	pai¹	liau⁶	la:n²
beix	mwngz	ngoenz	neix	bae	liuh	ranz
兄	你	日	今	去	玩	家

今日出去串个门。

1651

往	故	先	肝	鲁	也	刀
nuaŋ⁴	ku¹	ɬe:n⁵	taŋ²	lo⁴	ʔja⁵	ta:u⁵
nuengx	gou	senq	daengz	rox	yaq	dauq
妹	我	早	已	到	或	刚	回

妹你早到或刚来，

1652

眉	麻	哞	吒	十	可	吽
mi²	ma²	çon²	ha:u⁵	çi⁶	ko³	nau²
miz	maz	coenz	hauq	cih	goj	naeuz
有	什么	句	话	就	就	讲

有什么话就请说。

1653

文	氏	当	祥	还	哞	吒
wun²	çi¹	ta:ŋ¹	çiaŋ²	wa:n²	çon²	ha:u⁵
vwnz	si	dang	ciengz	vanz	coenz	hauq
文	氏	当	场	回	句	话

文氏接着回话说，

1654

呢	你	先	斗	亦	求	签
hat⁷	ni⁴	ɬe:n⁵	tau³	a³	tçau²	çiam¹
haet	neix	senq	daeuj	aj	gouz	ciem
早	今	早	已	来	要	求	签

今早我们来求签。

1655

妈	劷	恨	啦	忙	忙	跪
me⁶	luk⁸	han¹	lap⁷	muaŋ²	muaŋ²	kwi⁶
meh	lwg	raen	laep	muengz	muengz	gvih
母	儿	见	黑	急	急	跪

母女忙下跪求签,

1656

支	签	现	许	周	公	爺
tɕi⁵	ɕiam¹	jian⁶	hai³	tɕau⁵	kuŋ⁵	jia²
ciq	ciem	yienh	hawj	couh	gungh	yiz
条	签	递	给	周	公	伯爷

求了签递给周公。

1657

周	公	学	欧	就	连	断
tɕau⁵	kuŋ⁵	ço⁶	au¹	tço⁶	leːn⁶	tuan⁶
couh	gungh	coh	aeu	couh	lenh	duenh
周	公	接	要	就	连忙	断

周公接过签来解,

1658

条	签	屋	萼	贫	你	赖
teːu²	ɕiam¹	oːk⁷	ʔjaːk⁷	pan²	ni⁴	laːi¹
diuz	ciem	ok	yak	baenz	neix	lai
条	签	出	恶	成	这	多

这签是凶多吉少。

前能斗求還紫貌，湖他叫你還羞耻。

浑者伏败自渐潭，时速来未為奇娲。

命他先給报隆墉，张毛腾上九重天。

文氏恨他叫你像，眸观命他先不着。

斗肘吧度就连叫，就重风娇尘斗羞。

马迪又斗提亘刀，时候所桥也不恨。

风娇羞恨雪啦了，剪数不绝忘楚故。

文氏就嗲劲双咽，亦哈始乌畜堂。

风娇恨妈咩咻你，名永马迪鲁不眉。

马迪当祥就分付，马上亦始不郭任。

锁度败缘提风娇，提时妈劲隆相房。

欢喜背兰内哽仇。

1659

甫	他	斗	求	逻	架	貌
pu⁴	te¹	tau³	tɕau²	la¹	tɕa⁴	ba:u⁵
boux	de	daeuj	gouz	ra	gyax	mbauq
个	他	来	求	找	孤	年少

一个求一位孤儿，

1660

甫	他	斗	求	逻	兰	背
pu⁴	te¹	tau³	tɕau²	la¹	la:n²	pai¹
boux	de	daeuj	gouz	ra	ranz	bae
个	他	来	求	找	家	去

一个求得阴间签。

1661

混	龙	伏	贩	乌	深	潭
tua²	luŋ²	fok⁷	fa:n³	u⁵	lak⁸	waŋ²
duz	lungz	foek-	fanj	youq	laeg	vaengz
条	龙	翻滚		在	深	潭

蛟龙在深潭翻滚，

1662

時	運	未	来	名	未	扬
ɕu²	ɕin²	mi³	tau³	miŋ²	mi³	ja:ŋ²
cawz	caenz	mij	daeuj	mingz	mij	yangz
时	辰	未	到	名	未	扬

时辰没到不扬名。

1663

只	泰	春	雷	日	声	响
ɕi³	ta:i¹	ɕin¹	lai²	je³	hiŋ¹	hiaŋ³
cij	dai	cin	raez	yej	sing	yiengj
如	死	春	雷	也	声	响

若死雷声一定响，

1664

飛	是	腾	上	九	重	天
fi³	ɕi⁶	taŋ²	kɯn²	kiu³	tɕuŋ²	te:n⁵
fij	cih	daengz	gwnz	giuj	cungz	denh
吱	就	到	上	九	重	天

吱的一声跃上天。

1665

命	他	先	殆	报	隆	埔
miŋ⁶	te¹	ɬe:n⁵	ta:i⁵	pa:u⁵	loŋ²	na:m⁶
mingh	de	senq	dai	bauq	roengz	namh
命	他	早已	死	报	下	地

早已身亡埋入地，

1666

脾	观	命	他	先	不	眉
pi¹	ko:n⁵	miŋ⁶	te¹	ɬe:n⁵	bau⁵	mi²
bi	gonq	mingh	de	senq	mbouj	miz
年	前	命	他	早已	没	有

前年其命早已绝。

1667

文	氏	恨	他	吽	啈	你
wun²	ɕi¹	han¹	te¹	nau²	ɕon²	ni⁴
vwnz	si	raen	de	naeuz	coenz	neix
文	氏	见	他	讲	句	这

文氏听他这样说，

1668

就	毎	风	娇	屋	斗	兰
tɕo⁶	di⁴	fuŋ¹	kiau⁵	o:k⁷	tau³	la:n²
couh	ndij	fung	gyauh	ok	daeuj	ranz
就	和	风	娇	出	来	房

就和风娇走出门。

1669
斗 ⿰月丁 吧 度 就 連 叫
tau^{3} taŋ^{2} pa:k^{7} tu^{1} tɕo^{6} le:n^{2} he:u^{6}
daeuj daengz bak dou couh lienz heuh
来 到 口 门 就 连 叫
来到门口连声叫，

1670
⿰月丁 伝 ⿰月丁 桥 也 不 恨
taŋ^{2} hun^{2} taŋ^{2} kiau^{6} je^{3} bau^{5} han^{1}
daengz vunz daengz giuh yej mbouj raen
连 人 连 轿 也 不 见
连人带轿全不见。

1671
馬 迪 又 斗 提 豆 刀
ma^{4} ti^{2} jau^{6} tau^{3} tɯ^{2} tau^{1} ta:u^{5}
maj diz youh daeuj dawz daeu dauq
马 迪 又 来 拿 轿 回
马迪又抬轿回来，

1672
劳 数 不 殆 忑 撻 故
la:u^{1} ɬu^{1} bau^{5} ta:i^{1} la^{3} fɯŋ^{2} ku^{1}
lau sou mbouj dai laj fwngz gou
怕 你们 不 死 下 手 我
扬言要整这母女。

1673
凤 娇 尭 恨 雩 ⿰日立 了
fuŋ^{1} kiau^{5} jiau^{5} han^{1} bɯn^{1} lap^{7} le:u^{4}
fung gyauh yiuq raen mbwn laep liux
凤 娇 看 见 天 黑 完
凤娇见厄运难逃，

1674
亦 哈 吟 殆 乌 庙 堂
a^{3} hap^{8} lin^{4} ta:i^{1} u^{5} miau^{6} ta:ŋ^{2}
aj haeb linx dai youq miuh dangz
要 咬 舌 死 在 庙 堂
欲咬舌死在庙里。

1675
文 氏 就 ⿰口参 ⿰子力 双 晒
wɯn^{2} ɕi^{1} tɕo^{6} ɕa:m^{1} lɯk^{8} ɬo:ŋ^{1} pa:k^{7}
vwnz si couh cam lwg song bak
文 氏 就 问 儿 二 口
文氏就问她几句，

1676
名 衣 馬 迪 鲁 不 眉
mɯŋ^{2} i^{1} ma^{4} ti^{2} lo^{4} bau^{5} mi^{2}
mwngz ei maj diz rox mbouj miz
你 依 马 迪 或 没 有
你依了马迪没有？

1677
凤 娇 恨 媽 吽 ⿰口存 你
fuŋ^{1} kiau^{5} han^{1} me^{6} nau^{2} ɕon^{2} ni^{4}
fung gyauh raen meh naeuz coenz neix
凤 娇 见 母 讲 句 这
凤娇见娘这样问，

1678
馬 上 亦 殆 不 郭 伝
tɕik^{7} hak^{7} a^{3} ta:i^{1} bau^{5} kuak^{8} hun^{2}
sik haek aj dai mbouj guh vunz
即 刻 要 死 不 做 人
立马想死不想活。

1679

馭	迪	当	祥	就	分	付
ma⁴	ti²	ta:ŋ¹	ɕiaŋ²	tɕo⁶	fun⁵	fu⁶
maj	diz	dang	ciengz	couh	faenq	fuh
马	迪	当	场	就	吩	咐

马迪当场又交待，

1680

提	肝	媽	劧	隆	相	房
tu²	tan²	me⁶	luk⁸	loŋ²	ɬiaŋ⁵	fa:ŋ²
dawz	daengz	meh	lwg	roengz	siengh	fangz
拿	到	母	儿	下	厢	房

把母女关进厢房。

1681

锁	度	贩	绿	提	凤	娇
ɬa³	tu¹	pa:i⁶	lo:k⁸	tuk⁷	fuŋ¹	kiau⁵
suj	dou	baih	rog	dwk	fung	gyauh
锁	门	面	外	对	凤	娇

强把凤娇锁屋里，

1682

欢	喜	背	兰	内	哽	仇
wuan⁶	hi³	pai¹	la:n²	dai¹	kun¹	ɕau²
vuen	heij	bae	ranz	ndaw	gwn	caeuz
欢	喜	去	房	里	吃	晚饭

马迪高兴去吃饭。

3万

同隊郭他硬酒肉，伍赖乌兰内嗟棱

甫乌欢喜妥硬酒，嗟棱土地妥硬仇。

凤娇乌相房管涕，涕咩与妈不郭修。

妈劲滥涕诧同初，妈劲陸贺涕林林，

闻公分付许送辉，送辉送菜斗相房。

文氏哽辉劲吏涕、凤娇不哽涕林林。

讲财茄你又乞奈、再讲福兴老怒才。

晏你凤娇背求高，江昙隆冲不刀兰。

福兴想背又想刀，又恨马迪背良棱，

芳焦马迪背良害，与上开船背忙々。

斗肘恶驰等船乌，昕那兰内里嗟棱。

福兴鲁耶又算计，哽背哽刀饭樱兰。

1683

同	隊	郭	仇	哽	酒	肉
toŋ⁶	to:i⁶	kuak⁸	çau²	kun¹	lau³	no⁶
doengh-	doih	guh	caeuz	gwn	laeuj	noh
共同		做	晚饭	吃	酒	肉

一起喝酒又吃肉，

1684

伝	赖	乌	兰	内	嗟	梅
hun²	la:i¹	u⁵	la:n²	dai¹	ça:i¹	mo:i²
vunz	lai	youq	ranz	ndaw	cai	moiz
人	多	在	房	里	猜	码

大家在里屋猜码。

1685

甫	甫	欢	喜	安	哽	酒
pu⁴	pu⁴	wuan⁶	hi³	o:n⁴	kun¹	lau³
boux	boux	vuen	heij	onj	gwn	laeuj
人	人	欢	喜	安心	喝	酒

人人喝酒喜滋滋，

1686

嗟	梅	土	地	安	哽	仇
ça:i¹	mo:i²	to⁶	ti⁶	o:n⁴	kun¹	çau²
cai	moiz	doh	deih	onj	gwn	caeuz
猜	码	够	密	安心	吃	晚饭

安心猜码吃晚饭。

1687

凤	娇	乌	相	房	管	涕
fuŋ¹	kiau⁵	u⁵	ɬiaŋ⁵	fa:ŋ²	kuan³	tai³
fung	gyauh	youq	siengh	fangz	guenj	daej
凤	娇	在	厢	房	尽管	哭

凤娇在厢房里哭，

1688

涕	吽	旬	媽	不	郭	伝
tai³	nau²	di⁴	me⁶	bau⁵	kuak⁸	hun²
daej	naeuz	ndij	meh	mbouj	guh	vunz
哭	说	跟	母	不	做	人

向母哭诉不想活。

1689

媽	劲	各	涕	论	同	初
me⁶	luk⁸	ka:k⁸	tai³	lun⁶	toŋ⁶	ço⁶
meh	lwg	gag	daej	lwnh	doengh	coh
母	儿	自	哭	论	同	向

母女面对面哭诉，

1690

媽	劲	隆	贺	涕	林	林
me⁶	luk⁸	loŋ²	ho⁵	tai³	lian²	lian²
meh	lwg	roengz	hoq	daej-	lien-	lien
母	儿	下	膝	哭	涟涟	

母女相跪泪涟涟。

1691

周	公	分	付	许	送	糇
tçau⁵	kuŋ⁵	fun⁵	fu⁶	hai³	ɬoŋ⁵	hau⁴
couh	gungh	faenq	fuh	hawj	soengq	haeux
周	公	吩	咐	给	送	饭

周公叫人给送饭，

1692

送	糇	送	菜	斗	相	房
ɬoŋ⁵	hau⁴	ɬoŋ⁵	tçak⁷	tau³	ɬiaŋ⁵	fa:ŋ²
soengq	haeux	soengq	byaek	daeuj	siengh	fangz
送	饭	送	菜	到	厢	房

送饭送菜到厢房。

1693

文	氏	哽	糇	劝	吏	涕
wuun²	çi¹	kun¹	hau⁴	luuk⁸	çi⁶	tai³
vwnz	si	gwn	haeux	lwg	cih	daej
文	氏	吃	饭	儿	却	哭

文氏吃饭凤娇哭，

1694

凤	娇	不	哽	涕	林	林
fuŋ¹	kiau⁵	bau⁵	kun¹	tai³	lian²	lian²
fung	gyauh	mbouj	gwn	daej-	lien-	lien
凤	娇	不	吃	哭	涟	涟

凤娇哭泣泪涟涟。

1695

讲	肝	茄	你	又	乙	奈
ka:ŋ³	taŋ²	kia²	ni⁴	jau⁶	ʔjiat⁷	na:i⁵
gangj	daengz	giz	neix	youh	yiet	naiq
讲	到	地方	这	又	歇	累

讲到这里又休息，

1696

再	讲	福	兴	老	怒	才
tça:i¹	ka:ŋ³	fu²	hin⁵	la:u⁴	nu²	tça:i²
caiq	gangj	fuz	hingh	laux	nuz	caiz
再	讲	福	兴	老	奴	才

再讲福兴老仆人。

二十一 遭暗算老仆救凤娇

扫码听音频

同隊郭他哽酒肉，伍赖乌兰也嗟楼，

甫久攺喜妄哽酒，嗟楼土地妾哽仇。

凤娇乌相房管涕，涕咔卡妈不郭佈。

妈劝滞涕论同初，妈劝隆贺涕林林。

闰公分付许送糨，送糨送菜斗相房。

文氏哽糨劲吏涕、凤娇不哽涕林林。

讲肘茹依又乜奈，再讲福兴老怒才。

曷依凤娇肯求肖，江县隆冲不刀兰。

福兴想肯又想刀，又恨马迪肯良楼。

芳焉马迪肯良畳，马上开船肯忙久。

斗肘恶驰等船乌，听郓兰内里嗟楼。

福兴鲁郭又算计，哽肯哽刀叹楞兰。

1697

昙	你	凤	娇	背	求	庙
ŋon²	ni⁴	fuŋ¹	kiau⁵	pai¹	tɕau²	miau⁶
ngoenz	neix	fung	gyauh	bae	gouz	miuh
日	这	凤	娇	去	求	庙

今日凤娇去求签，

1698

江	昙	隆	冲	不	刀	兰
tɕak⁷	ŋon²	loŋ²	ɕo:ŋ⁶	bau⁵	ta:u⁵	la:n²
daeng-	ngoenz	roengz	congh	mbouj	dauq	ranz
太阳		下	洞	不	回	家

太阳下山不见回。

1699

福	兴	想	背	又	想	刀
fu²	hin⁵	ɬiaŋ³	pai¹	jau⁶	ɬiaŋ³	ta:u⁵
fuz	hingh	siengj	bae	youh	siengj	dauq
福	兴	想	去	又	想	回

福兴想来又想去，

1700

又	恨	马	迪	背	良	楞
jau⁶	han¹	ma⁴	ti²	pai¹	liaŋ²	laŋ¹
youh	raen	maj	diz	bae	riengz	laeng
又	见	马	迪	去	跟	后

又见马迪跟着去。

1701

劳	忥	馬	迪	背	良	害
la:u¹	hi⁵	ma⁴	ti²	pai¹	liaŋ²	ha:i⁶
lau	heiq	maj	diz	bae	riengz	haih
怕	忧	马	迪	去	跟	害

生怕马迪起歹心，

1702

馬	上	开	船	背	忙	忙
tɕik⁷	hak⁷	ha:i¹	lua²	pai¹	muaŋ²	muaŋ²
sik	haek	hai	ruz	bae	muengz	muengz
即	刻	开	船	去	急	急

急忙开船跟着走。

1703

斗	肝	忑	驰	等	船	乌
tau³	taŋ²	la³	ta:t⁷	taŋ⁴	lua²	u⁵
daeuj	daengz	laj	dat	daengx	ruz	youq
来	到	下	山崖	停	船	住

来到岸边泊好船，

1704

听	耶	兰	内	里	嗟	梅
tiŋ⁵	jia¹	la:n²	dai¹	li⁴	ɕa:i¹	mo:i²
dingq	nyi	ranz	ndaw	lij	cai	moiz
听	见	房	里	还	猜	码

听到屋里猜码声。

1705

福	兴	鲁	耶	又	算	计
fu²	hin⁵	lo⁴	jia¹	jau⁶	ɬuan⁵	ki⁶
fuz	hingh	rox	nyi	youh	suenq	geiq
福	兴	懂	听	又	算	计

福兴听着又盘算，

1706

嗹	背	嗹	刀	贩	楞	兰
piam⁵	pai¹	piam⁵	ta:u⁵	pa:i⁶	laŋ¹	la:n²
biemq	bae	biemq	dauq	baih	laeng	ranz
瞄	去	瞄	回	面	后	房

在后院瞄来瞄去。

叮耶相将眉低锵，不晓见娇鲁者老娘。

文氏与上讲斗初，善你凤娇不贵位。

福兴叮耶岑双喱，者得小姐鲁老娘。

文氏盖祥还哜呢，老乳茄雷斗周故。

凤娇鲁耶福兴叫，若化乳雷斗初故。

福兴恨哗又算斗、运摸斗捌参志墙。

福兴就徒君锁屋、般提妈劲忘相将。

墙城又桑眉文四，并命跳礼阰傢城。

文氏礼跳阰吸傢、三甫妈劲造哎客。

三甫舩辰叮耶垦，不鲁算计李雷背。

文氏当祥就连呢、背陵廿兰催文德。

兰他贵眉刁富贵，劲故叫郭催文德。

1707

叮	耶	相	房	眉	伝	涕
tiŋ⁵	jia¹	ɬiaŋ⁵	fa:ŋ²	mi²	hun²	tai³
dingq	nyi	siengh	fangz	miz	vunz	daej
听	见	厢	房	有	人	哭

听到厢房有人哭，

1708

不	啵	凤	娇	鲁	老	娘
bau⁵	de⁵	fuŋ¹	kiau⁵	lo⁴	la:u⁴	me⁶
mbouj	ndeq	fung	gyauh	rox	laux	meh
不	晓	凤	娇	或	大	母

不知凤娇或夫人。

1709

文	氏	馬	上	讲	斗	初
wun²	ɕi¹	tɕik⁷	hak⁷	ka:ŋ³	tau³	ço⁶
vwnz	si	sik	haek	gangj	daeuj	coh
文	氏	即	刻	讲	来	向

文氏见有人就讲，

1710

居	你	凤	娇	不	贫	伝
kɯ⁵	ni⁴	fuŋ¹	kiau⁵	bau⁵	pan²	hun²
gwq	neix	fung	gyauh	mbouj	baenz	vunz
时	这	凤	娇	不	成	人

现在凤娇被软禁。

1711

福	兴	叮	耶	嗲	双	陌
fu²	hin⁵	tiŋ⁵	jia¹	ɕa:m¹	ɬo:ŋ¹	pa:k⁷
fuz	hingh	dingq	nyi	cam	song	bak
福	兴	听	见	问	两	口

福兴听到连忙问，

1712

名	得	小	姐	鲁	老	娘
muŋ²	tuuk⁸	ɬiau⁴	tɕe⁴	lo⁴	la:u⁴	me⁶
mwngz	dwg	siuj	cej	rox	laux	meh
你	是	小	姐	或	大	母

你是小姐或夫人？

1713

文	氏	当	祥	还	唪	呿
wun²	ɕi¹	ta:ŋ¹	ɕiaŋ²	wa:n²	ɕon²	ha:u⁵
vwnz	si	dang	ciengz	vanz	coenz	hauq
文	氏	当	场	回	句	话

文氏听见忙回答，

1714

名	吼	茄	雷	斗	周	故
muŋ²	hau³	kia²	lai²	tau³	tɕau⁵	ku¹
mwngz	haeuj	giz	lawz	daeuj	gouq	gou
你	进	地方	哪	来	救	我

你如何进来救我？

1715

凤	娇	鲁	耶	福	兴	叫
fuŋ¹	kiau⁵	lo⁴	jia¹	fu²	hin⁵	he:u⁶
fung	gyauh	rox	nyi	fuz	hingh	heuh
凤	娇	懂	听	福	兴	叫

凤娇听到福兴叫，

1716

名	化	吼	雷	斗	初	故
muŋ²	wa⁵	hau³	lai²	tau³	ço⁶	ku¹
mwngz	vaq	haeuj	lawz	daeuj	coh	gou
你	化	进	哪	来	向	我

你要如何到我这？

1717

福	兴	恨	吽	又	算	计
fu²	hin⁵	han¹	nau²	jau⁶	ɬuan⁵	ki⁶
fuz	hingh	raen	naeuz	youh	suenq	geiq
福	兴	见	说	又	算	计

福兴听着想了想，

1718

逻	樸	斗	捌	夸	志	墙
la¹	mai⁴	tau³	pa:t⁸	kwa⁵	kun²	ɕiaŋ²
ra	faex	daeuj	bad	gvaq	gwnz	ciengz
找	木	来	搭	过	上	墙

找木条搭过后墙。

1719

福	兴	就	绞	恩	鎖	屋
fu²	hin⁵	tɕo⁶	ke:u⁶	an¹	ɬa³	o:k⁷
fuz	hingh	couh	geuh	aen	suj	ok
福	兴	就	撬	个	锁	出

福兴立即撬门锁，

1720

般	提	妈	孙	屋	相	房
puan⁶	tu²	me⁶	luk⁸	o:k⁷	ɬiaŋ⁵	fa:ŋ²
buenh	dawz	meh	lwg	ok	siengh	fangz
搬	拿	母	儿	出	厢	房

把母女救出厢房。

1721

墙	城	又	桑	眉	丈	四
ɕiaŋ²	ɕiŋ²	jau⁶	ɬa:ŋ¹	mi²	ɕiaŋ⁶	ɬi⁵
ciengz	singz	youh	sang	miz	ciengh	seiq
墙	城	又	高	有	丈	四

城墙有一丈多高，

1722

并	命	跳	礼	肛	绿	城
piŋ⁵	miŋ⁶	ɬɛt⁷	dai⁴	taŋ²	lo:k⁸	ɕiŋ²
bingq	mingh	saet	ndaej	daengz	rog	singz
拼	命	跳	得	到	外	城

拼命越墙到城外。

1723

文	氏	礼	跳	肛	贩	绿
wun²	ɕi¹	dai⁴	ɬɛt⁷	taŋ²	pa:i⁶	lo:k⁸
vwnz	si	ndaej	saet	daengz	baih	rog
文	氏	得	跳	到	面	外

文氏攀越到墙外，

1724

三	甫	妈	孙	造	欢	容
ɬa:m¹	pu⁴	me⁶	luk⁸	tɕo⁶	wuan⁶	juŋ²
sam	boux	meh	lwg	coh	vuen	yungz
三	人	母	儿	才	欢	容

三人这才舒口气。

1725

三	甫	弰	辰	肛	那	显
ɬa:m¹	pu⁴	da:ŋ¹	ɬɛn⁵	taŋ²	na³	he:n³
sam	boux	ndang	saenz	daengz	naj	henj
三	人	身	抖	到	面	黄

三人吓得脸发黄，

1726

不	鲁	算	计	夸	雷	背
bau⁵	lo⁴	ɬuan⁵	ki⁶	kwa⁵	lai²	pai¹
mbouj	rox	suenq	geiq	gvaq	lawz	bae
不	知	算	计	过	哪	去

不知该往哪里去。

1727

文	氏	当	祥	就	连	吒
wɯn²	ɕi¹	ta:ŋ¹	ɕiaŋ²	tɕo⁶	le:n⁶	ha:u⁵
vwnz	si	dang	ciengz	couh	lenh	hauq
文	氏	当	场	就	连忙	说

文氏当时就先说，

1728

背	陵	州①	兰	催	文	德②
pai¹	liŋ²	tɕau⁵	la:n²	tɕuai⁵	wɯn²	tə²
bae	lingz	couh	ranz	cuih	vwnz	dwz
去	陵	州	家	崔	文	德

去陵州找崔文德。

1729

兰	他	贫	眉	刀	富	贵
la:n²	te¹	pan²	mi²	ta:u⁵	fuk⁷	kwai⁶
ranz	de	baenz	miz	dauq	fouq	gviq
家	他	成	有	又	富	贵

他家有钱又富裕，

1730

劢	故	叫	郭	催	文	德
luk⁸	ku¹	he:u⁶	kuak⁸	tɕuai⁵	wɯn²	tə²
lwg	gou	heuh	guh	cuih	vwnz	dwz
儿	我	叫	做	崔	文	德

我侄名叫崔文德。

---

①陵州 [liŋ² tɕau⁵]：古城名，西魏置，隋改为隆山郡，唐复曰陵州，在今山东德州。

②催文德 [tɕuai⁵ wɯn² tə²]：凤娇表兄弟，虚构人物。

三甫感情就依等，

讲时茄你又乞秦，　　马上开船背忙々，

酒钩隆斗相亲竞，　　再讲马迪哽了仇。

酒钩唱歌隆斗初，　　点灯隆斗亮堂々。

隆斗相亲初小姐，　　赤斗与小姐郭寻，

尧恨相亲恩锁坏，　　不恨小姐市老娘，

马迪居他利始娘，　　八定眉依围他条，

遥时趋劲不恨闻，　　囱羊乳晒不鲁哽，

叶许依赖屋背尧，　　刀恨撲捌卦忘墙。

依赖当样还嘈呢，　　鲁嗳甫雪般他条，

马迪恨叶各失礼，　　是你双更背雷逞，

眉恩着像正学礼，　　肘恨点灯条背兰一刀，

三喳失礼许钹笑。

1731

三	甫	感	情	就	依	了
ɬaːm¹	pu⁴	kaːŋ³	ɕai²	tɕo⁶	i¹	leːu⁴
sam	boux	gangj	caez	couh	ei	liux
三	人	讲	齐	就	依	完

三人商量同意了，

1732

馬	上	开	船	背	忙	忙
tɕik⁷	hak⁷	haːi¹	lua²	pai¹	muaŋ²	muaŋ²
sik	haek	hai	ruz	bae	muengz	muengz
即	刻	开	船	去	急	急

急急忙忙开船走。

1733

讲	肝	茄	你	又	乙	奈
kaːŋ³	taŋ²	kia²	ni⁴	jau⁶	ʔjiat⁷	naːi⁵
gangj	daengz	giz	neix	youh	yiet	naiq
讲	到	地方	这	又	歇	累

讲到这里先休息，

1734

再	讲	馬	迪	哽	了	仇
tɕaːi¹	kaːŋ³	ma⁴	ti²	kun¹	leːu⁴	ɕau²
caiq	gangj	maj	diz	gwn	liux	caeuz
再	讲	马	迪	吃	完	晚饭

再讲马迪晚饭后。

1735

酒	夠	隆	斗	相	房	尧
lau³	to⁶	loŋ²	tau³	ɬiaŋ⁵	faːŋ²	jiau⁵
laeuj	doh	roengz	daeuj	siengh	fangz	yiuq
酒	够	下	来	厢	房	看

喝醉前往厢房探，

1736

点	灯	隆	斗	亮	堂	堂
teːm³	taŋ¹	loŋ²	tau³	loːŋ⁶	ɬaːk⁸	ɬaːk⁸
diemj	daeng	roengz	daeuj	rongh-	sag-	sag
点	灯	下	来	亮	闪	闪

点着大灯走下来。

1737

酒	夠	唱	歌	隆	斗	初
lau³	to⁶	ɕian⁵	fian¹	loŋ²	tau³	ço⁶
laeuj	doh	ciengq	fwen	roengz	daeuj	coh
酒	够	唱	山歌	下	来	向

边走边唱到厢房，

1738

亦	斗	亐	小	姐	郭	寻
a³	tau³	di⁴	ɬiau⁴	tɕe⁴	kuak⁸	çam²
aj	daeuj	ndij	siuj	cej	guh	caemz
要	来	和	小	姐	做	玩

欲与小姐玩开心。

1739

隆	斗	相	房	初	小	姐
loŋ²	tau³	ɬiaŋ⁵	faːŋ²	ço⁶	ɬiau⁴	tɕe⁴
roengz	daeuj	siengh	fangz	coh	siuj	cej
下	来	厢	房	向	小	姐

来到厢房看小姐，

1740

不	恨	小	姐	亐	老	娘
bau⁵	han¹	ɬiau⁴	tɕe⁴	di⁴	laːu⁴	me⁶
mbouj	raen	siuj	cej	ndij	laux	meh
不	见	小	姐	和	大	母

母女二人均不见。

1741

尧	恨	相	房	恩	锁	坏
jiau⁵	han¹	ɬiaŋ⁵	faːŋ²	an¹	ɬa³	waːi⁶
yiuq	raen	siengh	fangz	aen	suj	vaih
看	见	厢	房	个	锁	坏

看见厢房门锁坏，

1742

八	定	眉	伝	周	他	条
pa⁶	tiŋ⁶	mi²	hun²	tɕau⁵	te¹	teːu²
bah	dingh	miz	vunz	gouq	de	deuz
必	定	有	人	救	她	逃

断定有人来救她。

1743

馬	迪	居	他	利	殆	浪
ma⁴	ti²	kɯ⁵	te¹	dia⁵	taːi¹	laːŋ⁴
maj	diz	gwq	de	ndiq	dai	langx
马	迪	时	那	将要	死	犯难

那时马迪快昏倒，

1744

内	羊	吼	陌	不	鲁	哽
no⁶	juaŋ²	hau³	paːk⁷	bau⁵	lo⁴	kɯn¹
noh	yiengz	haeuj	bak	mbouj	rox	gwn
肉	羊	入	口	不	会	吃

到嘴羊肉吃不上。

1745

逻	肝	媽	劲	不	恨	闹
la¹	taŋ²	me⁶	luk⁸	bau⁵	han¹	naːu⁵
ra	daengz	meh	lwg	mbouj	raen	nauq
找	到	母	儿	不	见	没

寻找母女无踪影，

1746

刀	恨	楳	捌	卦	志	墙
taːu⁵	han¹	mai⁴	paːt⁸	kwa⁵	kun²	ɕiaŋ²
dauq	raen	faex	bad	gvaq	gwnz	ciengz
却	见	木	搭	过	上	墙

却见木条搭墙头。

1747

叫	许	伝	赖	屋	背	尧
heːu⁶	hai³	hun²	laːi¹	oːk⁷	pai¹	jiau⁵
heuh	hawj	vunz	lai	ok	bae	yiuq
叫	给	人	多	出	去	看

叫大家出门去看，

1748

鲁	哝	甫	雷	般	他	条
lo⁴	de⁵	pu⁴	lai²	paːŋ¹	te¹	teːu²
rox	ndeq	boux	lawz	bang	de	deuz
知	晓	人	哪	帮	她	逃

知道谁人救她们。

1749

伝	赖	当	祥	还	唒	吒
hun²	laːi¹	taːŋ¹	ɕiaŋ²	waːn²	ɕon²	haːu⁵
vunz	lai	dang	ciengz	vanz	coenz	hauq
人	多	当	场	回	句	话

大家见状又说开，

1750

居	你	双	更	背	雷	逻
kɯ⁵	ni⁴	ɬoːŋ¹	keːŋ¹	pai¹	lai²	la¹
gwq	neix	song	geng	bae	lawz	ra
时	这	二	更	去	哪	找

如今半夜去哪找？

1751

馬	迪	恨	吽	各	失	礼
ma⁴	ti²	han¹	nau²	ka:k⁸	ɬɛt⁷	lai⁴
maj	diz	raen	naeuz	gag	saet	laex
马	迪	见	讲	自	失	礼

马迪自感丢了脸,

1752

肟	恒	点	灯	条	背	兰
taŋ²	hun²	te:m³	taŋ¹	te:u²	pai¹	la:n²
daengz	hwnz	diemj	daeng	deuz	bae	ranz
到	夜	点	灯	逃	去	家

连夜点灯跑回家。

1753

眉	恩	眉	缘	正	学	礼
mi²	an¹	mi²	jian²	çiŋ⁵	tço⁶	dai⁴
miz	aen	miz	yienz	cingq	coh	ndaej
有	恩	有	缘	正	才	得

有恩有缘才能成,

1754

三	培	失	礼	许	伝	笑
ɬa:m¹	pai²	ɬɛt⁷	lai⁴	hai³	hun²	liau¹
sam	baez	saet	laex	hawj	vunz	riu
三	次	失	礼	给	人	笑

几次丢脸让人笑。

乌迪肘平俄笑鉤，晌羊呪唒不鲁遜

乌迪肘兰合光娘，刀呠凤娇不容呈。

马迪肛薯肘你刀，刀讲文氏三甫佑，

背肘陵州忌狱等，福兴又嗲文氏娘，

数穿乌船炙背观，羞炙恨背克他呠，

福兴背嗲催炙主，凤背請安妈文洗，

莆妈文洗嗲双咟，就咟福兴双三嗲，

昙体名屋雷斗早，皆礼哽呆鲁未曾，

福兴当样还嗲呪，皆炙粋呆来曾哽，

呇体皆炙条躲命，凤娇老娘里乌船，

象炙肘恒开船斗，亦斗里娘乌臃鸺，

文内恨呠就对当，呠许福兴勒姶骂。

1755

馬	迪	肝	平	伝	笑	夠
ma⁴	ti²	taŋ²	piaŋ²	hun²	liau¹	to⁶
maj	diz	daengz	biengz	vunz	riu	doh
马	迪	到	地方	人	笑	够

马迪到处被嘲笑，

1756

肉	羊	吼	咟	不	鲁	哽
no⁶	juaŋ²	hau³	pa:k⁷	bau⁵	lo⁴	kun¹
noh	yiengz	haeuj	bak	mbouj	rox	gwn
肉	羊	进	嘴	不	会	吃

到嘴羊肉不会吃。

1757

馬	迪	肝	兰	合	元	很
ma⁴	ti²	taŋ²	la:n²	ho²	jiat⁸	hun³
maj	diz	daengz	ranz	hoz	yied	hwnj
马	迪	到	家	脖	越	起

马迪越想越生气，

1758

刀	吽	凤	娇	不	容	呈
ta:u⁵	nau²	fuŋ¹	kiau⁵	bau⁵	juŋ²	çiŋ²
dauq	naeuz	fung	gyauh	mbouj	yungz	cingz
回	讲	风	娇	不	容	情

说对风娇不留情。

1759

馬	迪	肚	萼	肝	你	刀
ma⁴	ti²	tuŋ⁴	ʔja:k⁷	taŋ²	ni⁴	ta:u⁵
maj	diz	dungx	yak	daengz	neix	dauq
马	迪	肚	恶	到	这	回

坏人马迪讲到此，

1760

刀	讲	文	氏	三	甫	伝
ta:u⁵	ka:ŋ³	wun²	çi¹	ła:m¹	pu⁴	hun²
dauq	gangj	vwnz	si	sam	boux	vunz
回	讲	文	氏	三	个	人

再说文氏三个人。

1761

背	肝	陵	州	忐	馱	等
pai¹	taŋ²	liŋ²	tçau⁵	la³	ta⁶	taŋ⁴
bae	daengz	lingz	couh	laj	dah	daengx
去	到	陵	州	下	河	停

到了陵州靠岸停，

1762

福	兴	又	嗲	文	氏	娘
fu²	hin⁵	jau⁶	ça:m¹	wun²	çi¹	me⁶
fuz	hingh	youh	cam	vwnz	si	meh
福	兴	又	问	文	氏	母

福兴对文夫人说。

1763

数	守	乌	船	灰	背	观
łu¹	çau⁴	u⁵	lua²	ho:i⁵	pai¹	ko:n⁵
sou	souj	youq	ruz	hoiq	bae	gonq
你们	守	在	船	奴	去	先

你们在船上等我，

1764

差	灰	很	背	尭	他	吽
ça³	ho:i⁵	hun³	pai¹	jiau⁵	te¹	nau²
caj	hoiq	hwnj	bae	yiuq	de	naeuz
等	奴	上	去	看	他	说

等我先去找人看。

1765

福	兴	背	嗲	催	家	主
fu²	hin⁵	pai¹	ça:m¹	tɕuai⁵	kia⁵	ɬu³
fuz	hingh	bae	cam	cuih	gya	souj
福	兴	去	问	崔	家	主

福兴去找崔家人，

1766

吼	背	請	安	媽	文	德①
hau³	pai¹	çiŋ³	a:n¹	me⁶	wuun²	tə²
haeuj	bae	cingj	an	meh	vwnz	dwz
进	去	请	安	母	文	德

进屋给夫人请安。

1767

甫	妈	文	德	嗲	双	咟
pu⁴	me⁶	wuun²	tə²	ça:m¹	ɬo:ŋ¹	pa:k⁷
boux	meh	vwnz	dwz	cam	song	bak
人	母	文	德	问	二	口

文德母亲开口问，

1768

就	喃	福	兴	双	三	唪
tɕo⁶	to:ŋ⁴	fu²	hin⁵	ɬo:ŋ¹	ɬa:m¹	çon²
couh	dongx	fuz	hingh	song	sam	coenz
就	招呼	福	兴	二	三	句

招呼福兴问起话。

1769

昙	你	名	屋	雷	斗	早
ŋon²	ni⁴	muuŋ²	o:k⁷	lai²	tau³	lo:m⁶
ngoenz	neix	mwngz	ok	lawz	daeuj	romh
日	今	你	出	哪	来	早

你一早从哪里来？

1770

名	礼	哽	呆	鲁	未	曾
muuŋ²	dai⁴	kun¹	ŋa:i²	lo⁴	mi³	çaŋ²
mwngz	ndaej	gwn	ngaiz	rox	mij	caengz
你	得	吃	早饭	或	未	曾

你吃过早饭没有？

1771

福	兴	当	祥	还	唪	吒
fu²	hin⁵	ta:ŋ¹	çiaŋ²	wa:n²	çon²	ha:u⁵
fuz	hingh	dang	ciengz	vanz	coenz	hauq
福	兴	当	场	回	句	话

福兴马上回答道，

1772

皆	灰	糇	呆	未	曾	哽
ka:i⁵	ho:i⁵	hau⁴	ŋa:i²	mi³	çaŋ²	kun¹
gaiq	hoiq	haeux	ngaiz	mij	caengz	gwn
个	奴	饭	早饭	未	曾	吃

我还未曾吃早饭。

1773

居	你	皆	灰	条	躲	命
kuɯ⁵	ni⁴	ka:i⁵	ho:i⁵	te:u²	do⁴	miŋ⁶
gwq	neix	gaiq	hoiq	deuz	ndoj	mingh
时	这	个	奴	逃	躲	命

今天我逃命来了，

1774

凤	娇	老	娘	里	乌	船
fuŋ¹	kiau⁵	la:u⁴	me⁶	li⁴	u⁵	lua²
fung	gyauh	laux	meh	lij	youq	ruz
凤	娇	大	母	还	在	船

凤娇母女在船上。

1775

象	**灰**	**肛**	**恒**	**开**	**船**	**斗**
tɕiŋ^{5}	hoːi^{5}	taŋ^{2}	hɯn^{2}	haːi^{1}	lua^{2}	tau^{3}
gyoengq	hoiq	daengx	hwnz	hai	ruz	daeuj
众	**奴**	**整**	**夜**	**开**	**船**	**来**

我们连夜开船来，

1776

亦	**斗**	**里**	**娘**	**乌**	**躲**	**䑣**
a^{3}	tau^{3}	di^{4}	me^{6}	u^{5}	do^{4}	daːŋ^{1}
aj	daeuj	ndij	meh	youq	ndoj	ndang
要	**来**	**同**	**母**	**住**	**躲**	**身**

想来夫人家避难。

1777

文	**氏**	**恨**	**咋**	**就**	**对**	**当**
wɯn^{2}	ɕi^{1}	han^{1}	nau^{2}	tɕo^{6}	toːi^{1}	taːŋ^{5}
vwnz	si	raen	naeuz	couh	doi	dangq
文	**氏**	**见**	**讲**	**就**	**推**	**搪**

文氏一听就推脱，

1778

咋	**许**	**福**	**兴**	**勒**	**殆**	**罵**
nau^{2}	hai^{3}	fu^{2}	hin^{5}	lak^{8}	taːi^{5}	ma^{1}
naeuz	hawj	fuz	hingh	laeg	daiq	ma
讲	**给**	**福**	**兴**	**莫**	**带**	**来**

告诉福兴别带来。

①媽文德 [me^{6} wɯn^{2} tə^{2}]：人名，凤娇母的胞妹文氏，虚构人物。

弘

羞名代斗故不認，劲故居你仲举人。

故許释袋银几百，提背許他嗅奪路。

故許他斗劳劲骂，名刀背許各他。

福兴恨叫何兄狠，钱不顷欧刀不亲。

隆斗恨船就連呢，培你皆娄不贪伍。

文氏恨肘嗲双昭，去背嗲他等雷叫。

福兴合隆叫里守，甫他京遝娄分轺。

劲他文德不恨那，各利甫妈他乌兰。

嗲他学叫不許認，劲故居他仲举人。

他现許钱郭释袋，皆灭合狠不初欧。

皆灭盖斗也不登，灭恨惠禡刀惠宗。

嫣劲恨叫贵样你，培保样乌讲介娄。

1779

差	名	代	斗	故	不	认
ça³	muŋ²	ta:i⁵	tau³	ku¹	bau⁵	jin⁶
caj	mwngz	daiq	daeuj	gou	mbouj	nyinh
若	你	带	来	我	不	认

你带来我也不认，

1780

孙	故	居	你	仲	举	人
lɯk⁸	ku¹	kɯ⁵	ni⁴	tçuŋ¹	ki⁴	jin²
lwg	gou	gwq	neix	cung	gij	yinz
儿	我	时	这	中	举	人

我儿如今中举人。

1781

故	許	糇	袋	银	几	百
ku¹	hai³	hau⁴	tai⁶	ŋan²	ki³	pa:k⁷
gou	hawj	haeux	daeh	ngaenz	geij	bak
我	给	粮	袋	银	几	百

给你几百两银子，

1782

提	背	許	他	哽	夸	路
tɯ²	pai¹	hai³	te¹	kɯn¹	kwa⁵	lo⁶
dawz	bae	hawj	de	gwn	gvaq	loh
拿	去	给	她	吃	过	路

拿去你们路上花。

1783

故	許	他	斗	劳	孙	骂
ku¹	hai³	te¹	tau³	la:u¹	lɯk⁸	da⁵
gou	hawj	de	daeuj	lau	lwg	ndaq
我	给	她	来	怕	儿	骂

让她来恐儿子骂，

1784

名	刀	背	吽	許	各	他
muŋ²	ta:u⁵	pai¹	nau²	hai³	ka:i⁵	te¹
mwngz	dauq	bae	naeuz	hawj	gaiq	de
你	回	去	讲	给	个	她

你回去跟她们说。

1785

福	兴	恨	吽	何	元	很
fu²	hin⁵	han¹	nau²	ho²	jiat⁸	hun³
fuz	hingh	raen	naeuz	hoz	yied	hwnj
福	兴	见	说	脖	越	起

福兴听了即生气，

1786

钱	不	领	欧	刀	不	奈
çe:n²	bau⁵	liŋ⁴	au¹	ta:u⁵	bau⁵	na:i¹
cienz	mbouj	lingx	aeu	dauq	mbouj	nai
钱	不	领	要	回	不	说

钱也没要就回来。

1787

隆	斗	恨	船	就	连	吒
loŋ²	tau³	hun³	lua²	tço⁶	le:n⁶	ha:u⁵
roengz	daeuj	hwnj	ruz	couh	lenh	hauq
下	来	上	船	就	连忙	说

上船就气愤地说，

1788

培	你	皆	娄	不	贫	伝
pai²	ni⁴	ka:i⁵	lau²	bau⁵	pan²	hun²
baez	neix	gaiq	raeuz	mbouj	baenz	vunz
次	这	个	我们	不	成	人

这次我们真倒霉。

1789

文	氏	恨	盯	嗲	双	咟
wun²	çi¹	han¹	taŋ²	ça:m¹	ło:ŋ¹	pa:k⁷
vwnz	si	raen	daengz	cam	song	bak
文	氏	见	到	问	二	口

文氏听了追问道，

1790

名	背	嗲	他	等	雷	吽
muŋ²	pai¹	ça:m¹	te¹	taŋ³	lai²	nau²
mwngz	bae	cam	de	daengj	lawz	naeuz
你	去	问	她	样	哪	说

你去问她怎么说。

1791

福	兴	合	隆	吽	里	守
fu²	hin⁵	ho²	loŋ²	nau²	di⁴	łu³
fuz	hingh	hoz	roengz	naeuz	ndij	souj
福	兴	脖	下	讲	跟	主

福兴消气对主说，

1792

甫	他	不	认	娄	分	雷
pu⁴	te¹	bau⁵	jin⁶	lau²	fan¹	lai²
boux	de	mbouj	nyinh	raeuz	faen	lawz
人	他	不	认	我们	分	哪

崔夫人不认我们。

1793

孙	他	文	德	不	恨	那
luk⁸	te¹	wun²	tə²	bau⁵	han¹	na³
lwg	de	vwnz	dwz	mbouj	raen	naj
儿	她	文	德	不	见	面

没有见到崔文德，

1794

各	利	甫	媽	他	乌	兰
ka:k⁸	li¹	pu⁴	me⁶	te¹	u⁵	la:n²
gag-	lij	boux	meh	de	youq	ranz
只有		个	母	她	在	家

家里只有他母亲。

1795

嗲	他	学	吽	不	許	认
ça:m¹	te¹	tço⁶	nau²	bau⁵	hai³	jin⁶
cam	de	coh	naeuz	mbouj	hawj	nyinh
问	她	就	讲	不	给	认

问她竟然不相认，

1796

孙	故	居	他	仲	举	人
luk⁸	ku¹	kw⁵	te¹	tçuŋ¹	ki⁴	jin²
lwg	gou	gwq	de	cung	gij	yinz
儿	我	时	那	中	举	人

说她儿子中举人。

1797

他	现	許	钱	郭	糇	袋
te¹	jian⁶	hai³	çe:n²	kuak⁸	hau⁴	tai⁶
de	yienh	hawj	cienz	guh	haeux	daeh
她	愿	给	钱	做	粮	袋

她就给钱来打发，

1798

皆	灰	合	很	不	初	欧
ka:i⁵	ho:i⁵	ho²	hun³	bau⁵	ço⁶	au¹
gaiq	hoiq	hoz	hwnj	mbouj	coh	aeu
个	奴	脖	起	不	接	要

我恼火没有接受。

1799

皆	灰	屋	斗	也	不	登
kaːi⁵	hoːi⁵	oːk⁷	tau³	je³	bau⁵	taŋ⁵
gaiq	hoiq	ok	daeuj	yej	mbouj	daengq
个	奴	出	来	也	不	叮嘱

我要走也不留言，

1800

灰	恨	惠	祖	刀	惠	宗
hoːi⁵	han¹	wi¹	ço³	taːu⁵	wi¹	çoŋ¹
hoiq	raen	vi	coj	dauq	vi	coeng
奴	见	违背	祖	又	违背	宗

这样做有违祖德。

1801

妈	孙	恨	吽	贫	样	你
me⁶	luuk⁸	han¹	nau²	pan²	jiaŋ⁶	ni⁴
meh	lwg	raen	naeuz	baenz	yiengh	neix
母	儿	见	讲	成	样	这

母女听他这样说，

1802

培	你	样	乌	算	介	娄
pai²	ni⁴	jiaŋ⁶	ʔju⁵	ɬuan⁵	kaːi⁵	lau²
baez	neix	yiengh	youq	suenq	gaiq	raeuz
次	这	样	怎	算	个	我们

这回我们怎么办？

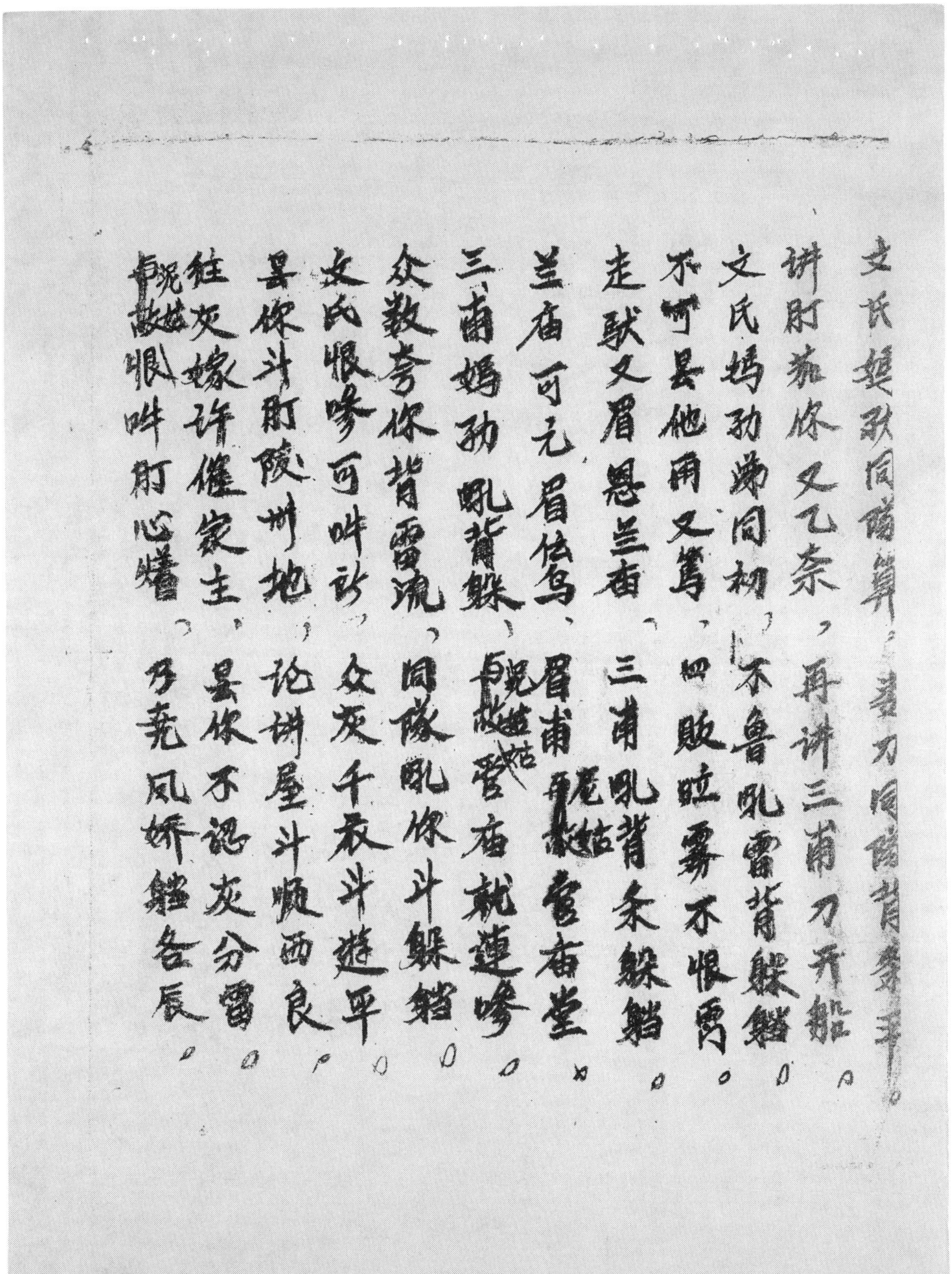

支氏娘歌同谋算，要刀同谋背参主。

讲肘荔你又乙奈，再讲三浦刀开船，

文氏妈劲端同初，不鲁乳雷背躲鲻，

不阿县他用又笃，四败啦雾不恨�937，

走狱又眉恩兰亩，三浦乳背条躲鲻，

兰亩可元眉依鸟，眉甫尾姑官亩堂，

三亩妈劲乳背躲，妲娃姑与就蓬嗲，

众数夸你背雷流，同隊乳你斗躲鲻，

文氏恨嗲可吽诊，众灰千衣斗遊平，

县你斗肘陵州地，论讲屋斗帆西良，

往灰嫁许催家主，县你不认灰分雷，

卓况姑恨吽肘心燔，乃尧凤娇鑑各辰。

1803

文	氏	媽	孙	同	隊	算
wun²	çi¹	me⁶	luuk⁸	toŋ⁶	to:i⁶	ɬuan⁵
vwnz	si	meh	lwg	doengh-	doih	suenq
文	氏	母	儿	共同		算

文氏母女同商议，

1804

娄	刀	同	隊	背	条	平
lau²	ta:u⁵	toŋ⁶	to:i⁶	pai¹	te:u²	piaŋ²
raeuz	dauq	doengh-	doih	bae	deuz	biengz
我们	又	共同		去	逃	地方

我们一起去逃难。

1805

讲	盯	茄	你	又	乙	奈
ka:ŋ³	taŋ²	kia²	ni⁴	jau⁶	ʔjiat⁷	na:i⁵
gangj	daengz	giz	neix	youh	yiet	naiq
讲	到	地方	这	又	歇	累

讲到这里先休息，

1806

再	讲	三	甫	刀	开	船
tça:i¹	ka:ŋ³	ɬa:m¹	pu⁴	ta:u⁵	ha:i¹	lua²
caiq	gangj	sam	boux	dauq	hai	ruz
再	讲	三	个	回	开	船

再讲三人又开船。

二十二 破庙避雨遇文德

扫码听音频

文氏想说同商算，要刀同阳背劈手，
讲肘荔你又乙奈，再讲三甫刀开船，
文氏妈劲势同树，不鲁乳雷背躲劈，
不可县他用又笃，四败啦雾不恨雰，
走默又眉悬兰庙，三甫乳背条躲错，
兰庙可无眉伍乌，眉甫尾姑官庙堂，
三甫妈劲乳背躲，与必遊姑就连嗲，
众数夸你背雷流，间隊乳你斗躲错，
文氏恨嗲可叶访，众灰千衣斗遊平，
县你斗肘陵州地，论讲屋斗响西良，
往灰嫁许催家主，县你不认灰分雷，
卓况磁恨叶肘心螢，了尧凤娇鎆各辰。

1807

文	氏	妈	孙	涕	同	初
wun²	çi¹	me⁶	luuk⁸	tai³	toŋ⁶	ço⁶
vwnz	si	meh	lwg	daej	doengh	coh
文	氏	母	儿	哭	相	向

母女相对而哭泣，

1808

不	鲁	吼	雷	背	躲	殆
bau⁵	lo⁴	hau³	lai²	pai¹	do⁴	daŋ¹
mbouj	rox	haeuj	lawz	bae	ndoj	ndang
不	知	进	哪	去	躲	身

不知该到哪藏身。

1809

不	可	昙	他	雨	又	笃
bau⁵	ko³	ŋon²	te¹	hun¹	jau⁶	tok⁷
mbouj	goj	ngoenz	de	fwn	youh	doek
不	料	日	那	雨	又	下

不料那天又下雨，

1810

四	贩	睑	雾	不	恨	霄
ɬi⁵	pa:i⁶	lap⁷	mo:k⁴	bau⁵	han¹	buɯn¹
seiq	baih	laep	mok	mbouj	raen	mbwn
四	方	黑	雾	不	见	天

浓雾重重不见天。

1811

走	驮	又	眉	恩	兰	庙
tçau³	ta⁶	jau⁶	mi²	an¹	la:n²	miau⁶
gyaeuj	dah	youh	miz	aen	ranz	miuh
头	河	又	有	个	房	庙

看到岸边有座庙，

1812

三	甫	吼	背	条	躲	殆
ɬa:m¹	pu⁴	hau³	pai¹	te:u²	do⁴	da:ŋ¹
sam	boux	haeuj	bae	deuz	ndoj	ndang
三	人	进	去	逃	躲	身

三人到庙里躲雨。

1813

兰	庙	可	元	眉	伝	乌
la:n²	miau⁶	ko³	je:n²	mi²	hun¹	u⁵
ranz	miuh	goj	yenz	miz	vunz	youq
房	庙	也	原	有	人	住

庙里也有人居住，

1814

眉	甫	尼	姑	管	庙	堂
mi²	pu⁴	ni²	ku⁵	kuan³	miau⁶	ta:ŋ²
miz	boux	niz	guh	guenj	miuh	dangz
有	个	尼	姑	管	庙	堂

有位尼姑管庙堂。

1815

三	甫	妈	孙	吼	背	躲
ɬa:m¹	pu⁴	me⁶	luuk⁸	hau³	pai¹	do⁴
sam	boux	meh	lwg	haeuj	bae	ndoj
三	人	母	儿	进	去	躲

三人躲进庙堂里，

1816

尼	姑	管	庙	就	连	嗲
ni²	ku⁵	kuan³	miau⁶	tço⁶	le:n⁶	ça:m¹
niz	guh	guenj	miuh	couh	lenh	cam
尼	姑	管	庙	就	连忙	问

庙里尼姑就问道。

1817

众	数	夸	你	背	雷	流
tɕiŋ⁵	ɬu¹	kwa⁵	ni⁴	pai¹	lai²	liau⁶
gyoengq	sou	gvaq	neix	bae	lawz	liuh
众	你们	过	这	去	哪	玩

你们这是要去哪？

1818

同	隊	吼	你	斗	躲	躺
toŋ⁶	to:i⁶	hau³	ni⁴	tau³	do⁴	da:ŋ¹
doengh-	doih	haeuj	neix	daeuj	ndoj	ndang
共同		进	这	来	躲	身

一起进来这躲雨。

1819

文	氏	恨	嗲	可	吽	所
wɯn²	ɕi¹	han¹	ɕa:m¹	ko³	nau²	ɬo⁶
vwnz	si	raen	cam	goj	naeuz	soh
文	氏	见	问	也	讲	直

文氏实话对她说，

1820

众	灰	千	衣	斗	遊	平
tɕiŋ⁵	ho:i⁵	ɕian¹	i⁵	tau³	jau²	piaŋ²
gyoengq	hoiq	cien-	eiq	daeuj	youz	biengz
众	奴	特地		来	游	地方

我们这是来游玩。

1821

昙	你	斗	肛	陵	州	地
ŋon²	ni⁴	tau³	taŋ²	liŋ²	tɕau⁵	tiak⁸
ngoenz	neix	daeuj	daengz	lingz	couh	dieg
日	这	来	到	陵	州	地方

今天来到陵州这，

1822

论	讲	屋	斗	顺	西	良
lun⁶	ka:ŋ³	o:k⁷	tau³	ɕin¹	ɬi⁵	liaŋ²
lwnh	gangj	ok	daeuj	caen	si	liengz
论	讲	出	来	真	凄	凉

现在讲来真凄凉。

1823

往	灰	嫁	许	催	家	主
nuan⁴	ho:i⁵	ha⁵	hai³	tɕuai⁵	kia⁵	ɬu³
nuengx	hoiq	haq	hawj	cuih	gya	souj
妹	奴	嫁	给	崔	家	主

我妹嫁进崔家门，

1824

昙	你	不	认	灰	分	雷
ŋon²	ni⁴	bau⁵	jin⁶	ho:i⁵	fan¹	lai²
ngoenz	neix	mbouj	nyinh	hoiq	faen	lawz
日	这	不	认	奴	分	哪

今日竟然不认我。

1825

泥	姑	恨	吽	肛	心	燋
ni²	ku⁵	han¹	nau²	taŋ²	ɬam¹	tɕo²
niz	guh	raen	naeuz	daengz	sim	byoz
尼	姑	见	讲	到	心	烫

尼姑听完心中火，

1826

乃	尧	凤	娇	躺	各	辰
na:i⁶	jiau⁵	fuŋ¹	kiau⁵	da:ŋ¹	ka:k⁸	ɬen⁵
naih	yiuq	fung	gyauh	ndang	gag	saenz
越	看	凤	娇	身	自	抖

又见凤娇身发抖。

功39

众数特体茄雷斗，泥姑亦咔許各故

同隊酒狗罵造婿，文德驕馬就連肘

泥姑恨肝請隆能，三甫他特伩茄雷

众伩得伩茄雷斗，泥姑亦咔許各故

相公叮耶差灵讲，论讲各报资西良

甫伩文氏得媽妮，甫伩風嬌得劲奔

甫伩福興得灵祖，论讲屋斗顺西良

三甫菩伩条盤命，是伩斗兰媽名净

媽名祖故不許讲，不許彼媽呲背兰

这德恨咔就連泯，饱赖呲伩斗鲁恨

文德為上拜媽妮，皆灵菩伩不责伩

所君媽妮鲁風嬌，里灵同隊刀背兰

1827

众	数	特	伝	茄	雷	斗
tɕiŋ⁵	ɬu¹	tuk⁸	hun²	kia²	lai²	tau³
gyoengq	sou	dwg	vunz	giz	lawz	daeuj
众	你们	是	人	地方	哪	来

你们是从哪里来？

1828

泥	姑	亦	吽	許	各	故
ni²	ku⁵	a³	nau²	hai³	ka:i⁵	ku¹
niz	guh	aj	naeuz	hawj	gaiq	gou
尼	姑	要	讲	给	个	我

你们可以跟我说。

1829

同	隊	酒	夠	霄	造	焿
toŋ⁶	to:i⁶	lau³	to⁶	bun¹	tɕo⁶	lo:ŋ⁶
doengh-	doih	laeuj	doh	mbwn	coh	rongh
共同		酒	够	天	才	亮

一起喝酒到天亮，

1830

文	德	騎	馬	就	連	肕
wun²	tə²	kiai⁶	ma⁴	tɕo⁶	le:n⁶	taŋ²
vwnz	dwz	gwih	max	couh	lenh	daengz
文	德	骑	马	就	连忙	到

文德骑马又来到。

1831

泥	姑	恨	肕	請	隆	能
ni²	ku⁵	han¹	taŋ²	ɕiŋ³	loŋ²	naŋ⁶
niz	guh	raen	daengz	cingj	roengz	naengh
尼	姑	见	到	请	下	坐

尼姑请他坐下来，

1832

三	甫	他	特	伝	茄	雷
ɬa:m¹	pu⁴	te¹	tuk⁸	hun²	kia²	lai²
sam	boux	de	dwg	vunz	giz	lawz
三	个	他	是	人	地方	哪

他们三位哪里人？

1833

众	你	得	伝	茄	雷	斗
tɕiŋ⁵	ni⁴	tuk⁸	hun²	kia²	lai²	tau³
gyoengq	neix	dwg	vunz	giz	lawz	daeuj
众	这	是	人	地方	哪	来

他们是从哪里来，

1834

泥	姑	亦	吽	許	各	故
ni²	ku⁵	a³	nau²	hai³	ka:i⁵	ku¹
niz	guh	aj	naeuz	hawj	gaiq	gou
尼	姑	要	讲	给	个	我

尼姑你要告诉我。

1835

相	公	叮	耶	差	灰	讲
ɬiaŋ¹	kuŋ⁵	tiŋ⁵	jia¹	ça³	ho:i⁵	ka:ŋ³
sieng	gungh	dingq	nyi	caj	hoiq	gangj
相	公	听	见	等	奴	讲

相公你听贫尼讲，

1836

论	讲	谷	根	贫	西	良
lun⁶	ka:ŋ³	kok⁷	kan¹	pan²	ɬi⁵	liaŋ²
lwnh	gangj	goek	gaen	baenz	si	liengz
论	讲	源	根	成	凄	凉

说起这事真凄凉。

1837

甫	你	文	氏	得	媽	妃
pu⁴	ni⁴	wun²	çi¹	tuk⁸	me⁶	pa³
boux	neix	vwnz	si	dwg	meh	baj
人	这	文	氏	是	母	姨

她叫文氏是姨母，

1838

甫	你	风	娇	得	孙	爺
pu⁴	ni⁴	fuŋ¹	kiau⁵	tuk⁸	luk⁸	jia²
boux	neix	fung	gyauh	dwg	lwg	yiz
人	这	凤	娇	是	儿	伯爷

这是凤娇伯父女。

1839

甫	你	福	兴	得	灰	祖
pu⁴	ni⁴	fu²	hin⁵	tuk⁸	ho:i⁵	ço³
boux	neix	fuz	hingh	dwg	hoiq	coj
人	这	福	兴	是	奴	祖

这是仆人叫福兴，

1840

论	讲	屋	斗	顺	西	良
lun⁶	ka:ŋ³	o:k⁷	tau³	çin¹	ɬi⁵	liaŋ²
lwnh	gangj	ok	daeuj	caen	si	liengz
论	讲	出	来	真	凄	凉

要讲起来真凄凉。

1841

三	甫	居	你	条	躲	命
ɬa:m¹	pu⁴	kɯ⁵	ni⁴	te:u²	do⁴	miŋ⁶
sam	boux	gwq	neix	deuz	ndoj	mingh
三	人	时	这	逃	躲	命

他们现在逃命来，

1842

昙	你	斗	兰	媽	名	净
ŋon²	ni⁴	tau³	la:n²	me⁶	muŋ²	çe:ŋ¹
ngoenz	neix	daeuj	ranz	meh	mwngz	ceng
日	这	来	家	母	你	争

今天来求你母亲。

1843

媽	名	祖	吽	不	许	认
me⁶	muŋ²	tço⁶	nau²	bau⁵	hai³	jin⁶
meh	mwngz	couh	naeuz	mbouj	hawj	nyinh
母	你	就	讲	不	给	认

你娘竟然不相认，

1844

不	许	彼	媥	吼	背	兰
bau⁵	hai³	pi⁴	buk⁷	hau³	pai¹	la:n²
mbouj	hawj	beix	mbwk	haeuj	bae	ranz
不	给	长	女	进	去	家

不让胞姐进家门。

1845

文	德	恨	吽	就	连	吒
wun²	tə²	han¹	nau²	tço⁶	le:n⁶	ha:u⁵
vwnz	dwz	raen	naeuz	couh	lenh	hauq
文	德	见	讲	就	连	忙 说

文德听完连忙说，

1846

色	赖	吼	你	斗	鲁	恨
ɬak⁷	la:i⁵	hau³	ni⁴	tau³	lo⁴	han¹
caek-	laiq	haeuj	neix	daeuj	rox	raen
幸好		进	这	来	会	见

幸好进来见你们。

1847

文	德	馬	上	拜	媽	妣
wun²	tə²	tɕik⁷	hak⁷	pa:i⁵	me⁶	pa³
vwnz	dwz	sik	haek	baiq	meh	baj
文	德	即	刻	拜	母	姨

文德说着拜姨母，

1848

皆	灰	居	你	不	贫	伝
ka:i⁵	ho:i⁵	ku⁵	ni⁴	bau⁵	pan²	hun²
gaiq	hoiq	gwq	neix	mbouj	baenz	vunz
个	奴	时	这	不	成	人

今天晚辈我失礼。

1849

肝	名	媽	妣	鲁	凤	娇
taŋ²	muŋ²	me⁶	pa³	lo⁴	fuŋ¹	kiau⁵
daengz	mwngz	meh	baj	rox	fung	gyauh
到	你	母	姨	或	凤	娇

姨母连同凤娇妹，

1850

里	灰	同	隊	刀	背	兰
di⁴	ho:i⁵	toŋ⁶	to:i⁶	ta:u⁵	pai¹	la:n²
ndij	hoiq	doengh-	doih	dauq	bae	ranz
和	奴	共同		回	去	家

跟晚辈一起回家。

文氏恨咲就連恨，三甫拜跪泥姑人，

泥姑恨他拜同拜，不用敬礼负你頼。

凤娇脱褊许泥姑，坐逼泥姑礼背良。

三甫嬌劲同隊刀，刀布文德斗射兰。

文德骑马肘兰観，枕駡甫媽他処時。

旲你媽妃有伍斗，样乌不许他吼兰。

许他背托駡兰甫，样乌不尧祖尧宗。

色颊同刀故鲁乳，學记谷根许各故。

媽他恨劲駡样你，当祥哈哂不敢漢。

文德駡媽他哝了，就叫三甫乳背兰。

嗡他哽忱多分付，媽妃与你西救心。

肘往凤娇布福兴，兰娄贵密頤几報。

1851

文	氏	恨	吽	就	連	很
wun²	çi¹	han¹	nau²	tço⁶	le:n⁶	hun⁵
vwnz	si	raen	naeuz	couh	lenh	hwnq
文	氏	见	讲	就	连忙	起

文氏听完就起身，

1852

三	甫	拜	跪	泥	姑	人
ła:m¹	pu⁴	pa:i⁵	kwi⁶	ni²	ku⁵	hun²
sam	boux	baiq	gvih	niz	guh	vunz
三	人	拜	跪	尼	姑	人

三人跪别那尼姑。

1853

泥	姑	恨	他	拜	同	拜
ni²	ku⁵	han¹	te¹	pa:i⁵	toŋ⁶	pa:i⁵
niz	guh	raen	de	baiq	doengh	baiq
尼	姑	见	他	拜	同	拜

尼姑见状也回拜，

1854

不	用	欧	礼	贫	你	赖
bau⁵	juŋ⁶	au¹	lai⁴	pan²	ni⁴	la:i¹
mbouj	yungh	aeu	laex	baenz	neix	lai
不	用	要	礼	成	这	多

不必如此讲礼数，

1855

凤	娇	脱	裑	許	泥	姑
fuŋ¹	kiau⁵	to:t⁷	pia⁶	hai³	ni²	ku⁵
fung	gyauh	duet	buh	hawj	niz	guh
凤	娇	脱	衣	给	尼	姑

凤娇脱衣还尼姑，

1856

坐	邁	泥	姑	礼	背	良
tço¹	ba:i⁵	ni²	ku⁵	dai⁴	pai¹	liak⁸
gyo-	mbaiq	niz	guh	ndaej	bae	rieg
谢谢		尼	姑	得	去	换

多谢尼姑给衣换。

1857

三	甫	媽	劲	同	隊	刀
ła:m¹	pu⁴	me⁶	luk⁸	toŋ⁶	to:i⁶	ta:u⁵
sam	boux	meh	lwg	doengh-	doih	dauq
三	人	母	儿	共同		回

三人一起跟回去，

1858

刀	匀	文	德	斗	朋	兰
ta:u⁵	di⁴	wun²	tə²	tau³	taŋ²	la:n²
dauq	ndij	vwnz	dwz	daeuj	daengz	ranz
回	和	文	德	来	到	家

跟文德一起回家。

1859

文	德	骑	馬	朋	兰	观
wun²	tə²	kiai⁶	ma⁴	taŋ²	la:n²	ko:n⁵
vwnz	dwz	gwih	max	daengz	ranz	gonq
文	德	骑	马	到	家	先

文德骑马先到家，

1860

就	罵	甫	媽	他	双	哼
tço⁶	da⁵	pu⁴	me⁶	te¹	ło:ŋ¹	çon²
couh	ndaq	boux	meh	de	song	coenz
就	罵	个	母	她	二	句

就骂他母亲几句。

1861

昙	你	妈	妃	与	伝	斗
ŋon²	ni⁴	me⁶	pa³	di⁴	hun²	tau³
ngoenz	neix	meh	baj	ndij	vunz	daeuj
日	今	母	姨	和	人	来

今天姨母她们来，

1862

样	乌	不	许	他	吼	兰
jiaŋ⁶	ʔju⁵	bau⁵	hai³	te¹	hau³	laːn²
yiengh	youq	mbouj	hawj	de	haeuj	ranz
样	怎	不	给	她	进	家

怎么不给进家来？

1863

许	他	背	托	乌	兰	庙
hai³	te¹	pai¹	to²	u⁵	laːn²	miau⁶
hawj	de	bae	doz	youq	ranz	miuh
给	她	去	寄宿	在	屋	庙

让她寄宿寺庙里，

1864

样	乌	不	尧	祖	尧	宗
jiaŋ⁶	ʔju⁵	bau⁵	jiau⁵	ço³	jiau⁵	çoŋ¹
yiengh	youq	mbouj	yiuq	coj	yiuq	coeng
样	怎	不	看	祖	看	宗

怎能不顾祖宗面？

1865

色	赖	同	刀	故	鲁	吼
ɬak⁷	laːi⁵	toŋ⁶	taːu⁵	ku¹	lo⁴	hau³
caek-	laiq	doengh	dauq	gou	rox	haeuj
幸好		同	回	我	会	进

幸好我进寺庙去，

1866

学	认	谷	根	許	各	故
tço⁶	jin⁶	kok⁷	kan¹	hai³	kaːi⁵	ku¹
coh	nyinh	goek	gaen	hawj	gaiq	gou
才	认	源	根	给	个	我

盘根问底才相认。

1867

妈	他	恨	劢	骂	样	你
me⁶	te¹	han¹	luk⁸	da⁵	jiaŋ⁶	ni⁴
meh	de	raen	lwg	ndaq	yiengh	neix
母	她	见	儿	骂	样	这

母亲听儿骂到这，

1868

当	祥	哈	咟	不	敢	漢
taːŋ¹	çiaŋ²	ap⁷	paːk⁷	bau⁵	kaːm³	haːn¹
dang	ciengz	haep	bak	mbouj	gamj	han
当	场	合	嘴	不	敢	应

赶紧闭嘴不出声。

1869

文	德	骂	妈	他	衣	了
wun²	tə²	da⁵	me⁶	te¹	i¹	leːu⁴
vwnz	dwz	ndaq	meh	de	ei	liux
文	德	骂	母	她	依	完

文德母亲知错了，

1870

就	叫	三	甫	吼	背	兰
tço⁶	heːu⁶	ɬaːm¹	pu⁴	hau³	pai¹	laːn²
couh	heuh	sam	boux	haeuj	bae	ranz
就	叫	三	人	进	去	家

就叫三人进屋来。

1871

略	他	哽	仇	多	分	付
ham⁶	te¹	kun¹	ɕau²	to⁵	fun⁵	fu⁶
haemh	de	gwn	caeuz	doq	faenq	fuh
晚	那	吃	晚饭	马上	吩	咐

那晚吃饭他吩咐，

1872

媽	妑	乌	你	面	放	心
me⁶	pa³	u⁵	ni⁴	meːn⁵	ɕuaŋ⁵	ɬam¹
meh	baj	youq	neix	menh	cuengq	sim
母	姨	在	这	慢	放	心

姨母放心在这住。

1873

肝	往	凤	娇	㿟	福	兴
taŋ²	nuaŋ⁴	fuŋ¹	kiau⁵	di⁴	fu²	hin⁵
daengz	nuengx	fung	gyauh	ndij	fuz	hingh
到	妹	凤	娇	和	福	兴

还有表妹和福兴，

1874

兰	娄	贫	密	哽	几	赖
laːn²	lau²	pan²	mi²	kun¹	ki³	laːi¹
ranz	raeuz	baenz	miz	gwn	geij	lai
家	我们	成	有	吃	几	多

我家富足不愁吃。

67-40

三甫恨咄心欢喜，昙硬三断烈沉沉

餅肼茄你又乞秦，再讲凤娇恨婆凉

文德恨表妹特衣，他亦算计欧郭地

媽与福兴可依許，凤娇鲁耶弟林林

舎满几昙舎屋血，肼那不洸黑贲灵

肼辉不硬可各饱，恒昙恶命不郭伝

計肼信兴亦舎命，双甫盟屏针色尴

业肼信兴亦始刀，塔你許故背雷恨

皆友条始也不卦，愿始舎命不郭伝

意各乌兰催家主，灰可谌她不郭低

文德恨往净不丑，径故叮那羞彼咄

凱塘酒造篆万顿，眉关妼初跨丐娘

1875

三	甫	恨	吽	心	欢	喜
ła:m¹	pu⁴	han¹	nau²	łam¹	wuan⁶	hi³
sam	boux	raen	naeuz	sim	vuen	heij
三	人	见	讲	心	欢	喜

三人听着心中喜，

1876

昙	哽	三	断	烈	沉	沉
ŋon²	kun¹	ła:m¹	to:n⁵	ne:t⁷	ɕɛt⁸	ɕɛt⁸
ngoenz	gwn	sam	donq	net	caed	caed
日	吃	三	餐	实	实	实

一日三餐吃饱饱。

1877

讲	肝	茄	你	又	乙	奈
ka:ŋ³	taŋ²	kia²	ni⁴	jau⁶	ʔjiat⁷	na:i⁵
gangj	daengz	giz	neix	youh	yiet	naiq
讲	到	地方	这	又	歇	累

讲到这里先休息，

1878

再	讲	风	娇	很	凄	凉
tɕa:i¹	ka:ŋ³	fuŋ¹	kiau⁵	han¹	łi⁵	liaŋ²
caiq	gangj	fung	gyauh	raen	si	liengz
再	讲	凤	娇	见	凄	凉

再讲凤娇多凄凉。

二十三 被逼婚凤娇投河

扫码听音频

卯40

三甫恨咿心欢喜，昙硬三断烈沉沉。

讲财若你又飞亲，再讲凤娇恨婆诔。

文德恨表妹特衣，他亦算开计欧郭她。

妈与福关可依许，凤娇鲁耶㧑林林。

含涌几昙合星血，打那不光黑贡灵。

打搏不硬可各饱，恒昙恶命不郭佐。

计肝信兴亦舍命，双甫盟两针色捡。

业肝信兴亦踏刀，塘你许故背雷恨。

皆灰条殆也不扑，愿殆舍命不郭佐。

意各乌兰催家主，灰百殖她不郭佐。

文德恨往争不丑，径故叮耶差彼咿。

蝛塘酒造菜万顷，眉关妩初玲㖞娘。

1879

文	德	恨	表	妹	特	衣
wun²	tə²	han¹	piau⁴	mai¹	tuk⁸	i⁵
vwnz	dwz	raen	biuj	mei	dwg	eiq
文	德	见	表	妹	中	意

文德见表妹漂亮，

1880

他	亦	算	计	欧	郭	妑
te¹	a³	ɬuan⁵	ki⁶	au¹	kuak⁸	pa²
de	aj	suenq	geiq	aeu	guh	baz
他	要	算	计	要	做	妻

心里谋算娶为妻。

1881

妈	旬	福	兴	可	依	許
me⁶	di⁴	fu²	hin⁵	ko³	i¹	hai³
meh	ndij	fuz	hingh	goj	ei	hawj
母	和	福	兴	也	同意	给

母亲福兴都赞成，

1882

凤	娇	鲁	耶	涕	林	林
fuŋ¹	kiau⁵	lo⁴	jia¹	tai³	lian²	lian²
fung	gyauh	rox	nyi	daej-	lien-	lien
凤	娇	懂	听	哭	涟	涟

凤娇得知泪涟涟。

1883

各	涕	几	旬	合	屋	血
ka:k⁸	tai³	ki³	ŋon²	ho²	o:k⁷	liat⁸
gag	daej	geij	ngoenz	hoz	ok	lwed
自	哭	几	日	喉	出	血

哭了几天喉出血，

1884

肟	那	不	洗	黑	贫	灵
taŋ²	na³	bau⁵	ɬiai⁵	fo:n⁴	pan²	liŋ²
daengz	naj	mbouj	swiq	fonx	baenz	lingz
到	脸	不	洗	黑	成	猴

脸也不洗黑像猴。

1885

肟	糇	不	哽	可	各	饱
taŋ²	hau⁴	bau⁵	kun¹	ko³	ka:k⁸	im⁵
daengz	haeux	mbouj	gwn	goj	gag	imq
连	饭	不	吃	也	自	饱

哭着连饭不想吃，

1886

恒	昙	愿	命	不	郭	伝
hun²	ŋon²	ʔjian⁵	miŋ⁶	bau⁵	kuak⁸	hun²
hwnz	ngoenz	ienq	mingh	mbouj	guh	vunz
夜	日	怨	命	不	做	人

怨命苦不想做人。

1887

計	肟	信	兴	亦	舍	命
ki⁵	taŋ²	ɬin¹	hin⁵	a³	çe¹	miŋ⁶
geiq	daengz	sin	hingh	aj	ce	mingh
记	到	信	兴	要	舍	命

想起信兴难活命，

1888

双	甫	盟	霄	针	色	撻
ɬo:ŋ¹	pu⁴	miaŋ¹	bun¹	kim¹	ɬak⁷	fuŋ²
song	boux	mieng	mbwn	cim	saek	fwngz
两	个	发誓	天	针	插	手

两人盟誓针刺手。

1889

业	肭	信	兴	亦	殆	刀
diap⁷	taŋ²	ɬin¹	hin⁵	a³	ta:i¹	ta:u⁵
ndiep	daengz	sin	hingh	aj	dai	dauq
爱	到	信	兴	要	死	回

念起信兴只想死，

1890

培	你	許	故	背	雷	恨
pai²	ni⁴	hai³	ku¹	pai¹	lai²	han¹
baez	neix	hawj	gou	bae	lawz	raen
次	这	给	我	去	哪	见

这次让我上哪找。

1891

皆	灰	条	殆	也	不	卦
ka:i⁵	ho:i⁵	te:u²	ta:i¹	je³	bau⁵	kwa⁵
gaiq	hoiq	deuz	dai	yej	mbouj	gvaq
个	奴	逃	死	也	不	过

今日逃命难得过，

1892

愿	殆	舍	命	不	郭	伝
jian⁶	ta:i¹	ɕe¹	miŋ⁶	bau⁵	kuak⁸	hun²
nyienh	dai	ce	mingh	mbouj	guh	vunz
愿	死	舍	命	不	做	人

我愿死去不做人。

1893

意	各	乌	兰	催	家	主
jian⁶	ka:k⁸	u⁵	la:n²	tɕuai⁵	kia⁵	ɬu³
nyienh	gag	youq	ranz	cuih	gya	souj
愿	自	在	家	崔	家	主

倘若被迫嫁崔家，

1894

灰	可	強	袘	不	郭	伝
ho:i⁵	ko³	kiaŋ⁶	ta⁶	bau⁵	kuak⁸	hun²
hoiq	goj	giengh	dah	mbouj	guh	vunz
奴	也	跳	河	不	做	人

不如跳河不做人。

1895

文	德	恨	往	净	不	丑
wun²	tə²	han¹	nuaŋ⁴	ɕe:ŋ	bau⁵	ɕau²
vwnz	dwz	raen	nuengx	ceng	mbouj	caeuz
文	德	见	妹	争	不	接受

文德见表妹不依，

1896

往	故	叮	耶	差	彼	吘
nuaŋ⁴	ku¹	tiŋ⁵	jia¹	ɕa³	pi⁴	nau²
nuengx	gou	dingq	nyi	caj	beix	naeuz
妹	我	听	见	等	兄	讲

妹你听哥说一句。

1897

眉	肉	塘	酒	造	万	咟
mi²	no⁶	tam¹	lau³	tɕo⁶	wa:n¹	pa:k⁷
miz	noh	daem	laeuj	coh	van	bak
有	肉	送	酒	才	甜	嘴

有肉送酒才可口，

1898

眉	关	斌	初	所	了	娘
mi²	kwa:n¹	fia⁴	tɕo⁶	ɬo⁶	le:u⁴	na:ŋ²
miz	gvan	fwx	coh	soh	liux	nangz
有	夫	别人	才	老实	完	妻

有夫别人才让你。

銀錢釋水娄不惡，烟茶槟榔放佳哩

南雷祥甫老了佐、南雷坊妓邁了娘

隨馬雷羊眉無許，五凤兰丁利岑伐

又讲銀錢提起佐，再讲鎖除許佳提

眉段眉婿許名媗，鋸金鏒金許佳提

佳故想頻开蔴路，佳拳不卫彼可政

凤娇恨他叫嗦你，培你正京惠肝雪

正好彼哥許灰斗，呆你为行样你心

凤娇双更背誰戦，妈遵不恨浃林林

文德恨她浃内邊，就嗦妈她双三嗦

妈她亦浃皆蔴路，眉蔴惡故浃肝恒

文比当样就連吃，凤娇叫名亦欧他

1899

銀	錢	糯	水	娄	不	炁
ŋan²	ɕeːn²	hau⁴	lam⁴	lau²	bau⁵	hi⁵
ngaenz	cienz	haeux	raemx	raeuz	mbouj	heiq
银	钱	粮	水	我们	不	忧

钱财粮米不忧愁，

1900

烟	茶	槟	榔	衣	往	哽
ʔjian¹	ɕa²	pin⁵	laːŋ²	i⁵	nuaŋ⁴	kɯn¹
ien	caz	binh	langz	eiq	nuengx	gwn
烟	茶	槟	榔	任	妹	吃

烟茶槟榔任妹吃。

1901

甫	雷	样	甫	火	了	往
pu⁴	lai²	jiaŋ⁶	pu⁴	ho³	leːu⁴	nuaŋ⁴
boux	lawz	nyiengh	boux	hoj	liux	nuengx
人	谁	让	人	穷	了	妹

妹哟谁谦让穷人，

1902

甫	雷	所	奷	邁	了	娘
pu⁴	lai²	ɬo⁶	ja⁶	maːi⁵	leːu⁴	naːŋ²
boux	lawz	soh	yah-	maiq	liux	nangz
人	哪	直	寡妇		完	妻

有谁看得起寡妇。

1903

骑	馬	雷	羊	眉	無	所
kiai⁶	ma⁴	lai⁶	juan²	mi²	bau⁵	ɬo⁵
gwih	max	laeh	yiengz	miz	mbouj	soq
骑	马	赶	羊	有	无	数

我有牛马羊无数，

1904

五	凤	兰	丁	利	夸	伝
ha³	fuŋ⁶	laːn²	taːŋ⁵	di¹	kwa⁵	hun²
haj	fungh	ranz-	dangq	ndei	gvaq	vunz
五	间	厅堂		好	过	人

五间华堂好过人。

1905

又	讲	銀	錢	提	撞	往
jau⁶	kaːŋ³	ŋan²	ɕeːn²	tuk⁷	fuŋ²	nuaŋ⁴
youh	gangj	ngaenz	cienz	dwk	fwngz	nuengx
又	讲	银	钱	放	手	妹

钱财全部交给妹，

1906

再	讲	鎖	除	許	往	提
tɕai¹	kaːŋ³	ɬa³	ɕia²	hai³	nuaŋ⁴	tu²
caiq	gangj	suj	seiz	hawj	nuengx	dawz
再	讲	锁	匙	给	妹	拿

钥匙也交给妹拿。

1907

眉	毁	眉	繡	許	名	穿
mi²	tuan⁶	mi²	ɬeːu⁵	hai³	mɯŋ²	tɛn³
miz	duenh	miz	siuq	hawj	mwngz	daenj
有	缎	有	绣	给	你	穿

绫罗绸缎任你穿，

1908

錕	金	镲	金	許	往	提
kon⁶	kim¹	ɕaːm¹	kim¹	hai³	nuaŋ⁴	tu²
goenh	gim	cam	gim	hawj	nuengx	dawz
镯	金	簪	金	给	妹	拿

金镯金簪任你戴。

1909

往	故	想	赖	开	麻	路
nuaŋ⁴	ku¹	ɬiaŋ³	laːi¹	kaːi⁵	ma²	lo⁶
nuengx	gou	siengj	lai	gaiq	maz	loh
妹	我	想	多	块	什么	路

妹妹你别再多想，

1910

往	净	不	刭	彼	可	欧
nuaŋ⁴	ɕeːŋ¹	bau⁵	ɕau²	pi⁴	ko³	au¹
nuengx	ceng	mbouj	caeuz	beix	goj	aeu
妹	争	不	接受	兄	也	娶

妹不肯嫁哥也娶。

1911

凤	娇	恨	他	吽	啳	你
fuŋ¹	kiau⁵	han¹	te¹	nau²	ɕon²	ni⁴
fung	gyauh	raen	de	naeuz	coenz	neix
凤	娇	见	他	讲	句	这

凤娇听他这样说，

1912

培	你	正	京	惠	肝	霄
pai²	ni⁴	ɕiŋ⁵	kiŋ¹	wi¹	taŋ²	bun¹
baez	neix	cingq	ging	vi	daengz	mbwn
次	这	正	经	违背	到	天

这次真正负苍天。

1913

正	圩	彼	哥	許	灰	斗
ɕiŋ⁵	hi³	pi⁴	ko⁵	hai³	hoːi⁵	tau³
cingq-	heiq	beix	go	hawj	hoiq	daeuj
真正		长	兄	给	奴	来

真正是哥叫我来，

1914

昙	你	乌	行	样	你	心
ŋon²	ni⁴	ʔju⁵	heːŋ²	jiaŋ⁶	ni⁴	ɬam¹
ngoenz	neix	youq	hengz	yiengh	neix	sim
日	这	怎	行	样	这	心

今天竟然变坏心。

1915

凤	娇	双	更	背	強	駄
fuŋ¹	kiau⁵	ɬoːŋ¹	keːŋ¹	pai¹	kiaŋ⁶	ta⁶
fung	gyauh	song	geng	bae	giengh	dah
凤	娇	二	更	去	跳	河

凤娇半夜去跳河，

1916

媽	逻	不	恨	泪	林	林
me⁶	la¹	bau⁵	han¹	tai³	lian²	lian²
meh	ra	mbouj	raen	daej-	lien-	lien
母	找	不	见	哭	涟	涟

娘找不到泪涟涟。

1917

文	德	恨	妲	泪	内	来
wun²	tə²	han¹	pa³	tai³	dai⁴	laːi¹
vwnz	dwz	raen	baj	daej	ndaej	lai
文	德	见	姨	哭	得	多

文德看到姨母哭，

1918

就	嗲	媽	妲	双	三	啳
tɕo⁶	ɕaːm¹	me⁶	pa³	ɬoːŋ¹	ɬaːm¹	ɕon²
couh	cam	meh	baj	song	sam	coenz
就	问	母	姨	二	三	句

就问姨母几句话。

1919

媽	妣	亦	淚	皆	麻	路
me⁶	pa³	a³	tai³	ka:i⁵	ma²	lo⁶
meh	baj	aj	daej	gaiq	maz	loh
母	姨	要	哭	块	什么	路

姨母因何而哭泣，

1920

眉	麻	愿	故	淚	肛	恒
mi²	ma²	ʔjian⁵	ku¹	tai³	taŋ²	hun²
miz	maz	ienq	gou	daej	daengx	hwnz
有	什么	怨	我	哭	整	夜

因为什么整夜哭？

1921

文	氏	当	祥	就	连	呔
wun²	çi¹	ta:ŋ¹	çian²	tço⁶	le:n⁶	ha:u⁵
vwnz	si	dang	ciengz	couh	lenh	hauq
文	氏	当	场	就	连忙	说

文氏立即回答道，

1922

凤	娇	吽	名	亦	欧	他
fuŋ¹	kiau⁵	nau²	muɯŋ²	a³	au¹	te¹
fung	gyauh	naeuz	mwngz	aj	aeu	de
凤	娇	讲	你	要	娶	她

凤娇说你要娶她。

好-91

他吩不連愿哩御妳，余藩强駁他食焙不郭佑

文德恨哩妳吩嗦妳，又旦嬌妳双三嗦。

但她乌你不甲杰，算計領她化背音。

多陌命貧介勒愿，不算苗依得勃娄。

凤嬌她巻眉福志，鵝駁不礼鸡肘他。

昌的玉帶金龙斗，唇寿忘水暴虹蜡。

不可他又昌天星、眉依個礼他狼船。

船他背惡郭便刀，吉老还乡巿刀兰。

名学吩郭陶知府，觀卹里漢阴郭娀。

知府尭恨他流獣，造許依提他很船。

知府就嗲他名初，凤嬌还寮许老爺。

凤嬌恨吩许里乌，就啟名初郭凤陸。

1923

他	吽	不	时	愿	哩	妍
te¹	nau²	bau⁵	ɕiŋ²	jian⁶	li⁴	jia⁵
de	naeuz	mbouj	cingz	nyienh	lix	ywq
她	讲	不	情	愿	活	罢

她说宁愿死算了，

1924

条	背	強	駄	不	郭	伝
teːu²	pai¹	kiaŋ⁶	ta⁶	bau⁵	kuak⁸	hun²
deuz	bae	giengh	dah	mbouj	guh	vunz
逃	去	跳	河	不	做	人

逃去投河不愿活。

1925

文	德	恨	妲	吽	哧	你
wuun²	tə²	han¹	pa³	nau²	ɕon²	ni⁴
vwnz	dwz	raen	baj	naeuz	coenz	neix
文	德	见	姨	讲	句	这

文德见她这样说，

1926

又	且	妈	妲	双	三	哧
jau⁶	taːn⁵	me⁶	pa³	ɬoːŋ¹	ɬaːm¹	ɕon²
youh	danq	meh	baj	song	sam	coenz
又	劝	母	姨	二	三	句

又劝姨母几句话。

1927

但	妲	乌	你	不	用	惢
taːn⁵	pa³	u⁵	ni⁴	bau⁵	juŋ⁶	hi⁵
danq	baj	youq	neix	mbouj	yungh	heiq
劝	姨	在	这	不	用	忧

姨母你先不要急，

1928

算	計	顾	妲	化	背	音
ɬuan⁵	ki⁶	ko⁵	pa³	wa⁵	pai¹	jam¹
suenq	geiq	goq	baj	vaq	bae	yaem
算	計	照顾	姨	化	去	阴

我愿照顾你终老。

1929

多	咟	命	贫	介	勒	愿
to⁴	paːk⁸	miŋ⁶	pan²	ka⁶	lak⁸	ʔjian⁵
doq	bag	mingh	baenz	gah-	laeg	ienq
就	白	命	成	不要	怨

命中注定别埋怨，

1930

不	算	甫	你	得	孙	娄
bau⁵	ɬuan⁵	pu⁴	ni⁴	tuk⁸	luk⁸	lau²
mbouj	suenq	boux	neix	dwg	lwg	raeuz
不	算	个	这	是	儿	我们

就当没有这女儿。

二十四　陶知府救轻生女

扫码听音频

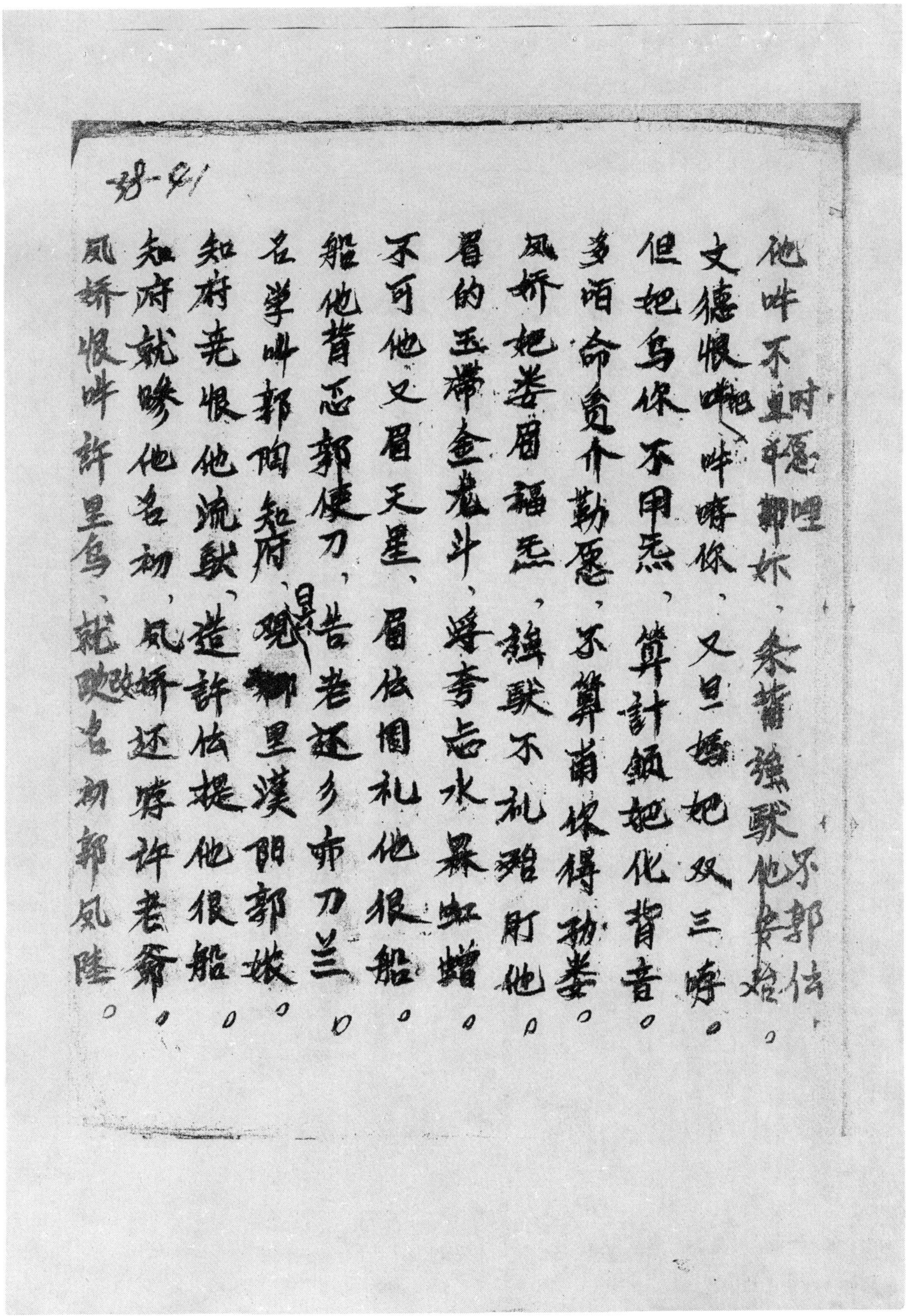
38-41
他吽不[illegible][illegible][illegible]妳、条[illegible][illegible]馱他[illegible][illegible]。
文德恨吽吽嗜你、又旦嫁妲双三哼。
但妲鸟侬不用焘、算計領妲化背音。
多陌命贪介勤恩、不算蔺侬得勑娄。
凤娇妲娄眉福焘、[illegible]馱不礼[illegible]肘他。
眉的玉帶金[illegible]斗、[illegible][illegible]忘水[illegible][illegible]。
不可他又眉天星、眉依[illegible]礼他很船。
船他背恶郭便刀、告老还乡[illegible]刀兰。
名学吽郭陶知府、[illegible][illegible]里漢朗郭娘。
知府尧恨他流馱、造許依提他很船。
知府就哆他名初、凤娇还[illegible]许老爷。
凤娇恨吽許里鸟、就[illegible]名初郭凤隆。

1931

凤	娇	妣	娄	眉	福	炁
fuŋ¹	kiau⁵	pa²	lau²	mi²	fuk⁷	hi⁵
fung	gyauh	baz	raeuz	miz	fuk	heiq
凤	娇	妻	我们	有	福	气

我们凤娇有福气，

1932

強	馱	不	礼	殆	肛	他
kiaŋ⁶	ta⁶	bau⁵	dai⁴	ta:i¹	taŋ²	te¹
giengh	dah	mbouj	ndaej	dai	daengz	de
跳	河	不	得	死	到	她

投河她也没有死。

1933

眉	的	玉	带	金	龙	斗
mi²	tuɯ²	ji¹	ta:i¹	kin⁵	luŋ²	tau³
miz	dawz	yi	dai	ginh	lungz	daeuj
有	拿	玉	带	金	龙	来

金龙玉带来相救，

1934

浮	夸	志	水	冧	虹	蟷
fu²	kwa⁵	kun²	lam⁴	lum³	duŋ⁵	diŋ⁵
fouz	gvaq	gwnz	raemx	lumj	ndungq-	ndingq
浮	过	上	水	像	水蜘蛛	

浮水面像水蜘蛛。

1935

不	可	他	又	眉	天	星
bau⁵	ko³	te¹	jau⁶	mi²	tian¹	ɬiŋ¹
mbouj	goj	de	youh	miz	dien	sing
不	料	她	又	有	天	星

谁知她有苍天救，

1936

眉	伝	周	礼	他	很	船
mi²	hun²	tɕau⁵	dai⁴	te¹	huɯn³	lua²
miz	vunz	gouq	ndaej	de	hwnj	ruz
有	人	救	得	她	上	船

遇贵人救她上船。

1937

船	他	背	志	郭	使	刀
lua²	te¹	pai¹	la³	kuak⁸	ɬai⁵	ta:u⁵
ruz	de	bae	laj	guh	saeq	dauq
船	他	去	下	做	官	回

原来贵人是官吏，

1938

告	老	还	乡	亦	刀	兰
ka:u⁵	la:u⁴	wa:n²	hiaŋ⁵	a³	ta:u⁵	la:n²
gauq	laux	vanz	yangh	aj	dauq	ranz
告	老	还	乡	要	回	家

告老还乡回故里。

1939

名	学	叫	郭	陶	知	府①
miŋ²	ço⁶	he:u⁶	kuak⁸	ta:u²	tɕi⁵	fu⁴
mingz-	coh	heuh	guh	dauz	cih	fuj
名	字	叫	做	陶	知	府

官人名叫陶知府，

1940

昙	观	里	漢	阳	郭	妭
ŋon²	ko:n⁵	di⁴	ha:n¹	ja:ŋ²	kuak⁸	do:ŋ¹
ngoenz	gonq	ndij	han	yangz	guh	ndong
日	前	和	汉	阳	做	亲家

之前和汉阳结姻。

1941

知	府	尧	恨	他	流	駃
tɕi⁵	fu⁴	jiau⁵	han¹	te¹	lai¹	ta⁶
cih	fuj	yiuq	raen	de	lae	dah
知	府	看	见	她	流	河

知府见河里有人，

1942

造	許	伝	提	他	很	船
tɕo⁶	hai³	hun²	tuɪ²	te¹	hum³	lua²
couh	hawj	vunz	dawz	de	hwnj	ruz
就	给	人	拿	她	上	船

就叫人救她上船。

1943

知	府	就	嗲	他	名	初
tɕi⁵	fu⁴	tɕo⁶	ɕaːm¹	te¹	miŋ²	ɕo⁶
cih	fuj	couh	cam	de	mingz-	coh
知	府	就	问	她	名	字

知府问她什么名，

1944

凤	娇	还	哷	许	老	爺
fuŋ¹	kiau⁵	waːn²	ɕon²	hai³	laːu⁴	je²
fung	gyauh	vanz	coenz	hawj	laux	yez
凤	娇	还	句	给	老	爷

凤娇据实报姓名。

1945

凤	娇	恨	吽	許	里	乌
fuŋ¹	kiau⁵	han¹	nau²	hai³	di⁴	u⁵
fung	gyauh	raen	naeuz	hawj	ndij	youq
凤	娇	见	讲	给	同	住

凤娇感激收留恩，

1946

就	改	名	初	郭	凤	陆②
tɕo⁶	kaːi³	miŋ²	ɕo⁶	kuak⁸	fuŋ¹	lu²
couh	gaij	mingz-	coh	guh	fung	luz
就	改	名	字	做	凤	禄

就改名字叫凤禄。

---

①陶知府 [taːu² tɕi⁵ fu⁴]：唐朝官吏，陵州知府，虚构人物。

②凤禄 [fuŋ¹ lu²]：凤娇落难在陶知府家时的化名。

讲附荔你又乙奈，再讲马闺眉勤劳，

劝他者初郭马永，他嗲陶小坦郭地，

茶礼挺担背隆是，卦礼晦拷布卫娘，

不可马永又考召，巴也金命化背音。

李旦卦斗初马闺，马闺当祥就连嗲。

居你事情贡祥你，爷乌礼荒斗进艦。

李旦干郎还嗬吨，昔友千衣斗初名。

居你则天顺刹害，贩他又用史轮牌。

斗初烟拣送屋主意，敞森礼破火轮牌。

誓名亦里屋主意、双娄算计祥雷行。

马闺当祥还疼吧，居你陶象眉恩他，

名初叫郭黑荷镜，恩他礼破火轮牌。

1947

讲	肮	茄	你	又	乙	奈
ka:ŋ³	taŋ²	kia²	ni⁴	jau⁶	ʔjiat⁷	na:i⁵
gangj	daengz	giz	neix	youh	yiet	naiq
讲	到	地方	这	又	歇	累

讲到这里先休息,

1948

再	讲	马	周①	眉	功	劳
tɕa:i¹	ka:ŋ³	ma⁴	tɕau⁵	mi²	koŋ¹	la:u²
caiq	gangj	maj	couh	miz	goeng	lauz
再	讲	马	周	有	功	劳

再讲马周有功劳。

---

①马周 [ma⁴ tɕau⁵]:唐初大臣。字宾王,博州茌平(今山东茌平东)人,累官至中书令,摄吏部尚书。

民族文字出版专项资金资助项目

唱唐皇

影印译注

下

广西民族语文研究中心

广西壮族自治区少数民族古籍保护研究中心

田阳县布洛陀文化研究会 编

主 编 黄明标

副主编 杨兰桂

广西教育出版社·南宁

图书在版编目（CIP）数据

唱唐皇影印译注 / 广西民族语文研究中心，广西壮族自治区少数民族古籍保护研究中心，田阳县布洛陀文化研究会编 ; 黄明标主编. -- 南宁 : 广西教育出版社，2023.12

（广西古籍文库）

ISBN 978-7-5435-9236-0

Ⅰ. ①唱… Ⅱ. ①广… ②广… ③田… ④黄… Ⅲ. ①壮族-民歌-广西 Ⅳ. ①I277.291.8

中国版本图书馆CIP数据核字(2022)第210808号

策　　划：吴春霞　熊奥奔　陈逸飞
项目统筹：熊奥奔
组稿编辑：韦胜辉
责任编辑：熊奥奔　陈逸飞
特约编辑：黄　明　韦林池
美术编辑：杨　阳
责任校对：陆媱澄　何　云　唐　雯
责任技编：蒋　媛

出 版 人：石立民
出版发行：广西教育出版社
地　　址：广西南宁市鲤湾路8号　邮政编码：530022
电　　话：0771-5865797
本社网址：http://www.gxeph.com
电子信箱：gxeph@vip.163.com
印　　刷：广西壮族自治区地质印刷厂
开　　本：889mm×1194mm　1/16
印　　张：55.75
字　　数：800千字
版　　次：2023年12月第1版
印　　次：2023年12月第1次印刷
书　　号：ISBN 978-7-5435-9236-0
定　　价：398.00元

如发现印装质量问题，影响阅读，请与出版社联系调换。

目　录

上　册

前言 / 001

凡例 / 011

一　杨广弑父夺大位 / 001

二　李渊登基立大唐 / 015

三　李世民继位称帝 / 025

四　番邦蔑视唐天子 / 037

五　仁贵挺身救世民 / 063

六　李治接掌唐王朝 / 091

七　唐后宫妖风四起 / 103

八　武则天密令杀太子 / 125

九　杜回抗命救太子 / 141

十　唐太子落难流浪 / 165

十一　唐太子委身为奴 / 179

十二　胡发家李旦遇凤娇 / 197

十三　好梦促成鸳鸯对 / 213

十四　玉带扣紧鸳鸯结 / 239

十五　风流马迪抢人妻 / 253

十六　胡发动怒打鸳鸯 / 269

十七　汉阳千里寻太子 / 285

十八　鸳鸯盟誓不移情 / 293

十九　马迪死缠美凤娇 / 303

二十　为夺人妻马迪造谣 / 331

二十一　遭暗算老仆救凤娇 / 355

二十二　破庙避雨遇文德 / 377

二十三　被逼婚凤娇投河 / 393

二十四　陶知府救轻生女 / 405

下 册

二十五   当替身李旦相亲 / 413

二十六   困书斋李旦不圆房 / 455

二十七   陶小姐借酒表心扉 / 471

二十八   李旦智探女娲镜 / 485

二十九   武则天兵败汉阳 / 501

三十   徐英酒后露天机 / 513

三十一   苦鸳鸯相见不相识 / 533

三十二   厢房洒泪诉衷肠 / 551

三十三   陶小姐醋发打鸳鸯 / 567

三十四   李旦坦然亮身世 / 579

三十五   陶小姐押李旦进京 / 595

三十六   曹彪夜奔汉阳城 / 607

三十七   陶小姐自食其果 / 623

三十八   凤娇诉马迪文德 / 641

三十九   老仆人忠心护主 / 661

四十   患难夫妻吐心声 / 679

四十一   汉阳倾城迎凤娇 / 695

四十二   喜进宫难忘往事 / 707

四十三   行大德李旦寻亲 / 735

四十四   薛刚醉酒闯大祸 / 759

四十五   薛刚进京祭铁坟 / 781

四十六   薛义不义卖兄弟 / 795

四十七   九连山薛刚遇救 / 805

四十八   庐陵王感召薛刚 / 817

四十九   薛家将复唐建功 / 825

五十   《唐皇》一曲唱千年 / 839

《唱唐皇》曲调 / 847

后记 / 849

二十五　当替身李旦相亲

扫码听音频

讲财茄你又乙奈，再讲马周眉劬劳，

劝他者初郭马永，他嗲陶小妲郭他，

茶礼提担背隆是，卦礼晒将布卫娘，

不可马永又孝在，些□金命化背音。

李旦卦斗初马闻，马闻当祥桃连嗲，

吾你事情贫祥你，爷乌礼荒斗进继，

李旦干即还嗬呢，皆发千衣斗初名。

吾你则天顺利害，贩他又用火轮牌，

斗初蓟的墨主意，既森礼破火轮牌，

督名亦里屋主意、双委算计祥雷行，

马闻当祥还嗬呢，吾你陶冢眉恩他，

名初叶郭墨荷镜，恩他礼破火轮牌。

1949

劧	他	名	初	郭	馬	永
lɯk^{8}	te^{1}	miŋ^{2}	ɕo^{6}	kuak^{8}	ma^{4}	juŋ^{4}
lwg	de	mingz-	coh	guh	maj	yungj
儿	他	名字		做	马	永

儿子名字叫马永，

1950

他	嘇	陶	小	姐	郭	妑
te^{1}	ɕa:m^{1}	ta:u^{2}	ɬiau^{4}	tɕe^{4}	kuak^{8}	pa^{2}
de	cam	dauz	siuj	cej	guh	baz
他	问	陶	小	姐	做	妻

他向陶小姐提亲。

1951

茶	礼	提	担	背	隆	定
tɕa:p^{8}	lai^{4}	tɯ^{2}	la:p^{7}	pai^{1}	loŋ^{2}	tiŋ^{6}
cab	laex	dawz	rap	bae	roengz	dingh
扎	礼	拿	担	去	下	聘

他拿聘礼去定亲，

1952

卦	礼	脾	捞	亦	丒	娘
kwa^{5}	lai^{4}	pi^{1}	laŋ^{1}	a^{3}	ɕu^{4}	na:ŋ^{2}
gvaq	laex	bi	laeng	aj	coux	nangz
过	礼	年	后	要	娶	妻

过了后年就成亲。

1953

不	可	馬	永	又	夸	召
bau^{5}	ko^{3}	ma^{4}	juŋ^{4}	jau^{6}	kwa^{5}	ɕiau^{6}
mbouj	goj	maj	yungj	youh	gvaq	ciuh
不	料	马	永	又	过	世

怎料马永过世了，

1954

䀎	大	舍	命	化	背	音
lap^{7}	ta^{1}	ɕe^{1}	miŋ^{6}	wa^{5}	pai^{1}	jam^{1}
laep	da	ce	mingh	vaq	bae	yaem
闭	眼	留	命	化	去	阴

两眼一闭归西去。

1955

李	旦	卦	斗	初	馬	周
li^{4}	ta:n^{1}	kwa^{5}	tau^{3}	ɕo^{6}	ma^{4}	tɕau^{5}
lij	dan	gvaq	daeuj	couh	maj	couh
李	旦	过	来	向	马	周

李旦前来见马周，

1956

馬	周	当	祥	就	連	嘇
ma^{4}	tɕau^{5}	ta:ŋ^{1}	ɕiaŋ^{2}	tɕo^{6}	le:n^{6}	ɕa:m^{1}
maj	couh	dang	ciengz	coh	lenh	cam
马	周	当	场	就	连忙	问

马周立刻就问他。

1957

居	你	事	情	贫	样	你
kɯ^{5}	ni^{4}	ɬian^{5}	ɕiŋ^{2}	pan^{2}	jiaŋ^{6}	ni^{4}
gwq	neix	saeh	cingz	baenz	yiengh	neix
时	这	事	情	成	样	这

现在事情变这样，

1958

爺	乌	礼	荒	斗	遊	⿰身当
jia^{2}	ʔju^{5}	dai^{4}	wa:ŋ^{5}	tau^{3}	jau^{2}	da:ŋ^{1}
yiz	youq	ndaej	vangq	daeuj	youz	ndang
伯爷	怎	得	空	来	游	身

你怎有空来串门？

1959

李	旦	干	即	还	哴	吤
li⁴	ta:n¹	ka:n³	ɕw⁵	wa:n²	ɕon²	ha:u⁵
lij	dan	ganj-	cwq	vanz	coenz	hauq
李旦		赶紧		回	句	话

李旦立即回答说，

1960

皆	灰	千	衣	斗	初	名
ka:i⁵	ho:i⁵	ɕian¹	i⁵	tau³	ɕo⁶	muŋ²
gaiq	hoiq	cien-	eiq	daeuj	coh	mwngz
个	奴	特地		来	向	你

晚辈特地来找您。

1961

居	你	则	天	顺	利	害
kw⁵	ni⁴	tɕə²	te:n⁵	ɕin¹	li¹	ha:i¹
gwq	neix	cwz	denh	caen	leix	haih
时	这	则	天	真	厉	害

则天如今很猖狂，

1962

贩	他	又	用	火	輪	牌①
pa:i⁶	te¹	jau⁶	juŋ⁶	ho⁴	lun²	pa:i²
baih	de	youh	yungh	hoj	lwnz	baiz
方	那	又	用	火	轮	牌

对方运用火轮牌。

1963

斗	初	同	达	屋	主	意
tau³	ɕo⁶	toŋ⁶	ta²	o:k⁷	ɕw³	i⁵
daeuj	coh	doengh	daz	ok	cawj	eiq
来	向	同	拉	出	主	意

今来讨教好计谋，

1964

欧	麻	礼	破	火	輪	牌
au¹	ma²	dai⁴	po¹	ho⁴	lun²	pa:i²
aeu	maz	ndaej	buq	hoj	lwnz	baiz
要	什么	得	破	火	轮	牌

怎样去破火轮牌。

1965

皆	名	亦	里	屋	主	意
ka:i⁵	muŋ²	a³	di⁴	o:k⁷	ɕw³	i⁵
gaiq	mwngz	aj	ndij	ok	cawj	eiq
个	你	要	和	出	主	意

请您帮出谋划策，

1966

双	娄	算	计	样	雷	行
ɬo:ŋ¹	lau²	ɬuan⁵	ki⁶	jiaŋ⁶	lai²	hiŋ²
song	raeuz	suenq	geiq	yiengh	lawz	hingz
两	我们	算	计	样	哪	赢

共同谋划怎样赢。

1967

馬	周	当	祥	还	哴	吤
ma⁴	tɕau⁵	ta:ŋ¹	ɕiaŋ²	wa:n²	ɕon²	ha:u⁵
maj	couh	dang	ciengz	vanz	coenz	hauq
马	周	当	场	回	句	话

马周立即回答说，

1968

居	你	陶	家	眉	恩	他
kw⁵	ni⁴	ta:u²	kia⁵	mi²	an¹	te¹
gwq	neix	dauz	gya	miz	aen	de
时	这	陶	家	有	个	它

陶家有个能破解。

1969

名	初	叫	郭	里	荷	镜②
miŋ²	ço⁶	heːu⁶	kuak⁸	ni⁴	wa⁵	kiaŋ⁵
mingz-	coh	heuh	guh	nij	vah	giengq
名字		叫	做	女	娲	镜

名字叫作女娲镜，

1970

恩	他	礼	破	火	轮	牌①
an¹	te¹	dai⁴	po¹	ho⁴	luın²	paːi²
aen	de	ndaej	buq	hoj	lwnz	baiz
个	那	得	破	火	轮	牌

那个能破火轮牌。

---

①火轮牌 [ho⁴ luın² paːi²]：指如意火轮牌，《薛刚反唐》中提到的一个法宝，为约半尺长的一面铜牌。据《薛刚反唐》描述："此牌出在西番国，将牌打上三下，要风风至，要火火来，要兵兵有，要箭箭到，随心所欲。"

②里荷镜 [ni⁴ wa⁵ kiaŋ⁵]：指女娲镜，《薛刚反唐》中提到的一个法宝，如碗口大，色分五彩。传说是在女娲炼石补天的炉中结成，专破如意火轮牌。

3442

双姜同谋屋主意，样鸟算计批柳欧

马闻盖祥还哞吡，灰屋主意初不劳，

姜吽丑主衣灰讲，灰讲屋斗劳弄爷

李旦平郎还哞吡，者讲屋斗不劳弄

内心灰想贪样你，五主衣灰欧礼他

改欧五主瞅劲灰，假郭劲故欧礼他，

李旦恨吽心欢喜，各讲吽你瓢可电。

姜吽想样你主意、晕咋干即逗晕刹

就叫妖目斗硬酒，布许他卦背魏国

妖枋恨叫就莲斗，者爷叫灰眉麻哞

马周当祥还哞吡，许荟郭妈里屋力。

君你劲姜可奉召，姜欧荟初背又娘。

1971

双	娄	同	隊	屋	主	意
ɬoːŋ¹	lau²	toŋ⁶	toːi⁶	oːk⁷	ɕɯ³	i⁵
song	raeuz	doengh-	doih	ok	cawj	eiq
两	我们	共同		出	主	意

我们一起想办法，

1972

样	乌	算	计	批	初	欧
jiaŋ⁶	ʔju⁵	ɬuan⁵	ki⁶	pai¹	ɕo⁶	au¹
yiengh	youq	suenq	geiq	bae	coh	aeu
样	怎	算	计	去	向	要

怎样才能要过来。

1973

馬	周	当	祥	还	嗊	吒
ma⁴	tɕau⁵	taːŋ¹	ɕiaŋ²	waːn²	ɕon²	haːu⁵
maj	couh	dang	ciengz	vanz	coenz	hauq
马	周	当	场	回	句	话

马周立刻接着说，

1974

灰	屋	主	意	初	不	劳
hoːi⁵	oːk⁷	ɕɯ³	i⁵	tɕo⁶	bau⁵	laːu¹
hoiq	ok	cawj	eiq	coh	mbouj	lau
奴	出	主	意	就	不	怕

我拿主意别担心。

1975

差	吽	五	主	衣	灰	讲
ɕa³	nau²	ŋo⁴	ɬu³	i¹	hoːi⁵	kaːŋ³
caj	naeuz	ngoh	souj	ei	hoiq	gangj
若	讲	我	主	依	奴	讲

吾主如果听我说，

1976

灰	讲	屋	斗	劳	弄	爺
hoːi⁵	kaːŋ³	oːk⁷	tau³	laːu¹	loŋ¹	jia²
hoiq	gangj	ok	daeuj	lau	loeng	yiz
奴	讲	出	来	怕	错	伯爷

我说又怕得罪主。

1977

李	旦	干	即	还	嗊	吒
li⁴	taːn¹	kaːn³	ɕɯ⁵	waːn²	ɕon²	haːu⁵
lij	dan	ganj-	cwq	vanz	coenz	hauq
李	旦	赶紧		回	句	话

李旦赶紧回答说，

1978

名	讲	屋	斗	不	劳	弄
muŋ²	kaːŋ³	oːk⁷	tau³	bau⁵	laːu¹	loŋ¹
mwngz	gangj	ok	daeuj	mbouj	lau	loeng
你	讲	出	来	不	怕	错

你别顾虑尽管说。

1979

内	心	灰	想	贫	样	你
dai¹	ɬam¹	hoːi⁵	ɬiaŋ³	pan²	jiaŋ⁶	ni⁴
ndaw	sim	hoiq	siengj	baenz	yiengh	neix
内	心	奴	想	成	样	这

我心里已有主意，

1980

五	主	衣	灰	欧	礼	他
ŋo⁴	ɬu³	i¹	hoːi⁵	au¹	dai⁴	te¹
ngoh	souj	ei	hoiq	aeu	ndaej	de
我	主	依	奴	要	得	它

你听我的就能成。

1981

改	欧	五	主	郭	孙	灰
kaːi³	au¹	ŋo⁴	ɬu³	kuak⁸	luuk⁸	hoːi⁶
gaij	aeu	ngoh	souj	guh	lwg	hoiq
改	要	我	主	做	儿	奴

主子假冒我儿子,

1982

假	郭	孙	故	欧	礼	他
tɕa³	kuak⁸	luuk⁸	ku¹	au¹	dai⁴	te¹
gyaj	guh	lwg	gou	aeu	ndaej	de
假	做	儿	我	要	得	它

冒充我儿就能成。

1983

李	旦	恨	吽	心	欢	喜
li⁴	taːn¹	han¹	nau²	ɬam¹	wuan⁶	hi³
lij	dan	raen	naeuz	sim	vuen	heij
李	旦	见	讲	心	欢	喜

李旦听完心中喜,

1984

名	讲	吽	你	礼	可	电
muuŋ²	kaːŋ³	nau²	ni⁴	dai⁴	ko³	teːŋ¹
mwngz	gangj	naeuz	neix	ndaej	goj	deng
你	讲	说	这	得	也	对

你这样说也可以。

1985

差	吽	想	样	你	主	意
ça³	nau²	ɬiaŋ³	jiaŋ⁶	ni⁴	çu³	i⁵
caj	naeuz	siengj	yiengh	neix	cawj	eiq
若	讲	想	样	这	主	意

如果按照这主意,

1986

昙	昨	干	即	逻	昙	利
ŋon²	ço:k⁸	ka:n³	çu⁵	la¹	ŋon²	di¹
ngoenz	cog	ganj-	cwq	ra	ngoenz	ndei
日	明	赶紧		找	日	好

明天赶紧选日子。

1987

就	叫	妚	司	斗	哽	酒
tɕo⁶	he:u⁶	ja⁶	ɬu⁵	tau³	kuun¹	lau³
couh	heuh	yah	swq	daeuj	gwn	laeuj
就	叫	婆	媒	来	吃	酒

就叫媒婆来喝酒,

1988

亦	許	他	卦	背	魏	国
a³	hai³	te¹	kwa⁵	pai¹	wai¹	ko²
aj	hawj	de	gvaq	bae	vei	goz
想	给	她	过	去	魏	国

想让她去趟魏国。

1989

妚	梅	恨	叫	就	連	斗
ja⁶	mo:i²	han¹	he:u⁶	tɕo⁶	le:n⁶	tau³
yah	moiz	raen	heuh	couh	lenh	daeuj
婆	媒	见	叫	就	跑	来

媒婆一听就赶来,

1990

老	爺	叫	灰	眉	麻	啳
la:u⁴	je²	he:u⁶	ho:i⁵	mi²	ma²	çon²
laux	yez	heuh	hoiq	miz	maz	coenz
老	爷	叫	奴	有	什么	句

老爷叫奴婢何事?

1991

馬	周	当	祥	还	嗏	吒
ma⁴	tɕau⁵	ta:ŋ¹	ɕiaŋ²	wa:n²	ɕon²	ha:u⁵
maj	couh	dang	ciengz	vanz	coenz	hauq
马	周	当	场	回	句	话

马周接着回答说，

1992

許	名	郭	媽	里	屋	力
hai³	muɯŋ²	kuak⁸	me⁶	di⁴	o:k⁷	le:ŋ²
hawj	mwngz	guh	meh	ndij	ok	rengz
给	你	做	母	和	出	力

让你做媒出把力。

1993

居	你	孙	娄	可	夸	召
ku⁵	ni⁴	luk⁸	lau²	ko³	kwa⁵	ɕiau⁶
gwq	neix	lwg	raeuz	goj	gvaq	ciuh
时	这	儿	我们	也	过	世

如今我儿已去世，

1994

娄	欧	名	初	背	丑	娘
lau²	au¹	miŋ²	ɕo⁶	pai¹	ɕu⁴	na:ŋ²
raeuz	aeu	mingz-	coh	bae	coux	nangz
我们	要	名字		去	娶	妻

用他名义去提亲。

束女吖舞吔喨佮⋯⋯遘老爺層酒硬

遍回暑他就分付，提桌辚妷可硬灵

同隊饣桌再讲咕、妷可当吽祥开陌吽。

劲腮娄可老貢貌，灰吨嗳侬票老爺。

假左老嫩可衣衫，鲁嗳老爺先遐是。

哺妷鲁那吨嗳侬、衣名老爺班几赖。

皆娄拼雷可眉变，路上拳班許他齐。

哜鞯不扎吽侪、差吁依鲁不当剃。

馬周荅祥还哜吨，新者哺老姆烦心。

妷梅硬灵退是刀，昙椤就考眥魏国。

如府恨肝屄斗诵，哺妷丫侬鸟弄兰。

就吁飲橙許妷能，又许鞒䕺使烟茶。

1995

甫	奵	叮	爺	吒	哢	你
pu⁴	ja⁶	tiŋ⁵	jia¹	ha:u⁵	çon²	ni⁴
boux	yah	dingq	nyi	hauq	coenz	neix
人	婆	听	见	讲	句	这

媒婆听说要做媒，

1996

坐	邁	老	爺	眉	酒	哽
tço¹	ba:i⁵	la:u⁴	je²	mi²	lau³	kɯn¹
gyo-	mbaiq	laux	yez	miz	laeuj	gwn
谢谢		老	爷	有	酒	吃

恭喜老爷有喜酒。

1997

馬	周	居	他	就	分	付
ma⁴	tçau⁵	kɯ⁵	te¹	tço⁶	fun⁵	fu⁶
maj	couh	gwq	de	couh	faenq	fuh
马	周	时	那	就	吩	咐

马周那时就发话，

1998

提	桌	許	奵	司	哽	灵
tɯk⁷	ço:ŋ²	ha:i³	ja⁶	łɯ⁵	kɯn¹	liŋ²
dwk	congz	hawj	yah	swq	gwn	ringz
摆	桌	给	婆	媒	吃	午饭

摆桌请媒婆吃饭。

1999

同	隊	能	桌	再	讲	咕
toŋ⁶	to:i⁶	naŋ⁶	ço:ŋ²	tça:i¹	ka:ŋ³	ko³
doengh-	doih	naengh	congz	caiq	gangj	goj
共同		坐	桌	再	讲	故事

一起落座再聊天，

2000

奵	司	当	祥	开	啪	哢
ja⁶	łɯ⁵	ta:ŋ¹	çiaŋ²	ha:i¹	pa:k⁷	nau²
yah	swq	dang	ciengz	hai	bak	naeuz
婆	媒	当	场	开	口	讲

媒婆立即开口说。

2001

孙	腮	娄	可	老	贫	貌
luuk⁸	ła:i¹	lau²	ko³	la:u⁴	pan²	ba:u⁵
lwg	sai	raeuz	goj	laux	baenz	mbauq
儿	男	我们	也	大	成	小伙

儿子已长大成人，

2002

灰	吒	哢	你	票	老	爺
ho:i⁵	ha:u⁵	çon²	ni⁴	pe:u¹	la:u⁴	je²
hoiq	hauq	coenz	neix	beu	laux	yez
奴	讲	句	这	得罪	老	爷

我说句得罪的话。

2003

假	庄	老	姎	可	衣	所
tça³	tça:ŋ⁵	la:u⁴	do:ŋ¹	ko³	i¹	ło⁶
gyaj	cang	laux	ndong	goj	ei	soh
假	装	老	亲家	也	依	直

假如亲家真答应，

2004

鲁	啵	老	爺	先	逻	昙
lo⁴	de⁵	la:u⁴	je²	łe:n⁵	la¹	ŋon²
rox	ndeq	laux	yez	senq	ra	ngoenz
知	晓	老	爷	早已	找	日

老爷你先选日子。

2005

甫	妚	鲁	耶	哤	哊	你
pu⁴	ja⁶	lo⁴	jia¹	ha:u⁵	çon²	ni⁴
boux	yah	rox	nyi	hauq	coenz	neix
人	婆	懂	听	说	句	这

媒婆一听到这里，

2006

衣	名	老	爺	班	儿	賴
i¹	muɯ²	la:u⁴	je²	pa:n⁵	ki³	la:i¹
ei	mwngz	laux	yez	banq	geij	lai
依	你	老	爷	办	几	多

询问聘礼有多少。

2007

皆	娄	样	雷	可	眉	度
ka:i⁵	lau²	jiaŋ⁶	lai²	ko³	mi²	to⁶
gaiq	raeuz	yiengh	lawz	goj	miz	doh
个	我们	样	哪	也	有	够

我们什么都足够，

2008

路	路	娄	班	許	他	齐
lo⁶	lo⁶	lau²	pa:n⁵	hai³	te¹	çai²
loh	loh	raeuz	banq	hawj	de	caez
路	路	我们	办	给	她	齐

样样聘礼送齐全。

2009

哊	讲	不	礼	吽	屋	绿
çon²	ka:ŋ³	bau⁵	dai⁴	nau²	o:k⁷	lo:k⁸
coenz	gangj	mbouj	ndaej	naeuz	ok	rog
句	讲	不	得	讲	出	外

这些不要往外说，

2010

差	吽	伝	鲁	不	当	利
ça³	nau²	hun²	lo⁴	bau⁵	ta:ŋ¹	di¹
caj	naeuz	vunz	rox	mbouj	dang	ndei
若	说	人	知	不	当	好

别人知道不妥当。

2011

馬	周	当	祥	还	哊	哤
ma⁴	tçau⁵	ta:ŋ¹	çiaŋ²	wa:n²	çon²	ha:u⁵
maj	couh	dang	ciengz	vanz	coenz	hauq
马	周	当	场	回	句	话

马周接着又说道，

2012

許	名	甫	老	兮	烦	心
hai³	muɯ²	pu⁴	la:u⁴	di⁴	fa:n²	ɬam¹
hawj	mwngz	boux	laux	ndij	fanz	sim
给	你	人	大	和	烦	心

有劳老人家操心。

2013

妚	梅	哽	灵	退	定	刀
ja⁶	mo:i²	kun¹	liŋ²	to:i⁵	tin¹	ta:u⁵
yah	moiz	gwn	ringz	doiq	din	dauq
婆	媒	吃	午饭	退	脚	回

媒婆吃过饭回家，

2014

昙	拐	就	夸	背	魏	国
ŋon²	laŋ¹	tço⁶	kwa⁵	pai¹	wai¹	ko²
ngoenz	laeng	couh	gvaq	bae	vei	goz
日	后	就	过	去	魏	国

次日就到魏国去。

2015

知	府	恨	肝	屋	斗	哃
tɕi⁵	fu⁴	han¹	taŋ²	oːk⁷	tau³	toːŋ⁴
cih	fuj	raen	daengz	ok	daeuj	dongx
知	府	见	到	出	来	招呼

知府出来打招呼，

2016

甫	妍	昙	你	乌	弄	兰
pu⁴	ja⁶	ŋon²	ni⁴	ʔju⁵	loŋ¹	laːn²
boux	yah	ngoenz	neix	youq	loeng	ranz
人	婆	日	今	怎	错	家

阿婆今天串错门。

2017

就	叫	欧	橙	许	妍	能
tɕo⁶	heːu⁶	au¹	taŋ⁵	hai³	ja⁶	naŋ⁶
couh	heuh	aeu	daengq	hawj	yah	naengh
就	叫	要	凳	给	婆	坐

就拿凳子请她坐，

2018

又	许	丫	环	使	烟	茶
jau⁶	hai³	ja⁵	waːn²	ɬai³	ʔjian¹	ça²
youh	hawj	yah	vanz	sawj	ien	caz
又	给	丫	鬟	服侍	烟	茶

又让丫鬟备烟茶。

嗄姐嗄茶能讲可，知府当祥开喏嗲

蒲老乌礼卦斗流，早上夸斗眉森嗲

妳梅当祥还游妮，灰斗初爷眉事情

若妳马围许灰斗，咁许老爷鲁坡晷

他吽年妳就亦旦，许灰卦斗吽许爷

查吽他班礼许度，路占可班卦斗齐

知府又对妳梅讲，坐遍蒲妳眉酒嗄

银钱茶礼娄不歪，天忘盯虏鲁郭妳

勃梅涩读不鲁礼，坐遍老娘提背算

晷恒他不鲁服事，妳亦苇苦里灰算

若妳勃娄可刺於，巳时比机卦谷娘

万件吽讲鹭蜡妳，眉森嗲呢勒叮耶

2019

哽	烟	哽	茶	能	讲	可
kun¹	ʔjian¹	kun¹	ça²	naŋ⁶	kaːŋ³	ko³
gwn	ien	gwn	caz	naengh	gangj	goj
吃	烟	吃	茶	坐	讲	故事

抽烟喝茶说说话，

2020

知	府	当	祥	开	咟	嗲
tçi⁵	fu⁴	taːŋ¹	çiaŋ²	haːi¹	paːk⁷	çaːm¹
cih	fuj	dang	ciengz	hai	bak	cam
知	府	当	场	开	口	问

知府他就开口问。

2021

甫	老	乌	礼	卦	斗	流
pu⁴	laːu⁴	u⁵	lai²	kwa⁵	tau³	liau⁶
boux	laux	youq	lawz	gvaq	daeuj	liuh
人	大	在	哪	过	来	玩

老人家从哪里来，

2022

早	早	夸	斗	眉	麻	唒
loːm⁶	loːm⁶	kwa⁵	tau³	mi²	ma²	çon²
romh	romh	gvaq	daeuj	miz	maz	coenz
早	早	过	来	有	什么	句

早早过来有何事？

2023

妠	梅	当	祥	还	唒	吒
ja⁶	moːi²	taːŋ¹	çiaŋ²	waːn²	çon²	haːu⁵
yah	moiz	dang	ciengz	vanz	coenz	hauq
婆	媒	当	场	回	句	话

媒婆立刻回知府，

2024

灰	斗	初	爺	眉	事	情
hoːi⁵	tau³	ço⁶	jia²	mi²	ɬian⁵	çiŋ²
hoiq	daeuj	coh	yiz	miz	saeh	cingz
奴	来	向	伯爷	有	事	情

拜见知府有要事。

2025

居	你	馬	周	許	灰	斗
ku⁵	ni⁴	ma⁴	tçau⁵	hai³	hoːi⁵	tau³
gwq	neix	maj	couh	hawj	hoiq	daeuj
时	这	马	周	给	奴	来

现在马周请我来，

2026

吽	許	老	爺	鲁	啵	昙
nau²	hai³	laːu⁴	je²	lo⁴	de⁵	ŋon²
naeuz	hawj	laux	yez	rox	ndeq	ngoenz
讲	给	老	爷	知	晓	日

让我来帮他提亲。

2027

他	吽	胖	你	就	亦	丑
te¹	nau²	dian¹	ni⁴	tço⁶	a³	çu⁴
de	naeuz	ndwen	neix	couh	aj	coux
他	讲	月	这	就	要	娶

他说这月就成婚，

2028

許	灰	卦	斗	吽	許	爺
hai³	hoːi⁵	kwa⁵	tau³	nau²	hai³	jia²
hawj	hoiq	gvaq	daeuj	naeuz	hawj	yiz
给	奴	过	来	讲	给	伯爷

让我过来跟您说。

2029

查　　吽　　他　　班　　礼　　許　　度

ça³　nau²　te¹　paːn⁵　lai⁴　haːi³　to⁶

caj　naeuz　de　banq　laex　hawj　doh

若　　讲　　他　　办　　礼　　给　　够

如果聘礼已送够，

2030

路　　路　　可　　班　　卦　　斗　　齐

lo⁶　lo⁶　ko³　paːn⁵　kwa⁵　tau³　çai²

loh　loh　goj　banq　gvaq　daeuj　caez

路　　路　　也　　办　　过　　来　　齐

各样聘礼送齐全。

2031

知　　府　　又　　对　　奺　　梅　　讲

tçi⁵　fu⁴　jau⁶　toːi⁵　ja⁶　moːi²　kaːŋ³

cih　fuj　youh　doiq　yah　moiz　gangj

知　　府　　又　　对　　婆　　媒　　讲

知府又跟媒婆说，

2032

坐　　邁　　甫　　奺　　眉　　酒　　哽

tço¹　baːi⁵　pu⁴　ja⁶　mi²　lau³　kɯn¹

gyo-　mbaiq　boux　yah　miz　laeuj　gwn

谢谢　　　人　　婆　　有　　酒　　吃

多谢阿婆来说亲。

2033

银　　钱　　茶　　礼　　娄　　不　　烋

ŋan²　çeːn²　ça²　lai⁴　lau²　bau⁵　hi⁵

ngaenz　cienz　caz　laex　raeuz　mbouj　heiq

银　　钱　　茶　　礼　　我们　　不　　忧

钱财礼物我不愁，

2034

天　　忑　　肝　　傍　　鲁　　郭　　娞

teːn⁶　ja⁵　taŋ²　piaŋ²　lo⁴　kuak⁸　doːŋ¹

dien　yah　daengx　biengz　rox　guh　ndong

天　　下　　全部　　地方　　会　　做　　亲家

天下人人会结亲。

2035

孙　　媚　　塑　　读　　不　　鲁　　礼

luk⁸　buk⁷　hu²　tu²　bau⁵　lo⁴　lai⁴

lwg　mbwk　huz　duz　mbouj　rox　laex

儿　　女　　糊　　涂　　不　　知　　礼

女儿糊涂没教养，

2036

坐　　邁　　老　　娞　　提　　背　　算

tço¹　baːi⁵　laːu⁴　doːŋ¹　tu²　pai¹　ɬoːn¹

gyo-　mbaiq　laux　ndong　dawz　bae　son

谢谢　　老　　亲家　　拿　　去　　教

有劳亲家多调教。

2037

昙　　恒　　他　　不　　鲁　　服　　亊

ŋon²　hɯn²　te¹　bau⁵　lo⁴　fuk⁸　ɬai⁶

ngoenz　hwnz　de　mbouj　rox　fug　saeh

日　　夜　　她　　不　　会　　服　　侍

她做事不懂礼数，

2038

奺　　亦　　辛　　苦　　里　　灰　　算

ja⁶　a³　ɬin⁶　ho³　di⁴　hoːi⁵　ɬoːn¹

yah　aj　sin　hoj　ndij　hoiq　son

婆　　要　　辛　　苦　　和　　奴　　教

辛苦阿婆多教导。

2039

居	你	孙	娄	可	利	於
kɯ⁵	ni⁴	luuk⁸	lau²	ko³	li⁴	i³
gwq	neix	lwg	raeuz	goj	lij	iq
时	这	儿	我们	也	还	小

现在女儿还年轻,

2040

己	時	比	礼	卦	公	嫩
ki³	ɕi²	pai¹	dai⁴	kwa⁵	koŋ¹	do:ŋ¹
geij	seiz	bae	ndaej	gvaq	goeng	ndong
几	时	去	得	过	公	亲家

何时才适应亲家?

2041

万	件	吽	讲	乌	躺	妚
fa:n⁶	kian⁶	nau²	ka:ŋ³	u⁵	da:ŋ¹	ja⁶
fanh	gienh	naeuz	gangj	youq	ndang	yah
万	件	说	讲	在	身	婆

万事拜托你阿婆,

2042

眉	麻	唥	吒	勒	叮	耶
mi²	ma²	ɕon²	ha:u⁵	lak⁸	tiŋ⁵	jia¹
miz	maz	coenz	hauq	laeg	dingq	nyi
有	什么	句	话	别	听	见

有何不周多包容。

坐边老娘拟背养，参想银斗礼不鬼

甫奸当祥还哮呢，不用讲资你飘礼。

哮讲姜可吽了闹，灰哆老爷亦刀兰。

知府恨吽桃连当，甫奸太慢哽糍灵。

分付灾房批菜肝，灾房批菜肝太量，

知府顺貂请隆能，皆姜侵队哽糍灵。

双姜同队能哽酒，他克吴雷礼正京。

名亦吽哮顺许灰，姜姜鲁疲整客最。

皆休不得开麻路，酒肉甫雷鲁峪哽，

呑嗽劲媚吽量嫁、公大顺劲可登齐。

四方八败姜眉客，恩兰姜可彼住赖。

奸椅当祥还哮呢，取礼月二甲团围

2043
坐	邁	老	嫐	提	背	养
tço¹	baːi⁵	laːu⁴	doːŋ¹	tuː²	pai¹	çiaŋ⁴
gyo-	mbaiq	laux	ndong	dawz	bae	ciengx
谢谢		老	亲家	拿	去	养

感谢亲家多费心，

2044
各	想	很	斗	礼	不	电
kaːk⁸	ɬiaŋ³	hun³	tau³	lai⁴	bau⁵	teːŋ¹
gag	siengj	hwnj	daeuj	laex	mbouj	deng
自	想	起	来	礼	不	对

想想觉得不妥当。

2045
甫	奷	当	祥	还	唭	吒
pu⁴	ja⁶	taːŋ¹	çiaŋ²	waːn²	çon²	haːu⁵
boux	yah	dang	ciengz	vanz	coenz	hauq
人	婆	当	场	回	句	话

媒婆这时赶忙说，

2046
不	用	讲	贫	你	礼	賴
bau⁵	juŋ⁶	kaːŋ³	pan²	ni⁴	lai⁴	laːi⁴
mbouj	yungh	gangj	baenz	neix	laex	lai
不	用	讲	成	这	礼	多

不必讲究这么多。

2047
唭	讲	娄	可	吽	了	闹
çon²	kaːŋ³	laːu²	ko³	nau²	leːu⁴	naːu⁵
coenz	gangj	raeuz	goj	naeuz	liux	nauq
句	讲	我们	也	说	完	没

该说都已说完了，

2048
灰	嗲	老	爺	亦	刀	兰
hoːi⁵	çaːm¹	laːu⁴	je²	a³	taːu⁵	laːn²
hoiq	cam	laux	yez	aj	dauq	ranz
奴	问	老	爷	要	回	家

奴婢也该回去了。

2049
知	府	恨	吽	就	连	峀
tçi⁵	fu⁴	han¹	nau²	tço⁶	leːn⁶	çe¹
cih	fuj	raen	naeuz	couh	lenh	ce
知	府	见	讲	就	连忙	挽留

知府听完又挽留，

2050
甫	奷	太	慢	哽	糩	灵
pu⁴	ja⁶	taːi⁶	meːn⁵	kun¹	hau⁴	liŋ²
boux	yah	daih	menh	gwn	haeux	ringz
人	婆	待	慢	吃	饭	午

阿婆别走先吃饭。

2051
分	付	火	房	郭	糩	菜
fun⁵	fu⁶	ho⁴	faːŋ²	kuak⁸	hau⁴	tçak⁷
faenq	fuh	hoj	fangz	guh	haeux	byaek
吩	咐	伙	房	做	饭	菜

吩咐佣人备饭菜，

2052
火	房	班	菜	肛	大	堂
ho⁴	faːŋ²	puan⁶	tçak⁷	taŋ²	ta¹	taːŋ²
hoj	fangz	buenh	byaek	daengz	da	dangz
伙	房	搬	菜	到	大	堂

佣人端菜到厅堂。

2053

知　府　顺　䏶　請　隆　能

tɕi^{5}　fu^{4}　ɕin^{1}　daːŋ^{1}　ɕiŋ^{3}　loŋ^{2}　naŋ^{6}

cih　fuj　caen　ndang　cingj　roengz　naengh

知　府　亲　身　请　下　坐

知府请媒婆入座，

2054

皆　娄　侵　隊　哽　粩　灵

kaːi^{5}　lau^{2}　ɕam^{6}　toːi^{6}　kɯn^{1}　hau^{4}　liŋ^{2}

gaiq　raeuz　caemh-　doih　gwn　haeux　ringz

个　我们　共同　吃　饭　午

我们一起吃午饭。

2055

双　娄　同　隊　能　哽　酒

ɬoːŋ^{1}　lau^{2}　toŋ^{6}　toːi^{6}　naŋ^{6}　kɯn^{1}　lau^{3}

song　raeuz　doengh-　doih　naengh　gwn　laeuj

两　我们　共同　坐　吃　酒

两人坐下来对饮，

2056

他　尭　昙　雷　礼　正　京

te^{1}　jiau^{5}　ŋon^{2}　lai^{2}　dai^{4}　ɕiŋ^{5}　kiŋ^{1}

de　yiuq　ngoenz　lawz　ndaej　cingq　ging

他　看　日　哪　得　正　经

真正定哪天过门。

2057

名　亦　咟　唓　顺　许　灰

mɯŋ^{2}　a^{3}　nau^{2}　ɕon^{2}　ɕin^{1}　hai^{3}　hoːi^{5}

mwngz　aj　naeuz　coenz　caen　hawj　hoiq

你　要　讲　句　真　给　奴

你要如实告诉我，

2058

差　娄　鲁　啵　登　客　最

ɕa^{3}　lau^{2}　lo^{4}　de^{5}　taŋ^{5}　heːk^{7}　tɕai^{1}

caj　raeuz　rox　ndeq　daengq　hek　gyae

等　我们　知　晓　通知　客　远

以便通知众远亲。

2059

皆　你　不　得　开　麻　路

kaːi^{5}　ni^{4}　bau^{5}　tɯk^{8}　kaːi^{5}　ma^{2}　lo^{6}

gaiq　neix　mbouj　dwg　gaiq　maz　loh

块　这　不　是　块　什么　路

这些都是小事情，

2060

酒　肉　甫　雷　鲁　各　哽

lau^{3}　no^{6}　pu^{4}　lai^{2}　lo^{4}　kaːk^{8}　kɯn^{1}

laeuj　noh　boux　lawz　rox　gag　gwn

酒　肉　人　谁　会　自　吃

喜酒哪会自个喝。

2061

名　头　劧　媥　咟　屋　嫁

miŋ^{2}　tau^{2}　lɯk^{8}　bɯk^{7}　nau^{2}　oːk^{7}　ha^{5}

mingz　daeuz　lwg　mbwk　naeuz　ok　haq

名　头　儿　女　说　出　嫁

如今女儿要出嫁，

2062

公　大　顺　劧　可　登　齐

koŋ^{1}　ta^{1}　ɕin^{1}　lɯk^{8}　ko^{3}　taŋ^{5}　ɕai^{2}

goeng-　da　caen　lwg　goj　daengq　caez

岳父　真　儿　也　通知　齐

岳父亲家全通知。

2063

四	方	八	贩	娄	眉	客
ɬi⁵	fiaŋ¹	pe:t⁷	pa:i⁶	lau²	mi²	he:k⁷
seiq	fueng	bet	baih	raeuz	miz	hek
四	方	八	面	我们	有	客

四面八方有亲友，

2064

恩	兰	娄	可	彼	往	赖
an¹	la:n²	lau²	ko³	pi⁴	nuaŋ⁴	la:i¹
aen	ranz	raeuz	goj	beix	nuengx	lai
个	家	我们	也	兄	弟	多

我家亲戚也很多。

2065

奻	梅	当	祥	还	啫	吒
ja⁶	mo:i²	ta:ŋ¹	ɕiaŋ²	wa:n²	ɕon²	ha:u⁵
yah	moiz	dang	ciengz	vanz	coenz	hauq
婆	媒	当	场	回	句	话

媒婆接过话头说，

2066

取	礼	月	二	甲	团	园
ɕi³	dai⁴	dian¹	ŋi⁶	ka:p⁷	tuan²	je:n²
cij	ndaej	ndwen	ngeih	gap	donz	yenz
如	得	月	二	合	团	圆

最好选二月完婚。

44

【唯定断得】正宫

昙初八，限定辰时很咩堂。

哼顺他咩贫样你，衣名老爷样雷行、

知府恨咩又不讲、奴核退定刀背兰。

夫人送奴肝吧族、眉麻哼呢勒叮哪。

万件甫奴每辛火，不鲁欧皆麻还愚。

讲肝茄鳗袋又乙奈，再讲甫奴刀斗兰。

李旦恨刀心欢喜，甫奴卦背等雷咩。

奴核硬酒开陌讲、居你贩他可杰呈。

莫花缝缮可眉了，样々他可礼拋书全。

马闹恨咩心欢喜，妻算样你礼百电。

李旦恨咩开陌讲，娄望愚他郭召佑。

查咩礼欧愚他斗，娄恨天朝乌半雪。

2067

正	厸	准	得	昌	初	八
çiŋ⁵	hi⁵	çin³	tuk⁸	ŋon²	ço¹	peːt⁷
cingq-	heiq	cinj	dwg	ngoenz	co	bet
真正		准	是	日	初	八

真正选定是初八，

2068

限	定	辰	時	很	拜	堂
haːn⁶	tiŋ⁶	çin²	çɯ²	hun³	paːi⁵	taːŋ²
hanh	dingh	saenz	cawz	hwnj	baiq	dangz
约	定	辰	时	起	拜	堂

确定辰时来拜堂。

2069

唍	顺	他	吽	贫	样	你
çon²	çin¹	te¹	nau²	pan²	jiaŋ⁶	ni⁴
coenz	caen	de	naeuz	baenz	yiengh	neix
句	真	他	讲	成	样	这

这句他是说实话，

2070

衣	名	老	爺	样	雷	行
i¹	muɯŋ²	laːu⁴	je²	jiaŋ⁶	lai²	heːŋ²
ei	mwngz	laux	yez	yiengh	lawz	hengz
侬	你	老	爷	样	哪	行

老爷意思该怎样？

2071

知	府	恨	吽	又	不	讲
tɕi⁵	fu⁴	han¹	nau²	jau⁶	bau⁵	kaːŋ³
cih	fuj	raen	naeuz	youh	mbouj	gangj
知	府	见	讲	又	不	说

知府听见不说话，

2072

奵	梅	退	定	刀	背	兰
ja⁶	moːi²	toːi⁵	tin¹	taːu⁵	pai¹	laːn²
yah	moiz	doiq	din	dauq	bae	ranz
婆	媒	退	脚	回	去	家

媒婆说着就回家。

2073

夫	人	送	奵	肝	吧	族
fu⁵	jin²	ɬoŋ⁵	ja⁶	taŋ²	paːk⁷	tɕoːk⁷
fuh	yinz	soengq	yah	daengz	bak	gyok
夫	人	送	婆	到	口	巷

夫人送媒出巷口，

2074

眉	麻	唍	咟	勒	叮	耶
mi²	ma²	çon²	haːu⁵	lak⁸	tiŋ⁵	jia¹
miz	maz	coenz	hauq	laeg	dingq	nyi
有	什么	句	话	别	听	见

有些话别放心里。

2075

万	件	甫	奵	与	辛	火
faːn⁶	kian⁶	pu⁴	ja⁶	di⁴	ɬin⁶	ho³
fanh	gienh	boux	yah	ndij	sin	hoj
万	件	人	婆	和	辛	苦

事事麻烦老人家，

2076

不	鲁	欧	皆	麻	还	恩
bau⁵	lo⁴	au¹	kaːi⁵	ma²	waːn²	an¹
mbouj	rox	aeu	gaiq	maz	vanz	aen
不	知	要	块	什么	还	恩

不知拿什么报恩。

2077

讲	肝	茄	你	又	乙	奈
ka:ŋ³	taŋ²	kia²	ni⁴	jau⁶	ʔjiat⁷	na:i⁵
gangj	daengz	giz	neix	youh	yiet	naiq
讲	到	地方	这	又	歇	累

讲到这里先休息，

2078

再	讲	甫	奵	刀	斗	兰
tɕa:i¹	ka:ŋ³	pu⁴	ja⁶	ta:u⁵	tau³	la:n²
caiq	gangj	boux	yah	dauq	daeuj	ranz
再	讲	人	婆	回	来	家

再说媒婆回到家。

2079

李	旦	恨	刀	心	欢	喜
li⁴	ta:n¹	han¹	ta:u⁵	ɬam¹	wuan⁶	hi³
lij	dan	raen	dauq	sim	vuen	heij
李	旦	见	回	心	欢	喜

李旦见了好高兴，

2080

甫	奵	卦	背	等	雷	吽
pu⁴	ja⁶	kwa⁵	pai¹	taŋ³	lai²	nau²
boux	yah	gvaq	bae	daengj	lawz	naeuz
人	婆	过	去	样	哪	说

阿婆那边怎么说？

2081

奵	梅	哽	酒	开	咟	讲
ja⁶	mo:i²	kun¹	lau³	ha:i¹	pa:k⁷	ka:ŋ³
yah	moiz	gwn	laeuj	hai	bak	gangj
婆	媒	吃	酒	开	口	讲

媒婆边喝边说话，

2082

居	你	贩	他	可	应	呈
ku⁵	ni⁴	pa:i⁶	te¹	ko³	iŋ⁵	ɕiŋ²
gwq	neix	baih	de	goj	wngq	cingz
时	这	面	那	也	应	承

现在他们已答应。

2083

莫	花	随	绣	可	眉	了
mok⁸	wa¹	ɬiai²	ɬe:u⁵	ko³	mi²	le:u⁴
moeg	va	swiz	siuq	goj	miz	liux
被子	花	枕头	绣	也	有	完

绣花被枕也有了，

2084

样	样	他	可	礼	齐	全
jiaŋ⁶	jiaŋ⁶	te¹	ko³	li³	ɕai²	ɕuan²
yiengh	yiengh	de	goj	lij	caez	cienz
样	样	他	也	置	齐	全

样样他都准备好。

2085

馬	周	恨	吽	心	欢	喜
ma⁴	tɕau⁵	han¹	nau²	ɬam¹	wuan⁶	hi³
maj	couh	raen	naeuz	sim	vuen	heij
马	周	见	讲	心	欢	喜

马周听着好高兴，

2086

娄	算	样	你	礼	可	电
lau²	ɬuan⁵	jiaŋ⁶	ni⁴	li⁴	ko³	te:ŋ¹
raeuz	suenq	yiengh	neix	lij	goj	deng
我们	算	样	这	还	也	对

我们算的还真准。

2087

李	旦	恨	吽	开	咟	講
li⁴	taːn¹	han¹	nau²	haːi¹	paːk⁷	kaːŋ³
lij	dan	raen	naeuz	hai	bak	gangj
李	旦	见	讲	开	口	说

李旦听了才说话，

2088

娄	望	恩	他	郭	召	伝
lau²	muaŋ⁶	an¹	te¹	kuak⁸	ɕiau⁶	hun²
raeuz	muengh	aen	de	guh	ciuh	vunz
我们	盼		个	那	做	世	人

我们就盼那东西。

2089

查	吽	礼	欧	恩	他	斗
ça³	nau²	dai⁴	au¹	an¹	te¹	tau³
caj	naeuz	ndaej	aeu	aen	de	daeuj
若	说	得	要	个	那	来

如果能够得到它，

2090

娄	恨	天	朝	乌	半	霄
lau²	han¹	teːn⁵	tɕaːu²	u⁵	tɕoːŋ⁶	buɯn¹
raeuz	raen	denh	cauz	youq	byongh	mbwn
我们	见	天	朝	在	半	天

一半江山在手中。

晏楞就平郎请酒，背请公大斗蔺良

公大千郎卦斗学，数叫故斗眉麻咩

李旦马周同隊讲，该大斗甫屋章呈

双娄同隊屋主意，算计亦欧火轮牌

公文恨咩贡样你，双娄主意样雷行

马同当祥开唔讲，想欧五主背屋名

改欧五主，郭马永、假郭姑爷背学娘

正灰计谋贡样你，公大念夸电不电

自然计谋可得礼，灰咘嗪你栗老爷

事情不礼鲁屋缘，晏咋佐鲁不当刺

开劳狠斗恨欢喜，祥你正造礼报帆

李旦灰笑佐咩曹体，文武官员佲金帆

2091

昙	楞	就	干	即	請	酒
ŋon^{2}	laŋ^{1}	tɕo^{6}	ka:n^{3}	ɕɯ^{5}	ɕiŋ^{3}	lau^{3}
ngoenz	laeng	couh	ganj-	cwq	cingj	laeuj
日	后	就	赶紧		请	酒

后天就赶紧请酒，

2092

背	請	公	大	斗	商	良
pai^{1}	ɕiŋ^{3}	koŋ^{1}	ta^{1}	tau^{3}	ɕa:ŋ^{5}	liaŋ^{2}
bae	cingj	goeng-	da	daeuj	sieng	liengz
去	请	外公		来	商	量

去请外公来商量。

2093

公	大	干	即	卦	斗	学
koŋ^{1}	ta^{1}	ka:n^{3}	ɕɯ^{5}	kwa^{5}	tau^{3}	ɕo^{6}
goeng-	da	ganj-	cwq	gvaq	daeuj	coh
外公		赶紧		过	来	向

外公受邀马上来，

2094

数	叫	故	斗	眉	麻	吽
ɬu^{1}	he:u^{6}	ku^{1}	tau^{3}	mi^{2}	ma^{2}	nau^{2}
sou	heuh	gou	daeuj	miz	maz	naeuz
你们	叫	我	来	有	什么	讲

你们找我有何事？

2095

李	旦	馬	周	同	隊	讲
li^{4}	ta:n^{1}	ma^{4}	tɕau^{5}	toŋ^{6}	to:i^{6}	ka:ŋ^{3}
lij	dan	maj	couh	doengh-	doih	gangj
李	旦	马	周	共同		讲

李旦马周一起说，

2096

诗	大	斗	㝵	屋	章	呈
ɕiŋ^{3}	ta^{1}	tau^{3}	di^{4}	o:k^{7}	tɕa:ŋ^{5}	tɕin^{2}
cingj	da	daeuj	ndij	ok	cangh	cingz
请	外公	来	和	出	章	程

请外公来同谋划。

2097

双	娄	同	隊	屋	主	意
ɬo:ŋ^{1}	lau^{2}	toŋ^{6}	to:i^{6}	o:k^{7}	ɕɯ^{3}	i^{5}
song	raeuz	doengh-	doih	ok	cawj	eiq
两	我们	共同		出	主	意

我们一起出主意，

2098

算	计	亦	欧	火	輪	牌
ɬuan^{5}	ki^{6}	a^{3}	au^{1}	ho^{4}	lɯn^{2}	pa:i^{2}
suenq	geiq	aj	aeu	hoj	lwnz	baiz
算	计	将	要	火	轮	牌

谋划对付火轮牌。

2099

公	大	恨	吽	贫	样	你
koŋ^{1}	ta^{1}	han^{1}	nau^{2}	pan^{2}	jiaŋ^{6}	ni^{4}
goeng-	da	raen	naeuz	baenz	yiengh	neix
外公		见	说	成	样	这

外公见他这样说，

2100

双	娄	主	意	样	雷	行
ɬo:ŋ^{1}	lau^{2}	ɕɯ^{3}	i^{5}	jiaŋ^{6}	lai^{2}	hiŋ^{2}
song	raeuz	cawj	eiq	yiengh	lawz	hingz
两	我们	主	意	样	哪	赢

我们看怎样打赢。

2101

馬	周	当	祥	开	咭	讲
ma⁴	tɕau⁵	ta:ŋ¹	ɕiaŋ²	ha:i¹	pa:k⁷	ka:ŋ³
maj	couh	dang	ciengz	hai	bak	gangj
马	周	当	场	开	口	讲

马周首先开口说，

2102

想	欧	五	主	背	屋	名
ɬiaŋ³	au¹	ŋo⁴	ɬu³	pai¹	o:k⁷	min²
siengj	aeu	ngoh	souj	bae	ok	mingz
想	要	我	主	去	出	名

我想主子换名字。

2103

改	欧	五	主	郭	馬	永
ka:i³	au¹	ŋo⁴	ɬu³	kuak⁸	ma⁴	jun⁴
gaij	aeu	ngoh	souj	guh	maj	yungj
改	要	我	主	做	马	永

我主须改叫马永，

2104

假	郭	姑	爺	背	学	娘
tɕa³	kuak⁸	ku⁵	jia²	pai¹	ɕu⁴	na:ŋ²
gyaj	guh	go	yez	bae	coux	nangz
假	做	姑	爷	去	娶	妻

扮成新郎去娶亲。

2105

正	灰	计	谋	贫	样	你
ɕiŋ⁵	ho:i⁵	ki⁶	mau²	pan²	jian⁶	ni⁴
cingq	hoiq	geiq	maeuz	baenz	yiengh	neix
自	己	奴	计	谋	成	样	这

我的计谋就这样，

2106

公	大	念	夸	电	不	电
kon¹	ta¹	nam¹	kwa⁵	te:ŋ¹	bau⁵	te:ŋ¹
goeng-	da	naemj	gvaq	deng	mbouj	deng
外公		想	过	对	不	对

外公你看行不行？

2107

自	然	计	谋	可	得	礼
ɬu¹	je:n²	ki⁶	mau²	ko³	tuk⁸	dai⁴
sw	yienz	geiq	maeuz	goj	dwg	ndaej
自	然	计	谋	也	是	得

这计谋也是可以，

2108

灰	咔	唭	你	票	老	爺
ho:i⁵	ha:u⁵	ɕon²	ni⁴	pe:u¹	la:u⁴	je²
hoiq	hauq	coenz	neix	beu	laux	yez
奴	说	句	这	得罪	老	爷

我说句得罪老爷。

2109

亊	悋	不	礼	鲁	屋	绿
ɬian⁵	ɕiŋ²	bau⁵	dai⁴	lo⁶	o:k⁷	lo:k⁸
saeh	cingz	mbouj	ndaej	roh	ok	rog
事	情	不	得	漏	出	外

这事不能漏出去，

2110

昙	昨	伝	鲁	不	当	利
ŋon²	ɕo:k⁸	hun²	lo⁴	bau⁵	ta:ŋ¹	di¹
ngoenz	cog	vunz	rox	mbouj	dang	ndei
日	明	人	知	不	当	好

让人知道就不妙。

2111

开	芳	很	斗	恨	欢	喜
ka:i⁵	fa:ŋ⁵	hun³	tau³	han¹	wuan⁶	hi³
gaih	fangh	hwnj	daeuj	raen	vuen	heij
开	芳	上	来	见	欢	喜

开芳听了好高兴，

2112

样	你	正	造	礼	报	仇
jiaŋ⁶	ni⁴	ɕiŋ⁵	tɕo⁶	dai⁴	pa:u⁵	ɕau²
yiengh	neix	cingq	coh	ndaej	bauq	caeuz
样	这	正	才	得	报	仇

这样子定能报仇。

2113

李	旦	发	伝	叫	曹	彪
li⁴	ta:n¹	fa:t⁸	hun²	he:u⁶	tɕa:u²	piau⁵
lij	dan	fad	vunz	heuh	cauz	byauh
李	旦	派	人	叫	曹	彪

李旦差人找曹彪，

2114

文	武	官	员	同		隊	全
wun²	u⁴	kuan⁵	je:n²	toŋ⁶		to:i⁶	ɕuan²
vwnz	vuj	gvanh	yenz	doengh-		doih	cienz
文	武	官	员	共	同		全

文武百官全召来。

是他漢綱介埼安，扒埕甫亡可屋力。

恨咩五主市丑奸，兵馬起桥可肘齐。

昙楞辰時就彩路，

甫司奸丑侵背點，就排隊伍卦双贝。

提錫魯烈提李觀，銀錢茶礼可侵皤。

天下眉甲不魯疲，伬颜咩他亦条平。

不估则天擂他販，誰知他亦背丑娘。

岳他同隊干彩路，懂慢婁吐鳥冲路。

就彩亦肘魏固地，懂慢四五里路最。

伬頦同隊等乙奉，打锣红响背肘霄。

楚固魯耶星斗光，敦依他亦背茄雷。

干耶恨金缕背竞，不信他亦火卄娄。

2115

居	他	漢	阳	介	培	安
ku⁵	te¹	ha:n¹	ja:ŋ²	ka⁶	pai²	a:ŋ⁵
gwq	de	han	yangz	gah-	baez	angq
时	那	汉	阳	非常		高兴

那时汉阳好高兴，

2116

扒	星	甫	甫	可	屋	力
pe:k⁸	ɬiŋ⁵	pu⁴	pu⁴	ko³	o:k⁷	le:ŋ²
bek	singq	boux	boux	goj	ok	rengz
百	姓	人	人	也	出	力

百姓人人都出力。

2117

恨	吽	五	主	亦	丑	妚
han¹	nau²	ŋo⁴	ɬu³	a³	çu⁴	ja⁶
raen	naeuz	ngoh	souj	aj	coux	yah
见	讲	我	主	要	娶	妻

听说我主要成亲，

2118

兵	馬	桓	桥	可	肌	齐
piŋ¹	ma⁴	tau¹	kiau⁶	ko³	taŋ²	çai²
bing	max	daeu	giuh	goj	daengz	caez
兵	马	轿	轿	也	到	齐

兵马花轿全备齐。

2119

昙	楞	辰	時	就	彩	路
ŋon²	laŋ¹	çin²	ɬi²	tço⁶	tça:i³	lo⁶
ngoenz	laeng	saenz	seiz	couh	byaij	loh
日	后	辰	时	就	走	路

次日辰时就启程，

2120

鐘	鑼	样	希	如	蝉	雷
tço:ŋ¹	la²	jian²	hi⁵	lum³	pit⁸	lai²
gyong	laz	yiengz-	heiq	lumj	bid	raez
鼓	锣	唢呐		似	蝉	鸣

鼓乐声声如蝉鸣。

2121

甫	司	妚	丑	侵	背	㞉
pu⁴	ɬu⁵	ja⁶	çu⁴	çam⁶	pai¹	di⁴
boux	swq	yah	coux	caemh	bae	ndij
人	媒	婆	婆	同	去	和

媒婆一起去接亲，

2122

就	排	隊	伍	卦	双	贤
tço⁶	pa:i²	tuai¹	u⁴	kwa⁵	ɬo:ŋ¹	he:n²
couh	baiz	dui	vuj	gvaq	song	henz
就	排	队	伍	过	两	边

迎亲队伍排两边。

2123

旗	鑼	鲁	烈	提	夸	观
ki²	la²	li³	le⁵	tu²	kwa⁵	ko:n⁵
geiz	laz	lij-	lez	dawz	gvaq	gonq
旗	锣	唢呐		拿	过	前

锣鼓唢呐走前面，

2124

银	钱	茶	礼	可	侵	背
ŋan²	çe:n²	ça²	lai⁴	ko³	çam⁶	pai¹
ngaenz	cienz	caz	laex	goj	caemh	bae
银	钱	茶	礼	也	同	去

金银彩礼一同去。

2125

天	下	眉	甲	不	鲁	啵
te:n⁶	ja⁵	mi²	kia²	bau⁵	lo⁴	jia¹
dien	yah	miz	giz	mbouj	rox	nyi
天	下	有	地方	不	懂	听

天下还有谁不知，

2126

伝	賴	吽	他	亦	条	平
hun²	la:i¹	nau²	te¹	a³	te:u²	piaŋ²
vunz	lai	naeuz	de	aj	deuz	biengz
人	多	讲	他	要	逃	地方

大家却说他逃难。

2127

不	信	则	天	擂	他	贩
bau⁵	ɬin⁵	tɕɔ²	te:n⁵	do:i⁵	te¹	pa:i⁶
mbouj	saenq	cwz	denh	ndoiq	de	baih
不	信	则	天	打	他	败

不信则天打败他，

2128

谁	知	他	亦	背	刄	娘
lai²	lo⁴	te¹	a³	pai¹	ɕu⁴	na:ŋ²
byawz	rox	de	aj	bae	coux	nangz
谁	知	他	要	去	娶	妻

谁料他竟去娶妻。

2129

居	他	同	隊	干	彩	路
ku⁵	te¹	toŋ⁶	to:i⁶	ka:n³	tɕa:i³	lo⁶
gwq	de	doengh-	doih	ganj	byaij	loh
时	那	共同		赶	走	路

那时他们在赶路，

2130

祖	悮	娄	啦	乌	冲	路
ço³	ŋo⁶	lau²	lap⁷	u⁵	tço:ŋ⁶	hon¹
coj	ngoh	raeuz	laep	youq	byongh	roen
阻	误	我们	黑	在	半	路

怕到半路就天黑。

2131

就	彩	亦	肝	魏	国	地
tço⁶	tça:i³	a³	taŋ²	wai¹	ko²	tiak⁸
couh	byaij	aj	daengz	vei	goz	dieg
就	走	要	到	魏	国	地方

将要到魏国地界，

2132

各	里	四	五	里	路	最
ka:k⁸	li¹	ɬi⁵	ha³	li⁴	hon¹	tça:i¹
gag-	lij	seiq	haj	leix	roen	gyae
只有		四	五	里	路	远

还有四五里地远。

2133

伝	赖	同	隊	等	乙	奈
hun²	la:i¹	toŋ⁶	to:i⁶	taŋ⁴	ʔjiat⁷	na:i⁵
vunz	lai	doengh-	doih	daengx	yiet	naiq
人	多	共同		停	歇	累

大家停下来休息，

2134

打	锣	红	响	背	肝	霄
lo⁵	la²	ho:ŋ²	hian³	pai¹	taŋ²	bun¹
roq	laz	hongz	yiengj	bae	daengz	mbwn
敲	锣	响	响	去	到	天

敲锣打鼓响彻天。

2135

楚	国	鲁	耶	屋	斗	尧
tçu⁴	ko²	lo⁴	jia¹	oːk⁷	tau³	jiau⁵
cuj	goz	rox	nyi	ok	daeuj	yiuq
楚	国	懂	听	出	来	看

众人听到出来看，

2136

众	你	他	亦	背	茄	雷
tçiŋ⁵	ni⁴	te¹	a³	pai¹	kia²	lai²
gyoengq	neix	de	aj	bae	giz	lawz
众	这	他	要	去	地方	哪

这些人要去哪里。

2137

干	即	叫	金	栾①	背	尧
kaːn³	çɯ⁵	heːu⁶	kin⁵	luan²	pai¹	jiau⁵
ganj-	cwq	heuh	ginh	luenz	bae	yiuq
赶紧		叫	金	栾	去	看

赶快叫金栾去看，

2138

不	信	他	亦	斗	改	娄
bau⁵	ɬin⁵	te¹	a³	tau³	aːt⁸	lau²
mbouj	saenq	de	aj	daeuj	ad	raeuz
不	信	他	要	来	压	我们

难道要来打我们。

①金栾 [kin⁵ luan²]：人名，虚构人物。

文武官员同蒙恩，五主劳付州哈城，

国老巨招想里星，并你定得依狼阳。

卦北背魏国杨知府，吾他很貌亦彩路。

伍颖乙秦更烟狗，吾他很貌亦彩路。

辈扇夸背如蝇蟥，双迎队伍光辉烛烛，

面模毗背又鬼刀，吹号扭响如蝉雷。

他能龙门正考观，彩路埔块很半霄。

可惜亦所魏国地，天下百星甫出全。

孙他名初郭马永，与家卦神鹤汉阳。

双三月观牙隆建，被你月二多亦改。

框花鼓首各搭到，旗锣轿希撒斗齐。

茶礼金银九百担，他鸟汉阴郭谦候。

2139

文	武	官	員	同	隊	很
wun²	u⁴	kuan⁵	je:n²	toŋ⁶	to:i⁶	hun⁵
vwnz	vuj	gvanh	yenz	doengh-	doih	hwnq
文	武	官	员	共	同	起

文武百官都行动,

2140

五	主	分	付	叫	哈	城
ŋo⁴	ɬu³	fun⁵	fu⁶	he:u⁶	up⁷	çiŋ²
ngoh	souj	faenq	fuh	heuh	haep	singz
我	主	吩	咐	叫	关	城

我主下令关城门。

2141

国	老	臣	相	想	里	屋
ko²	la:u⁴	tçin²	ɬiaŋ¹	ɬiaŋ³	di¹	o:k⁷
goz	laux	cinz	sieng	siengj	ndi	ok
国	老	臣	相	想	不	出

众大臣纷纷猜测,

2142

井	你	实	得	伝	漢	阳
tçiŋ⁵	ni⁴	çɛt⁸	tɯk⁸	hun²	ha:n¹	ja:ŋ²
gyoengq	neix	caed	dwg	vunz	han	yangz
众	这	实	是	人	汉	阳

他们准是汉阳人。

2143

卦	背	魏	国	楞	知	府
kwa⁵	pai¹	wai¹	ko²	laŋ¹	tçi⁵	fu⁴
gvaq	bae	vei	goz	laeng	cih	fuj
过	去	魏	国	家	知	府

要去魏国知府家,

2144

居	你	他	亦	背	丑	娘
ku⁵	ni⁴	te¹	a³	pai¹	çu⁴	na:ŋ²
gwq	neix	de	aj	bae	coux	nangz
时	这	他	要	去	婆	妻

现在他要去迎亲。

2145

伝	赖	乙	奈	哽	烟	夠
hun²	la:i¹	ʔjiat⁷	na:i⁵	kun¹	ʔjian¹	to⁶
vunz	lai	yiet	naiq	gwn	ien	doh
人	多	歇	累	吃	烟	够

大家休息抽抽烟,

2146

居	他	很	躺	亦	彩	路
ku⁵	te¹	hun⁵	da:ŋ¹	a³	tça:i³	lo⁶
gwq	de	hwnq	ndang	aj	byaij	loh
时	那	起	身	要	走	路

大家起身要赶路。

2147

掌	扇	夸	背	如	蜢	嗤
kiŋ²	pi²	kwa⁵	pai¹	lum³	buŋ⁵	ba⁴
gingz	beiz	gvaq	bae	lumj	mbungq-	mbaj
举	扇	过	去	似	蝴	蝶

扇旗林立似蝶飞,

2148

双	边	隊	伍	烆	烓	熸
ɬo:ŋ¹	pian¹	tuai¹	u⁴	lo:ŋ⁶	çi²	ça:n²
song	bien	dui	vuj	rongh-	ci-	can
两	边	队	伍	亮	闪	闪

两边队伍亮闪闪。

2149
面　旗　派　背　又　派　刀
beːn⁵　ki²　paːi³　pai¹　jau⁶　paːi³　taːu⁵
mbenq　geiz　baij　bae　youh　baij　dauq
面　旗　摆　去　又　摆　回
彩旗飘来又飘去，

2150
吹　号　红　响　如　蝉　雷
po⁵　haːu⁶　hoːŋ²　hian³　lum³　pit⁸　lai²
boq　hauh　hongz　yiengj　lumj　bid　raez
吹　号　响　响　似　蝉　鸣
号声回响似蝉鸣。

2151
他　能　龙　门　正　夸　观
te¹　naŋ⁶　luŋ²　muːn²　ɕiŋ⁵　kwa⁵　koːn⁵
de　naengh　lungz　mwnz　cingq　gvaq　gonq
他　坐　龙　门　正　过　先
他坐龙轿走在前，

2152
彩　路　埔　块　很　半　霄
tɕaːi³　lo⁶　naːm⁶　foːk⁷　hun³　tɕoːŋ⁶　buːn¹
byaij　loh　namh-　fok　hwnj　byongh　mbwn
走　路　浮尘　上　半　天空
尘土飞扬漫天空。

2153
可　惜　亦　朾　魏　国　地
ko³　ɬɛt⁷　a³　taŋ²　wai¹　ko²　tiak⁸
goj　saet　aj　daengz　vei　goz　dieg
也　跳　要　到　魏　国　地方
尘土飘到魏国地，

2154
天　下　百　星　甫　甫　全
teːn⁶　ja⁵　peːk⁸　ɬiŋ⁵　pu⁴　pu⁴　ɕai²
dien　yah　bek　singq　boux　boux　caez
天　下　百　姓　人　人　齐
天下百姓全知晓。

2155
劝　他　名　初　郭　马　永
luːk⁸　te¹　miŋ²　ɕo⁶　kuak⁸　ma⁴　juŋ⁴
lwg　de　mingz-　coh　guh　maj　yungj
儿　他　名字　做　马　永
他儿名字叫马永，

2156
馬　家　卦　帅　乌　汉　阳
ma⁴　kia⁵　kuak⁸　ɕaːi¹　u⁵　haːn¹　jaːŋ²
maj　gya　guh　sai　youq　han　yangz
马　家　做　帅　在　汉　阳
马家在汉阳为帅。

2157
双　三　月　观　牙　隆　定
ɬoːŋ¹　ɬaːm¹　dian¹　koːn⁵　ʔja⁵　loŋ²　tiŋ⁶
song　sam　ndwen　gonq　yaq　roengz　dingh
两　三　月　前　刚　下　聘
两三月前下聘礼，

2158
被　你　月　二　多　亦　欧
pi¹　ni⁴　dian¹　ŋi⁶　to⁵　a³　au¹
bi　neix　ndwen　ngeih　doq　aj　aeu
年　今　月　二　马上　要　娶
今年二月就来娶。

2159

桓	花	鼓	首	各	培	烈
tau^1	wa^1	tɕoːŋ^1	tɕau^3	ka^6	pai^2	teːk^7
daeu	va	gyong	gyaeuj	gah-	baez	dek
轿	花	鼓	头	非常		裂

锣鼓花轿好热闹，

2160

旗	锣	样	希	掛	斗	齐
ki^2	la^2	jiaŋ^2	hi^5	kwa^5	tau^3	ɕai^2
geiz	laz	yiengz-	heiq	gvaq	daeuj	caez
旗	锣	唢呐		过	来	齐

锣鼓唢呐齐声响。

2161

茶	礼	金	银	几	百	担
ɕa^2	lai^4	kim^1	ŋan^2	ki^3	paːk^7	laːp^7
caz	laex	gim	ngaenz	geij	bak	rap
茶	礼	金	银	几	百	担

金银彩礼几百担，

2162

他	乌	汉	阳	郭	諸	候
te^1	u^5	haːn^1	jaːŋ^2	kuak^8	tɕu^5	hau^2
de	youq	han	yangz	guh	cuh	houz
他	在	汉	阳	做	诸	侯

他在汉阳做诸侯。

46

魏国依赖臺斗克，同队背后败侯城

称计斗振许知府，遥桌攀差姑爷姜

知府恨他亦肝急，分付兰内许浣茶，

居添他斗肝介末，甫雷背娄他吼城，

甫师枢桥斗肝观，姑爷乙奈里良拐

同队肝变城败颏，肝放等乌介培利

居他收机不礼便，依颏同队接吼城。

代肝姑爷甘小姐，再讲依颏刀斗兰。

马永吼背世孝乌，小姐分付许妖环

昌略该姜亦教奉，居依姑爷身世劳，

昌乞赖亦蔓送舞，美峰太慢初不贪。

李旦乌书劳蜜守，昌年萌实念计谋

2163

魏	国	伝	賴	屋	斗	堯
wai¹	ko²	hun²	laːi¹	oːk⁷	tau³	jiau⁵
vei	goz	vunz	lai	ok	daeuj	yiuq
魏	国	人	多	出	来	看

魏国人争相来看，

2164

同	隊	背	肛	販	绿	城
ton⁶	toːi⁶	pai¹	taŋ²	paːi⁶	loːk⁸	çiŋ²
doengh-	doih	bae	daengz	baih	rog	singz
共同		去	到	面	外	城

一起出到城外去。

2165

祘	計	斗	报	许	知	府
ɬuan⁵	ki⁶	tau³	paːu⁵	hai³	tçi⁵	fu⁴
suenq	geiq	daeuj	bauq	hawj	cih	fuj
算	計	来	报	给	知	府

互相传告给知府，

2166

逻	桌	橙	差	姑	爺	娄
la¹	çoːŋ²	taŋ⁵	ça³	ku⁵	jia²	lau²
ra	congz	daengq	caj	go	yez	raeuz
找	桌	凳	等	姑	爷	我们

摆好桌椅等女婿。

2167

知	府	恨	他	亦	肛	急
tçi⁵	fu⁴	han¹	te¹	a³	taŋ²	tçen³
cih	fuj	raen	de	aj	daengz	gaenj
知	府	见	他	要	到	急

知府知他很快到，

2168

分	付	兰	内	许	滚	茶
fun⁵	fu⁶	laːn²	dai¹	hai³	kon³	ça²
faenq	fuh	ranz	ndaw	hawj	goenj	caz
吩	咐	家	里	给	烧	茶

交待家里煮好茶。

2169

居	添	他	斗	肛	介	耒
ku⁵	tum¹	te¹	tau³	taŋ²	ka⁵	laːi⁴
gwq-	dem	de	daeuj	daengz	gaq-	laix
等会儿		他	来	到	真的	

等会儿他真来到，

2170

甫	雷	背	接	他	吼	城
pu⁴	lai²	pai¹	çiap⁷	te¹	hau³	çiŋ²
boux	lawz	bae	ciep	de	haeuj	singz
人	哪	去	接	他	进	城

谁去接他进城来？

2171

甫	师	桓	桥	斗	肛	观
pu⁴	ɬɯ⁵	tau¹	kiau⁶	tau³	taŋ²	koːn⁵
boux	swq	daeu	giuh	daeuj	daengz	gonq
人	媒	轿	轿	来	到	先

花轿和媒婆先到，

2172

姑	爺	乙	奈	里	良	楞
ku⁵	jia²	ʔjiat⁷	naːi⁵	li⁴	liaŋ²	laŋ¹
go	yez	yiet	naiq	lij	riengz	laeng
姑	爷	歇	累	还	跟	后

女婿在后头休息。

2173

同	隊	盯	度	城	販	绿
toŋ⁶	toːi⁶	taŋ²	tu¹	ɕiŋ²	paːi⁶	loːk⁸
doengh-	doih	daengz	dou	singz	baih	rog
共同		到	门	城	面	外

一起来到城门外，

2174

盯	众	等	乌	介	培	行
taŋ²	tɕiŋ⁵	taŋ⁴	u⁵	kaːk⁸	pan²	haːŋ²
daengx	gyoengq	daengx	youq	gah	baenz	hangz
全部	众	停	住	自	成	行

全部停住排成行。

2175

居	他	收	执	不	礼	便
ku⁵	te¹	ɕau¹	ɕap⁸	bau⁵	dai⁴	pian⁶
gwq	de	sou	caeb	mbouj	ndaej	bienh
时	那	收	拾	不	得	方便

那时来不及收拾，

2176

伝	顿	同	隊	接	吼	城
hun²	laːi¹	toŋ⁶	toːi⁶	ɕiap⁷	hau³	ɕiŋ²
vunz	lai	doengh-	doih	ciep	haeuj	singz
人	多	共同		接	进	城

一起接大家进城。

二十六　困书斋李旦不圆房

扫码听音频

46

魏国位魏臺斗尧，同隊背肝敗錄城，

數稱討斗报許知府，遷桌橙差姑爺妻

知府恨他亦肝急，分付差内許派茶

畧添他斗肝介末，莆雷背姜他肌城

莆师枢桥斗肝观，姑爺乙奈里良楞

同隊时变城敗錄，肝簸等為介塘引

居他收执不礼便，位頼同隊婆肌城

代肝姑爺甘小姐，再讲位頼刀斗兰

馬永肌背女彦為，小姐分付許妖环

昜ㄋ眠该姜亦敢奉，居你姑爺身女房

昜ㄋ你頼赤薔送羅，姜畔太慢初不贞

李且烏為方房篮守，昜無薔宏念计媒

2177

代	肌	姑	爺	与	小	姐
ta:i⁵	taŋ²	ku⁵	jia²	di⁴	ɬiau⁴	tɕe⁴
daiq	daengz	go	yez	ndij	siuj	cej
带	到	姑	爷	和	小	姐

女婿小姐带进来，

2178

再	讲	伝	賴	刀	斗	兰
tɕa:i¹	ka:ŋ³	hun²	la:i¹	ta:u⁵	tau³	la:n²
caiq	gangj	vunz	lai	dauq	daeuj	ranz
再	讲	人	多	回	来	家

再说大伙回到家。

2179

馬	永	吼	背	书	房	乌
ma⁴	juŋ⁴	hau³	pai¹	ɕu⁵	fa:ŋ²	u⁵
maj	yungj	haeuj	bae	suh	fangz	youq
马	永	进	去	书	房	住

马永住进书房里，

2180

小	姐	分	付	许	妖	环
ɬiau⁴	tɕe⁴	fun⁵	fu⁶	hai³	ja⁵	wa:n²
siuj	cej	faenq	fuh	hawj	yah	vanz
小	姐	吩	咐	给	丫	鬟

小姐又交待丫鬟。

2181

昙	昨	该	娄	亦	敬	奉
ŋon²	ɕo:k⁸	ka:i⁵	lau²	a³	kiŋ⁵	fuŋ⁶
ngoenz	cog	gaiq	raeuz	aj	gingq	fungh
日	明	个	我们	要	敬	奉

明天我们要祭拜，

2182

居	你	姑	爺	乌	书	房
ku⁵	ni⁴	ku⁵	jia²	u⁵	ɕu⁵	fa:ŋ²
gwq	neix	go	yez	youq	suh	fangz
时	这	姑	爷	在	书	房

现在姑爷在书房。

2183

昙	昙	伝	賴	亦	送	糇
ŋon²	ŋon²	hun²	la:i¹	a³	ɬoŋ⁵	hau⁴
ngoenz	ngoenz	vunz	lai	aj	soengq	haeux
日	日	人	多	要	送	饭

天天要有人送饭，

2184

差	吽	太	慢	初	不	贫
ɕa³	nau²	ta:i¹	ma:n¹	tɕo⁶	bau⁵	pan²
caj	naeuz	daih	menh	coh	mbouj	baenz
若	讲	怠	慢	就	不	成

怠慢人家可不好。

2185

李	旦	乌	书	房	管	守
li⁴	ta:n¹	u⁵	ɕu⁵	fa:ŋ²	kuan³	tɕa:i³
lij	dan	youq	suh	fangz	guenj	byaij
李	旦	在	书	房	尽管	走

李旦书房中踱步，

2186

昙	昙	优	字	念	计	谋
ŋon²	ŋon²	jiau⁵	ɬu¹	nam¹	ki⁶	mau²
ngoenz	ngoenz	yiuq	saw	naemj	geiq	maeuz
日	日	看	书	想	计	谋

天天看书想办法。

小姐绣花鱼碧纱，不恨夫人里动房，

陶姐忙到想内脏，他亦愁气故郭麻，

再讲妹陶亲妈女，十分屋于理相粉。

他恨相公不相会，肝恨点灯差斗查。

相公内含不相会，叮咛许小姐守整房。

再背客讲嗲小姐，闷气愁气不丑笑。

真妈当祥开晒讲，小姐头结鲁生寒。

都乌闷怨责祥你，勒到里相公净。

小姐吾他开晒讲，不得头结鲁生寒。

君你相公怨气灰，纵往高條不眉缘。

灰守书房时面你，回为等你造内怨。

不恨相公再相会，鲁涟心他想祥雷。

2187

小	姐	绣	花	乌	容	所
ɬiau⁴	tɕe⁴	ɬeːu⁵	wa¹	u⁵	luk⁸	ɬuak⁷
siuj	cej	siuq	va	youq	rug	suek
小	姐	绣	花	在	室	闺房

小姐在闺房绣花，

2188

不	恨	夫	人	里	动	房
bau⁵	han¹	fu⁵	jin²	di⁴	toŋ²	fuːŋ²
mbouj	raen	fuh	yinz	ndij	doengz	fuengz
不	见	夫	人	和	同	房

不见夫君来同房。

2189

陶	姐	忙	忙	想	内	肚
taːu²	tɕe⁴	muaŋ²	muaŋ²	ɬiaŋ³	dai¹	tuŋ⁴
dauz	cej	muengz	muengz	siengj	ndaw	dungx
陶	姐	急	急	想	内	肚

陶姐心急乱猜测，

2190

他	亦	怨	气	故	郭	麻
te¹	a³	jiam²	hi⁵	ku¹	kuak⁸	ma²
de	aj	yiemz	heiq	gou	guh	maz
他	要	嫌	弃	我	做	什么

莫非他嫌我什么。

2191

再	讲	妹	陶	亲	妈	妈
tɕaːi¹	kaːŋ³	me⁶	taːu²	ɕin¹	me⁶	me⁶
caiq	gangj	meh	dauz	caen	meh	meh
再	讲	母	陶	亲	母	母

再讲陶小姐侍娘，

2192

十	分	屋	于	里	相	公①
ɕip⁸	fan¹	oːk⁷	i⁵	di⁴	ɬiaŋ¹	kuŋ⁵
cib	faen	ok	eiq	ndij	sieng	gungh
十	分	出	意	为	相	公

十分出力为相公。

2193

他	恨	相	公	不	相	会
te¹	han¹	ɬiaŋ¹	kuŋ⁵	bau⁵	ɬiaŋ⁵	hoːi⁶
de	raen	sieng	gungh	mbouj	sieng	hoih
她	见	相	公	不	相	会

她见相公不会面，

2194

肕	恒	点	灯	屋	斗	查
taŋ²	hun²	teːm³	taŋ¹	oːk⁷	tu¹	ɕa³
daengz	hwnz	diemj	daeng	ok	dou	caj
到	夜	点	灯	出	门	等

连夜挑灯守门前。

2195

相	公	内	合	不	相	会
ɬiaŋ¹	kuŋ⁵	diai¹	hot⁸	bau⁵	ɬiaŋ³	hoːi⁶
sieng	gungh	ndwi	hoed	mbouj	siengj	hoih
相	公	不	说	不	想	会

相公没说不想见，

2196

吽	许	小	姐	守	书	房
nau²	hai³	ɬiau⁴	tɕe⁴	ɕau⁴	ɕu⁵	faːŋ²
naeuz	hawj	siuj	cej	souj	suh	fangz
讲	给	小	姐	守	书	房

他说帮忙守书房。

2197

再	背	容	所	嗲	小	姐
tɕaːi¹	pai¹	luk⁸	ɬuak⁷	ɕaːm¹	ɬiau⁴	tɕe⁴
caiq	bae	rug	suek	cam	siuj	cej
再	去	室	闺房	问	小	姐

又往闺房问小姐，

2198

闷	闷	愁	愁	不	丑	笑
muɯn¹	muɯn¹	ɕau²	ɕau²	bau⁵	ɕu⁴	liau¹
mwn	mwn	caeuz	caeuz	mbouj	coux	riu
闷	闷	愁	愁	不	怎么	笑

整日都愁眉不展。

2199

真	妈	当	祥	开	咟	讲
ɬai⁶	me⁶	taːŋ¹	ɕiaŋ²	haːi¹	paːk⁷	kaːŋ³
saeh	meh	dang	ciengz	hai	bak	gangj
侍	母	当	场	开	口	讲

侍母见状开口问，

2200

小	姐	头	结	鲁	生	寒
ɬiau⁴	tɕe⁴	tɕau³	keːt⁷	lo⁴	ɬiai¹	haːn⁶
siuj	cej	gyaeuj	get	rox	swi	hanh
小	姐	头	疼	或	气	汗

小姐头疼或发烧？

2201

郭	乌	闷	愁	贫	样	你
kuak⁸	ʔju⁵	muɯn¹	ɕau²	pan²	jiam⁶	ni⁴
guh	youq	mwn	caeuz	baenz	yiengh	neix
做	怎	闷	愁	成	样	这

为何一脸愁容状，

2202

勒	烈	名	里	相	公	净
lak⁸	le²	muŋ²	di⁴	ɬiaŋ¹	kuŋ⁵	ɕeːŋ¹
laek-	lez	mwngz	ndij	sieng	gungh	ceng
不	料	你	和	相	公	争吵

或是同相公争吵？

2203

小	姐	居	他	开	咟	讲
ɬiau⁴	tɕe⁴	ku⁵	te¹	haːi¹	paːk⁷	kaːŋ³
siuj	cej	gwq	de	hai	bak	gangj
小	姐	时	那	开	口	讲

小姐接过话头说，

2204

不	特	头	结	鲁	生	寒
bau⁵	tɯk⁸	tɕau³	keːt⁷	lo⁴	ɬiai¹	haːn⁶
mbouj	dwg	gyaeuj	get	rox	swi	hanh
不	是	头	疼	或	气	汗

不是头疼或发烧。

2205

居	你	相	公	怒	气	灰
ku⁵	ni⁴	ɬiaŋ¹	kuŋ⁵	jiam²	hi⁵	hoːi⁵
gwq	neix	sieng	gungh	yiemz	heiq	hoiq
时	这	相	公	嫌	弃	奴

现在相公嫌弃我，

2206

從	往	髙	你	不	眉	缘
ɬuŋ²	nuaŋ⁴	kaːu⁶	ni⁴	bau⁵	mi²	jian²
sungz	nuengx	gauh	neix	mbouj	miz	yienz
误	妹	次	这	不	有	缘

小妹就是没缘分。

2207

灰	守	书	房	肝	面	你
hoːi⁵	ɕau⁴	ɕu⁵	faːŋ²	taŋ²	mia⁶	ni⁴
hoiq	souj	suh	fangz	daengz	mwh	neix
奴	守	书	房	到	时	这

我守空房到现在，

2208

因	为	等	你	造	闷	愁
jin⁵	wi⁶	taŋ³	ni⁴	tɕo⁶	mun¹	ɕau²
yinh	vih	daengj	neix	coh	mwn	caeuz
因	为	样	这	才	闷	愁

因为这样才郁闷。

2209

不	恨	相	公	旾	相	会
bau⁵	han¹	ɬiaŋ¹	kuŋ⁵	di⁴	ɬiaŋ⁵	hoːi⁶
mbouj	raen	sieng	gungh	ndij	sieng	hoih
不	见	相	公	和	相	会

相公不肯来会面，

2210

鲁	啵	心	他	想	样	雷
lo⁴	de⁵	ɬam¹	te¹	ɬiaŋ³	jiaŋ⁶	lai²
rox	ndeq	sim	de	siengj	yiengh	lawz
知	晓	心	他	想	样	哪

不知他在想什么。

---

①相公 [ɬiaŋ¹ kuŋ⁵]：古代对有地位男子的敬称。此处指李旦。

44 47

顺妈恨小姐吵了，屋斗相房初相公。

小姐吵相公怨气，乌难高你不眉缘。

皆名姑爹依故讲，晗你背里他都辰。

李旦恨妈他写闹，妈々吵你敢不依。

就星如房卦斗初，斗肝泛缘媚甫後短。

小姐恨肝居斗搂，相公斗你能郡寻。

李旦背肝能忘床，小姐诓相公硬茶，

肉帮莫灯介培舞，妈敏乌缘尧鲁法。

尧恨双甫同隙能，妈々退定刀必房。

相公开文章斗尧，小姐绣花开晒吵。

君你双更可亦寄，羞莽煮灯吼背眠。

双甫隆眠又讲喳，相公又不敢访房。

2211

顺	媽	恨	小	姐	吽	了
ɬai⁶	me⁶	han¹	ɬiau⁴	tɕe⁴	nau²	le:u⁴
saeh	meh	raen	siuj	cej	naeuz	liux
侍	母	见	小	姐	讲	完

侍娘听小姐说完，

2212

屋	斗	书	房	初	相	公
o:k⁷	tau³	ɕu⁵	fa:ŋ²	ɕo⁶	ɬiaŋ¹	kuŋ⁵
ok	daeuj	suh	fangz	coh	sieng	gungh
出	来	书	房	向	相	公

来到书房见相公。

2213

小	姐	吽	相	公	怒	气
ɬiau⁴	tɕe⁴	nau²	ɬiaŋ¹	kuŋ⁵	da:t⁷	hi⁵
siuj	cej	naeuz	sieng	gungh	ndat	heiq
小	姐	讲	相	公	怒	气

小姐说相公生气，

2214

乌	难	高	你	不	眉	缘
u⁵	na:n²	ka:u⁶	ni⁴	bau⁵	mi²	jian²
youq	nanz	gauh-	neix	mbouj	miz	yienz
住	久	这么		不	有	缘

左等右等仍无缘。

2215

皆	名	姑	爺	依	故	讲
ka:i⁵	muŋ²	ku⁵	jia²	i¹	ku¹	ka:ŋ³
gaiq	mwngz	go	yez	ei	gou	gangj
个	你	姑	爷	依	我	讲

姑爷你且听我说，

2216

晗	你	背	里	他	郭	辰
ham⁶	ni⁴	pai¹	di⁴	te¹	kuak⁸	ɕam²
haemh	neix	bae	ndij	de	guh	caemz
晚	今	去	和	她	做	玩

今晚你去陪陪她。

2217

李	旦	恨	媽	他	罵	闹
li⁴	ta:n¹	han¹	me⁶	te¹	ma¹	na:u⁵
lij	dan	raen	meh	de	ma	nauq
李	旦	见	母	她	来	没

李旦见侍娘过来，

2218

媽	媽	吽	你	敢	不	依
me⁶	me⁶	nau²	ni⁴	ka:m³	bau⁵	i¹
meh	meh	naeuz	neix	gamj	mbouj	ei
母	母	讲	这	敢	不	依

侍母说话我照做。

2219

就	屋	书	房	卦	斗	初
tɕo⁶	o:k⁷	ɕu⁵	fa:ŋ²	kwa⁵	tau³	ɕo⁶
couh	ok	suh	fangz	gvaq	daeuj	coh
就	出	书	房	过	来	向

就从书房过来看，

2220

斗	肟	度	绿	眉	甫	短
tau³	taŋ²	tu¹	luk⁸	mi²	pu⁴	to:n³
daeuj	daengz	dou	rug	miz	boux	donj
来	到	门	室	有	人	拦

刚到室外被人拦。

2221

小	姐	恨	肟	屋	斗	接
ɬiau⁴	tɕe⁴	han¹	taŋ²	oːk⁷	tau³	ɕiap⁷
siuj	cej	raen	daengz	ok	daeuj	ciep
小	姐	见	到	出	来	接

小姐见了出门迎，

2222

相	公	斗	你	能	郭	寻
ɬiaŋ¹	kuŋ⁵	tau³	ni⁴	naŋ⁶	kuak⁸	ɕam²
sieng	gungh	daeuj	neix	naengh	guh	caemz
相	公	来	这	坐	做	玩

相公请坐下聊聊。

2223

李	旦	背	肟	能	志	床
li⁴	taːn¹	pai¹	taŋ²	naŋ⁶	kɯn²	boːn⁵
lij	dan	bae	daengz	naengh	gwnz	mbonq
李	旦	去	到	坐	上	床

李旦过去坐床上，

2224

小	姐	诲	相	公	哽	茶
ɬiau⁴	tɕe⁴	ɕiŋ³	ɬiaŋ¹	kuŋ⁵	kɯn¹	ɕa²
siuj	cej	cingj	sieng	gungh	gwn	caz
小	姐	请	相	公	吃	茶

小姐请相公用茶。

2225

内	弄	臬	灯	介	培	烿
dai¹	luk⁸	teːm³	taŋ¹	ka⁶	pai²	loːŋ⁶
ndaw	rug	diemj	daeng	gah-	baez	rongh
内	室	点	灯	非常		亮

卧室点灯亮堂堂，

2226

妈	妈	乌	绿	尧	鲁	法
me⁶	me⁶	u⁵	loːk⁸	jiau⁵	lo⁴	fa²
meh	meh	youq	rog	yiuq	rox	faz
母	母	在	外	看	懂	见

门外侍母看得清。

2227

尧	恨	双	甫	同	隊	能
jiau⁵	han¹	ɬoːŋ¹	pu⁴	toŋ⁶	toːi⁶	naŋ⁶
yiuq	raen	song	boux	doengh-	doih	naengh
看	见	两	人	共同		坐

看见两人并排坐，

2228

妈	妈	退	定	刀	书	房
me⁶	me⁶	toːi⁵	tin¹	taːu⁵	ɕu⁵	faːŋ²
meh	meh	doiq	din	dauq	suh	fangz
母	母	退	脚	回	书	房

侍娘这才回书房。

2229

相	公	开	文	章	斗	尧
ɬiaŋ¹	kuŋ⁵	haːi¹	fan²	tɕaːŋ⁵	tau³	jiau⁵
sieng	gungh	hai	faenz	cieng	daeuj	yiuq
相	公	开	文	章	来	看

相公打开书本看，

2230

小	姐	绣	花	开	咟	呌
ɬiau⁴	tɕe⁴	ɬeːu⁵	wa¹	haːi¹	paːk⁷	nau²
siuj	cej	siuq	va	hai	bak	naeuz
小	姐	绣	花	开	口	讲

小姐边绣花边说。

2231

居	你	双	更	可	亦	夸
kɯ⁵	ni⁴	ɬoːŋ¹	keːŋ¹	ko³	a³	kwa⁵
gwq	neix	song	geng	goj	aj	gvaq
时	这	二	更	也	要	过

现在将要过二更,

2232

差	娄	点	灯	吼	背	眠
ça³	lau²	teːm³	taŋ¹	hau³	pai¹	nin²
caj	raeuz	diemj	daeng	haeuj	bae	ninz
等	我们	点	灯	进	去	睡

让我们熄灯睡觉。

2233

双	甫	隆	眠	又	讲	咕
ɬoːŋ¹	pu⁴	loŋ²	nin²	jau⁶	kaːŋ³	ko³
song	boux	roengz	ninz	youh	gangj	goj
两	人	下	睡	又	讲	故事

两人躺下又聊天,

2234

相	公	又	不	敢	动	房
ɬiaŋ¹	kuŋ⁵	jau⁶	bau⁵	kaːm³	tuŋ¹	faːŋ²
sieng	gungh	youh	mbouj	gamj	dung	fangz
相	公	又	不	敢	洞	房

相公又不敢圆房。

小姐性乂想的肚，故学弟喜不眉缘。

样你初不相念，故势明日他反心。

双省当随不侵走，顺妈是灯乳背恨。

乂恨当萌眠当走，顺妈老恨事不利。

皆故扑心命数发，棋乌盖走不侵随。

双耊乳眠不相念，眉森事情同踩咔。

居他双南同踩很，妈乂就喀他谷根。

李旦忙乂还寥吃，妈乂叮郵羔灰咔。

解观皆灰开定斗，爷乂整咔扑几噿。

善观爷乂背兆者，许肑天地布忘需。

田为灰造衣爷讲，吾咋刀盖正田尤。

妈乂鲁郵吃噿你，蒂来道礼等像列。

2235

小	姐	忙	忙	想	内	肚
ɬiau⁴	tɕe⁴	muaŋ²	muaŋ²	ɬiaŋ³	dai¹	tuŋ⁴
siuj	cej	muengz	muengz	siengj	ndaw	dungx
小	姐	急	急	想	内	肚

小姐心里自己想，

2236

故	学	侅	名	不	眉	缘
ku¹	tɕo⁶	di⁴	muŋ²	bau⁵	mi²	jian²
gou	coh	ndij	mwngz	mbouj	miz	yienz
我	才	和	你	没	有	缘

我真和你没缘分。

2237

样	你	初	不	丑	相	会
jiaŋ⁶	ni⁴	tɕo⁶	bau⁵	ɕau²	ɬiaŋ⁵	ho:i⁶
yiengh	neix	coh	mbouj	caeuz	sieng	hoih
样	这	才	不	接受	相	会

所以才不敢相会，

2238

故	劳	明	日	他	反	心
ku¹	la:u¹	ŋon²	ɕo:k⁸	te¹	fa:n³	ɬam¹
gou	lau	ngoenz-	cog	de	fanj	sim
我	怕	日	后	他	反	心

担心日后他变心。

2239

双	甫	当	随	不	侵	走
ɬo:ŋ¹	pu⁴	ta:ŋ⁵	ɬiai²	bau⁵	ɕam⁶	tɕau³
song	boux	dangq	swiz	mbouj	caemh	gyaeuj
两	人	各	枕头	不	共	头

两人各自睡一头，

2240

顺	妈	卤	灯	吼	背	恨
ɬai⁶	me⁶	te:m³	taŋ¹	hau³	pai¹	han¹
saeh	meh	diemj	daeng	haeuj	bae	raen
侍	母	点	灯	进	去	见

侍娘提灯进去瞧。

2241

又	恨	当	甫	眠	当	走
jau⁶	han¹	ta:ŋ⁵	pu⁴	nin²	ta:ŋ⁵	tɕau³
youh	raen	dangq	boux	ninz	dangq	gyaeuj
又	见	各	人	睡	各	头

看到一人睡一头，

2242

顺	妈	尧	恨	事	不	利
ɬai⁶	me⁶	jiau⁵	han¹	ɬian⁵	bau⁵	di¹
saeh	meh	yiuq	raen	saeh	mbouj	ndei
侍	母	看	见	事	不	好

侍娘觉得不太妙。

2243

皆	故	卦	心	侅	数	度
ka:i⁵	ku¹	kwa⁵	ɬam¹	di⁴	ɬu¹	to⁶
gaiq	gou	gvaq	sim	ndij	sou	doh
个	我	过	心	和	你们	够

你们真让我费心，

2244

样	乌	当	走	不	侵	随
jiaŋ⁶	ʔju⁵	ta:ŋ⁵	tɕau³	bau⁵	ɕam⁶	ɬiai²
yiengh	youq	dangq	gyaeuj	mbouj	caemh	swiz
样	怎	各	头	不	共	枕头

为何同床不共枕？

2245
双　娄　吼　眠　不　相　会
ɬoːŋ¹　lau²　hau³　nin²　bau⁵　ɬiaŋ⁵　hoːi⁶
song　raeuz　haeuj　ninz　mbouj　sieng　hoih
两　我们　入　睡　不　相　会
我俩情感不相合，

2246
眉　麻　事　悙　同　隊　吽
mi²　ma²　ɬian²　çin²　toŋ⁶　toːi⁶　nau²
miz　maz　saeh　cingz　doengh-　doih　naeuz
有　什么　事　情　共同　　讲
究竟为何说出来。

2247
居　他　双　甫　同　隊　很
ku⁵　te¹　ɬoːŋ¹　pu⁴　toŋ⁶　toːi⁶　hun⁵
gwq　de　song　boux　doengh-　doih　hwnq
时　那　两　人　共同　　起
那时两人同起身，

2248
媽　媽　就　嗲　他　谷　根
me⁶　me⁶　tço⁶　çaːm¹　te¹　kok⁷　kan¹
meh　meh　couh　cam　de　goek　gaen
母　母　就　问　他　源　根
侍娘就问他缘由。

2249
李　旦　忙　忙　还　唭　咤
li⁴　taːn¹　muaŋ²　muaŋ²　waːn²　çon²　haːu⁵
lij　dan　muengz　muengz　vanz　coenz　hauq
李　旦　急　急　回　句　话
李旦急忙回答说，

2250
媽　媽　叮　耶　差　灰　吽
me⁶　me⁶　tiŋ⁵　jia¹　ça³　hoːi⁵　nau²
meh　meh　dingq　nyi　caj　hoiq　naeuz
母　母　听　见　等　奴　讲
侍娘你听晚辈说。

2251
脾　观　皆　灰　开　定　斗
pi¹　koːn⁵　kaːi⁵　hoːi⁵　haːi¹　tin¹　tau³
bi　gonq　gaiq　hoiq　hai　din　daeuj
年　前　个　奴　开　脚　来
去年晚辈我来到，

2252
爺　爺　登　吽　卦　几　唷
jia²　jia²　taŋ⁵　nau²　kwa⁵　ki³　çon²
yiz　yiz　daengq　naeuz　gvaq　geij　coenz
爷　爷　叮嘱　讲　过　几　句
老爷曾经叮咛说。

2253
居　观　爺　爺　背　求　庙
ku⁵　koːn⁵　jia²　jia²　pai¹　tçau²　miau⁶
gwq　gonq　yiz　yiz　bae　gouz　miuh
时　前　爷　爷　去　求　庙
以前老爷去求签，

2254
许　肟　天　地　每　志　霄
hai³　taŋ²　tian¹　ti⁶　di⁴　kun²　bun¹
hawj　daengz　dien　deih　ndij　gwnz　mbwn
给　到　天　地　和　上　天
上求天神下求地。

2255

因	为	灰	造	衣	爺	讲
jin⁵	wi⁶	ho:i⁵	tɕo⁶	i¹	jia²	ka:ŋ³
yinh	vih	hoiq	coh	ei	yiz	gangj
因	为	奴	才	侬	伯爷	讲

所以我听老爷讲，

2256

昙	昨	刀	兰	正	团	元
ŋon²	ɕo:k⁸	ta:u⁵	la:n²	ɕiŋ⁵	tuan²	je:n²
ngoenz	cog	dauq	ranz	cingq	donz	yenz
日	明	回	家	正	团	圆

今后回家才圆房。

2257

媽	媽	鲁	耶	吒	啈	你
me⁶	me⁶	lo⁴	jia¹	ha:u⁵	ɕon²	ni⁴
meh	meh	rox	nyi	hauq	coenz	neix
母	母	懂	听	讲	句	这

侍娘听到这些话，

2258

本	耒	道	礼	等	你	行
pun⁴	la:i²	ta:u⁶	lai⁴	taŋ³	ni⁴	he:ŋ²
bwnj	laiz	dauh	leix	daengj	neix	hengz
本	来	道	理	样	这	行

婚配应有这规矩。

二十七　陶小姐借酒表心扉

小姐恨哞心欢喜，样傢皆灰造欢容。

顺妈当祥就不讲，相公退是刀出房。

昙々开学屋斗光，牝々妙々为内心。

昙々硬择念主意，不鲁算计样留吹。

再讲脾楞暗拾五，背除小姐荒花困。

吾你内囤花开莫，双姜同队乱背寻。

暗侎拾伍烤月星，娄背寻花改阔愁。

小姐音那吃嗒侎，幼心处喜安林状。

分付妖环郭糖菜，喻侎拾伍烤月门。

恒体故探圆花廖，正教煮菜斗许姜。

公大鲁斋吃喺侎，分付厨房郭糖仇。

提桌背内囤花提，姑弈喻侎而寻花。

2259

小	姐	恨	吽	心	欢	喜
ɬiau⁴	tɕe⁴	han¹	nau²	ɬam¹	wuan⁶	hi³
siuj	cej	raen	naeuz	sim	vuen	heij
小	姐	见	讲	心	欢	喜

小姐听着心中喜，

2260

样	你	皆	灰	造	欢	容
jiaŋ⁶	ni⁴	ka:i⁵	ho:i⁵	tɕo⁶	wuan⁶	juŋ²
yiengh	neix	gaiq	hoiq	coh	vuen	yungz
样	这	个	奴	才	欢	容

这样说我真心欢。

2261

顺	妈	当	祥	就	不	讲
ɬai⁶	me⁶	ta:ŋ¹	ɕiaŋ²	tɕo⁶	bau⁵	ka:ŋ³
saeh	meh	dang	ciengz	couh	mbouj	gangj
侍	母	当	场	才	不	讲

侍娘这才没话说，

2262

相	公	退	定	刀	书	房
ɬiaŋ¹	kuŋ⁵	to:i⁵	tin¹	ta:u⁵	ɕu⁵	fa:ŋ²
sieng	gungh	doiq	din	dauq	suh	fangz
相	公	退	脚	回	书	房

相公返回书房去。

2263

昙	昙	开	字	屋	斗	尧
ŋon²	ŋon²	ha:i¹	ɬu¹	o:k⁷	tau³	jiau⁵
ngoenz	ngoenz	hai	saw	ok	daeuj	yiuq
日	日	开	书	出	来	看

天天翻书来阅读，

2264

忙	忙	妙	妙	乌	内	心
muaŋ²	muaŋ²	miau⁶	miau⁶	u⁵	dai¹	ɬam¹
muengz-	muengz-	miuh-	miuh	youq	ndaw	sim
急急忙忙				在	内	心

内心却十分焦虑。

2265

昙	昙	哽	糒	唸	主	意
ŋon²	ŋon²	kun¹	hau⁴	nam¹	ɕu³	i⁵
ngoenz	ngoenz	gwn	haeux	naemj	cawj	eiq
日	日	吃	饭	想	主	意

每天都思考计谋，

2266

不	鲁	算	计	样	雷	欧
bau⁵	lo⁴	ɬuan⁵	ki⁶	jiaŋ⁶	lai²	au¹
mbouj	rox	suenq	geiq	yiengh	lawz	aeu
不	会	算	计	样	哪	要

想不出该怎么办。

2267

再	讲	脾	楞	暗	拾	五
tɕa:i¹	ka:ŋ³	pi¹	laŋ¹	ham⁶	ɕip⁸	ha³
caiq	gangj	bi	laeng	haemh	cib	haj
再	讲	年	后	晚	十	五

再讲次年十五夜，

2268

背	除	小	姐	尧	花	园
pai¹	ɕia²	ɬiau⁴	tɕe⁴	jiau⁵	wa⁵	je:n²
bae	ciz	siuj	cej	yiuq	vah	yenz
去	邀	小	姐	看	花	园

去邀小姐逛花园。

2269

居	你	内	园	花	开	莫
ku⁵	ni⁴	dai¹	ɬian¹	wa¹	ha:i¹	mo⁵
gwq	neix	ndaw	suen	va	hai	moq
时	这	里	园	花	开	新

现在园里开新花，

2270

双	娄	同	隊	吼	背	尋
ɬo:ŋ¹	lau²	toŋ⁶	to:i⁶	hau³	pai¹	¢in²
song	raeuz	doengh-	doih	haeuj	bae	cinz
两	我们	共同		进	去	赏

我们一起去赏花。

2271

暆	你	拾	伍	烸	月	星
ham⁶	ni⁴	¢ip⁸	ha³	lo:ŋ⁶	dian¹	ɬiŋ³
haemh	neix	cib	haj	rongh-	ndwen	singj
晚	今	十	五	月亮		清晰

今晚十五月明亮，

2272

娄	背	尋	花	改	闷	愁
lau²	pai¹	¢in²	wa¹	ka:i³	mun¹	¢au²
raeuz	bae	cinz	va	gaij	mwn	caeuz
我们	去	赏	花	解	闷	愁

我们赏花来解闷。

2273

小	姐	鲁	耶	吒	哣	你
ɬiau⁴	t¢e⁴	lo⁴	jia¹	ha:u⁵	¢on²	ni⁴
siuj	cej	rox	nyi	hauq	coenz	neix
小	姐	懂	听	讲	句	这

小姐听他这样说，

2274

内	心	欢	喜	安	林	林
dai¹	ɬam¹	wuan⁶	hi³	a:ŋ⁵	lin²	lin²
ndaw	sim	vuen	heij	angq-	lin-	lin
内	心	欢	喜	乐滋滋		

心中激动乐滋滋。

2275

分	付	妖	环	郭	糚	菜
fun⁵	fu⁶	ja⁵	wa:n²	kuak⁸	hau⁴	t¢ak⁷
faenq	fuh	yah	vanz	guh	haeux	byaek
吩	咐	丫	鬟	做	饭	菜

立即吩咐备饭菜，

2276

暆	你	拾	伍	烸	月	门
ham⁶	ni⁴	¢ip⁸	ha³	lo:ŋ⁶	dian¹	mun²
haemh	neix	cib	haj	rongh-	ndwen	mwnz
晚	今	十	五	月亮		圆

今夜十五月儿圆。

2277

恒	你	故	背	园	花	廖
hun²	ni⁴	ku¹	pai¹	ɬian¹	wa¹	liau⁶
hwnz	neix	gou	bae	suen	va	liuh
夜	这	我	去	园	花	玩

今晚我去游花园，

2278

正	数	煮	菜	斗	许	娄
t¢iŋ⁵	ɬu¹	¢u³	t¢ak⁷	tau³	ha:i³	lau²
gyoengq	sou	cawj	byaek	daeuj	hawj	raeuz
众	你们	煮	菜	来	给	我们

你们用心备饭菜。

2279

公	大	鲁	爺	咘	哢	你
koŋ¹	ta¹	lo⁴	jia¹	ha:u⁵	ɕon²	ni⁴
goeng-	da	rox	nyi	hauq	coenz	neix
岳父		懂	听	说	句	这

岳父听到这样说，

2280

分	付	厨	房	郭	糇	仇
fun⁵	fu⁶	la:n²	ɬau⁵	kuak⁸	hau⁴	ɕau²
faenq	fuh	ranz	saeuq	guh	haeux	caeuz
吩	咐	房	灶	做	饭	晚饭

马上叫人做晚饭。

2281

提	桌	背	内	园	花	提
tu²	ɕo:ŋ²	pai¹	dai¹	ɬian¹	wa¹	tuk⁷
dawz	congz	bae	ndaw	suen	va	dwk
拿	桌	去	里	园	花	摆

到花园里摆饭桌，

2282

姑	爺	晗	你	亦	尋	花
ku⁵	jia²	ham⁶	ni⁴	a³	ɕin²	wa¹
go	yez	haemh	neix	aj	cinz	va
姑	爷	晚	这	要	赏	花

今晚女婿来赏花。

天还提桌吃酒席，摆酒可提凯背弃。

再迎几甫他昂，请府小姐卓姑舞。

小姐绣花鹦鹉姑，姑甫光宇鹦书房。

天环背话他屋斗，李旦候之彩良楼。

文帐小姐乌容叙，当祥叩走初李旦。

天环背话隆贺晚，话许相公背游花，

双甫羊排彩欧礼，天环候夕奈硬烟茶，

背肝内团同做能，就等乙奈硬烟茶，

硬了烟茶大家能，践尧小姐乌姑爷，

甫依总明又良利，能桌硬烟礼可电，

若他同做凯楼能，小姐李旦对面楼，

天环提酒屋斗放，同队同提讲还话。

2283

天	还	提	桌	吼	背	提
ja⁵	wa:n²	tu²	ço:ŋ²	hau³	pai¹	tuk⁷
yah	vanz	dawz	congz	haeuj	bae	dwk
丫	鬟	拿	桌	进	去	摆

丫鬟进去摆饭桌，

2284

糇	酒	可	提	吼	背	齐
hau⁴	lau³	ko³	tu²	hau³	pai¹	çai²
haeux	laeuj	goj	dawz	haeuj	bae	cacz
饭	酒	也	拿	进	去	齐

酒菜都准备齐全。

2285

再	逻	几	甫	每	他	帮
tça:i¹	la¹	ki³	pu⁴	di⁴	te¹	pa:ŋ¹
caiq	ra	geij	boux	ndij	de	bang
再	找	几	人	和	他	帮

再找几个人帮忙，

2286

請	肕	小	姐	每	姑	爺
çiŋ³	taŋ²	ɬiau⁴	tçe⁴	di⁴	ku⁵	jia²
cingj	daengz	siuj	cej	ndij	go	yez
请	到	小	姐	和	姑	爷

请来小姐和姑爷。

2287

小	姐	绣	花	乌	容	所
ɬiau⁴	tçe⁴	ɬe:u⁵	wa¹	u⁵	luk⁸	ɬuak⁷
siuj	cej	siuq	va	youq	rug	suek
小	姐	绣	花	在	室	闺房

小姐在闺房绣花，

2288

姑	爺	尧	字	乌	书	房
ku⁵	jia²	jiau⁵	ɬu¹	u⁵	çu⁵	fa:ŋ²
go	yez	yiuq	saw	youq	suh	fangz
姑	爷	看	书	在	书	房

姑爷在书房看书。

2289

天	环	背	诗	他	屋	斗
ja⁵	wa:n²	pai¹	çiŋ³	te¹	o:k⁷	tau³
yah	vanz	bae	cingj	de	ok	daeuj
丫	鬟	去	请	他	出	来

丫鬟去请他出来，

2290

李	旦	俟	俟	彩	良	楞
li⁴	ta:n¹	a:i⁵	a:i⁵	tça:i³	liaŋ²	laŋ¹
lij	dan	aiq	aiq	byaij	riengz	laeng
李	旦	懈	怠	走	跟	后

李旦呆呆跟在后。

2291

又	恨	小	姐	乌	容	所
jau⁶	han¹	ɬiau⁴	tçe⁴	u⁵	luk⁸	ɬuak⁷
youh	raen	siuj	cej	youq	rug	suek
又	见	小	姐	在	室	闺房

看见小姐在闺房，

2292

当	祥	叩	走	初	李	旦
ta:ŋ¹	çiaŋ²	ŋak⁷	tçau³	ço⁶	li⁴	ta:n¹
dang	ciengz	ngaek	gyaeuj	coh	lij	dan
当	场	点	头	向	李	旦

她朝李旦点点头。

2293

天	环	背	诶	隆	贺	跪
ja⁵	wa:n²	pai¹	çiŋ³	loŋ²	ho⁵	kwi⁶
yah	vanz	bae	cingj	roengz	hoq	gvih
丫	鬟	去	请	下	膝	跪

丫鬟行礼请李旦，

2294

诶	许	相	公	背	遊	花
çiŋ³	hai³	ɬiaŋ¹	kuŋ⁵	pai¹	jau²	wa¹
cingj	hawj	sieng	gungh	bae	youz	va
请	给	相	公	去	游	花

邀请相公去赏花。

2295

双	甫	平	排	彩	欧	礼
ɬo:ŋ¹	pu⁴	piŋ²	pa:i²	tça:i³	au¹	lai⁴
song	boux	bingz	baiz	byaij	aeu	laex
两	人	平	排	走	要	礼

两个人彬彬有礼，

2296

天	环	俟	俟	采	夸	边
ja⁵	wa:n²	a:i⁵	a:i⁵	tça:i³	kwa⁵	pian¹
yah	vanz	aiq	aiq	byaij	gvaq	bien
丫	鬟	懈	怠	走	过	边

丫鬟呆呆走旁边。

2297

背	肛	内	园	同	隊	能
pai¹	taŋ²	dai¹	ɬian¹	toŋ⁶	to:i⁶	naŋ⁶
bae	daengz	ndaw	suen	doengh-	doih	naengh
去	到	里	园	共	同	坐

来到花园一起坐，

2298

就	等	乙	奈	哽	烟	茶
tço⁶	taŋ⁴	ʔjiat⁷	na:i⁵	kun¹	ʔjian¹	ça²
couh	daengx	yiet	naiq	gwn	ien	caz
才	停	歇	累	吃	烟	茶

方才休息用烟茶。

2299

哽	了	烟	茶	大	家	能
kun¹	le:u⁴	ʔjian¹	ça²	ta¹	kia⁵	naŋ⁶
gwn	liux	ien	caz	daih	gya	naengh
吃	完	烟	茶	大	家	坐

大家坐下用烟茶，

2300

践	尧	小	姐	与	姑	爺
çian⁵	jiau⁵	ɬiau⁴	tçe⁴	di⁴	ku⁵	jia²
cienq	yiuq	siuj	cej	ndij	go	yez
转	看	小	姐	和	姑	爷

照看小姐和姑爷。

2301

甫	伝	总	明	又	良	利
pu⁴	hun²	çoŋ³	miŋ²	jau⁶	liaŋ²	li⁶
boux	vunz	coeng	mingz	youh	lingz	leih
个	人	聪	明	又	伶	俐

姑爷聪明又伶俐，

2302

能	桌	哽	烟	礼	可	电
naŋ⁶	ço:ŋ²	kun¹	ʔjian¹	lai⁴	ko³	te:ŋ¹
naengh	congz	gwn	ien	laex	goj	deng
坐	桌	吃	烟	礼	也	对

饭桌上有礼有节。

2303

居	他	同	隊	吼	樑	能
kɯ⁵	te¹	toŋ⁶	toːi⁶	hau³	ɕoːŋ²	naŋ⁶
gwq	de	doengh-	doih	haeuj	congz	naengh
时	那	共同		入	桌	坐

那时大家围桌坐，

2304

小	姐	李	旦	对	面	樑
ɬiau⁴	tɕe⁴	li⁴	taːn¹	toːi⁵	na³	ɕoːŋ²
siuj	cej	lij	dan	doiq	naj	congz
小	姐	李	旦	对	面	桌

小姐李旦对面坐。

2305

丬	环	提	酒	屋	斗	敬
ja⁵	waːn²	tu²	lau³	oːk⁷	tau³	kiŋ⁵
yah	vanz	dawz	laeuj	ok	daeuj	gingq
丫	鬟	拿	酒	出	来	敬

丫鬟拿酒出来斟，

2306

同	队	同	提	讲	还	话
toŋ²	tiai⁴	toŋ²	tu⁶	kaːŋ³	waːn²	wa⁵
doengz	duix	doengz	dawh	gangj	vanz	vah
同	碗	同	筷	讲	回	话

两人同桌共闲话。

49　　　　46

居他小姐恨欢喜，懊潮换料两李旦。

瞰你昙胖又娇秀，该许夫人硬赖昙。

依赖硬酒可亦拿，相谷小姐慢良楞。

不可曹戏乳背懊，哎亦坂旭鹤与忘桌。

硬酒背肘半中窒，同陈乙秦侵硬烟。

天环提盂茶斗散，勤々到々故李旦。

硬烟哎茶再讲啙，诺肘小姐卢相公。

居他同隊等不讲，硬了烟来讫提贼。

居依汉阳两则天，同槽不恨敀雷引。

同槽不恨敀雷潜，兵与则天顺能话。

汉阳兵与踏兵酹，则天又闲火轮牌。

2307

居	他	小	姐	恨	欢	喜
ku⁵	te¹	ɬiau⁴	tɕe⁴	han¹	wuan⁶	hi³
gwq	de	siuj	cej	raen	vuen	heij
时	那	小	姐	见	欢	喜

那时小姐心欢喜，

2308

悃	和	换	尦	峊	李	旦
ko:t⁷	ho²	wian⁶	lau³	di⁴	li⁴	ta:n¹
got	hoz	vuenh	laeuj	ndij	lij	dan
搂	脖	换	酒	和	李	旦

搂着李旦来交杯。

2309

曭	你	恩	脌	又	熚	秀
ham⁶	ni⁴	an¹	dian¹	jau⁶	lo:ŋ⁶	ɬe:u⁵
haemh	neix	aen	ndwen	youh	rongh	seuq
晚	今	个	月亮	又	亮	净

今晚月亮亮晶晶，

2310

诤	许	夫	人	峊	賴	恩
ɕiŋ³	hai³	fu⁵	jin²	kun¹	la:i¹	an¹
cingj	hawj	fuh	yinz	gwn	lai	aen
请	给	夫	人	吃	多	个

请夫人多喝几杯。

2311

伝	賴	峊	酒	可	亦	峊
hun²	la:i¹	kun¹	lau³	ko³	a³	ham⁶
vunz	lai	gwn	laeuj	goj	aj	haemh
人	多	吃	酒	也	要	晚

众人饮酒至深夜，

2312

相	公	小	姐	慢	良	楞
ɬiaŋ¹	kuŋ⁵	ɬiau⁴	tɕe⁴	me:n⁵	lian²	laŋ¹
sieng	gungh	siuj	cej	menh	riengz	laeng
相	公	小	姐	慢	跟	后

相公小姐留后面。

2313

伝	賴	峊	了	退	定	刀
hun²	la:i¹	kun¹	le:u⁴	to:i⁵	tin¹	ta:u⁵
vunz	lai	gwn	liux	doiq	din	dauq
人	多	吃	完	退	脚	回

大家吃完都散去，

2314

夭	环	俟	俟	尧	相	公
ja⁵	wa:n²	a:i⁵	a:i⁵	jiau⁵	ɬiaŋ¹	kuŋ⁵
yah	vanz	aiq	aiq	yiuq	sieng	gungh
丫	鬟	懈怠	懈怠	看	相	公

丫鬟无心恃相公。

2315

不	可	曹	彪	吼	背	峊
bau⁵	ko³	tɕa:u²	piau⁵	hau³	pai¹	di⁴
mbouj	goj	cauz	byauh	haeuj	bae	ndij
不	料	曹	彪	进	去	跟

不料曹彪跟进去，

2316

峊	亦	峊	以	乌	忑	桌
pe:n²	a¹	pe:n²	i⁵	u⁵	la³	ço:ŋ²
benz-	a-	benz-	iq	youq	laj	congz
爬来		爬去		在	下	桌

趴着躲在桌子下。

2317

哽	酒	背	肨	半	中	空
kɯn¹	lau³	pai¹	taŋ²	paːn¹	tɕoːŋ⁶	bɯn¹
gwn	laeuj	bae	daengz	ban	byongh	mbwn
吃	酒	去	到	时	半	天

喝酒喝到月悬空，

2318

同	隊	乙	奈	侵	哽	烟
toŋ⁶	toːi⁶	ʔjiat⁷	naːi⁵	ɕam⁶	kɯn¹	ʔjian¹
doengh-	doih	yiet	naiq	caemh	gwn	ien
共同		歇	累	共	吃	烟

一起休息又抽烟。

2319

夭	环	提	盆	茶	斗	敬
ja⁵	waːn²	tɯ²	pɯn²	ɕa²	tau³	kiŋ⁵
yah	vanz	dawz	bwnz	caz	daeuj	gingq
丫	鬟	拿	盆	茶	来	敬

丫鬟端出茶来敬，

2320

勒	勒	烈	烈	诗	李	旦
lak⁸	lak⁸	leːm⁴	leːm⁴	ɕiŋ³	li⁴	taːn¹
laeg-	laeg-	lemx-	lemx	cingj	lij	dan
偷偷摸摸				请	李	旦

小心翼翼请李旦。

2321

哽	烟	哽	茶	再	讲	咕
kɯn¹	ʔjian¹	kɯn¹	ɕa²	tɕaːi¹	kaːŋ³	ko³
gwn	ien	gwn	caz	caiq	gangj	goj
吃	烟	吃	茶	再	讲	故事

抽烟喝茶又聊天，

2322

诗	肨	小	姐	与	相	公
ɕiŋ³	taŋ²	ɬiau⁴	tɕe⁴	di⁴	ɬiaŋ¹	kuŋ⁵
cingj	daengz	siuj	cej	ndij	sieng	gungh
请	到	小	姐	和	相	公

小姐相公共享用。

2323

居	他	同	隊	等	不	讲
kɯ⁵	te¹	toŋ⁶	toːi⁶	taŋ⁴	bau⁵	kaːŋ³
gwq	de	doengh-	doih	daengx	mbouj	gangj
时	那	共同		停	不	讲

那时大家都不讲，

2324

哽	了	烟	茶	论	提	贼
kɯn¹	leːu⁴	ʔjian¹	ɕa²	lɯn⁶	tuk⁷	ɕak⁸
gwn	liux	ien	caz	lwnh	dwk	caeg
吃	完	烟	茶	论	打	贼

吸烟喝茶讲打仗。

二十八　李旦智探女娲镜

扫码听音频

居他小姐恨欢喜，惭愧相换料与李旦。

暗你昌胖又娇秀，诸许夫人便赖昌。

依赖便酒可市拿，相谷小姐慢良楞。

依赖便了退定刀，天环侯女克相今。

不可曹虑乳背惭哎抓坡电鹤忘桌。

便酒背时半中坐，同碟乙秦傻便烟。

天环提盂茶斗散，渐渐到々访李旦。

便烟便茶再讲咕，诸肝小姐卡相公。

居他同碟等不讲，便了烟茶呛提贼。

居你汉阳而则天，同樯不恨败雷引。

同樯不恨败雷港，兵马则天顺能话。

汉阳兵马踏兵咚，则天又闹火轮牌。

2325

居	你	漢	阳	旬	则	天
kɯ⁵	ni⁴	haːn¹	jaːŋ²	di⁴	tɕə²	teːn⁵
gwq	neix	han	yangz	ndij	cwz	denh
时	这	汉	阳	和	则	天

当时汉阳和则天，

2326

同	擂	不	恨	贩	雷	行
toŋ⁶	doːi⁵	bau⁵	han¹	paːi⁶	lai²	hiŋ²
doengh	ndoiq	mbouj	raen	baih	lawz	hingz
对	打	不	见	方	哪	赢

交战分不出输赢。

2327

同	擂	不	恨	贩	雷	落
toŋ⁶	doːi⁵	bau⁵	han¹	paːi⁶	lai²	tok⁷
doengh	ndoiq	mbouj	raen	baih	lawz	doek
对	打	不	见	方	哪	落

双方难分输和赢，

2328

兵	馬	则	天	顺	能	強
piŋ¹	ma⁴	tɕə²	teːn⁵	ɕin¹	daŋ⁵	kiaŋ¹
bing	max	cwz	denh	caen	ndaengq-	gieng
兵	马	则	天	真	厉害	

武则天兵强马壮。

2329

汉	阳	兵	馬	殆	無	所
haːn¹	jaːŋ²	piŋ¹	ma⁴	taːi¹	bau⁵	ɬo⁵
han	yangz	bing	max	dai	mbouj	soq
汉	阳	兵	马	死	无	数

汉阳兵马死伤多，

2330

则	天	又	用	火	輪	牌
tɕə²	teːn⁵	jau⁶	juŋ⁶	ho⁴	luun²	paːi²
cwz	denh	youh	yungh	hoj	lwnz	baiz
则	天	又	用	火	轮	牌

则天又出火轮牌。

则天眉䁖祥尔宝贝，李旦䁖麻抽礼行，
火轮屋火甚利害，天下眉破礼他。
小姐听哪相公讲，兰姜眉祥破礼他，
爹曰眉思里祸江，押肝火轮冇屋火。
名学叫郭里祸镜，恩他礼破火轮牌。
恩他祖甚得利害，料他正京得能强，
李旦鲁耶呢哶尔，呓你思他展及裂。
开敢未曾惆鲁耶，开祥思他闩鲁袋。
恩他爹曰故涤利，提鷄志姜再锁陈。
恩他正京涤礼利，锁他咟榄十几层。
李旦再嗲培太二，许姜提斗尧郭寻。
姜提斗尧礼不礼，劳希爹鲁叟尔利。

2331

则	天	眉	样	尔	宝	贝
tçə²	te:n⁵	mi²	jiaŋ⁶	ni⁴	pa:u³	po:i⁵
cwz	denh	miz	yiengh	neix	bauj	boiq
则	天	有	样	这	宝	贝

武则天有此宝贝，

2332

李	旦	鸥	麻	擂	礼	行
li⁴	ta:n¹	au¹	ma²	do:i⁵	dai⁴	hiŋ²
lij	dan	aeu	maz	ndoiq	ndaej	hingz
李	旦	要	什么	打	得	赢

李旦凭什么打赢。

2333

火	輪	屋	火	甚	利	害
ho⁴	luun²	o:k⁷	fi²	çin¹	li¹	ha:i¹
hoj	lwnz	ok	feiz	caen	leix	haih
火	轮	出	火	真	厉	害

火轮喷火好厉害，

2334

天	下	眉	麻	破	礼	他
te:n⁶	ja⁵	mi²	ma²	po¹	dai⁴	te¹
dien	yah	miz	maz	buq	ndaej	de
天	下	有	什么	破	得	它

天下有啥能破阵？

2335

小	姐	听	哪	相	公	讲
ɬiau⁴	tçe⁴	tiŋ⁵	jia¹	ɬiaŋ¹	kuŋ⁵	ka:ŋ³
siuj	cej	dingq	nyi	sieng	gungh	gangj
小	姐	听	见	相	公	讲

小姐听见相公说，

2336

兰	娄	眉	样	破	礼	他
la:n²	lau²	mi²	jiaŋ⁶	po¹	dai⁴	te¹
ranz	raeuz	miz	yiengh	buq	ndaej	de
家	我们	有	样	破	得	它

我家有东西破解。

2337

爹	爹	眉	恩	里	祸	江
tia⁵	tia⁵	mi²	an¹	ni⁴	wa⁵	kiaŋ⁵
diq	diq	miz	aen	nij	vah	giengq
爹	爹	有	个	女	娲	镜

我爹有个女娲镜，

2338

押	肝	火	輪	冇	屋	火
a:t⁸	taŋ²	ho⁴	luun²	diai¹	o:k⁷	fi²
ad	daengz	hoj	lwnz	ndwi	ok	feiz
压	到	火	轮	不	出	火

压制火轮不喷火。

2339

名	学	叫	郭	里	祸	镜
miŋ²	ço⁶	he:u⁶	kuak⁸	ni⁴	wa⁵	kiaŋ⁵
mingz-	coh	heuh	guh	nij	vah	giengq
名字		叫	做	女	娲	镜

名字就叫女娲镜，

2340

恩	他	礼	破	火	輪	牌
an¹	te¹	dai⁴	po¹	ho⁴	luun²	pa:i²
aen	de	ndaej	buq	hoj	lwnz	baiz
个	那	得	破	火	轮	牌

那个能破火轮牌。

2341

恩	他	祖	甚	得	利	害
an¹	te¹	tço⁶	çin¹	tɯk⁸	li¹	haːi¹
aen	de	coh	caen	dwg	leix	haih
个	那	才	真	是	厉	害

那个才真正厉害，

2342

样	他	正	京	得	能	強
jiaŋ⁶	te¹	çiŋ⁵	kiŋ¹	tɯk⁸	daŋ⁵	kiaŋ¹
yiengh	de	cingq	ging	dwg	ndaengq-	gieng
样	那	正	经	是	厉	害

那兵器真能降敌。

2343

李	旦	鲁	耶	吒	唪	尔
li⁴	taːn¹	lo⁴	jia¹	haːu⁵	çon²	ni⁴
lij	dan	rox	nyi	hauq	coenz	neix
李	旦	懂	听	讲	句	这

李旦听了又问说，

2344

吭	你	恩	他	乌	及	裂
kɯ⁵	ni⁴	an¹	te¹	u⁵	kia²	lai²
gwq	neix	aen	de	youq	giz	lawz
时	这	个	那	在	地方	哪

那东西现在哪里？

2345

开	故	未	曾	恨	鲁	那
kaːi⁵	ku¹	mi³	çaŋ²	han¹	lo⁴	na³
gaiq	gou	mij	caengz	raen	rox	naj
个	我	未	曾	见	识	面

我还未曾见过它，

2346

开	样	恩	他	闩	鲁	黎
kaːi⁵	jiaŋ⁶	an¹	te¹	muun²	lo⁴	lai²
gaiq	yiengh	aen	de	mwnz	rox	raez
块	样	个	那	圆	或	长

它样子是方是圆？

2347

恩	他	爹	爹	故	添	扪
an¹	te¹	tia⁵	tia⁵	ku¹	tiam¹	man⁶
aen	de	diq	diq	gou	diem	maenh
个	那	爹	爹	我	藏	严

家父藏宝藏得严，

2348

提	乌	志	娄	锁	锁	除
tuu²	u⁵	kun²	lau²	ɬa³	ɬa³	çia²
dawz	youq	gwnz	laeuz	suj	suj	seiz
拿	在	上	楼	锁	锁	匙

藏在楼上锁得紧。

2349

恩	他	正	京	添	礼	扪
an¹	te¹	çiŋ⁵	kiŋ¹	tiam¹	dai⁴	man⁶
aen	de	cingq	ging	diem	ndaej	maenh
个	那	正	经	藏	得	严

宝贝藏得确实严，

2350

锁	他	咱	凳	十	几	层
ɬa³	te¹	paːk⁷	tu¹	çip⁸	ki³	tçun²
suj	de	bak	dou	cib	geij	caengz
锁	那	口	门	十	几	层

门口上锁十几道。

2351

李	旦	再	嗲	培	太	二
li⁴	taːn¹	tɕaːi¹	ɕaːm¹	pai²	taːi⁶	ŋi⁶
lij	dan	caiq	cam	baez	daih	ngeih
李	旦	再	问	次	第	二

李旦又问第二遍，

2352

许	娄	提	斗	尧	郭	寻
hai³	lau²	tu²	tau³	jiau⁵	kuak⁸	ɕam²
hawj	raeuz	dawz	daeuj	yiuq	guh	caemz
给	我们	拿	来	看	做	玩

拿来我们玩一下。

2353

娄	提	斗	尧	礼	不	礼
lau²	tu²	tau³	jiau⁵	dai⁴	bau⁵	dai⁴
raeuz	dawz	daeuj	yiuq	ndaej	mbouj	ndaej
我们	拿	来	看	得	不	得

拿来看看行不行?

2354

劳	希	爹	鲁	史	不	利
laːu¹	hi⁵	tia⁵	lo⁴	ɕi⁶	bau⁵	di¹
lau	heiq	diq	rox	cih	mbouj	ndei
怕	忧	爹	知	就	不	好

怕爹知道了不好。

4750

小姐已他料可度，　美語烽上許李旦。

亦尧恩他可容易，　君你皆故提锁除。

李旦恨哗贲样你，　各想欢喜要娌林。

就里小姐换杯酒，

小姐当样还哗吨，　卷欲他斗尧郭寻。

很背志楼开稿尧，　相公买尧夹始背。

君他小姐就很橙、　样你不劳甫雷恨，

拾几晋百茏提，　又叶相令同隊背。

背肘志楼就速尧，　小姐礼铰开肘内。

恩他顺保肘天下，　不可曹崴乌敝拐。

李旦尧恨心欢喜，　扒开很斗娇肘票。

尧恨高娇雉回变，　再每小姐讲几痔。

刀背连雷安师等。

2355

小	姐	己	他	料	可	度
ɬiau⁴	tɕe⁴	ku⁵	te¹	lau³	ko³	to⁶
siuj	cej	gwq	de	laeuj	goj	doh
小	姐	时	那	酒	也	够

小姐这时有些醉，

2356

寻	唔	烷	烷	許	李	旦
çi⁶	nau²	lo:ŋ⁶	lo:ŋ⁶	hai³	li⁴	ta:n¹
cih	naeuz	rongh	rongh	hawj	lij	dan
就	讲	亮	亮	给	李	旦

把酒言欢诉衷肠。

2357

亦	尧	恩	他	可	容	易
a³	jiau⁵	an¹	te¹	ko³	juŋ²	ji⁶
aj	yiuq	aen	de	goj	yungz	heih
想	看	个	那	也	容	易

你若想看也容易，

2358

居	你	皆	故	提	鎖	除
ku⁵	ni⁴	ka:i⁵	ku¹	tu²	ɬa³	çia²
gwq	neix	gaiq	gou	dawz	suj	seiz
时	这	个	我	拿	锁	匙

现在我就拿钥匙。

2359

李	旦	恨	吽	贫	样	你
li⁴	ta:n¹	han¹	nau²	pan²	jiaŋ⁶	ni⁴
lij	dan	raen	naeuz	baenz	yiengh	neix
李	旦	见	讲	成	样	这

李旦听她这样说，

2360

各	想	欢	喜	安	林	林
ka:k⁸	ɬiaŋ³	wuan⁶	hi³	a:ŋ⁵	lin²	lin²
gag	siengj	vuen	heij	angq-	lin-	lin
自	想	欢	喜	乐滋滋		

越想心里越高兴。

2361

就	里	小	姐	换	杯	酒
tɕo⁶	di⁴	ɬiau⁴	tɕe⁴	wian⁶	çe:n³	lau³
couh	ndij	siuj	cej	vuenh	cenj	laeuj
就	和	小	姐	换	杯	酒

乘兴和小姐对饮，

2362

娄	欧	他	斗	尧	郭	寻
lau²	au¹	te¹	tau³	jiau⁵	kuak⁸	çam²
raeuz	aeu	de	daeuj	yiuq	guh	caemz
我们	要	它	来	看	做	玩

我们拿它来玩耍。

2363

小	姐	当	祥	还	哹	吒
ɬiau⁴	tɕe⁴	ta:ŋ¹	çiaŋ²	wa:n²	çon²	ha:u⁵
siuj	cej	dang	ciengz	vanz	coenz	hauq
小	姐	当	场	回	句	话

小姐立即这样说，

2364

相	公	买	尧	灰	带	背
ɬiaŋ¹	kuŋ⁵	ma:i³	jiau⁵	ho:i⁵	ta:i⁵	pai¹
sieng	gungh	maij	yiuq	hoiq	daiq	bae
相	公	爱	看	奴	带	去

相公想看我带去。

2365
很　背　志　楼　开　箱　尧
hun³　pai¹　kun²　lau²　ha:i¹　ɬiaŋ¹　jiau⁵
hwnj　bae　gwnz　laeuz　hai　sieng　yiuq
上　去　上　楼　开　箱　看
我们上楼开箱看，

2366
样　你　不　劳　甫　雷　恨
jiaŋ⁶　ni⁴　bau⁵　la:u¹　pu⁴　lai²　han¹
yiengh　neix　mbouj　lau　boux　lawz　raen
样　这　不　怕　人　谁　见
这样不怕别人见。

2367
居　他　小　姐　就　很　橙
ku⁵　te¹　ɬiau⁴　tɕe⁴　tɕo⁶　hun⁵　taŋ⁵
gwq　de　siuj　cej　couh　hwnq　daengq
时　那　小　姐　就　起　凳
说着小姐便起身，

2368
又　叫　相　公　同　隊　背
jau⁶　he:u⁶　ɬiaŋ¹　kuŋ⁵　toŋ⁶　to:i⁶　pai¹
youh　heuh　sieng　gungh　doengh-　doih　bae
又　叫　相　公　共　同　去
又叫相公一起去。

2369
拾　几　層　百　罴　鎖　提
ɕip⁸　ki³　tɕun²　pa:k⁷　tu¹　ɬa³　tuk⁷
cib　geij　caengz　bak　dou　suj　dwk
十　几　层　口　门　锁　着
十几层门都上锁，

2370
小　姐　礼　绞　开　肝　内
ɬiau⁴　tɕe⁴　dai⁴　ke:u⁶　ha:i¹　taŋ²　dai¹
siuj　cej　ndaej　geuh　hai　daengz　ndaw
小　姐　得　撬　开　到　里
小姐层层全打开。

2371
背　肝　志　楼　就　连　尧
pai¹　taŋ²　kun²　lau²　tɕo⁶　le:n⁶　jiau⁵
bae　daengz　gwnz　laeuz　couh　lenh　yiuq
去　到　上　楼　就　连忙　看
去到楼上连忙看，

2372
不　可　曹　彪　乌　贩　楞
bau⁵　ko³　tɕa:u²　piau⁵　u⁵　pa:i⁶　laŋ¹
mbouj　goj　cauz　byauh　youq　baih　laeng
不　料　曹　彪　在　面　后
谁知曹彪跟在后。

2373
恩　他　顺　保　肝　天　下
an¹　te¹　ɕin¹　pa:u³　taŋ²　te:n⁶　ja⁵
aen　de　caen　bauj　daengz　dien　yah
个　那　真　保　到　天　下
这东西可真管用，

2374
扒　开　很　斗　烌　肝　霄
be:t⁷　ha:i¹　hun³　tau³　lo:ŋ⁶　taŋ²　bun¹
mbet　hai　hwnj　daeuj　rongh　daengz　mbwn
展　开　上　来　亮　到　天
打开就闪闪发光。

2375

李	旦	尧	恨	心	欢	喜
li⁴	taːn¹	jiau⁵	han¹	ɬam¹	wuan⁶	hi³
lij	dan	yiuq	raen	sim	vuen	heij
李	旦	看	见	心	欢	喜

李旦一见心中喜，

2376

再	旬	小	姐	讲	几	唪
tɕaːi¹	di⁴	ɬiau⁴	tɕe⁴	kaːŋ³	ki³	ɕon²
caiq	ndij	siuj	cej	gangj	geij	coenz
再	和	小	姐	讲	几	句

又和小姐说着话。

2377

尧	恨	高	你	难	可	度
jiau⁵	han¹	kaːu⁶	ni⁴	naːn²	ko³	to⁶
yiuq	raen	gauh-	neix	nanz	goj	doh
看	见	这么		久	也	够

看那么久也够了，

2378

刀	背	哽	酒	安	帅	梅
taːu⁵	pai¹	kun¹	lau³	aːŋ⁵	ɕaːi¹	moːi²
dauq	bae	gwn	laeuj	angq	cai	moiz
回	去	吃	酒	高兴	猜	码

回去喝酒再猜码。

小姐名称屋背观，新爽良褚锁饼

思他顺得保天下，皆你不乱许伍恨，

小姐酒约不鲁迥，君你不收贪雷

不可曹鬼屋内差，勒欧提锦刀时恒。

干彩刀时溪阳地，文武官员拜谢思。

溪阳开提屋斗尧，同隊依赖光叫利。

文武官员大家讲，昙昨就背甫他文。

昙昨早上，里他擂，尖定姐时擂乳城，

则天他叫擂利害，培你犬他杂谷莫，

差叫火轮火不屋，培你犬他对宪帆。

象数依赖亦打总，甫雷利害眉功劳，

矣马眼咔必欢喜，甫上亦想欲功劳。

2379

小	姐	名	彩	屋	背	观
ɬiau⁴	tɕe⁴	muŋ²	tɕa:i³	o:k⁷	pai¹	ko:n⁵
siuj	cej	mwngz	byaij	ok	bae	gonq
小	姐	你	走	出	去	先

小姐你先走一步，

2380

許	灰	良	楞	鐁	亦	除
hai³	ho:i⁵	liaŋ²	laŋ¹	ɬa³	ɕi⁶	ɕɛt⁸
hawj	hoiq	riengz	laeng	suj	cih	caed
给	奴	跟	后	锁	就	紧

让我在后面上锁。

2381

恩	他	顺	得	保	天	下
an¹	te¹	ɕin¹	dai⁴	pa:u³	te:n⁶	ja⁵
aen	de	caen	ndaej	bauj	dien	yah
个	那	真	得	保	天	下

这东西可真管用，

2382

皆	你	不	乱	许	伝	恨
ka:i⁵	ni⁴	bau⁵	luan⁶	hai³	hun²	han¹
gaiq	neix	mbouj	luenh	hawj	vunz	raen
块	这	不	乱	给	人	见

现在不能给人见。

2383

小	姐	酒	夠	不	鲁	润
ɬiau⁴	tɕe⁴	lau³	to⁶	bau⁵	lo⁴	jin⁶
siuj	cej	laeuj	doh	mbouj	rox	nyinh
小	姐	酒	够	不	会	醒

小姐喝醉不清醒，

2384

居	你	不	鲁	啵	贫	雷
ku⁵	ni⁴	bau⁵	lo⁴	jia¹	pan²	lai²
gwq	neix	mbouj	rox	nyi	baenz	lawz
时	这	不	懂	听	成	哪

现在说啥听不见。

2385

不	可	曹	彪	屋	内	差
bau⁵	ko³	tɕa:u²	piau⁵	u⁵	dai¹	ɕa³
mbouj	goj	cauz	byauh	youq	ndaw	caj
不	料	曹	彪	在	内	等

不料曹彪屋内等，

2386

勒	欧	提	祸	刀	肝	恒
lak⁸	au¹	tu²	o:k⁷	ta:u⁵	taŋ²	hun²
caeg	aeu	dawz	ok	dauq	daengx	hwnz
偷	要	拿	出	回	整	夜

偷到镜子连夜回。

2387

干	彩	刀	肝	漢	阳	地
ka:n³	tɕa:i³	ta:u⁵	taŋ²	ha:n¹	ja:ŋ²	tiak⁸
ganj	byaij	dauq	daengz	han	yangz	dieg
赶	走	回	到	汉	阳	地方

赶路回到汉阳城，

2388

文	武	官	员	拜	谢	恩
wun²	u⁴	kuan⁵	je:n²	pa:i⁵	ɬe¹	an¹
vwnz	vuj	gvanh	yenz	baiq	cih	aen
文	武	官	员	叩拜	谢	恩

文武百官全叩谢。

2389

漢	阳	开	提	屋	斗	尧
ha:n¹	ja:ŋ²	ha:i¹	tu²	o:k⁷	tau³	jiau⁵
han	yangz	hai	dawz	ok	daeuj	yiuq
汉	阳	开	拿	出	来	看

汉阳郡公拿来看，

2390

同	隊	伝	賴	尧	吽	利
toŋ⁶	to:i⁶	hun²	la:i¹	jiau⁵	nau²	di¹
doengh-	doih	vunz	lai	yiuq	naeuz	ndei
共同		人	多	看	说	好

大家看了都说好。

2391

文	武	官	员	大	家	讲
wun²	u⁴	kuan⁵	je:n²	ta¹	kia⁵	ka:ŋ³
vwnz	vuj	gvanh	yenz	daih	gya	gangj
文	武	官	员	大	家	说

文武百官齐声说，

2392

昙	昨	就	背	旬	他	文
ŋon²	ço:k⁸	tço⁶	pai¹	di⁴	te¹	fut⁸
ngoenz	cog	couh	bae	ndij	de	fwd
日	明	就	去	和	她	打

明天就找她开战。

二十九　武则天兵败汉阳

小姐名彩墨背观，新炭良招□锚□

恩他顺得保天下，皆你不乱许依恨。

小姐酒夠不普潤，君你不普波贫雷。

不可曹鬼屋内差，勒政提俩刀打恒。

干彩刀盯漢阳地，文武官员并谢恩。

漢阳开提屋斗亮，同隊依頼老叶利。

文武官员大家讲，昙昨就背甫他文。

昙昨早上里他摧，尖定娜时摧吼城。

则天他叶摧利害，培你犬他杀谷旗。

差叶火輪火不墨，培你犬他对鬼帆。

彙数依頼亦打志，甫雷利害眉功劳。

兵马眼咋必欢喜，甫上亦想欲功劳。

2393

昙	昨	早	早	里	他	擂
ŋon²	ço:k⁸	lo:m⁶	lo:m⁶	di⁴	te¹	do:i⁵
ngoenz	cog	romh	romh	ndij	de	ndoiq
日	明	早	早	和	她	打

明天早上就开打，

2394

决	定	卯	時	擂	吼	城
ke²	tin¹	ma:u⁴	çɯ²	do:i⁵	hau³	çiŋ²
giet	dingh	maux	cawz	ndoiq	haeuj	singz
决	定	卯	时	打	进	城

卯时一定攻进城。

2395

则	天	他	吽	擂	利	害
tçə²	te:n⁵	te¹	nau²	do:i⁵	li¹	ha:i¹
cwz	denh	de	naeuz	ndoiq	leix	haih
则	天	她	讲	打	厉	害

都说武则天厉害，

2396

培	你	卡	他	祭	谷	旗
pai²	ni⁴	ka³	te¹	çai⁵	kok⁷	ki²
baez	neix	gaj	de	caeq	goek	geiz
次	这	杀	她	祭	根	旗

这次杀她祭战旗。

2397

差	吽	火	輪	火	不	屋
ça³	nau²	ho⁴	lun²	fi²	bau⁵	o:k⁷
caj	naeuz	hoj	lwnz	feiz	mbouj	ok
若	讲	火	轮	火	不	出

如果火轮不出火，

2398

培	你	卡	他	对	宛	仇
pai²	ni⁴	ka³	te¹	to:i⁵	ʔjian¹	çau²
baez	neix	gaj	de	doiq	ien	caeuz
次	这	杀	她	退	冤	仇

这次杀她报冤仇。

2399

象	数	伝	賴	亦	打	点
tçiŋ⁵	łu¹	hun²	la:i¹	a³	tuk⁷	te:m³
gyoengq	sou	vunz	lai	aj	dwk	diemj
众	你们	人	多	要	打	点

大家必须多杀敌，

2400

甫	雷	利	害	眉	功	劳
pu⁴	lai²	li¹	ha:i¹	mi²	koŋ¹	la:u²
boux	lawz	leix	haih	miz	goeng	lauz
人	哪	厉	害	有	功	劳

勇敢杀敌有功劳。

2401

兵	馬	恨	吽	心	欢	喜
piŋ¹	ma⁴	han¹	nau²	łam¹	wuan⁶	hi³
bing	max	raen	naeuz	sim	vuen	heij
兵	马	见	讲	心	欢	喜

士兵听着士气振，

2402

甫	甫	亦	想	欧	功	劳
pu⁴	pu⁴	a³	łiaŋ³	au¹	koŋ¹	la:u²
boux	boux	aj	siengj	aeu	goeng	lauz
人	人	要	想	要	功	劳

人人都想立战功。

唇51

吾他汉阳乱分已，兵马肝败与他齐，

马围当祥就分付，谕你三更亦很鹘，

开芳干即岑马同，兵马点度鲁未曾，

元帅点眉凡百万，能将招礼几千名，

兵马正眉几百万，火药元地可眉齐，

开芳眼叶心欢喜，祥你正造礼报机，

不莠则天哗力誉，许他败首如漱花，

就时午时叫彩路，甫雷剌乌不容美，

居他彩路背绵班，兵马岑路守沉上，

嫩娇开兵斗超摘，败败剪轻如靓雷，

兵马则天踏务谏，文武官员輅务名，

三思当祥开唒讲，培你事情不当利。

2403

居	他	漢	阳	乱	分	分
ku⁵	te¹	ha:n¹	ja:ŋ²	luan⁶	fan¹	fan¹
gwq	de	han	yangz	luenh	faen	faen
时	那	汉	阳	乱	纷	纷

汉阳那时乱纷纷，

2404

兵	馬	盯	众	乌	他	齐
piŋ¹	ma⁴	taŋ²	tɕiŋ⁵	u⁵	te¹	ɕai²
bing	max	daengx	gyoengq	youq	de	caez
兵	马	全部	众	在	那	齐

兵马全部集结完。

2405

馬	周	当	祥	就	分	付
ma⁴	tɕau⁵	ta:ŋ¹	ɕiaŋ²	tɕo⁶	fun⁵	fu⁶
maj	couh	dang	ciengz	couh	faenq	fuh
马	周	当	场	就	吩	咐

马周当场就下令，

2406

晗	你	三	更	亦	很	躺
ham⁶	ni⁴	ɬa:m¹	ke:ŋ¹	a³	hun⁵	da:ŋ¹
haemh	neix	sam	geng	aj	hwnq	ndang
晚	今	三	更	要	起	身

今夜三更要发兵。

2407

开	芳	干	即	嗲	馬	周
ka:i⁵	fa:ŋ⁵	ka:n³	ɕu⁵	ɕa:m¹	ma⁴	tɕau⁵
gaih	fangh	ganj-	cwq	cam	maj	couh
开	芳	赶紧		问	马	周

开芳马上问马周，

2408

兵	馬	点	度	鲁	未	曾
piŋ¹	ma⁴	te:m³	to⁶	lo⁴	mi³	ɕaŋ²
bing	max	diemj	doh	rox	mij	caengz
兵	马	点	够	或	未	曾

清点人数是否够?

2409

兵	馬	正	眉	几	百	万
piŋ¹	ma⁴	ɕiŋ⁵	mi²	ki³	pa:k⁷	fa:n⁶
bing	max	cingq	miz	geij	bak	fanh
兵	马	正	有	几	百	万

官兵共有几百万，

2410

能	将	招	礼	几	千	名
nun²	tɕian¹	ɕiau¹	dai⁴	ki³	ɕian¹	min²
naengz	ciengq	ciu	ndaej	geij	cien	mingz
能	将	招	得	几	千	名

战将也有几千名。

2411

元	帅	点	眉	几	百	甫
je:n²	ɕa:i¹	te:m³	mi²	ki³	pa:k⁷	pu⁴
yenz	sai	diemj	miz	geij	bak	boux
元	帅	点	有	几	百	人

元帅也有几百人，

2412

火	药	元	炮	可	眉	齐
jia¹	ɕuŋ⁵	juan²	pa:u⁵	ko³	mi²	ɕai²
yw-	cungq	yuenz	bauq	goj	miz	caez
火药		丸	炮	也	有	齐

兵器弹药都备齐。

2413

开	芳	恨	吙	心	欢	喜
ka:i⁵	fa:ŋ⁵	han¹	nau²	ɬam¹	wuan⁶	hi³
gaih	fangh	raen	naeuz	sim	vuen	heij
开	芳	见	讲	心	欢	喜

开芳听着心中喜，

2414

样	你	正	造	礼	报	仇
jiaŋ⁶	ni⁴	ɕiŋ⁵	tɕo⁶	dai⁴	pa:u⁵	ɕau²
yiengh	neix	cingq	coh	ndaej	bauq	caeuz
样	这	正	才	得	报	仇

这样真正能报仇。

2415

不	劳	则	天	吙	力	害
bau⁵	la:u¹	tɕo²	te:n⁵	nau²	li¹	ha:i¹
mbouj	lau	cwz	denh	naeuz	leix	haih
不	怕	则	天	说	厉	害

不用再怕武则天，

2416

许	他	贩	背	如	淋	龙
hai³	te¹	pa:i⁶	pai¹	lum³	lam⁴	lo:ŋ²
hawj	de	baih	bae	lumj	raemx	rongz
给	她	败	去	似	水	洪

让她兵败如山倒。

2417

就	肛	午	時	叫	彩	路
ɕa³	taŋ²	u⁴	ɕi²	he:u⁶	tɕa:i³	hon¹
caj	daengz	ngux	seiz	heuh	byaij	roen
等	到	午	时	叫	走	路

待到午时就上路，

2418

甫	雷	利	乌	不	容	呈
pu⁴	lai²	li⁴	u⁵	bau⁵	juŋ²	ɕiŋ²
boux	lawz	lij	youq	mbouj	yungz	cingz
人	谁	还	在	不	容	情

谁人拖延就处罚。

2419

居	他	彩	路	背	绿	班
ku⁵	te¹	tɕa:i³	lo⁶	pai¹	lo:k⁸	pa:n⁶
gwq	de	byaij	loh	bae	rog	banh
时	那	走	路	去	外	游荡

那时在野外行军，

2420

兵	马	夸	路	宁	沉	沉
piŋ¹	ma⁴	kwa⁵	hon¹	niŋ¹	ɕum²	ɕum²
bing	max	gvaq	roen	ning-	cum-	cum
兵	马	过	路	闹哄哄		

一路兵马好壮观。

2421

拜	霄	开	兵	斗	短	搕
pa:i⁵	bun¹	ha:i¹	piŋ¹	tau³	to:n³	do:i⁵
baiq	mbwn	hai	bing	daeuj	donj	ndoiq
拜	天	开	兵	来	拦	打

祭拜天地才开打，

2422

双	贩	剪	倥	如	眦	雷
ɬo:ŋ¹	pa:i⁶	tɕe:m³	ho:ŋ²	lum³	tɕa³	lai²
song	baih	cemj	hongz	lumj	byaj	raez
双	方	钹	响	如	雷	鸣

双方战鼓响彻天。

2423

兵	马	则	天	殆	無	所
piŋ¹	ma⁴	tɕə²	teːn⁵	taːi¹	bau⁵	ɬo⁵
bing	max	cwz	denh	dai	mbouj	soq
兵	马	则	天	死	无	数

则天兵马死无数，

2424

文	武	官	员	殆	無	名
wuun²	u⁴	kuan⁵	jeːn²	taːi¹	bau⁵	miŋ²
vwnz	vuj	gvanh	yenz	dai	mbouj	mingz
文	武	官	员	死	无	名

死伤百官无数人。

2425

三	思	当	祥	开	咟	讲
ɬaːn⁵	ɬɯ⁵	taːŋ¹	ɕiaŋ²	haːi¹	paːk⁷	kaːŋ³
sanh	swh	dang	ciengz	hai	bak	gangj
三	思	当	场	开	口	讲

武三思见状就说，

2426

培	你	事	情	不	当	利
pai²	ni⁴	ɬian⁵	ɕiŋ²	bau⁵	taːŋ¹	di¹
baez	neix	saeh	cingz	mbouj	dang	ndei
次	这	事	情	不	当	好

这次事情不顺利。

前陈火轮火力军，乔别贵倾报。

则天兵马正来败，急望思不容一呈。

兵马集合不剿差，又用火轮里他战。

再用火轮挂斗重，马用女祸铳背押。

培你则天顺落败，样细都独贵你颊。

莲府与烧死屋足，马用就卦赌前将。

则天拜辞汉阳地，马用退定刀肝城。

文武官员可欢喜，同队结拜屋汉阳。

硬姐硬茶就开呀，则天三思里犯逢。

讲肘菇你又飞奈，再讲小姐里李旦。

同队晒稀安硬酒，哈你寻花改问愁。

再讲矢还敷涌莫，硬肘四更不断桌。

2427

礼	肦	火	輪	火	不	屋
dai⁴	taŋ²	ho⁴	luun²	fi²	bau⁵	oːk⁷
ndaej	daengz	hoj	lwnz	feiz	mbouj	ok
得	到	火	轮	火	不	出

压得火轮不出火，

2428

样	幼	郭	独	贫	你	赖
jiaŋ⁶	ʔju⁵	kuak⁸	toːk⁸	pan²	ni⁴	laːi¹
yiengh	youq	guh	doeg	baenz	neix	lai
样	怎	做	毒	成	这	多

这仗为何那么凶？

2429

则	天	兵	马	正	京	贩
tçə²	teːn⁵	piŋ¹	ma⁴	çiŋ⁵	kiŋ¹	paːi⁶
cwz	denh	bing	max	cingq	ging	baih
则	天	兵	马	正	经	败

武则天真正败北，

2430

急	逻	三	思	不	容	呈
tçɛn³	la¹	ɬaːn⁵	ɬɯ⁵	bau⁵	juŋ²	çiŋ²
gaenj	ra	sanh	swh	mbouj	yungz	cingz
急	找	三	思	不	容	情

忙找三思不宜迟。

2431

兵	馬	集	合	不	许	炁
piŋ¹	ma⁴	tçi²	ho²	bau⁵	hai³	hi⁵
bing	max	ciz	hoz	mbouj	hawj	heiq
兵	马	集	合	不	给	气

重整队伍不间断，

2432

又	用	火	輪	里	他	战
jau⁶	juŋ⁶	ho⁴	luun²	di⁴	te¹	doːi⁵
youh	yungh	hoj	lwnz	ndij	de	ndoiq
又	用	火	轮	和	他	打

还用火轮来攻打。

2433

再	用	火	輪	卦	斗	莫
tçaːi¹	juŋ⁶	ho⁴	luun²	kwa⁵	tau³	mo⁵
caiq	yungh	hoj	lwnz	gvaq	daeuj	moq
再	用	火	轮	过	来	新

还是重新用火轮，

2434

馬	周	女	祸	镜	背	押
ma⁴	tçau⁵	ni⁴	wa⁵	kiaŋ⁵	pai¹	aːt⁸
maj	couh	nij	vah	giengq	bae	ad
马	周	女	娲	镜	去	压

马周使用女娲镜。

2435

连	仃	火	輪	火	不	屋
leːn²	taŋ²	ho⁴	luun²	fi²	bau⁵	oːk⁷
lenz	daengz	hoj	lwnz	feiz	mbouj	ok
连	到	火	轮	火	不	出

照得火轮不出火，

2436

样	幼	郭	独	贫	你	赖
jiaŋ⁶	ʔju⁵	kuak⁸	toːk⁸	pan²	ni⁴	laːi¹
yiengh	youq	guh	doeg	baenz	neix	lai
样	怎	做	毒	成	这	多

这仗为何那么凶？

2437

培	你	则	天	顺	落	贩
pai²	ni⁴	tɕə²	te:n⁵	ɕin¹	lo⁴	pa:i⁶
baez	neix	cwz	denh	caen	rox	baih
次	这	则	天	真	会	败

这次则天真失败，

2438

馬	周	就	卦	背	前	牌
ma⁴	tɕau⁵	tɕo⁶	kwa⁵	pai¹	tɕe:n¹	pa:i²
maj	couh	couh	gvaq	bae	can	baiz
马	周	就	过	去	战	牌

马周向战牌走去。

2439

则	天	拜	辞	漢	阳	地
tɕə²	te:n⁵	pa:i⁵	ɬu²	ha:n¹	ja:ŋ²	tiak⁸
cwz	denh	baiq	swz	han	yangz	dieg
则	天	拜	辞	汉	阳	地方

武则天惜败汉阳，

2440

馬	周	退	定	刀	肝	城
ma⁴	tɕau⁵	to:i⁵	tin¹	ta:u⁵	taŋ²	ɕiŋ²
maj	couh	doiq	din	dauq	daengz	singz
马	周	退	脚	回	到	城

马周撤兵回城里。

2441

文	武	官	员	可	欢	喜
wun²	u⁴	kuan⁵	je:n²	ko³	wuan⁶	hi³
vwnz	vuj	gvanh	yenz	goj	vuen	heij
文	武	官	员	也	欢	喜

文武百官都高兴，

2442

同	隊	结	拜	屋	漢	阳
toŋ⁶	to:i⁶	kiat⁷	pa:i⁵	u⁵	ha:n¹	ja:ŋ²
doengh-	doih	giet	baiq	youq	han	yangz
共同		结	拜	在	汉	阳

汉阳城内互拜访。

2443

哽	烟	哽	茶	就	开	咭
kun¹	ʔjian¹	kun¹	ɕa²	tɕo⁶	ha:i¹	pa:k⁷
gwn	ien	gwn	caz	couh	hai	bak
吃	烟	吃	茶	就	开	口

吸烟喝茶说说话，

2444

则	天	三	思	里	犯	鎽
tɕə²	te:n⁵	ɬa:n⁵	ɬu⁵	li⁴	fa:n³	fuŋ²
cwz	denh	sanh	swh	lij	fanj	fwngz
则	天	三	思	还	翻	手

武则天还想翻盘。

2445

讲	肝	茄	你	又	乙	奈
ka:ŋ³	taŋ²	kia²	ni⁴	jau⁶	ʔjiat⁷	na:i⁵
gangj	daengz	giz	neix	youh	yiet	naiq
讲	到	地方	这	又	歇	累

讲到这里先休息，

2446

再	讲	小	姐	里	李	旦
tɕa:i¹	ka:ŋ³	ɬiau⁴	tɕe⁴	di⁴	li⁴	ta:n¹
caiq	gangj	siuj	cej	ndij	lij	dan
再	讲	小	姐	和	李	旦

再说小姐和李旦。

三十　徐英酒后露天机

扫码听音频

有陈火朝尖刀手，亦如事孤贵倾翻，

则失兵与正未败，急连恩不容一生。

兵马集合不断托，又用火轮里他战，

再用火轮卦斗吏，马国女祸镜背押，

蓬后史施戒屋尺，样初部械贪你颜，

培你则天顺落败，与同龙球赔前牌。

则天拜辞汉阳地，马国退定刀肝城，

文武官员可欢喜，同队结拜屋汉阳，

哽姐哽茶就开晒，则天三恩里犯逢，

拼肝茄你又乙奈，再讲小姐里李旦，

同队晒梅安哽酒，瞒你寻花改闷愁，

再讲失还敬酒莫，哽肝四更不断桌。

2447

同	隊	晒	梅	安	哽	酒
toŋ⁶	toːi⁶	ɕaːi¹	moːi²	aːŋ⁵	kun¹	lau³
doengh-	doih	cai	moiz	angq	gwn	laeuj
共同		猜	码	高兴	吃	酒

一起喝酒又猜码，

2448

晗	你	尋	花	改	闷	愁
ham⁶	ni⁴	ɕin²	wa¹	kaːi³	muun¹	ɕau²
haemh	neix	cinz	va	gaij	mwn	caeuz
晚	今	赏	花	解	闷	愁

今晚赏花解忧愁。

2449

再	讲	夭	还	敬	酒	莫
tɕaːi¹	kaːŋ³	ja⁵	waːn²	kiŋ⁵	lau³	mo⁵
caiq	gangj	yah	vanz	gingq	laeuj	moq
再	说	丫	鬟	敬	酒	新

丫鬟端杯又敬酒，

2450

哽	肛	四	更	不	断	桌
kun¹	taŋ²	ɬi⁵	keːŋ¹	bau⁵	toːn⁵	ɕoːŋ²
gwn	daengz	seiq	geng	mbouj	donq	congz
吃	到	四	更	不	停	桌

喝到四更不间断。

双贩酒夠不鲁酒，讲咕肝恒乌花园。

李旦君他开陌讲，明天故亦刀背兰。

晋故屋斗难高低、参上先望学汉阳。

居保汉阳乱分上，皆故亦刀背尧兰。

小姐鲁那晚咿咿你，名徙乌饮九颗昌。

参上叶亦郭具礼，许君两他拜贺寿。

依赖菌上可斗拜、吾得姑爷初背兰。

劳名各想不寄衣，天下道礼可依别。

李旦眼蛾咿得礼，小姐啼饮敢不依。

双姜肘锹讲了闹，蒈姜问隊刀背蚊眠。

双贩酒夠见脚温软，想很市彩眼貌浮。

天还绽小姐刀斗，提配续客卧背眼。

双SR

2451

双	贩	酒	夠	不	鲁	润
ɬoːŋ¹	paːi⁶	lau³	to⁶	bau⁵	lo⁴	jin⁶
song	baih	laeuj	doh	mbouj	rox	nyinh
双	方	酒	够	不	会	醒

大家酒醉不清醒，

2452

讲	咕	肌	恒	乌	花	园
kaːŋ³	ko³	taŋ²	hun²	u⁵	wa⁵	je:n²
gangj	goj	daengx	hwnz	youq	vah	yenz
讲	故事	整	夜	在	花	园

彻夜在花园聊天。

2453

李	旦	居	他	开	咟	讲
li⁴	taːn¹	ku⁵	te¹	haːi¹	paːk⁷	kaːŋ³
lij	dan	gwq	de	hai	bak	gangj
李	旦	时	那	开	口	讲

李旦那时就说话，

2454

明	天	故	亦	刀	背	兰
ŋon²	çoːk⁸	ku¹	a³	taːu⁵	pai¹	laːn²
ngoenz	cog	gou	aj	dauq	bae	ranz
日	明	我	要	回	去	家

明天我想要回家。

2455

皆	故	屋	斗	难	高	你
kaːi⁵	ku¹	oːk⁷	tau³	naːn²	kaːu⁶	ni⁴
gaiq	gou	ok	daeuj	nanz	gauh-	neix
个	我	出	来	久	这	么

我已出来那么久，

2456

爹	爹	先	望	学	漢	阳
tia⁵	tia⁵	ɬe:n⁵	muaŋ⁶	ço⁶	haːn¹	jaːŋ²
diq	diq	senq	muengh	coh	han	yangz
爹	爹	早已	盼	向	汉	阳

父亲盼我去汉阳。

2457

居	你	漢	阳	乱	分	分
ku⁵	ni⁴	haːn¹	jaːŋ²	luan⁶	fan¹	fan¹
gwq	neix	han	yangz	luenh	faen	faen
时	这	汉	阳	乱	纷	纷

现在汉阳城大乱，

2458

皆	故	亦	刀	背	尧	兰
kaːi⁵	ku¹	a³	taːu⁵	pai¹	jiau⁵	laːn²
gaiq	gou	aj	dauq	bae	yiuq	ranz
个	我	要	回	去	看	家

我想回家去看看。

2459

小	姐	鲁	耶	吒	唪	你
ɬiau⁴	tçe⁴	lo⁴	jia¹	haːu⁵	çon²	ni⁴
siuj	cej	rox	nyi	hauq	coenz	neix
小	姐	懂	听	讲	句	这

小姐听见这些话，

2460

名	從	乌	你	几	賴	昙
muŋ²	ɬuŋ²	u⁵	ni⁴	ki³	laːi¹	ŋon²
mwngz	soengz	youq	neix	geij	lai	ngoenz
你	住	在	这	几	多	天

你在这里多少天？

2461

爹	爹	吽	亦	郭	昙	礼
tia⁵	tia⁵	nau²	a³	kuak⁸	ŋon²	lai⁴
diq	diq	naeuz	aj	guh	ngoenz	laex
爹	爹	讲	要	做	日	礼

父亲想要办生日，

2462

许	名	㐬	他	拜	贺	寿
hai³	muŋ²	di⁴	te¹	pa:i⁵	ho⁵	ɕau⁶
hawj	mwngz	ndij	de	baiq	hoh	souh
给	你	和	他	拜	贺	寿

让你给他来贺寿。

2463

伝	賴	甫	甫	可	斗	拜
hun²	la:i¹	pu⁴	pu⁴	ko³	tau³	pa:i⁵
vunz	lai	boux	boux	goj	daeuj	baiq
人	多	人	人	也	来	拜

大家个个都来拜，

2464

名	得	姑	爺	初	背	兰
muŋ²	tuuk⁸	ku⁵	jia²	tɕo⁶	pai¹	la:n²
mwngz	dwg	go	yez	couh	bae	ranz
你	是	姑	爷	就	去	家

你是女婿却回家。

2465

劳	名	各	想	不	夸	衣
la:u¹	muŋ²	ka:k⁸	ɬiaŋ³	bau⁵	kwa⁵	i⁵
lau	mwngz	gag	siengj	mbouj	gvaq	eiq
怕	你	自	想	不	过	意

就怕你过意不去，

2466

天	下	道	礼	可	依	行
te:n⁶	ja⁵	ta:u⁶	lai⁴	ko³	i¹	he:ŋ²
dien	yah	dauh	leix	goj	ei	hengz
天	下	道	理	也	依	行

老规矩需要遵行。

2467

李	旦	恨	娘	吽	得	礼
li⁴	ta:n¹	han¹	na:ŋ²	nau²	tuuk⁸	lai⁴
lij	dan	raen	nangz	naeuz	dwg	leix
李	旦	见	妻	讲	合	理

李旦听妻说在理，

2468

小	姐	嗨	你	敢	不	哝
ɬiau⁴	tɕe⁴	ɕon²	ni⁴	ka:m³	bau⁵	i¹
siuj	cej	coenz	neix	gamj	mbouj	ei
小	姐	句	这	敢	不	依

小姐的话不敢违。

2469

双	娄	肝	你	讲	了	闹
ɬo:ŋ¹	lau²	taŋ²	ni⁴	ka:ŋ³	le:u⁴	na:u⁵
song	raeuz	daengz	neix	gangj	liux	nauq
两	我们	到	这	讲	完	没

我们到此讲完了，

2470

皆	娄	同	隊	刀	背	眠
ka:i⁵	lau²	toŋ⁶	to:i⁶	ta:u⁵	pai¹	nin²
gaiq	raeuz	doengh-	doih	dauq	bae	ninz
个	我们	共	同	回	去	睡

我们一起回去睡。

2471

双	贩	酒	夠	见	脚	软
ło:ŋ¹	pa:i⁶	lau³	to⁶	ke:n¹	ka¹	un⁵
song	baih	laeuj	doh	gen	ga	unq
双	方	酒	够	手臂	脚	软

双双喝醉手脚软，

2472

想	很	亦	彩	恨	躺	浮
łiaŋ³	hun⁵	a³	tɕa:i³	han¹	da:ŋ¹	fu²
siengj	hwnq	aj	byaij	raen	ndang	fouz
想	起	要	走	见	身	浮

起身想走轻飘飘。

2473

夭	还	班	小	姐	刀	斗
ja⁵	wa:n²	pa:n⁴	łiau⁴	tɕe⁴	ta:u⁵	tau³
yah	vanz	banx	siuj	cej	dauq	daeuj
丫	鬟	陪	小	姐	回	来

丫鬟扶小姐回来，

2474

提	吼	绿	客	所	背	眠
tu²	hau³	luk⁸	he:k⁷	łuak⁷	pai¹	nin²
dawz	haeuj	rug	hek	suek	bae	ninz
拿	进	室	客	闺房	去	睡

扶到闺房去睡觉。

又里相公与廖访、色素直莫鲁斗时。

直莫点灯隆斗短，他侠相公别出房，

酒火便眠不喜润，他英相公想他计谋。

晚橹同队很洗那，直莫候已使烟菜，他便

矢还送盆茶扑斗、直莫提桌里他便

天还搅尾边候已，直莫哽烟念章呈。

他哽亦时半申蜜、内心各想开哨咐。

吾他想皆又想刀、牝已妙已乌内心。

双甫同队便呆爹，天还使水许相公。

提盆烟茶卦斗敬，相公同队诗烟茶。

直莫英哽开哨计，相公各布灰屋力。

望吾都彼里屋衣，皆友亦算计逗娘，

2475

又	里	相	公	乌	房	所
jau⁶	li⁴	ɬiaŋ¹	kuŋ⁵	u⁵	fiaŋ⁴	lo:k⁸
youh	lij	sieng	gungh	youq	fiengx	rog
又	有	相	公	在	方	外

还剩相公在外面，

2476

色	耒	直	莫①	鲁	斗	肝
ɬak⁷	la:i⁵	çi²	jiŋ⁵	lo⁴	tau³	taŋ²
caek-	laiq	ciz	yingh	rox	daeuj	daengz
幸好		徐	英	会	来	到

幸好徐英闻讯来。

2477

直	英	点	灯	隆	斗	短
çi²	jiŋ⁵	te:m³	taŋ¹	loŋ²	tau³	to:n³
ciz	yingh	diemj	daeng	roengz	daeuj	donj
徐	英	点	灯	下	来	接

徐英点灯下来接，

2478

他	伏	相	公	肝	书	房
te¹	fu²	ɬiaŋ¹	kuŋ⁵	taŋ²	çu⁵	fa:ŋ²
de	fuz	sieng	gungh	daengz	suh	fangz
他	扶	相	公	到	书	房

他扶相公回书房。

2479

酒	火	侵	眠	不	鲁	润
lau³	fi²	çam⁶	nin²	bau⁵	lo⁴	jin⁶
laeuj	feiz	caemh	ninz	mbouj	rox	nyinh
酒	醉	共	睡	不	会	醒

喝醉沉睡不清醒，

2480

直	英	亦	想	他	计	谋
çi²	jiŋ⁵	a³	ɬiaŋ³	te¹	ki⁶	mau²
ciz	yingh	aj	siengj	de	geiq	maeuz
徐	英	要	想	他	计	谋

徐英在想他心事。

2481

吃	楞	同	队	很	洗	那
hat⁷	laŋ¹	toŋ⁶	to:i⁶	hun⁵	ɬiai⁵	na³
haet	laeng	doengh-	doih	hwnq	swiq	naj
早	后	共	同	起	洗	脸

次日起身同洗漱，

2482

直	莫	俟	俟	使	烟	茶
çi²	jiŋ⁵	a:i⁵	a:i⁵	ɬai³	ʔjian¹	ça²
ciz	yingh	aiq	aiq	sawj	ien	caz
徐	英	懈	怠	服侍	烟	茶

徐英呆呆递烟茶。

2483

天	还	送	盆	茶	卦	斗
ja⁵	wa:n²	ɬoŋ⁵	pɯn²	ça²	kwa⁵	tau³
yah	vanz	soengq	bwnz	caz	gvaq	daeuj
丫	鬟	送	盆	茶	过	来

丫鬟又端盆茶来，

2484

直	莫	提	桌	里	他	哽
çi²	jiŋ⁵	tuk⁷	ço:ŋ²	di⁴	te¹	kɯn¹
ciz	yingh	dwk	congz	ndij	de	gwn
徐	英	摆	桌	和	他	吃

徐英排桌与他喝。

2485

天	还	栈	乌	边	俟	俟
ja⁵	wa:n²	ça:n⁶	u⁵	pian¹	a:i⁵	a:i⁵
yah	vanz	canh	youq	bien	aiq	aiq
丫	鬟	多余	在	边	懈怠	懈怠

丫鬟呆呆站旁边,

2486

直	英	哽	烟	念	章	呈
çi²	jiŋ⁵	kuun¹	ʔjian¹	nam¹	tça:ŋ⁵	tçin²
ciz	yingh	gwn	ien	naemj	cangh	cingz
徐	英	吃	烟	想	章	程

徐英吸烟想心事。

2487

他	哽	亦	肛	半	中	空
te¹	kuun¹	a³	taŋ²	pa:n¹	tço:ŋ⁶	buun¹
de	gwn	aj	daengz	ban	byongh	mbwn
他	吃	要	到	时	半	天

一直喝酒到午时,

2488

内	心	各	想	开	陌	吽
dai¹	łam¹	ka:k⁸	łiaŋ³	ha:i¹	pa:k⁷	nau²
ndaw	sim	gag	siengj	hai	bak	naeuz
内	心	自	想	开	口	讲

内心这么想就说。

2489

居	他	想	背	又	想	刀
kuu⁵	te¹	łiaŋ³	pai¹	jau⁶	łiaŋ³	ta:u⁵
gwq	de	siengj	bae	youh	siengj	dauq
时	那	想	去	又	想	回

这时想来又想去,

2490

忙	忙	妙	妙	乌	内	心
muaŋ²	muaŋ²	miau⁶	miau⁶	u⁵	dai¹	łam¹
muengz-	muengz-	miuh-	miuh	youq	ndaw	sim
慌慌张张				在	内	心

心神不定没主意。

2491

双	甫	同	队	哽	呆	爹
ło:ŋ¹	pu⁴	toŋ⁶	to:i⁶	kuun¹	ŋa:i²	te⁵
song	boux	doengh-	doih	gwn	ngaiz	deq
两	人	共同		吃	早饭	等

两人一起吃饭等,

2492

天	还	使	水	许	相	公
ja⁵	wa:n²	łai³	lam⁴	hai³	łiaŋ¹	kuŋ⁵
yah	vanz	sawj	raemx	hawj	sieng	gungh
丫	鬟	用	水	给	相	公

丫鬟给相公打水。

2493

提	盆	烟	茶	卦	斗	敬
tuu²	puun²	ʔjian¹	ça²	kwa⁵	tau³	kiŋ⁵
dawz	bwnz	ien	caz	gvaq	daeuj	gingq
拿	盆	烟	茶	过	来	敬

端出烟茶敬二人,

2494

相	公	同	隊	讨	烟	茶
łiaŋ¹	kuŋ⁵	toŋ⁶	to:i⁶	çiŋ³	ʔjian¹	ça²
sieng	gungh	doengh-	doih	cingj	ien	caz
相	公	共同		请	烟	茶

敬请相公用烟茶。

2495

直	英	哽	烟	开	咟	讲
çi²	jiŋ⁵	kuun¹	ʔjian¹	haːi¹	paːk⁷	kaːŋ³
ciz	yingh	gwn	ien	hai	bak	gangj
徐	英	吃	烟	开	口	讲

徐英吸烟又说道，

2496

相	公	名	每	灰	屋	力
ɬiaŋ¹	kuŋ⁵	muuŋ²	di⁴	hoːi⁵	oːk⁷	leːŋ²
sieng	gungh	mwngz	ndij	hoiq	ok	rengz
相	公	你	和	奴	出	力

相公你帮我出力。

2497

望	名	郭	彼	里	屋	衣
muaŋ⁶	muuŋ²	kuak⁸	pi⁴	di⁴	oːk⁷	i⁵
muengh	mwngz	guh	beix	ndij	ok	eiq
盼	你	做	兄	和	出	主意

希望兄长出主意，

2498

皆	灰	亦	算	计	逻	娘
kaːi⁵	hoːi⁵	a³	ɬuan⁵	ki⁶	la¹	naːŋ²
gaiq	hoiq	aj	suenq	geiq	ra	nangz
个	奴	要	算	计	找	妻

我正谋划找妻室。

---

①直莫 [çi² jiŋ⁵]：徐英，陶府仆人，虚构人物。"莫"为"英"之误，下同。

李旦恨他叫玮你，又参去亦玳甫雷。

直莫祥道还呀呢，甫他首妳斗遊傍。

老爺首魏国郭使，告许还多兴料兰口

甫他肝恒斗强歌，老爺纔提他很船。

老爺就参他名初，他叫劲委班还费。

老爺闹提他刀斗，晚喵许他使夫人。

甫依恶明又良利，呀讲得意府千金，

肝傍婿利不礼此，巳题负毕不礼如。

灰亦参爺劳待骂，许名里殺屋计谋。

望名郭彼里屋衣，县昨货伝不累恩。

直莫当祥还哼呢，老爺妄他郭凤陇。

那号花枕荣火凤，馨钦便危隆徘徊，

2499

李	旦	恨	他	吽	啳	你
li⁴	ta:n¹	han¹	te¹	nau²	çon²	ni⁴
lij	dan	raen	de	naeuz	coenz	neix
李	旦	见	他	讲	句	这

李旦听他这样说，

2500

又	嗲	名	亦	欧	甫	雷
jau⁶	ça:m¹	muŋ²	a³	au¹	pu⁴	lai²
youh	cam	mwngz	aj	aeu	boux	lawz
又	问	你	要	娶	人	哪

又问你要娶哪个。

2501

直	英	当	祥	还	啳	吒
çi²	jiŋ⁵	ta:ŋ¹	çiaŋ²	wa:n²	çon²	ha:u⁵
ciz	yingh	dang	ciengz	vanz	coenz	hauq
徐	英	当	场	回	句	话

徐英立即回答说，

2502

甫	他	首	妎	斗	遊	傍
pu⁴	te¹	çau²	ja⁶	tau³	jau²	piaŋ²
boux	de	caeuz-	yah	daeuj	youz	biengz
人	她	女人		来	游	地方

女孩流浪到此处。

2503

老	爺	背	魏	国	郭	使
la:u⁴	je²	pai¹	wai¹	ko²	kuak⁸	ɬai⁵
laux	yez	bae	vei	goz	guh	saeq
老	爷	去	魏	国	做	官

老爷在魏国为官，

2504

告	许	还	乡	刀	斗	兰
ka:u⁵	hai³	wa:n²	hiaŋ⁵	ta:u⁵	tau³	la:n²
gauq	hawj	vanz	yangh	dauq	daeuj	ranz
告	给	还	乡	回	来	家

告老还乡回家乡。

2505

甫	他	肌	恒	斗	強	馱
pu⁴	te¹	taŋ²	hun²	tau³	kiaŋ⁶	ta⁶
boux	de	daengz	hwnz	daeuj	giengh	dah
个	她	到	夜	来	跳	河

恰逢她夜里跳河，

2506

老	爺	周	提	他	很	船
la:u⁴	je²	tçau⁵	tu²	te¹	hun³	lua²
laux	yez	gouq	dawz	de	hwnj	ruz
老	爷	救	拿	她	上	船

老爷把她救上船。

2507

老	爺	就	嗲	他	名	初
la:u⁴	je²	tço⁶	ça:m¹	te¹	miŋ²	ço⁶
laux	yez	couh	cam	de	mingz-	coh
老	爷	就	问	她	名字	

老爷问她什么名，

2508

他	吽	孙	爻	班	忑	霄
te¹	nau²	luk⁸	tça⁴	pa:n⁶	la³	bun¹
de	naeuz	lwg	gyax	banh	laj	mbwn
她	说	儿	孤	流浪	下	天

她说孤儿来流浪。

2509

老	爺	周	提	他	刀	斗
laːu⁴	je²	tɕau⁵	tuɪ²	te¹	taːu⁵	tau³
laux	yez	gouq	dawz	de	dauq	daeuj
老	爷	救	拿	她	回	来

老爷救她带回家，

2510

吃	晗	许	他	使	夫	人
hat⁷	ham⁶	hai³	te¹	ɬai³	fu⁵	jin²
haet	haemh	hawj	de	sawj	fuh	yinz
早	晚	给	她	服侍	夫	人

让她来服侍夫人。

2511

甫	伝	总	明	又	良	利
pu⁴	hun²	ɕon³	min²	jau⁶	lian²	li⁶
boux	vunz	coeng	mingz	youh	lingz	leih
个	人	聪	明	又	伶	俐

那人聪明又伶俐，

2512

嗊	讲	得	意	底	千	金
ɕon²	kaːŋ³	tuɯk⁸	i⁵	tai³	ɕian¹	kim¹
coenz	gangj	dwg	eiq	dij	cien	gim
句	讲	合	意	值	千	金

说话得体值千金。

2513

盯	傍	娟	利	不	礼	比
taŋ²	pian²	ɬaːu¹	di¹	bau⁵	dai⁴	pi³
daengx	biengz	sau-	ndei	mbouj	ndaej	beij
全部	天下	漂亮		不	得	比

貌美如花无人比，

2514

己	賴	貢	史	不	礼	如
ki³	laːi¹	kon¹	ɬai⁵	bau⁵	dai⁴	ji²
geij	lai	goeng	saeq	mbouj	ndaej	yawz
几	多	公	官	不	得	如

多少官夫人不如。

2515

灰	亦	嗲	爺	劳	特	骂
hoːi⁵	a³	ɕaːm¹	jia²	laːu¹	teːŋ¹	da⁵
hoiq	aj	cam	yiz	lau	deng	ndaq
奴	想	问	伯爷	怕	挨	骂

想问老爷怕挨骂，

2516

许	名	里	灰	屋	计	谋
hai³	muŋ²	di⁴	hoːi⁵	oːk⁷	ki⁶	mau²
hawj	mwngz	ndij	hoiq	ok	geiq	maeuz
给	你	与	奴	出	计	谋

请你帮我出计谋。

2517

望	名	郭	彼	里	屋	衣
muaŋ⁶	muŋ²	kuak⁸	pi⁴	di⁴	oːk⁷	i⁵
muengh	mwngz	guh	beix	ndij	ok	eiq
盼	你	做	兄	和	出	主意

盼望兄长你帮忙，

2518

昙	昨	贫	伝	不	罧	恩
ŋon²	ɕoːk⁸	pan²	hun²	bau⁵	lum²	an¹
ngoenz	cog	baenz	vunz	mbouj	lumz	aen
日	明	成	人	不	忘	恩

日后永远不忘恩。

2519

直	英	当	祥	还	哴	吂
çi²	jiŋ⁵	taːŋ¹	çiaŋ²	waːn²	çon²	haːu⁵
ciz	yingh	dang	ciengz	vanz	coenz	hauq
徐	英	当	场	回	句	话

徐英这时继续说，

2520

老	爺	安	他	郭	凤	陆
laːu⁴	je²	aːn¹	te¹	kuak⁸	fuŋ¹	lu²
laux	yez	an	de	guh	fung	luz
老	爷	安	她	做	凤	禄

为她取名叫凤禄。

2521

那	号	花	桃	笨	大	凤
na³	haːu¹	wa¹	taːu²	pwn¹	ta¹	fuŋ⁶
naj	hau	va	dauz	bwn	da	fungh
脸	白	花	桃	毛	眼	凤

面若桃花丹凤眼，

2522

髮	软	便	龙	隆	排	拐
jam¹	un⁵	piat⁸	loŋ²	loŋ²	paːi⁶	laŋ¹
byoem	unq	bued	roengz	roengz	baih	laeng
头发	软	拨	下	下	面	后

发丝柔软披身后。

筝大弓弓如胖班，定蹬媚媚如蝶娥，

双撬提锟头龙纹，铧缝工走锛燈管，

散搭定定绣花满联，志走皆花撞金搂，

灰恨路蹬如仙家，彩参志雨器倒金，

灰恨得衣不鲁了，拾分买他郡妈生，

季旦恨他讲负你，又嗲甫他屋茄雷，

皆名带故呕背尧，叫他屋斗佐故恨，

直莫恨哔又再讲，甫他绣花鸟相房，

不信皆名背里灰，同嫁呕背就恨他，

李旦鲁耶呢咪你，皆故里名同嫁背，

双甫就屋出房斗，相公旺旺粉良搂。

莫莫背肋相房初，尧恨风怒耗孝花。

2523
笨　大　弓　弓　如　胖　班
pɯn¹　ta¹　koŋ⁵　koŋ⁵　lum³　dian¹　ba:n⁵
bwn　da　goengq　goengq　lumj　ndwen　mbanq
毛　眼　弯　弯　如　月亮　缺
眉毛弯弯如弯月，

2524
定　撹　婄　婄　如　嫦　娥
tin¹　fuŋ²　ɕe:u⁶　ɕe:u⁶　lum³　tɕa:ŋ²　ŋo²
din　fwngz　ceuh　ceuh　lumj　cangz　ngoz
脚　手　纤细　纤细　如　嫦　娥
手脚纤细似嫦娥。

2525
双　撹　提　鋦　头　龙　绞
ɬo:ŋ¹　fuŋ²　tu²　kon⁶　tɕau³　luŋ²　kwe:u³
song　fwngz　dawz　goenh　gyaeuj　lungz　gveuj
双　手　拿　镯　头　龙　绞
双手戴着龙头镯，

2526
鉳　撹　工　吏　烆　烂　簪
lit⁸　fuŋ²　hoŋ²　li⁴　do:ŋ⁵　ɕi²　ɕa:n²
rid　fwngz　hoengz　lij　ndongq-　ci-　can
指甲　手　红　还　亮闪闪
指甲红红亮闪闪。

2527
双　定　穿　鞋　绣　花　朕
ɬo:ŋ¹　tin¹　tɛn³　ha:i²　ɬe:u⁵　wa¹　ɕin¹
song　din　daenj　haiz　siuq　va　caen
双　脚　穿　鞋　绣　花　真
双脚穿着绣花鞋，

2528
志　走　簪　花　撞　金　梅
kɯn²　tɕau³　ɕa:m¹　wa¹　to:ŋ⁶　kim¹　mo:i²
gwnz　gyaeuj　cam　va　dongh　gim　moiz
上　头　簪花　柱　金　梅
头上插着梅花簪。

2529
灰　恨　定　撹　如　仙　家
ho:i⁵　han¹　tin¹　fuŋ²　lum³　ɬian¹　kia⁵
hoiq　raen　din　fwngz　lumj　sien　gya
奴　见　脚　手　像　仙　家
手脚白嫩像仙女，

2530
彩　夸　志　埔　罧　捌　金
tɕa:i³　kwa⁵　kɯn²　na:m⁶　lum³　pat⁷　kim¹
byaij　gvaq　gwnz　namh　lumj　baet　gim
走　过　上　地　像　扫　金
走过地面像洒金。

2531
灰　恨　得　衣　不　鲁　了
ho:i⁵　han¹　tuk⁸　i⁵　bau⁵　lo⁴　le:u⁴
hoiq　raen　dwg　eiq　mbouj　rox　liux
奴　见　合　意　不　会　完
对她中意难言表，

2532
拾　分　买　他　罧　妈　生
ɕip⁸　fan¹　ma:i³　te¹　lum³　me⁶　ɬe:ŋ¹
cib　faen　maij　de　lumj　meh　seng
十　分　爱　她　似　母　生
爱她胜似亲姐妹。

2533

李	旦	恨	他	讲	贫	你
li⁴	ta:n¹	han¹	te¹	ka:ŋ³	pan²	ni⁴
lij	dan	raen	de	gangj	baenz	neix
李	旦	见	他	讲	成	这

李旦听他这样说，

2534

又	嗲	甫	他	乌	茄	雷
jau⁶	ça:m¹	pu⁴	te¹	u⁵	kia²	lai²
youh	cam	boux	de	youq	giz	lawz
又	问	个	那	在	地方	哪

又问那人在哪里。

2535

皆	名	带	故	吼	背	尧
ka:i⁵	muŋ²	ta:i⁵	ku¹	hau³	pai¹	jiau⁵
gaiq	mwngz	daiq	gou	haeuj	bae	yiuq
个	你	带	我	进	去	看

带我过去看看她，

2536

叫	他	屋	斗	佐	故	恨
he:u⁶	te¹	o:k⁷	tau³	ço⁶	ku¹	han¹
heuh	de	ok	daeuj	coh	gou	raen
叫	她	出	来	向	我	见

让她出来我瞧瞧。

三十一 苦鸳鸯相见不相识

扫码听音频

笋大弓弓如脐班，走缝婚婚如螺蛾。

双挑提锟头龙纹，锋缝工走绣烟管，

敷搭定鞋绣花藏朕，忘走替花撞金梭。

灰恨路缝如仙家，彩参忘雨器捌金。

灰恨得衣不鲁了，拾分买他器妈生。

李旦恨他讲负你，又嗲甬他屋茄雷，

皆名带故呃背尧，叫他屋斗佐故恨，

直莫恨呻咔又再讲，甬他绣花鸟相房。

不信皆名背里灰，同嫁呃背就恨他

李旦鲁耶呢嗲你，皆故里名同嫁背。

双甬就屋出房斗，相公旺旺彩良楞。

直莫黄背肘相房初，宪恨风怒眈秀花。

2537

直	英	恨	吽	又	再	讲
çi²	jiŋ⁵	han¹	nau²	jau⁶	tça:i¹	ka:ŋ³
ciz	yingh	raen	naeuz	youh	caiq	gangj
徐	英	见	讲	又	再	讲

徐英见状继续说，

2538

甫	他	绣	花	乌	相	房
pu⁴	te¹	ɬe:u⁵	wa¹	u⁵	ɬiaŋ⁵	fa:ŋ²
boux	de	siuq	va	youq	siengh	fangz
人	她	绣	花	在	厢	房

那人在厢房绣花。

2539

不	信	皆	名	背	里	灰
bau⁵	ɬin⁵	ka:i⁵	muŋ²	pai¹	di⁴	ho:i⁵
mbouj	saenq	gaiq	mwngz	bae	ndij	hoiq
不	信	个	你	去	与	奴

不信你跟我去看，

2540

同	隊	吼	背	就	恨	他
toŋ⁶	to:i⁶	hau³	pai¹	tço⁶	han¹	te¹
doengh-	doih	haeuj	bae	couh	raen	de
共	同		进	去	就	见	她

一起进去就见她。

2541

李	旦	鲁	耶	吒	啈	你
li⁴	ta:n¹	lo⁴	jia¹	ha:u⁵	çon²	ni⁴
lij	dan	rox	nyi	hauq	coenz	neix
李	旦	懂	听	讲	句	这

李旦听言回答道，

2542

皆	故	里	名	同	隊	背
ka:i⁵	ku¹	di⁴	muŋ²	toŋ⁶	to:i⁶	pai¹
gaiq	gou	ndij	mwngz	doengh-	doih	bae
个	我	和	你	共	同		去

那我和你一起去。

2543

双	甫	就	屋	书	房	斗
ɬo:ŋ¹	pu⁴	tço⁶	o:k⁷	çu⁵	fa:ŋ²	tau³
song	boux	couh	ok	suh	fangz	daeuj
两	人	就	出	书	房	来

两人从书房出来，

2544

相	公	跹	跹	彩	良	捞
ɬiaŋ¹	kuŋ⁵	jam²	jam²	tça:i³	liaŋ²	laŋ¹
sieng	gungh	yaemz	yaemz	byaij	riengz	laeng
相	公	急	急	走	跟	后

相公急急跟在后。

2545

直	英	背	肝	相	房	初
çi²	jiŋ⁵	pai¹	taŋ²	ɬiaŋ⁵	fa:ŋ²	ço⁶
ciz	yingh	bae	daengz	siengh	fangz	coh
徐	英	去	到	厢	房	向

徐英先到厢房去，

2546

尧	恨	风	怒	能	秀	花
jiau⁵	han¹	fuŋ¹	lu²	naŋ⁶	ɬe:u⁵	wa¹
yiuq	raen	fung	luz	naengh	siuq	va
看	见	风	禄	坐	绣	花

看见风禄在绣花。

564

直莫背肘他就恨，李旦恰鱼咱庆江。

双肖欲挞碍同学，不可曼你里同恨。

李旦恨咻肘心嫁，凤娇恨关可凄凉。

关她同恨不礼讲，当甫当想鱼内心，

居他船软再隆能，直莫又刀弄凤怒。

李旦羌恨退定刀，忙忙妙妙肘房。

凤怒笃直莫英双咱，直莫磨斗良相公。

李旦船腕眠隆床，相公船软里凤怒。

培你相公恨那惟，正京娟利如观音。

相公不恨咻不信，因身炎船里他。

居你该鉴祥置算，相公里炎星计诛。

相公参爹不苗荒，望君蒲君郭召休。

2547

直	**英**	**背**	**肛**	**他**	**就**	**很**
ɕi^{2}	jiŋ^{5}	pai^{1}	taŋ^{2}	te^{1}	tɕo^{6}	hɯn^{5}
ciz	yingh	bae	daengz	de	couh	hwnq
徐	英	去	到	她	就	起

徐英到时她站起，

2548

李	**旦**	**恰**	**乌**	**陌**	**度**	**江**
li^{4}	ta:n^{1}	dɯn^{1}	u^{5}	pa:k^{7}	tu^{1}	tɕa:ŋ^{1}
lij	dan	ndwn	youq	bak	dou	gyang
李	旦	站	在	口	门	中

李旦站在门中间。

2549

双	**甫**	**欧**	**摓**	**拜**	**同**	**学**
ɬo:ŋ^{1}	pu^{4}	au^{1}	fɯŋ^{2}	pa:i^{5}	toŋ^{6}	ɕo^{6}
song	boux	aeu	fwngz	baiq	doengh	coh
两	人	要	手	拜	相	向

两人作揖相拜见，

2550

不	**可**	**昙**	**你**	**礼**	**同**	**恨**
bau^{5}	ko^{3}	ŋon^{2}	ni^{4}	dai^{4}	toŋ^{6}	han^{1}
mbouj	goj	ngoenz	neix	ndaej	doengh	raen
不	料	日	这	得	相	见

未想今日能重逢。

2551

李	**旦**	**恨**	**吽**	**肛**	**心**	**𤋮**
li^{4}	ta:n^{1}	han^{1}	nau^{2}	taŋ^{2}	ɬam^{1}	ke:t^{7}
lij	dan	raen	naeuz	daengz	sim	get
李	旦	见	说	到	心	痛

李旦见妻心头痛，

2552

凤	**娇**	**恨**	**关**	**可**	**凄**	**凉**
fuŋ^{1}	kiau^{5}	han^{1}	kwa:n^{1}	ko^{3}	ɬi^{5}	liaŋ^{2}
fung	gyauh	raen	gvan	goj	si	liengz
凤	娇	见	夫	也	凄	凉

凤娇见夫好心酸。

2553

关	**妑**	**同**	**恨**	**不**	**礼**	**讲**
kwa:n^{1}	pa^{2}	toŋ^{6}	han^{1}	bau^{5}	dai^{4}	ka:ŋ^{3}
gvan	baz	doengh	raen	mbouj	ndaej	gangj
夫	妻	相	见	不	得	讲

夫妻相逢不能认，

2554

当	**甫**	**当**	**想**	**乌**	**内**	**心**
ta:ŋ^{5}	pu^{4}	ta:ŋ^{5}	ɬiaŋ^{3}	u^{5}	dai^{1}	ɬam^{1}
dangq	boux	dangq	siengj	youq	ndaw	sim
各	人	各	想	在	内	心

各自思念藏心中。

2555

居	**他**	**𨉍**	**软**	**再**	**隆**	**能**
kɯ^{5}	te^{1}	da:ŋ^{1}	un^{5}	tɕa:i^{1}	loŋ^{2}	naŋ^{6}
gwq	de	ndang	unq	caiq	roengz	naengh
时	那	身	软	再	下	坐

只觉身软跌落坐，

2556

直	**英**	**又**	**刀**	**弄**	**凤**	**怒**
ɕi^{2}	jiŋ^{5}	jau^{6}	ta:u^{5}	lo:ŋ^{6}	fuŋ^{1}	lu^{2}
ciz	yingh	youh	dauq	rongh	fung	luz
徐	英	又	回	逗	凤	禄

徐英又来逗凤禄。

2557

李	旦	尧	恨	退	定	刀
li⁴	ta:n¹	jiau⁵	han¹	to:i⁵	tin¹	ta:u⁵
lij	dan	yiuq	raen	doiq	din	dauq
李	旦	看	见	退	脚	回

李旦看到回转身，

2558

忙	忙	妙	妙	肝	书	房
muaŋ²	muaŋ²	miau⁶	miau⁶	taŋ²	çu⁵	fa:ŋ²
muengz-	muengz-	miuh-	miuh	daengz	suh	fangz
恍	恍	惚	惚		到	书 房

神志恍惚回书房。

2559

凤	怒	骂	直	英	双	咟
fuŋ¹	lu²	da⁵	çi²	jiŋ⁵	ɬo:ŋ¹	pa:k⁷
fung	luz	ndaq	ciz	yingh	song	bak
凤	禄	骂	徐	英	两	口

凤禄骂徐英几句，

2560

直	英	屋	斗	良	相	公
çi²	jiŋ⁵	o:k⁷	tau³	liaŋ²	ɬiaŋ¹	kuŋ⁵
ciz	yingh	ok	daeuj	riengz	sieng	gungh
徐	英	出	来	跟	相	公

徐英出来追李旦。

2561

李	旦	耵	脆	眠	隆	床
li⁴	ta:n¹	da:ŋ¹	wi²	nin²	loŋ²	bo:n⁵
lij	dan	ndang	viz	ninz	roengz	mbonq
李	旦	身	瘫软	睡	下	床

见李旦瘫倒在床，

2562

相	公	耵	软	里	风	怒
ɬiaŋ¹	kuŋ⁵	da:ŋ¹	un⁵	di⁴	fuŋ¹	lu²
sieng	gungh	ndang	unq	ndij	fung	luz
相	公	身	软	和	风	禄

笑他被凤禄迷倒。

2563

培	你	相	公	恨	那	准
pai²	ni⁴	ɬiaŋ¹	kuŋ⁵	han¹	na³	çin³
baez	neix	sieng	gungh	raen	naj	cinj
次	这	相	公	见	脸	清楚

相公这次看清楚，

2564

正	京	媌	利	如	观	音
çin⁵	kiŋ¹	ɬa:u¹	di¹	lum³	kuan³	jam¹
cingq	ging	sau-	ndei	lumj	guen	yaem
正	经	漂亮		似	观	音

凤禄貌美如观音。

2565

相	公	不	恨	吽	不	信
ɬiaŋ¹	kuŋ⁵	bau⁵	han¹	nau²	bau⁵	ɬin⁵
sieng	gungh	mbouj	raen	naeuz	mbouj	saenq
相	公	不	见	说	不	信

相公不见不相信，

2566

因	为	灰	耵	软	里	他
jin⁵	wi⁶	ho:i⁵	da:ŋ¹	un⁵	di⁴	te¹
yinh	vih	hoiq	ndang	unq	ndij	de
因	为	奴	身	软	与	她

我也常被她迷倒。

2567

居	你	该	娄	样	雷	算
kɯ⁵	ni⁴	kaːi⁵	lau²	jiaŋ⁶	lai²	ɬuan⁵
gwq	neix	gaiq	raeuz	yiengh	lawz	suenq
时	这	个	我们	样	哪	算

现在我们怎么办？

2568

相	公	里	灰	屋	计	谋
ɬiaŋ¹	kuŋ⁵	di⁴	hoːi⁵	oːk⁷	ki⁶	mau²
sieng	gungh	ndij	hoiq	ok	geiq	maeuz
相	公	和	奴	出	计	谋

还请相公出主意。

2569

相	公	嗲	爺	不	劳	侽
ɬiaŋ¹	kuŋ⁵	ça:m¹	jia²	bau⁵	la:u¹	hi⁵
sieng	gungh	cam	yiz	mbouj	lau	heiq
相	公	问	伯爷	不	怕	忧

相公不怕问老爷，

2570

望	名	甫	老	郭	召	伝
muaŋ⁶	mɯŋ²	pu⁴	la:u⁴	kuak⁸	çiau⁶	hun²
muengh	mwngz	boux	laux	guh	ciuh	vunz
盼	你	人	大	做	世	人

望大人成全好事。

恨他讲赖不好可，李旦里他讲几哕。

名哔样你不苓焦，故屋主意掺老爷。

娄使计谋掺学机，故掺老爷掺去里。

直莫恨哔心欢喜，坐遍相公里屋力。

李旦肘武可不尧，各乌雅温利焰脆。

不可他各肘茄你，八定马迪行心狂。

李旦各想贫合狠，就驾马迪双三嗦。

胡发乌迪里恨难，双撑学特里犯健。

胡发乃迪里犯重，眉县欣针色动肌。

皆故主虏斗条难，喉合众数急劲妲。

不信皆数顺利害，但剪明日不当利。

李旦想肘腕了阗，她故风娇可婆凉。

2571

恨	他	讲	賴	不	好	司
han¹	te¹	ka:ŋ³	la:i¹	bau⁵	di¹	ɬu⁵
raen	de	gangj	lai	mbouj	ndei	swq
见	他	讲	多	不	好	媒

见他讲多难做媒，

2572

李	旦	里	他	讲	几	哹
li⁴	ta:n¹	di⁴	te¹	ka:ŋ³	ki³	çon²
lij	dan	ndij	de	gangj	geij	coenz
李	旦	与	他	讲	几	句

李旦和他说几句。

2573

名	哹	样	你	不	劳	炁
muŋ²	nau²	jiaŋ⁶	ni⁴	bau⁵	la:u¹	hi⁵
mwngz	naeuz	yiengh	neix	mbouj	lau	heiq
你	讲	样	这	不	怕	忧

这件事情不用愁，

2574

故	屋	主	意	嗱	老	爺
ku¹	o:k⁷	çɯ³	i⁵	ça:m¹	la:u⁴	je²
gou	ok	cawj	eiq	cam	laux	yez
我	出	主	意	问	老	爷

我来帮你出主意。

2575

娄	使	计	谋	嗱	学	礼
lau²	ɬai³	ki⁶	mau²	ça:m¹	tço⁶	dai⁴
raeuz	sawj	geiq	maeuz	cam	coh	ndaej
我们	用	计	谋	问	才	得

用对计谋事才成，

2576

故	嗱	老	爺	学	应	呈
ku¹	ça:m¹	la:u⁴	je²	tço⁶	iŋ⁵	çiŋ²
gou	cam	laux	yez	coh	wngq	cingz
我	问	老	爷	才	应	承

我问老爷才答应。

2577

直	英	恨	哹	心	欢	喜
çi²	jiŋ⁵	han¹	nau²	ɬam¹	wuan⁶	hi³
ciz	yingh	raen	naeuz	sim	vuen	heij
徐	英	见	讲	心	欢	喜

徐英听完心中喜，

2578

坐	邁	相	公	里	屋	力
tço¹	ba:i⁵	ɬian¹	kuŋ⁵	di⁴	o:k⁷	le:ŋ²
gyo-	mbaiq	sieng	gungh	ndij	ok	rengz
谢谢		相	公	和	出	力

拜托李旦帮出力。

2579

李	旦	肕	字	可	不	尭
li⁴	ta:n¹	taŋ²	ɬu¹	ko³	bau⁵	jiau⁵
lij	dan	daengz	saw	goj	mbouj	yiuq
李	旦	到	书	也	不	看

李旦书也看不下，

2580

各	乌	踚	软	利	殆	脆
ka:k⁸	u⁵	da:ŋ¹	un⁵	li⁴	ta:i¹	wi²
gag	youq	ndang	unq	lij	dai	viz
自	在	身	软	还	死	瘫软

浑身酥软心杂乱。

2581

不	可	他	各	肛	茄	你
bau⁵	ko³	te¹	ka:k⁸	taŋ²	kia²	ni⁴
mbouj	goj	de	gag	daengz	giz	neix
不	料	她	自	到	地方	这

不想她也到这里，

2582

八	定	馬	迪	行	心	狂
pa⁶	tiŋ⁶	ma⁴	ti²	he:ŋ²	ɬam¹	kwa:ŋ²
bah	dingh	maj	diz	hengz	sim	guengz
必	定	马	迪	行	心	狂

一定是马迪相逼。

2583

李	旦	各	想	贫	合	很
li⁴	ta:n¹	ka:k⁸	ɬiaŋ³	pan²	ho²	huun³
lij	dan	gag	siengj	baenz	hoz	hwnj
李	旦	自	想	成	脖	起

李旦越想越生气，

2584

就	嚚	馬	迪	双	三	哠
tɕo⁶	da⁵	ma⁴	ti²	ɬo:ŋ¹	ɬa:m¹	çon²
couh	ndaq	maj	diz	song	sam	coenz
就	骂	马	迪	两	三	句

骂了马迪两三句。

2585

胡	发	马	迪	里	恨	难
hu²	fa²	ma⁴	ti²	di⁴	han¹	na:n⁶
huz	faz	maj	diz	ndij	raen	nanh
胡	发	马	迪	和	见	难

必追究胡发马迪，

2586

双	数	学	特	里	犯	鏠
ɬo:ŋ¹	ɬu¹	tɕo⁶	tɯk⁸	di⁴	fa:m⁶	fo:ŋ²
song	sou	coh	dwg	ndij	famh	fongz
两	你们	才	是	与	犯	天

你们罪过犯天条。

2587

胡	发	马	迪	里	犯	重
hu²	fa²	ma⁴	ti²	di⁴	fa:m⁶	nak⁷
huz	faz	maj	diz	ndij	famh	naek
胡	发	马	迪	和	犯	重

胡发马迪犯重罪，

2588

眉	昙	欧	针	色	孙	眦
mi²	ŋon²	au¹	kim¹	ɬak⁷	luuk⁸	ta¹
miz	ngoenz	aeu	cim	saek	lwg	da
有	日	要	针	插	儿	眼

哪天定罪针戳眼。

2589

皆	故	主	傍	斗	条	难
ka:i⁵	ku¹	ɬu³	piaŋ²	tau³	te:u²	na:n⁶
gaiq	gou	souj	biengz	daeuj	deuz	nanh
个	我	主	天下	来	逃	难

天子我今来逃难，

2590

唉	合	众	数	急	孙	妣
i¹	ho²	tɕiŋ⁵	ɬu¹	kap⁸	luuk⁸	pa²
ei	hoz	gyoengq	sou	gaeb	lwg	baz
依	喉	众	你们	捉	儿	妻

你们敢抢我妻子。

2591

不	信	皆	数	顺	利	害
bau⁵	ɬin⁵	kaːi⁵	ɬu¹	çin¹	li¹	haːi¹
mbouj	saenq	gaiq	sou	caen	leix	haih
不	信	个	你们	真	厉	害

不信你们还嚣张，

2592

但	劳	明	日	不	当	利
taːn¹	laːu¹	ŋon²	çoːk⁸	bau⁵	taːŋ¹	di¹
dan	lau	ngoenz-	cog	mbouj	dang	ndei
只	怕	日	后	不	当	好

只怕日后遭报应。

2593

李	旦	想	肦	脆	了	闹
li⁴	taːn¹	ɬiaŋ³	taŋ²	wi²	leːu⁴	naːu⁵
lij	dan	siengj	daengz	viz	liux	nauq
李	旦	想	到	瘫软	完	没

李旦越想越担心，

2594

妣	故	风	娇	可	凄	凉
pa²	ku¹	fuŋ¹	kiau⁵	ko³	ɬi⁵	liaŋ²
baz	gou	fung	gyauh	goj	si	liengz
妻	我	风	娇	也	凄	凉

我妻风娇真可怜。

56

妈故可殆乌冷宫，防驾三思行心狂。

妈驾麻鍐武则天，甲里公那害妈故。

拨得卜故肝贪瘟，朝中甫腮将他谋。

色昙勒长殆舍命，勤坼故大桨荅一撺。

漢阳火故可幸火，太故文氏可婆谅。

妣故落败肝肝你，因与里故命变牙。

忠需劝大不眉惠，丹上用甫行心狂。

李旦蒋讲咻了简，风娇绣花可各脆。

捌舍肝花可不绣，尧恨甫关牐温脆。

他乌贩绿斗肝你，各恨水大音叅肉。

关故可斗肝茄保，不妥则天息他条。

同恨又不记讲助，事情窄曶不要利。

2595

妈	故	可	殆	乌	冷	宫
me⁶	ku¹	ko³	ta:i¹	u⁵	lɯn⁴	kuŋ⁵
meh	gou	goj	dai	youq	lwngj	gungh
母	我	也	死	在	冷	宫

母亲也死在冷宫，

2596

防	骂	三	思	行	心	狂
fa:ŋ²	ma¹	ɬa:n⁵	ɬɯ⁵	he:ŋ²	ɬam¹	kwa:ŋ²
fangz	ma	sanh	swh	hengz	sim	guengz
鬼	狗	三	思	行	心	狂

三思那厮太猖狂。

2597

妈	骂	麻	锣	武	则	天
me⁶	ma¹	ma⁴	la²	u⁴	tɕə²	te:n⁵
meh	ma	max-	laz	vuj	cwz	denh
母	狗	放荡		武	则	天

放荡疯狗武则天，

2598

甲	里	公	那	害	妈	故
ka:k⁸	di⁴	koŋ¹	na⁴	ha:i⁶	me⁶	ku¹
gag	ndij	goeng	nax	haih	meh	gou
自	和	公	舅	害	母	我

勾结内弟害我娘。

2599

拨	得	卜	故	肝	贫	瘟
piat⁸	tuk⁸	po⁶	ku¹	taŋ²	pan²	ŋon⁶
bued	dwk	boh	gou	daengz	baenz	ngoenh
弄	得	父	我	到	成	瘟

害得我父成昏君，

2600

朝	中	甫	腮	特	他	谋
ɕiau⁶	ɕiŋ⁵	pu⁴	ɬa:i¹	tuuk⁸	te¹	mau²
ciuh	cingq	boux	sai	dwg	de	maeuz
朝	我	人	男	是	她	谋

又来舞弄众朝臣。

2601

色	昙	埃	卡	殆	舍	命
ɬak⁷	ŋon²	ŋa:i²	ka³	ta:i¹	ɕe¹	miŋ⁶
saek	ngoenz	ngaiz	gaj	dai	ce	mingh
哪	日	挨	杀	死	舍	命

不知哪天丢性命，

2602

勒	许	故	卡	祭	呇	旗
lak⁸	hai³	ku¹	ka³	ɕai⁵	kok⁷	ki²
laeg	hawj	gou	gaj	caeq	goek	geiz
别	给	我	杀	祭	根	旗

别让我逮杀祭旗。

2603

汉	阳	大	故	可	辛	火
ha:n¹	ja:ŋ²	ta¹	ku¹	ko³	ɬin⁶	ho³
han	yangz	da	gou	goj	sin	hoj
汉	阳	外公	我	也	辛	苦

汉阳外公也辛苦，

2604

太	故	文	氏	可	凄	凉
ta:i⁵	ku¹	wun²	ɕi¹	ko³	ɬi⁵	liaŋ²
daiq	gou	vwnz	si	goj	si	liengz
岳母	我	文	氏	也	凄	凉

岳母文氏亦辛酸。

2605

妑　故　落　贩　斗　肛　你

pa^{2} ku^{1} loŋ^{2} pa:i^{6} tau^{3} taŋ^{2} ni^{4}

baz gou roengz baih daeuj daengz neix

妻　我　落　败　来　到　这

妻子落魄逃到这，

2606

因　为　里　故　命　耍　牙

jin^{5} wi^{6} di^{4} ku^{1} miŋ^{6} tɕa^{4} ʔja:k^{7}

yinh vih ndij gou mingh gyax yak

因　为　和　我　命　孤　凶

皆因是我连累她。

2607

忐　雩　劧　大　不　眉　惠

kɯn^{2} bɯn^{1} lɯk^{8} ta^{1} bau^{5} mi^{2} wi^{6}

gwnz mbwn lwg- da mbouj miz ngveih

上　天　眼睛　不　有　核

上天有眼却无珠，

2608

丹　丹　用　甫　行　心　狂

ta:n^{5} ta:n^{5} juŋ^{6} pu^{4} he:ŋ^{2} ɬam^{1} kwa:ŋ^{2}

dan dan yungh boux hengz sim guengz

单　单　用　人　行　心　狂

偏偏看上狠毒人。

2609

李　旦　哼　讲　吽　了　闹

li^{4} ta:n^{1} ɕon^{2} ka:ŋ^{3} nau^{2} le:u^{4} na:u^{5}

lij dan coenz gangj naeuz liux nauq

李　旦　句　讲　说　完　没

李旦讲完这些话，

2610

凤　娇　绣　花　可　各　脆

fuŋ^{1} kiau^{5} ɬe:u^{5} wa^{1} ko^{3} ka:k^{8} wi^{2}

fung gyauh siuq va goj gag viz

凤　娇　绣　花　也　自　瘫软

凤娇绣花浑身软。

2611

捌　舍　肛　花　可　不　绣

pa:t^{7} ɕe^{1} taŋ^{2} wa^{1} ko^{3} bau^{5} ɬe:u^{5}

bat- ce daengz va goj mbouj siuq

丢下　到　花　也　不　绣

放下针线不绣花，

2612

尧　恨　甫　关　躺　软　脆

jiau^{5} han^{1} pu^{4} kwa:n^{1} da:ŋ^{1} un^{5} wi^{2}

yiuq raen boux gvan ndang unq viz

看　见　人　夫　身　软　瘫软

看见夫君快昏倒。

2613

他　乌　贩　缘　斗　肛　你

te^{1} u^{5} pa:i^{6} lo:k^{8} tau^{3} taŋ^{2} ni^{4}

de youq baih rog daeuj daengz neix

他　在　面　外　来　到　这

她从外面到这来，

2614

各　恨　水　大　音　夸　内

ka:k^{8} han^{1} lam^{4} ta^{1} ʔjam^{1} kwa^{5} dai^{1}

gag raen raemx da yaem gvaq ndaw

自　见　水　眼　隐　过　内

只觉眼泪心中流。

2615

关	故	可	斗	肮	茄	你
kwaːn¹	ku¹	ko³	tau³	taŋ²	kia²	ni⁴
gvan	gou	goj	daeuj	daengz	giz	neix
夫	我	也	来	到	地方	这

丈夫也来到这里，

2616

不	仪	则	天	急	他	条
bau⁵	ɬin⁵	tɕə²	teːn⁵	kap⁸	te¹	teːu²
mbouj	saenq	cwz	denh	gaeb	de	deuz
不	信	则	天	抓	他	逃

不信则天捉拿他。

2617

同	恨	又	不	礼	讲	初
toŋ⁶	han¹	jau⁶	bau⁵	dai⁴	kaːŋ³	ço⁶
doengh	raen	youh	mbouj	ndaej	gangj	coh
相	见	又	不	得	讲	向

相见却不能说话，

2618

事	情	特	鲁	不	当	利
ɬian⁵	çiŋ²	tuk⁸	lo⁶	bau⁵	taːŋ¹	di¹
saeh	cingz	dwg	roh	mbouj	dang	ndei
事	情	是	漏	不	当	好

事情泄露不好办。

查哗昙咋雷鲁立，鲍昙故可礼资佑，

居你盘难脱亦卦，八定眉昙老卦佑。

讲肝茄你又乙奈，再讲关妣很婆凉。

居你知府铸昙礼，伤颓斗赞刎凯匕。

吧早炮红背肘眨，地炮红响通肘雷。

再讲上堂戏斗喝，回想体喂涌汉卯。

吹耗可激个悟潜，

李旦急开翘很尧，不恨风娇屋斗戾。

李旦想背又想刀，他亦想背学风怒，

又信直莫里便队，若背拉菜斗许娄。

李旦岁钱许直莫，直莫礼钱就屋背。

直莫又再等尧娘，咯幼屋难不恨肘。

2619

查	吽	昙	昨	霄	鲁	应
ça³	nau²	ŋon²	ço:k⁸	buun¹	lo⁴	iŋ⁵
caj	naeuz	ngoenz	cog	mbwn	rox	wngq
若	讲	日	明	天	会	应

若哪天上苍开眼，

2620

色	昙	故	可	礼	贫	伝
ɬak⁷	ŋon²	ku¹	ko³	dai⁴	pan²	hun²
saek	ngoenz	gou	goj	ndaej	baenz	vunz
哪	日	我	也	得	成	人

有朝一日或翻身。

2621

居	你	躺	难	脱	亦	卦
kuɯ⁵	ni⁴	da:ŋ¹	na:n⁶	to:t⁷	a³	kwa⁵
gwq	neix	ndang	nanh	duet	aj	gvaq
时	这	身	难	脱	要	过

解脱一身的祸难，

2622

八	定	眉	昙	老	卦	伝
pa⁶	tiŋ⁶	mi²	ŋon²	la:u⁴	kwa⁵	hun²
bah	dingh	miz	ngoenz	laux	gvaq	vunz
必	定	有	日	大	过	人

那时就成人上人。

2623

讲	肟	茄	你	又	乙	奈
ka:ŋ³	taŋ²	kia²	ni⁴	jau⁶	ʔjiat⁷	na:i⁵
gangj	daengz	giz	neix	youh	yiet	naiq
讲	到	地方	这	又	歇	累

讲到这里先休息，

2624

再	讲	关	妑	很	凄	凉
tça:i¹	ka:ŋ³	kwa:n¹	pa²	han¹	ɬi⁵	liaŋ²
caiq	gangj	gvan	baz	raen	si	liengz
再	讲	夫	妻	见	凄	凉

再讲夫妻多命苦。

三十二 厢房洒泪诉衷肠

查咩是咋甹晝立，色是故可礼贵佉。
居㑳鳢难脱㐬卦，八定眉是老卦佉。
讲肘茄㑳又乙条，再讲关𠇗狠娄嫁。
居㑳知府找是礼，佉赖斗贺到汎匕。
眊早炮红背肘眊，地炮红响通肘甹。
再讲上堂戲斗嗐，钟样希罴蝉雷。
吹蚝可响介铻乱，回想佉㖕𣿅汉即。
李旦急开速根尧，不恨氖娇垦斗良。
李旦想背又想刀，他亦想背学风愁。
又结直莫里侵队，老背拉菓斗许娄。
李旦告钱许直莫，直莫礼钱就垦背。
直莫又冉等尧戏，各劲垦难不恨肘。

2625

居	你	知	府	找	昙	礼
kɯ⁵	ni⁴	tɕi⁵	fu⁴	la¹	ŋon²	dai⁴
gwq	neix	cih	fuj	ra	ngoenz	ndaej
时	这	知	府	找	日	得

知府已找好日子，

2626

伝	赖	斗	贺	烈	沉	沉
hun²	la:i¹	tau³	ho⁵	niŋ¹	ɕum²	ɕum²
vunz	lai	daeuj	hoh	ning-	cum-	cum
人	多	来	贺	闹	哄	哄

大家纷纷来祝贺。

2627

吃	早	炮	红	背	肝	啦
hat⁷	lo:m⁶	pa:u⁵	ho:ŋ²	pai¹	taŋ²	lap⁷
haet	romh	bauq	hongz	bae	daengz	laep
早	早	炮	响	去	到	黑

鞭炮从早响到晚，

2628

地	炮	红	响	通	肝	霄
ti⁶	pa:u⁵	ho:ŋ²	hiaŋ³	toŋ⁶	taŋ²	bun¹
deih	bauq	hongz	yiengj	doengh	daengz	mbwn
密	炮	响	响	动	到	天

鞭炮声声响彻天。

2629

再	讲	上	堂	戲	斗	唱
tɕa:i¹	ka:ŋ³	hun³	ta:ŋ²	hi⁵	tau³	ɕiaŋ⁵
caiq	gangj	hwnj	dangz	heiq	daeuj	ciengq
再	讲	上	堂	戏	来	唱

又请戏班来唱戏，

2630

鐘	锣	样	希	槑	蝉	雷
tɕo:ŋ¹	la²	jiaŋ²	hi⁵	lum³	pit⁸	lai²
gyong	laz	yiengz-	heiq	lumj	bid	raez
鼓	锣	唢	呐	像	蝉	鸣

锣鼓唢呐如蝉鸣。

2631

吹	耗	可	响	介	倍	乱
po⁵	ha:u⁶	ko³	hiaŋ³	ka⁶	pai²	luan⁶
boq	hauh	goj	yiengj	gah-	baez	luenh
吹	号	也	响	非	常	乱

号声鼓声真热闹，

2632

四	想	伝	啵	蒲	汉	即
ɬi¹	ɬiaŋ¹	hun²	pi⁴	muan⁴	ha:n¹	ɕai²
seiq	sieng	vunz	beix	muenx	han	caez
四	向	人	兄	满	汉	齐

四周都已挤满人。

2633

李	旦	急	开	吏	很	尧
li⁴	ta:n¹	tɕɛn³	ha:i¹	jiam⁶	hun⁵	jiau⁵
lij	dan	gaenj	hai	yiemh	hwnq	yiuq
李	旦	急	开	帘	起	看

李旦拉开帘门看，

2634

不	恨	凤	娇	屋	斗	良
bau⁵	han¹	fuŋ¹	kiau⁵	o:k⁷	tau³	liaŋ²
mbouj	raen	fung	gyauh	ok	daeuj	riengz
不	见	凤	娇	出	来	跟

没见凤娇跟出来。

2635

李	旦	想	背	又	想	刀
li⁴	ta:n¹	ɬiaŋ³	pai¹	jau⁶	ɬiaŋ³	ta:u⁵
lij	dan	siengj	bae	youh	siengj	dauq
李	旦	想	去	又	想	回

李旦想来又想去，

2636

他	亦	想	背	学	凤	怒
te¹	a³	ɬiaŋ³	pai¹	ço⁶	fuŋ¹	lu²
de	aj	siengj	bae	coh	fung	luz
他	要	想	去	向	凤	禄

他想要去看凤禄。

2637

又	结	直	莫	里	侵	队
jau⁶	kit⁷	çi²	jiŋ⁵	di⁴	çam⁶	to:i⁶
youh	git	ciz	yingh	ndij	caemh-	doih
又	碍	徐	英	与	共同	

又碍徐英在一起，

2638

名	背	拉	菓	斗	许	娄
muŋ²	pai¹	la¹	ŋa:i⁶	tau³	hai³	lau²
mwngz	bae	ra	ngaih	daeuj	hawj	raeuz
你	去	找	艾绒	来	给	我们

你去帮我找艾绒。

2639

李	旦	告	钱	许	直	莫
li⁴	ta:n¹	ka:u¹	çe:n²	hai³	çi²	jiŋ⁵
lij	dan	gyau	cienz	hawj	ciz	yingh
李	旦	交	钱	给	徐	英

李旦把钱给徐英，

2640

直	莫	礼	钱	就	屋	背
çi²	jiŋ⁵	dai⁴	çe:n²	tço⁶	o:k⁷	pai¹
ciz	yingh	ndaej	cienz	couh	ok	bae
徐	英	得	钱	就	出	去

徐英拿了钱出去。

2641

直	莫	又	再	等	尭	戏
çi²	jiŋ⁵	jau⁶	tça:i¹	taŋ⁴	jiau⁵	hi⁵
ciz	yingh	youh	caiq	daengx	yiuq	heiq
徐	英	又	再	停	看	戏

徐英又站着看戏，

2642

各	幼	屋	难	不	恨	肕
ka:k⁸	ʔju⁵	o:k⁷	na:n²	bau⁵	han¹	taŋ²
gag	youq	ok	nanz	mbouj	raen	daengz
自	怎	出	久	不	见	到

左等右等不见回。

谓

鸟肝斑灵不恨亦，李旦就背初凤怒。

背盯相旁恨凤娇，甫哗学甬亦始脆。

双娄天下可使斗，不可娄徕礼同恨。

关妃讲咕泱同初，娄劫兰贱贫你趱。

凤娇居他哗屋斗，马迪虎提行心狂。

行蛮亦故故郭坏，因夸不衣灰造条。

妈欠想背又想刀，亦带背兰催文德。

甫妖文德不许润，正灰条背兰甫托。

不可文德背流刀，避凝此灰刀斗兰。

良揭文德行肚姜，刀友亦故故郭妲。

多衣恨鹊顺辛火，可愿鸳默不郭修。

色来条命反郭剩，又刀各眉贵人招。

2643

乌	肕	班	灵	不	恨	刀
u⁵	taŋ²	paːn¹	liŋ²	bau⁵	han¹	taːu⁵
youq	daengz	ban	ringz	mbouj	raen	dauq
住	到	时	午	不	见	回

等到晌午也没回，

2644

李	旦	就	背	初	风	怒
li⁴	taːn¹	tɕo⁶	pai¹	ɕo⁶	fuŋ¹	lu²
lij	dan	couh	bae	coh	fung	luz
李	旦	就	去	向	风	禄

李旦就去看凤禄。

2645

背	肕	相	房	恨	风	娇
pai¹	taŋ²	ɬiaŋ⁵	faːŋ²	han¹	fuŋ¹	kiau⁵
bae	daengz	siengh	fangz	raen	fung	gyauh
去	到	厢	房	见	风	娇

来到厢房见凤娇，

2646

甫	吽	学	甫	亦	殆	脆
pu⁴	nau²	ɕo⁶	pu⁴	a³	taːi¹	wi²
boux	naeuz	coh	boux	aj	dai	viz
个	讲	向	个	要	死	瘫软

相互诉说相思情。

2647

双	娄	天	下	可	侵	斗
ɬoːŋ¹	lau²	teːn⁶	ja⁵	ko³	ɕam⁶	tau³
song	raeuz	dien	yah	goj	caemh	daeuj
两	我们	天	下	也	同	来

我们一起来天下，

2648

不	可	昙	你	礼	同	恨
bau⁵	ko³	ŋon²	ni⁴	dai⁴	toŋ⁶	han¹
mbouj	goj	ngoenz	neix	ndaej	doengh	raen
不	料	日	这	得	相	见

未料今天能重逢。

2649

关	妲	讲	咕	泪	同	初
kwaːn¹	pa²	kaːŋ³	ko³	tai³	toŋ⁶	ɕo⁶
gvan	baz	gangj	goj	daej	doengh	coh
夫	妻	讲	故事	哭	相	向

夫妻边讲边落泪，

2650

娄	幼	兰	贱	贫	你	赖
lau²	ʔju⁵	laːn²	ɕian⁶	pan²	ni⁴	laːi¹
raeuz	youq	ranz	cienh	baenz	neix	lai
我们	怎	家	贱	成	这	多

咱命运如此多舛。

2651

风	娇	居	他	吽	屋	斗
fuŋ¹	kiau⁵	ku⁵	te¹	nau²	oːk⁷	tau³
fung	gyauh	gwq	de	naeuz	ok	daeuj
风	娇	时	那	讲	出	来

风娇那时来诉说，

2652

禡	迪	虎	提	行	心	狂
ma⁴	ti²	kuk⁷	tuɯ²	heːŋ²	ɬam¹	kwaːŋ²
maj	diz	guk	dawz	hengz	sim	guengz
马	迪	虎	拿	行	心	狂

马迪这人好阴险。

2653

行	蛮	亦	欧	故	郭	奸
he:ŋ²	ma:n²	a³	au¹	ku¹	kuak⁸	ja⁶
hengz	manz	aj	aeu	gou	guh	yah
行	蛮	要	娶	我	做	妻

强行想占我为妻，

2654

因	为	不	衣	灰	造	条
jin⁵	wi⁶	bau⁵	i¹	ho:i⁵	tɕo⁶	te:u²
yinh	vih	mbouj	ei	hoiq	coh	deuz
因	为	不	依	奴	才	逃

因我不依才逃走。

2655

妈	灰	想	背	又	想	刀
me⁶	ho:i⁵	ɬiaŋ³	pai¹	jau⁶	ɬiaŋ³	ta:u⁵
meh	hoiq	siengj	bae	youh	siengj	dauq
母	奴	想	去	又	想	回

母亲想来又想去，

2656

亦	带	背	兰	催	文	德
a³	ta:i⁵	pai¹	la:n²	tɕuai⁵	wun²	tə²
aj	daiq	bae	ranz	cuih	vwnz	dwz
要	带	去	家	崔	文	德

带我投奔文德家。

2657

甫	奸	文	德	不	許	润
pu⁴	ja⁶	wun²	tə²	bau⁵	hai³	jin⁶
boux	yah	vwnz	dwz	mbouj	hawj	nyinh
人	婆	文	德	不	给	认

文德母亲不认亲，

2658

正	灰	条	背	兰	庙	托
tɕin⁵	ho:i⁵	te:u²	pai¹	la:n²	miau⁶	to²
gyoengq	hoiq	deuz	bae	ranz	miuh	doz
众	奴	逃	去	房	庙	寄宿

我们逃进尼姑庵。

2659

不	可	文	德	背	流	刀
bau⁵	ko³	wun²	tə²	pai¹	liau⁶	ta:u⁵
mbouj	goj	vwnz	dwz	bae	liuh	dauq
不	料	文	德	去	玩	回

巧遇文德外出回，

2660

学	拉	井	灰	刀	斗	兰
tɕo⁶	la:k⁸	tɕin⁵	ho:i⁵	ta:u⁵	tau³	la:n²
coh	rag	gyoengq	hoiq	dauq	daeuj	ranz
才	拉	众	奴	回	来	家

这才带我们回家。

2661

良	拐	文	德	行	肚	蕚
liaŋ²	laŋ¹	wun²	tə²	he:ŋ²	ɬam¹	ʔja:k⁷
riengz	laeng	vwnz	dwz	hengz	sim	yak
跟	后	文	德	行	心	坏

后来文德起歹念，

2662

刀	反	亦	欧	故	郭	妮
ta:u⁵	fa:n³	a³	au¹	ku¹	kuak⁸	pa²
dauq	fanj	aj	aeu	gou	guh	baz
反而	反	要	娶	我	做	妻

反而要娶我为妻。

2663

多	衣	恨	躺	顺	辛	火
to⁵	i¹	han¹	da:ŋ¹	çin¹	łin⁶	ho³
doq-	ei	raen	ndang	caen	sin	hoj
感觉		见	身	真	辛	苦

感觉一生太坎坷，

2664

可	愿	強	馱	不	郭	伝
ko³	jian⁶	kiaŋ⁶	ta⁶	bau⁵	kuak⁸	hun²
goj	nyienh	giengh	dah	mbouj	guh	vunz
也	愿	跳	河	不	做	人

我愿投河不做人。

2665

色	耒	条	命	灰	可	利
łak⁷	la:i⁵	te:u²	miŋ⁶	ho:i⁵	ko³	di¹
caek-	laiq	diuz	mingh	hoiq	goj	ndei
幸好		条	命	奴	也	好

好在我命不该绝，

2666

又	刀	各	眉	贵	人	抬
jau⁶	ta:u⁵	ka:k⁸	mi²	kwai¹	jin²	ta:i²
youh	dauq	gag	miz	gvei	yinz	daiz
又	回	自	有	贵	人	抬

又遇贵人把我救。

瞒他二更背雍歇，陶家固提灰狠船，

因为進机斗肘條，不可昙保礼同恨。

当慈卜妈生倍莫，鲁夜昙雷礼恨利。

李旦恨她哔伤心，各想硬帝涕临上，

同隊论谷狠条难，天不娄班礼待平。

妈娄乌拷催家主，不鲁夜他贲祥雷。

生斗幼不眉八妈，双娄盤观犯皆秦。

天不恐雪可侵嫂，论讲狠斗顺得瞒。

色昙雪杰娄不鲁，甫雷弄事不当利，

相公里友行心正，八定眉昙礼固固。

李旦恨她讲特衣，色昙眉伝丑名背。

许故投条化你断，自九眉昙老扑佐。

2667

睑	他	二	更	背	强	駄
ham⁶	te¹	ɬoːŋ¹	keːŋ¹	pai¹	kiaŋ⁶	ta⁶
haemh	de	song	geng	bae	giengh	dah
晚	那	二	更	去	跳	河

那晚二更去投河，

2668

陶	家	周	提	灰	很	船
taːu²	kia⁵	tɕau⁵	tu²	hoːi⁵	hun³	lua²
dauz	gya	gouq	dawz	hoiq	hwnj	ruz
陶	家	救	拿	奴	上	船

陶家把我救上船。

2669

因	为	学	礼	斗	朋	你
jin⁵	wi⁶	tɕo⁶	dai⁴	tau³	taŋ²	ni⁴
yinh	vih	coh	ndaej	daeuj	daengz	neix
因	为	才	得	来	到	这

因而才能到这里，

2670

不	可	昙	你	礼	同	恨
bau⁵	ko³	ŋon²	ni⁴	dai⁴	toŋ⁶	han¹
mbouj	goj	ngoenz	neix	ndaej	doengh	raen
不	料	日	这	得	相	见

谁料今天得重逢。

2671

当	慈	卜	妈	生	倍	莫
taːŋ¹	ɬu²	po⁶	me⁶	ɬeːŋ¹	pai²	mo⁵
dang	swz	boh	meh	seng	baez	moq
当	是	父	母	生	次	新

就当重生又一回，

2672

鲁	陂	昙	雷	礼	恨	利
lo⁴	de⁵	ŋon²	lai²	dai⁴	han¹	di¹
rox	ndeq	ngoenz	lawz	ndaej	raen	ndei
知	晓	日	哪	得	见	好

不知哪天能变好。

2673

李	旦	恨	妚	吽	伤	心
li⁴	taːn¹	han¹	pa²	nau²	ɬiaŋ¹	ɬam¹
lij	dan	raen	baz	naeuz	sieng	sim
李	旦	见	妻	讲	伤	心

李旦听妻子哭诉，

2674

各	想	哽	希	涕	臨	臨
kaːk⁸	ɬiaŋ³	kun¹	hi⁵	tai³	lian²	lian²
gag	siengj	gwn	heiq	daej-	lien-	lien
自	想	吃	忧	哭	涟涟	

越想越是泪涟涟。

2675

同	隊	论	谷	根	条	难
toŋ⁶	toːi⁶	luun⁶	kok⁷	kan¹	teːu²	naːn⁶
doengh-	doih	lwnh	goek	gaen	deuz	nanh
共	同	说	源	根	逃	难

互相倾诉逃难路，

2676

天	下	娄	班	乱	传	平
teːn⁶	ja⁵	lau²	paːn⁶	luan⁶	ɕuan²	piaŋ²
dien	yah	raeuz	banh	luenh	cienz	biengz
天	下	我们	流浪	乱	全	地方

四处流浪无所依。

2677

媽	娄	乌	拶	催	家	主
me⁶	lau²	u⁵	laŋ¹	tɕuai⁵	kia⁵	ɬu³
meh	raeuz	youq	laeng	cuih	gya	souj
母	我们	在	家	崔	家	主

母亲还留在崔家，

2678

不	鲁	啵	他	贫	样	雷
bau⁵	lo⁴	de⁵	te¹	pan²	jiaŋ⁶	lai²
mbouj	rox	ndeq	de	baenz	yiengh	lawz
不	知	晓	她	成	样	哪

不知她现怎么样。

2679

生	斗	幼	不	眉	卜	媽
ɬeŋ¹	tau³	u⁵	bau⁵	mi²	po⁶	me⁶
seng	daeuj	youq	mbouj	miz	boh	meh
生	来	在	不	有	父	母

生下来就没父母，

2680

双	娄	躺	观	犯	皆	麻
ɬoːŋ¹	lau²	daːŋ¹	koːn⁵	faːm⁶	kaːi⁵	ma²
song	raeuz	ndang	gonq	famh	gaiq	maz
两	我们	身	前	犯	块	什么

我们前世犯何罪。

2681

天	下	忑	霄	可	侵	对
teːn⁶	ja⁵	la³	bun¹	ko³	ɕam⁶	toːi⁶
dien	yah	laj	mbwn	goj	caemh-	doih
天	下	下	天	也	共	同

天上世间也相处，

2682

论	讲	很	斗	顺	得	瞌
luun⁶	kaːŋ³	hun⁵	tau³	ɕin¹	tuk⁸	ham²
lwnh	gangj	hwnq	daeuj	caen	dwg	haemz
论	讲	起	来	真	是	苦

讲述起来真辛酸。

2683

色	昙	霄	应	娄	不	鲁
ɬak⁷	ŋon²	buun¹	in⁵	lau²	bau⁵	lo⁴
saek	ngoenz	mbwn	wngq	raeuz	mbouj	rox
哪	日	天	应	我们	不	知

不知哪天天眷顾，

2684

甫	雷	弄	事	不	当	利
pu⁴	lai²	loŋ¹	ɬian⁵	bau⁵	taːŋ¹	di¹
boux	lawz	loeng	saeh	mbouj	dang	ndei
人	哪	错	事	不	当	好

谁人犯事遭报应。

2685

相	公	里	灰	行	心	正
ɬiaŋ¹	kuŋ⁵	di⁴	hoːi⁵	heŋ²	ɬam¹	ɕiŋ⁵
sieng	gungh	ndij	hoiq	hengz	sim	cingq
相	公	和	奴	行	心	正

相公和我心术正，

2686

八	定	眉	昙	礼	团	园
pa⁶	tiŋ⁶	mi²	ŋon²	dai⁴	tuan²	jeːn²
bah	dingh	miz	ngoenz	ndaej	donz	yenz
必	定	有	日	得	团	圆

终有一天能团圆。

2687

李	旦	恨	妲	讲	特	衣
li⁴	ta:n¹	han¹	pa²	ka:ŋ³	tuuk⁸	i⁵
lij	dan	raen	baz	gangj	dwg	eiq
李	旦	见	妻	讲	合	意

李旦见妻话对头，

2688

色	昙	眉	伝	丑	名	背
łak⁷	ŋon²	mi²	hun²	çu⁴	muuŋ²	pai¹
saek	ngoenz	miz	vunz	coux	mwngz	bae
哪	日	有	人	接	你	去

必定有人来接你。

2689

许	故	报	条	仇	你	断
hai³	ku¹	pa:u⁵	te:u²	çau²	ni⁴	tuan⁶
hawj	gou	bauq	diuz	caeuz	neix	duenh
给	我	报	条	仇	这	断

等我报了这大仇，

2690

自	元	眉	昙	老	卦	伝
łuɯ¹	je:n²	mi²	ŋon²	la:u⁴	kwa⁵	hun²
sw	yenz	miz	ngoenz	laux	gvaq	vunz
自	然	有	日	大	过	人

自然会有出头日。

54-57

凤娇恨咁心欢喜，又有李旦讲几嘢。

居怀双柴盟霄她卦，查甫为甫许霄恨，

皆娄同对行心myeong，因为是你礼回恨，

关她讲咕不嘟了，不想同别又刀出房，

双甫又再同以能，讲古仔啥班腰忱。

依赖尧恨出旁幼，不信相公刀背兰。

直英忙七想朋肚，八定他背初凤怒。

陶姐屋绿忙七想，不恨相公屋斗报。

依颊甫七点恨了，不恨相公审凤怒。

小姐就退定刀斗，乳背相旁尧凤怒。

又恨相公里讲咕，小姐就乳背叮耶。

叮耶双甫是讲咕，小姐乳背嗲凤奴。

2691

凤	娇	恨	吽	心	欢	喜
fuŋ¹	kiau⁵	han¹	nau²	ɬam¹	wuan⁶	hi³
fung	gyauh	raen	naeuz	sim	vuen	heij
凤	娇	见	讲	心	欢	喜

凤娇听了心中喜,

2692

又	旬	李	旦	讲	几	嗪
jau⁶	di⁴	li⁴	ta:n¹	ka:ŋ³	ki³	ɕon²
youh	ndij	lij	dan	gangj	geij	coenz
又	和	李	旦	讲	几	句

又和李旦聊几句。

2693

居	你	双	娄	盟	霄	卦
ku⁵	ni⁴	ɬo:ŋ¹	lau²	miaŋ¹	bun¹	kwa⁵
gwq	neix	song	raeuz	mieng	mbwn	gvaq
时	这	两	我们	发誓	天	过

我们已对天发誓,

2694

查	甫	为	甫	許	霄	恨
ça³	pu⁴	wi¹	pu⁴	hai³	bun¹	han¹
caj	boux	vi	boux	hawj	mbwn	raen
若	个	违背	个	给	天	见

谁人违背苍天见。

2695

皆	娄	同	对	行	心	所
ka:i⁵	lau²	toŋ⁶	to:i⁶	he:ŋ²	ɬam¹	ɬo⁶
gaiq	raeuz	doengh-	doih	hengz	sim	soh
个	我们	共同		行	心	直

我们同为正直人,

2696

因	为	昙	你	礼	同	恨
jin⁵	wi⁶	ŋon²	ni⁴	dai⁴	toŋ⁶	han¹
yinh	vih	ngoenz	neix	ndaej	doengh	raen
因	为	日	今	得	相	见

所以今日得相见。

2697

关	妑	讲	咕	不	鲁	了
kwa:n¹	pa²	ka:ŋ³	ko³	bau⁵	lo⁴	le:u⁴
gvan	baz	gangj	goj	mbouj	rox	liux
夫	妻	讲	故事	不	会	完

夫妻话儿说不完,

2698

不	想	同	叉	刀	书	房
bau⁵	ɬiaŋ³	toŋ⁶	tɕa:k⁸	ta:u⁵	ɕu⁵	fa:ŋ²
mbouj	siengj	doengh	biek	dauq	suh	fangz
不	想	相	拆	回	书	房

不舍分别回书房。

2699

双	甫	又	再	同	队	能
ɬo:ŋ¹	pu⁴	jau⁶	tɕa:i¹	toŋ⁶	to:i⁶	naŋ⁶
song	boux	youh	caiq	doengh-	doih	naengh
两	人	又	再	共同		坐

两人又一起坐下,

2700

讲	古	仃	瞌	班	便	仇
ka:ŋ³	ko³	taŋ²	ham⁶	pa:n¹	kun¹	ɕau²
gangj	goj	daengz	haemh	ban	gwn	caeuz
讲	故事	到	晚	时	吃	晚饭

聊到吃晚饭时间。

2701

伝	賴	尧	恨	书	房	幼
hun²	la:i¹	jiau⁵	han¹	çu⁵	fa:ŋ²	tçu⁵
vunz	lai	yiuq	raen	suh	fangz	byouq
人	多	看	见	书	房	空

大家看到书房空，

2702

不	信	相	公	刀	背	兰
bau⁵	ɬin⁵	ɬiaŋ¹	kuŋ⁵	ta:u⁵	pai¹	la:n²
mbouj	saenq	sieng	gungh	dauq	bae	ranz
不	信	相	公	回	去	家

以为相公已回家。

2703

直	英	忙	忙	想	内	肚
çi²	jiŋ⁵	muaŋ²	muaŋ²	ɬiaŋ³	dai¹	tuŋ⁴
ciz	yingh	muengz	muengz	siengj	ndaw	dungx
徐	英	急	急	想	内	肚

徐英心中在猜测，

2704

八	定	他	背	初	凤	怒
pa⁶	tiŋ⁶	te¹	pai¹	ço⁶	fuŋ¹	lu²
bah	dingh	de	bae	coh	fung	luz
必	定	他	去	向	凤	禄

肯定是去看凤禄。

2705

陶	姐	屋	绿	忙	忙	想
ta:u²	tçe⁴	o:k⁷	lo:k⁸	muaŋ²	muaŋ²	ɬiaŋ³
dauz	cej	ok	rog	muengz	muengz	siengj
陶	姐	出	外	急	急	想

陶姐心中也在想，

2706

不	恨	相	公	屋	斗	报
bau⁵	han¹	ɬiaŋ¹	kuŋ⁵	o:k⁷	tau³	pa:u⁵
mbouj	raen	sieng	gungh	ok	daeuj	bauq
不	见	相	公	出	来	报

不见相公出来到。

2707

伝	賴	甫	甫	点	恨	了
hun²	la:i¹	pu⁴	pu⁴	te:m³	han¹	le:u⁴
vunz	lai	boux	boux	diemj	raen	liux
人	多	人	人	点	见	完

大家人人都到齐，

2708

不	恨	相	公	扂	凤	怒
bau⁵	han¹	ɬiaŋ¹	kuŋ⁵	di⁴	fuŋ¹	lu²
mbouj	raen	sieng	gungh	ndij	fung	luz
不	见	相	公	和	凤	禄

不见相公和凤禄。

2709

小	姐	就	退	定	刀	斗
ɬiau⁴	tçe⁴	tço⁶	to:i⁵	tin¹	ta:u⁵	tau³
siuj	cej	couh	doiq	din	dauq	daeuj
小	姐	就	退	脚	回	来

于是小姐转回来，

2710

吼	背	相	房	尧	凤	怒
hau³	pai¹	ɬiaŋ⁵	fa:ŋ²	jiau⁵	fuŋ¹	lu²
haeuj	bae	siengh	fangz	yiuq	fung	luz
进	去	厢	房	看	凤	禄

去到厢房找凤禄。

三十三　陶小姐醋发打鸳鸯

扫码听音频

54 57

凤娇恨畔心欢喜、又有李旦讲几嘜。

居怀双娄盟誓她扒，查甫为甫许霄恨，

皆娄同对行心myth，因为是你礼同恨，

关她讲咕不鲁了，不想同别刀步房，

双甫又再同以能，讲出你喳班顽忆，

依赖老恨出李幼，不信相公刀皆兰，

直真忙七想朋肚，八定他背初凤怒，

陶姐屋练忙七想，不恨相公屋斗报，

依赖甫七点恨了，不恨相公每凤怒，

小姐就退定刀斗，乳背相旁老凤怒。

又恨相公里讲咕，小姐就乳背叮耶，

叮耶双甫是讲咕，小姐乳背嗲凤奴。

2711

又	恨	相	公	里	讲	咕
jau⁶	han¹	ɬiaŋ¹	kuŋ⁵	di⁴	ka:ŋ³	ko³
youh	raen	sieng	gungh	ndij	gangj	goj
又	见	相	公	与	讲	故事

见到相公和她聊，

2712

小	姐	就	吼	背	叮	耶
ɬiau⁴	tɕe⁴	tɕo⁶	hau³	pai¹	tiŋ⁵	jia¹
siuj	cej	couh	haeuj	bae	dingq	nyi
小	姐	就	进	去	听	见

小姐她就进去听。

2713

叮	耶	双	甫	他	讲	咕
tiŋ⁵	jia¹	ɬo:ŋ¹	pu⁴	te¹	ka:ŋ³	ko³
dingq	nyi	song	boux	de	gangj	goj
听	见	两	人	他	讲	故事

听见他俩在聊天，

2714

小	姐	吼	背	嗲	凤	奴
ɬiau⁴	tɕe⁴	hau³	pai¹	ça:m¹	fuŋ¹	lu²
siuj	cej	haeuj	bae	cam	fung	luz
小	姐	进	去	问	凤	禄

小姐进去问凤禄。

南雷能单者讲咕，若鹦讲贲你知眉，

风奴忙匕还喀呢，不眉甫雷乳斗肋。

小姐再嗲语太二，正京该故尧鲁法。

贤得眉依里名讲，若得对当鲁不眉。

小姐居他就进嗄，模发凤奴不容呈。

摺了又再嗲风娇，居楼甫雷乌再咕。

风娇初帅对不闻，各刹破乌你绣花。

小姐居他恨合恨，就叫又还楼雁房。

李旦躲下来走了，忙匕妙匕乌内心。

又还乳背就连接，就恨李旦乌忈泰。

陶姐居他合元恨，当祥友那笃李旦。

又歆模发可不祥，捉盯双甫恨斗齐。

2715

甫　雷　能　刕　名　讲　咕

pu⁴　lai²　naŋ⁶　di⁴　muŋ²　ka:ŋ³　ko³

boux　lawz　naengh　ndij　mwngz　gangj　goj

人　谁　坐　和　你　讲　故事

谁和你一起说话，

2716

名　乌　讲　贫　你　知　眉

muŋ²　ʔju⁵　ka:ŋ³　pan²　ni⁴　tɕi⁵　mi²

mwngz　youq　gangj　baenz　neix　cih　maez

你　怎　讲　成　这　痴　迷

你们讲得好入迷。

2717

凤　奴　忙　忙　还　哅　吒

fuŋ¹　lu²　muaŋ²　muaŋ²　wa:n²　ɕon²　ha:u⁵

fung　luz　muengz　muengz　vanz　coenz　hauq

凤　禄　急　急　回　句　话

凤禄赶忙回答道，

2718

不　眉　甫　雷　吼　斗　肝

bau⁵　mi²　pu⁴　lai²　hau³　tau³　taŋ²

mbouj　miz　boux　lawz　haeuj　daeuj　daengz

没　有　人　哪　进　来　到

不曾有人进来过。

2719

小　姐　再　嗲　培　太　二

ɬiau⁴　tɕe⁴　tɕa:i¹　ɕa:m¹　pai²　ta:i⁶　ŋi⁶

siuj　cej　caiq　cam　baez　daih　ngeih

小　姐　再　问　次　第　二

小姐又问第二遍，

2720

正　京　该　故　尧　鲁　法

ɕiŋ⁵　kiŋ¹　ka:i⁵　ku¹　jiau⁵　lo⁴　fa²

cingq　ging　gaiq　gou　yiuq　rox　faz

正　经　个　我　看　懂　见

是我亲眼看到的。

2721

顺　得　眉　伝　里　名　讲

ɕin¹　tɯk⁸　mi²　hun²　di⁴　muŋ²　ka:ŋ³

caen　dwg　miz　vunz　ndij　mwngz　gangj

真　是　有　人　和　你　讲

刚才你同人聊天，

2722

名　得　对　当　鲁　不　眉

muŋ²　tɯk⁸　to:i¹　ta:ŋ⁵　lo⁴　bau⁵　mi²

mwngz　dwg　doi　dangq　rox　mbouj　miz

你　是　推　搪　知　没　有

故意假装没有人。

2723

小　姐　居　他　就　连　磧

ɬiau⁴　tɕe⁴　ku⁵　te¹　tɕo⁶　le:n⁶　lai⁶

siuj　cej　gwq　de　couh　lenh　laeh

小　姐　时　那　就　跑　追

小姐她就冲上去，

2724

楳　发　凤　奴　不　容　呈

mai⁴　fut⁸　fuŋ¹　lu²　bau⁵　juŋ²　ɕiŋ²

faex　fwd　fung　luz　mbouj　yungz　cingz

木　打　凤　禄　不　容　情

鞭打凤禄不留情。

2725

擂	了	又	再	嗲	风	娇
do:i⁵	le:u⁴	jau⁶	tɕa:i¹	ɕa:m¹	fuŋ¹	kiau⁵
ndoiq	liux	youh	caiq	cam	fung	gyauh
打	完	又	再	问	凤	娇

打完又追问凤娇，

2726

居	椪	甫	雷	乌	每	名
kɯ⁵	pan⁶	pu⁴	lai²	u⁵	di⁴	muŋ²
gwq	baenh	boux	lawz	youq	ndij	mwngz
时	刚才	人	谁	在	和	你

刚才谁和你一块？

2727

凤	娇	初	哞	对	不	闹
fuŋ¹	kiau⁵	tɕo⁶	nau²	to:i⁵	bau⁵	na:u⁵
fung	gyauh	coh	naeuz	doiq	mbouj	nauq
凤	娇	才	说	推	不	没

凤娇仍然不承认，

2728

各	利	故	乌	你	绣	花
ka:k⁸	ki³	ku¹	u⁵	ni⁴	ɬe:u⁵	wa¹
gag	geij	gou	youq	neix	siuq	va
自	己	我	在	这	绣	花

只有我在这绣花。

2729

小	姐	居	他	恨	合	很
ɬiau⁴	tɕe⁴	kɯ⁵	te¹	han¹	ho²	hun³
siuj	cej	gwq	de	raen	hoz	hwnj
小	姐	时	那	见	脖	起

小姐那时很生气，

2730

就	叫	天	还	接	厢	房
tɕo⁶	he:u⁶	ja⁵	wa:n²	la¹	ɬiaŋ⁵	fa:ŋ²
couh	heuh	yah	vanz	ra	siengh	fangz
就	叫	丫	鬟	搜	厢	房

叫丫鬟来搜厢房。

2731

李	旦	躲	下	床	定	了
li⁴	ta:n¹	do⁴	la³	bo:n⁵	tiŋ⁵	le:u⁴
lij	dan	ndoj	laj	mbonq	dingq	liux
李	旦	躲	下	床	听	完

李旦躲在床下听，

2732

忙	忙	妙	妙	乌	内	心
muaŋ²	muaŋ²	miau⁶	miau⁶	u⁵	dai¹	ɬam¹
muengz-	muengz-	miuh-	miuh	youq	ndaw	sim
慌慌张张				在	内	心

心中十分的紧张。

2733

天	还	吼	背	就	连	接
ja⁵	wa:n²	hau³	pai¹	tɕo⁶	le:n⁶	la¹
yah	vanz	haeuj	bae	couh	lenh	ra
丫	鬟	进	去	就	连忙	搜

丫鬟进去就乱搜，

2734

就	恨	李	旦	乌	忑	床
tɕo⁶	han¹	li⁴	ta:n¹	u⁵	la³	bo:n⁵
couh	raen	lij	dan	youq	laj	mbonq
就	见	李	旦	在	下	床

看到李旦在床底。

2735

陶	姐	居	他	合	元	恨
ta:u²	tɕe⁴	ku⁵	te¹	ho²	jiat⁸	huɯn³
dauz	cej	gwq	de	hoz	yied	hwnj
陶	姐	时	那	脖	越	起

小姐那时正生气，

2736

当	祥	反	那	骂	李	旦
ta:ŋ¹	ɕiaŋ²	fa:n³	na³	da⁵	li⁴	ta:n¹
dang	ciengz	fanj	naj	ndaq	lij	dan
当	场	反	脸	骂	李	旦

当场翻脸骂李旦。

2737

又	欧	樸	发	可	不	样
jau⁶	au¹	mai⁴	fa:t⁸	ko³	bau⁵	jiaŋ⁶
youh	aeu	faex	fad	goj	mbouj	nyiengh
又	要	木	抽	也	不	让

棍棒乱打不留情，

2738

捉	肌	双	甫	很	斗	齐
ɕuk⁸	taŋ²	ɬo:ŋ¹	pu⁴	huɯn³	tau³	ɕai²
cug	daengz	song	boux	hwnj	daeuj	caez
绑	到	两	人	上	来	齐

两人全都绑起来。

橹发李旦肝胆刀，

凤娇亮恨亦胆脆，

凤奴强隆志肯园，

讲斗事情得灰弄。

查哗民得长灰奋，

不用擂相公婆凉，

小姐恨哗又不性，

再擂凤奴亦责路。

发肘玉代篇厘斗、

就提背报许老爷。

哉肘双甫背初小，

知府多咱就连哗。

小姐居他哗许叁，

相公再天还眉缘。

妈笃凤奴眉条你，

知府初故开咱哗。

新故町耶差小讲，

八定他得劲主平。

条你顺得保天下、

皆你皇帝正造眉。

小姐恨哗和无恨、

知有叫双甫斗叁。

双数样雷事居你，

再叁李旦节凤怒。

2739

摛	发	李	旦	肝	殆	刀
do:i⁵	fa:t⁸	li⁴	ta:n¹	taŋ²	ta:i¹	ta:u⁵
ndoiq	fad	lij	dan	daengz	dai	dauq
打	抽	李	旦	到	死	回

打得李旦昏过去，

2740

凤	娇	尧	恨	亦	殆	脆
fuŋ¹	kiau⁵	jiau⁵	han¹	a³	ta:i¹	wi²
fung	gyauh	yiuq	raen	aj	dai	viz
凤	娇	看	见	要	死	瘫软

凤娇看见快昏倒。

2741

凤	奴	强	隆	志	背	周
fuŋ¹	lu²	kiaŋ⁶	loŋ²	kun²	pai¹	tɕau⁵
fung	luz	giengh	roengz	gwnz	bae	gouq
凤	禄	跳	下	上	去	救

凤禄扑过去救他，

2742

讲	斗	事	情	得	灰	弄
ka:ŋ³	tau³	ɬian⁵	ɕiŋ²	tuuk⁸	ho:i⁵	loŋ¹
gangj	daeuj	saeh	cingz	dwg	hoiq	loeng
讲	来	事	情	是	奴	错

这事情是我的错。

2743

查	吽	民	得	卡	灰	观
ɕa³	nau²	muŋ²	tuuk⁸	ka³	ho:i⁵	ko:n⁵
caj	naeuz	mwngz	dwg	gaj	hoiq	gonq
若	讲	你	是	杀	奴	先

要杀也是先杀我，

2744

不	用	摛	相	公	凄	凉
bau⁵	juŋ⁶	do:i⁵	ɬian¹	kuŋ⁵	ɬi⁵	liaŋ²
mbouj	yungh	ndoiq	sieng	gungh	si	liengz
不	用	打	相	公	凄	凉

不要再伤害相公。

2745

小	姐	恨	吽	又	不	准
ɬiau⁴	tɕe⁴	han¹	nau²	jau⁶	bau⁵	ɕin³
siuj	cej	raen	naeuz	youh	mbouj	cinj
小	姐	见	讲	又	不	准

小姐听完不罢手，

2746

再	摛	凤	奴	亦	贫	殆
tɕa:i¹	do:i⁵	fuŋ¹	lu²	a³	pan²	ta:i¹
caiq	ndoiq	fung	luz	aj	baenz	dai
再	打	凤	禄	要	成	死

把凤禄往死里打。

2747

发	肝	玉	代	笃	屋	斗
fa:t⁸	taŋ²	ji¹	ta:i¹	tok⁷	o:k⁷	tau³
fad	daengz	yi	dai	doek	ok	daeuj
抽	到	玉	带	掉	出	来

打得玉带掉出来，

2748

就	提	背	报	许	老	爺
tɕo⁶	tu²	pai¹	pa:u⁵	hai³	la:u⁴	je²
couh	dawz	bae	bauq	hawj	laux	yez
就	拿	去	报	给	老	爷

就拿玉带报老爷。

2749

哉	肝	双	甫	背	初	卜
çuk⁸	taŋ²	ɬoːŋ¹	pu⁴	pai¹	ço⁶	po⁶
cug	daengz	song	boux	bae	coh	boh
绑	到	两	人	去	向	父

绑两人去见父亲，

2750

知	府	多	咟	就	连	嗲
tçi⁵	fu⁴	laːi¹	paːk⁷	tço⁶	leːn⁶	çaːm¹
cih	fuj	lai	bak	couh	lenh	cam
知	府	多	口	就	连忙	问

知府见着就追问。

2751

小	姐	居	他	吽	许	爹
ɬiau⁴	tçe⁴	ku⁵	te¹	nau²	hai³	tia⁵
siuj	cej	gwq	de	naeuz	hawj	diq
小	姐	时	那	讲	给	爹

小姐当场跟爹说，

2752

相	公	旬	天	还	眉	缘
ɬiaŋ¹	kuŋ⁵	di⁴	ja⁵	waːn²	mi²	jian²
sieng	gungh	ndij	yah	vanz	miz	yienz
相	公	和	丫	鬟	有	缘

相公与丫鬟私通。

三十四　李旦坦然亮身世

櫃发李旦肝焰刀，凤娇亮恨亦踏脆，

凤奴強隆志背圆，讲斗事情得灰弄，

查哗民得卡灰奮，不用擂相公婆凉，

小姐恨哗又不惟，再擂凤奴亦贲难，

发財玉代篤屋斗、就提背报许老爺。

哉町双甫背初小，知府多咱就連哗，

小姐居他哗许筝，相公再久还眉缘，

妈罵凤奴眉条你，知有初故开咱哗，

新故町耶着小讲，八定他得动主平，

条你顺得保天下、皆依皇帝正造眉，

小姐恨哗和无恨、知有叫双甫斗哗，

双数祥雷事居你，再参李旦帝凤怒。

2753

媽	罵	凤	奴	眉	条	你
me⁶	ma¹	fuŋ¹	lu²	mi²	teːu²	ni⁴
meh	ma	fung	luz	miz	diuz	neix
母	狗	凤	禄	有	条	这

凤禄身上有这条，

2754

知	府	初	欧	开	咟	吽
tɕi⁵	fu⁴	ço⁶	au¹	haːi¹	paːk⁷	nau²
cih	fuj	coh	aeu	hai	bak	naeuz
知	府	接	要	开	口	说

知府接过开口说。

2755

孲	故	叮	耶	差	卜	讲
luk⁸	ku¹	tiŋ⁵	jia¹	ça³	po⁶	kaːŋ³
lwg	gou	dingq	nyi	caj	boh	gangj
儿	我	听	见	等	父	讲

女儿你听为父说，

2756

八	定	他	得	孲	主	平
pa⁶	tiŋ⁶	te¹	tuk⁸	luk⁸	ɬu³	piaŋ²
bah	dingh	de	dwg	lwg	souj	biengz
必	定	他	是	儿	主	天下

他肯定是先皇子。

2757

条	你	顺	得	保	天	下
teːu²	ni⁴	çin¹	tuk⁸	paːu³	teːn⁶	ja⁵
diuz	neix	caen	dwg	bauj	dien	yah
条	这	真	是	保	天	下

玉带能保国太平，

2758

皆	你	皇	帝	正	造	眉
kaːi⁵	ni⁴	wuaŋ²	tai⁵	çiŋ⁵	tço⁶	mi²
gaiq	neix	vuengz	daeq	cingq	coh	miz
块	这	皇	帝	正	才	有

这个皇帝才会有。

2759

小	姐	恨	吽	和	元	很
ɬiau⁴	tɕe⁴	han¹	nau²	ho²	jiat⁸	hun³
siuj	cej	raen	naeuz	hoz	yied	hwnj
小	姐	见	说	脖	越	起

小姐听说更生气，

2760

知	府	叫	双	甫	斗	嗲
tɕi⁵	fu⁴	heːu⁶	ɬoːŋ¹	pu⁴	tau³	çaːm¹
cih	fuj	heuh	song	boux	daeuj	cam
知	府	叫	两	人	来	问

知府叫两人来问。

2761

双	数	样	雷	事	居	你
ɬoːŋ¹	ɬu¹	jiaŋ⁶	lai²	ɬian⁵	kɯ⁵	ni⁴
song	sou	yiengh	lawz	saeh	gwq	neix
两	你们	样	哪	事	时	这

你们是怎么回事？

2762

再	嗲	李	旦	甸	凤	怒
tçaːi¹	çaːm¹	li⁴	taːn¹	di⁴	fuŋ¹	lu²
caiq	cam	lij	dan	ndij	fung	luz
再	问	李	旦	和	凤	禄

又问李旦和凤禄。

读故唔数亦哗动，

谷祖卜妈乌茄吾。

李旦居他开晤讲，

唔你不音老爷哗。

谷祖卜妈京城地，

由尊戕远迎一平。

小姐再唔他姑呃，

详者幼你谋凤奴。

原来甫你得住灰，

详若屋唯里眉缘。

为合该名难高你，

幼舍许故学望房。

李旦又对小姐讲、

该故里他讲凡哗。

故尧恨他乌荔你，

该故不特里他谋。

甫你特份汉阳地，

因为故唔他谷恨。

该故讲估末曾了，

该名凤斗多不容。

李旦又刀讲估仏，

居你不音正数哗。

甫你他得郭凤娇，

份故就叫郭李旦。

2763

该	故	嗲	数	亦	吽	所
ka:i⁵	ku¹	ça:m¹	łu¹	a³	nau²	ło⁶
gaiq	gou	cam	sou	aj	naeuz	soh
个	我	问	你们	要	讲	直

你们对我说真话，

2764

谷	祖	卜	媽	乌	茄	雷
kok⁷	kan¹	po⁶	me⁶	u⁵	kia²	lai²
goek	gaen	boh	meh	youq	giz	lawz
源	根	父	母	在	地方	哪

老家父母在哪里？

2765

李	旦	居	他	开	呣	讲
li⁴	ta:n¹	kw⁵	te¹	ha:i¹	pa:k⁷	ka:ŋ³
lij	dan	gwq	de	hai	bak	gangj
李	旦	时	那	开	口	讲

李旦那时开口说，

2766

居	你	不	音	老	爺	吽
kw⁵	ni⁴	bau⁵	ʔjam¹	la:u⁴	je²	nau²
gwq	neix	mbouj	yaem	laux	yez	naeuz
时	这	不	瞒	老	爷	讲

现在不瞒老爷您。

2767

谷	祖	卜	乌	京	城	地
kok⁷	kan¹	po⁶	u⁵	kiŋ¹	çiŋ²	tiak⁸
goek	gaen	boh	youq	ging	singz	dieg
源	根	父	在	京	城	地方

祖上原是京城地，

2768

因	为	眉	难	造	遊	平
jin⁵	wi⁶	mi²	na:n⁶	tço⁶	jau²	piaŋ²
yinh	vih	miz	nanh	coh	youz	biengz
因	为	有	难	才	游	地方

因为有难才流浪。

2769

小	姐	再	嗲	他	培	么
łiau⁴	tçe⁴	tça:i¹	ça:m¹	te¹	pai²	mo⁵
siuj	cej	caiq	cam	de	baez	moq
小	姐	再	问	他	次	新

小姐再问他一遍，

2770

样	名	幼	你	谋	凤	奴
jian⁶	muŋ²	u⁵	ni⁴	mau²	fuŋ¹	lu²
yiengh	mwngz	youq	neix	maeuz	fung	luz
样	你	在	这	谋	凤	禄

你和凤禄啥关系？

2771

原	耒	甫	你	得	伝	灰
je:n²	la:i²	pu⁴	ni⁴	tuk⁸	hun²	ho:i⁵
yienz	laiz	boux	neix	dwg	vunz	hoiq
原	来	人	这	是	人	奴

她本是个小仆人，

2772

该	名	屋	你	里	眉	缘
ka:i⁵	muŋ²	u⁵	ni⁴	li⁴	mi²	jian²
gaiq	mwngz	youq	neix	lij	miz	yienz
个	你	在	这	还	有	缘

你如何与她相识？

2773

为	合	该	名	难	髙	你
wi⁶	ma²	ka:i⁵	muŋ²	na:n²	ka:u⁶	ni⁴
vih	maz	gaiq	mwngz	nanz	gauh-	neix
为	什么	个	你	久		这么

为何成婚那么久，

2774

幼	舍	许	故	守	空	房
ʔju⁵	çe¹	hai³	ku¹	çau⁴	tçu⁵	luk⁸
youq	ce	hawj	gou	souj	byouq	rug
怎	留	给	我	守	空	房

留我一人守空房？

2775

李	旦	又	对	小	姐	讲
li⁴	ta:n¹	jau⁶	to:i⁵	ɬiau⁴	tçe⁴	ka:ŋ³
lij	dan	youh	doiq	siuj	cej	gangj
李	旦	又	对	小	姐	讲

李旦又对小姐说，

2776

该	故	里	他	讲	几	咘
ka:i⁵	ku¹	di⁴	te¹	ka:ŋ³	ki³	çon²
gaiq	gou	ndij	de	gangj	geij	coenz
个	我	和	她	讲	几	句

我和她说几句话。

2777

甫	你	特	伝	汉	阳	地
pu⁴	ni⁴	tuk⁸	hun²	ha:n¹	ja:ŋ²	tiak⁸
boux	neix	dwg	vunz	han	yangz	dieg
人	这	是	人	汉	阳	地方

她本来是汉阳人，

2778

该	故	不	特	里	他	谋
ka:i⁵	ku¹	bau⁵	tuk⁸	di⁴	te¹	mau²
gaiq	gou	mbouj	dwg	ndij	de	maeuz
个	我	不	是	和	她	谋

我不是打她主意。

2779

故	尧	恨	他	乌	茄	你
ku¹	jiau⁵	han¹	te¹	u⁵	kia²	ni⁴
gou	yiuq	raen	de	youq	giz	neix
我	看	见	她	在	地方	这

我在这里遇见她，

2780

因	为	故	嗲	他	谷	根
jin⁵	wi⁶	ku¹	ça:m¹	te¹	kok⁷	kan¹
yinh	vih	gou	cam	de	goek	gaen
因	为	我	问	她	源	根

因此我问她缘由。

2781

该	故	讲	咕	未	曾	了
ka:i⁵	ku¹	ka:ŋ³	ko³	mi³	çaŋ²	le:u⁴
gaiq	gou	gangj	goj	mij	caengz	liux
个	我	讲	故事	未	曾	完

我还未曾问完话，

2782

该	名	吼	斗	多	不	容
ka:i⁵	muŋ²	hau³	tau³	to⁵	bau⁵	juŋ²
gaiq	mwngz	haeuj	daeuj	doq	mbouj	yungz
个	你	进	来	马上	不	容

你进来不问缘由。

2783

李	旦	又	刀	讲	培	么
li⁴	taːn¹	jau⁶	taːu⁵	kaːŋ³	pai²	mo⁵
lij	dan	youh	dauq	gangj	baez	moq
李	旦	又	回	讲	次	新

李旦回头又重说，

2784

居	你	不	音	正	数	呌
kɯ⁵	ni⁴	bau⁵	ʔjam¹	tɕiŋ⁵	łu¹	nau²
gwq	neix	mbouj	yaem	gyoengq	sou	naeuz
时	这	不	瞒	众	你们	讲

现在不瞒你们说。

2785

甫	你	他	得	郭	凤	娇
pu⁴	ni⁴	te¹	tɯk⁸	kuak⁸	fuŋ¹	kiau⁵
boux	neix	de	dwg	guh	fung	gyauh
人	这	她	是	做	凤	娇

她本人名叫凤娇，

2786

份	故	就	叫	郭	李	旦
fan⁶	ku¹	tɕo⁶	heːu⁶	kuak⁸	li⁴	taːn¹
faenh	gou	couh	heuh	guh	lij	dan
份	我	就	叫	做	李	旦

而我真名叫李旦。

纸59

甫你他得勃胡鐙，胡鐙先略化皆陰。

胡笑为荔东卅地，因为该故与兰他。

居你烂他得风娇，文氏甲许故郭如，

因车港败斗时你，故里他论讲堪凉，

该故李旦京城地，卜故郭皇行心狂。

再欧则天郭西宫，搜得卜故贫瘟皇、

妈等则天列心萋、甲里公那害妈故，

妈故特劲李开芳，开芳他得估汉阳。

正数同队叮耶讲，妈故亦站乌米宰。

汉阳大故何丰火，则天焰兵亦同文。

太故文氏可恨难，暂不腾育他班茯叮雷。

她故潜败斗时你，不可昱你得侗恨，

2787
甫 你 他 得 劧 胡 登
pu^{4} ni^{4} te^{1} tɯk^{8} lɯk^{8} hu^{2} tɯn^{5}
boux neix de dwg lwg huz dwngh
人 这 她 是 儿 胡 登
她的父亲叫胡登，

2788
胡 登 先 殆 化 背 陰
hu^{2} tɯn^{5} ɬe:n^{5} ta:i^{1} wa^{5} pai^{1} jam^{1}
huz dwngh senq dai vaq bae yaem
胡 登 早已 死 化 去 阴
胡登他已经故去。

2789
胡 发 乌 茄 东 州 地
hu^{2} fa^{2} u^{5} kia^{2} tuŋ^{5} tɕau^{5} tiak^{8}
huz faz youq giz dungh couh dieg
胡 发 在 地方 东 州 地方
胡发他住在东州，

2790
因 为 该 故 乌 兰 他
jin^{5} wi^{6} ka:i^{5} ku^{1} u^{5} la:n^{2} te^{1}
yinh vih gaiq gou youq ranz de
因 为 个 我 在 家 他
因为我寄居他家。

2791
居 你 烂 他 得 凤 娇
kɯ^{5} ni^{4} la:n^{1} te^{1} tɯk^{8} fuŋ^{1} kiau^{5}
gwq neix lan de dwg fung gyauh
时 这 侄 他 是 凤 娇
凤娇是胡发侄女，

2792
文 氏 甲 许 故 郭 妑
wɯn^{2} ɕi^{1} ka:p^{7} hai^{3} ku^{1} kuak^{8} pa^{2}
vwnz si gap hawj gou guh baz
文 氏 配 给 我 做 妻
文氏将女儿嫁我。

2793
因 为 落 贩 斗 肘 你
jin^{5} wi^{6} loŋ^{2} pa:i^{6} tau^{3} taŋ^{2} ni^{4}
yinh vih roengz baih daeuj daengz neix
因 为 落 败 来 到 这
因为落难逃到这，

2794
故 里 他 论 讲 凄 凉
ku^{1} di^{4} te^{1} lɯn^{6} ka:ŋ^{3} ɬi^{5} liaŋ^{2}
gou ndij de lwnh gangj si liengz
我 和 她 论 说 凄 凉
我和她处境悲惨。

2795
该 故 李 旦 京 城 地
ka:i^{5} ku^{1} li^{4} ta:n^{1} kiŋ^{1} ɕiŋ^{2} tiak^{8}
gaiq gou lij dan ging singz dieg
个 我 李 旦 京 城 地方
我李旦来自京城，

2796
卜 故 郭 皇 行 心 狂
po^{6} ku^{1} kuak^{8} wuaŋ^{2} he:ŋ^{2} ɬam^{1} kwa:ŋ^{2}
boh gou guh vuengz hengz sim guengz
父 我 做 皇 行 心 狂
我父为皇心不正。

2797

再	欧	则	天	郭	西	宫
tɕaːi¹	au¹	tɕə²	teːn⁵	kuak⁸	ɬi⁵	kuŋ⁵
caiq	aeu	cwz	denh	guh	sih	gungh
再	要	则	天	做	西	宫

又立西宫武则天,

2798

拨	得	卜	故	贫	瘟	皇
piat⁸	tuuk⁸	po⁶	ku¹	pan²	ŋon⁶	wuaŋ²
bued	dwk	boh	gou	baenz	ngoenh	vuengz
弄	得	父	我	成	昏	皇

害得父皇成昏君。

2799

妈	㑇	则	天	行	心	蕚
me⁶	ma¹	tɕə²	teːn⁵	heːŋ²	ɬam¹	ʔjaːk⁷
meh	ma	cwz	denh	hengz	sim	yak
母	狗	则	天	行	心	恶

狗娘则天心狠毒,

2800

甲	里	公	那	害	妈	故
kaːk⁸	di⁴	koŋ¹	na⁴	haːi⁶	me⁶	ku¹
gag	ndij	goeng	nax	haih	meh	gou
自	和	公	舅	害	母	我

联手内弟害我母。

2801

妈	故	特	孲	李	开	芳
me⁶	ku¹	tuuk⁸	luuk⁸	li⁴	kaːi⁵	faŋ⁵
meh	gou	dwg	lwg	lij	gaih	fangh
母	我	是	儿	李	开	芳

母亲生父李开芳,

2802

开	芳	他	得	伝	汉	阳
kaːi⁵	faŋ⁵	te¹	tuuk⁸	hun²	haːn¹	jaːŋ²
gaih	fangh	de	dwg	vunz	han	yangz
开	芳	他	是	人	汉	阳

开芳他是汉阳人。

2803

正	数	同	队	叮	耶	讲
tɕiŋ⁵	ɬu¹	toŋ⁶	toːi⁶	tiŋ⁵	jia¹	kaːŋ³
gyoengq	sou	doengh-	doih	dingq	nyi	gangj
众	你们	共同		听	见	讲

你们一起听我说,

2804

妈	故	亦	殆	乌	水	牢
me⁶	ku¹	a³	taːi¹	u⁵	ɕuai⁴	laːu²
meh	gou	aj	dai	youq	suij	lauz
母	我	要	死	在	水	牢

我母亲死在水牢。

2805

汉	阳	大	故	可	辛	火
haːn¹	jaːŋ²	ta¹	ku¹	ko³	ɬin⁶	ho³
han	yangz	da	gou	goj	sin	hoj
汉	阳	外公	我	也	辛	苦

汉阳外公也辛苦,

2806

则	天	招	兵	亦	同	文
tɕə²	teːn⁵	ɕiau¹	piŋ¹	a³	toŋ⁶	fuut⁸
cwz	denh	ciu	bing	aj	doengh	fwd
则	天	招	兵	要	同	打

则天招兵要来攻。

2807

太	故	文	氏	可	恨	难
ta:i⁵	ku¹	wun²	çi¹	ko³	han¹	na:n⁶
daiq	gou	vwnz	si	goj	raen	nanh
岳母	我	文	氏	也	见	难

岳母文氏也艰难，

2808

不	鲁	爺	他	班	肛	雷
bau⁵	lo⁴	jia¹	te¹	pa:n⁶	taŋ²	lai²
mbouj	rox	nyi	de	banh	daengz	lawz
不	懂	听	她	流浪	到	哪

不知她流浪何处。

2809

妣	故	落	贩	斗	肛	你
pa²	ku¹	loŋ²	pa:i⁶	tau³	taŋ²	ni⁴
baz	gou	roengz	baih	daeuj	daengz	neix
妻	我	落	败	来	到	这

妻子流落到这里，

2810

不	可	昙	你	得	同	恨
bau⁵	ko³	ŋon²	ni⁴	dai⁴	toŋ⁶	han¹
mbouj	goj	ngoenz	neix	ndaej	doengh	raen
不	料	日	这	得	相	见

谁知今日能相见。

鲁哗正数容不礼，八是眉长里眉州，

李旦又知鲁知府，样你名详得娆爷。

不可名叫非一意，色未劲媚故鲁恨，

傻叫脑利脾雷丑，样你该者得心狂，

又敌者初郭再永、色是故然术里者。

李旦又对知府讲，公大叮那善灰哗。

因为马永不得斗，许灰斗书他欲娘。

因座事贝样你，该灰造不干洞序。

知府恨他呃喀你，样你该故送数贵。

数为荒你正不礼，送那三肖肖汉阳。

辅水号你萝特鲁，则天鲁喉不吉利。

小姐恨哗及不惟，数敌他很背京城。

2811

鲁	吽	正	数	容	不	礼
lo⁴	nau²	tɕiŋ⁵	ɬu¹	juŋ²	bau⁵	dai⁴
rox	naeuz	gyoengq	sou	yungz	mbouj	ndaej
或	说	众	你们	容	不	得

或者你们容不下，

2812

八	定	眉	昙	里	眉	仇
pa⁶	tiŋ⁶	mi²	hun²	di⁴	mi²	ɕau²
bah	dingh	miz	vunz	ndij	miz	caeuz
必	定	有	人	和	有	仇

肯定与人有仇怨。

2813

李	旦	又	对	知	府	讲
li⁴	ta:n¹	jau⁶	to:i⁵	tɕi⁵	fu⁴	ka:ŋ³
lij	dan	youh	doiq	cih	fuj	gangj
李	旦	又	对	知	府	讲

李旦又听知府说，

2814

样	你	名	吽	得	姑	爺
jiaŋ⁶	ni⁴	muŋ²	nau²	tuk⁸	ku⁵	jia²
yiengh	neix	mwngz	naeuz	dwg	go	yez
样	这	你	讲	是	姑	爷

现在你说是女婿。

2815

不	可	名	又	吽	诈	意
bau⁵	ko³	muŋ²	jau⁶	nau²	tɕa³	i⁵
mbouj	goj	mwngz	youh	naeuz	gyaj	eiq
不	料	你	又	讲	假	意

谁知你又说假话，

2816

色	耒	劢	媥	故	鲁	恨
ɬak⁷	la:i⁵	luk⁸	buk⁷	ku¹	lo⁴	han¹
caek-	laiq	lwg	mbwk	gou	rox	raen
幸好		儿	女	我	会	见

幸好我女儿发现。

2817

假	吽	胪	利	睥	雷	刅
tɕa³	nau²	dian¹	di¹	pi¹	lai²	ɕu⁴
gyaj	naeuz	ndwen	ndei	bi	lawz	coux
假	说	月	好	年	哪	娶

骗说哪年哪月娶，

2818

样	你	该	名	得	心	狂
jiaŋ⁶	ni⁴	ka:i⁵	muŋ²	tuk⁸	ɬam¹	kwa:ŋ²
yiengh	neix	gaiq	mwngz	dwg	sim	guengz
样	这	个	你	是	心	狂

你这种人心不正。

2819

又	欧	名	初	郭	玛	永
jau⁶	au¹	miŋ²	ɕo⁶	kuak⁸	ma⁴	juŋ⁴
youh	aeu	mingz-	coh	guh	maj	yungj
又	要	名字		做	马	永

又改名字做马永，

2820

色	昙	故	埃	卡	里	名
ɬak⁷	ŋon²	ku¹	ŋa:i²	ka³	di⁴	muŋ²
saek	ngoenz	gou	ngaiz	gaj	ndij	mwngz
哪	日	我	挨	杀	和	你

哪天我因你遭难。

2821

李	旦	又	对	知	府	讲
li⁴	ta:n¹	jau⁶	to:i⁵	tçi⁵	fu⁴	ka:ŋ³
lij	dan	youh	doiq	cih	fuj	gangj
李	旦	又	对	知	府	讲

李旦又对知府说，

2822

公	大	叮	耶	差	灰	吽
koŋ¹	ta¹	tiŋ⁵	jia¹	ça³	ho:i⁵	nau²
goeng-	da	dingq	nyi	caj	hoiq	naeuz
岳父		听	见	等	奴	说

岳父你听晚辈说。

2823

因	为	馬	永	不	得	斗
jin⁵	wi⁶	ma⁴	juŋ⁴	bau⁵	dai⁴	tau³
yinh	vih	maj	yungj	mbouj	ndaej	daeuj
因	为	马	永	不	得	来

因为马永来不了，

2824

许	灰	斗	每	他	欧	娘
hai³	ho:i⁵	tau³	di⁴	te¹	au¹	na:ŋ²
hawj	hoiq	daeuj	ndij	de	aeu	nangz
给	奴	来	和	他	娶	妻

让我代替他迎亲。

三十五 陶小姐押李旦进京

扫码听音频

鲁哗正数容不礼，八差眉县里眉州，

哗李旦又知府又对茅知府讲，样你名哗得姓爷。

先府又知府，

不可名哗非一意，色来劲媚故鲁恨，

傻哗胂利晔雷丑，样你该者锅心狂，

又故者初郭吾永、色昙故哗求里名。

李旦又对知府讲，公大叮那善灰哗。

因为马永不得斗，许灰斗书他欲娘。

回为事鞭贼样你，该灰造不干洞旁。

知府恨他吃哗你，样你该故送数首。

数乌茄你正不礼，送朋三肖背汉阳。

再水号你劳特鲁，则天鲁壤不吉利。

小姐恨哗题不住，数哉他很皆京城。

2825

因	为	事	悑	贫	样	你
jin⁵	wi⁶	ɬian⁵	ɕiŋ²	pan²	jiaŋ⁶	ni⁴
yinh	vih	saeh	cingz	baenz	yiengh	neix
因	为	事	情	成	样	这

因为事情变这样，

2826

该	灰	造	不	干	洞	房
ka:i⁵	ho:i⁵	tɕo⁶	bau⁵	ka:n³	tuŋ¹	fa:ŋ²
gaiq	hoiq	coh	mbouj	ganj	dung	fangz
个	奴	才	不	赶	洞	房

所以我不入洞房。

2827

知	府	恨	他	呍	哘	你
tɕi⁵	fu⁴	han¹	te¹	ha:u⁵	ɕon²	ni⁴
cih	fuj	raen	de	hauq	coenz	neix
知	府	见	他	讲	句	这

知府听他这样说，

2828

样	你	该	故	送	数	背
jiaŋ⁶	ni⁴	ka:i⁵	ku¹	ɬoŋ⁵	ɬu¹	pai¹
yiengh	neix	gaiq	gou	soengq	sou	bae
样	这	个	我	送	你们	去

这样我送你们走。

2829

数	乌	茄	你	正	不	礼
ɬu¹	u⁵	kia²	ni⁴	ɕiŋ⁵	bau⁵	dai⁴
sou	youq	giz	neix	cingq	mbouj	ndaej
你们	在	地方	这	真	不	得

你们在这真不行，

2830

送	朒	三	甫	背	汉	阳
ɬoŋ⁵	taŋ²	ɬa:m¹	pu⁴	pai¹	ha:n¹	ja:ŋ²
soengq	daengz	sam	boux	bae	han	yangz
送	到	三	人	去	汉	阳

三人一起送汉阳。

2831

再	乌	昙	你	劳	特	鲁
tɕa:i¹	u⁵	ŋon²	ni⁴	la:u¹	tɯk⁸	lo⁴
caiq	youq	ngoenz	neix	lau	dwg	rox
再	住	日	今	怕	是	知

再住今后怕人懂，

2832

则	天	鲁	呢	不	当	利
tɕə²	te:n⁵	lo⁴	de⁵	bau⁵	ta:ŋ¹	di¹
cwz	denh	rox	ndeq	mbouj	dang	ndei
则	天	知	晓	不	当	好

则天发现可不妙。

2833

小	姐	恨	呐	又	不	准
ɬiau⁴	tɕe⁴	han¹	nau²	jau⁶	bau⁵	ɕin³
siuj	cej	raen	naeuz	youh	mbouj	cinj
小	姐	见	讲	又	不	准

小姐听完不同意，

2834

数	哉	他	很	背	京	城
ɬu¹	ta:i⁵	te¹	hun³	pai¹	kiŋ¹	ɕiŋ²
sou	daiq	de	hwnj	bae	ging	singz
你们	带	他	上	去	京	城

我送他们去京城。

760

事情谈故初鲁唤，他有故学不眉缘。

是上开字至斗尧，捌舍许故守坐旁，

卦取事情贪祥你，拾伍背句故寻花。

瞎他寻花誹贪祥，誰知内心行心狂，

皆故想斗贪合很，学亦哉他背京城。

改信背叫哥娄斗，娄哉他背故功劳。

知府恨叫又不准，劲故叮邪差卜咩。

甫你他顺得皇帝，娄鲁八平不当利。

昙昨劳娄鲁眉难，劲故衣爹不用蛮。

小姐他不叮邪讲，学亦栽背不容星。

哥娄卦帅武则天，不荅李旦祥雷行。

劲媚刀不衣卜讲，小姑原领也不容。

2835

事	情	该	故	初	鲁	啵
ɬian⁵	çiŋ²	ka:i⁵	ku¹	tço⁶	lo⁴	de⁵
saeh	cingz	gaiq	gou	coh	rox	ndeq
事	情	个	我	才	知	晓

事情我才弄清楚，

2836

他	每	故	学	不	眉	缘
te¹	di⁴	ku¹	tço⁶	bau⁵	mi²	jian²
de	ndij	gou	coh	mbouj	miz	yienz
他	和	我	才	不	有	缘

我和他没有缘分。

2837

昙	昙	开	字	屋	斗	尧
ŋon²	ŋon²	ha:i¹	ɬu¹	o:k⁷	tau³	jiau⁵
ngoenz	ngoenz	hai	saw	ok	daeuj	yiuq
日	日	开	书	出	来	看

天天在书房看书，

2838

捌	舍	许	故	守	空	房
pa:t⁷	çe¹	hai³	ku¹	çau⁴	tçu⁵	fa:ŋ²
bat-	ce	hawj	gou	souj	byouq	fangz
丢下		给	我	守	空	房

撇下我独守空房。

2839

卦	取	事	情	贫	样	你
kwa⁵	çi³	ɬian⁵	çiŋ²	pan²	jian⁶	ni⁴
gvaq-	cij	saeh	cingz	baenz	yiengh	neix
难怪		事	情	成	样	这

原来真相是这样，

2840

拾	伍	背	每	故	寻	花
çip⁸	ha³	pai¹	di⁴	ku¹	çin²	wa¹
cib	haj	bae	ndij	gou	cinz	va
十	五	去	和	我	赏	花

十五和我去赏花。

2841

嗡	他	寻	花	讲	贫	样
ham⁶	te¹	çin²	wa¹	ka:ŋ³	pan²	ni⁴
haemh	de	cinz	va	gangj	baenz	neix
晚	那	赏	花	讲	成	这

那晚他说得好听，

2842

谁	知	内	心	行	心	狂
lai²	lo⁴	dai¹	ɬam¹	he:ŋ²	ɬam¹	kwa:ŋ²
byawz	rox	ndaw	sim	hengz	sim	guengz
谁	知	中	心	行	心	狂

谁知内心这么坏。

2843

皆	故	想	斗	贫	合	很
ka:i⁵	ku¹	ɬian³	tau³	pan²	ho²	hun³
gaiq	gou	siengj	daeuj	baenz	hoz	hwnj
个	我	想	来	成	脖	起

我想起来很生气，

2844

学	亦	哉	他	背	京	城
tço⁶	a³	a:t⁸	te¹	pai¹	kiŋ¹	çin²
coh	aj	ad	de	bae	ging	singz
就	要	押	他	去	京	城

所以要押他上京。

2845

欧	信	背	叫	哥	娄	斗
au¹	ɬin⁵	pai¹	he:u⁶	ko⁵	lau²	tau³
aeu	saenq	bae	heuh	go	raeuz	daeuj
要	信	去	叫	哥	我们	来

写信去叫兄长来，

2846

娄	哉	他	背	欧	功	劳
lau²	a:t⁸	te¹	pai¹	au¹	koŋ¹	la:u²
raeuz	ad	de	bae	aeu	goeng	lauz
我们	押	他	去	要	功	劳

押送上京得立功。

2847

知	府	恨	吽	又	不	准
tɕi⁵	fu⁴	han¹	nau²	jau⁶	bau⁵	ɕin³
cih	fuj	raen	naeuz	youh	mbouj	cinj
知	府	见	讲	又	不	准

知府听完不同意，

2848

孙	故	叮	耶	差	卜	吽
luɯk⁸	ku¹	tiŋ⁵	jia¹	ɕa³	po⁶	nau²
lwg	gou	dingq	nyi	caj	boh	naeuz
儿	我	听	见	等	父	说

女儿你听为父说。

2849

甫	你	他	顺	得	皇	帝
pu⁴	ni⁴	te¹	ɕin¹	tuuk⁸	wuaŋ²	tai⁵
boux	neix	de	caen	dwg	vuengz	daeq
个	这	他	真	是	皇	帝

这人他真是皇帝，

2850

娄	害	卜	平	不	当	利
lau²	ha:i⁶	po⁶	piaŋ²	bau⁵	ta:ŋ¹	di¹
raeuz	haih	boh	biengz	mbouj	dang	ndei
我们	害	父	天下	不	当	好

加害天子可不得。

2851

昙	昨	劳	娄	鲁	眉	难
ŋon²	ɕo:k⁸	la:u¹	lau²	lo⁴	mi²	na:n⁶
ngoenz	cog	lau	raeuz	rox	miz	nanh
日	明	怕	我们	会	有	难

日后我们要遭殃，

2852

孙	故	衣	爹	不	用	蛮
luɯk⁸	ku¹	i¹	tia⁵	bau⁵	juŋ⁶	ma:n²
lwg	gou	ei	diq	mbouj	yungh	manz
儿	我	依	爹	不	用	蛮

女儿听爹莫蛮干。

2853

小	姐	他	不	叮	耶	讲
ɬiau⁴	tɕe⁴	te¹	bau⁵	tiŋ⁵	jia¹	ka:ŋ³
siuj	cej	de	mbouj	dingq	nyi	gangj
小	姐	她	不	听	见	讲

小姐根本听不进，

2854

学	亦	哉	背	不	容	呈
tɕo⁶	a³	a:t⁸	pai¹	bau⁵	juŋ²	ɕiŋ²
couh	aj	ad	bae	mbouj	yungz	cingz
就	要	押	去	不	容	情

要押李旦上京城。

2855

哥	娄	卦	帅	武	则	天
ko⁵	lau²	kuak⁸	ça:i¹	u⁴	tçə²	te:n⁵
go	raeuz	guh	sai	vuj	cwz	denh
兄	我们	做	帅	武	则	天

兄是武则天将帅，

2856

不	劳	李	旦	样	雷	行
bau⁵	la:u¹	li⁴	ta:n¹	jiaŋ⁶	lai²	he:ŋ²
mbouj	lau	lij	dan	yiengh	lawz	hengz
不	怕	李	旦	样	哪	行

不怕李旦怎么样。

2857

孙	媚	刀	不	衣	卜	讲
luuk⁸	buuk⁷	ta:u⁵	bau⁵	i¹	po⁶	ka:ŋ³
lwg	mbwk	dauq	mbouj	ei	boh	gangj
儿	女	又	不	依	父	讲

女儿不听父亲话，

2858

卜	媪	原	领	也	不	容
po⁶	me⁶	jian⁶	liŋ⁴	je³	bau⁵	juŋ²
boh	meh	nyienh	lingx	yej	mbouj	yungz
父	母	愿	领	也	不	容

父母求情也不行。

知府恨劲求衷讲，故句表名伴雷行，

县昨眉先故不鲁，八走名学不当利。

该故钩名可不卦，哥名卦帅乌京城，

则天他可叶利害，色县以山眼背齐。

居你四雅里三思，甫依心蕴雷不容，

色县哥名里恨难，不劳名讲礼能强。

居你汉阳召兵佐，准备亦摺武启皇，

色县三恩可剃难，哥名可鲁犯逢。

不劳该名叶利害，县你肘名里始船，

讲茄你又乞奈，再讲曹彪刀汉阳。

肘县彩路合也行，居他不恨奈分雷，

连恒彩肘汉阳地，恨摺四更造肘城。

2859

知	府	恨	劧	不	衣	讲
tɕi⁵	fu⁴	han¹	luuk⁸	bau⁵	i¹	ka:ŋ³
cih	fuj	raen	lwg	mbouj	ei	gangj
知	府	见	儿	不	依	讲

知府劝告她不听，

2860

故	可	衣	名	样	雷	行
ku¹	ko³	i¹	muuŋ²	jian⁶	lai²	he:ŋ²
gou	goj	ei	mwngz	yiengh	lawz	hengz
我	也	依	你	样	哪	行

你怎么做我依你。

2861

昙	昨	眉	先	故	不	鲁
ŋon²	ço:k⁸	mi²	ɬian⁵	ku¹	bau⁵	lo⁴
ngoenz	cog	miz	saeh	gou	mbouj	rox
日	明	有	事	我	不	知

日后出事我不管，

2862

八	定	名	学	不	当	利
pa⁶	tiŋ⁶	muuŋ²	tɕo⁶	bau⁵	ta:ŋ¹	di¹
bah	dingh	mwngz	couh	mbouj	dang	ndei
必	定	你	就	不	当	好

你肯定会犯大错。

2863

该	故	鈎	名	可	不	卦
ka:i⁵	ku¹	nau²	muuŋ²	ko³	bau⁵	kwa⁵
gaiq	gou	naeuz	mwngz	goj	mbouj	gvaq
个	我	说	你	也	不	过

我也说服不了你，

2864

哥	名	卦	帅	乌	京	城
ko⁵	muuŋ²	kuak⁸	ça:i¹	u⁵	kiŋ¹	çiŋ²
go	mwngz	guh	sai	youq	ging	singz
哥	你	做	帅	在	京	城

你哥在京城为帅。

2865

则	天	他	可	吽	利	害
tɕə²	te:n⁵	te¹	ko³	nau²	li¹	ha:i¹
cwz	denh	de	goj	naeuz	leix	haih
则	天	他	也	讲	厉	害

都说武则天凶狠，

2866

色	昙	江	山	贩	背	齐
ɬak⁷	ŋon²	kian⁵	ça:n⁵	pa:i⁶	pai¹	çai²
saek	ngoenz	gyangh	sanh	baih	bae	caez
哪	日	江	山	败	去	齐

也许哪天换江山。

2867

居	你	雅	吽	里	三	思
kuu⁵	ni⁴	ja⁶	nau²	di⁴	ɬa:n⁵	ɬuu⁵
gwq	neix	yah	naeuz	ndij	sanh	swh
时	这	又	说	跟	三	思

现在再说武三思，

2868

甫	伝	心	蕚	霄	不	容
pu⁴	hun²	ɬam¹	ʔja:k⁷	bun¹	bau⁵	juŋ²
boux	vunz	sim	yak	mbwn	mbouj	yungz
个	人	心	恶	天	不	容

这人歹毒天不容。

2869

色	曇	哥	名	里	恨	难
ɬak⁷	ŋon²	ko⁵	muŋ²	li⁴	han¹	naːn⁶
saek	ngoenz	go	mwngz	lij	raen	nanh
哪	日	哥	你	还	见	难

哪天你哥会有难，

2870

不	劳	名	讲	礼	能	強
bau⁵	laːu¹	muŋ²	kaːŋ³	dai⁴	daŋ⁵	kiaŋ¹
mbouj	lau	mwngz	gangj	ndaej	ndaengq-	gieng
不	怕	你	讲	得		厉害

不怕你说得强硬。

2871

居	你	漢	阳	召	兵	佐
ku⁵	ni⁴	haːn¹	jaːŋ²	ɕiau¹	piŋ¹	ɕa³
gwq	neix	han	yangz	ciu	bing	caj
时	这	汉	阳	招	兵	等

如今汉阳在招兵，

2872

准	备	亦	擂	武	启	皇
ɕin³	pi¹	a³	doːi⁵	u⁴	kaːi⁵	wuaŋ²
cinj	bi	aj	ndoiq	vuj	gaiq	vuengz
准	备	要	打	武	个	皇

准备去打武则天。

2873

色	曇	三	思	可	里	难
ɬak⁷	ŋon²	ɬaːn⁵	ɬɯ⁵	ko³	li⁴	naːn⁶
saek	ngoenz	sanh	swh	goj	lij	nanh
哪	日	三	思	也	有	难

哪天三思也有难，

2874

哥	名	可	特	鲁	犯	縫
ko⁵	muŋ²	ko³	tuk⁸	lo⁴	faːm⁶	fuŋ²
go	mwngz	goj	dwg	rox	famh	fwngz
哥	你	也	是	会	犯	手

你哥也是会失手。

2875

不	劳	该	名	吽	利	害
bau⁵	laːu¹	kaːi⁵	muŋ²	nau²	li¹	haːi¹
mbouj	lau	gaiq	mwngz	naeuz	leix	haih
不	怕	个	你	讲	厉	害

不怕你嘴说得凶，

2876

曇	你	肕	名	里	殆	躺
ŋon²	ni⁴	taŋ²	muŋ²	li⁴	taːi¹	daŋ¹
ngoenz	neix	daengz	mwngz	lij	dai	ndang
日	今	到	你	还	死	身

日后到你丢性命。

2877

讲	肕	茄	你	又	乙	奈
kaːŋ³	taŋ²	kia²	ni⁴	jau⁶	ʔjiat⁷	naːi⁵
gangj	daengz	giz	neix	youh	yiet	naiq
讲	到	地方	这	又	歇	累

讲到这里先休息，

2878

再	讲	曹	彪	刀	漢	阳
tɕaːi¹	kaːŋ³	tɕaːu²	piau⁵	taːu⁵	haːn¹	jaːŋ²
caiq	gangj	cauz	byauh	dauq	han	yangz
再	讲	曹	彪	回	汉	阳

再说曹彪回汉阳。

三十六 曹彪夜奔汉阳城

扫码听音频

知府恨勃求衣讲，故可求吝群雷行，

吕昨眉先故不鲁，八是名学不当利。

该故锈名可不卦，哥名卦帅乌京城。

则天他可卟利害，色吕以山败背齐。

居你阿雅里三思，甫依心蓦雷不容。

色吕哥名里恨难，不劳名讲礼能强。

居你汉阳召兵佐，牲备亦特武启皇。

色吕三恩可利难，哥名可再鲁犯逢。

不劳该名卟利害，吕你肝名里始鲐。

讲肝茄你又飞奈，再讲曹彪刀汉阳。

肝吕彩路合也行，居他不恨奈分雷。

连恒彩肝汉阳地，恨擂四更造肝城。

2879

肝	昙	彩	路	合	也	圩
taŋ²	ŋon²	tɕaːi³	hon¹	ho²	je³	huɯ⁵
daengx	ngoenz	byaij	roen	hoz	yej	hawq
整	日	走	路	喉	也	干

整天赶路口也干，

2880

居	他	不	恨	奈	分	雷
kɯ⁵	te¹	bau⁵	han¹	naːi⁵	fan¹	lai²
gwq	de	mbouj	raen	naiq	faen	lawz
时	那	不	见	累	分	哪

那时一点不觉累。

2881

連	恒	彩	肝	漢	阳	地
leːn²	hun²	tɕaːi³	taŋ²	haːn¹	jaːŋ²	tiak⁸
lienz	hwnz	byaij	daengz	han	yangz	dieg
连	夜	走	到	汉	阳	地方

连夜赶路到汉阳，

2882

恨	擂	四	更	造	肝	城
han¹	doːi⁵	ɬi⁵	keːŋ¹	tɕo⁶	taŋ²	ɕiŋ²
raen	ndoiq	seiq	geng	coh	daengz	singz
见	打	四	更	才	到	城

打过四更才进城。

5861

肝脱缘城就连叫，居他不冒甫雷漢。

各利甫各鲁喉，干即背报许老爷。

居你败缘眉伍叫，不鲁他伍茄雷。

开芳就鲁耶吃哼你，丼数点灯屋背查。

开芳就叫马周斗，败缘眉伍叫开度。

王金点灯屋斗尧，勒烈曹尧特伍娄。

居他开熊度许曹尧，漢阳居他甫已全。

伍颇老恨特曹尧，居你事情不当利。

曹尧背肘隆贺跪，同队叮耶盖灰哗。

塘你该卷特辛史，居你五主特伍捞。

居你该友也盈斗，昱连正甫提很齐。

正宫风娇可恨难，他哗亦解背京城。

2883

肝	贩	绿	城	就	連	叫
taŋ²	pa:i⁶	lo:k⁸	çiŋ²	tço⁶	le:n⁶	he:u⁶
daengz	baih	rog	singz	couh	lenh	heuh
到	面	外	城	就	连忙	叫

到了城外连声喊，

2884

居	他	不	眉	甫	雷	漢
kɯ⁵	te¹	bau⁵	mi²	pu⁴	lai²	ha:n¹
gwq	de	mbouj	miz	boux	lawz	han
时	那	不	有	人	谁	应

那时没有人答应。

2885

各	利	甫	毒	各	鲁	啵
ka:k⁸	li¹	pu⁴	to:k⁸	ka:k⁸	lo⁴	de⁵
gag-	lij	boux	dog	gag	rox	ndeq
只有		人	独	自	知	晓

只有一人听得见，

2886

干	即	背	报	许	老	爺
ka:n³	çɯ⁵	pai¹	pa:u⁵	hai³	la:u⁴	je²
ganj-	cwq	bae	bauq	hawj	laux	yez
赶紧		去	报	给	老	爷

立刻去报告老爷。

2887

居	你	贩	绿	眉	伝	叫
kɯ⁵	ni⁴	pa:i⁶	lo:k⁸	mi²	hun²	he:u⁶
gwq	neix	baih	rog	miz	vunz	heuh
时	这	面	外	有	人	叫

现在城外有人喊，

2888

不	鲁	他	特	伝	茄	雷
bau⁵	lo⁴	te¹	tuk⁸	hun²	kia²	lai²
mbouj	rox	de	dwg	vunz	giz	lawz
不	知	他	是	人	地方	哪

不知他从哪里来。

2889

开	芳	鲁	耶	吒	唪	你
ka:i⁵	fa:ŋ⁵	lo⁴	jia¹	ha:u⁵	çon²	ni⁴
gaih	fangh	rox	nyi	hauq	coenz	neix
开	芳	懂	听	说	句	这

李开芳听到报告，

2890

井	数	点	灯	屋	背	查
tçiŋ⁵	ɬu¹	te:m³	taŋ¹	o:k⁷	pai¹	ça²
gyoengq	sou	diemj	daeng	ok	bae	caz
众	你们	点	灯	出	去	查

你们点灯出去看。

2891

开	芳	就	叫	馬	周	斗
ka:i⁵	fa:ŋ⁵	tço⁶	he:u⁶	ma⁴	tçau⁵	tau³
gaih	fangh	couh	heuh	maj	couh	daeuj
开	芳	就	叫	马	周	来

开芳又叫来马周，

2892

贩	绿	眉	伝	叫	开	度
pa:i⁶	lo:k⁸	mi²	hun²	he:u⁶	ha:i¹	tu¹
baih	rog	miz	vunz	heuh	hai	dou
面	外	有	人	叫	开	门

城外有人叫开门。

2893

王　　金　　点　　灯　　屋　　斗　　尧

waːŋ² kin⁵ teːm³ taŋ¹ oːk⁷ tau³ jiau⁵

vangz ginh diemj daeng ok daeuj yiuq

王　金　点　灯　出　来　看

王金提灯出去看，

2894

勒　　烈　　曹　　彪　　特　　伝　　娄

lak⁷ le² tɕaːu² piau⁵ tuːk⁸ hun² lau²

laek- lez cauz byauh dwg vunz raeuz

不料　　曹　彪　是　人　我们

原来来人是曹彪。

2895

居　　他　　开　　度　　許　　曹　　彪

ku⁵ te¹ haːi¹ tu¹ hai³ tɕaːu² piau⁵

gwq de hai dou hawj cauz byauh

时　那　开　门　给　曹　彪

赶紧开门给曹彪，

2896

漢　　阳　　居　　他　　甫　　甫　　全

haːn¹ jaːŋ² ku⁵ te¹ pu⁴ pu⁴ ɕuan²

han yangz gwq de boux boux cienz

汉　阳　时　那　人　人　全

那时汉阳人到齐。

2897

伝　　賴　　尧　　恨　　特　　曹　　彪

hun² laːi¹ jiau⁵ han¹ tuːk⁸ tɕaːu² piau⁵

vunz lai yiuq raen dwg cauz byauh

人　多　看　见　是　曹　彪

大家见到是曹彪，

2898

居　　你　　事　　情　　不　　当　　利

ku⁵ ni⁴ ɬian⁵ çiŋ² bau⁵ taːŋ¹ di¹

gwq neix saeh cingz mbouj dang ndei

时　这　事　情　不　当　好

现在事情不太妙。

2899

曹　　彪　　背　　盯　　隆　　贺　　跪

tɕaːu² piau⁵ pai¹ taŋ² loŋ² ho⁵ kwi⁶

cauz byauh bae daengz roengz hoq gvih

曹　彪　去　到　下　膝　跪

曹彪来到忙下跪，

2900

同　　队　　叮　　耶　　差　　灰　　吽

toŋ⁶ toːi⁶ tiŋ⁵ jia¹ ça³ hoːi⁵ nau²

doengh- doih dingq nyi caj hoiq naeuz

共同　　听　见　等　奴　讲

大家一起听我说。

2901

培　　你　　该　　娄　　特　　辛　　火

pai² ni⁴ kaːi⁵ lau² tuːk⁸ ɬin⁶ ho³

baez neix gaiq raeuz dwg sin hoj

次　这　个　我们　是　辛　苦

这次大家都辛苦，

2902

居　　你　　五　　主　　特　　伝　　拷

ku⁵ ni⁴ ŋo⁴ ɬu³ tuːk⁸ hun² laŋ²

gwq neix ngoh souj dwg vunz laengz

时　这　我　主　是　人　阻拦

如今我主被人扣。

2903

居	你	该	灰	也	屋	斗
kɯ⁵	ni⁴	kaːi⁵	hoːi⁵	je³	oːk⁷	tau³
gwq	neix	gaiq	hoiq	yej	ok	daeuj
时	这	个	奴	也	出	来

现在我也回来了，

2904

昙	连	正	捉	德	很	齐
ŋon²	lian²	ɕiŋ⁵	ɕuk⁸	tɯ²	hun³	ɕai²
ngoenz	lwenz	cingq	cug	dawz	hwnj	caez
日	昨	正	绑	捉	起	齐

昨天才被抓起来。

2905

正	宫	风	娇	可	恨	难
tɕin¹	kuŋ⁵	fuŋ¹	kiau⁵	ko³	han¹	naːn⁶
cwng	gungh	fung	gyauh	goj	raen	nanh
正	宫	风	娇	也	见	难

正宫风娇也有难，

2906

他	吽	亦	觧	背	京	城
te¹	nau²	a³	aːt⁸	pai¹	kiŋ¹	ɕiŋ²
de	naeuz	aj	ad	bae	ging	singz
她	说	要	押	去	京	城

他们要押去京城。

开芳马围听那讲，将你委亦教谲谏。

马围居他就发令，居他干即点兵齐。

火药元炮亘政废，甫雷祖误不容呈。

居他汉阳乱分上，肘守肘反介培齐。

居他曹彪硬仇爹，开芳再叫他斗参。

居你五主鲑眉难，限定亦彩背京城。

咋亦解背初则天，八定事情不当刹。

马围奴服修培出，居你他捉乌茄雷。

曹彪居他开咱讲，五主得捉乌魏国。

亦裁背学五则天，哥他卦师乌京城。

居你知府捉他很，劲娲亦裁背京城。

劲娲他顺咋利害，发肘五主再娘上。

2907

开	芳	马	周	叮	耶	讲
kaːi⁵	faːŋ⁵	ma⁴	tɕau⁵	tiŋ⁵	jia¹	kaːŋ³
gaih	fangh	maj	couh	dingq	nyi	gangj
开	芳	马	周	听	见	讲

开芳马周听他说，

2908

样	你	娄	亦	欧	谪	浪
jiaŋ⁶	ni⁴	lau²	a³	au¹	ɕaːŋ⁵	liaŋ²
yiengh	neix	raeuz	aj	aeu	sieng	liengz
样	这	我们	要	要	商	量

这样我们快商量。

2909

马	周	居	他	就	发	令
ma⁴	tɕau⁵	ku⁵	te¹	tɕo⁶	faːt⁷	liŋ⁶
maj	couh	gwq	de	couh	fat	lingh
马	周	时	那	就	发	令

马周立即就下令，

2910

居	他	干	即	点	兵	齐
ku⁵	te¹	kaːn³	ɕu⁵	teːm³	piŋ¹	ɕai²
gwq	de	ganj-	cwq	diemj	bing	caez
时	那	赶紧		点	兵	齐

立刻召集全兵马。

2911

火	药	元	炮	点	欧	度
jia¹	ɕuŋ⁵	juan²	paːu⁵	teːm³	au¹	to⁶
yw-	cungq	yuenz	bauq	diemj	aeu	doh
火	药	丸	炮	点	要	够

弹药兵器准备好，

2912

甫	雷	祖	埃	不	容	呈
pu⁴	lai²	ɕo³	ŋaːi⁶	bau⁵	juŋ²	ɕiŋ²
boux	lawz	coj	ngaih	mbouj	yungz	cingz
人	谁	阻	碍	不	容	情

谁来阻碍不留情。

2913

居	他	漢	阳	乱	分	分
ku⁵	te¹	haːn¹	jaːŋ²	luan⁶	fan¹	fan¹
gwq	de	han	yangz	luenh	faen	faen
时	那	汉	阳	乱	纷	纷

那时汉阳乱糟糟，

2914

肟	守	肟	灰	介	培	齐
taŋ²	ɬu³	taŋ²	hoːi⁵	kwa⁵	pai¹	ɕai²
daengz	souj	daengz	hoiq	gvaq	bae	caez
连	主	连	奴	过	去	齐

主人佣奴全到齐。

2915

居	他	曹	彪	哽	仇	爹
ku⁵	te¹	tɕaːu²	piau⁵	kun¹	ɕau²	te⁵
gwq	de	cauz	byauh	gwn	caeuz	deq
时	那	曹	彪	吃	晚饭	等

那时曹彪在吃饭，

2916

开	芳	再	叫	他	斗	嗲
kaːi⁵	faːŋ⁵	tɕaːi¹	heːu⁶	te¹	tau³	ɕaːm¹
gaih	fangh	caiq	heuh	de	daeuj	cam
开	芳	再	叫	他	来	问

开芳又找他来问。

2917

居	你	五	主	跕	眉	难
kɯ⁵	ni⁴	ŋo⁴	ɬu³	da:ŋ¹	mi²	na:n⁶
gwq	neix	ngoh	souj	ndang	miz	nanh
时	这	我	主	身	有	难

如今我主陷险境，

2918

限	定	亦	彩	背	京	城
ha:n⁶	tiŋ⁶	a³	tɕa:i³	pai¹	kiŋ¹	ɕiŋ²
hanh	dingh	aj	byaij	bae	ging	singz
限	定	要	走	去	京	城

他们决定押上京。

2919

呺	亦	觟	背	初	则	天
nau²	a³	a:t⁸	pai¹	ço⁶	tɕə²	te:n⁵
naeuz	aj	ad	bae	coh	cwz	denh
说	要	押	去	向	则	天

说要押送武则天，

2920

八	定	事	情	不	当	利
pa⁶	tiŋ⁶	ɬian⁵	ɕiŋ²	bau⁵	ta:ŋ¹	di¹
bah	dingh	saeh	cingz	mbouj	dang	ndei
必	定	事	情	不	当	好

事情肯定不太妙。

2921

犸	周	不	服	嘇	培	么
ma⁴	tɕau⁵	bau⁵	fuk⁸	ɕa:m¹	pai²	mo⁵
maj	couh	mbouj	fug	cam	baez	moq
马	周	不	服	问	次	新

马周不放心再问，

2922

居	你	他	捉	乌	茄	雷
kɯ⁵	ni⁴	te¹	ɕuk⁸	u⁵	kia²	lai²
gwq	neix	de	cug	youq	giz	lawz
时	这	他	绑	在	地方	哪

现在他被扣在哪？

2923

曹	彪	居	他	开	咭	讲
tɕa:u²	piau⁵	kɯ⁵	te¹	ha:i¹	pa:k⁷	ka:ŋ³
cauz	byauh	gwq	de	hai	bak	gangj
曹	彪	时	那	开	口	讲

曹彪那时开口说，

2924

五	主	得	捉	乌	魏	国
ŋo⁴	ɬu³	tuk⁸	ɕuk⁸	u⁵	wai¹	ko²
ngoh	souj	dwg	cug	youq	vei	goz
我	主	是	绑	在	魏	国

我主被扣在魏国。

2925

亦	哉	背	学	五	则	天
a³	a:t⁸	pai¹	ço⁶	u⁴	tɕə²	te:n⁵
aj	ad	bae	coh	vuj	cwz	denh
要	押	去	向	武	则	天

将被押送给则天，

2926

哥	他	卦	帅	乌	京	城
ko⁵	te¹	kuak⁸	ɕa:i¹	u⁵	kiŋ¹	ɕiŋ²
go	de	guh	sai	youq	ging	singz
哥	她	做	帅	在	京	城

陶小姐哥为京官。

2927

居	你	知	府	捉	他	很
kɯ⁵	ni⁴	tɕi⁵	fu⁴	ɕuk⁸	te¹	hɯn³
gwq	neix	cih	fuj	cug	de	hwnj
时	这	知	府	绑	他	起

知府现把我主扣，

2928

孙	媦	亦	哉	背	京	城
luk⁸	bɯk⁷	a³	aːt⁸	pai¹	kiŋ¹	ɕiŋ²
lwg	mbwk	aj	ad	bae	ging	singz
儿	女	要	押	去	京	城

知府女儿押赴京。

2929

孙	媦	他	顺	吽	利	害
luk⁸	bɯk⁷	te¹	ɕin¹	nau²	li¹	haːi¹
lwg	mbwk	de	caen	naeuz	leix	haih
儿	女	他	真	讲	厉	害

知府女儿好凶狠，

2930

发	肝	五	主	每	娘	娘
faːt⁸	taŋ²	ŋo⁴	ɬu³	di⁴	niaŋ²	niaŋ²
fad	daengz	ngoh	souj	ndij	niengz	niengz
抽	到	我	主	和	娘	娘

抽打我主和娘娘。

别 62

小他知府可衣礼，不许劝媳裁很京。

媽篤他学叫不丑，不衣小他饼分雷。

居你郭样雷打算，许他裁背学不资。

马围叮耶讲了闹，干即点兵背忙七。

居他和很就发令，开兵彩路不敢从。

赶彩背肘魏围地，背肘二更打乳城。

居他知府恨鸟显，蚤斗拜跪马无帅。

马围和很又不进，居他发令鸟心头。

知有领错也不丑，叫提肘众很斗齐。

居他魏围乱分七，守友介语坑林林。

寻围能鸟等乙条，兵马寻你乱况况。

分付忻低郭鞞菜？三更同队随辉忧。

2931

卜	他	知	府	可	衣	礼
po⁶	te¹	tɕi⁵	fu⁴	ko³	i¹	lai⁴
boh	de	cih	fuj	goj	ei	laex
父	她	知	府	也	依	礼

她父亲还讲道理，

2932

不	許	孖	媤	哉	很	京
bau⁵	hai³	luuk⁸	buuk⁷	a:t⁸	pai¹	kiŋ¹
mbouj	hawj	lwg	mbwk	ad	bae	ging
不	给	儿	女	押	去	京

不让女儿押上京。

2933

媽	罵	他	学	吽	不	双
me⁶	ma¹	te¹	tɕo⁶	nau²	bau⁵	ɕau²
meh	ma	de	coh	naeuz	mbouj	caeuz
母	狗	她	就	讲	不	接受

狗女儿不听劝阻，

2934

不	衣	卜	他	講	分	雷
bau⁵	i¹	po⁶	te¹	ka:ŋ³	fan¹	lai²
mbouj	ei	boh	de	gangj	faen	lawz
不	依	父	她	讲	分	哪

父亲说啥也不听。

2935

居	你	郭	样	雷	打	算
kuɯ⁵	ni⁴	kuak⁸	jiaŋ⁶	lai²	ta³	ɬuan⁵
gwq	neix	guh	yiengh	lawz	daj	suenq
时	这	做	样	哪	打	算

现在我们怎么办，

2936

許	他	哉	背	学	不	貧
hai³	te¹	a:t⁸	pai¹	tɕo⁶	bau⁵	pan²
hawj	de	ad	bae	couh	mbouj	baenz
给	她	押	去	就	不	成

让她押去可不行。

2937

馬	周	叮	耶	讲	了	闹
ma⁴	tɕau⁵	tiŋ⁵	jia¹	ka:ŋ³	le:u⁴	na:u⁵
maj	couh	dingq	nyi	gangj	liux	nauq
马	周	听	见	讲	完	没

马周听完这些话，

2938

干	即	点	兵	背	忙	忙
ka:n³	ɕuɯ⁵	te:m³	piŋ¹	pai¹	muaŋ²	muaŋ²
ganj-	cwq	diemj	bing	bae	muengz	muengz
赶紧		点	兵	去	急	急

下令立刻要出兵。

2939

居	他	和	很	就	发	令
kuɯ⁵	te¹	ho²	hun³	tɕo⁶	fa:t⁷	liŋ⁶
gwq	de	hoz	hwnj	couh	fat	lingh
时	那	脖	起	就	发	令

那时他愤怒发兵，

2940

开	兵	彩	路	不	敢	徔
ha:i¹	piŋ¹	tɕa:i³	lo⁶	bau⁵	ka:m³	ɬuŋ²
hai	bing	byaij	loh	mbouj	gamj	soengz
开	兵	走	路	不	敢	住

一路急行不停留。

2941

赶	彩	背	肝	魏	国	地
ka:n³	tɕa:i³	pai¹	taŋ²	wai¹	ko²	tiak⁸
ganj	byaij	bae	daengz	vei	goz	dieg
赶	走	去	到	魏	国	地方

一路赶到魏国那，

2942

背	肝	二	更	打	吼	城
pai¹	taŋ²	ŋi⁶	ke:ŋ¹	do:i⁵	hau³	ɕiŋ²
bae	daengz	ngeih	geng	ndoiq	haeuj	singz
去	到	二	更	打	进	城

二更时候打进城。

2943

居	他	知	府	恨	霄	显
ku⁵	te¹	tɕi⁵	fu⁴	han¹	bɯn¹	he:n³
gwq	de	cih	fuj	raen	mbwn	henj
时	那	知	府	见	天	黄

知府见大事不好，

2944

屋	斗	拜	跪	馬	元	帅
o:k⁷	tau³	pa:i⁵	kwi⁶	ma⁴	je:n²	ɕa:i¹
ok	daeuj	baiq	gvih	maj	yenz	sai
出	来	拜	跪	马	元	帅

出门跪拜马元帅。

2945

馬	周	和	很	又	不	准
ma⁴	tɕau⁵	ho²	hun³	jau⁶	bau⁵	ɕin³
maj	couh	hoz	hwnj	youh	mbouj	cinj
马	周	脖	起	又	不	准

马周愤愤不领情，

2946

居	他	发	令	乌	心	头
ku⁵	te¹	fa:t⁷	liŋ⁶	u⁵	ɬam¹	tau²
gwq	de	fat	lingh	youq	sim	daeuz
时	那	发	令	在	心	头

一心只想着报仇。

2947

知	府	领	错	也	不	丑
tɕi⁵	fu⁴	liŋ⁴	lon¹	je³	bau⁵	ɕau²
cih	fuj	lingx	loeng	yej	mbouj	caeuz
知	府	领	错	也	不	接受

知府认错也不饶，

2948

叫	捉	肝	众	很	斗	齐
he:u⁶	ɕuk⁸	taŋ²	tɕiŋ⁵	hun³	tau³	ɕai²
heuh	cug	daengx	gyoengq	hwnj	daeuj	caez
叫	绑	全部	众	上	来	齐

下令全部抓起来。

2949

居	他	魏	国	乱	分	分
ku⁵	te¹	wai¹	ko²	luan⁶	fan¹	fan¹
gwq	de	vei	goz	luenh	faen	faen
时	那	魏	国	乱	纷	纷

那时魏国乱糟糟，

2950

守	灰	介	培	兵	林	林
ɬu³	ho:i⁵	ka⁶	pai²	hi⁵	lin²	lin²
souj	hoiq	gah-	baez	heiq-	lin-	lin
主	奴	非常		忧怔怔		

主仆人人心自危。

2951

馬	周	能	乌	等	乙	奈
ma⁴	tɕau⁵	naŋ⁶	u⁵	taŋ⁴	ʔjiat⁷	naːi⁵
maj	couh	naengh	youq	daengx	yiet	naiq
马	周	坐	住	停	歇	累

马周坐下先休息，

2952

兵	馬	居	你	乱	沉	沉
piŋ¹	ma⁴	kɯ⁵	ni⁴	luan⁶	ɕum²	ɕum²
bing	max	gwq	neix	luenh-	cum-	cum
兵	马	时	这	乱纷纷		

现在兵马乱哄哄。

2953

分	付	许	伝	郭	糇	菜
fun⁵	fu⁶	hai³	hun²	kuak⁸	hau⁴	tɕak⁷
faenq	fuh	hawj	vunz	guh	haeux	byaek
吩	咐	给	人	做	饭	菜

叫人下去做饭菜，

2954

三	更	同	隊	哽	糇	仇
ɬaːm¹	keːŋ¹	toŋ⁶	toːi⁶	kun¹	hau⁴	ɕau²
sam	geng	doengh-	doih	gwn	haeux	caeuz
三	更	共同		吃	饭	晚饭

三更一同吃晚饭。

三十七　陶小姐自食其果

居你同队嘅仇爹，就叫如府厘斗哗

再请五主屋斗对，娘已又再屋斗良。

捉提妈笃屋斗哗，肘反依顺乌茄他，

李旦干即就发令，妈笃你学顺顿能验，

甫你学得咨不礼，哗亦哦故背京城。

故里正宫能拼咁，他乳背恨不容呈。

等他郭顿战则天，哗不劳故样雷行，

正宫舍很欢发，揸殆妈笃你不容，

就发小姐肘踏刀，居你原錯也不容児，

知府忙亡还哗吨，同隊叮耶羞灰哗。

事挑錯误将灰领，五主灰不笃哗雷。

灰生屋斗哗不得，论讲灰得犯、肘雷。

2955

居	你	同	队	哽	仇	爹
kɯ⁵	ni⁴	toŋ⁶	to:i⁶	kɯn¹	ɕau²	te⁵
gwq	neix	doengh-	doih	gwn	caeuz	deq
时	这	共同		吃	晚饭	等

现在一起吃饭等，

2956

就	叫	知	府	屋	斗	嗲
tɕo⁶	he:u⁶	tɕi⁵	fu⁴	o:k⁷	tau³	ɕa:m¹
couh	heuh	cih	fuj	ok	daeuj	cam
就	叫	知	府	出	来	问

就找知府出来问。

2957

再	请	五	主	屋	斗	对
tɕa:i¹	ɕiŋ³	ŋo⁴	ɬu³	o:k⁷	tau³	to:i⁵
caiq	cingj	ngoh	souj	ok	daeuj	doiq
再	请	我	主	出	来	对

再请我主来对质，

2958

娘	娘	又	再	屋	斗	良
niaŋ²	niaŋ²	jau⁶	tɕa:i¹	o:k⁷	tau³	liaŋ²
niengz	niengz	youh	caiq	ok	daeuj	riengz
娘	娘	又	再	出	来	跟

娘娘也跟着出来。

2959

捉	提	妈	骂	屋	斗	嘶
ɕuk⁸	tu²	me⁶	ma¹	o:k⁷	tau³	ɬam³
cug	dawz	meh	ma	ok	daeuj	saemj
绑	拿	母	狗	出	来	审

绑着陶小姐来审，

2960

肝	众	伝	赖	乌	茄	他
taŋ²	tɕiŋ⁵	hun²	la:i¹	u⁵	kia²	te¹
daengx	gyoengq	vunz	lai	youq	giz	de
全部	众	人	多	在	地方	那

全部集中在那里。

2961

李	旦	干	即	就	发	令
li⁴	ta:n¹	ka:n³	ɕɯ⁵	tɕo⁶	fa:t⁷	liŋ⁶
lij	dan	ganj-	cwq	couh	fat	lingh
李	旦	赶紧		就	发	令

李旦立刻发号令，

2962

妈	骂	你	学	顺	能	强
me⁶	ma¹	ni⁴	tɕo⁶	ɕin¹	daŋ⁵	kian¹
meh	ma	neix	coh	caen	ndaengq-	gieng
母	狗	这	才	真	厉害	

这恶妇真是猖狂。

2963

甫	你	学	得	容	不	礼
pu⁴	ni⁴	tɕo⁶	tuk⁸	juŋ²	bau⁵	dai⁴
boux	neix	coh	dwg	yungz	mbouj	ndaej
人	这	才	是	容	不	得

这人真是留不得，

2964

吽	亦	哉	故	背	京	城
nau²	a³	a:t⁸	ku¹	pai¹	kiŋ¹	ɕiŋ²
naeuz	aj	ad	gou	bae	ging	singz
说	要	押	我	去	京	城

她要押我去京城。

2965

故	里	正	宫	能	讲	咕
ku¹	di⁴	tɕin¹	kuŋ⁵	naŋ⁶	ka:ŋ³	ko³
gou	ndij	cwng	gungh	naengh	gangj	goj
我	和	正	宫	坐	讲	故事

我和正宫说说话，

2966

他	吼	背	恨	不	容	呈
te¹	hau³	pai¹	han¹	bau⁵	juŋ²	ɕiŋ²
de	haeuj	bae	raen	mbouj	yungz	cingz
她	进	去	见	不	容	情

她一看见就撒野。

2967

哥	他	郭	帅	武	则	天
ko⁵	te¹	kuak⁸	ɕa:i¹	u⁴	tɕɔ²	te:n⁵
go	de	guh	sai	vuj	cwz	denh
哥	她	做	帅	武	则	天

其兄为则天将帅，

2968

吽	不	劳	故	样	雷	行
nau²	bau⁵	la:u¹	ku¹	jiaŋ⁶	lai²	he:ŋ²
naeuz	mbouj	lau	gou	yiengh	lawz	hengz
讲	不	怕	我	样	哪	行

还说不怕我怎样。

2969

正	宫	合	很	欧	樸	发
tɕin¹	kuŋ⁵	ho²	hun³	au¹	mai⁴	fa:t⁸
cwng	gungh	hoz	hwnj	aeu	faex	fad
正	宫	脖	起	要	木	抽

正宫愤怒用棍打，

2970

擂	殆	妈	骂	你	不	容
do:i⁵	ta:i¹	me⁶	ma¹	ni⁴	bau⁵	juŋ²
ndoiq	dai	meh	ma	neix	mbouj	yungz
打	死	母	狗	这	不	容

打死她也不留情。

2971

就	发	小	姐	肝	殆	刀
tɕo⁶	fa:t⁸	ɬiau⁴	tɕe⁴	taŋ²	ta:i¹	ta:u⁵
couh	fad	siuj	cej	daengz	dai	dauq
就	抽	小	姐	到	死	回

小姐被打到昏迷，

2972

居	你	原	错	也	不	兜
kɯ⁵	ni⁴	jian⁶	loŋ¹	je³	bau⁵	ə⁶
gwq	neix	nyienh	loeng	yej	mbouj	wh
时	这	愿	错	也	不	依

现在认错也不行。

2973

知	府	忙	忙	还	哼	吒
tɕi⁵	fu⁴	muaŋ²	muaŋ²	wa:n²	ɕon²	ha:u⁵
cih	fuj	muengz	muengz	vanz	coenz	hauq
知	府	急	急	回	句	话

知府急忙回话说，

2974

同	隊	叮	耶	差	灰	吽
toŋ⁶	to:i⁶	tiŋ⁵	jia¹	ɕa³	ho:i⁵	nau²
doengh-	doih	dingq	nyi	caj	hoiq	naeuz
共同		听	见	等	奴	说

大家听我说一说。

2975

事	悙	错	误	特	灰	领
ɬian⁵	ɕiŋ²	loŋ¹	lok⁷	tuuk⁸	hoːi⁵	liŋ⁴
saeh	cingz	loeng	loek	dwg	hoiq	lingx
事	情	错	错	是	奴	领

这事全是我的错，

2976

五	主	灰	不	骂	哊	雷
ŋo⁴	ɬu³	hoːi⁵	bau⁵	da⁵	ɕon²	lai²
ngoh	souj	hoiq	mbouj	ndaq	coenz	lawz
我	主	奴	不	骂	句	哪

我没骂主子半句。

2977

灰	生	屋	斗	吽	不	得
hoːi⁵	ɬeːŋ¹	oːk⁷	tau³	nau²	bau⁵	dai⁴
hoiq	seng	ok	daeuj	naeuz	mbouj	ndaej
奴	生	出	来	讲	不	得

我未管教好女儿，

2978

论	讲	灰	得	犯	肛	霄
lun⁶	kaːŋ³	hoːi⁵	tuuk⁸	faːm⁶	taŋ²	bun¹
lwnh	gangj	hoiq	dwg	famh	daengz	mbwn
论	说	奴	是	犯	到	天

说来是我犯天条。

故63

万件五主客条命，居你勒些小忠臣。

东宫娘上背进钱，该灰国提他很船。

灰背魏国邦使刀，开船隆钱斗肘恒。

就恨肖他鸟江钱，该灰国提他很船。

东宫庙故同队刀，昙上灰许他绣花。

不信五主嵈他卦，首他恨火不鲁眉。

与周恨他两阵你，样你故可拨札若。

与国双链抢提狼，李旦凤娇开咱吽。

本未知府可衣札，样你奎不怪他。

但妈骂你吽利衰，吽亦载变很背京。

妈骂你学顺肚薯，打爱双变鸟厢房。

凤娇李旦恨伤心。再欲模爱不答呈。

2979

万	件	五	主	容	条	命
fa:n⁶	kian⁶	ŋo⁴	łu³	jun²	te:u²	min⁶
fanh	gienh	ngoh	souj	yungz	diuz	mingh
万	件	我	主	容	条	命

还请主上饶不死，

2980

居	你	劣	害	卜	忠	臣
ku⁵	ni⁴	luk⁸	ha:i⁶	po⁶	tɕun⁵	tɕin²
gwq	neix	lwg	haih	boh	cungh	cinz
时	这	儿	害	父	忠	臣

奴才也是受连累。

2981

東	宫	娘	娘	背	強	馱
tuŋ⁵	kuŋ⁵	nian²	nian²	pai¹	kian⁶	ta⁶
dungh	gungh	niengz	niengz	bae	giengh	dah
东	宫	娘	娘	去	跳	河

东宫娘娘去投河，

2982

該	灰	周	提	他	很	船
ka:i⁵	ho:i⁵	tɕau⁵	tu²	te¹	hun³	lua²
gaiq	hoiq	gouq	dawz	de	hwnj	ruz
个	奴	救	拿	她	上	船

奴才把她救上船。

2983

灰	背	魏	国	郭	使	刀
ho:i⁵	pai¹	wai¹	ko²	kuak⁸	łai⁵	ta:u⁵
hoiq	bae	vei	goz	guh	saeq	dauq
奴	去	魏	国	做	官	回

奴才从魏国回来，

2984

开	船	隆	馱	斗	肝	恒
ha:i¹	lua²	lon²	ta⁶	tau³	tan²	hun²
hai	ruz	roengz	dah	daeuj	daengx	hwnz
开	船	下	河	来	整	夜

选择乘船连夜赶。

2985

就	恨	甫	他	乌	江	馱
tɕo⁶	han¹	pu⁴	te¹	u⁵	tɕa:n¹	ta⁶
couh	raen	boux	de	youq	gyang	dah
就	见	人	她	在	中	河

途中遇见人落水，

2986

該	灰	周	提	他	很	船
ka:i⁵	ho:i⁵	tɕau⁵	tu²	te¹	hun³	lua²
gaiq	hoiq	gouq	dawz	de	hwnj	ruz
个	奴	救	拿	她	上	船

奴才把她救上船。

2987

東	宫	每	故	同	隊	刀
tuŋ⁵	kuŋ⁵	di⁴	ku¹	ton⁶	to:i⁶	ta:u⁵
dungh	gungh	ndij	gou	doengh-	doih	dauq
东	宫	和	我	共	同	回

娘娘跟着我回来，

2988

昌	昌	灰	许	他	绣	花
ŋon²	ŋon²	ho:i⁵	hai³	te¹	łe:u⁵	wa¹
ngoenz	ngoenz	hoiq	hawj	de	siuq	va
日	日	奴	给	她	绣	花

天天在家中绣花。

2989

不	信	五	主	嗲	他	卦
bau⁵	łin⁵	ŋo⁴	łu³	ça:m¹	te¹	kwa⁵
mbouj	saenq	ngoh	souj	cam	de	gvaq
不	信	我	主	问	她	过

主上不信问问她，

2990

音	他	恨	火	不	鲁	眉
ʔjam¹	te¹	han¹	ho³	bau⁵	lo⁴	mi²
yaem	de	raen	hoj	mbouj	rox	mi
瞒	他	见	苦	不	会	有

我说实话不隐瞒。

2991

馬	周	恨	他	吽	啳	你
ma⁴	tɕau⁵	han¹	te¹	nau²	çon²	ni⁴
maj	couh	raen	de	naeuz	coenz	neix
马	周	见	他	讲	句	这

马周听他这样说，

2992

样	你	故	可	报	礼	名
jiaŋ⁶	ni⁴	ku¹	ko³	pa:u³	dai⁴	muɯŋ²
yiengh	neix	gou	goj	bauj	ndaej	mwngz
样	这	我	也	保	得	你

真是这样我保你。

2993

馬	周	双	鏣	抬	提	很
ma⁴	tɕau⁵	ło:ŋ¹	fuŋ²	ta:i²	tu²	hun⁵
maj	couh	song	fwngz	daiz	dawz	hwnq
马	周	双	手	抬	拿	起

马周双手扶他起，

2994

李	旦	凤	娇	开	咟	吽
li⁴	ta:n¹	fuŋ¹	kiau⁵	ha:i¹	pa:k⁷	nau²
lij	dan	fung	gyauh	hai	bak	naeuz
李	旦	凤	娇	开	口	讲

李旦凤娇开口说。

2995

本	耒	知	府	可	衣	礼
puɯn⁴	la:i²	tɕi⁵	fu⁴	ko³	i¹	lai⁴
bwnj	laiz	cih	fuj	goj	ei	laex
本	来	知	府	也	依	礼

知府还是讲道理，

2996

样	你	娄	不	怪	得	他
jiaŋ⁶	ni⁴	lau²	bau⁵	kwa:i⁵	tuk⁸	te¹
yiengh	neix	raeuz	mbouj	gvaiq	dwk	de
样	这	我们	不	怪	对	他

我们也不怪罪他。

2997

但	妈	骂	你	吽	利	害
ta:n¹	me⁶	ma¹	ni⁴	nau²	li¹	ha:i¹
dan	meh	ma	neix	naeuz	leix	haih
只	母	狗	这	讲	厉	害

而这恶妇太凶狠，

2998

吽	亦	哉	度	很	背	京
nau²	a³	a:t⁸	tu¹	hun³	pai¹	kiŋ¹
naeuz	aj	ad	dou	hwnj	bae	ging
讲	要	押	我们	上	去	京

她要押我们上京。

2999

妈	骂	你	学	顺	肚	蕚
me⁶	ma¹	ni⁴	tço⁶	çin¹	tuŋ⁴	ʔja:k⁷
meh	ma	neix	coh	caen	dungx	yak
母	狗	这	才	真	肚	恶

这恶妇真够毒辣，

3000

打	发	双	度	乌	厢	房
do:i⁵	fa:t⁸	ło:ŋ¹	tu¹	u⁵	łiaŋ⁵	fa:ŋ²
ndoiq	fad	song	dou	youq	siengh	fangz
打	抽	两	我们	在	厢	房

在厢房抽打我们。

3001

凤	娇	李	旦	恨	伤	心
fuŋ¹	kiau⁵	li⁴	ta:n¹	han¹	łiaŋ¹	łam¹
fung	gyauh	lij	dan	raen	sieng	sim
凤	娇	李	旦	见	伤	心

李旦凤娇更伤心，

3002

再	欧	樸	发	不	容	呈
tça:i¹	au¹	mai⁴	fa:t⁸	bau⁵	juŋ²	çiŋ²
caiq	aeu	faex	fad	mbouj	yungz	cingz
再	要	木	抽	不	容	情

操起木棒又抽打。

李旦各想不復吃，　時係合很烈贵火，

井数提他屋斗卡，　拜晚李旦局娘上，

望恩五主用条命，　反郭呆还使娘上，

坐遇五主容懦灾，　居你炭可恶领錯，

知府恨亦提背卡，　定为不敢讲呀雷，

居他名不衣故讲，　塔你条命各不利，

故哥鮨故鮨不卦，　欧麻周札命骂名，

李旦順鮨提背卡，　西相依赖滴漢即，

风娇恨关提背卡，　又鷺媽你順特曾，

居他想斗贵合很，　又再欧针色功默，

李旦居他开讲，　依赖同隊恨呆和，

居他马围就分付，　该鉴硬呆亦彩路。

3003

李	旦	各	想	不	復	吭
li⁴	ta:n¹	ka:k⁸	ɬiaŋ³	bau⁵	fuk⁸	hi⁵
lij	dan	gag	siengj	mbouj	fug	heiq
李	旦	自	想	不	服	气

李旦越想越生气，

3004

時	你	合	很	烈	貧	火
ɬi²	ni⁴	ho²	hun³	te:k⁷	pan²	fi²
seiz	neix	hoz	hwnj	dek	baenz	feiz
时	这	脖	起	裂	成	火

现在火气胸中烧。

3005

井	数	提	他	屋	斗	卡
tɕiŋ⁵	ɬu¹	tu²	te¹	o:k⁷	tau³	ka³
gyoengq	sou	dawz	de	ok	daeuj	gaj
众	你们	拿	她	出	来	杀

你们拉她出去斩，

3006

拜	跪	李	旦	与	娘	娘
pa:i⁵	kwi⁶	li⁴	ta:n¹	di⁴	niaŋ²	niaŋ²
baiq	gvih	lij	dan	ndij	niengz	niengz
拜	跪	李	旦	和	娘	娘

叩拜李旦和娘娘。

3007

望	恩	五	主	用	条	命
muaŋ⁶	an¹	ŋo⁴	ɬu³	juŋ²	te:u²	miŋ⁶
muengh	aen	ngoh	souj	yungz	diuz	mingh
盼	恩	我	主	容	条	命

望主留我条小命，

3008

灰	郭	天	还	使	娘	娘
ho:i⁵	kuak⁸	ja⁵	wa:n²	ɬai³	niaŋ²	niaŋ²
hoiq	guh	yah	vanz	sawj	niengz	niengz
奴	做	丫	鬟	服侍	娘	娘

我当丫鬟侍娘娘。

3009

坐	邁	五	主	容	呈	灰
tɕo¹	ba:i⁵	ŋo⁴	ɬu³	juŋ²	ɕiŋ²	ho:i⁵
gyo-	mbaiq	ngoh	souj	yungz	cingz	hoiq
谢谢		我	主	容	情	奴

多谢主上放过我，

3010

居	你	灰	可	愿	领	錯
ku⁵	ni⁴	ho:i⁵	ko³	jian⁶	liŋ⁴	loŋ¹
gwq	neix	hoiq	goj	nyienh	lingx	loeng
时	这	奴	也	愿	领	错

现在奴婢愿认错。

3011

知	府	恨	亦	提	背	卡
tɕi⁵	fu⁴	han¹	a³	tu²	pai¹	ka³
cih	fuj	raen	aj	dawz	bae	gaj
知	府	见	要	拿	去	杀

知府见要杀女儿，

3012

定	乌	不	敢	讲	哹	雷
tiŋ⁶	u⁵	bau⁵	ka:m³	ka:ŋ³	ɕon²	lai²
dingh	youq	mbouj	gamj	gangj	coenz	lawz
定	在	不	敢	讲	句	哪

禁声不敢说半句。

3013

居	他	名	不	衣	故	讲
kɯ⁵	te¹	mɯŋ²	bau⁵	i¹	ku¹	ka:ŋ³
gwq	de	mwngz	mbouj	ei	gou	gangj
时	那	你	不	依	我	讲

那时你不听我劝，

3014

培	你	条	命	名	不	利
pai²	ni⁴	te:u²	miŋ⁶	mɯŋ²	bau⁵	di¹
baez	neix	diuz	mingh	mwngz	mbouj	ndei
次	这	条	命	你	不	好

这回你小命难保。

3015

故	哥	躺	故	多	不	卦
ku¹	ko⁵	da:ŋ¹	ku¹	to³	bau⁵	kwa⁵
gou	goq	ndang	gou	doj	mbouj	gvaq
我	顾	身	我	都	不	过

为父自身也难保，

3016

欧	麻	周	礼	命	骂	名
au¹	ma²	tɕau⁵	dai⁴	miŋ⁶	ma¹	mɯŋ²
aeu	maz	gouq	ndaej	mingh	ma	mwngz
要	什么	救	得	命	狗	你

如何能救你性命？

3017

李	旦	顺	躺	提	背	卡
li⁴	ta:n¹	ɕin¹	da:ŋ¹	tu²	pai¹	ka³
lij	dan	caen	ndang	dawz	bae	gaj
李	旦	真	身	拿	去	杀

李旦亲手拉去杀，

3018

西	相	伝	赖	湳	漢	即
ɬi⁵	fiaŋ⁴	hun²	la:i¹	lim¹	ha:n¹	ɕai²
seiq	fiengx	vunz	lai	rim	han	caez
四	角	人	多	满	汉	齐

四周挤满围观人。

3019

凤	娇	恨	关	提	背	卡
fuŋ¹	kiau⁵	han¹	kwa:n¹	tu²	pai¹	ka³
fung	gyauh	raen	gvan	dawz	bae	gaj
凤	娇	见	夫	拿	去	杀

凤娇见夫杀小姐，

3020

又	骂	妈	你	顺	特	曾
jau⁶	da⁵	me⁶	ni⁴	ɕin¹	tuk⁸	ɕaŋ²
youh	ndaq	meh	neix	caen	dwg-	caengz
又	骂	母	这	真	可恶	

又骂这女人可恶。

3021

居	他	想	斗	贫	合	很
kɯ⁵	te¹	ɬiaŋ³	tau³	pan²	ho²	hun³
gwq	de	siengj	daeuj	baenz	hoz	hwnj
时	那	想	来	成	脖	起

那时越想越生气，

3022

又	再	欧	针	色	劢	駚
jau⁶	tɕa:i¹	au¹	kim¹	ɬak⁷	lɯk⁸	ta¹
youh	caiq	aeu	cim	saek	lwg	da
又	再	要	针	插	儿	眼

又拿针来刺眼球。

3023

李	旦	居	他	开	剑	卡
li⁴	ta:n¹	ku⁵	te¹	ha:i¹	kiam⁵	ka³
lij	dan	gwq	de	hai	giemq	gaj
李	旦	时	那	开	剑	杀

那时李旦拔剑杀,

3024

伝	赖	同		队	恨	票	和
hun²	la:i¹	toŋ⁶		to:i⁶	han¹	piau⁶	ho²
vunz	lai	doengh-		doih	raen	biuh	hoz
人	多	共	同		见	舒爽	脖

大家都觉得解气。

3025

居	他	马	周	就	分	付
ku⁵	te¹	ma⁴	tɕau⁵	tɕo⁶	fun⁵	fu⁶
gwq	de	maj	couh	couh	faenq	fuh
时	那	马	周	就	吩	咐

那时马周就吩咐,

3026

该	娄	哽	呆	亦	彩	路
ka:i⁵	lau²	kun¹	ŋa:i²	a³	tɕa:i³	hon¹
gaiq	raeuz	gwn	ngaiz	aj	byaij	roen
个	我们	吃	早饭	要	走	路

吃完早饭就开拔。

伍赖同队硬呆爹，　　兵马能将个培齐。

马同都师汉阳地，　　旗锣队伍烈况匕。

凤娇东宫把皇帝，　　擘扇着牌烂燃。

又摆隆门正补观，　　同队彩路宁况匕。

兵马甫匕收执便，　　干即很艇背影路，

居他屋城斗缘班，　　就赶彩路不敢徙。

地炮红响介培讯，　　知府送屋肘缘城。

伍赖放炮送屋斗，　　李旦凤娇能桥花。

知府李旦登双咱，　　咋依名可里眉功。

知府恨吥隆贺跪，　　佐恩五主造贫伍。

伍恩五主造贫伍，　　故想背学叔胡法。

斗肘半路李旦讲，　　干卯听咱写李旦。

凤娇恨他国脾依，

3027

伝	賴	同	隊	哽	呆	爹
hun²	la:i¹	toŋ⁶	to:i⁶	kɯn¹	ŋa:i²	te⁵
vunz	lai	doengh-	doih	gwn	ngaiz	deq
人	多	共同		吃	早饭	等

大家一起吃饭等，

3028

兵	馬	能	将	介	培	齐
piŋ¹	ma⁴	nuɯn²	tɕiaŋ¹	ka⁶	pai²	ɕai²
bing	max	naengz	ciengq	gah-	baez	caez
兵	马	能	将	非常		齐

军官兵马齐刷刷。

3029

馬	周	郭	帅	漢	阳	地
ma⁴	tɕau⁵	kuak⁸	ɕa:i¹	ha:n¹	ja:ŋ²	tiak⁸
maj	couh	guh	sai	han	yangz	dieg
马	周	做	帅	汉	阳	地方

马周统率汉阳军，

3030

旗	锣	隊	伍	烈	沉	沉
ki²	la²	tuai¹	u⁴	te:k⁷	ɕum²	ɕum²
geiz	laz	dui	vuj	dek-	cum-	cum
旗	锣	队	伍	闹哄哄		

旌旗锣鼓好热闹。

3031

凤	娇	東	宫	妑	皇	帝
fuŋ¹	kiau⁵	tuŋ⁵	kuŋ⁵	pa²	wuaŋ²	tai⁵
fung	gyauh	dungh	gungh	baz	vuengz	daeq
凤	娇	东	宫	妻	皇	帝

东宫凤娇是皇后，

3032

撑	扇	着	牌	焿	烓	燦
kiŋ²	pi²	tu²	pa:i²	lo:ŋ⁶	ɕi²	ɕa:n²
gingz	beiz	dawz	baiz	rongh-	ci-	can
举	扇	拿	牌	亮闪闪		

扇牌高举亮闪闪。

3033

又	攌	隆	门	正	卦	观
jau⁶	pa:i³	luŋ²	muɯn²	ɕiŋ⁵	kwa⁵	ko:n⁵
youh	baij	lungz	mwnz	cingq	gvaq	gonq
又	摆	龙	门	正	过	前

又摆龙门走在前，

3034

同	隊	彩	路	宁	沉	沉
toŋ⁶	to:i⁶	tɕa:i³	hon¹	niŋ¹	ɕum²	ɕum²
doengh-	doih	byaij	roen	ning-	cum-	cum
共同		走	路	闹哄哄		

一路行进好气派。

3035

兵	馬	甫	甫	收	执	便
piŋ¹	ma⁴	pu⁴	pu⁴	ɕau¹	ɕap⁸	pian⁶
bing	max	boux	boux	sou	caeb	bienh
兵	马	人	人	收	拾	方便

队伍全部集合好，

3036

干	即	很	躺	背	彩	路
ka:n³	ɕɯ⁵	hun⁵	da:ŋ¹	pai¹	tɕa:i³	lo⁶
ganj-	cwq	hwnq	ndang	bae	byaij	loh
赶紧		起	身	去	走	路

立刻起身去赶路。

3037

居	他	屋	城	斗	绿	班
ku⁵	te¹	o:k⁷	çiŋ²	tau³	lo:k⁸	pa:n⁶
gwq	de	ok	singz	daeuj	rog	banh
时	那	出	城	来	外	游荡

那时出到城外面，

3038

就	赶	彩	路	不	敢	從
tço⁶	ka:n³	tça:i³	hon¹	bau⁵	ka:m³	ɬuŋ²
couh	ganj	byaij	roen	mbouj	gamj	soengz
就	赶	走	路	不	敢	住

即刻赶路不停留。

3039

地	炮	红	响	介	培	乱
ti⁶	pa:u⁵	ho:ŋ²	hiaŋ³	ka⁶	pai²	luan⁶
deih	bauq	hongz	yiengj	gah-	baez	luenh
密	炮	响	响	非常		乱

鞭炮密密响不停，

3040

知	府	送	屋	肝	绿	城
tçi⁵	fu⁴	ɬoŋ⁵	o:k⁷	taŋ²	lo:k⁸	çiŋ²
cih	fuj	soengq	ok	daengz	rog	singz
知	府	送	出	到	外	城

知府送到城门外。

三十八　凤娇诉马迪文德

扫码听音频

伍赖同队硬呆爹，兵马乱将个悟齐。

马同郭州汉阳地，旗锣队伍烈况七。

凤娇东宫妃皇帝，擎扇着牌明烛燔。

又摆隆门正朴观，同队彩路宇况七。

兵马甫七收执便，干即狠鱼背影路。

居他尾城斗绿斑，就赶彩路不敢从。

地炮红响介培乱，知府送尾肘绿城。

伍赖放炮送尾斗，李旦凤娇乱桥花。

知府李旦登双咱，咋你名可里眉功。

知府恨咱隆贺跪，伍恩五主造贪佐。

斗肘半路李旦讲，故想背学叔胡法。

凤娇恨他图降侬，干即听咱写李旦。

3041

伝	赖	放	炮	送	屋	斗
hun²	la:i¹	ɕuaŋ⁵	pa:u⁵	ɬoŋ⁵	o:k⁷	tau³
vunz	lai	cuengq	bauq	soengq	ok	daeuj
人	多	放	炮	送	出	来

众人鸣炮送出城，

3042

李	旦	凤	娇	能	桥	花
li⁴	ta:n¹	fuŋ¹	kiau⁵	naŋ⁶	kiau⁶	wa¹
lij	dan	fung	gyauh	naengh	giuh	va
李	旦	凤	娇	坐	轿	花

李旦凤娇坐花轿。

3043

知	府	李	旦	登	双	咟
tɕi⁵	fu⁴	li⁴	ta:n¹	taŋ⁵	ɬo:ŋ¹	pa:k⁷
cih	fuj	lij	dan	daengq	song	bak
知	府	李	旦	叮	嘱	两	口

李旦叮嘱知府道，

3044

昨	你	名	可	里	眉	功
ɕo:k⁸	ni⁴	mɯŋ²	ko³	li⁴	mi²	koŋ¹
cog	neix	mwngz	goj	lij	miz	goeng
明	这	你	也	还	有	功

将来你也有功劳。

3045

知	府	恨	吽	隆	贺	跪
tɕi⁵	fu⁴	han¹	nau²	loŋ²	ho⁵	kwi⁶
cih	fuj	raen	naeuz	roengz	hoq	gvih
知	府	见	说	下	膝	跪

知府听完忙下跪，

3046

佐	恩	五	主	造	贫	伝
tɕo¹	an¹	ŋo⁴	ɬu³	tɕo⁶	pan²	hun²
gyo	aen	ngoh	souj	coh	baenz	vunz
谢	恩	我	主	才	成	人

承蒙主上大恩情。

3047

斗	肝	半	路	李	旦	讲
tau³	taŋ²	tɕo:ŋ⁶	hon¹	li⁴	ta:n¹	ka:ŋ³
daeuj	daengz	byongh	roen	lij	dan	gangj
来	到	半	路	李	旦	讲

走到半路李旦说，

3048

故	想	背	学	叔	胡	法
ku¹	ɬian³	pai¹	ɕo⁶	ɕuk⁷	hu²	fa²
gou	siengj	bae	coh	cuk	huz	faz
我	想	去	向	叔	胡	发

我想去看胡发叔。

3049

凤	娇	恨	他	吽	哞	你
fuŋ¹	kiau⁵	han¹	te¹	nau²	ɕon²	ni⁴
fung	gyauh	raen	de	naeuz	coenz	neix
凤	娇	见	他	讲	句	这

凤娇听他这样说，

3050

干	即	开	咟	骂	李	旦
ka:n³	ɕu⁵	ha:i¹	pa:k⁷	da⁵	li⁴	ta:n¹
ganj-	cwq	hai	bak	ndaq	lij	dan
赶	紧	开	口	骂	李	旦

开口就骂起李旦。

该名甫仅学蛮命，因为等你造蛮平，

李旦又对凤娇讲，援名禾鲁故事情。

妈匕乌他甫雷养，但劳内心龀不背，

凤娇又对李旦讲，妈匕乌捞催文德、

条背乌捞催家主，讫讲狠斗贵和龀、

该名刀背双阳地，份灰居他犯辱迪。

防蛮乌迪行心发，论他狠斗顺得谄。

屋银许依衣他讲，哗名先蹈化背音。

许流名蹈乌贼也，乘州居他可察齐，

防蛮乌迪行心发，算计隆司钵背参，

甫匕可哗蹈贼地，该故和狠蛮几哗。

甫司他斗参介额，防蛮乌迪行心狂。

甫妖平火里反讲，

3051

该	名	甫	伝	学	磨	命
ka:i⁵	mɯŋ²	pu⁴	hun²	ɕia⁴	mua⁶	miŋ⁶
gaiq	mwngz	boux	vunz	cix	muh	mingh
个	你	个	人	折	磨	命

你这真是折磨人，

3052

因	为	等	你	造	班	平
jin⁵	wi⁶	taŋ³	ni⁴	tɕo⁶	pa:n⁶	piaŋ²
yinh	vih	daengj	neix	coh	banh	biengz
因	为	样	这	才	流浪	地方

因为这样才流浪。

3053

李	旦	又	对	凤	娇	讲
li⁴	ta:n¹	jau⁶	to:i⁵	fuŋ¹	kiau⁵	ka:ŋ³
lij	dan	youh	doiq	fung	gyauh	gangj
李	旦	又	对	凤	娇	讲

李旦又对凤娇说，

3054

该	名	不	鲁	故	事	情
ka:i⁵	mɯŋ²	bau⁵	lo⁴	ku¹	ɬian⁵	ɕiŋ²
gaiq	mwngz	mbouj	rox	gou	saeh	cingz
个	你	不	知	我	事	情

你不知道我的事。

3055

妈	妈	乌	他	甫	雷	养
me⁶	me⁶	u⁵	te¹	pu⁴	lai²	ɕiaŋ⁴
meh	meh	youq	de	boux	lawz	ciengx
母	母	在	那	人	谁	养

母亲在那谁来养，

3056

但	劳	内	心	对	不	背
ta:n¹	la:u¹	dai¹	ɬam¹	to:i⁵	bau⁵	pai¹
dan	lau	ndaw	sim	doiq	mbouj	bae
只	怕	内	心	对	不	去

只怕良心对不住。

3057

凤	娇	又	对	李	旦	讲
fuŋ¹	kiau⁵	jau⁶	to:i⁵	li⁴	ta:n¹	ka:ŋ³
fung	gyauh	youh	doiq	lij	dan	gangj
凤	娇	又	对	李	旦	讲

凤娇又对李旦说，

3058

妈	妈	乌	拐	催	文	德
me⁶	me⁶	u⁵	laŋ¹	tɕuai⁵	wɯn²	tə²
meh	meh	youq	laeng	cuih	vwnz	dwz
母	母	在	家	崔	文	德

母亲在崔文德家。

3059

条	背	乌	拐	催	家	主
te:u²	pai¹	u⁵	laŋ¹	tɕuai⁵	kia⁵	ɬu³
deuz	bae	youq	laeng	cuih	gya	souj
逃	去	在	家	崔	家	主

逃难住到崔家里，

3060

论	讲	很	斗	贫	和	嗑
lun⁶	ka:ŋ³	hun³	tau³	pan²	ho²	ham²
lwnh	gangj	hwnj	daeuj	baenz	hoz	haemz
论	讲	起	来	成	脖	恨

要说起来真可恨。

3061

该	名	刀	背	汉	阳	地
kaːi⁵	muŋ²	taːu⁵	pai¹	haːn¹	jaːŋ²	tiak⁸
gaiq	mwngz	dauq	bae	han	yangz	dieg
个	你	回	去	汉	阳	地方

你已回到汉阳城，

3062

份	灰	居	他	犯	馬	迪
fan⁶	hoːi⁵	kɯ⁵	te¹	faːm⁶	ma⁴	ti²
faenh	hoiq	gwq	de	famh	maj	diz
自己	奴	时	那	犯	马	迪

那时我受马迪欺。

3063

防	罵	馬	迪	行	心	绞
faːŋ²	ma¹	ma⁴	ti²	heːŋ²	ɬam¹	kweːu⁴
fangz	ma	maj	diz	hengz	sim	gveux
鬼	狗	马	迪	行	心	狡

疯狗马迪心狠毒，

3064

论	他	很	斗	顺	得	晗
lun⁶	te¹	hun³	tau³	çin¹	tuk⁸	ham²
lwnh	de	hwnj	daeuj	caen	dwg	haemz
讲	他	上	来	真	是	恨

说起他来真愤恨。

3065

屋	银	许	伝	衣	他	讲
oːk⁷	ŋan²	hai³	hun²	i¹	te¹	kaːŋ³
ok	ngaenz	hawj	vunz	ei	de	gangj
出	银	给	人	依	他	说

出钱叫人造谣言，

3066

吽	名	先	殆	化	背	音
nau²	muŋ²	ɬen⁵	taːi¹	wa⁵	pai¹	jam¹
naeuz	mwngz	senq	dai	vaq	bae	yaem
讲	你	早已	死	化	去	阴

说你已死去阴间。

3067

许	流	名	殆	乌	贼	地
hai³	liau²	muŋ²	taːi¹	u⁵	çak⁸	tiak⁸
hawj	riuz	mwngz	dai	youq	caeg	dieg
给	传	你	死	在	贼	地方

谣传你死在异乡，

3068

東	州	居	他	可	寮	齐
tuŋ⁵	tçau⁵	kɯ⁵	te¹	ko³	liau²	çai²
dungh	couh	gwq	de	goj	riuz	caez
东	州	时	那	也	传	齐

那时东州都传遍。

3069

甫	甫	可	吽	殆	贼	地
pu⁴	pu⁴	ko³	nau²	taːi¹	çak⁸	tiak⁸
boux	boux	goj	naeuz	dai	caeg	dieg
人	人	也	讲	死	贼	地方

都说你死于贼手，

3070

算	计	隆	司	卦	背	嗲
ɬuan⁵	ki⁶	loŋ²	ɬu⁵	kwa⁵	pai¹	ça:m¹
suenq	geiq	roengz	swq	gvaq	bae	cam
算	计	下	媒	过	去	问

用计请媒来提亲。

3071

甫	司	他	斗	嗲	介	赖
pu⁴	ɬɯ⁵	te¹	tau³	ɕaːm¹	ka⁵	laːi⁴
boux	swq	de	daeuj	cam	gaq-	laix
人	媒	她	来	问	真的	

媒婆真的来提亲，

3072

该	故	和	很	骂	几	哼
kaːi⁵	ku¹	ho²	hun³	da⁵	ki³	ɕon²
gaiq	gou	hoz	hwnj	ndaq	geij	coenz
个	我	脖	起	骂	几	句

我生气骂她几句。

3073

甫	妚	辛	火	里	灰	讲
pu⁴	ja⁶	ɬin⁶	ho³	di⁴	hoːi⁵	kaːŋ³
boux	yah	sin	hoj	ndij	hoiq	gangj
人	婆	辛	苦	和	奴	讲

辛苦媒婆来提亲，

3074

防	骂	马	迪	行	心	狂
faːŋ²	ma¹	ma⁴	ti²	heːŋ²	ɬam¹	kwaːŋ²
fangz	ma	maj	diz	hengz	sim	guengz
鬼	狗	马	迪	行	心	狂

疯狗马迪心狠毒。

修

他欧鸯娇姐郭妖，　　唐德想欧那郭娘，

该名甫老每反想，　　天下道礼礼不眉行。

防骂马迪艳鲁猫，　　因为吴故条每他。

甫妖叮耶耗哞你，　　当样哈咱不敢嘆。

和狠故骂他几唔，　　妖移退定刀背兰。

不服又再背求宿，　　良拐他墨计谋。

论斗合很不曾了，　　他谋故好赖培。

李旦恨哞可合很，　　明日他里犯缝娄。

凤娇又对李旦讲，　　表哥文德可特曾。

他想欧故郭妖肉，　　不服背强驮盯恒。

色未志雷眉思困，　　浮卦志渊如鸣萬。

色未贵人搀提狠，　　不可是你礼同恨。

3075

他	欧	鸾	娇	姐	郭	奸
te¹	au¹	luan²	kiau⁵	tçe⁴	kuak⁸	ja⁶
de	aeu	luenz	gyauh	cej	guh	yah
他	娶	鸾	娇	姐	做	妻

他娶鸾娇姐为妻,

3076

居	你	想	欧	那	郭	娘
ku⁵	ni⁴	ɬiaŋ³	au¹	na⁴	kuak⁸	na:ŋ²
gwq	neix	siengj	aeu	nax	guh	nangz
时	这	想	要	姨	做	妻

现在又想娶小姨。

3077

该	名	甫	老	峝	灰	想
ka:i⁵	muŋ²	pu⁴	la:u⁴	di⁴	ho:i⁵	ɬiaŋ³
gaiq	mwngz	boux	laux	ndij	hoiq	siengj
个	你	个	大	和	奴	想

您老人家想想看,

3078

天	下	道	礼	不	眉	行
te:n⁶	ja⁵	ta:u⁴	lai⁴	bau⁵	mi²	he:ŋ²
dien	yah	dauh	leix	mbouj	miz	hengz
天	下	道	理	不	有	行

天下没有这道理。

3079

防	骂	马	迪	麗	鲁	峆
fa:ŋ²	ma¹	ma⁴	ti²	tça³	lo⁴	pa:k⁸
fangz	ma	maj	diz	byaj	rox	bag
鬼	狗	马	迪	雷	会	劈

马迪使坏遭雷劈,

3080

因	为	关	故	条	峝	他
jin⁵	wi⁶	kwa:n¹	ku¹	te:u²	di⁴	te¹
yinh	vih	gvan	gou	deuz	ndij	de
因	为	夫	我	逃	和	他

丈夫因此才出逃。

3081

甫	奸	叮	耶	吼	峙	你
pu⁴	ja⁶	tiŋ⁵	jia¹	ha:u⁵	çon²	ni⁴
boux	yah	dingq	nyi	hauq	coenz	neix
人	婆	听	见	讲	句	这

媒婆听到这些话,

3082

当	祥	哈	咟	不	敢	嘆
ta:ŋ¹	çiaŋ²	ap⁷	pa:k⁷	bau⁵	ka:m³	ha:n¹
dang	ciengz	haep	bak	mbouj	gamj	han
当	场	闭	口	不	敢	应

当场闭嘴不言语。

3083

和	很	故	骂	他	几	咟
ho²	hun³	ku¹	da⁵	te¹	ki³	pa:k⁷
hoz	hwnj	gou	ndaq	de	geij	bak
脖	起	我	骂	她	几	口

我生气骂她几句,

3084

奸	梅	退	定	刀	背	兰
ja⁶	mo:i²	to:i⁵	tin¹	ta:u⁵	pai¹	la:n²
yah	moiz	doiq	din	dauq	bae	ranz
婆	媒	退	脚	回	去	家

媒婆转身回家去。

3085

不	服	又	再	背	求	庙
bau⁵	fuk⁸	jau⁶	tɕaːi¹	pai¹	tɕau²	miau⁶
mbouj	fug	youh	caiq	bae	gouz	miuh
不	服	又	再	去	求	庙

我不甘心又求签，

3086

良	拐	他	由	屋	计	谋
liaŋ²	laŋ¹	te¹	jau⁶	oːk⁷	ki⁶	mau²
riengz	laeng	de	youh	ok	geiq	maeuz
跟	后	他	又	出	计	谋

马迪又施行诡计。

3087

论	斗	合	很	不	鲁	了
luŋ⁶	tau³	ho²	hɯn³	bau⁵	lo⁴	leːu⁴
lwnh	daeuj	hoz	hwnj	mbouj	rox	liux
讲	来	脖	起	不	会	完

说起来火气难平，

3088

他	亦	谋	故	好	赖	培
te¹	a³	mau²	ku¹	haːu³	laːi¹	pai²
de	aj	maeuz	gou	hauj	lai	baez
他	要	谋	我	好	多	次

他打我主意已久。

3089

李	旦	恨	吽	可	合	很
li⁴	taːn¹	han¹	nau²	ko³	ho²	hɯn³
lij	dan	raen	naeuz	goj	hoz	hwnj
李	旦	见	讲	也	脖	起

李旦听着也恼火，

3090

明	日	他	里	犯	撻	娄
ŋon²	ço:k⁸	te¹	li⁴	fa:m⁶	fuŋ²	lau²
ngoenz-	cog	de	lij	famh	fwngz	raeuz
日后		他	还	犯	手	我们

来日我来收拾他。

3091

凤	娇	又	对	李	旦	讲
fuŋ¹	kiau⁵	jau⁶	to:i⁵	li⁴	ta:n¹	ka:ŋ³
fung	gyauh	youh	doiq	lij	dan	gangj
凤	娇	又	对	李	旦	讲

凤娇又对李旦说，

3092

表	哥	文	德	可	特	曾
piau⁴	ko⁵	wun²	tə²	ko³	tuk⁸	çaŋ²
biuj	go	vwnz	dwz	goj	dwg-	caengz
表	哥	文	德	也	可恶	

文德表哥也可恶。

3093

他	想	欧	故	郭	奸	内
te¹	ɬiaŋ³	au¹	ku¹	kuak⁸	ja⁶	no:i⁶
de	siengj	aeu	gou	guh	yah	noih
他	想	娶	我	做	妻	小

他想娶我为小妾，

3094

不	服	背	強	馱	肛	恒
bau⁵	fuk⁸	pai¹	kiaŋ⁶	ta⁶	taŋ²	hun²
mbouj	fug	bae	giengh	dah	daengz	hwnz
不	服	去	跳	河	连	夜

我宁投河死不从。

3095

色	耒	志	霄	眉	恩	周
łak⁷	laːi⁵	kun²	bun¹	mi²	an¹	tɕau⁵
caek-	laiq	gwnz	mbwn	miz	aen	gouq
幸好		上	天	有	恩	救

幸好恩人来相救,

3096

浮	卦	志	淋	如	鸭	苩
fu²	kwa⁵	kun²	lam⁴	lum³	pit⁷	pun¹
fouz	gvaq	gwnz	raemx	lumj	bit	bwn
浮	过	上	水	像	鸭	毛

浮在河面像鸭毛。

3097

色	耒	贵	人	抬	提	很
łak⁷	laːi⁵	kwai¹	jin²	taːi²	tu²	hun³
caek-	laiq	gvei	yinz	daiz	dawz	hwnj
幸好		贵	人	抬	拿	上

幸有贵人来搭救,

3098

不	可	昙	你	礼	同	恨
bau⁵	ko³	ŋon²	ni⁴	dai⁴	toŋ⁶	han¹
mbouj	goj	ngoenz	neix	ndaej	doengh	raen
不	料	日	今	得	相	见

不想今天能相见。

双南同队又不讲，　　居你娄步赶影跷

李旦又刀刀开昭讲，　居條不阻音正當哗。

汉阳大故顺丰火，　　他顺拾分身屋力。

居娘该故又刺于，　　论讲屋斗顺婆流。

故唷则天不鲁了，　　婚故舍命鸟水牢。

居他故礼十二，　　　忌雾天星显林林。

不可则天又鲁唛，　　兵马亦斗提汉阳。

大故名李开一劳，　　唛炁甪故甫依尽。

居他各想又各淡、　　鲁许糙故凤雪背。

居他想背又想刀，　　正造礼哗故双畔。

不劳则天亦斗昔，　　美哗许故背遊平刀。

居他尧恨负罚啦，　　正造条背时兰名。

3099

双	甫	同	队	又	不	讲
ɬoːŋ¹	pu⁴	toŋ⁶	toːi⁶	jau⁶	bau⁵	kaːŋ³
song	boux	doengh-	doih	youh	mbouj	gangj
两	人	共同		又	不	讲

两人一起不说话，

3100

居	你	娄	亦	赶	彩	路
kɯ⁵	ni⁴	lau²	a³	kaːn³	tɕaːi³	hon¹
gwq	neix	raeuz	aj	ganj	byaij	roen
时	这	我们	要	赶	走	路

现在我们要赶路。

3101

李	旦	又	刀	开	咟	讲
li⁴	taːn¹	jau⁶	taːu⁵	haːi¹	paːk⁷	kaːŋ³
lij	dan	youh	dauq	hai	bak	gangj
李	旦	又	回	开	口	讲

李旦转回话题说，

3102

居	你	不	音	正	宫	吽
kɯ⁵	ni⁴	bau⁵	ʔjam¹	tɕin¹	kuŋ⁵	nau²
gwq	neix	mbouj	yaem	cwng	gungh	naeuz
时	这	不	瞒	正	宫	讲

这时不瞒凤娇说。

3103

漢	阳	大	故	顺	辛	火
haːn¹	jaːŋ²	taː¹	ku¹	ɕin¹	ɬin⁶	ho³
han	yangz	da	gou	caen	sin	hoj
汉	阳	外公	我	真	辛	苦

汉阳外公真辛苦，

3104

他	顺	拾	分	匋	屋	力
te¹	ɕin¹	ɕip⁸	fan¹	di⁴	oːk⁷	leːŋ²
de	caen	cib	faen	ndij	ok	rengz
他	真	十	分	和	出	力

他待我非常用心。

3105

居	他	该	故	又	利	于
kɯ⁵	te¹	kaːi⁵	ku¹	jau⁶	li⁴	i³
gwq	de	gaiq	gou	youh	lij	iq
时	那	个	我	又	还	小

那时候我还很小，

3106

论	讲	屋	斗	顺	凄	凉
lun⁶	kaːŋ³	oːk⁷	tau³	ɕin¹	ɬi⁵	liaŋ²
lwnh	gangj	ok	daeuj	caen	si	liengz
论	说	出	来	真	凄	凉

回想起来真凄惨。

3107

故	晗	则	天	不	鲁	了
ku¹	ham²	tɕə²	teːn⁵	bau⁵	lo⁴	leːu⁴
gou	haemz	cwz	denh	mbouj	rox	liux
我	恨	则	天	不	会	完

我恨则天没个完，

3108

妈	故	舍	命	乌	水	牢
me⁶	ku¹	ɕe¹	miŋ⁶	u⁵	ɕuai⁴	laːu²
meh	gou	ce	mingh	youq	suij	lauz
母	我	舍	命	在	水	牢

母亲命丧水牢中。

3109

居	他	故	礼	十	一	二
ku⁵	te¹	ku¹	dai⁴	ɕip⁸	it⁷	ŋi⁶
gwq	de	gou	ndaej	cib	it	ngeih
时	那	我	得	十	一	二

那时我年十一二，

3110

忐	霄	天	星	显	林	林
kun²	bun¹	tian¹	ɬiŋ¹	heːn³	lin²	lin²
gwnz	mbwn	dien	sing	henj-	lin-	lin
上	天	天	星	黄	灿	灿

苍天有眼来显灵。

3111

不	可	则	天	又	鲁	啵
bau⁵	ko³	tɕɔ²	teːn⁵	jau⁶	lo⁴	de⁵
mbouj	goj	cwz	denh	youh	rox	ndeq
不	料	则	天	又	知	晓

不料被则天知道，

3112

兵	馬	亦	斗	提	漢	阳
piŋ¹	ma⁴	a³	tau³	tuː²	haːn¹	jaːŋ²
bing	max	aj	daeuj	dawz	han	yangz
兵	马	要	来	拿	汉	阳

召集兵马打汉阳。

3113

大	故	名	初	李	开	芳
ta¹	ku¹	miŋ²	ɕo⁶	li⁴	kaːi⁵	faːŋ⁵
da	gou	mingz-	coh	lij	gaih	fangh
外公	我	名字		李	开	芳

外公名叫李开芳，

3114

哽	炁	每	故	甫	伝	壹
kun¹	hi⁵	di⁴	ku¹	pu⁴	hun²	toːk⁸
gwn	heiq	ndij	gou	boux	vunz	dog
吃	气	和	我	个	人	独

为我一人操碎心。

3115

居	他	各	想	又	各	泪
ku⁵	te¹	kaːk⁸	ɬiaŋ³	jau⁶	kaːk⁸	tai³
gwq	de	gag	siengj	youh	gag	daej
时	那	自	想	又	自	哭

那时越想越落泪，

3116

鲁	许	荖	故	吼	雷	背
lo⁴	hai³	laːn¹	ku¹	hau³	lai²	pai¹
rox	hawj	lan	gou	haeuj	lawz	bae
知	给	孙	我	进	哪	去

不知怎样安置我。

3117

居	他	想	背	又	想	刀
ku⁵	te¹	ɬiaŋ³	pai¹	jau⁶	ɬiaŋ³	taːu⁵
gwq	de	siengj	bae	youh	siengj	dauq
时	那	想	去	又	想	回

那时想来又想去，

3118

正	造	礼	吽	故	双	唪
ɕiŋ⁵	tɕɔ⁶	dai⁴	nau²	ku¹	ɬoːŋ¹	ɕon²
cingq	coh	ndaej	naeuz	gou	song	coenz
正	才	得	讲	我	二	句

这才决心跟我说。

3119

不	劳	则	天	亦	斗	害
bau⁵	laːu¹	tɕə²	teːn⁵	a³	tau³	haːi⁶
mbouj	lau	cwz	denh	aj	daeuj	haih
不	怕	则	天	要	来	害

不怕则天来害人，

3120

差	吽	許	故	背	遊	平
tɕo⁶	nau²	hai³	ku¹	pai¹	jau²	piaŋ²
coh	naeuz	hawj	gou	bae	youz	biengz
才	讲	给	我	去	游	地方

让我赶紧逃命去。

3121

居	他	尧	恨	贫	霄	啦
kɯ⁵	te¹	jiau⁵	han¹	pan²	bɯn¹	lap⁷
gwq	de	yiuq	raen	baenz	mbwn	laep
时	那	看	见	成	天	黑

那时眼前一片黑，

3122

正	造	条	背	朋	兰	名
ɕin⁵	tɕo⁶	teːu²	pai¹	taŋ²	laːn²	mɯŋ²
cingq	coh	deuz	bae	daengz	ranz	mwngz
正	才	逃	去	到	家	你

这才逃到你家中。

不可志夷眉缘会，甲许同队郭美妃。

双娄志骂妥斗足，昙你娄可礼相逢。

凤娇又对李旦讲，甫留眉犯条魏仇。

李旦讲肝汉阳地，论讲介故弓娄凉。

肝故郭牧少皇帝，并甲许故郭夫人。

名初叫郭陈姗妃，他各郭师卦背参。

居他恨故星背班，皆反幼挡叔胡法。

居他故里幼东州，嘭许故礼双三被。

故物茄雪他不鲁，不可甲里岩眉缘。

居他星斗可利于，该者甫佐眉双心。

凤娇又对信兴讲，

居他娄幼东州地，同队恨史再娄凉。

3123

不	可	志	霄	眉	缘	会
bau⁵	ko³	kɯn²	bun¹	mi²	jian²	ho:i⁶
mbouj	goj	gwnz	mbwn	miz	yienz	hoih
不	料	上	天	有	缘	会

不想有缘又相见，

3124

甲	许	同	队	郭	关	妣
ka:p⁷	hai³	toŋ⁶	to:i⁶	kuak⁸	kwa:n¹	pa²
gap	hawj	doengh-	doih	guh	gvan	baz
合	给	共	同		做	夫	妻

让我俩结为夫妻。

3125

双	娄	志	霄	安	斗	定
ło:ŋ¹	lau²	kɯn²	bun¹	a:n¹	tau³	tiŋ⁶
song	raeuz	gwnz	mbwn	an	daeuj	dingh
两	我们	上	天	安	来	定

我俩姻缘天安排，

3126

昙	你	娄	可	礼	相	逢
ŋon²	ni⁴	lau²	ko³	dai⁴	toŋ⁶	puŋ²
ngoenz	neix	raeuz	goj	ndaej	doengh	bungz
日	今	我们	也	得	相	碰

今天我们又重逢。

3127

凤	娇	又	对	李	旦	讲
fuŋ¹	kiau⁵	jau⁶	to:i⁵	li⁴	ta:n¹	ka:ŋ³
fung	gyauh	youh	doiq	lij	dan	gangj
凤	娇	又	对	李	旦	讲

凤娇又对李旦说，

3128

甫	雷	眉	犯	条	冤	仇
pu⁴	lai²	mi²	fa:m⁶	te:u²	ʔjian¹	çau²
boux	lawz	miz	famh	diuz	ien	caeuz
人	谁	有	犯	条	冤	仇

谁人犯了大冤仇。

3129

李	旦	讲	肟	漢	阳	地
li⁴	ta:n¹	ka:ŋ³	taŋ²	ha:n¹	ja:ŋ²	tiak⁸
lij	dan	gangj	daengz	han	yangz	dieg
李	旦	讲	到	汉	阳	地方

李旦说到汉阳城，

3130

论	讲	介	故	可	凄	凉
lun⁶	ka:ŋ³	ka:i⁵	ku¹	ko³	łi⁵	lian²
lwnh	gangj	gaiq	gou	goj	si	liengz
论	说	个	我	也	凄	凉

说来我也真悲惨。

3131

肟	故	郭	忟	分	皇	帝
taŋ²	ku¹	kuak⁸	pai²	fan⁶	wuaŋ²	tai⁵
daengz	gou	guh	baez	faenh	vuengz	daeq
到	我	做	次	份	皇	帝

到我做一次皇帝，

3132

居	你	嗲	娘	斗	许	故
ku⁵	ni⁴	ça:m¹	na:ŋ²	tau³	hai³	ku¹
gwq	neix	cam	nangz	daeuj	hawj	gou
时	这	问	妻	来	给	我

那时为我提亲事。

3133

名	初	叫	郭	陳	坤	飞
miŋ²	ço⁶	heːu⁶	kuak⁸	tçin²	kun⁵	fai⁵
mingz-	coh	heuh	guh	cinz	gunh	feih
名字		叫	做	陈	坤	妃

对象就叫陈坤妃，

3134

亦	甲	许	故	郭	夫	人
a³	kaːp⁷	hai³	ku¹	kuak⁸	fu⁵	jin²
aj	gap	hawj	gou	guh	fuh	yinz
要	配	给	我	做	夫	人

要配给我当夫人。

3135

居	他	恨	故	屋	背	班
ku⁵	te¹	han¹	ku¹	oːk⁷	pai¹	paːn⁶
gwq	de	raen	gou	ok	bae	banh
时	那	见	我	出	去	流浪

那时见我在流浪，

3136

他	各	郭	师	卦	背	嗲
te¹	kaːk⁸	kuak⁸	ɬɯ⁵	kwa⁵	pai¹	çaːm¹
de	gag	guh	swq	gvaq	bae	cam
她	自	做	媒	过	去	问

她自为媒去提亲。

3137

居	他	故	里	幼	東	州
ku⁵	te¹	ku¹	li⁴	u⁵	tuŋ⁵	tçau⁵
gwq	de	gou	lij	youq	dungh	couh
时	那	我	还	在	东	州

那时我藏在东州，

3138

皆	灰	幼	捞	叔	胡	法
kaːi⁵	hoːi⁵	u⁵	laŋ¹	çuk⁷	hu²	fa²
gaiq	hoiq	youq	laeng	cuk	huz	faz
个	奴	在	家	叔	胡	发

我藏在胡发叔家。

3139

故	幼	茄	雷	他	不	鲁
ku¹	u⁵	kia²	lai²	te¹	bau⁵	lo⁴
gou	youq	giz	lawz	de	mbouj	rox
我	在	地方	哪	她	不	知

我藏哪里她不知，

3140

嗲	许	故	礼	双	三	被
çaːm¹	hai³	ku¹	dai⁴	ɬoːŋ¹	ɬaːm¹	pi¹
cam	hawj	gou	ndaej	song	sam	bi
问	给	我	得	二	三	年

提亲过去两三年。

3141

居	他	屋	斗	可	利	于
ku⁵	te¹	oːk⁷	tau³	ko³	li⁴	i³
gwq	de	ok	daeuj	goj	lij	iq
时	那	出	来	也	还	小

那时出来人还小，

3142

不	可	甲	里	名	眉	缘
bau⁵	ko³	kaːk⁸	di⁴	mɯŋ²	mi²	jian²
mbouj	goj	gag	ndij	mwngz	miz	yienz
不	料	自	和	你	有	缘

谁知和你有缘分。

3143

凤	娇	又	对	信	兴	讲
fuŋ¹	kiau⁵	jau⁶	toːi⁵	ɬin¹	hin⁵	kaːŋ³
fung	gyauh	youh	doiq	sin	hingh	gangj
凤	娇	又	对	信	兴	讲

凤娇又对信兴说，

3144

该	名	甫	伝	眉	双	心
kaːi⁵	muuŋ²	pu⁴	hun²	mi²	ɬoːŋ¹	ɬam¹
gaiq	mwngz	boux	vunz	miz	song	sim
个	你	个	人	有	二	心

你这人就是多心。

3145

居	他	娄	幼	東	州	地
ku⁵	te¹	lau²	u⁵	tuŋ⁵	tɕau⁵	tiak⁸
gwq	de	raeuz	youq	dungh	couh	dieg
时	那	我们	在	东	州	地方

那时我们在东州，

3146

同	隊	恨	火	再	凄	凉
toŋ⁶	toːi⁶	han¹	ho³	tɕaːi¹	ɬi⁵	liaŋ²
doengh-	doih	raen	hoj	caiq	si	liengz
共同		见	苦	再	凄	凉

一起受苦又受难。

三十九　老仆人忠心护主

扫码听音频

再讲福兴特灰锢，可与娄同隊屋力，

居他妈勃背求房，他恨马迪背良揣，

恨灰肘睚也不刀，干即般背良揣，

不可马迪屋主意，防篱你学顺特暗，

勤灰婿勃乌兰肃，居他不愿郭一伙，

散乌内厢房宦涕，色未福兴鲁斗的，

叮耶厢房眉伝涕，他又勒烈叫几野，

他乌勤烈各背刀，名特小姐鲁老娘，

居他灰多开咱讲，若鲁乳雷斗学故，

他乌败缘又算计，逻模斗扒卦沁墙，

造乱背肘内兰肃，尧恨厢房销吧度，

不可他又眉主意，故硬扑将恩销开。

3147

再	讲	福	兴	特	灰	祖
tɕaːi¹	kaːŋ³	fu²	hin⁵	tuk⁸	hoːi⁵	ço³
caiq	gangj	fuz	hingh	dwg	hoiq	coj
再	讲	福	兴	是	奴	祖

再说福兴老仆人，

3148

可	每	娄	同	队	屋	力
ko³	di⁴	lau²	toŋ⁶	toːi⁶	oːk⁷	leːŋ²
goj	ndij	raeuz	doengh-	doih	ok	rengz
可	和	我们	共同		出	力

也和我们同出力。

3149

居	他	妈	孖	背	求	庙
kɯ⁵	te¹	me⁶	luk⁸	pai¹	tɕau²	miau⁶
gwq	de	meh	lwg	bae	gouz	miuh
时	那	母	儿	去	求	庙

那时母女去求签，

3150

他	恨	馬	迪	背	良	拐
te¹	han¹	ma⁴	ti²	pai¹	liaŋ²	laŋ¹
de	raen	maj	diz	bae	riengz	laeng
他	见	马	迪	去	跟	后

他见马迪跟在后。

3151

恨	灰	肛	啦	也	不	刀
han¹	hoːi⁵	taŋ²	lap⁷	je³	bau⁵	taːu⁵
raen	hoiq	daengz	laep	yej	mbouj	dauq
见	奴	到	黑	也	不	回

天黑没见我们回，

3152

干	即	开	般	背	良	拐
kaːn³	çu⁵	haːi¹	lua²	pai¹	liaŋ²	laŋ¹
ganj-	cwq	hai	ruz	bae	riengz	laeng
赶紧		开	船	去	跟	后

立刻开船跟过去。

3153

不	可	馬	迪	屋	主	意
bau⁵	ko³	ma⁴	ti²	oːk⁷	çu³	i⁵
mbouj	goj	maj	diz	ok	cawj	eiq
不	料	马	迪	出	主	意

不料马迪出坏招，

3154

防	骂	你	学	顺	特	喻
faːŋ²	ma¹	ni⁴	tɕo⁶	çin¹	tuk⁸	ham²
fangz	ma	neix	coh	caen	dwg	haemz
鬼	狗	这	才	真	是	恨

这疯鬼真是可恶。

3155

勒	灰	妈	孖	乌	兰	庙
laŋ²	hoːi⁵	me⁶	luk⁸	u⁵	laːn²	miau⁶
laengz	hoiq	meh	lwg	youq	ranz	miuh
拦	奴	母	儿	在	房	庙

扣我母女在庙堂，

3156

居	他	故	不	愿	郭	伝
kɯ⁵	te¹	ku¹	bau⁵	jian⁶	kuak⁸	hun²
gwq	de	gou	mbouj	nyienh	guh	vunz
时	那	我	不	愿	做	人

那时我真不想活。

3157

故	乌	内	厢	房	官	涕
ku¹	u⁵	dai¹	ɬiaŋ⁵	faːŋ²	kuan³	tai³
gou	youq	ndaw	siengh	fangz	guenj	daej
我	在	内	厢	房	只管	哭

我在厢房一直哭，

3158

色	耒	福	兴	鲁	斗	朾
ɬak⁷	laːi⁵	fu²	hin⁵	lo⁴	tau³	taŋ²
caek-	laiq	fuz	hingh	rox	daeuj	daengz
幸好		福	兴	会	来	到

幸好福兴赶来到。

3159

叮	耶	厢	房	眉	伝	涕
tiŋ⁵	jia¹	ɬiaŋ⁵	faːŋ²	mi²	hun²	tai³
dingq	nyi	siengh	fangz	miz	vunz	daej
听	见	厢	房	有	人	哭

听到厢房有人哭，

3160

他	又	勒	烈	叫	几	哷
te¹	jau⁶	lak⁸	leːm⁴	heːu⁶	ki³	ɕon²
de	youh	laeg-	lemx	heuh	geij	coenz
他	又	悄悄		叫	几	句

他又悄悄叫几声。

3161

他	乌	贩	绿	各	背	刀
te¹	u⁵	paːi⁶	loːk⁸	kaːk⁸	pai¹	taːu⁵
de	youq	baih	rog	gag	bae	dauq
他	在	面	外	自	去	回

他在外头来回走，

3162

名	特	小	姐	鲁	老	娘
muɯŋ²	tuuk⁸	ɬiau⁴	tɕe⁴	lo⁴	laːu⁴	me⁶
mwngz	dwg	siuj	cej	rox	laux	meh
你	是	小	姐	或	老	母

询问里面是何人。

3163

居	他	灰	多	开	咟	讲
ku⁵	te¹	hoːi⁵	to⁵	haːi¹	paːk⁷	kaːŋ³
gwq	de	hoiq	doq	hai	bak	gangj
时	那	奴	马上	开	口	讲

那时我便开口问，

3164

名	鲁	吼	雷	斗	学	故
muɯŋ²	lo⁴	hau³	lai²	tau³	ɕo⁶	ku¹
mwngz	rox	haeuj	lawz	daeuj	coh	gou
你	知	进	哪	来	向	我

可知如何救出我？

3165

他	乌	贩	绿	又	算	计
te¹	u⁵	paːi⁶	loːk⁸	jau⁶	ɬuan⁵	ki⁶
de	youq	baih	rog	youh	suenq	geiq
他	在	面	外	又	算	计

他在外面想办法，

3166

逻	樸	斗	扒	卦	志	墙
la¹	mai⁴	tau³	paːt⁸	kwa⁵	kun²	ɕian²
ra	faex	daeuj	bad	gvaq	gwnz	ciengz
找	木	来	搭	过	上	墙

找木靠墙来攀越。

3167

造	礼	背	肝	内	兰	庙
tɕo⁶	dai⁴	pai¹	taŋ²	dai¹	laːn²	miau⁶
coh	ndaej	bae	daengz	ndaw	ranz	miuh
才	得	去	到	内	房	庙

才能进到寺庙里，

3168

尧	恨	厢	房	銷	吧	度
jiau⁵	han¹	ɬiaŋ⁵	faːŋ²	ɬa³	paːk⁷	tu¹
yiuq	raen	siengh	fangz	suj	bak	dou
看	见	厢	房	锁	口	门

看到厢房锁着门。

3169

不	可	他	又	眉	主	意
bau⁵	ko³	te¹	jau⁶	mi²	ɕu³	i⁵
mbouj	goj	de	youh	miz	cawj	eiq
不	料	他	又	有	主	意

谁知他又有办法，

3170

欧	磺	圤	特	恩	銷	开
au¹	lin¹	pok⁷	tuuk⁸	an¹	ɬa³	haːi¹
aeu	rin	boek	dwk	aen	suj	hai
要	石	砸	得	个	锁	开

拿石头砸开门锁。

奴 67

瞅背肝内又算计，培你该娄不剪给。

妈灰跳礼肝败绿、核故墙袤不扎新，

他恨灰挫墙承祝，福兴荷灰也不查一

三甫同对肝败绿、肝恒条屋背躲鳝。

居他福兴恨辛火，三甫同隊眼凄凉。

昙捞背肝陵卅地，再讲甫妈催文德。

妈灰等鸟鳃爹差，又许福兴乳背嗲。

娇那又再不许润，福兴合恨烈贲火，

甫他合恨牝匕刀，斗肝灰嗲他几哼。

甫妈可嗲他双咀，居他合恨烈贲火。

居他该娄顺眉难，娄翻学立皆亦班平。

现许螩袋钱几百，他咔合恨不学欸。

3171

吼	背	肛	内	又	算	计
hau³	pai¹	taŋ²	dai¹	jau⁶	ɬuan⁵	ki⁶
haeuj	bae	daengz	ndaw	youh	suenq	geiq
进	去	到	里	又	算	计

进到里面又盘算,

3172

培	你	该	娄	不	劳	殆
pai²	ni⁴	ka:i⁵	lau²	bau⁵	la:u¹	ta:i¹
baez	neix	gaiq	raeuz	mbouj	lau	dai
次	这	个	我们	不	怕	死

这次我们死不了。

3173

妈	灰	跳	礼	肛	贩	绿
me⁶	ho:i⁵	ɬɛt⁷	dai⁴	taŋ²	pa:i⁶	lo:k⁸
meh	hoiq	saet	ndaej	daengz	baih	rog
母	奴	跳	得	到	面	外

母亲攀爬到外面,

3174

该	故	墙	丧	不	礼	并
ka:i⁵	ku¹	ɕiaŋ²	ɬa:ŋ¹	bau⁵	dai⁴	pin¹
gaiq	gou	ciengz	sang	mbouj	ndaej	bin
个	我	墙	高	不	得	攀

而我攀不过高墙。

3175

他	恨	灰	摒	墙	不	礼
te¹	han¹	ho:i⁵	pin¹	ɕiaŋ²	bau⁵	dai⁴
de	raen	hoiq	bin	ciengz	mbouj	ndaej
他	见	奴	攀	墙	不	得

他见我爬不过去,

3176

福	兴	荷	灰	也	不	查
fu²	hin⁵	o³	ho:i⁵	je³	bau⁵	ça²
fuz	hingh	oj	hoiq	yej	mbouj	caz
福	兴	背	奴	也	不	嫌

福兴背我不顾忌。

3177

三	甫	同	对	肛	贩	绿
ɬa:m¹	pu⁴	toŋ⁶	to:i⁶	taŋ²	pa:i⁶	lo:k⁸
sam	boux	doengh-	doih	daengz	baih	rog
三	人	共同		到	面	外

三人一起逃出来,

3178

肛	恒	条	屋	背	躲	躭
taŋ²	hun²	te:u²	o:k⁷	pai¹	do⁴	da:ŋ¹
daengx	hwnz	deuz	ok	bae	ndoj	ndang
整	夜	逃	出	去	躲	身

连夜逃走去藏身。

3179

居	他	福	兴	恨	辛	火
ku⁵	te¹	fu²	hin⁵	han¹	ɬin⁶	ho³
gwq	de	fuz	hingh	raen	sin	hoj
时	那	福	兴	见	辛	苦

那时福兴多辛苦,

3180

三	甫	同	队	很	凄	凉
ɬa:m¹	pu⁴	toŋ⁶	to:i⁶	han¹	ɬi⁵	lian²
sam	boux	doengh-	doih	raen	si	liengz
三	人	共同		见	凄	凉

三人同难多悲惨。

3181

昙	捞	背	肟	陵	州	地
ŋon²	laŋ¹	pai¹	taŋ²	liŋ²	tɕau⁵	tiak⁸
ngoenz	laeng	bae	daengz	lingz	couh	dieg
日	后	去	到	陵	州	地方

次日我们到陵州，

3182

再	讲	甫	妈	催	文	德
tɕa:i¹	ka:ŋ³	pu⁴	me⁶	tɕuai⁵	wun²	tə²
caiq	gangj	boux	meh	cuih	vwnz	dwz
再	讲	个	母	崔	文	德

再说崔文德母亲。

3183

妈	灰	等	乌	般	爹	差
me⁶	ho:i⁵	taŋ⁴	u⁵	lua²	te¹	ça³
meh	hoiq	daengx	youq	ruz	de	caj
母	奴	停	在	船	那	等

母亲在船上等待，

3184

又	许	福	兴	吼	背	嗲
jau⁶	hai³	fu²	hin⁵	hau³	pai¹	ça:m¹
youh	hawj	fuz	hingh	haeuj	bae	cam
又	给	福	兴	进	去	问

就让福兴先去问。

3185

妈	那	又	再	不	许	润
me⁶	na⁴	jau⁶	tɕa:i¹	bau⁵	hai³	jin⁶
meh	nax	youh	caiq	mbouj	hawj	nyinh
母	姨	又	再	不	给	认

姨母竟然不相认，

3186

福	兴	合	很	烈	贫	火
fu²	hin⁵	ho²	hun³	te:k⁷	pan²	fi²
fuz	hingh	hoz	hwnj	dek	baenz	feiz
福	兴	脖	起	裂	成	火

福兴气得似火烧。

3187

甫	他	合	很	忙	忙	刀
pu⁴	te¹	ho²	hun³	muaŋ²	muaŋ²	ta:u⁵
boux	de	hoz	hwnj	muengz	muengz	dauq
个	他	脖	起	急	急	回

福兴生气就返回，

3188

斗	肟	灰	嗲	他	几	唪
tau³	taŋ²	ho:i⁵	ça:m¹	te¹	ki³	çon²
daeuj	daengz	hoiq	cam	de	geij	coenz
来	到	奴	问	他	几	句

回来我问他几句。

3189

甫	妈	可	嗲	他	双	咟
pu⁴	me⁶	ko³	ça:m¹	te¹	ło:ŋ¹	pa:k⁷
boux	meh	goj	cam	de	song	bak
个	母	也	问	他	两	口

母亲也问他两句，

3190

居	他	合	很	烈	贫	火
ku⁵	te¹	ho²	hun³	te:k⁷	pan²	fi²
gwq	de	hoz	hwnj	dek	baenz	feiz
时	那	脖	起	裂	成	火

那时恼怒似火烧。

3191

居	他	该	娄	顺	眉	难
kɯ⁵	te¹	ka:i⁵	lau²	çin¹	mi²	na:n⁶
gwq	de	gaiq	raeuz	caen	miz	nanh
时	那	个	我们	真	有	难

那时我们真落魄，

3192

娄	学	应	皆	亦	班	平
lau²	tço⁶	miŋ⁶	ŋa:i²	a³	pa:n⁶	piaŋ²
raeuz	coh	mingh	ngaiz	aj	banh	biengz
我们	才	命	挨	要	流浪	地方

我们才被迫流浪。

3193

现	许	糇	袋	钱	几	百
jian⁶	hai³	hau⁴	tai⁶	çe:n²	ki³	pa:k⁷
yienh	hawj	haeux	daeh	cienz	geij	bak
递	给	米	袋	钱	几	百

姨母给钱粮打发，

3194

他	吽	合	很	不	学	欧
te¹	nau²	ho²	hun³	bau⁵	ço⁶	au¹
de	naeuz	hoz	hwnj	mbouj	coh	aeu
他	讲	脖	起	不	接	要

福兴恼火不曾要。

尧恨他亦贤惠初，糊糊你求救龙够

该故屋斗可不登，恨他惠吋贫坐凉。

炭恨福兴畔呼你，水大滂隆恩擂思。

三甫同队又算计，居他肚饿辉不眉。

各想很斗恨雪显，又再开船背忙忙。

不可呈他雨又笃，西贩啦雾不鲁法。

尧恨走驰眉兰庙，三甫同队乳躲躲。

可然兰庙眉仫乌，眉甫泥姑宣庙堂。

背时苏他卸嫩乌，再讲泥姑欧礼利。

他恨雏灰狮，各恨鲥灰水大隆。

开箱欧狮吓灰裸，论讲他可顺眉心。

居他同队能讲咕，他多开咱嗲谷根。

3195

尭	恨	他	亦	贫	惠	初
jiau⁵	han¹	te¹	a³	pan²	wi¹	ço⁶
yiuq	raen	de	aj	baenz	vi	coh
看	见	她	要	成	违背	向

见她缺德亏待人，

3196

妈	獥	你	不	衣	礼	行
me⁶	ma¹	ni⁴	bau⁵	i¹	lai⁴	he:ŋ²
meh	ma	neix	mbouj	ei	laex	hengz
母	狗	这	不	依	礼	行

这恶妇没有德性。

3197

该	故	屋	斗	可	不	登
ka:i⁵	ku¹	o:k⁷	tau³	ko³	bau⁵	taŋ⁵
gaiq	gou	ok	daeuj	goj	mbouj	daengq
个	我	出	来	也	不	叮嘱

我走她也没说啥，

3198

恨	他	惠	咐	贫	凄	凉
han¹	te¹	tai³	fət⁷	pan²	ɬi⁵	liaŋ²
raen	de	daej-	fwt	baenz	si	liengz
见	她	哭泣		成	凄	凉

见那模样好恶心。

3199

灰	恨	福	兴	吽	啀	你
ho:i⁵	han¹	fu²	hin⁵	nau²	çon²	ni⁴
hoiq	raen	fuz	hingh	naeuz	coenz	neix
奴	见	福	兴	讲	句	这

我听福兴这样说，

3200

水	大	強	隆	恩	擂	恩
lam⁴	ta¹	kiaŋ⁶	loŋ²	an¹	lo:i⁶	an¹
raemx	da	giengh	roengz	aen	loih	aen
水	眼	跳	下	个	累	个

眼泪落下一颗颗。

3201

三	甫	同	隊	又	算	计
ɬa:m¹	pu⁴	toŋ⁶	to:i⁶	jau⁶	ɬuan⁵	ki⁶
sam	boux	doengh-	doih	youh	suenq	geiq
三	人	共同		又	算	计

三人又一起合计，

3202

居	他	肚	餓	糇	不	眉
ku⁵	te¹	tuŋ⁴	ʔjiak⁷	hau⁴	bau⁵	mi²
gwq	de	dungx	iek	haeux	mbouj	miz
时	那	肚	饿	饭	没	有

那时肚饿没饭吃。

3203

各	想	很	斗	恨	霄	显
ka:k⁸	ɬiaŋ³	hun³	tau³	han¹	bun¹	he:n³
gag	siengj	hwnj	daeuj	raen	mbwn	henj
自	想	上	来	见	天	黄

回想起来真犯难，

3204

又	再	开	船	背	忙	忙
jau⁶	tça:i¹	ha:i¹	lua²	pai¹	muaŋ²	muaŋ²
youh	caiq	hai	ruz	bae	muengz	muengz
又	再	开	船	去	急	急

没法子又开船走。

3205

不	可	昙	他	雨	又	笃
bau⁵	ko³	ŋon²	te¹	hun¹	jau⁶	tok⁷
mbouj	goj	ngoenz	de	fwn	youh	doek
不	料	日	那	雨	又	下

不料那天又下雨，

3206

西	贩	啦	雾	不	鲁	法
ɬi⁵	pa:i⁶	lap⁷	mo:k⁷	bau⁵	lo⁴	fa²
seiq	baih	laep	mok	mbouj	rox	faz
四	面	黑	雾	不	懂	见

浓雾四起看不清。

3207

尧	恨	走	驰	眉	兰	庙
jiau⁵	han¹	tɕau³	ta⁶	mi²	la:n²	miau⁶
yiuq	raen	gyaeuj	dah	miz	ranz	miuh
看	见	头	河	有	房	庙

看见河边有座庙，

3208

三	甫	同	隊	吼	躲	躺
ɬa:m¹	pu⁴	toŋ⁶	to:i⁶	hau³	do⁴	da:ŋ¹
sam	boux	doengh-	doih	haeuj	ndoj	ndang
三	人	共同		进	躲	身

三人一起去躲雨。

3209

可	然	兰	庙	眉	伝	乌
ko⁴	je:n²	la:n²	miau⁶	mi²	hun²	u⁵
goj	yienz	ranz	miuh	miz	vunz	youq
果	然	房	庙	有	人	住

庙里原来有人住，

3210

眉	甫	泥	姑	官	庙	堂
mi²	pu⁴	ni²	ku⁵	kuan³	miau⁶	ta:ŋ²
miz	boux	niz	guh	guenj	miuh	dangz
有	个	尼	姑	管	庙	堂

庙里有尼姑管理。

3211

背	肛	茄	他	朶	躺	乌
pai¹	taŋ²	kia²	te¹	do⁴	da:ŋ¹	u⁵
bae	daengz	giz	de	ndoj	ndang	youq
去	到	地方	那	躲	身	住

进去庙里躲风雨，

3212

再	讲	泥	姑	欧	礼	利
tɕa:i¹	ka:ŋ³	ni²	ku⁵	au¹	lai⁴	di¹
caiq	gangj	niz	guh	aeu	laex	ndei
再	说	尼	姑	要	礼	好

再讲尼姑有礼数。

3213

他	恨	躺	灰	裇	湿	湿
te¹	han¹	da:ŋ¹	ho:i⁵	pia⁶	ɬe⁵	ɬe⁵
de	raen	ndang	hoiq	buh	seq	seq
她	见	身	奴	衣	湿	湿

她见我全身湿透，

3214

各	恨	躺	灰	水	大	隆
ka:k⁸	han¹	da:ŋ¹	ho:i⁵	lam⁴	ta¹	loŋ²
gag	raen	ndang	hoiq	raemx	da	roengz
自	见	身	奴	水	眼	落

见我这般自落泪。

3215

开	箱	欧	裨	许	灰	褛
haːi¹	ɬiaŋ¹	au¹	pia⁶	hai³	hoːi⁵	liak⁸
hai	sieng	aeu	buh	hawj	hoiq	rieg
开	箱	要	衣	给	奴	换

拿来衣服给我换，

3216

论	讲	他	可	顺	眉	心
lun⁶	kaːŋ³	te¹	ko³	çin¹	mi²	ɬam¹
lwnh	gangj	de	goj	caen	miz	sim
论	说	她	也	真	有	心

讲起来她真有心。

3217

居	他	同	队	能	讲	咕
kɯ⁵	te¹	toŋ⁶	toːi⁶	naŋ⁶	kaːŋ³	ko³
gwq	de	doengh-	doih	naengh	gangj	goj
时	那	共同		坐	讲	故事

那时一起坐聊天，

3218

他	多	开	咟	嗲	谷	根
te¹	to⁵	haːi¹	paːk⁷	çaːm¹	kok⁷	kan¹
de	doq	hai	bak	cam	goek	gaen
她	马上	开	口	问	源	根

说话她就问缘由。

灰恨他嗲可咩许，屠他讲屠斗不音。

该灰论斗贲辛火，他可各恨贲凄凉。

文德流刀吼兰庙，吼背未曾能喫茶。

他恨就屋斗，況姑咩文德双野。

屠他妈名惠初，不姚蝠吼背兰。

文德恨咩不卦意，该你妈灰礼不虹。

文德恨躺拜妈妲，请许五主刀背兰。

姑斗西良不曾了，开灰郭弘特心狂。

李旦又对风娇讲，正宫叮耶羞灰咩。

双卷同队盟雪卦，甫運礼大胆行狂。

该故恨名可咩顺，回弯娄造礼同恨。

又恨名论该章史，故想水大隘卦灯。

3219

灰	恨	他	嗲	可	吽	所
ho:i⁵	han¹	te¹	ça:m¹	ko³	nau²	ło⁶
hoiq	raen	de	cam	goj	naeuz	soh
奴	见	她	问	也	讲	直

她问我也实话说，

3220

居	他	讲	屋	斗	不	音
ku⁵	te¹	ka:ŋ³	o:k⁷	tau³	bau⁵	ʔjam¹
gwq	de	gangj	ok	daeuj	mbouj	yaem
时	那	讲	出	来	不	瞒

那时一点不隐瞒。

3221

该	灰	论	斗	贫	辛	火
ka:i⁵	ho:i⁵	lun⁶	tau³	pan²	łin⁶	ho³
gaiq	hoiq	lwnh	daeuj	baenz	sin	hoj
个	奴	论	来	成	辛	苦

说起来我真辛苦，

3222

他	可	各	恨	贫	凄	凉
te¹	ko³	ka:k⁸	han¹	pan²	łi⁵	lian²
de	goj	gag	raen	baenz	si	liengz
她	也	自	见	成	凄	凉

她也觉得好伤心。

3223

文	德	流	刀	吼	兰	庙
wun²	tə²	liau⁶	ta:u⁵	hau³	la:n²	miau⁶
vwnz	dwz	liuh	dauq	haeuj	ranz	miuh
文	德	玩	回	进	房	庙

文德路过进庙里，

3224

吼	背	未	曾	能	哽	茶
hau³	pai¹	mi³	çaŋ²	naŋ⁶	kun¹	ça²
haeuj	bae	mij	caengz	naengh	gwn	caz
进	去	未	曾	坐	吃	茶

进去还未喝口茶。

3225

他	恨	就	屋	斗	紧	紧
te¹	han¹	tço⁶	o:k⁷	tau³	kan⁵	kan⁵
de	raen	couh	ok	daeuj	gaenq	gaenq
她	见	就	出	来	盯	盯

尼姑看见就紧盯，

3226

泥	姑	吽	文	德	双	哼
ni²	ku⁵	nau²	wun²	tə²	ło:ŋ¹	çon²
niz	guh	naeuz	vwnz	dwz	song	coenz
尼	姑	讲	文	德	两	句

尼姑就对文德说。

3227

居	他	妈	名	贫	惠	初
ku⁵	te¹	me⁶	muŋ²	pan²	wi¹	ço⁶
gwq	de	meh	mwngz	baenz	vi	coh
时	那	母	你	成	违	背向

那时你娘做不对，

3228

不	带	妣	媰	吼	背	兰
bau⁵	ta:i⁵	pi⁴	buk⁷	hau³	pai¹	la:n²
mbouj	daiq	beix	mbwk	haeuj	bae	ranz
不	带	长	女	进	去	家

不让姐姐进家门。

3229

文　德　恨　吽　不　卦　意

wɯn^{2} tə^{2} han^{1} nau^{2} bau^{5} kwa^{5} i^{5}

vwnz dwz raen naeuz mbouj gvaq eiq

文　德　见　讲　不　过　意

文德他过意不去，

3230

该　你　媽　灰　礼　不　电

ka:i^{5} ni^{4} me^{6} ho:i^{5} lai^{4} bau^{5} te:ŋ^{1}

gaiq neix meh hoiq laex mbouj deng

个　这　母　奴　礼　不　对

我母亲礼数不对。

3231

文　德　很　⿰身当　拜　媽　妑

wɯn^{2} tə^{2} hɯn^{5} da:ŋ^{1} pa:i^{5} me^{6} pa^{3}

vwnz dwz hwnq ndang baiq meh baj

文　德　起　身　拜　母　姨

文德起身拜姨母，

3232

请　许　五　主　刀　背　兰

ɕiŋ^{3} hai^{3} ŋo^{4} ɬu^{3} ta:u^{5} pai^{1} la:n^{2}

cingj hawj ngoh souj dauq bae ranz

请　给　我　主　回　去　家

邀请众人去他里。

3233

论　斗　西　良　不　鲁　了

lɯn^{6} tau^{3} ɬi^{5} liaŋ^{2} bau^{5} lo^{4} le:u^{4}

lwnh daeuj si liengz mbouj rox liux

说　来　凄　凉　不　会　完

辛酸往事说不完，

3234

开　灰　郭　伝　特　心　狂

ka:i^{5} ho:i^{5} kuak^{8} hun^{2} tɯk^{8} ɬam^{1} kwa:ŋ^{5}

gaiq hoiq guh vunz dwg sim gvangq

个　奴　做　人　是　心　宽

我为人妻心胸宽。

四十　患难夫妻吐心声

扫码听音频

灰恨他修可咋许，居他讲屋斗不音。

该灰论斗贞幸火，他可各恨贞凄凉。

文德流刀吼兰庙，吼背未曾能喊茶。

他恨就屋斗庙，妮姑眛文德双嫌。

居他妈名惠初，不带姗蝠吼背兰。

文德恨眛不卦意，该你妈灰礼不虫。

文德恨躺拜妈她，诸许五主刀背兰。

抡斗西良不曾了，开灰郭钻特心狂。

李旦又对凤娇讲，正宫叮耶差灰眛。

双卷同队盟雷卦，甫雷礼大胆行狂。

该故恨若可心怀，因为娄造礼同恨。

又恨若论该幸火、故想水大階音卦们。

3235

李	旦	又	对	凤	娇	讲
li⁴	taːn¹	jau⁶	toːi⁵	fuŋ¹	kiau⁵	kaŋ³
lij	dan	youh	doiq	fung	gyauh	gangj
李	旦	又	对	凤	娇	讲

李旦又对凤娇说，

3236

正	宫	叮	耶	差	灰	吽
tɕin¹	kuŋ⁵	tiŋ⁵	jia¹	ça³	hoːi⁵	nau²
cwng	gungh	dingq	nyi	caj	hoiq	naeuz
正	宫	听	见	等	奴	讲

娘子你听为夫说。

3237

双	娄	同	队	盟	霄	卦
ɬoːŋ¹	lau²	toŋ⁶	toːi⁶	miaŋ¹	bun¹	kwa⁵
song	raeuz	doengh-	doih	mieng	mbwn	gvaq
两	我们	共同		发誓	天	过

我们曾对天盟誓，

3238

甫	雷	礼	大	胆	行	狂
pu⁴	lai²	dai⁴	taːi⁶	taːm³	heːŋ²	kwaːŋ²
boux	lawz	ndaej	daih	damj	hengz	guengz
人	谁	得	大	胆	行	狂

谁人胆敢来背叛。

3239

该	故	恨	名	可	心	所
kaːi⁵	ku¹	han¹	muɯŋ²	ko³	ɬam¹	ɬo⁶
gaiq	gou	raen	mwngz	goj	sim	soh
个	我	见	你	也	心	直

我觉得你心地好，

3240

因	为	娄	造	礼	同	恨
jin⁵	wi⁶	lau²	tɕo⁶	dai⁴	toŋ⁶	han¹
yinh	vih	raeuz	coh	ndaej	doengh	raen
因	为	我们	才	得	相	见

所以我们能相逢。

3241

又	恨	名	论	该	辛	火
jau⁶	han¹	muɯŋ²	lun⁶	kaːi⁵	ɬin⁶	ho³
youh	raen	mwngz	lwnh	gaiq	sin	hoj
又	见	你	论	个	辛	苦

听你说过往辛酸，

3242

故	想	水	大	音	卦	内
ku¹	ɬiaŋ³	lam⁴	ta¹	ʔjam¹	kwa⁵	dai¹
gou	siengj	raemx	da	yaem	gvaq	ndaw
我	想	水	眼	隐	过	内

我的泪水心中流。

故恨名叫所心焦，再讲妈已病坏凉。

论如唐他故不讲，明日君可礼恨利。

墙拐又甫名相会，双著同队恨西良。

凤娇恨关叫得礼，样你故不轻礼名。

君他内心恨欢喜，再有李旦讲儿嗦。

该君郭皇可眉难，灰郭正官可西良。

关她同队恨牵火，晏你娄可礼恨利，

李旦恨把讲得礼，许故艳不信危提。

凤娇又对讲墙松，五主不用盟。

名行心萝灰可鲁，不刹假意西心名。

双娄居他盟天地，甫雷敢里娛应需。

讲如居你不容易，该故如伝鲁急娘。

3243

故	恨	名	吽	肕	心	燋
ku¹	han¹	muɯŋ²	nau²	taŋ²	ɬam¹	tɕo²
gou	raen	mwngz	naeuz	daengz	sim	byoz
我	见	你	讲	到	心	烫

听说过往心凄苦，

3244

再	讲	妈	妈	可	凄	凉
tɕaːi¹	kaːŋ³	me⁶	me⁶	ko³	ɬi⁵	liaŋ²
caiq	gangj	meh	meh	goj	si	liengz
再	讲	母	母	也	凄	凉

再说母亲也很惨。

3245

论	如	居	他	故	不	讲
luɯn⁶	lum³	ku⁵	te¹	ku¹	bau⁵	kaːŋ³
lwnh	lumj	gwq	de	gou	mbouj	gangj
论	似	时	那	我	不	讲

这些那时我不讲，

3246

明	日	名	可	礼	恨	利
ŋon²	ɕoːk⁸	muɯŋ²	ko³	dai⁴	han¹	di¹
ngoenz-	cog	mwngz	goj	ndaej	raen	ndei
日后		你	也	得	见	好

以后你有好日子。

3247

培	拐	又	旸	名	相	会
pai²	laŋ¹	jau⁶	di⁴	muɯŋ²	ɬiaŋ⁵	hoːi⁶
baez	laeng	youh	ndij	mwngz	sieng	hoih
次	后	又	和	你	相	会

下次再和你相见，

3248

双	娄	同	队	恨	西	良
ɬoːŋ¹	lau²	toŋ⁶	toːi⁶	han¹	ɬi⁵	liaŋ²
song	raeuz	doengh-	doih	raen	si	liengz
两	我们	共同		见	凄	凉

我俩相见太伤感。

3249

凤	娇	恨	关	吽	得	礼
fuŋ¹	kiau⁵	han¹	kwaːn¹	nau²	tuɯk⁸	lai⁴
fung	gyauh	raen	gvan	naeuz	dwg	leix
凤	娇	见	夫	讲	是	理

凤娇感觉说得对，

3250

样	你	故	不	怪	礼	名
jiaŋ⁶	ni⁴	ku¹	bau⁵	kwaːi⁵	dai⁴	muɯŋ²
yiengh	neix	gou	mbouj	gvaiq	ndaej	mwngz
样	这	我	不	怪	得	你

这样我不怪罪你。

3251

居	他	内	心	恨	欢	喜
ku⁵	te¹	dai¹	ɬam¹	han¹	wuan⁶	hi³
gwq	de	ndaw	sim	raen	vuen	heij
时	那	内	心	见	欢	喜

那时她顿感欢喜，

3252

再	旸	李	旦	讲	几	哘
tɕaːi¹	di⁴	li⁴	taːn¹	kaːŋ³	ki³	ɕon²
caiq	ndij	lij	dan	gangj	geij	coenz
再	和	李	旦	讲	几	句

又和李旦说几句。

3253

该	名	郭	皇	可	眉	难
ka:i⁵	muŋ²	kuak⁸	wuaŋ²	ko³	mi²	na:n⁶
gaiq	mwngz	guh	vuengz	goj	miz	nanh
个	你	做	皇	也	有	难

你为皇帝也有难，

3254

灰	郭	正	宫	可	西	良
ho:i⁵	kuak⁸	tɕin¹	kuŋ⁵	ko³	ɬi⁵	liaŋ²
hoiq	guh	cwng	gungh	goj	si	liengz
奴	做	正	宫	也	凄	凉

我为正宫也凄惨。

3255

关	妣	同		隊	恨	辛	火
kwa:n¹	pa²	toŋ⁶		to:i⁶	han¹	ɬin⁶	ho³
gvan	baz	doengh-		doih	raen	sin	hoj
夫	妻	共同			见	辛	苦

夫妻双双共患难，

3256

昙	你	娄	可	礼	恨	利
ŋon²	ni⁴	lau²	ko³	dai⁴	han¹	di¹
ngoenz	neix	raeuz	goj	ndaej	raen	ndei
日	今	我们	也	得	见	好

今天终于有好运。

3257

李	旦	恨	妣	讲	得	礼
li⁴	ta:n¹	han¹	pa²	ka:ŋ³	tuk⁸	lai⁴
lij	dan	raen	baz	gangj	dwg	leix
李	旦	见	妻	讲	是	理

李旦见妻话在理，

3258

许	故	黪	不	峝	虎	提
hai³	ku¹	tɕa³	bau⁵	pa:k⁸	kuk⁷	tu:²
hawj	gou	byaj	mbouj	bag	guk	dawz
给	我	雷	不	劈	虎	抓

若变心雷劈虎抓。

3259

风	娇	又	对	讲	培	么
fuŋ¹	kiau⁵	jau⁶	to:i⁵	ka:ŋ³	pai²	mo⁵
fung	gyauh	youh	doiq	gangj	baez	moq
风	娇	又	对	讲	次	新

凤娇再次对他说，

3260

五	主	不	用	盟	你	赖
ŋo⁴	ɬu³	bau⁵	juŋ⁶	mian¹	ni⁴	la:i¹
ngoh	souj	mbouj	yungh	mieng	neix	lai
我	主	不	用	发誓	这	多

我主不必再盟誓。

3261

名	行	心	蕚	灰	可	鲁
muŋ²	he:ŋ²	ɬam¹	ʔja:k⁷	ho:i⁵	ko³	lo⁴
mwngz	hengz	sim	yak	hoiq	goj	rox
你	行	心	恶	奴	也	知

若你变心我也懂，

3262

不	卦	假	意	西	心	名
bau⁵	kwa⁵	tɕa³	i⁵	ɕi⁶	ɬam¹	muŋ²
mbouj	gvaq	gyaj	eiq	cih	sim	mwngz
不	过	假	意	试	心	你

不过装着试你心。

3263

双	娄	居	他	盟	天	地
ɬoːŋ¹	lau²	ku⁵	te¹	miaŋ¹	tian¹	ti⁶
song	raeuz	gwq	de	mieng	dien	deih
两	我们	时	那	发誓	天	地

那时我俩曾盟誓，

3264

甫	雷	敢	里	焕	志	霄
pu⁴	lai²	kaːm³	di⁴	wi¹	kuun²	buun¹
boux	lawz	gamj	ndij	vi	gwnz	mbwn
人	谁	敢	和	违背	上	天

谁敢大胆负苍天。

3265

讲	如	居	你	不	容	易
kaŋ³	lum³	ku⁵	ni⁴	bau⁵	juŋ²	ji⁶
gangj	lumj	gwq	neix	mbouj	yungz	heih
讲	像	时	这	不	容	易

说到做到不容易，

3266

该	故	如	伝	鲁	急	娘
kaːi⁵	ku¹	lum³	hun²	lo⁴	kap⁸	naːŋ²
gaiq	gou	lumj	vunz	rox	gaeb	nangz
个	我	像	人	会	捉	妻

不像别人图人妻。

故69

再讲莫观冤仇柳，时得有温学念恨。

再咋该炎讲了涌，但劳该者各伤心。

查咋样你不丑讲，又劳咋夜惠附君。

讲斗劳君不服恶，每炎同等乱况比。

居佛故讲仇莫观，如叙胡娃可得曾。

故郭皇帝里眉难，为何不祥故分曾。

居你与迪恨曾遗，为何劲爱駐恶闷。

该故里君眉相会，心故不敢乱行狂。

忘雪劲大不眉惠，不信他想钱郭皇。

观耶事情故不讲，但劳各想机不电。

昨你故礼狠能毁，该君可里郭劲傻。

再如释你故不讲，但劳惠学婚劲数。

3267

再	讲	莫	观	宛	仇	柳
tɕaːi¹	kaːŋ³	mia⁶	koːn⁵	ʔjian¹	ɕau²	leːu⁴
caiq	gangj	mwh	gonq	ien	caeuz	liux
再	讲	时	前	冤	仇	完

再来说过去冤仇，

3268

叮	得	甫	温	学	念	恨
tian¹	tuuk⁸	pu⁴	uun⁵	tɕo⁶	neːn¹	hun¹
dwen	dwk	boux	wnq	couh	nen	hwn
提	到	人	别	就	念	恨

提到冤仇就愤恨。

3269

再	吽	该	灰	讲	了	闹
tɕaːi¹	nau²	kaːi⁵	hoːi⁵	kaːŋ³	leːu⁴	naːu⁵
caiq	naeuz	gaiq	hoiq	gangj	liux	nauq
再	讲	个	奴	说	完	没

事情太多讲不完，

3270

但	劳	该	名	各	伤	心
taːn¹	laːu¹	kaːi⁵	muuŋ²	kaːk⁸	ɬiaŋ¹	ɬam¹
dan	lau	gaiq	mwngz	gag	sieng	sim
只	怕	个	你	自	伤	心

就怕你自己伤心。

3271

查	吽	样	你	不	丑	讲
ɕa³	nau²	jiaŋ⁶	ni⁴	bau⁵	ɕu⁴	kaːŋ³
caj	naeuz	yiengh	neix	mbouj	coux	gangj
若	讲	样	这	不	愿意	讲

如果这样就不说，

3272

又	劳	吽	灰	惠	咐	名
jau⁶	laːu¹	nau²	hoːi⁵	wi¹	fu⁶	muuŋ²
youh	lau	naeuz	hoiq	vi	fuh	mwngz
又	怕	讲	奴	违背	负	你

又怕说我辜负你。

3273

讲	斗	劳	名	不	服	惥
kaːŋ³	tau³	laːu¹	muuŋ²	bau⁵	fuk⁸	hi⁵
gangj	daeuj	lau	mwngz	mbouj	fug	heiq
讲	来	怕	你	不	服	气

说来就怕你不服，

3274

每	灰	同	骂	乱	沉	沉
di⁴	hoːi⁵	toŋ⁶	da⁵	luan⁶	ɕum²	ɕum²
ndij	hoiq	doengh	ndaq	luenh-	cum-	cum
和	奴	相	骂	乱纷纷		

和我吵架乱糟糟。

3275

居	你	故	讲	仇	莫	观
ku⁵	ni⁴	ku¹	kaːŋ³	ɕau²	mia⁶	koːn⁵
gwq	neix	gou	gangj	caeuz	mwh	gonq
时	这	我	讲	仇	时	先

现在我说先前仇，

3276

如	叔	胡	发	可	得	曾
lum³	ɕuk⁷	hu²	fa²	ko³	tuuk⁸	ɕaŋ²
lumj	cuk	huz	faz	goj	dwg-	caengz
像	叔	胡	发	也	可恶	

胡发叔也很可恶。

3277

故	郭	皇	帝	里	眉	难
ku¹	kuak⁸	wuaŋ²	tai⁵	li⁴	mi²	na:n⁶
gou	guh	vuengz	daeq	lij	miz	nanh
我	做	皇	帝	还	有	难

我当皇帝遇难时，

3278

为	何	不	样	故	分	雷
wi⁶	ma²	bau⁵	jiaŋ⁶	ku¹	fan¹	lai²
vih	maz	mbouj	nyiengh	gou	faen	lawz
为	何	不	让	我	分	哪

未曾照顾我分毫。

3279

居	你	馬	迪	恨	富	贵
ku⁵	ni⁴	ma⁴	ti²	han¹	fuk⁷	kwai⁶
gwq	neix	maj	diz	raen	fouq	gviq
时	这	马	迪	见	富	贵

现在马迪享富贵，

3280

为	何	孙	爻	班	忑	霄
wi⁶	ma²	luk⁸	tɕa⁴	pa:n⁶	la³	bun¹
vih	maz	lwg	gyax	banh	laj	mbwn
为	何	儿	孤	流浪	下	天

为何孤儿还流浪？

3281

该	故	里	名	眉	相	会
ka:i⁵	ku¹	di⁴	muŋ²	mi²	ɬiaŋ⁵	ho:i⁶
gaiq	gou	ndij	mwngz	miz	sieng	hoih
个	我	与	你	有	相	会

我既能与你重逢，

3282

心	故	不	敢	乱	行	狂
ɬam¹	ku¹	bau⁵	ka:m³	luan⁶	he:ŋ²	kwa:ŋ²
sim	gou	mbouj	gamj	luenh	hengz	guengz
心	我	不	敢	乱	行	狂

此后不敢做傻事。

3283

志	霄	孙	大	不	眉	惠
kun²	bun¹	luk⁸	ta¹	bau⁵	mi²	wi⁶
gwnz	mbwn	lwg	da	mbouj	miz	ngveih
上	天	儿	眼	不	有	核

苍天有眼没有珠，

3284

不	信	他	想	钱	郭	皇
bau⁵	ɬin⁵	te¹	ɬiaŋ³	ɕe:n²	kuak⁸	wuaŋ²
mbouj	saenq	de	siengj	cienz	guh	vuengz
不	信	他	想	钱	做	皇

不信他为钱称皇。

3285

观	耶	事	情	故	不	讲
ko:n⁵	jia⁵	ɬian⁵	ɕiŋ²	ku¹	bau⁵	ka:ŋ³
gonq	yaq	saeh	cingz	gou	mbouj	gangj
前	结束	事	情	我	不	说

过去事情我不说，

3286

但	劳	各	想	礼	不	电
ta:n¹	la:u¹	ka:k⁸	ɬiaŋ³	lai⁴	bau⁵	te:ŋ¹
dan	lau	gag	siengj	leix	mbouj	deng
只	怕	自	想	理	不	对

想想就怕不对理。

3287

昨	你	故	礼	很	能	殿
ço:k⁸	ni⁴	ku¹	dai⁴	hun³	naŋ⁶	te:n⁶
cog	neix	gou	ndaej	hwnj	naengh	dienh
明	这	我	得	上	坐	殿

将来我能登大殿，

3288

该	名	可	里	郭	孙	傍
ka:i⁵	muŋ²	ko³	di⁴	kuak⁸	luk⁸	piaŋ²
gaiq	mwngz	goj	ndij	guh	lwg	biengz
个	你	也	与	做	儿	天下

而你也同享富贵。

3289

再	如	样	你	故	不	讲
tça:i¹	lum³	jiaŋ⁶	ni⁴	ku¹	bau⁵	ka:ŋ³
caiq	lumj	yiengh	neix	gou	mbouj	gangj
再	像	样	这	我	不	讲

假如我不说这事，

3290

但	劳	惠	学	妈	孙	数
ta:n¹	la:u¹	wi¹	ço⁶	me⁶	luk⁸	ɬu¹
dan	lau	vi	coh	meh	lwg	sou
只	怕	违背	向	母	儿	你们

就怕亏待你母女。

如故班偾刀劲爱，承祥姑娘里劲挺。

凤娇李旦又对重念讲，东堂叮郭差夜哗。

故机百他不看别念，他如想故娇赖堵，

该盘神仙不礼比，归首坏名不洞房，

该故如依行心善，幅斌产缘不平安。

该卷正京钦礼娘，肉羊乳唱不鲁哽。

查哗开故行心绞，知荷劲妪可眉挺。

再哗扣他暗十五，故吼背累他寻花。

君他硬鞲班呆卦，拾分半命里唐朝。

卜故郭皇心不正，昌依许郭千卦心。

江县隆了又再狠，谓急兰李许郭皇。

凤娇恨关哗病你，肉心欢喜各笑嗅。

3291

如	故	班	傍	刀	孨	爻
lum³	ku¹	pa:n⁶	piaŋ²	ta:u⁵	luuk⁸	tɕa⁴
lumj	gou	banh	biengz	dauq	lwg	gyax
像	我	流浪	天下	回	儿	孤

像我一个流浪儿，

3292

不	样	妣	娘	里	孨	孬
bau⁵	jian⁶	pi⁴	na:ŋ²	di⁴	luuk⁸	la:n¹
mbouj	nyiengh	beix	nangz	ndij	lwg	lan
不	让	兄	嫂	和	儿	侄

谦让兄嫂与侄儿。

3293

李	旦	又	对	凤	娇	讲
li⁴	ta:n¹	jau⁶	to:i⁵	fuŋ¹	kiau⁵	ka:ŋ³
lij	dan	youh	doiq	fung	gyauh	gangj
李	旦	又	对	凤	娇	讲

李旦又对凤娇说，

3294

東	宫	叮	耶	差	灰	吽
tuŋ⁵	kuŋ⁵	tiŋ⁵	jia¹	ɕa³	ho:i⁵	nau²
dungh	gungh	dingq	nyi	caj	hoiq	naeuz
东	宫	听	见	等	奴	讲

夫人你听为夫说。

3295

故	旵	他	不	眉	相	会
ku¹	di⁴	te¹	bau⁵	mi²	ɬian⁵	ho:i⁶
gou	ndij	de	mbouj	miz	sieng	hoih
我	和	她	不	有	相	会

我与她没有私会，

3296

他	亦	想	故	好	赖	培
te¹	a³	ɬiaŋ³	ku¹	ha:u³	la:i¹	pai²
de	aj	siengj	gou	hauj	lai	baez
她	要	想	我	好	多	次

她想和我结姻缘。

3297

该	故	神	仙	不	礼	比
ka:i⁵	ku¹	pat⁸	ɬian¹	bau⁵	dai⁴	pi³
gaiq	gou	baed	sien	mbouj	ndaej	beij
个	我	神	仙	不	得	比

我好比天上神仙，

3298

旵	首	妌	名	不	洞	房
di⁴	ɕau²	ja⁶	muŋ²	bau⁵	ɕam⁶	luuk⁸
ndij	caeuz-	yah	mwngz	mbouj	caemh	rug
和	女人		你	不	同	室

不同女人共一室。

3299

该	故	如	伝	行	心	萼
ka:i⁵	ku¹	lum³	hun²	he:ŋ²	ɬam¹	ʔja:k⁷
gaiq	gou	lumj	vunz	hengz	sim	yak
个	我	像	人	行	心	恶

我若像别人多情，

3300

媚	斌	屋	绿	不	平	安
buuk⁷	fia⁴	o:k⁷	lo:k⁸	bau⁵	piŋ²	a:n¹
mbwk	fwx	ok	rog	mbouj	bingz	an
女	别人	出	外	不	平	安

女人出门不平安。

3301

该	娄	正	京	钦	礼	所
kaːi⁵	lau²	ɕiŋ⁵	kiŋ¹	kam¹	dai⁴	ɬo⁶
gaiq	raeuz	cingq	ging	gaem	ndaej	soh
个	我们	正经	禁	得	直

我确实是正直人，

3302

肉	羊	吼	咟	不	鲁	哽
no⁶	juaŋ²	hau³	paːk⁷	bau⁵	lo⁴	kun¹
noh	yiengz	haeuj	bak	mbouj	rox	gwn
肉	羊	入	口	不	会	吃

到嘴羊肉也不吃。

3303

查	吽	开	故	行	心	绞
ça³	nau²	kaːi⁵	ku¹	heːŋ²	ɬam¹	kweːu⁴
caj	naeuz	gaiq	gou	hengz	sim	gveux
若	讲	个	我	行	心	狡

若我有意寻新欢，

3304

知	府	孙	媚	可	眉	茫
tɕi⁵	fu⁴	luk⁸	buk⁷	ko³	mi²	laːn¹
cih	fuj	lwg	mbwk	goj	miz	lan
知	府	儿	女	也	有	孙

知府女儿早生子。

3305

再	吽	如	他	嗡	十	五
tɕaːi¹	nau²	lum³	te¹	ham⁶	ɕip⁸	ha³
caiq	naeuz	lumj	de	haemh	cib	haj
再	讲	像	那	晚	十	五

比如十五夜那晚，

3306

故	吼	背	卣	他	寻	花
ku¹	hau³	pai¹	di⁴	te¹	ɕin²	wa¹
gou	haeuj	bae	ndij	de	cinz	va
我	进	去	和	她	赏	花

同她赏花未动情。

四十一　汉阳倾城迎凤娇

扫码听音频

如故班僧刀劲爱，

李旦又对凤娇讲，凤娇又对李旦讲，

凤娇而他相念，东皇叮邪差顾咄。

故机而他不眉黑祭，他亦想故婚赖墙，

该鉴神仙不礼比，归首坏名不洞房，

该故如依行心善，福城产绣不平安，

该鉴正京钦礼的，肉羊乳唱不普哽，

查咄开故行心后，知府劲媚可眉程，

再咄扣他暗十五，故乳背累他寻花，

君他硬鳌班呆卦，拾分丰命里唐朝，

小故郭皇心不正，昌你许劲千卦心。

江昌隆了又再恨，渭盆兰李许郭皇。

凤娇恨笑咄痧你，肉心欢喜各笑唤。

3307

居	他	哽	糒	班	呆	卦
ku⁵	te¹	kun¹	hau⁴	pa:n¹	ŋai²	kwa⁵
gwq	de	gwn	haeux	ban	ngaiz	gvaq
时	那	吃	饭	时	早饭	过

那时早饭刚刚过，

3308

拾	分	半	命	里	唐	朝
¢ip⁸	fan¹	puak⁷	miŋ⁶	di⁴	ta:ŋ²	¢a:u²
cib	faen	buek	mingh	ndij	dangz	cauz
十	分	拼	命	为	唐	朝

尽心尽力为唐朝。

3309

卜	故	郭	皇	心	不	正
po⁶	ku¹	kuak⁸	wuaŋ²	ɬam¹	bau⁵	¢iŋ⁵
boh	gou	guh	vuengz	sim	mbouj	cingq
父	我	做	皇	心	不	正

我父为皇不公道，

3310

昙	你	许	劦	千	卦	心
ŋon²	ni⁴	hai³	luk⁸	¢ian¹	kwa⁵	ɬam¹
ngoenz	neix	hawj	lwg	cien	gvaq	sim
日	今	给	儿	千	挂	心

今日让儿操碎心。

3311

江	昙	隆	了	又	再	很
¢ak⁷	ŋon²	loŋ²	le:u⁴	jau⁶	¢a:i¹	hun³
daeng-	ngoenz	roengz	liux	youh	caiq	hwnj
太阳		下	完	又	再	上

太阳落下又升起，

3312

霄	应	兰	李	许	郭	皇
bun¹	iŋ⁵	la:n²	li⁴	hai³	kuak⁸	wuaŋ²
mbwn	wngq	ranz	lij	hawj	guh	vuengz
天	应	家	李	给	做	皇

苍天认定李家皇。

3313

凤	娇	恨	关	吽	唷	你
fuŋ¹	kiau⁵	han¹	kwa:n¹	nau²	¢on²	ni⁴
fung	gyauh	raen	gvan	naeuz	coenz	neix
凤	娇	见	夫	讲	句	这

凤娇听他说到这，

3314

内	心	欢	喜	各	笑	嗔
dai¹	ɬam¹	wuan⁶	hi³	ka:k⁸	liau¹	jum⁴
ndaw	sim	vuen	heij	gag	riu-	nyumj
内	心	欢	喜	自	微笑	

心中欣喜笑吟吟。

67 70

居他彩盯路同甲，　　　凤娇同□□亭李旦。

同队彩路背绿班，　　　若他彩赤盯汉阳。

马周卦帅背盯观，　　　正宣同队每良捞。

依颏同队刀臺斗，　　　南於甫老介结弃。

居他汉阳乱分匕，　　　牧桃臺斗短娘匕。

斗盯坤路伍结拜，　　　香棠谈姻背盯得。

正宣背盯汉阳地，　　　文武宣员梅吼城，

开芳居他就分付，　　　又叫混茶差娘娘。

依赖恨盯同队安，　　　开芳就打开大堂。

再设王宣乳背能，　　　文武宣员拜谢恩。

若他同队隆负跪，　　　正宣是你刀盯兰。

汉阳居他恨欢喜，　　　甫二失跳安林然。

3315

居	他	彩	肝	路	同	甲
ku⁵	te¹	tɕaːi³	taŋ²	hon¹	toŋ⁶	kaːp⁷
gwq	de	byaij	daengz	roen	doengh	gap
时	那	走	到	路	相	交

那时走到交岔路，

3316

凤	娇	同	对	与	李	旦
fuŋ¹	kiau⁵	toŋ⁶	toːi⁶	di⁴	li⁴	taːn¹
fung	gyauh	doengh-	doih	ndij	lij	dan
凤	娇	共同		和	李	旦

凤娇李旦肩并肩。

3317

同	队	彩	路	背	绿	班
toŋ⁶	toːi⁶	tɕaːi³	hon¹	pai¹	loːk⁸	paːn⁶
doengh-	doih	byaij	roen	bae	rog	banh
共同		走	路	去	外	游荡

一起去到外面玩，

3318

居	他	彩	亦	肝	漢	阳
ku⁵	te¹	tɕaːi³	a³	taŋ²	haːn¹	jaːŋ²
gwq	de	byaij	aj	daengz	han	yangz
时	那	走	要	到	汉	阳

那时快到汉阳城。

3319

馬	周	卦	帅	背	肝	观
ma⁴	tɕau⁵	kuak⁸	ɕaːi¹	pai¹	taŋ²	koːn⁵
maj	couh	guh	sai	bae	daengz	gonq
马	周	做	帅	去	到	先

马周为帅先到达，

3320

正	宫	同	队	与	良	拎
tɕin¹	kuŋ⁵	toŋ⁶	toːi⁶	di⁴	lian²	laŋ¹
cwng	gungh	doengh-	doih	ndij	riengz	laeng
正	宫	共同		和	跟	后

正宫一道跟在后。

3321

伝	赖	同	队	刀	屋	斗
hun¹	laːi¹	toŋ⁶	toːi⁶	taːu⁵	oːk⁷	tau³
vunz	lai	doengh-	doih	dauq	ok	daeuj
人	多	共同		回	出	来

百姓一起来欢迎，

3322

甫	於	甫	老	介	培	齐
pu⁴	i⁵	pu⁴	laːu⁴	ka⁶	pai²	ɕai²
boux	iq	boux	laux	gah-	baez	caez
人	小	人	大	非常		齐

老老少少好拥挤。

3323

居	他	漢	阳	乱	分	分
ku⁵	te¹	haːn¹	jaːŋ²	luan⁶	fan¹	fan¹
gwq	de	han	yangz	luenh	faen	faen
时	那	汉	阳	乱	纷	纷

那时汉阳好热闹，

3324

收	执	屋	斗	短	娘	娘
ɕau¹	ɕap⁸	oːk⁷	tau³	toːn³	niaŋ²	niaŋ²
sou	caeb	ok	daeuj	donj	niengz	niengz
收	拾	出	来	接	娘	娘

收拾东西接娘娘。

3325

斗	肝	冲	路	佐	结	拜
tau³	taŋ²	tɕoːŋ⁶	hon¹	tɕo⁶	kaːk⁸	paːi²
daeuj	daengz	byongh	roen	coh	gag	baiz
来	到	半	路	才	自	排

行至半路排成行，

3326

香	案	谈	烟	背	肝	霄
ʔjiaŋ¹	aːn⁵	taːn²	ʔjian¹	pai¹	taŋ²	buun¹
yieng	anq	danz	ien	bae	daengz	mbwn
香	案	檀	烟	去	到	天

檀香阵阵飘上天。

3327

正	宫	背	肝	漢	阳	地
tɕin¹	kuŋ⁵	pai¹	taŋ²	haːn¹	jaːŋ²	tiak⁸
cwng	gungh	bae	daengz	han	yangz	dieg
正	宫	去	到	汉	阳	地方

娘娘刚到汉阳地，

3328

文	武	官	员	接	吼	城
wun²	u⁴	kuan⁵	jeːn²	ɕiap⁷	hau³	ɕiŋ²
vwnz	vuj	gvanh	yenz	ciep	haeuj	singz
文	武	官	员	接	进	城

文武百官接进城。

3329

开	芳	居	他	就	分	付
kaːi⁵	faːŋ⁵	ku⁵	te¹	tɕo⁶	fun⁵	fu⁶
gaih	fangh	gwq	de	couh	faenq	fuh
开	芳	时	那	就	吩	咐

这时李开芳吩咐，

3330

又	叫	混	茶	差	娘	娘
jau⁶	heːu⁶	kon³	ça²	ça³	niaŋ²	niaŋ²
youh	heuh	goenj	caz	caj	niengz	niengz
又	叫	烧	茶	等	娘	娘

沏好茶水等娘娘。

3331

伝	赖	恨	肝	同	隊	安
hun²	laːi¹	han¹	taŋ²	toŋ⁶	toːi⁶	aːŋ⁵
vunz	lai	raen	daengz	doengh-	doih	angq
人	多	见	到	共	同	高兴

这时大家好高兴，

3332

开	芳	就	打	开	大	堂
kaːi⁵	faːŋ⁵	tɕo⁶	ta³	haːi¹	ta¹	taːŋ²
gaih	fangh	couh	daj	hai	da	dangz
开	芳	就	打	开	大	堂

开芳打开大堂门。

3333

再	请	正	宫	吼	背	能
tɕaːi¹	ɕiŋ³	tɕin¹	kuŋ⁵	hau³	pai¹	naŋ⁶
caiq	cingj	cwng	gungh	haeuj	bae	naengh
再	请	正	宫	进	去	坐

赶紧请正宫入座，

3334

文	武	官	员	拜	谢	恩
wun²	u⁴	kuan⁵	jeːn²	paːi⁵	ɬe¹	an¹
vwnz	vuj	gvanh	yenz	baiq	cih	aen
文	武	官	员	拜	谢	恩

满朝文武行谢礼。

3335

居	他	同	隊	隆	贫	跪
kɯ⁵	te¹	toŋ⁶	toːi⁶	loŋ²	ho⁵	kwi⁶
gwq	de	doengh-	doih	roengz	hoq	gvih
时	那	共同		下	膝	跪

那时大家同叩拜，

3336

正	宫	昙	你	刀	肟	兰
tɕin¹	kuŋ⁵	ŋon²	ni⁴	taːu⁵	taŋ²	laːn²
cwng	gungh	ngoenz	neix	dauq	daengz	ranz
正	宫	日	今	回	到	家

娘娘终于得回宫。

3337

汉	阳	居	他	恨	欢	喜
haːn¹	jaːŋ²	kɯ⁵	te¹	han¹	wuan⁶	hi³
han	yangz	gwq	de	raen	vuen	heij
汉	阳	时	那	见	欢	喜

汉阳全城齐欢乐，

3338

甫	甫	失	跳	安	林	林
pu⁴	pu⁴	ɬet⁷	tiau⁵	aːŋ⁵	lom²	lom²
boux	boux	saet	diuq	angq-	loem-	loem
人	人	跳	跳	乐滋滋		

男女老少齐欢跳。

再讲西宫可欢喜，磨你正宫仇才兰。

西宫星斗隆贺跪，东宫畏你刀肝兰。

东宫双雙抢狠斗，同队改祝乌大堂。

西宫提金茶斗散，东宫同队慢哽茶。

东宫又对西宫讲，色昌娄里恨欢荣。

佳芳可帮乌他呾，文武宫员可乌齐，

居他尧不恨五主、马同佳芳同队睁，

肚茄依赖乌他讲，五主幼不恨刃兰。

东宫根上还好呢，五主他里背游平。

西宫再腲嗲语仏，五主卦雷背遊平。

东宫又对西宫讲，居他不鲁西宫呌，

居你他卦背东州，娇上乌摆催文德。

3339

再	讲	西	宫	可	欢	喜
tɕaːi¹	kaːŋ³	ɬi⁵	kuŋ⁵	ko³	wuan⁶	hi³
caiq	gangj	sih	gungh	goj	vuen	heij
再	讲	西	宫	也	欢	喜

再说西宫也高兴，

3340

居	你	正	宫	礼	刀	兰
kɯ⁵	ni⁴	tɕin¹	kuŋ⁵	dai⁴	taːu⁵	laːn²
gwq	neix	cwng	gungh	ndaej	dauq	ranz
时	这	正	宫	得	回	家

如今正宫回了宫。

3341

西	宫	屋	斗	隆	贺	跪
ɬi⁵	kuŋ⁵	oːk⁷	tau³	loŋ²	ho⁵	kwi⁶
sih	gungh	ok	daeuj	roengz	hoq	gvih
西	宫	出	来	下	膝	跪

西宫出来行跪礼，

3342

東	宫	昙	你	刀	肝	兰
tuŋ⁵	kuŋ⁵	ŋon²	ni⁴	taːu⁵	taŋ²	laːn²
dungh	gungh	ngoenz	neix	dauq	daengz	ranz
东	宫	日	今	回	到	家

东宫今天回到宫。

3343

東	宫	双	鏪	抬	很	斗
tuŋ⁵	kuŋ⁵	ɬoːŋ¹	fuŋ²	taːi²	hun³	tau³
dungh	gungh	song	fwngz	daiz	hwnj	daeuj
东	宫	双	手	抬	上	来

东宫伸手扶西宫，

3344

同	隊	欧	礼	乌	大	堂
toŋ⁶	toːi⁶	au¹	lai⁴	u⁵	ta¹	taːŋ²
doengh-	doih	aeu	laex	youq	da	dangz
共	同		要	礼	在	大	堂

互相行礼在大堂。

3345

西	宫	提	盆	茶	斗	敬
ɬi⁵	kuŋ⁵	tu²	pun²	ɕa²	tau³	kiŋ⁵
sih	gungh	dawz	bwnz	caz	daeuj	gingq
西	宫	拿	盆	茶	来	敬

西宫端茶来相敬，

3346

東	宫	同	隊	慢	哽	茶
tuŋ⁵	kuŋ⁵	toŋ⁶	toːi⁶	meːn⁵	kuun¹	ɕa²
dungh	gungh	doengh-	doih	menh	gwn	caz
东	宫	共	同	慢	吃	茶

请东宫慢慢品茶。

3347

東	宫	又	对	西	宫	讲
tuŋ⁵	kuŋ⁵	jau⁶	toːi⁵	ɬi⁵	kuŋ⁵	kaːŋ³
dungh	gungh	youh	doiq	sih	gungh	gangj
东	宫	又	对	西	宫	讲

东宫又对西宫说，

3348

色	昙	娄	里	恨	欢	荣
ɬak⁷	ŋon²	lau²	li⁴	han¹	wuan⁶	jun²
saek	ngoenz	raeuz	lij	raen	vuen	yungz
哪	日	我 们	还	见	欢	容

哪知还会有今天。

3349

佳	芳	可	能	乌	他	甸
ka:i⁵	fa:ŋ⁵	ko³	naŋ⁶	u⁵	te¹	di⁴
gaih	fangh	goj	naengh	youq	de	ndij
开	芳	也	坐	在	那	和

李开芳陪坐在旁,

3350

文	武	官	员	可	乌	齐
wun²	u⁴	kuan⁵	je:n²	ko³	u⁵	çai²
vwnz	vuj	gvanh	yenz	goj	youq	caez
文	武	官	员	也	在	齐

文武官员全到齐。

3351

居	他	尧	不	恨	五	主
kɯ⁵	te¹	jiau⁵	bau⁵	han¹	ŋo⁴	ɬu³
gwq	de	yiuq	mbouj	raen	ngoh	souj
时	那	看	不	见	我	主

那时不见我主在,

3352

馬	周	佳	芳	同	隊	嗲
ma⁴	tçau⁵	ka:i⁵	fa:ŋ⁵	toŋ⁶	to:i⁶	ça:m¹
maj	couh	gaih	fangh	doengh-	doih	cam
马	周	开	芳	共	同	问

马周开芳一起问。

3353

肛	茄	伝	賴	乌	他	讲
taŋ²	kia²	hun²	la:i¹	u⁵	te¹	ka:ŋ³
daengz	giz	vunz	lai	youq	de	gangj
到	地方	人	多	在	那	讲

行到人多处又问,

3354

五	主	幼	不	恨	刀	兰
ŋo⁴	ɬu³	ʔju⁵	bau⁵	han¹	ta:u⁵	la:n²
ngoh	souj	youq	mbouj	raen	dauq	ranz
我	主	怎	不	见	回	家

怎么我主不回家?

四十二 喜进宫难忘往事

扫码听音频

再讲西宫可欢喜，唇你正宫凡方兰。

西宫星斗隆贺跪，东宫昙你刀肝兰。

东宫双趋拾很斗，同队欣机鸟大堂。

西宫提盆茶斗敬，东宫同队慢硬柔。

东宫又对西宫讲，色昙娄里恨欢朵。

佳芳可凯鸟他里，文武宫员可鸟齐。

唇他充不恨五主，马周佳芳同队参。

肝茄伙赖鸟他讲，五主劫不恨刀兰。

东宫狠上还呀呢，五主他里背游平。

西宫再腹嗲语仏，五主卦雪背游平。

东宫又对西宫讲，唇他不鲁西宫叫。

唇你他卦背东州，妈上鸟摆催文德。

3355

東	宫	娘	娘	还	咘	吒
tuŋ⁵	kuŋ⁵	niaŋ²	niaŋ²	waːn²	çon²	haːu⁵
dungh	gungh	niengz	niengz	vanz	coenz	hauq
东	宫	娘	娘	回	句	话

东宫娘娘回答道，

3356

五	主	他	里	背	遊	平
ŋo⁴	łu³	te¹	li⁴	pai¹	jau²	piaŋ²
ngoh	souj	de	lij	bae	youz	biengz
我	主	他	还	去	游	地方

我主他有事出游。

3357

西	宫	再	腹	嗲	培	么
łi⁵	kuŋ⁵	tçaːi¹	fuk⁷	çaːm¹	pai²	mo⁵
sih	gungh	caiq	fuk	cam	baez	moq
西	宫	再	复	问	次	新

西宫又再问一次，

3358

五	主	卦	雷	背	遊	平
ŋo⁴	łu³	kwa⁵	lai²	pai¹	jau²	piaŋ²
ngoh	souj	gvaq	lawz	bae	youz	biengz
我	主	过	哪	去	游	地方

我主出游去何处？

3359

東	宫	又	对	西	宫	讲
tuŋ⁵	kuŋ⁵	jau⁶	toːi⁵	łi⁵	kuŋ⁵	kaːŋ³
dungh	gungh	youh	doiq	sih	gungh	gangj
东	宫	又	对	西	宫	讲

东宫又对西宫说，

3360

居	他	不	鲁	西	宫	吽
kɯ⁵	te¹	bau⁵	lo⁴	łi⁵	kuŋ⁵	nau²
gwq	de	mbouj	rox	sih	gungh	naeuz
时	那	不	知	西	宫	讲

那时不知怎么说。

3361

居	你	他	卦	背	東	州
kɯ⁵	ni⁴	te¹	kwa⁵	pai¹	tuŋ⁵	tçau⁵
gwq	neix	de	gvaq	bae	dungh	couh
时	这	他	过	去	东	州

现在他去了东州，

3362

媽	媽	乌	拐	催	文	德
me⁶	me⁶	u⁵	laŋ¹	tçuai⁵	wun²	tə²
meh	meh	youq	laeng	cuih	vwnz	dwz
母	母	在	家	崔	文	德

母亲还在文德家。

该故甭他讲不了，论讲很斗顺婆家。

双度观耶顺恨难？天下志再不容呈。

西宫恨咩瓷样你，居他开咱讲几野。

观耶娘上眉麻难，晏而咩许灰报仇。

不劳甫咧力一害，居保该娄兵马题。

东宫娘上又再讲，优呆居他眉几题。

居你娄乙余不讲，昨你他学不当利。

西宫又对东宫讲，娘上阿耶差灰咻。

论讲斗肝该同捆，该灰身你顺屋力。

再不屋力可不礼，拾分半命毋唐朝。

妈妈则天行心善，甲汛公耶鲁妈娄。

防驾三恩行心绫，妈娄舍骨乌水牢。

71

3363

该	故	甴	他	讲	不	了
ka:i⁵	ku¹	di⁴	te¹	ka:ŋ³	bau⁵	le:u⁴
gaiq	gou	ndij	de	gangj	mbouj	liux
个	我	和	他	讲	不	完

我们的事说不完，

3364

谂	讲	很	斗	顺	凄	凉
lun⁶	ka:ŋ³	hun³	tau³	çin¹	łi⁵	liaŋ²
lwnh	gangj	hwnj	daeuj	caen	si	liengz
论	讲	上	来	真	凄	凉

要讲起来太伤心。

3365

双	度	观	耶	顺	恨	难
łoːŋ¹	tu¹	koːn⁵	jia⁵	çin¹	han¹	naːn⁶
song	dou	gonq	yaq	caen	raen	nanh
两	我们	前	结束	真	见	难

过去我们真多难，

3366

天	下	志	霄	不	容	呈
tian¹	ja⁵	kuun²	bun¹	bau⁵	juŋ²	çiŋ²
dien	yah	gwnz	mbwn	mbouj	yungz	cingz
天	下	上	天	不	容	情

天下无我立足地。

3367

西	宫	恨	吽	贫	样	你
łi⁵	kuŋ⁵	han¹	nau²	pan²	jiaŋ⁶	ni⁴
sih	gungh	raen	naeuz	baenz	yiengh	neix
西	宫	见	讲	成	样	这

西宫听她这样说，

3368

居	他	开	陌	讲	几	嗉
ku⁵	te¹	ha:i¹	pa:k⁷	ka:ŋ³	ki³	çon²
gwq	de	hai	bak	gangj	geij	coenz
时	那	开	口	讲	几	句

她又接过话头说。

3369

观	耶	娘	娘	眉	麻	难
koːn⁵	jia⁵	niaŋ²	niaŋ²	mi²	ma²	naːn⁶
gonq	yaq	niengz	niengz	miz	maz	nanh
前	结束	娘	娘	有	什么	难

先前娘娘有何难，

3370

昙	而	吽	许	灰	报	仇
ŋon²	ə⁶	nau²	hai³	hoːi⁵	paːu⁵	çau²
ngoenz	wh	naeuz	hawj	hoiq	bauq	caeuz
日	今	讲	给	奴	报	仇

今日说来好报仇。

3371

不	劳	甫	雷	吽	力	害
bau⁵	la:u¹	pu⁴	lai²	nau²	li¹	ha:i¹
mbouj	lau	boux	lawz	naeuz	leix	haih
不	怕	人	谁	说	厉	害

不怕谁有多凶狠，

3372

居	你	该	娄	兵	馬	赖
ku⁵	ni⁴	ka:i⁵	lau²	piŋ¹	ma⁴	la:i¹
gwq	neix	gaiq	raeuz	bing	max	lai
时	这	个	我们	兵	马	多

现在我们兵马壮。

3373

東	宮	娘	娘	又	再	讲
tuŋ⁵	kuŋ⁵	niaŋ²	niaŋ²	jau⁶	tɕa:i¹	ka:ŋ³
dungh	gungh	niengz	niengz	youh	caiq	gangj
东	宫	娘	娘	又	再	讲

东宫娘娘又问道，

3374

仇	呆	居	他	眉	几	赖
ɕau²	ŋa:i²	ku⁵	te¹	mi²	ki³	la:i¹
caeuz	ngaiz	gwq	de	miz	geij	lai
仇	挨	时	那	有	几	多

冤仇那时有多少？

3375

居	你	娄	乙	奈	不	讲
ku⁵	ni⁴	lau²	ʔjiat⁷	na:i⁵	bau⁵	ka:ŋ³
gwq	neix	raeuz	yiet	naiq	mbouj	gangj
时	这	我们	歇	累	不	讲

现在休息先不说，

3376

昨	你	他	学	不	当	利
ɕo:k⁸	ni⁴	te¹	tɕo⁶	bau⁵	ta:ŋ¹	di¹
cog	neix	de	couh	mbouj	dang	ndei
明	这	他	就	不	当	好

将来他也不好过。

3377

西	宫	又	对	東	宮	讲
ɬi⁵	kuŋ⁵	jau⁶	to:i⁵	tuŋ⁵	kuŋ⁵	ka:ŋ³
sih	gungh	youh	doiq	dungh	gungh	gangj
西	宫	又	对	东	宫	讲

西宫又对东宫说，

3378

娘	娘	叮	耶	差	灰	吽
niaŋ²	niaŋ²	tiŋ⁵	jia¹	ɕa³	ho:i⁵	nau²
niengz	niengz	dingq	nyi	caj	hoiq	naeuz
娘	娘	听	见	等	奴	说

娘娘你再听我说。

3379

论	讲	斗	朾	该	同	撂
lun⁶	ka:ŋ³	tau³	taŋ²	ka:i⁵	toŋ⁶	do:i⁵
lwnh	gangj	daeuj	daengz	gaiq	doengh	ndoiq
论	讲	来	到	个	相	打

说起那打仗的事，

3380

该	灰	乌	你	顺	屋	力
ka:i⁵	ho:i⁵	u⁵	ni⁴	ɕin¹	o:k⁷	le:ŋ²
gaiq	hoiq	youq	neix	caen	ok	rengz
个	奴	在	这	真	出	力

我在这里也尽力。

3381

再	不	屋	力	可	不	礼
tɕa:i¹	bau⁵	o:k⁷	le:ŋ²	ko³	bau⁵	dai⁴
caiq	mbouj	ok	rengz	goj	mbouj	ndaej
再	不	出	力	也	不	得

再不尽力也不行，

3382

拾	分	半	命	毎	唐	朝
ɕip⁸	fan¹	puak⁷	miŋ⁶	di⁴	ta:ŋ²	tɕa:u²
cib	faen	buek	mingh	ndij	dangz	cauz
十	分	拼	命	为	唐	朝

非常尽心为唐朝。

3383

媽	獋	则	天	行	心	蕚
me⁶	ma¹	tɕɔ²	te:n⁵	he:ŋ²	ɬam¹	ʔja:k⁷
meh	ma	cwz	denh	hengz	sim	yak
母	狗	则	天	行	心	恶

恶妇则天心狠毒，

3384

甲	礼	公	那	害	媽	娄
ka:p⁷	dai⁴	koŋ¹	na⁴	ha:i⁶	me⁶	lau²
gap	ndaej	goeng	nax	haih	meh	raeuz
合	得	公	舅	害	母	我们

勾结她侄害我娘。

3385

防	獋	三	思	行	心	绞
fa:ŋ²	ma¹	ɬa:n⁵	ɬu⁵	he:ŋ²	ɬam¹	kwe:u⁴
fangz	ma	sanh	swh	hengz	sim	gveux
鬼	狗	三	思	行	心	狡

三思疯狗心狠毒，

3386

媽	娄	舍	骨	乌	水	牢
me⁶	lau²	ɕe¹	do:k⁷	u⁵	ɕuai⁴	la:u²
meh	raeuz	ce	ndok	youq	suij	lauz
母	我们	留	骨	在	水	牢

母亲惨死水牢里。

讲肝汉阳何恨难，则美开头那斗文。

讲此合狠不鲁了，拾分壹亦舟唐朝。

该故可得恨幸火，劳燕江山得赋课。

东宫又对西宫讲，色是鉴可礼恨利。

居你卷得亦脱难，听你眉是礼恨利。

该依郭暗许不讷，念眉斗合恨不鲁眾。

鲐故恨水年一火，讲肝五生可连谈。

双庆遊平遊礼鉤，不鲁是雷礼资体。

故可觉论许君可，劳君母故鲁狠和。

五主而故顺恨难，依想刬善故恩缘。

居莫故甬鸟東州，与迪亦谋故几培。

色未故鲁快介涯，又再鞭眉贵人拚。

3387

讲	盯	漢	阳	可	恨	难
ka:ŋ³	taŋ²	ha:n¹	ja:ŋ²	ko³	han¹	na:n⁶
gangj	daengz	han	yangz	goj	raen	nanh
讲	到	汉	阳	也	见	难

汉阳也曾遭灾难，

3388

则	天	开	兵	卦	斗	文
tçə²	te:n⁵	ha:i¹	piŋ¹	kwa⁵	tau³	fuɯt⁸
cwz	denh	hai	bing	gvaq	daeuj	fwd
则	天	开	兵	过	来	打

则天出兵来攻打。

3389

讲	斗	合	很	不	鲁	了
ka:ŋ³	tau³	ho²	hun³	bau⁵	lo⁴	le:u⁴
gangj	daeuj	hoz	hwnj	mbouj	rox	liux
讲	来	脖	起	不	会	完

说来愤恨意难平，

3390

拾	分	屋	力	旬	唐	朝
çip⁸	fan¹	o:k⁷	le:ŋ²	di⁴	ta:ŋ²	tça:u²
cib	faen	ok	rengz	ndij	dangz	cauz
十	分	出	力	为	唐	朝

十分尽力为唐朝。

3391

该	故	可	得	恨	辛	火
ka:i⁵	ku¹	ko³	tuɯk⁸	han¹	ɬin⁶	ho³
gaiq	gou	goj	dwg	raen	sin	hoj
个	我	也	是	见	辛	苦

而我也是苦难人，

3392

劳	忑	江	山	得	斌	谋
la:u¹	hi⁵	kiaŋ⁵	ça:n⁵	tuɯk⁸	fia⁴	mau²
lau	heiq	gyangh	sanh	dwg	fwx	maeuz
怕	忧	江	山	是	别人	谋

生怕江山落仇人。

3393

東	宫	又	对	西	宫	讲
tuŋ⁵	kuŋ⁵	jau⁶	to:i⁵	ɬi⁵	kuŋ⁵	ka:ŋ³
dungh	gungh	youh	doiq	sih	gungh	gangj
东	宫	又	对	西	宫	讲

东宫又对西宫说，

3394

色	昙	娄	可	礼	恨	利
ɬak⁷	ŋon²	lau²	ko³	dai⁴	han¹	di¹
saek	ngoenz	raeuz	goj	ndaej	raen	ndei
哪	日	我们	也	得	见	好

我们会有好日子。

3495

居	你	娄	得	亦	脱	难
kuɯ⁵	ni⁴	lau²	tuɯk⁸	a³	to:t⁷	na:n⁶
gwq	neix	raeuz	dwg	aj	duet	nanh
时	这	我们	是	要	脱	难

现在危难将过去，

3396

昨	你	眉	昙	礼	恨	利
ço:k⁸	ni⁴	mi²	ŋon²	dai⁴	han¹	di¹
cog	neix	miz	ngoenz	ndaej	raen	ndei
明	这	有	日	得	见	好

将来会有好日子。

3397
该 伝 郭 㽺 许 不 汃
ka:i⁵ hun² kuak⁸ ham² hai³ pia⁶ nai¹
gaiq vunz guh haemz hawj buh nae
个 人 做 苦 给 衣 雪
别人加害压霜雪，

3398
念 斗 合 恨 不 鲁 㑣
nam¹ tau³ ho² hun³ bau⁵ lo⁴ lum²
naemj daeuj hoz hwnj mbouj rox lumz
想 来 脖 起 不 会 忘
想起来火气难消。

3399
躺 故 恨 难 刀 辛 火
da:ŋ¹ ku¹ han¹ na:n⁶ ta:u⁵ ɬin⁶ ho³
ndang gou raen nanh dauq sin hoj
身 我 见 难 回 辛 苦
我亲身经历苦难，

3400
讲 朋 五 主 可 凄 凉
ka:ŋ³ taŋ² ŋo⁴ ɬu³ ko³ ɬi⁵ liaŋ²
gangj daengz ngoh souj goj si liengz
讲 到 我 主 也 凄 凉
说到我主也心酸。

3401
双 娄 遊 平 遊 礼 夠
ɬo:ŋ¹ lau² jau² piaŋ² jau² dai⁴ to⁶
song raeuz youz biengz youz ndaej doh
两 我们 游 地方 游 得 够
我俩流浪真可怜，

3402
不 鲁 昙 雷 礼 贫 伝
bau⁵ lo⁴ ŋon² lai² dai⁴ pan² hun²
mbouj rox ngoenz lawz ndaej baenz vunz
不 知 日 哪 得 成 人
不知哪天才出头。

3403
故 可 筦 论 许 名 叮
ku¹ ko³ kuan³ luun⁶ hai³ muŋ² tiŋ⁵
gou goj guenj lwnh hawj mwngz dingq
我 也 只管 论 给 你 听
我只管向你倾诉，

3404
劳 名 与 故 鲁 很 和
la:u¹ muŋ² di⁴ ku¹ lo⁴ hun³ ho²
lau mwngz ndij gou rox hwnj hoz
怕 你 和 我 会 起 脖
怕你与我同生气。

3405
五 主 与 故 顺 恨 难
ŋo⁴ ɬu³ di⁴ ku¹ çin¹ han¹ na:n⁶
ngoh souj ndij gou caen raen nanh
我 主 和 我 真 见 难
吾主和我真悲惨，

3406
伝 想 亦 害 故 恩 缘
hun² ɬiaŋ³ a³ ha:i⁶ ku¹ an¹ jian²
vunz siengj aj haih gou aen yienz
人 想 要 害 我 姻 缘
有人想拆我姻缘。

3407

居	莫	故	句	乌	東	州
ku⁵	mia⁶	ku¹	di⁴	u⁵	tuŋ⁵	tɕau⁵
gwq	mwh	gou	ndij	youq	dungh	couh
时	时	我	和	在	东	州

之前我还在东州，

3408

馬	迪	亦	谋	故	几	培
ma⁴	ti²	a³	mau²	ku¹	ki³	pai²
maj	diz	aj	maeuz	gou	geij	baez
马	迪	要	谋	我	几	次

马迪几次动邪念。

3409

色	耒	故	鲁	快	介	涯
ɬak⁷	la:i⁵	ku¹	lo⁴	kwa:i¹	ka⁶	ʔja:i⁵
caek-	laiq	gou	rox	gvai	gah-	yaiq
幸好		我	会	聪明	相当	

幸好我相当机灵，

3410

又	再	里	眉	贵	人	抬
jau⁶	tɕa:i¹	li⁴	mi²	kwai¹	jin²	ta:i²
youh	caiq	lij	miz	gvei	yinz	daiz
又	再	还	有	贵	人	抬

加上又有贵人助。

马迪胜特恩胆大，算计想欧故郭妃。

吾莫五主卦斗里，良拐他又星计谋，

发银许伦蝙他讲，蔡叫五主伍卡始，

东州肖老可媲度，又再读师卦斗岑，

他观欧姐故郭妃，再亦想欧故郭妃。

该故奈美余合很，发呈惊甫师几蒋，

甫师退定刀不讲，若恨合很鲁不眉，

光观又刀鲁五主，防拐马迪胜得暗，

色昼博容卷不鲁，学提他斗卡板忧，

不喵他总兮观么，眉怯愿随他不容。

不喵他总兮观么，眉怯愿随他不容。

讲肘文德不特嘘，故背肘他乌蝶难。

好又算欧故郭坏沁，甫口买故如驾鸯。

3411

馬	迪	胜	特	恩	胆	大
ma^{4}	ti^{2}	ɕin^{1}	tɯk^{8}	an^{1}	ta:m^{3}	la:u^{4}
maj	diz	caen	dwg	aen	damj	laux
马	迪	真	是	个	胆	大

马迪他真够大胆，

3412

算	计	想	欧	故	郭	妑
ɬuan^{5}	ki^{6}	ɬiaŋ^{3}	au^{1}	ku^{1}	kuak^{8}	pa^{2}
suenq	geiq	siengj	aeu	gou	guh	baz
算	计	想	娶	我	做	妻

图谋强娶我为妻。

3413

居	莫	五	主	卦	斗	与
kɯ^{5}	mia^{6}	ŋo^{4}	ɬu^{3}	kwa^{5}	tau^{3}	di^{4}
gwq	mwh	ngoh	souj	gvaq	daeuj	ndij
时	时	我	主	过	来	跟

那时我主跟过来，

3414

良	捞	他	又	屋	计	谋
liaŋ^{2}	laŋ^{1}	te^{1}	jau^{6}	o:k^{7}	ki^{6}	mau^{2}
riengz	laeng	de	youh	ok	geiq	maeuz
跟	后	他	又	出	计	谋

然后他又施诡计。

3415

发 銀	许	伝	与	他	讲
fa:t^{7}	ŋan^{2}	hai^{3}	hun^{2}	di^{4}	te^{1}	ka:ŋ^{3}
fat	ngaenz	hawj	vunz	ndij	de	gangj
发	银	给	人	和	他	讲

花钱雇人造谣言，

3416

寮	吽	五	主	伝	卡	殆
liau^{2}	nau^{2}	ŋo^{4}	ɬu^{3}	hun^{2}	ka^{3}	ta:i^{1}
riuz	naeuz	ngoh	souj	vunz	gaj	dai
传	讲	我	主	人	杀	死

谣传我主被人杀。

3417

東	州	甫	老	可	寮	度
tuŋ^{5}	tɕau^{5}	pu^{4}	la:u^{4}	ko^{3}	liau^{2}	to^{6}
dungh	couh	boux	laux	goj	riuz	doh
东	州	人	大	也	传	够

东州父老也知道，

3418

又	再	诗	师	卦	斗	嗲
jau^{6}	tɕa:i^{1}	ɕiŋ^{3}	ɬɯ^{5}	kwa^{5}	tau^{3}	ɕa:m^{1}
youh	caiq	cingj	swq	gvaq	daeuj	cam
又	再	请	媒	过	来	问

又请媒婆来说亲。

3419

面	观	欧	姐	故	郭	奷
mia^{6}	ko:n^{5}	au^{1}	tɕe^{4}	ku^{1}	kuak^{8}	ja^{6}
mwh	gonq	aeu	cej	gou	guh	yah
时	先	娶	姐	我	做	妻

之前娶我姐为妻，

3420

再	亦	想	欧	故	郭	妑
tɕa:i^{1}	a^{3}	ɬiaŋ^{3}	au^{1}	ku^{1}	kuak^{8}	pa^{2}
caiq	aj	siengj	aeu	gou	guh	baz
再	要	想	娶	我	做	妻

现又想娶我为妾。

3421

该	故	奈	美	奈	合	很
ka:i⁵	ku¹	na:i⁶	mai⁶	na:i⁶	ho²	hun³
gaiq	gou	naih	maeh	naih	hoz	hwnj
个	我	越	思考	越	脖	起

我越思量越生气，

3422

发	令	骂	甫	师	几	唒
fa:t⁷	liŋ⁶	da⁵	pu⁴	ɬu⁵	ki³	çon²
fat	lingh	ndaq	boux	swq	geij	coenz
发	令	骂	人	媒	几	句

发火骂媒婆几句。

3423

甫	师	退	定	刀	不	讲
pu⁴	ɬu⁵	to:i⁵	tin¹	ta:u⁵	bau⁵	ka:ŋ³
boux	swq	doiq	din	dauq	mbouj	gangj
人	媒	退	脚	回	不	讲

媒婆不语退回去，

3424

名	恨	合	很	鲁	不	眉
muŋ²	han¹	ho²	hun³	lo⁴	bau⁵	mi²
mwngz	raen	hoz	hwnj	rox	mbouj	miz
你	见	脖	起	或	不	有

你说气人不气人？

3425

面	观	又	刀	害	五	主
mia⁶	ko:n⁵	jau⁶	ta:u⁵	ha:i⁶	ŋo⁴	ɬu³
mwh	gonq	youh	dauq	haih	ngoh	souj
时	先	又	回	害	我	主

先前又暗害我主，

3426

防	玃	馬	迪	胜	得	睑
fa:ŋ²	ma¹	ma⁴	ti²	çin¹	tuk⁸	ham²
fangz	ma	maj	diz	caen	dwg	haemz
鬼	狗	马	迪	真	是	恨

马迪这人真可恶。

3427

色	昙	霄	容	娄	不	鲁
ɬak⁷	ŋon²	bun¹	juŋ²	lau²	bau⁵	lo⁴
saek	ngoenz	mbwn	yungz	raeuz	mbouj	rox
哪	日	天	容	我们	不	知

哪天老天爷怜悯，

3428

学	提	他	斗	卡	报	仇
tço⁶	tu²	te¹	tau³	ka³	pa:u⁵	çau²
couh	dawz	de	daeuj	gaj	bauq	caeuz
就	拿	他	来	杀	报	仇

将他诛杀报冤仇。

3429

不	音	他	总	伝	观	么
bau⁵	ʔjam¹	te¹	çuŋ³	hun²	ko:n⁵	mo⁵
mbouj	yaem	de	cungj	vunz	gonq	moq
不	瞒	他	种	人	先	新

先前怎有这种人，

3430

眉	伝	愿	领	他	不	容
mi²	hun²	jian⁶	liŋ⁴	te¹	bau⁵	juŋ²
miz	vunz	nyienh	lingx	de	mbouj	yungz
有	人	愿	领	他	不	容

有人求情他不允。

3431

讲	肝	文	德	不	特	瘟
ka:ŋ³	taŋ²	wuun²	tə²	bau⁵	tuk⁸	ŋon⁶
gangj	daengz	vwnz	dwz	mbouj	dwg	ngoenh
讲	到	文	德	不	是	瘟

讲到文德气上头，

3432

故	背	肝	他	乌	躲	躺
ku¹	pai¹	taŋ²	te¹	u⁵	do⁴	da:ŋ¹
gou	bae	daengz	de	youq	ndoj	ndang
我	去	到	那	住	躲	身

我逃难去到他家。

3433

又	算	欧	故	郭	奻	内
jau⁶	ɬuan⁵	au¹	ku¹	kuak⁸	ja⁶	no:i⁶
youh	suenq	aeu	gou	guh	yah	noih
又	算计	娶	我	做	妻	小

又企图娶我为妾，

3434

甫	甫	买	故	如	鸳	鸯
pu⁴	pu⁴	ma:i³	ku¹	lum³	jam³	jiaŋ¹
boux	boux	maij	gou	lumj	yaem	yieng
人	人	爱	我	似	鸳	鸯

他们都想占有我。

3435

因	为	该	故	不	服	希
jin⁵	wi⁶	ka:i⁵	ku¹	bau⁵	fuk⁸	hi⁵
yinh	vih	gaiq	gou	mbouj	fug	heiq
因	为	个	我	不	服	气

但我坚决不顺从，

3436

学	化	关	谷	故	不	冧
tɕo⁶	wa⁶	kwa:n¹	kok⁷	ku¹	bau⁵	lum²
couh	vah	gvan	goek	gou	mbouj	lumz
就	话	夫	根	我	不	忘

立誓不忘丈夫情。

3437

肙	恒	条	屋	背	强	馱
taŋ²	hun²	te:u²	o:k⁷	pai¹	kiaŋ⁶	ta⁶
daengz	hwnz	deuz	ok	bae	giengh	dah
连	夜	逃	出	去	跳	河

连夜逃出去投河，

3438

色	耒	鲁	眉	贵	人	抬
ɬak⁷	la:i⁵	lo⁴	mi²	kwai¹	jin²	ta:i²
caek-	laiq	rox	miz	gvei	yinz	daiz
幸好		会	有	贵	人	抬

幸有贵人来相助。

3439

眉	伝	周	提	故	很	斗
mi²	hun²	tɕau⁵	tu²	ku¹	hun³	tau³
miz	vunz	gouq	dawz	gou	hwnj	daeuj
有	人	救	拿	我	上	来

有人把我救上来，

3440

条	命	胜	特	老	卦	霄
te:u²	miŋ⁶	ɕin¹	tuk⁸	la:u⁴	kwa⁵	bun¹
diuz	mingh	caen	dwg	laux	gvaq	mbwn
条	命	真	是	大	过	天

我命真是大过天。

3441

可	然	不	殆	可	利	乌
ko⁴	je:n²	bau⁵	ta:i¹	ko³	li⁴	u⁵
goj	yienz	mbouj	dai	goj	lij	youq
果	然	不	死	也	还	在

依然不死命还在，

3442

良	捞	又	再	恨	西	良
liaŋ²	laŋ¹	jau⁶	tɕa:i¹	han¹	ɬi⁵	liaŋ²
riengz	laeng	youh	caiq	raen	si	liengz
跟	后	又	再	见	凄	凉

后来又历经磨难。

3443

学	计	冤	仇	眉	讲	么
tɕo⁶	ki⁵	ʔjian¹	ɕau²	mi²	ka:ŋ³	mo⁵
coh	geiq	ien	caeuz	miz	gangj	moq
才	记	冤	仇	有	讲	新

提起冤祸话不完，

3444

昙	你	礼	同	队	齐	全
ŋon²	ni⁴	dai⁴	toŋ⁶	to:i⁶	ɕai²	ɕuan²
ngoenz	neix	ndaej	doengh-	doih	caez	cienz
日	今	得	共	同	齐	全

有幸今日能团聚。

3445

西	宫	又	再	讲	培	么
ɬi⁵	kuŋ⁵	jau⁶	tɕaːi¹	kaːŋ³	pai²	mo⁵
sih	gungh	youh	caiq	gangj	baez	moq
西	宫	又	再	讲	次	新

西宫又开口说道，

3446

讲	朋	天	下	乱	沉	沉
kaːŋ³	taŋ²	teːn⁶	ja⁵	luan⁶	ɕum²	ɕum²
gangj	daengz	dien	yah	luenh-	cum-	cum
讲	到	天	下	乱	哄哄	

说到天下乱糟糟。

3447

则	天	利	害	每	三	思
tɕɔ²	teːn⁵	li¹	haːi¹	di⁴	ɬaːn⁵	ɬɯ⁵
cwz	denh	leix	haih	ndij	sanh	swh
则	天	厉	害	和	三	思

则天和三思凶狠，

3448

居	你	娄	擂	他	礼	行
kɯ⁵	ni⁴	lau²	doːi⁵	te¹	dai⁴	hiŋ²
gwq	neix	raeuz	ndoiq	de	ndaej	hingz
时	这	我们	打	她	得	赢

现在我们打赢她。

3449

他	眉	恩	保	胜	利	害
te¹	mi²	an¹	paːu³	ɕin¹	li¹	haːi¹
de	miz	aen	bauj	caen	leix	haih
她	有	个	宝	真	厉	害

她有个厉害宝贝，

3450

名	初	叫	郭	火	輪	牌
miŋ²	ɕo⁶	heːu⁶	kuak⁸	ho⁴	lun²	paːi²
mingz-	coh	heuh	guh	hoj	lwnz	baiz
名字		叫	做	火	轮	牌

名字叫作火轮牌。

3451

居	他	天	下	乱	盼	盼
kɯ⁵	te¹	teːn⁶	ja⁵	luan⁶	fan¹	fan¹
gwq	de	dien	yah	luenh	faen	faen
时	那	天	下	乱	纷	纷

那时天下乱糟糟，

3452

恒	昙	哽	糩	算	条	贼
hun²	ŋon²	kɯn¹	hau⁴	ɬuan⁵	teːu²	ɕak⁸
hwnz	ngoenz	gwn	haeux	suenq	deuz	caeg
夜	日	吃	饭	算	逃	贼

日夜想着逃战乱。

3453

开	芳	馬	周	可	哽	希
kaːi⁵	faːŋ⁵	ma⁴	tɕau⁵	ko³	kɯn¹	hi⁵
gaih	fangh	maj	couh	goj	gwn	heiq
开	芳	马	周	也	吃	忧

开芳马周也担心，

3454

算	计	不	鲁	样	雷	行
ɬuan⁵	ki⁶	bau⁵	lo⁴	jian⁶	lai²	heːŋ²
suenq	geiq	mbouj	rox	yiengh	lawz	hengz
算	计	不	知	样	哪	行

思索不知怎样好。

3455

五	主	糇	不	哽	可	饱
ŋo⁴	ɬu³	hau⁴	bau⁵	kun¹	ko³	im⁵
ngoh	souj	haeux	mbouj	gwn	goj	imq
我	主	饭	不	吃	也	饱

我主茶饭也不思,

3456

居	他	各	想	贫	瘟	皇
ku⁵	te¹	ka:k⁸	ɬiaŋ³	pan²	ŋon⁶	wa:ŋ⁶
gwq	de	gag	siengj	baenz	ngoenh	vangh
时	那	自	想	成	瘟	疯

那时想得快发疯。

3457

卦	背	旬	馬	周	讲	可
kwa⁵	pai¹	di⁴	ma⁴	tɕau⁵	ka:ŋ³	ko³
gvaq	bae	ndij	maj	couh	gangj	goj
过	去	和	马	周	讲	故事

过去和马周聊聊,

3458

昙	昙	哽	糇	念	计	谋
ŋon²	ŋon²	kun¹	hau⁴	nam¹	ki⁶	mau²
ngoenz	ngoenz	gwn	haeux	naemj	geiq	maeuz
日	日	吃	饭	想	计	谋

天天都在想谋略。

恒景同队念主意，等罗算计卦皆欢。

与闻唐他开咱讲，五主该姜眉章里。

五生又嗲他培化，各念礼样雷计谋。

唐你外围眉密见，姜眉全意卦背欢、

佳芳五主里鳞围，三甫同队想计谋，

拳欢五主郭马影，假郭姓爷昔丑娘。

奴派步门正卦观，新培新盼字泥。李将考……

禾罾屋巳赖主意，正造礼思他斗附。

恩他乌逵姜居你，他造礼被火轮牌。

培你则无兵乌败，该姜居你造欢容。

倚赖培隆心欢喜，信你正宗造楷行。

头估……血现隆满梁水少。

3459

恒	昙	同	队	念	主	意
hun²	ŋon²	toŋ⁶	to:i⁶	nam¹	ɕɯ³	i⁵
hwnz	ngoenz	doengh-	doih	naemj	cawj	eiq
夜	日	共同		想	主	意

日夜共同想计策，

3460

等	雷	算	计	卦	背	欧
taŋ³	lai²	ɬuan⁵	ki⁶	kwa⁵	pai¹	au¹
daengj	lawz	suenq	geiq	gvaq	bae	aeu
样	哪	算	计	过	去	要

如何才能拿到手。

3461

馬	周	居	他	开	咟	讲
ma⁴	tɕau⁵	ku⁵	te¹	ha:i¹	pa:k⁷	ka:ŋ³
maj	couh	gwq	de	hai	bak	gangj
马	周	时	那	开	口	讲

马周终于开口说，

3462

五	主	该	娄	眉	章	呈
ŋo⁴	ɬu³	ka:i⁵	lau²	mi²	tɕa:ŋ⁵	tɕin²
ngoh	souj	gaiq	raeuz	miz	cangh	cingz
我	主	个	我们	有	章	程

我主咱们有办法。

3463

五	主	又	嗲	他	培	么
ŋo⁴	ɬu³	jau⁶	ɕa:m¹	te¹	pai²	mo⁵
ngoh	souj	youh	cam	de	baez	moq
我	主	又	问	他	次	新

我主再问他一遍，

3464

各	念	礼	样	雷	计	谋
ka:k⁸	nam¹	dai⁴	jiaŋ⁶	lai²	ki⁶	mau²
gag	naemj	ndaej	yiengh	lawz	geiq	maeuz
自	想	得	样	哪	计	谋

你想到什么计策？

3465

居	你	外	国	眉	宝	贝
ku⁵	ni⁴	wai¹	ko²	mi²	pa:u³	po:i⁵
gwq	neix	vei	goz	miz	bauj	boiq
时	这	魏	国	有	宝	贝

现在魏国有宝贝，

3466

娄	眉	主	意	卦	背	欧
lau²	mi²	ɕɯ³	i⁵	kwa⁵	pai¹	au¹
raeuz	miz	cawj	eiq	gvaq	bae	aeu
我们	有	主	意	过	去	要

我们有办法去要。

3467

佳	芳	五	主	里	馬	周
ka:i⁵	fa:ŋ⁵	ŋo⁴	ɬu³	di⁴	ma⁴	tɕau⁵
gaih	fangh	ngoh	souj	ndij	maj	couh
开	芳	我	主	与	马	周

我主与开芳马周，

3468

三	甫	同	队	想	计	谋
ɬa:m¹	pu⁴	toŋ⁶	to:i⁶	ɬiaŋ³	ki⁶	mau²
sam	boux	doengh-	doih	siengj	geiq	maeuz
三	人	共同		想	计	谋

三人一起想办法。

3469

娄	欧	五	主	郭	馬	永
lau²	au¹	ŋo⁴	ɬu³	kuak⁸	ma⁴	juŋ⁴
raeuz	aeu	ngoh	souj	guh	maj	yungj
我们	要	我	主	做	马	永

我主冒名为马永，

3470

假	郭	姑	爺	背	刄	娘
tɕa³	kuak⁸	ku⁵	jia²	pai¹	ɕu⁴	na:ŋ²
gyaj	guh	go	yez	bae	coux	nangz
假	做	姑	爷	去	娶	妻

假扮新郎去娶亲。

3471

双	派	龙	门	正	卦	观
ɬo:ŋ¹	pa:i⁶	luŋ²	mun²	ɕiŋ⁵	kwa⁵	ko:n⁵
song	baih	lungz	mwnz	cingq	gvaq	gonq
两	边	龙	门	正	过	前

两边龙门走在前，

3472

彩	路	彩	路	宁	沉	沉
tɕa:i³	hon¹	tɕa:i³	lo⁶	niŋ¹	ɕum²	ɕum²
byaij	roen	byaij	loh	ning-	cum-	cum
走	路	走	路	闹	哄	哄

走起路来好热闹。

3473

不	鲁	屋	己	赖	主	意
bau⁵	lo⁴	o:k⁷	ki³	la:i¹	ɕɯ³	i⁵
mbouj	rox	ok	geij	lai	cawj	eiq
不	知	出	几	多	主	意

不知想多少办法，

3474

正	造	礼	恩	他	斗	肝
ɕiŋ⁵	tɕo⁶	dai⁴	an¹	te¹	tau³	taŋ²
cingq	coh	ndaej	aen	de	daeuj	daengz
正	才	得	个	那	来	到

才把宝贝拿过来。

3475

恩	他	乌	逢	娄	居	你
an¹	te¹	u⁵	fuŋ²	lau²	ku⁵	ni⁴
aen	de	youq	fwngz	raeuz	gwq	neix
个	那	在	手	我们	时	这

宝贝现在我们手，

3476

他	造	礼	破	火	輪	牌
te¹	tɕo⁶	dai⁴	po¹	ho⁴	lun²	pa:i²
de	coh	ndaej	buq	hoj	lwnz	baiz
它	才	得	破	火	轮	牌

这才能破火轮牌。

3477

培	你	则	天	兵	馬	贩
pai²	ni⁴	tɕo²	te:n⁵	piŋ¹	ma⁴	pa:i⁶
baez	neix	cwz	denh	bing	max	baih
次	这	则	天	兵	马	败

则天这次打败仗，

3478

该	娄	居	你	造	欢	容
ka:i⁵	lau²	ku⁵	ni⁴	tɕo⁶	wuan⁶	juŋ²
gaiq	raeuz	gwq	neix	coh	vuen	yungz
个	我们	时	这	才	欢	容

现在我们才高兴。

3479

伝	賴	擂	隆	心	欢	喜
hun²	la:i¹	do:i⁵	lon²	ɬam¹	wuan⁶	hi³
vunz	lai	ndoiq	roengz	sim	vuen	heij
人	多	打	下	心	欢	喜

打了胜仗众人欢，

3480

培	你	正	京	造	擂	行
pai²	ni⁴	çin⁵	kiŋ¹	tço⁶	do:i⁵	hiŋ²
baez	neix	cingq	ging	coh	ndoiq	hingz
次	这	正	经	才	打	赢

这次才真正胜利。

3481

头	伝	贫	共	如	石	賴
tçau³	hun²	pan²	ko:ŋ¹	lum³	lin¹	la:i⁵
gyaeuj	vunz	baenz	gong	lumj	rin-	laiq
头	人	成	堆	如	卵	石

首级好比卵石堆，

3482

血	流	隆	路	臾	水	龙
liat⁸	lai¹	lon²	lo⁶	lum³	lam⁴	lo:ŋ²
lwed	lae	roengz	loh	lumj	raemx	rongz
血	流	下	路	似	水	洪

血流成河似洪水。

想你们俩天正造成，桑臂七拾恩甲营。

条仇姜妇根不断，眉苦天下乱纷纷，

东宫叮那讲了南，又对西宫讲几将，

余事劳郭不礼断，劳姜明日不当利。

尧若西宫屋圭意，八足眉苦乱纷已。

西宫又对东宫讲，娘七硬弟为肉船。

村定他叫胜利书，姜曲眉思对礼他。

娘七定屋不许希，纤反屋力书他文。

正宫恨弊心欢喜，西宫甫佐胜能诺。

欢礼君你保天下，不劳泣山特赋谋。

君讲肘荘你又乙奈，再讲李很郭皇。旦

李旦刀肘很能殿，文武良员叮改咐。

3483

培	你	则	天	正	造	贩
pai²	ni⁴	tɕɔ²	teːn⁵	ɕiŋ⁵	tɕo⁶	paːi⁶
baez	neix	cwz	denh	cingq	coh	baih
次	这	则	天	正	才	败

这次则天打败仗，

3484

条	背	七	拾	里	甲	营
teːu²	pai¹	ɕɛt⁷	ɕip⁸	li⁴	tɕaːp⁸	jiŋ²
deuz	bae	caet	cib	leix	cab	yingz
逃	去	七	十	里	扎	营

逃到几十里以外。

3485

条	仇	娄	可	报	不	断
teːu²	ɕau²	lau²	ko³	paːu⁵	bau⁵	tuan⁶
diuz	caeuz	raeuz	goj	bauq	mbouj	duenh
条	仇	我们	也	报	不	断

我们冤仇未曾报，

3486

眉	昙	天	下	乱	沉	沉
mi²	ŋon²	teːn⁶	ja⁵	luan⁶	ɕum²	ɕum²
miz	ngoenz	dien	yah	luenh-	cum-	cum
有	日	天	下	乱	哄	哄

天下依然乱纷纷。

3487

東	宫	叮	耶	讲	了	闹
tuŋ⁵	kuŋ⁵	tiŋ⁵	jia¹	kaːŋ³	leːu⁴	naːu⁵
dungh	gungh	dingq	nyi	gangj	liux	nauq
东	宫	听	见	讲	完	没

东宫听她讲完了，

3488

又	对	西	宫	讲	几	唪
jau⁶	toːi⁵	ɬi⁵	kuŋ⁵	kaːŋ³	ki³	ɕon²
youh	doiq	sih	gungh	gangj	geij	coenz
又	对	西	宫	讲	几	句

再和西宫说几句。

3489

条	事	娄	郭	不	礼	断
teːu²	ɬian⁵	lau²	kuak⁸	bau⁵	dai⁴	tuan⁶
diuz	saeh	raeuz	guh	mbouj	ndaej	duenh
条	事	我们	做	不	得	断

这事我们未了结，

3490

劳	娄	明	日	不	当	利
laːu¹	lau²	ŋon²	ɕoːk⁸	bau⁵	taːŋ¹	di¹
lau	raeuz	ngoenz-	cog	mbouj	dang	ndei
怕	我们	日	后	不	当	好

恐怕哪天有后患。

3491

尧	名	西	宫	屋	主	意
jiau⁵	muŋ²	ɬi⁵	kuŋ⁵	oːk⁷	ɕu³	i⁵
yiuq	mwngz	sih	gungh	ok	cawj	eiq
看	你	西	宫	出	主	意

就看西宫出主意，

3492

八	定	眉	昙	乱	沉	沉
pa⁶	tiŋ⁶	mi²	ŋon²	luan⁶	ɕum²	ɕum²
bah	dingh	miz	ngoenz	luenh-	cum-	cum
必	定	有	日	乱	哄	哄

今后必定又出乱。

3493

西	宫	又	对	東	宫	讲
ɬi⁵	kuŋ⁵	jau⁶	toːi⁵	tuŋ⁵	kuŋ⁵	kaːŋ³
sih	gungh	youh	doiq	dungh	gungh	gangj
西	宫	又	对	东	宫	讲

西宫又和东宫说，

3494

娘	娘	哽	希	乌	内	躺
niaŋ²	niaŋ²	kun¹	hi⁵	u⁵	dai¹	daːŋ¹
niengz	niengz	gwn	heiq	youq	ndaw	ndang
娘	娘	吃	忧	在	内	身

娘娘内心有忧虑。

3495

打	定	他	吽	胜	利	害
ta³	tiŋ⁶	te¹	nau²	çin¹	li¹	haːi¹
daj	dingh	de	naeuz	caen	leix	haih
打	定	她	说	真	厉	害

就算她有多厉害，

3496

娄	由	眉	恩	对	礼	他
lau²	jau⁶	mi²	an¹	toːi⁵	dai⁴	te¹
raeuz	youh	miz	aen	doiq	ndaej	de
我们	又	有	个	对	得	她

我们也能对付她。

3497

娘	娘	定	屋	不	许	希
niaŋ²	niaŋ²	tiŋ⁶	u⁵	bau⁵	haːi³	hi⁵
niengz	niengz	dingh	youq	mbouj	hawj	heiq
娘	娘	定	住	不	给	忧

娘娘镇定别担心，

3498

许	灰	屋	力	匂	他	文
hai³	hoːi⁵	oːk⁷	leːŋ²	di⁴	te¹	fuːt⁸
hawj	hoiq	ok	rengz	ndij	de	fwd
给	奴	出	力	和	她	打

让我尽力和她斗。

3499

正	宫	恨	吽	心	欢	喜
tçin¹	kuŋ⁵	han¹	nau²	ɬam¹	wuan⁶	hi³
cwng	gungh	raen	naeuz	sim	vuen	heij
正	宫	见	讲	心	欢	喜

正宫听了好高兴，

3500

西	宫	甫	伝	胜	能	強
ɬi⁵	kuŋ⁵	pu⁴	hun²	çin¹	daŋ⁵	kiaŋ¹
sih	gungh	boux	vunz	caen	ndaengq-	gieng
西	宫	个	人	真		厉害

西宫这人真厉害。

3501

欧	礼	恩	你	保	天	下
au¹	dai⁴	an¹	ni⁴	paːu³	teːn⁶	ja⁵
aeu	ndaej	aen	neix	bauj	dien	yah
要	得	个	这	保	天	下

得这宝贝保江山，

3502

不	劳	江	山	特	斌	谋
bau⁵	laːu¹	kiaŋ⁵	çaːn⁵	tuk⁸	fia⁴	mau²
mbouj	lau	gyangh	sanh	dwg	fwx	maeuz
不	怕	江	山	是	别	人 谋

不怕江山被人夺。

3503

讲	盯	茄	你	又	乙	奈
ka:ŋ³	taŋ²	kia²	ni⁴	jau⁶	ʔjiat⁷	na:i⁵
gangj	daengz	giz	neix	youh	yiet	naiq
讲	到	地方	这	又	歇	累

讲到这里先休息,

3504

再	讲	李	旦	很	郭	皇
tɕa:i¹	ka:ŋ³	li⁴	ta:n¹	hun³	kuak⁸	wuaŋ²
caiq	gangj	lij	dan	hwnj	guh	vuengz
再	讲	李	旦	上	做	皇

再讲李旦当皇帝。

四十三　行大德李旦寻亲

姑娘则天正道咳”，众背七拾恩甲营。

众他姜旦恨不断，眉县天下乱泥玩，

东宫叮那讲了南，又对西宫讲几咛，

众连姜郭不礼断，劳姜明日不当刻。

尧若西宫屋圭意，八是眉县乱玩已。

西宫又对东宫讲，娘已硬弟为肉船。

打定他叫胜利晝，姜由眉恩对礼他。

娘已定屋不许希，许庆屋力书他文。

正宫恨咩心欢喜，西宫甫伝胜能谁，

欧礼恩你保天下，不劳泖山待赋课。

鬼、讲肘荘你又乙余，再讲李很郭皇。（旦）

李旦刃肘很觥靆，文武官员叮改咩。

3505

李	旦	刀	肝	很	能	殿
li⁴	taːn¹	taːu⁵	taŋ²	hun³	naŋ⁶	teːn⁶
lij	dan	dauq	daengz	hwnj	naengh	dienh
李	旦	回	到	上	坐	殿

李旦回宫来登基，

3506

文	武	官	员	叮	故	吽
wuun²	u⁴	kuan⁵	jeːn²	tiŋ⁵	ku¹	nau²
vwnz	vuj	gvanh	yenz	dingq	gou	naeuz
文	武	官	员	听	我	讲

文武百官听朕说。

李旦刀胛很能殺，文武官員听改哗

哗許甫上亦同特，恒晏称计亦同攻

昨楞卿時就同特，同卡胛晏乱观上

派他火轮排斗炸，馬周女锅镜背压

压胛火轮火方尾，汉阳卡他不容呈

火伝贪共如令额，血流隆海如暴灰

武氏兵馬正造坵，逃背七十里甲营

双攻退兵正造等，双派退兵刀斗城

武氏造字汉阳地，皇帝造分郭双传

李旦培你正娬粗，三吹三打甬况上

培你李旦造息在，背丑妖太斗京城

文津文虎隆斗冊，同磺背附禾卅城

3507

吽	許	甫	甫	亦	同	特
nau²	hai³	pu⁴	pu⁴	a³	toŋ⁶	tuk⁷
naeuz	hawj	boux	boux	aj	doengh	dwk
讲	给	人	人	要	相	打

告诉大家要打仗，

3508

恒	昙	祘	计	亦	同	坆
hun²	ŋon²	ɬuan⁵	ki⁶	a³	toŋ⁶	fut⁸
hwnz	ngoenz	suenq	geiq	aj	doengh	fwd
夜	日	算	计	要	相	打

日夜策划要打仗。

3509

吃	拐	卯	時	就	同	特
hat⁷	laŋ¹	ma:u⁴	ɕɯ²	tɕo⁶	toŋ⁶	tuk⁷
haet	laeng	maux	cawz	coh	doengh	dwk
早	后	卯	时	就	相	打

次日卯时就开战，

3510

同	卡	肕	昙	乱	沉	沉
toŋ⁶	ka³	taŋ²	ŋon²	luan⁶	ɕum²	ɕum²
doengh	gaj	daengx	ngoenz	luenh-	cum-	cum
相	杀	整	日	乱	哄	哄

日夜厮杀乱糟糟。

3511

派	他	火	轮	排	斗	炸
pa:i⁶	te¹	ho⁴	lun²	pa:i³	tau³	tɕa⁶
baih	de	hoj	lwnz	baij	daeuj	caq
边	那	火	轮	摆	来	炸

对方火轮打头阵，

3512

馬	周	女	鍋	鏡	背	压
ma⁴	tɕau⁵	ni⁴	wa⁵	kiaŋ⁵	pai¹	a:t⁸
maj	couh	nij	vah	giengq	bae	ad
马	周	女	娲	镜	去	压

马周压上女娲镜。

3513

压	肕	火	轮	火	冇	屋
a:t⁸	taŋ²	ho⁴	lun²	fi²	diai¹	o:k⁷
ad	daengz	hoj	lwnz	feiz	ndwi	ok
压	到	火	轮	火	不	出

压得火轮不冒火，

3514

汉	阳	卡	他	不	容	呈
ha:n¹	ja:ŋ²	ka³	te¹	bau⁵	juŋ²	ɕiŋ²
han	yangz	gaj	de	mbouj	yungz	cingz
汉	阳	杀	她	不	容	情

汉阳兵冲杀不停。

3515

头	伝	贫	共	如	令	赖
tɕau³	hun²	pan²	ko:ŋ¹	lum³	lin¹	la:i⁵
gyaeuj	vunz	baenz	gong	lumj	rin-	laiq
头	人	成	堆	如	卵	石

首级多如卵石堆，

3516

血	流	隆	海	如	㛮	龙
liat⁸	lai¹	loŋ²	ha:i³	lum³	lam⁴	lo:ŋ²
lwed	lae	roengz	haij	lumj	raemx	rongz
血	流	下	海	如	水	洪

血流成河像洪水。

3517

武	氏	兵	馬	正	造	派
u⁴	çi¹	piŋ¹	ma⁴	çiŋ⁵	tço⁶	pa:i⁶
vuj	si	bing	max	cingq	coh	baih
武	氏	兵	马	正	才	败

武氏兵马遭大败，

3518

逃	背	七	十	里	甲	营
te:u²	pai¹	çɛt⁷	çip⁸	li⁴	tça:p⁸	jiŋ²
deuz	bae	caet	cib	leix	cab	yingz
逃	去	七	十	里	扎	营

逃到七十里之外。

3519

双	汲	退	兵	正	造	等
ło:ŋ¹	pa:i⁶	to:i⁵	piŋ¹	çiŋ⁵	tço⁶	taŋ⁴
song	baih	doiq	bing	cingq	coh	daengx
两	边	退	兵	正	才	停

双方退兵才停战，

3520

双	汲	退	兵	刀	斗	城
ło:ŋ¹	pa:i⁶	to:i⁵	piŋ¹	ta:u⁵	tau³	çiŋ²
song	baih	doiq	bing	dauq	daeuj	singz
两	边	退	兵	回	来	城

双方兵马退回城。

3521

武	氏	造	字	汉	阳	地
u⁴	çi¹	tço⁶	łu¹	ha:n¹	ja:ŋ²	tiak⁸
vuj	si	coh	saw	han	yangz	dieg
武	氏	才	输	汉	阳	地方

武氏兵败汉阳城，

3522

皇	帝	造	分	郭	双	傍
wuaŋ²	tai⁵	tço⁶	fan¹	kuak⁸	ło:ŋ¹	piaŋ²
vuengz	daeq	coh	faen	guh	song	biengz
皇	帝	才	分	做	二	天下

造成两皇分天下。

3523

李	旦	培	你	正	欢	喜
li⁴	ta:n¹	pai²	ni⁴	çin¹	wuan⁶	hi³
lij	dan	baez	neix	caen	vuen	heij
李	旦	次	这	真	欢	喜

李旦这次真高兴，

3524

三	吹	三	打①	闹	沉	沉
ła:m¹	po⁵	ła:m¹	lo⁵	na:u⁶	çum²	çum²
sam	boq	sam	roq	nauh-	cum-	cum
三	吹	三	敲	闹	哄	哄

三吹三打好热闹。

3525

培	你	李	旦	造	息	在
pai²	ni⁴	li⁴	ta:n¹	tço⁶	łu¹	tça:i¹
baez	neix	lij	dan	coh	cwx	caih
次	这	李	旦	才	自	在

这回李旦才轻松，

3526

背	丑	奵	太	斗	京	城
pai¹	çu⁴	ja⁶	ta:i⁵	tau³	kiŋ¹	çiŋ²
bae	coux	yah-	daiq	daeuj	ging	singz
去	接	岳母		来	京	城

去接岳母进京城。

3527

文	德	文	虎	隆	斗	旬
wɯn²	tə²	wɯn²	hu⁴	loŋ²	tau³	di⁴
vwnz	dwz	vwnz	huj	roengz	daeuj	ndij
文	德	文	虎	下	来	跟

文德文虎也跟来，

3528

同	隊	背	肚	东	州	城
toŋ⁶	toːi⁶	pai¹	taŋ²	tuŋ⁵	tɕau⁵	ɕiŋ²
doengh-	doih	bae	daengz	dungh	couh	singz
共	同		去	到	东	州	城

一起去到东州城。

①三吹三打 [ɬaːm¹ po⁵ ɬaːm¹ lo⁵]：一种由鼓、锣、唢呐、胡琴、横笛等多种乐器合奏的艺术表演形式。

不及马迪得心慌，刀恨福兴求容豆。

挺肘三肩特背长，特背施囤肘江恒。

不及妳那他鲁程，送辉送来背许他。

妳邪刀讲舟马家，马迪特福兴背江。

陈伇昨搊就斗匆，讲初马迪双三蛴。

睹连特民提福兴，伇改银钱鲁命牙。

马迪祝钱心欢喜，就放福兴三肩伇。

伇兴尼斗就不鲞，马上隆斗搊踩伇。

伇兴嗲际伇双咱，尾你妳太马茄雷。

莫支恨嗲还哟呸，马迪想凤支都炮。

他先逃背陵卅地，搊劲背幼搂文法。

被观氏不先刀斗，凤支光先背逄就弶。

伇兴恨忤还遙呢，他始刀连劲良缘。

3529

不	及	馬	迪	行	心	葛
bau⁵	ko³	ma⁴	ti²	he:ŋ²	łam¹	ʔja:k⁷
mbouj	goj	maj	diz	hengz	sim	yak
不	料	马	迪	行	心	恶

不料马迪起歹心，

3530

刀	恨	福	兴	不	容	呈
ta:u⁵	han¹	fu²	hin⁵	bau⁵	juŋ²	çiŋ²
dauq	raen	fuz	hingh	mbouj	yungz	cingz
回	见	福	兴	不	容	情

见福兴也不放过。

3531

捉	肞	三	甫	提	背	卡
çuk⁸	taŋ²	ła:m¹	pu⁴	tu²	pai¹	ka³
cug	daengz	sam	boux	dawz	bae	gaj
绑	到	三	人	拿	去	杀

抓住三人就要杀，

3532

特	背	花	园	肞	江	恒
tɯ²	pai¹	łian¹	wa¹	taŋ²	tça:ŋ¹	hun²
dawz	bae	suen-	va	daengz	gyang	hwnz
拿	去	花	园	到	半	夜

连夜抓到花园去。

3533

不	及	奵	那	他	鲁	直
bau⁵	ko³	ja⁶	na⁴	te¹	lo⁴	de⁵
mbouj	goj	yah-	nax	de	rox	ndeq
不	料	姨	母	她	知	晓

不料让姨母听到，

3534

送	糇	送	菜	背	许	他
łoŋ⁵	hau⁴	łoŋ⁵	tçak⁷	pai¹	hai³	te¹
soengq	haeux	soengq	byaek	bae	hawj	de
送	饭	送	菜	去	给	他

就给他们送饭菜。

3535

奵	那	刀	吽	㑲	馬	家
ja⁶	na⁴	ta:u⁵	nau²	di⁴	ma⁴	kia⁵
yah-	nax	dauq	naeuz	ndij	maj	gya
姨	母	回	讲	和	马	家

姨母告诉马家人，

3536

馬	迪	特	福	兴	背	江
ma⁴	ti²	tu²	fu²	hin⁵	pai¹	tça²
maj	diz	dawz	fuz	hingh	bae	gyaeng
马	迪	抓	福	兴	去	关

马迪又将福兴关。

3537

陈	仪	吃	拐	就	斗	初
tçin²	łin¹	hat⁷	laŋ¹	tço⁶	tau³	ço⁶
cinz	sin	haet	laeng	coh	daeuj	coh
陈	信	早	后	就	来	向

次日陈信过来看，

3538

讲	初	马	迪	双	三	唒
ka:ŋ³	ço⁶	ma⁴	ti²	łoːŋ¹	ła:m¹	çon²
gangj	coh	maj	diz	song	sam	coenz
讲	向	马	迪	二	三	句

他连连追问马迪。

3539

晗	连	特	民	提	福	兴
ham⁶	lian²	tuuk⁸	muɯŋ²	tuɯ²	fu²	hin⁵
haemh	lwenz	dwg	mwngz	dawz	fuz	hingh
晚	昨	是	你	捉	福	兴

昨晚是你关福兴，

3540

故	欧	银	钱	鲁	命	牙
ku¹	au¹	ŋan²	ɕeːn²	lu⁶	miŋ⁶	jia⁵
gou	aeu	ngaenz	cienz	rouh	mingh	ywq
我	要	银	钱	赎	命	罢

我要出钱来赎人。

3541

馬	迪	礼	钱	心	欢	喜
ma⁴	ti²	dai⁴	ɕeːn²	ɬam¹	wuan⁶	hi³
maj	diz	ndaej	cienz	sim	vuen	heij
马	迪	得	钱	心	欢	喜

马迪见钱笑眼开，

3542

就	放	福	兴	三	甫	伝
tɕo⁶	ɕuaŋ⁵	fu²	hin⁵	ɬaːm¹	pu⁴	hun²
couh	cuengq	fuz	hingh	sam	boux	vunz
就	放	福	兴	三	个	人

放了福兴等三人。

3543

仪	兴	屋	斗	就	不	登
ɬin¹	hin⁵	oːk⁷	tau³	tɕo⁶	bau⁵	taŋ⁴
sin	hingh	ok	daeuj	couh	mbouj	daengx
信	兴	出	来	就	不	停

信兴出来不停留，

3544

馬	上	隆	斗	楞	陈	仪
tɕik⁷	hak⁷	loŋ²	tau³	laŋ¹	tɕin²	ɬin¹
sik	haek	roengz	daeuj	laeng	cinz	sin
即	刻	下	来	家	陈	信

马上来到陈信家。

3545

仪	兴	嗲	陈	仪	双	咟
ɬin¹	hin⁵	ɕaːm¹	tɕin²	ɬin¹	ɬoːŋ¹	paːk⁷
sin	hingh	cam	cinz	sin	song	bak
信	兴	问	陈	信	两	口

信兴问陈信几句，

3546

居	你	妷	太	乌	茄	雷
ku⁵	ni⁴	ja⁶	taːi⁵	u⁵	kia²	lai²
gwq	neix	yah-	daiq	youq	giz	lawz
时	这	岳母		在	地方	哪

现在岳母在哪里？

3547

英	交	恨	嗲	还	唪	吒
jiŋ⁵	kiau⁵	han¹	ɕaːm¹	waːn²	ɕon²	haːu⁵
yingh	gyauh	raen	cam	vanz	coenz	hauq
英	娇	见	问	回	句	话

英娇听着回答道，

3548

馬	迪	想	凤	交	郭	妑
ma⁴	ti²	ɬiaŋ³	fuŋ¹	kiau⁵	kuak⁸	pa²
maj	diz	siengj	fung	gyauh	guh	baz
马	迪	想	凤	娇	做	妻

马迪他想占凤娇。

3549

他	先	逃	背	陵	州	地
te^1	ɬeːn^5	teːu^2	pai^1	liŋ^2	tɕau^5	tiak^8
de	senq	deuz	bae	lingz	couh	dieg
她	早已	逃	去	陵	州	地方

她已逃到陵州去,

3550

媽	劦	背	幼	楞	文	德
me^6	luuk^8	pai^1	u^5	laŋ^1	wuun^2	tə^2
meh	lwg	bae	youq	laeng	vwnz	dwz
母	儿	去	住	家	文	德

母女住在文德家。

3551

被	观	民	不	先	刀	斗
pi^1	koːn^5	muuŋ^2	bau^5	ɬeːn^5	taːu^5	tau^3
bi	gonq	mwngz	mbouj	senq	dauq	daeuj
年	前	你	不	早已	回	来

前年你没有回来,

3552

凤	交	先	背	強	駄	殆
fuŋ^1	kiau^5	ɬeːn^5	pai^1	kiaŋ^6	ta^6	taːi^1
fung	gyauh	senq	bae	giengh	dah	dai
凤	娇	早已	去	跳	河	死

凤娇已投河自杀。

被观兵不先刀斗，风文光背经驳始

被兴恨咋还嗒呢，他赔可□良攥。

伐兴背肝陵州地，乳背初樨催文沉。

虾太恨盯淋大尊，田与劲故殆车氏。

伐兴恨咋还嗒呢，他赔庆养太良攥，

文沉分付郭糜菜，同队待桌睡糜采。

不及汉阳他鲁疸，蚰飞萆兵斗良攥，

赤造斗肝陵州地，祥希钟锣趔况比。

李旦许伍查斗竞，文彦刀咋陈娘比。

文沉陈伐不鲁疸，刀参文虎双三麻。

伐兴他当开苏路，因与眉兵斗良攥。

文虎当祥还嗒呢，他待太子劲玉娘。

居您奴阳特他霞，皇帝居您特他当。

3553

仪	**兴**	**恨**	**吽**	**还**	**⿰口存**	**吒**
ɬin^{1}	hin^{5}	han^{1}	nau^{2}	waːn^{2}	ɕon^{2}	haːu^{5}
sin	hingh	raen	naeuz	vanz	coenz	hauq
信	兴	见	讲	回	句	话

信兴听了回答说，

3554

他	**殆**	**故**	**可**	**殆**	**良**	**楞**
te^{1}	taːi^{1}	ku^{1}	ko^{3}	taːi^{1}	liaŋ^{2}	laŋ^{1}
de	dai	gou	goj	dai	riengz	laeng
她	死	我	也	死	跟	后

她死我也跟着死。

3555

仪	**兴**	**背**	**⿰月丁**	**陵**	**州**	**地**
ɬin^{1}	hin^{5}	pai^{1}	taŋ^{2}	liŋ^{2}	tɕau^{5}	tiak^{8}
sin	hingh	bae	daengz	lingz	couh	dieg
信	兴	去	到	陵	州	地方

信兴去到陵州城，

3556

吼	**背**	**初**	**楞**	**崔**	**文**	**德**
hau^{3}	pai^{1}	ɕo^{6}	laŋ^{1}	tɕuai^{5}	wɯn^{2}	tə^{2}
haeuj	bae	coh	laeng	cuih	vwnz	dwz
进	去	向	家	崔	文	德

马上去到文德家。

3557

⿰女下	**太**	**恨**	**⿰月丁**	**淋**	**大**	**笃**
ja^{6}	taːi^{5}	han^{1}	taŋ^{2}	lam^{4}	ta^{1}	tok^{7}
yah-	daiq	raen	daengz	raemx	da	doek
岳母		见	到	水	眼	掉

岳母见面眼泪流，

3558

因	**為**	**孙**	**故**	**殆**	**与**	**民**
jin^{5}	wi^{6}	lɯk^{8}	ku^{1}	taːi^{1}	di^{4}	mɯŋ^{2}
yinh	vih	lwg	gou	dai	ndij	mwngz
因	为	儿	我	死	为	你

我女因为你而死。

3559

仪	**兴**	**恨**	**吽**	**还**	**⿰口存**	**吒**
ɬin^{1}	hin^{5}	han^{1}	nau^{2}	waːn^{2}	ɕon^{2}	haːu^{5}
sin	hingh	raen	naeuz	vanz	coenz	hauq
信	兴	见	讲	回	句	话

信兴听了回答道，

3560

他	**殆**	**灰**	**养**	**太**	**良**	**楞**
te^{1}	taːi^{1}	hoːi^{5}	ɕiaŋ^{4}	taːi^{5}	liaŋ^{2}	laŋ^{1}
de	dai	hoiq	ciengx	daiq	riengz	laeng
她	死	奴	养	岳母	跟	后

她若死去我养你。

3561

文	**德**	**分**	**付**	**郭**	**粰**	**菜**
wɯn^{2}	tə^{2}	fɯn^{5}	fu^{6}	kuak^{8}	hau^{4}	tɕak^{7}
vwnz	dwz	faenq	fuh	guh	haeux	byaek
文	德	吩	咐	做	饭	菜

文德吩咐备酒菜，

3562

同	**隊**	**特**	**桌**	**哽**	**粰**	**呆**
toŋ^{6}	toːi^{6}	tɯk^{7}	ɕoːŋ^{2}	kɯn^{1}	hau^{4}	ŋaːi^{2}
doengz-	doih	dwk	congz	gwn	haeux	ngaiz
共同		摆	桌	吃	饭	早饭

一起坐下吃早饭。

3563

不	及	汉阳	他	鲁	莅

bau⁵　ko³　haːn¹　jaːŋ²　te¹　lo⁴　de⁵

mbouj　goj　han　yangz　de　rox　ndeq

不　料　汉阳　他　知　晓

不料被宫中知道，

3564

坤	飞	带	兵	斗	良	楞

kun⁵　fai⁵　taːi⁵　piŋ¹　tau³　liaŋ²　laŋ¹

gunh　feih　daiq　bing　daeuj　riengz　laeng

坤　妃　带　兵　来　跟　后

坤妃随后带兵到。

3565

亦	造	斗	肝	陵	州	地

a³　tɕo⁶　tau³　taŋ²　liŋ²　tɕau⁵　tiak⁸

aj　couh　daeuj　daengz　lingz　couh　dieg

将　就　来　到　陵　州　地方

快要到达陵州城，

3566

样	希	钟	锣	烈	沉	沉

jiaŋ²　hi⁵　tɕoːŋ¹　la²　teːk⁷　ɕum²　ɕum²

yiengz-　heiq　gyong　laz　dek-　cum-　cum

唢呐　　鼓　锣　闹　哄哄

敲锣打鼓响咚咚。

3567

李	旦	许	伝	屋	斗	尧

li⁴　taːn¹　hai³　hun²　oːk⁷　tau³　jiau⁵

lij　dan　hawj　vunz　ok　daeuj　yiuq

李　旦　给　人　出　来　看

李旦派人出来看，

3568

文	龙①	刀	叫	陈	娘	娘

wun²　luŋ²　taːu⁵　heːu⁶　tɕin²　niaŋ²　niaŋ²

vwnz　lungz　dauq　heuh　cinz　niengz　niengz

文　龙　回　叫　陈　娘　娘

文龙叫声陈娘娘。

3569

文	德	陈	仗	不	鲁	莅

wun²　tə²　tɕin²　ɬin¹　bau⁵　lo⁴　de⁵

vwnz　dwz　cinz　sin　mbouj　rox　ndeq

文　德　陈　信　不　知　晓

文德陈信不知晓，

3570

刀	嘇	文	虎②	双	三	唸

taːu⁵　ɕaːm¹　wun²　hu⁴　ɬoːŋ¹　ɬaːm¹　ɕon²

dauq　cam　vwnz　huj　song　sam　coenz

回　问　文　虎　二　三　句

又问文虎几句话。

3571

仗	兴	他	当	开	麻	路

ɬin¹　hin⁵　te¹　taːŋ¹　kaːi⁵　ma²　lo⁶

sin　hingh　de　dang　gaiq　maz　loh

信　兴　他　当　块　什么　路

信兴他什么来路，

3572

因	为	眉	兵	斗	良	楞

jin⁵　wi⁶　mi²　piŋ¹　tau³　liaŋ²　laŋ¹

yinh　vih　miz　bing　daeuj　riengz　laeng

因　为　有　兵　来　跟　后

怎么有兵跟着来？

3573

文	虎	当	祥	还	啈	咑
wɯn²	hu⁴	taːŋ¹	ɕiaŋ²	waːn²	ɕon²	haːu⁵
vwnz	huj	dang	ciengz	vanz	coenz	hauq
文	虎	当	场	回	句	话

文虎立即回答说，

3574

他	特	太	子	孙	王	娘
te¹	tɯk⁸	taːi¹	ɬɯ⁴	luk⁸	waːŋ²	niaŋ²
de	dwg	dai	swj	lwg	vangz	niengz
他	是	太	子	儿	皇	娘

他是当今皇太子。

3575

居	你	汉	阳	特	他	荅
kɯ⁵	ni⁴	haːn¹	jaːŋ²	tɯk⁸	te¹	kuan³
gwq	neix	han	yangz	dwg	de	guenj
时	这	汉	阳	是	他	管

现在汉阳他主政，

3576

皇	帝	居	你	特	他	当
wuaŋ²	tai⁵	kɯ⁵	ni⁴	tɯk⁸	te¹	taːŋ¹
vuengz	daeq	gwq	neix	dwg	de	dang
皇	帝	时	这	是	他	当

现在皇帝是他当。

①文龙 [wɯn² lɯŋ²]：人名，崔文德兄弟，虚构人物。
②文虎 [wɯn² hu⁴]：人名，崔文德兄弟，虚构人物。

李旦双逢稍提很。并炎不呼数礼妹。

文冼恨呼就篡失，失啼失跳刮赤始。

文冼乳背呼苗媳，开签搭你不贪他。

做戈他不特不温，他特太子孙王投。

文冼当详就不捉，晚暗跪农初李旦。

顺甾劲敏不眉升，李旦乳背呼太他。

叫背江京同侵幼，委可侵队背京城。

奴太恨呼连几咱，故愿幼巾催文冼。

劲故先始隆背忍，故许文冼养吞姓。

帅飞恨呼还将吧，扩太讲你你不电。

娘七不跆刀各烁，馨眼鹨嗦你乳背。

奴太恨呼又不敛，李旦鹨嗦你乳背。

3577

恨	吽	陈	仪	就	跪	拜
han¹	nau²	tɕin²	ɬin¹	tɕo⁶	kwi⁶	pa:i⁵
raen	naeuz	cinz	sin	couh	gvih	baiq
见	讲	陈	信	就	跪	拜

陈信听见即下跪，

3578

拜	跪	李	旦	吽	礼	标
pa:i⁵	kwi⁶	li⁴	ta:n¹	nau²	dai⁴	pe:u¹
baiq	gvih	lij	dan	naeuz	ndaej	beu
拜	跪	李	旦	讲	得	得罪

跪拜李旦求恕罪。

3579

李	旦	双	逢	抬	提	很
li⁴	ta:n¹	ɬo:ŋ¹	fuŋ²	ta:i²	tu²	hun³
lij	dan	song	fwngz	daiz	dawz	hwnj
李	旦	双	手	抬	拿	上

李旦双手扶起来，

3580

开	灰	不	吽	数	礼	标
ka:i⁵	ho:i⁵	bau⁵	nau²	ɬu¹	dai⁴	pe:u¹
gaiq	hoiq	mbouj	naeuz	sou	ndaej	beu
个	奴	不	讲	你们	得	得罪

我没说你们有罪。

3581

文	德	恨	吽	就	篤	失
wun²	tə²	han¹	nau²	tɕo⁶	tok⁷	ɬɛt⁷
vwnz	dwz	raen	naeuz	couh	doek	saet
文	德	见	讲	才	掉	跳

文德听完吓一跳，

3582

失	嗂	失	跳	利	亦	殆
ɬɛt⁷	ti¹	ɬɛt⁷	tiau⁵	li⁴	a³	ta:i¹
saet-	di-	saet-	diuq	lij	aj	dai
跳来跳去				还	要	死

心跳砰砰快吓死。

3583

文	德	吼	背	吽	旬	妈
wun²	tə²	hau³	pai¹	nau²	di⁴	me⁶
vwnz	dwz	haeuj	bae	naeuz	ndij	meh
文	德	进	去	讲	和	母

文德进去对母说，

3584

开	娄	培	你	不	贫	伝
ka:i⁵	lau²	pai²	ni⁴	bau⁵	pan²	hun²
gaiq	raeuz	baez	neix	mbouj	baenz	vunz
个	我们	次	这	不	成	人

这次我们麻烦大。

3585

仪	兴	他	不	特	不	温
ɬin¹	hin⁵	te¹	bau⁵	tuk⁸	pu⁴	un⁵
sin	hingh	de	mbouj	dwg	boux	wnq
信	兴	他	不	是	人	别

信兴他不是别人，

3586

他	特	太	子	孙	王	娘
te¹	tuk⁸	ta:i¹	ɬu⁴	luk⁸	wa:ŋ²	niaŋ²
de	dwg	dai	swj	lwg	vangz	niengz
他	是	太	子	儿	皇	娘

他是当朝皇太子。

3587

文	德	当	祥	就	不	捉
wun²	tə²	ta:ŋ¹	ɕiaŋ²	tɕo⁶	bau⁵	ɕuk⁸
vwnz	dwz	dang	ciengz	couh	mbouj	cug
文	德	当	场	就	不	绑

李旦抓没有文德，

3588

跪	瞰	跪	害	初	李	旦
kwi⁶	hom³	kwi⁶	ha:i¹	ɕo⁶	li⁴	ta:n¹
gvih	hoemj	gvih	hai	coh	lij	dan
跪	俯	跪	仰	向	李	旦

文德跪拜谢李旦。

3589

顺	骀	劢	大	不	眉	惠
ɕin¹	da:ŋ¹	luuk⁸	ta¹	bau⁵	mi²	wi⁶
caen	ndang	lwg-	da	mbouj	miz	ngveih
真	身	眼睛	不	有	眼珠

我真是有眼无珠，

3590

李	旦	吼	背	叫	太	他
li⁴	ta:n¹	hau³	pai¹	he:u⁶	ta:i⁵	te¹
lij	dan	haeuj	bae	heuh	daiq	de
李	旦	进	去	叫	岳母	他

李旦进屋叫岳母。

3591

叫	背	江	京	同	侵	幼
he:u⁶	pai¹	tɕa:ŋ¹	kiŋ¹	toŋ⁶	ɕam⁶	u⁵
heuh	bae	gyang	ging	doengh	caemh	youq
叫	去	中	京	同	共	住

叫去京城一起住，

3592

娄	可	侵	队	背	京	城
lau²	ko³	ɕam⁶	to:i⁶	pai¹	kiŋ¹	ɕiŋ²
raeuz	goj	caemh-	doih	bae	ging	singz
我们	也	共同		去	京	城

我们一起去京城。

3593

奸	太	恨	哗	净	几	唒
ja⁶	ta:i⁵	han¹	nau⁶	ɕe:ŋ¹	ki³	pa:k⁷
yah-	daiq	raen	naeuz	ceng	geij	bak
岳母		见	讲	争	几	口

岳母听了争几句，

3594

故	愿	幼	旬	崔	文	德
ku¹	jian⁶	u⁵	di⁴	tɕuai⁵	wun²	tə²
gou	nyienh	youq	ndij	cuih	vwnz	dwz
我	愿	住	和	崔	文	德

我愿住在文德家。

3595

旬	故	先	殆	隆	背	忈
luuk⁸	ku¹	ɬe:n⁵	ta:i¹	loŋ²	pai¹	la³
lwg	gou	senq	dai	roengz	bae	laj
儿	我	早已	死	下	去	下

女儿已死下阴间，

3596

故	许	文	德	养	吞	殆
ku¹	hai³	wun²	tə²	ɕian⁴	tam³	ta:i¹
gou	hawj	vwnz	dwz	ciengx	daemj	dai
我	给	文	德	养	到	死

我让文德给养老。

3597

坤	飞	恨	吽	还	哢	咔
kun⁵	fai⁵	han¹	nau²	waːn²	çon²	haːu⁵
gunh	feih	raen	naeuz	vanz	coenz	hauq
坤	妃	见	讲	回	句	话

坤妃听着回答道，

3598

奻	太	讲	哢	你	不	电
ja⁶	taːi⁵	kaːŋ³	çon²	ni⁴	bau⁵	teːŋ¹
yah-	daiq	gangj	coenz	neix	mbouj	deng
岳母		讲	句	这	不	对

岳母这样说不对。

3599

娘	娘	不	殆	刀	各	利
niaŋ²	niaŋ²	bau⁵	taːi¹	taːu⁵	kaːk⁸	di¹
niengz	niengz	mbouj	dai	dauq	gag	ndei
娘	娘	不	死	反而	自	好

娘娘没死正幸福，

3600

居	你	乌	京	烈	沉	沉
kɯ⁵	ni⁴	u⁵	kiŋ¹	teːk⁷	çum²	çum²
gwq	neix	youq	ging	dek-	cum-	cum
时	这	在	京	闹	哄	哄

现住京城好热闹。

76

坏太狠隙又不放",
娘乜答始刀答刘",

李旦学哔介莱情
唱派乌京幽虎图

神飞丑坏太背观,
李旦良搂俊马迪。

李旦开兵枪背同遍,
南老甫於提很齐。

培你李旦不劳弟,
刀犬马迪迅姻忱。

背短肚田斗侵乌,
特他同牧造贵话。

坏太文氏可侵斗,
再叫福兴斗肝齐。

杜田斗初可息在,
却迈李旦哽对续。

关地同以弟同初,
羗可吴你礼团团。

文氏斗幻可息庄,
同队与架保翱庄。

凤交迟难肝你夸,
福兴夸心肝你罢。

眉恩眉缘千里念,
无恩无缘面姓逢。

讲肝茄條又乙柔,
再讲旦家眉功芳。

3601

奻 太 恨 吽 又 不 仪
ja^6 $ta:i^5$ han^1 nau^2 jau^6 bau^5 $łin^5$
yah- daiq raen naeuz youh mbouj saenq
岳母　　见　讲　又　不　信
岳母听着不相信，

3602

李 旦 学 吽 介 事 悎
li^4 $ta:n^1$ $tɕo^6$ nau^2 $ka:i^5$ $łian^5$ $ɕiŋ^2$
lij dan coh naeuz gaiq saeh cingz
李　旦　才　讲　块　事　情
李旦才道出原委。

3603

坤 飞 乸 奻 太 背 观
kun^5 fai^5 $ɕu^4$ ja^6 $ta:i^5$ pai^1 $ko:n^5$
gunh feih coux yah- daiq bae gonq
坤　妃　接　岳母　　去　先
坤妃先去接岳母，

3604

李 旦 良 楞 捉 马 迪
li^4 $ta:n^1$ $liaŋ^2$ $laŋ^1$ $ɕuk^8$ ma^4 ti^2
lij dan riengz laeng cug maj diz
李　旦　跟　后　绑　马　迪
李旦在后捉马迪。

3605

李 旦 开 兵 背 同 擂
li^4 $ta:n^1$ $ha:i^1$ $piŋ^1$ pai^1 $toŋ^6$ $do:i^5$
lij dan hai bing bae doengh ndoiq
李　旦　开　兵　去　相　打
李旦带兵去打仗，

3606

甫 老 甫 於 捉 很 齐
pu^4 $la:u^4$ pu^4 i^5 $ɕuk^8$ hun^3 $ɕai^2$
boux laux boux iq cug hwnj caez
人　大　人　小　绑　起　齐
老老少少都抓完。

3607

培 你 李 旦 不 劳 希
pai^2 ni^4 li^4 $ta:n^1$ bau^5 $la:u^1$ hi^5
baez neix lij dan mbouj lau heiq
次　这　李　旦　不　怕　忧
这回李旦不担心，

3608

刀 卡 马 迪 还 烟 仇
$ta:u^5$ ka^3 ma^4 ti^2 $wa:n^2$ $ʔjian^1$ $ɕau^2$
dauq gaj maj diz vanz ien caeuz
回　杀　马　迪　还　冤　仇
来找马迪报冤仇。

3609

背 短 肚 囬 斗 侵 乌
pai^1 $to:n^3$ tu^1 wai^2 tau^3 $ɕam^6$ u^5
bae donj du veiz daeuj caemh youq
去　接　杜　回　来　同　住
去接杜回来同住，

3610

特 他 周 故 造 贫 伝
tuk^8 te^1 $tɕau^5$ ku^1 $tɕo^6$ pan^2 hun^2
dwg de gouq gou coh baenz vunz
是　他　救　我　才　成　人
我有今天靠他救。

3611

妚	太	文	氏	可	侵	斗
ja⁶	ta:i⁵	wun²	çi¹	ko³	çam⁶	tau³
yah-	daiq	vwnz	si	goj	caemh	daeuj
岳母		文	氏	也	同	来

岳母文氏也同行，

3612

再	叫	福	兴	斗	肛	齐
tça:i¹	he:u⁶	fu²	hin⁵	tau³	taŋ²	çai²
caiq	heuh	fuz	hingh	daeuj	daengz	caez
再	叫	福	兴	来	到	齐

叫上福兴全到齐。

3613

杜	囬	斗	幼	可	息	在
tu¹	wai²	tau³	u⁵	ko³	ɬu¹	tça:i¹
du	veiz	daeuj	youq	goj	cwx	caih
杜	回	来	住	也	自	在

杜回宫内好安然，

3614

却	迈	李	旦	哽	封	绿
tço¹	ba:i⁵	li⁴	ta:n¹	kun¹	fuŋ⁶	lok⁸
gyo-	mbaiq	lij	dan	gwn	fungh	loeg
谢谢		李	旦	吃	俸	禄

多谢李旦赐俸禄。

3615

关	妣	同	队	涕	同	初
kwa:n¹	pa²	toŋ⁶	to:i⁶	tai³	toŋ⁶	ço⁶
gvan	baz	doengh-	doih	daej	doengh	coh
夫	妻	共同		哭	相	向

夫妻相对泪涟涟，

3616

娄	可	昙	你	礼	团	园
lau²	ko³	ŋon²	ni⁴	dai⁴	tuan²	je:n²
raeuz	goj	ngoenz	neix	ndaej	donz	yenz
我们	也	日	今	得	团	圆

我们今日能团圆。

3617

文	氏	斗	幼	可	息	在
wun²	çi¹	tau³	u⁵	ko³	ɬu¹	tça:i¹
vwnz	si	daeuj	youq	goj	cwx	caih
文	氏	来	住	也	自	在

文氏宫内好安然，

3618

同	隊	卣	架	保	钓	庭
toŋ⁶	to:i⁶	di⁴	kiai²	pa:u³	tça:u²	tiŋ²
doengh-	doih	ndij	gwiz	bauj	cauz	dingz
共同		和	婿	保	朝	廷

与婿一道护朝廷。

3619

凤	交	逃	难	肛	你	夸
fuŋ¹	kiau⁵	te:u²	na:n⁶	taŋ²	ni⁴	kwa⁵
fung	gyauh	deuz	nanh	daengz	neix	gvaq
凤	娇	逃	难	到	这	过

凤娇逃难讲到此，

3620

福	兴	夸	心	肛	你	罧
fu²	hin⁵	kwa⁵	ɬam¹	taŋ²	ni⁴	lum²
fuz	hingh	gvaq	sim	daengz	neix	lumz
福	兴	过	心	到	这	忘

福兴忠心讲到此。

3621

眉	恩	眉	缘	千	里	会
mi²	an¹	mi²	jian²	çian¹	li⁴	hoːi⁶
miz	aen	miz	yienz	cien	leix	hoih
有	恩	有	缘	千	里	会

有缘千里来相会，

3622

无	恩	无	缘	面	难	蓬
bau⁵	an¹	bau⁵	jian²	mian⁶	naːn²	puŋ²
mbouj	aen	mbouj	yienz	mienh	nanz	bungz
无	恩	无	缘	面	难	见

无恩无缘难相逢。

3623

讲	肝	茄	你	又	乙	奈
kaːŋ³	taŋ²	kia²	ni⁴	jau⁶	ʔjiat⁷	naːi⁵
gangj	daengz	giz	neix	youh	yiet	naiq
讲	到	地方	这	又	歇	累

讲到这里先休息，

3624

再	讲	彐	家	眉	功	劳
tɕaːi¹	kaːŋ³	ɬe²	laːn²	mi²	koŋ¹	laːu²
caiq	gangj	sez	ranz	miz	goeng	lauz
再	讲	薛	家	有	功	劳

再说薛家有功劳。

四十四 薛刚醉酒闯大祸

扫码听音频

帝祖保架背征苏，
封他功劳东辽王。

初内他改郭∃讥，
估贵萧眉满功劳。

仁贵钦拳高术擂、
太擂图虎就连为。

初内他叫郭∃礼，
欧仰金花郭夫人。

扮他叫郭∃丁山，
她他叫郭∃夫人。

丁山他政三甫坏，
屋召眉四甫劝恩。

甫太一叫郭∃猛、
太二∃勇也总明。

太三∃刚可历害、
太四∃强也才能。

猛勇刚德顺历害，
开陌擂估不劳强。

同以凯宗保皇帝，
批往参雷如虎邦。

武残定逵顺为害、
开陌同擂眉他们，

日刚钦拳高个莞，
助太唐埠高世昌。

讲肘苋恢又乙奈，
再讲李培高宗皇。

3625

布	祖	保	架	背	征	东
pau⁵	ço³	pa:u³	kia⁵	pai¹	tçin⁵	tuŋ⁵
baeuq	coj	bauj	gya	bae	cwngh	dungh
公	祖	保	驾	去	征	东

薛祖父护驾东征，

3626

封	他	功	劳	东	辽	王
fuŋ⁶	te¹	koŋ¹	la:u²	tuŋ⁵	liau²	wa:ŋ²
fung	de	goeng	lauz	dungh	liuz	vangz
封	他	功	劳	东	辽	王

被封赏为东辽王。

3627

初	内	他	改	郭	⺕	礼
ço⁶	no:i⁶	te¹	ka:i³	kuak⁸	ɬe²	li⁴
coh	noih	de	gaij	guh	sez	lij
名字	小	他	改	做	薛	礼

乳名改叫作薛礼，

3628

仕	贵	每	眉	瀟	功	劳
jin²	kwai¹	li⁴	mi²	muan²	koŋ¹	la:u²
yinz	gvei	lij	miz	muenz	goeng	lauz
仁	贵	还	有	瞒	功	劳

仁贵还隐瞒功劳。

3629

仁	贵	钦	拳	高	术	擂
jin²	kwai¹	kam¹	kian²	ka:u⁶	mok⁸	lo:i⁶
yinz	gvei	gaem	gienz	gauh	moeg	loih
仁	贵	握	拳	像	木	槌

仁贵拳头似木槌，

3630

太	擂	图	虎	就	连	殆
ta:i²	do:i⁵	tua²	kuk⁷	tço⁶	le:n⁶	ta:i¹
daiz	ndoiq	duz	guk	couh	lenh	dai
捶	打	只	虎	就	连忙	死

挥拳打虎虎就死。

3631

初	内	他	叫	郭	⺕	礼
ço⁶	no:i⁶	te¹	he:u⁶	kuak⁸	ɬe²	li⁴
coh	noih	de	heuh	guh	sez	lij
名字	小	他	叫	做	薛	礼

乳名就叫作薛礼，

3632

欧	卯	金	花①	郭	夫	人
au¹	liu⁴	kin⁵	wa⁵	kuak⁸	fu⁵	jin²
aeu	liuj	ginh	vah	guh	fuh	yinz
娶	柳	金	花	做	夫	人

娶柳金花为夫人。

3633

孖	他	叫	郭	⺕	丁	山②
luk⁸	te¹	he:u⁶	kuak⁸	ɬe²	tiŋ⁵	ça:n⁵
lwg	de	heuh	guh	sez	dingh	sanh
儿	他	叫	做	薛	丁	山

儿子叫作薛丁山，

3634

妑	他	叫	郭	豆	夫	人③
pa²	te¹	he:u⁶	kuak⁸	tau¹	fu⁵	jin²
baz	de	heuh	guh	dou	fuh	yinz
妻	他	叫	做	窦	夫	人

妻子叫作窦夫人。

3635

丁	山	他	欧	三	甫	奸
tiŋ⁵	ɕaːn⁵	te¹	au¹	ɬaːm¹	pu⁴	ja⁶
dingh	sanh	de	aeu	sam	boux	yah
丁	山	他	娶	三	个	妻

丁山他娶三个妻，

3636

屋	召	眉	四	甫	孙	腮
oːk⁷	ɕiau⁶	mi²	ɬi⁵	pu⁴	lɯk⁸	ɬaːi¹
ok	ciuh	miz	seiq	boux	lwg	sai
出	世	有	四	个	儿	男

总共生了四个儿。

3637

甫	太	一	叫	郭	彐	猛④
pu⁴	taːi⁶	it⁷	heːu⁶	kuak⁸	ɬe²	muŋ⁴
boux	daih	it	heuh	guh	sez	mungj
个	第	一	叫	做	薛	猛

大儿子名叫薛猛，

3638

太	二	彐	勇⑤	也	总	明
taːi⁶	ŋi⁶	ɬe²	juŋ⁴	je³	ɕoŋ³	miŋ²
daih	ngeih	sez	yungj	yej	coeng	mingz
第	二	薛	勇	也	聪	明

二儿薛勇好聪明。

3639

太	三	彐	刚⑥	可	历	害
taːi⁶	ɬaːm¹	ɬe²	kaːŋ⁵	ko³	li¹	haːi¹
daih	sam	sez	gangh	goj	leix	haih
第	三	薛	刚	也	厉	害

三儿薛刚也厉害，

3640

太	四	彐	强⑦	也	才	能
taːi⁶	ɬi⁵	ɬe²	kiaŋ²	je³	tɕaːi²	nun²
daih	seiq	sez	gyangz	yej	caiz	naengz
第	四	薛	强	也	才	能

四儿薛强有才华。

3641

猛	勇	刚	强	顺	历	害
muŋ⁴	juŋ⁴	kaːŋ⁵	kiaŋ²	ɕin¹	li¹	haːi¹
mungj	yungj	gangh	gyangz	caen	leix	haih
猛	勇	刚	强	真	厉	害

猛勇刚强好厉害，

3642

开	咟	擂	伝	不	劳	殆
haːi¹	paːk⁷	doːi⁵	hun²	bau⁵	laːu¹	taːi¹
hai	bak	ndoiq	vunz	mbouj	lau	dai
开	口	打	人	不	怕	死

骁勇善战不怕死。

3643

同	队	吼	京	保	皇	帝
toŋ⁶	toːi⁶	hau³	kiŋ¹	paːu³	wuaŋ²	tai⁵
doengh-	doih	haeuj	ging	bauj	vuengz	daeq
共	同		进	京	保	皇	帝

一起进京护皇帝，

3644

徙	往	夸	雷	如	虎	邦
pi⁴	nuan⁴	kwa⁵	lai²	lum³	kuk⁷	paːŋ¹
beix	nuengx	gvaq	lawz	lumj	guk	bang
兄	弟	过	哪	像	虎	帮

四人走路似群虎。

3645

武	戏	定	逢	顺	历	害
u⁴	ji¹	tin¹	fuŋ²	ɕin¹	li¹	ha:i¹
vuj	yi	din	fwngz	caen	leix	haih
武	艺	脚	手	真	厉	害

拳脚功夫好厉害,

3646

开	咟	同	擂	眉	他	行
ha:i¹	pa:k⁷	toŋ⁶	do:i⁵	mi²	te¹	hiŋ²
hai	bak	doengh	ndoiq	miz	de	hingz
开	口	相	打	有	他	赢

打仗都是他们赢。

3647

ᴣ	刚	钦	拳	高	个	磖
ɬe²	ka:ŋ⁵	kam¹	kian²	ka:u⁶	an¹	kuan⁵
sez	gangh	gaem	gienz	gauh	aen	guenq
薛	刚	握	拳	像	个	罐

薛刚拳头大如罐,

3648

劲	大	培	净	高	江	昙
luuk⁸	ta¹	pai²	ɕe:ŋ⁵	ka:u⁶	tɕak⁷	ŋon²
lwg-	da	baez	cengq	gauh	daeng-	ngoenz
眼睛	次	睁	像	太阳

眼珠圆睁像太阳。

---

①卯金花 [liu⁴ kin⁵ wa⁵]：柳金花，薛仁贵之妻，民间亦称柳银环、柳英环、柳迎春等。

②ᴣ丁山 [ɬe² tiŋ⁵ ɕa:n⁵]：薛丁山。《说唐三传》中的人物，据此书所载，其为薛仁贵之子。

③豆夫人 [tau¹ fu⁵ jin²]：窦夫人，即窦仙童，《说唐三传》中的人物，据此书所载，其为薛丁山第一任夫人。

④ᴣ猛 [ɬe² muŋ⁴]：薛猛。《薛刚反唐》中的人物，据此书所载，其为薛丁山与高兰英之子。

⑤ᴣ勇 [ɬe² juŋ⁴]：薛勇。《薛刚反唐》中的人物，据此书所载，其为薛丁山与高琼英之子。

⑥ᴣ刚 [ɬe² ka:ŋ⁵]：薛刚。《薛刚反唐》中的人物，据此书所载，其为薛丁山与樊梨花之子。

⑦ᴣ强 [ɬe² kian²]：薛强。《薛刚反唐》中的人物，据此书所载，其为薛丁山与程定金之子。

"讲刚茹你又乙奈"　再讲李治高宗皇。

黄礼二十三被滴，　文武官员劂况上。

李治郭皇就旁召、　武氏反乱乳郭皇。

私行文字时天下，　就改唐朝郭国朝。

甫傍甫冲失礼、　开你首奸黄甫腮。

梅他首奸郭皇帝、　内城首腮特他谋。

婚鸳嗔庚每同害，　京城事情特他当。

甫雷乳京亦可命、　银钱不眉命当始。

往他三恩心可害，　京城事情特他当。

甫雷乳京布可命，　旁捷三恩造贵位。

眉银眉钱命学里、　银钱不眉命不利。

被他正月惰十五，　五后开灯幼京城。

3649

讲	肞	茄	你	又	乙	奈
ka:ŋ³	taŋ²	kia²	ni⁴	jau⁶	ʔjiat⁷	na:i⁵
gangj	daengz	giz	neix	youh	yiet	naiq
讲	到	地方	这	又	歇	累

讲到这里先休息，

3650

再	讲	李	治	高	宗	皇
tɕa:i¹	ka:ŋ³	li⁴	tɕi¹	ka:u⁵	tɕuŋ⁵	wuaŋ²
caiq	gangj	lij	ci	gauh	cungh	vuengz
再	讲	李	治	高	宗	皇

再说唐高宗李治。

3651

荳	礼	二	十	三	被	潢
kuan³	dai⁴	ŋi⁶	ɕip⁸	ła:m¹	pi¹	muan⁴
guenj	ndaej	ngeih	cib	sam	bi	muenx
管	得	二	十	三	年	满

在位二十三年整，

3652

文	武	佷	员	烈	沉	沉
wuun²	u⁴	kuan⁵	je:n²	te:k⁷	ɕum²	ɕum²
vwnz	vuj	gvanh-	yenz	dek-	cum-	cum
文	武	官	员		闹哄哄	

满朝文武乱嗡嗡。

3653

李	治	郭	皇	就	夸	召
li⁴	tɕi¹	kuak⁸	wuaŋ²	tɕo⁶	kwa⁵	ɕiau⁶
lij	ci	guh	vuengz	couh	gvaq	ciuh
李	治	做	皇	就	过	世

李治皇帝驾崩后，

3654

武	氏	反	乱	吼	郭	皇
u⁴	ɕi¹	fa:n³	luan⁶	hau³	kuak⁸	wuaŋ²
vuj	si	fanj	luenh	haeuj	guh	vuengz
武	氏	反	乱	进	做	皇

武则天乘乱登基。

3655

乱	行	文	字	肞	天	下
luan⁶	he:ŋ²	fan²	łu¹	taŋ²	te:n⁶	ja⁵
luenh	hengz	faenz	saw	daengz	dien	yah
乱	行	文	字	到	天	下

乱发文告到全国，

3656

就	改	唐	朝	郭	周	朝
tɕo⁶	ka:i³	ta:ŋ²	tɕa:u²	kuak⁸	tɕau⁵	tɕa:u²
couh	gaij	dangz	cauz	guh	couh	cauz
就	改	唐	朝	做	周	朝

又改唐朝为周朝。

3657

甫	傍	甫	甫	吽	失	礼
pu⁴	pian²	pu⁴	pu⁴	nau²	łɛt⁷	lai⁴
boux	biengz	boux	boux	naeuz	saet	laex
个	天下	人	人	讲	失	礼

天下人人说失礼，

3658

开	你	首	妖	荳	甫	腮
ka:i⁵	ni⁴	ɕau²	ja⁶	kuan³	pu⁴	ła:i¹
gaiq	neix	caeuz-	yah	guenj	boux	sai
个	这	女人		管	人	男

女人来管男子汉。

3659

年	他	首	妢	郭	皇	帝
pi¹	te¹	ɕau²	ja⁶	kuak⁸	wuaŋ²	tai⁵
bi	de	caeuz-	yah	guh	vuengz	daeq
年	那	女	人	做	皇	帝

那年武则天称帝，

3660

内	城	甫	腮	特	他	谋
dai¹	ɕiŋ²	pu⁴	ɬaːi¹	tuuk⁸	te¹	mau²
ndaw	singz	boux	sai	dwg	de	maeuz
内	城	人	男	是	她	谋

朝中男子归她管。

3661

媽	獥	嗅	屎	殉	同	蕚
me⁶	ma¹	hau¹	e⁴	di⁴	tuŋ⁴	ʔjaːk⁷
meh	ma	haeu	haex	ndij	dungx	yak
母	狗	嗅	屎	和	肚	恶

狗娘则天名声臭，

3662

京	城	事	情	特	他	当
kiŋ¹	ɕiŋ²	ɬian⁵	ɕiŋ²	tuuk⁸	te¹	taːŋ¹
ging	singz	saeh	cingz	dwg	de	dang
京	城	事	情	是	她	当

朝中大政她定夺。

3663

甫	雷	吼	京	亦	可	命
pu⁴	lai²	hau³	kiŋ¹	a³	ko⁵	miŋ⁶
boux	lawz	haeuj	ging	aj	goq	mingh
人	谁	进	京	要	顾	命

谁人进京要保命，

3664

银	钱	不	眉	命	当	殆
ŋan²	ɕeːn²	bau⁵	mi²	miŋ⁶	taːŋ¹	taːi¹
ngaenz	cienz	mbouj	miz	mingh	dang	dai
银	钱	不	有	命	当	死

没有银子命难保。

3665

往	他	三	思	心	可	蕚
nuan⁴	te¹	ɬaːn⁵	ɬɯ⁵	ɬam¹	ko³	ʔjaːk⁷
nuengx	de	sanh	swh	sim	goj	yak
弟	她	三	思	心	也	恶

侄子三思心毒辣，

3666

京	城	事	情	特	他	当
kiŋ¹	ɕiŋ²	ɬian⁵	ɕiŋ²	tuuk⁸	te¹	taːŋ¹
ging	singz	saeh	cingz	dwg	de	dang
京	城	事	情	是	他	当

京城政务他把持。

3667

甫	雷	吼	京	亦	可	命
pu⁴	lai²	hau³	kiŋ¹	a³	ko⁵	miŋ⁶
boux	lawz	haeuj	ging	aj	goq	mingh
人	谁	进	京	要	顾	命

谁进京城要保命，

3668

夸	耪	三	思	造	贫	伝
kwa⁵	fuŋ²	ɬaːn⁵	ɬɯ⁵	tɕo⁶	pan²	hun²
gvaq	fwngz	sanh	swh	coh	baenz	vunz
过	手	三	思	才	成	人

生死全由三思定。

3669

眉	银	眉	钱	命	学	里
mi²	ŋan²	mi²	ɕeːn²	miŋ⁶	tɕo⁶	li⁴
miz	ngaenz	miz	cienz	mingh	coh	lij
有	银	有	钱	命	才	有

送过钱财能活命，

3670

银	钱	不	眉	命	不	利
ŋan²	ɕeːn²	bau⁵	mi²	miŋ⁶	bau⁵	di¹
ngaenz	cienz	mbouj	miz	mingh	mbouj	ndei
银	钱	不	有	命	不	好

没有银子命难保。

3671

被	他	正	月	晗	十	五
pi¹	te¹	ɕiaŋ¹	dian¹	ham⁶	ɕip⁸	ha³
bi	de	cieng	ndwen	haemh	cib	haj
年	那	正	月	晚	十	五

那年正月十五夜，

3672

五	后	开	灯	刟	京	城
u⁴	hau¹	haːi¹	taŋ¹	u⁵	kiŋ¹	ɕiŋ²
vuj	hou	hai	daeng	youq	ging	singz
武	后	开	灯	在	京	城

武后京城办灯会。

唬他曰刚凶丞狗，

眉伍报盯许皇帝、

武氏眼咩就父令，

只咩凶火三分醒，

吩咐许伍提曰刚。

曰刚恨事使不利，

隆钦开独危单，

曰刚时他不时恶，

正学祝逃不给命，

逃李恣岩王寨主，

寨主眼州隆斗困、

狠背盯志学鲁润，

彩劲皇帝始恋定。

三爷曰盯彩劲皇。

就遂曰刚不咨呈

样幼乱彩劲故始

萌雷历害背隆撞

八定故鸡每劲皇。

京城兵马急良拶

逃差内城初缘城，

盯恒的县可逃鸡。

曰刚叫大困森林。

同提曰刚恨山寨。

皆灰恒你钞劲皇。

3673

不	论	甫	使	肝	唥	姓
bau⁵	lun⁶	pu⁴	ɬai⁵	taŋ²	pe:k⁸	ɬiŋ⁵
mbouj	lwnh	boux	saeq	daengz	bek	singq
不	论	人	官	到	百	姓

不管官员或百姓，

3674

背	背	刀	刀	江	京	城
pai¹	pai¹	ta:u⁵	ta:u⁵	tɕa:ŋ¹	kiŋ¹	ɕiŋ²
bae	bae	dauq	dauq	gyang	ging	singz
去	去	回	回	中	京	城

来来回回城中玩。

3675

唅	他	彐	刚	汓	可	夠
ham⁶	te¹	ɬe²	ka:ŋ⁵	lau³	ko³	to⁶
haemh	de	sez	gangh	laeuj	goj	doh
晚	那	薛	刚	酒	也	够

那晚薛刚喝醉酒，

3676

彩	劲	皇	帝	殆	忐	定
ça:i³	luɯk⁸	wuaŋ²	tai⁵	ta:i¹	la³	tin¹
caij	lwg	vuengz	daeq	dai	laj	din
踩	儿	皇	帝	死	下	脚

一脚踩死小皇子。

3677

眉	伝	报	肝	许	皇	帝
mi²	hun²	pa:u⁵	taŋ²	hai³	wuaŋ²	tai⁵
miz	vunz	bauq	daengz	hawj	vuengz	daeq
有	人	报	到	给	皇	帝

有人通报给皇帝，

3678

三	爺	彐	刚	彩	劲	皇
ɬa:m¹	jia²	ɬe²	ka:ŋ⁵	ça:i³	luɯk⁸	wuaŋ²
sam	yiz	sez	gangh	caij	lwg	vuengz
三	伯爷	薛	刚	踩	儿	皇

三爷踩死了皇子。

3679

武	氏	恨	吽	就	发	令
u⁴	çi¹	han¹	nau²	tɕo⁶	fa:t⁷	liŋ⁶
vuj	si	raen	naeuz	couh	fat	lingh
武	氏	见	讲	就	发	令

武氏听完就发火，

3680

就	遂	彐	刚	不	容	呈
tɕo⁶	çuk⁸	ɬe²	ka:ŋ⁵	bau⁵	juŋ²	çiŋ²
couh	cug	sez	gangh	mbouj	yungz	cingz
就	绑	薛	刚	不	容	情

要捉薛刚不留情。

3681

买	吽	汓	火	三	分	醒
ma:i⁶	nau²	lau³	fi²	ɬa:m¹	fan¹	ɬiŋ³
maih	naeuz	laeuj	feiz	sam	faen	singj
就算	说	酒	醉	三	分	醒

都说酒醉三分醒，

3682

样	幼	乱	彩	劲	故	殆
jiaŋ⁶	ʔju⁵	luan⁶	ça:i³	luɯk⁸	ku¹	ta:i¹
yiengh	youq	luenh	caij	lwg	gou	dai
样	怎	乱	踩	儿	我	死

怎能踩死我皇儿？

3683

吩	咐	许	伝	提	彐	刚
fun⁵	fu⁶	hai³	hun²	tu²	ɬe²	ka:ŋ⁵
faenq	fuh	hawj	vunz	dawz	sez	gangh
吩	咐	给	人	捉	薛	刚

下令派人捉薛刚，

3684

甫	雷	历	害	背	隆	撞
pu⁴	lai²	li¹	ha:i¹	pai¹	loŋ²	fuŋ²
boux	lawz	leix	haih	bae	roengz	fwngz
人	谁	厉	害	去	下	手

谁功夫高去捉拿。

3685

彐	刚	恨	事	悙	不	利
ɬe²	ka:ŋ⁵	han¹	ɬian⁵	çiŋ²	bau⁵	di¹
sez	gangh	raen	saeh	cingz	mbouj	ndei
薛	刚	见	事	情	不	好

薛刚见大事不好，

3686

八	定	故	殆	每	孙	皇
pa⁶	tiŋ⁶	ku¹	ta:i¹	di⁴	luk⁸	wuaŋ²
bah	dingh	gou	dai	ndij	lwg	vuengz
必	定	我	死	因	儿	皇

这次我因皇子死。

3687

撞	欽	开	法	擂	屋	斗
fuŋ²	kam¹	ka:i⁵	fa²	lo:i⁶	o:k⁷	tau³
fwngz	gaem	gaiq	faz	loih	ok	daeuj
手	握	把	铁	槌	出	来

手执铁锤冲出城，

3688

京	城	兵	馬	急	良	楞
kiŋ¹	çiŋ²	piŋ¹	ma⁴	tçap⁷	liaŋ²	laŋ¹
ging	singz	bing	max	gyaep	riengz	laeng
京	城	兵	马	追	跟	后

京城兵马紧紧追。

3689

彐	刚	時	他	不	時	愿
ɬe²	ka:ŋ⁵	çu²	te¹	bau⁵	çiŋ²	jian⁶
sez	gangh	cawz	de	mbouj	cingz	nyienh
薛	刚	时	那	不	情	愿

薛刚那时被迫逃，

3690

逃	屋	内	城	初	绿	城
te:u²	o:k⁷	dai¹	çiŋ²	ço⁶	lo:k⁸	çiŋ²
deuz	ok	ndaw	singz	coh	rog	singz
逃	出	中	城	向	外	城

从城内逃到城外。

3691

正	学	礼	逃	不	殆	命
çiŋ⁵	tço⁶	dai⁴	te:u²	bau⁵	ta:i¹	miŋ⁶
cingq	coh	ndaej	deuz	mbouj	dai	mingh
正	才	得	逃	不	死	命

这才躲过了一劫，

3692

肝	恒	肝	昙	可	逃	殆
taŋ²	hun²	taŋ²	ŋon²	ko³	te:u²	ta:i¹
daengx	hwnz	daengx	ngoenz	goj	deuz	dai
整	夜	整	日	也	逃	死

日夜奔波为逃命。

3693

逃	夸	忑	岩	王	寨	主①
te:u²	kwa⁵	la³	ŋa:m²	wa:ŋ²	tɕa:i¹	tɕu⁴
deuz	gvaq	laj	ngamz	vangz	cai	cuj
逃	过	下	岩	王	寨	主

逃到王寨主山下，

3694

彐	刚	叫	大	周	林	林
ɬe²	ka:ŋ⁵	he:u⁶	ta¹	tɕau⁵	lin²	lin²
sez	gangh	heuh	da	gouq	lin-	lin
薛	刚	叫	岳父	救	连	连

薛刚连声喊救命。

3695

寨	主	恨	叫	隆	斗	周
tɕa:i¹	tɕu⁴	han¹	he:u⁶	loŋ²	tau³	tɕau⁵
cai	cuj	raen	heuh	roengz	daeuj	gouq
寨	主	见	叫	下	来	救

寨主闻声来救人，

3696

周	提	彐	刚	很	山	寨
tɕau⁵	tu²	ɬe²	ka:ŋ⁵	hun³	ɕa:n⁵	tɕa:i¹
gouq	dawz	sez	gangh	hwnj	sanh	cai
救	拿	薛	刚	上	山	寨

救了薛刚上山寨。

————————————————

①王寨主 [wa:ŋ² tɕa:i¹ tɕu⁴]：岩下寨寨主，薛刚岳父。

寡主恨朕焚全斗闯、闯虎三则恨山寡。

很背朕忽学鲁润，皆反恒你薛劝皇。

彩劝李氏王太子，逃斗时你乌朵鸳。

寡主恨他叫醉你，民斗无故不劳姓。

三刚醒他逃礼卧，可里小妈乌京城，

恒他京城乱纷上，甫亡布急提三爷。

晚楞眉依狠时卜，三爷三刚彩劝皇。

于山恨叫合尤狠，各怨妹大马叫罗，

生劝尾斗不中用，吴你刀害卜忠呈。

吃将共马隆斗急，甫老甫于提很齐。

彩乳京城隆蒙时，点眉三百八拾岁。

斗时月二呈初七，提尾劳时斗烧场。

78提尾利场差辙令，微足郎时颂尤齐。

3697

很	背	肝	志	学	鲁	润
hɯn³	pai¹	taŋ²	kun²	tɕo⁶	lo⁴	jin⁶
hwnj	bae	daengz	gwnz	coh	rox	nyinh
上	去	到	上	才	会	醒

去到山上才清醒，

3698

皆	灰	恒	你	彩	孙	皇
ka:i⁵	ho:i⁵	hɯn²	ni⁴	ɕa:i³	luuk⁸	wuaŋ²
gaiq	hoiq	hwnz	neix	caij	lwg	vuengz
个	奴	夜	今	踩	儿	皇

我今夜踩死皇子。

3699

彩	孙	李	氏	王	太	子
ɕa:i³	luuk⁸	li⁴	ɕi¹	wa:ŋ²	ta:i¹	łuu⁴
caij	lwg	lij	si	vangz	dai	swj
踩	儿	李	氏	皇	太	子

踩死李家皇太子，

3700

逃	斗	肝	你	乌	朵	躲
te:u²	tau³	taŋ²	ni⁴	u⁵	do⁴	da:ŋ¹
deuz	daeuj	daengz	neix	youq	ndoj	ndang
逃	来	到	这	住	躲	身

逃到这里来藏身。

3701

寨	主	恨	他	呀	哼	你
tɕa:i¹	tɕu⁴	han¹	te¹	nau²	ɕon²	ni⁴
cai	cuj	raen	de	naeuz	coenz	neix
寨	主	见	他	讲	句	这

寨主听他这样说，

3702

民	斗	每	故	不	劳	殆
muŋ²	tau³	di⁴	ku¹	bau⁵	la:u¹	ta:i¹
mwngz	daeuj	ndij	gou	mbouj	lau	dai
你	来	和	我	不	怕	死

你在我这不用怕。

3703

彐	刚	躺	他	逃	礼	卦
łe²	ka:ŋ⁵	da:ŋ¹	te¹	te:u²	dai⁴	kwa⁵
sez	gangh	ndang	de	deuz	ndaej	gvaq
薛	刚	身	他	逃	得	过

薛刚这才脱得身，

3704

可	里	卜	妈	乌	京	城
ko³	li⁴	po⁶	me⁶	u⁵	kiŋ¹	ɕiŋ²
goj	lij	boh	meh	youq	ging	singz
也	还	父	母	在	京	城

还留父母在京城。

3705

恒	他	京	城	乱	纷	纷
hɯn²	te¹	kiŋ¹	ɕiŋ²	luan⁶	fan¹	fan¹
hwnz	de	ging	singz	luenh	faen	faen
夜	那	京	城	乱	纷	纷

那晚京城乱糟糟，

3706

甫	甫	亦	急	捉	三	爺
pu⁴	pu⁴	a³	kap⁸	ɕuk⁸	ła:m¹	jia²
boux	boux	aj	gaeb	cug	sam	yiz
人	人	要	捉	绑	三	伯爷

人人喊捉拿三爷。

3707

吃	楞	眉	伝	报	肚	卜
hat⁷	laŋ¹	mi²	hun²	pa:u⁵	taŋ²	po⁶
haet	laeng	miz	vunz	bauq	daengz	boh
早	后	有	人	报	到	父

次日有人报薛父，

3708

三	爷	彐	刚	彩	劝	皇
ła:m¹	jia²	łe²	ka:ŋ⁵	ça:i³	luuk⁸	wuaŋ²
sam	yiz	sez	gangh	caij	lwg	vuengz
三	伯爷	薛	刚	踩	儿	皇

三爷踩死了皇子。

3709

丁	山	恨	吽	合	元	很
tiŋ⁵	ça:n⁵	han¹	nau²	ho²	jiat⁸	hun³
dingh	sanh	raen	naeuz	hoz	yied	hwnj
丁	山	见	讲	脖	越	起

丁山听完心恼火，

3710

各	怨	淋	大	笃	叫	霄
ka:k⁸	ʔjian⁵	lam⁴	ta¹	tok⁷	he:u⁶	buun¹
gag	ienq	raemx	da	doek	heuh	mbwn
自	怨	水	眼	掉	叫	天

含泪仰望叫苍天。

3711

生	劝	屋	斗	不	中	用
łe:ŋ¹	luuk⁸	o:k⁷	tau³	bau⁵	tɕuŋ⁵	jun⁶
seng	lwg	ok	daeuj	mbouj	cung	yungh
生	儿	出	来	不	中	用

生个不中用儿子，

3712

昙	你	刀	害	卜	忠	呈
ŋon²	ni⁴	ta:u⁵	ha:i⁶	po⁶	tɕuŋ⁵	tɕin²
ngoenz	neix	dauq	haih	boh	cungh	cinz
日	今	反而	害	父	忠	臣

今日连累害薛家。

3713

吃	楞	兵	马	隆	斗	急
hat⁷	laŋ¹	piŋ¹	ma⁴	loŋ²	tau³	kap⁸
haet	laeng	bing	max	roengz	daeuj	gaeb
早	后	兵	马	下	来	抓

次日兵马就来捉，

3714

甫	老	甫	於	捉	很	齐
pu⁴	la:u⁴	pu⁴	i⁵	kap⁸	hun³	çai²
boux	laux	boux	iq	gaeb	hwnj	caez
人	大	人	小	抓	起	全

老老少少全部抓。

3715

彩	吼	京	城	隆	劳	啦
tɕa:i³	hau³	kiŋ¹	çiŋ²	loŋ²	la:u²	lap⁷
byaij	haeuj	ging	singz	roengz	lauz	laep
走	进	京	城	下	牢	黑

押回京城关黑牢，

3716

点	眉	三	百	八	拾	名
te:m³	mi²	ła:m¹	pa:k⁷	pe:t⁷	çip⁸	miŋ²
diemj	miz	sam	bak	bet	cib	mingz
点	有	三	百	八	十	名

共抓三百八十人。

3717

斗	肝	月	二	昙	初	七
tau³	taŋ²	dian¹	ŋi⁶	ŋon²	ço¹	çɛt⁷
daeuj	daengz	ndwen	ngeih	ngoenz	co	caet
来	到	月	二	日	初	七

来到二月初七日,

3718

提	屋	劳	啦	斗	法	坊
tu²	oːk⁷	laːu²	lap⁷	tau³	fa²	tçaːŋ²
dawz	ok	lauz	laep	daeuj	faz	cangz
拿	出	牢	黑	到	法	场

提出监牢押法场。

3719

提	屋	刑	坊	差	法	令
tu²	oːk⁷	jiŋ²	tçaːŋ²	ça³	faːt⁷	liŋ⁶
dawz	ok	hingz	cangz	caj	fat	lingh
拿	出	刑	场	等	发	令

押到刑场等发令,

3720

决	定	卯	時	欧	卡	齐
ke²	tin¹	maːu⁴	çu²	au¹	ka³	çai²
giet	dingh	maux	cawz	aeu	gaj	caez
决	定	卯	时	要	杀	齐

决定卯时全杀光。

孚雷螟他特仙籙，能斩眈勃特承大

妃他脱难逃乱卦，逃背仙家有媽仙。

培他曰家郭必独、欧战斗立朝故墓。

许他千年不四帝，许他万不四头。

又特文字隆天下，画救曰刚幼尽路。

甬雷刀朹提曰刚、封他万代万户侯。

像咿犬月二初七，曰刚鲁郭端林七曰。

官你不眉开森妃，不卦条命甬勁皇。

皆位眉事特卷闽，曾娄眉寿甬雷当。

郭幼满门故曰家，样幼心善贫保颜。

朝庭里特卿隆斗、故也不行样你心。

昙你皇帝不礼卯，可犬曰家故满门。

甬地曰刚勁絮主，咿甬甬关愛狼忧。

3721

孥	雷	吽	他	特	仙	家
taŋ³	lai²	nau²	te¹	tuuk⁸	ɬian¹	la:n²
daengj	lawz	naeuz	de	dwg	sien	ranz
样	哪	讲	他	是	仙	家

怎么说他是神仙，

3722

他	郭	啦	务	特	劣	大
te¹	kuak⁸	lap⁷	mo:k⁷	tuuk⁷	luuk⁸	ta¹
de	guh	laep	mok	dwk	lwg	da
他	做	黑	雾	放	儿	眼

他放烟雾蒙眼睛。

3723

妣	他	脱	难	逃	礼	卦
pa²	te¹	to:t⁷	na:n⁶	te:u²	dai⁴	kwa⁵
baz	de	duet	nanh	deuz	ndaej	gvaq
妻	她	脱	难	逃	得	过

他妻不死得脱身，

3724

逃	背	仙	家	旬	妈	仙
te:u²	pai¹	ɬian¹	la:n²	di⁴	me⁶	ɬe:n¹
deuz	bae	sien	ranz	ndij	meh	sien
逃	去	仙	家	和	母	仙

逃到仙界找仙母。

3725

培	他	ヨ	家	郭	么	独
pai²	te¹	ɬe²	la:n²	kuak⁸	mo⁶	to:k⁸
baez	de	sez	ranz	guh	moh	dog
次	那	薛	家	做	墓	独

全家埋成一个墓，

3726

欧	法	斗	立	郭	坟	墓
au¹	fa²	tau³	lap⁸	kuak⁸	an¹	mo⁶
aeu	faz	daeuj	laeb	guh	aen	moh
要	铁	来	砌	做	个	墓

用铁块来砌坟墓。

3727

许	他	千	年	不	囬	希
hai³	te¹	ɕian¹	pi¹	bau⁵	ho:i²	hi⁵
hawj	de	cien	bi	mbouj	hoiz	heiq
给	他	千	年	不	回	气

让他千年不复生，

3728

许	他	万	四	不	囬	头
hai³	te¹	fa:n⁶	ɬi⁵	bau⁵	ho:i²	tau²
hawj	de	fanh	seiq	mbouj	hoiz	daeuz
给	他	万	世	不	回	头

让他万世不回头。

3729

又	特	文	字	隆	天	下
jau⁶	tuuk⁷	fan²	ɬu¹	loŋ²	te:n⁶	ja⁵
youh	dwk	faenz	saw	roengz	dien	yah
又	打	文	字	下	天	下

又下文书告天下，

3730

画	籴	ヨ	刚	勾	孥	路
we⁶	iŋ⁴	ɬe²	ka:ŋ⁵	u⁵	tiŋ²	hon¹
veh	ingj	sez	gangh	youq	dingz	roen
画	像	薛	刚	在	半	路

路上贴满薛刚像。

3731

甫	雷	刀	礼	提	ᶴ	刚
pu⁴	lai²	taːu⁵	dai⁴	tuː²	ɬe²	kaːŋ⁵
boux	lawz	dauq	ndaej	dawz	sez	gangh
人	谁	回	得	拿	薛	刚

谁人能抓到薛刚，

3732

封	他	万	代	万	户	侯
fuŋ⁶	te¹	faːn⁶	taːi⁶	waːn¹	hu¹	hau²
fung	de	fanh	daih	van	hu	houz
封	他	万	代	万	户	侯

世代封为万户侯。

3733

僚	吽	卡	月	二	初	七
liau²	nau²	ka³	dian¹	ŋi⁶	ço¹	çɛt⁷
riuz	naeuz	gaj	ndwen	ngeih	co	caet
传	说	杀	月	二	初	七

相传二月初七斩，

3734

ᶴ	刚	鲁	哪	涕	林	林
ɬe²	kaːŋ⁵	lo⁴	jia¹	tai³	lian²	lian²
sez	gangh	rox	nyi	daej-	lien-	lien
薛	刚	懂	听	哭	涟	涟

薛刚听到泪涟涟。

3735

皆	你	不	眉	开	麻	犯
kaːi⁵	ni⁴	bau⁵	mi²	kaːi⁵	ma²	faːm⁶
gaiq	neix	mbouj	miz	gaiq	maz	famh
个	这	不	有	块	什么	犯

这事本来没大错，

3736

不	卦	条	命	甫	孙	皇
bau⁵	kwa⁵	teːu²	miŋ⁶	pu⁴	luk⁸	wuaŋ²
mbouj	gvaq	diuz	mingh	boux	lwg	vuengz
不	过	条	命	人	儿	皇

不过死者是太子。

3737

皆	伝	眉	事	特	娄	周
kaːi⁵	hun²	mi²	ɬian⁵	tuk⁸	lau²	tçau⁵
gaiq	vunz	miz	saeh	dwg	raeuz	gouq
个	人	有	事	是	我们	救

他人有难我们救。

3738

皆	娄	眉	事	甫	雷	当
kaːi⁵	lau²	mi²	ɬian⁵	pu⁴	lai²	taːŋ³
gaiq	raeuz	miz	saeh	boux	lawz	dangj
个	我们	有	事	人	哪	挡

我们有事谁来帮？

3739

郭	幼	蒲	门	故	ᶴ	家
kuak⁸	ʔju⁵	muan⁴	mɯn²	ku¹	ɬe²	laːn²
guh	youq	muenx	monz	gou	sez	ranz
做	怎	满	门	我	薛	家

干吗抄斩我薛家？

3740

样	幼	心	蒽	贫	你	赖
jiaŋ⁶	ʔju⁵	ɬam¹	ʔjaːk⁷	pan²	ni⁴	laːi¹
yiengh	youq	sim	yak	baenz	neix	lai
样	怎	心	恶	成	这	多

为何心肠如此毒！

3741

朝	庭	里	特	仰	隆	斗
tɕaːu²	tiŋ²	li⁴	tu²	jaːŋ⁶	loŋ²	tau³
cauz	dingz	lij	dawz	yangh	roengz	daeuj
朝	廷	还	拿	剑	下	来

朝廷没降尚方剑，

3742

故	也	不	行	样	你	心
ku¹	je³	bau⁵	heːŋ²	jiaŋ⁶	ni⁴	ɬam¹
gou	yej	mbouj	hengz	yiengh	neix	sim
我	也	不	行	样	这	心

我也不存侥幸心。

3743

昙	你	皇	帝	不	礼	仰
ŋon²	ni⁴	wuaŋ²	tai⁵	bau⁵	dai⁴	jaːŋ⁶
ngoenz	neix	vuengz	daeq	mbouj	ndaej	yangh
日	今	皇	帝	不	得	剑

今日皇帝不持剑，

3744

可	卡	ヨ	家	故	滿	门
ko³	ka³	ɬe²	laːn²	ku¹	muan⁴	mɯn²
goj	gaj	sez	ranz	gou	muenx	monz
也	杀	薛	家	我	满	门

薛家也满门抄斩。

四十五　薛刚进京祭铁坟

79

县你鲁鱼不记印，可永门3泉收游门。

甫地3刚砌集主，吽甸甫芙瘢狠仇。

3刚恨吽心欢喜，故優亦狠背京城。

故亦狠江京背忙，八媽雏骨幼茄雷。

清明故亦背拜柜，不芽武后兵马赖。

登路太路贪画牧，皆民太胆老李霄。

动她他吽也不吁，干即卸马背京城。

代七八甫可历曹，甫七同榴鲁定捷。

八甫狠京背拜祖，同队背盯铁故墓。

优恨3刚郭墓嫩，3刚合烈阿贵火。

3刚拜跪弟双陌，吽许3礼甫报仇。

眉位报吽许皇帝，县你3刚斗拜收。

刚天恨吽就发令，就发兵马四贤城。

3745

甫	妲	⺕	刚	孙	寨	主
pu⁴	pa²	ɬe²	ka:ŋ⁵	luk⁸	tɕa:i¹	tɕu⁴
boux	baz	sez	gangh	lwg	cai	cuj
人	妻	薛	刚	儿	寨	主

薛刚妻为寨主女，

3746

吽	佲	甫	关	亦	报	仇
nau²	di⁴	pu⁴	kwa:n¹	a³	pa:u⁵	ɕau²
naeuz	ndij	boux	gvan	aj	bauq	caeuz
说	和	人	夫	要	报	仇

说与丈夫同报仇。

3747

⺕	刚	恨	吽	心	欢	喜
ɬe²	ka:ŋ⁵	han¹	nau²	ɬam¹	wuan⁶	hi³
sez	gangh	raen	naeuz	sim	vuen	heij
薛	刚	见	说	心	欢	喜

薛刚听了心中喜，

3748

故	侵	亦	很	背	京	城
ku¹	ɕam⁶	a³	hun³	pai¹	kiŋ¹	ɕiŋ²
gou	caemh	aj	hwnj	bae	ging	singz
我	同	要	上	去	京	城

我也正要上京城。

3749

故	亦	很	江	京	背	优
ku¹	a³	hun³	tɕa:ŋ¹	kiŋ¹	pai¹	jiau⁵
gou	aj	hwnj	gyang	ging	bae	yiuq
我	要	上	中	京	去	看

我要去京城看看，

3750

卜	媽	殆	骨	幼	茄	雷
po⁶	me⁶	da:ŋ¹	do:k⁷	u⁵	kia²	lai²
boh	meh	ndang	ndok	youq	giz	lawz
父	母	身	骨	在	地方	哪

父母尸骨在哪里。

3751

清	明	故	亦	背	拜	祖
ɕiŋ¹	miŋ²	ku¹	a³	pai¹	pa:i⁵	ɕo³
cing	mingz	gou	aj	bae	baiq	coj
清	明	我	要	去	祭	祖

清明我要去扫墓，

3752

不	劳	武	后	兵	馬	赖
bau⁵	la:u¹	u⁴	hau¹	piŋ¹	ma⁴	la:i¹
mbouj	lau	vuj	hou	bing	max	lai
不	怕	武	后	兵	马	多

不怕武后兵将多。

3753

登	路	太	路	贫	画	尨
taŋ²	hon¹	ta:i⁶	lo⁶	pan²	we⁶	iŋ⁴
daengx	roen	daih	loh	baenz	veh	ingj
满	路	大	路	成	画	像

沿路贴满薛刚像，

3754

皆	民	太	胆	老	夸	霄
ka:i⁵	muɯ²	ta:i⁶	ta:m³	la:u⁴	kwa⁵	bɯn¹
gaiq	mwngz	daih	damj	laux	gvaq	mbwn
个	你	大	胆	大	过	天

你胆子真大过天。

3755

孙	妼	他	吽	也	不	叮
luɯk⁸	pa²	te¹	nau²	je³	bau⁵	tiŋ⁵
lwg	baz	de	naeuz	yej	mbouj	dingq
儿	妻	他	讲	也	不	听

妻儿劝说也不听，

3756

干	即	即	馬	背	京	城
ka:n³	ɕɯ⁵	la:k⁸	ma⁴	pai¹	kiŋ¹	ɕiŋ²
ganj-	cwq	rag	max	bae	ging	singz
赶紧		拉	马	去	京	城

立刻上马去京城。

3757

代	七	八	甫	可	历	害
ta:i⁵	ɕɛt⁷	pe:t⁷	pu⁴	ko³	li¹	ha:i¹
daiq	caet	bet	boux	goj	leix	haih
带	七	八	人	也	厉	害

七八随从也了得，

3758

甫	甫	同	擂	鲁	定	鏈
pu⁴	pu⁴	toŋ⁶	do:i⁵	lo⁴	tin¹	fuɯŋ²
boux	boux	doengh	ndoiq	rox	din	fwngz
人	人	相	打	会	脚	手

人人会拳脚功夫。

3759

八	甫	很	京	背	拜	祖
pe:t⁷	pu⁴	hɯn³	kiŋ¹	pai¹	pa:i⁵	ɕo³
bet	boux	hwnj	ging	bae	baiq	coj
八	人	上	京	去	祭	祖

八人进京去扫墓，

3760

同	队	背	肝	铁	坟	墓
toŋ⁶	to:i⁶	pai¹	taŋ²	fa²	an¹	mo⁶
doengh-	doih	bae	daengz	faz	aen	moh
共同		去	到	铁	个	墓

一起来到铁坟前。

3761

优	恨	彐	刚	郭	墓	独
jau⁶	han¹	ɬe²	ka:ŋ⁵	kuak⁸	mo⁶	to:k⁸
youh	raen	sez	gangh	guh	moh	dog
又	见	薛	刚	做	墓	独

又见新修薛刚墓，

3762

彐	刚	合	烈	阿	贫	火
ɬe²	ka:ŋ⁵	ho²	te:k⁷	a³	pan²	fi²
sez	gangh	hoz	dek	aj	baenz	feiz
薛	刚	喉	裂	要	成	火

薛刚气得嗓冒火。

3763

彐	刚	拜	跪	涕	双	陌
ɬe²	ka:ŋ⁵	pa:i⁵	kwi⁶	tai³	ɬo:ŋ¹	pa:k⁷
sez	gangh	baiq	gvih	daej	song	bak
薛	刚	拜	跪	哭	二	口

薛刚跪拜哭几声，

3764

吽	许	彐	礼	旬	报	仇
nau²	hai³	ɬe²	li⁴	di⁴	pa:u⁵	ɕau²
naeuz	hawj	sez	lij	ndij	bauq	caeuz
讲	给	薛	礼	和	报	仇

告诉薛礼要报仇。

3765

眉	伝	报	吽	许	皇	帝
mi²	hun²	pa:u⁵	nau²	hai³	wuaŋ²	tai⁵
miz	vunz	bauq	naeuz	hawj	vuengz	daeq
有	人	报	讲	给	皇	帝

有人报告给皇帝，

3766

昙	你	ヨ	刚	斗	拜	坟
ŋon²	ni⁴	ɬe²	ka:ŋ⁵	tau³	pa:i⁵	ço³
ngoenz	neix	sez	gangh	daeuj	baiq	coj
日	今	薛	刚	来	拜	祖

今天薛刚来扫墓。

3767

则	天	恨	吽	就	发	令
tçə²	te:n⁵	han¹	nau²	tço⁶	fa:t⁷	liŋ⁶
cwz	denh	raen	naeuz	couh	fat	lingh
则	天	见	讲	就	发	令

则天听闻忙下令，

3768

就	发	兵	馬	四	贤	城
tço⁶	fa:t⁷	piŋ¹	ma⁴	ɬi⁵	he:n²	çiŋ²
couh	fat	bing	max	seiq	henz	singz
就	发	兵	马	四	边	城

立即发兵围全城。

就凭兵马几十万，薛希同擂不相行，

∃刚又恨雷门旺了，忑觥也代七甫佐，

皆佐可带兵历岩，七甫榴败夸七茄，

马围时他屋斗围、∃刚学榴加落城、

学逃背盯黄草山。武后兵马急良拐、

兵马背盯恶君写，四方八派蒲汉即。

枭主又恨雷旺了，培你背娄不贪佐，

∃刚甫佐他胆老，许故隆背奇他奴，

∃刚优恨合无恨、是你也恨耆你佐。

她他叫郭纪鸾英、刀甫吴隆背妓。

∃刚隆背市他催，她他却马隆背良。

关她欸马驼兕万珎"，兵驼鸳忺也斗肢集刨巴"。

潽盯办是不恨败，关她里甫奏当琬。

3769
就　点　兵　马　几　十　万
tɕo⁶　te:m³　piŋ¹　ma⁴　ki³　ɕip⁸　fa:n⁶

couh　diemj　bing　max　geij　cib　fanh

就　点　兵　马　几　十　万

点将发兵几十万，

3770
劳　希　同　擂　不　礼　行
la:u¹　hi⁵　toŋ⁶　do:i⁵　bau⁵　dai⁴　hiŋ²

lau　heiq　doengh　ndoiq　mbouj　ndaej　hingz

怕　忧　相　打　不　得　赢

担心开打赢不了。

3771
彐　刚　又　恨　霄　睦　了
ɬe²　ka:ŋ⁵　jau⁶　han¹　bun¹　lap⁷　le:u⁴

sez　gangh　youh　raen　mbwn　laep　liux

薛　刚　又　见　天　黑　完

薛刚眼看天已黑，

3772
忑　躺　也　代　七　甫　伝
la³　da:ŋ¹　je³　ta:i⁵　ɕɛt⁷　pu⁴　hun²

laj　ndang　yej　daiq　caet　boux　vunz

下　身　也　带　七　个　人

身边还带七个人。

3773
皆　伝　可　带　斗　历　害
ka:i⁵　hun²　ko³　ta:i⁵　tau³　li¹　ha:i¹

gaiq　vunz　goj　daiq　daeuj　leix　haih

个　人　也　带　来　历　害

对方也多有勇士，

3774
七　甫　擂　败　夸　七　茄
ɕɛt⁷　pu⁴　do:i⁵　pa:i⁶　kwa⁵　ɕɛt⁷　kia²

caet　boux　ndoiq　baih　gvaq　caet　giz

七　个　打　败　过　七　处

七人打败七处敌。

3775
馬　周　时　他　屋　斗　周
ma⁴　tɕau⁵　ɕɯ²　te¹　o:k⁷　tau³　tɕau⁵

maj　couh　cawz　de　ok　daeuj　gouq

马　周　时　那　出　来　救

马周闻讯来相救，

3776
彐　刚　学　擂　礼　落　城
ɬe²　ka:ŋ⁵　tɕo⁶　do:i⁵　dai⁴　loŋ²　ɕiŋ²

sez　gangh　coh　ndoiq　ndaej　roengz　singz

薛　刚　才　打　得　下　城

薛刚才能逃出城。

3777
学　逃　背　肛　黄　草　山①
tɕo⁶　te:u²　pai¹　taŋ²　wa:ŋ²　tɕa:u⁴　ɕa:n⁵

coh　deuz　bae　daengz　vangz　cauj　sanh

才　逃　去　到　黄　草　山

才逃回到黄草山，

3778
武　后　兵　马　急　良　楞
u⁴　hau¹　piŋ¹　ma⁴　tɕap⁷　liaŋ²　laŋ¹

vuj　hou　bing　max　gyaep　riengz　laeng

武　后　兵　马　追　跟　后

武则天追兵在后。

3779

兵	馬	背	肝	忈	岩	乌
piŋ¹	ma⁴	pai¹	taŋ²	la³	ŋa:m²	u⁵
bing	max	bae	daengz	laj	ngamz	youq
兵	马	去	到	下	岩	住

兵马驻足山崖下，

3780

四	方	八	派	潲	汉	即
ɬi⁵	fiaŋ¹	pe:t⁷	pa:i⁶	muan⁴	ha:n¹	çai²
seiq	fueng	bet	baih	muenx	han	caez
四	方	八	面	满	汉	齐

四面八方被包围。

3781

寨	主	又	恨	霄	啦	了
tça:i¹	tçu⁴	jau⁶	han¹	bun¹	lap⁷	le:u⁴
cai	cuj	youh	raen	mbwn	laep	liux
寨	主	又	见	天	黑	完

寨主见状自哀叹，

3782

培	你	皆	娄	不	贫	伝
pai²	ni⁴	ka:i⁵	lau²	bau⁵	pan²	hun²
baez	neix	gaiq	raeuz	mbouj	baenz	vunz
次	这	个	我们	不	成	人

这次已厄运临头。

3783

彐	刚	甫	伝	他	胆	老
ɬe²	ka:ŋ⁵	pu⁴	hun²	te¹	ta:m³	la:u⁴
sez	gangh	boux	vunz	de	damj	laux
薛	刚	个	人	他	胆	大

薛刚这人胆子大，

3784

许	故	隆	背	旬	他	坟
hai³	ku¹	loŋ²	pai¹	di⁴	te¹	fut⁸
hawj	gou	roengz	bae	ndij	de	fwd
给	我	下	去	和	他	打

让我下去和他打。

3785

彐	刚	优	恨	合	元	很
ɬe²	ka:ŋ⁵	jiau⁵	han¹	ho²	jiat⁸	hun³
sez	gangh	yiuq	raen	hoz	yied	hwnj
薛	刚	看	见	脖	越	起

薛刚见状很生气，

3786

昙	你	也	恨	考	你	伝
ŋon²	ni⁴	je³	han¹	ka:u⁶	ni⁴	hun²
ngoenz	neix	yej	raen	gauh-	neix	vunz
日	今	也	见	这么		人

这阵势早已见惯。

3787

妲	他	叫	郭	纪	鸢	英
pa²	te¹	he:u⁶	kuak⁸	te²	luan²	jiŋ⁵
baz	de	heuh	guh	dah	luenz	yingh
妻	他	叫	做	阿	鸢	英

他的妻子叫鸢英，

3788

刀	旬	甫	关	隆	背	坟
ta:u⁵	di⁴	pu⁴	kwa:n¹	loŋ²	pai¹	fut⁸
dauq	ndij	boux	gvan	roengz	bae	fwd
又	和	人	夫	下	去	打

也与丈夫同上阵。

3789

彐	刚	隆	背	与	他	揺
ɬe^{2}	kaːŋ^{5}	loŋ^{2}	pai^{1}	di^{4}	te^{1}	doːi^{5}
sez	gangh	roengz	bae	ndij	de	ndoiq
薛	刚	下	去	和	他	打

薛刚冲下山迎敌，

3790

妑	他	郎	馬	隆	背	良
pa^{2}	te^{1}	laːŋ^{3}	ma^{4}	loŋ^{2}	pai^{1}	liaŋ^{2}
baz	de	langj	max	roengz	bae	riengz
妻	他	套	马	下	去	跟

妻子策马跟在后。

3791

关	妑	卡	殆	几	十	万
kwaːn^{1}	pa^{2}	ka^{3}	taːi^{1}	ki^{3}	ɕip^{8}	faːn^{6}
gvan	baz	gaj	dai	geij	cib	fanh
夫	妻	杀	死	几	十	万

夫妻杀敌几十万，

3792

不	仪	昙	你	井	数	恶
bau^{5}	ɬin^{5}	ŋon^{2}	ni^{4}	tɕiŋ^{5}	ɬu^{1}	ʔjaːk^{7}
mbouj	saenq	ngoenz	neix	gyoengq	sou	yak
不	信	日	今	众	你们	恶

不怕今天你们凶。

①黄草山 [waːŋ^{2} tɕaːu^{4} ɕaːn^{5}]：也称荒草山，《薛刚反唐》中薛刚落草之地。

80

关妃依旧愁心一片，不放君家开放感怀，

束城兵马兄歼斗，兵马也长也肝焦。

擂肘为是不恨败，关妃当甬寿当茄。

肖把逃参忍败脊，

背肘牵路眉日迄，逃背楞婚那朵鲙，

背肘约学则生劲，圆擂同代劲大来。

双甬劲他哌伤患，幼压寒花生日葵。

讲肘茄你又乞茶，甬比提礼几千片。

逃背肘茄四水吴、再讲日刚逃朵鲙。

日义恨肘心欢喜，乳背楞日义朵鲙。

杨氏妣娘屈斗喘，往故号你幼隆兰。

爷切束城不快活，三爷号你斗逃鲙，

　　　　　维利新路劳持力。

　日刚恨咩淋大筹，　妣娘肘哪善友咩。

3793

京	城	兵	馬	况	万	所
kiŋ¹	ɕiŋ²	piŋ¹	ma⁴	kwa⁵	faːn⁶	ło⁵
ging	singz	bing	max	gvaq	fanh	soq
京	城	兵	马	过	万	数

千军万马压过来，

3794

兵	馬	也	卡	也	肝	集
piŋ¹	ma⁴	je⁶	ka³	je⁶	taŋ²	ɕai²
bing	max	yeh	gaj	yeh	daengz	caez
兵	马	越	杀	越	到	齐

官军越打人越多。

3795

擂	肝	办	灵	不	恨	贩
doːi⁵	taŋ²	paːn¹	liŋ²	bau⁵	han¹	paːi⁶
ndoiq	daengz	ban	ringz	mbouj	raen	baih
打	到	时	午	不	见	败

中午依然攻不下，

3796

关	妕	当	甫	夸	当	茄
kwaːn¹	pa²	taːŋ⁵	pu⁴	kwa⁵	taːŋ⁵	kia²
gvan	baz	dangq	boux	gvaq	dangq	giz
夫	妻	各	人	过	各	处

夫妻失散各走各。

3797

甫	妕	逃	夸	忑	贩	肯
pu⁴	pa²	teːu²	kwa⁵	la³	baːn⁴	kɯn²
boux	baz	deuz	gvaq	laj	mbanj	gwnz
人	妻	逃	过	下	村	上

妻子她往下村逃，

3798

逃	背	楞	媽	那	朵	躺
teːu²	pai¹	laŋ¹	me⁶	na⁴	do⁴	daːŋ¹
deuz	bae	laeng	meh	nax	ndoj	ndang
逃	去	家	母	姨	躲	身

逃去姨妈家躲藏。

3799

背	肝	孕	路	刚	生	劲
pai¹	taŋ²	tiŋ²	hon¹	ŋaːm⁵	łeːŋ¹	luk⁸
bae	daengz	dingz	roen	ngamq	seng	lwg
去	到	半	路	刚	生	儿

到半路又生儿子，

3800

同	擂	同	卡	劲	大	耒
toŋ⁶	doːi⁵	toŋ⁶	ka³	luk⁸	taːi⁶	tau³
doengh	ndoiq	doengh	gaj	lwg	daih	daeuj
相	打	相	杀	儿	大	到

厮杀中长子赶到。

3801

背	肝	孕	路	眉	彐	交
pai¹	taŋ²	tiŋ²	hon¹	mi²	łe²	kiau⁵
bae	daengz	dingz	roen	miz	sez	gyauh
去	到	半	路	有	薛	蛟

半路上生了薛蛟，

3802

幼	忑	寨	花	生	彐	葵
u⁵	la³	tɕaːi¹	wa¹	łeːŋ¹	łe²	kwai²
youq	laj	cai	va	seng	sez	gveiz
在	下	寨	双	生	薛	葵

又在下寨生薛葵。

3803

双	甫	劲	他	顺	历	害
ɬoːŋ¹	pu⁴	luuk⁸	te¹	çin¹	li¹	haːi¹
song	boux	lwg	de	caen	leix	haih
两	个	儿	他	真	厉	害

两个儿真厉害，

3804

甫	甫	提	礼	儿	千	斤
pu⁴	pu⁴	tuɯ²	dai⁴	ki³	çian¹	kan¹
boux	boux	dawz	ndaej	geij	cien	gaen
人	人	拿	得	几	千	斤

个个能提千斤重。

3805

讲	肝	茄	你	又	乙	奈
kaːŋ³	taŋ²	kia²	ni⁴	jau⁶	ʔjiat⁷	naːi⁵
gangj	daengz	giz	neix	youh	yiet	naiq
讲	到	地方	这	又	歇	累

讲到这里先休息，

3806

再	讲	⼹	刚	逃	朵	躺
tɕaːi¹	kaːŋ³	ɬe²	kaːŋ⁵	teːu²	do⁴	daːŋ¹
caiq	gangj	sez	gangh	deuz	ndoj	ndang
再	讲	薛	刚	逃	躲	身

再讲薛刚去逃命。

四十六 薛义不义卖兄弟

80

关妲炎啥也一万，不攻是尔斗败咱

束坞兵马兄弓斜，兵辱也长也肝难

擂肝办是不恨败，关妲当甫夸当菇。

肖把逃参忐贩肯，逃背楞妈那朵鹤，

背肝孕路眉曰之、园擂同犬劲大来，

双甫劲他顺历患，幼后寒花生王葵。

背肝囚学肝生劲，甫匕提礼几千片。

讲肝茄你又乙杂，再讲曰刚逃呆盤。

逃背肝茄四水吴，乳背楞曰义朵鹤。

曰义恨肝心欢喜，往故是你幼隆兰。

杨氏妞娘屋斗喁，三爷是你斗逆盤，

爷切束坞不快活，雒利新路劳待力。

且刚恨咋妹犬篝，

姑娘咋哪善友哞。

3807

逃	背	肎	茄	四	水	吴
teːu²	pai¹	taŋ²	kia²	ɬu¹	ɕuai⁴	u⁵
deuz	bae	daengz	giz	sw	suij	youq
逃	去	到	地方	泗	水	住

薛刚逃往泗水去，

3808

吼	背	楞	彐	义	朵	鸱
hau³	pai¹	laŋ¹	ɬe²	ji¹	do⁴	daːŋ¹
haeuj	bae	laeng	sez	yi	ndoj	ndang
进	去	家	薛	义	躲	身

到薛义家里藏身。

3809

彐	义	恨	肎	心	欢	喜
ɬe²	ji¹	han¹	taŋ²	ɬam¹	wuan⁶	hi³
sez	yi	raen	daengz	sim	vuen	heij
薛	义	见	到	心	欢	喜

薛义见他心欢喜，

3810

往	故	昙	你	幼	隆	兰
nuaŋ⁴	ku¹	ŋon²	ni⁴	ʔju⁵	loŋ²	laːn²
nuengx	gou	ngoenz	neix	youq	roengz	ranz
弟	我	日	今	怎	下	家

询问为何来到这？

3811

杨	氏	妣	娘	屋	斗	唄
jaːŋ²	ɕi¹	pi⁴	naːŋ²	oːk⁷	tau³	jiau⁵
yangz	si	beix	nangz	ok	daeuj	yiuq
杨	氏	兄	妻	出	来	瞅

嫂子杨氏出来看，

3812

三	爷	昙	你	斗	遊	鸱
ɬaːm¹	jia²	ŋon²	ni⁴	tau³	jau²	daːŋ¹
sam	yiz	ngoenz	neix	daeuj	youz	ndang
三	伯爷	日	今	来	游	身

三爷今日过来玩。

3813

爷	幼	京	城	不	快	活
jia²	u⁵	kiŋ¹	ɕiŋ²	bau⁵	kwaːi⁵	ho²
yiz	youq	ging	singz	mbouj	gvai	hoz
伯爷	在	京	城	不	快	活

莫非在京不愉快。

3814

鸱	利	彩	路	劳	特	力
daːŋ¹	di¹	tɕaːi³	lo⁶	laːu¹	tuuk⁸	leːŋ²
ndang	ndei	byaij	loh	lau	dwg	rengz
身	好	走	路	怕	是	力

不惜辛苦跑到这。

3815

彐	刚	恨	吽	淋	大	篤
ɬe²	kaːŋ⁵	han¹	nau²	lam⁴	ta¹	tok⁷
sez	gangh	raen	naeuz	raemx	da	doek
薛	刚	见	讲	水	眼	落

薛刚听着掉眼泪，

3816

妣	娘	叮	哪	差	灰	吽
pi⁴	naːŋ²	tiŋ⁵	jia¹	ɕa³	hoːi⁵	nau²
beix	nangz	dingq	nyi	caj	hoiq	naeuz
兄	妻	听	见	等	奴	讲

嫂子你听我说来。

开发南征鲁哎玑，再欧条夸老哎玩。

被条正月瑞十五，皇帝开时幼京城。

不论莫使听百姓，带匕刀刀江东城。

开发沈火不鲁润，彩功皇南始志定一

嗳造迟听你朵命，万件便希书命牙。

曰义恨哗机违呢，昌昨劳希危听故。

开你大事逃不季，差故豨计送吼京。

甫估曰刚鲁哎玑，马上特桌许他哎。

恨玑哎火听躯温，就捉曰刚吼木军。

甫把曰义哗许玅，同以曰彼份内兰。

他祥分佟许氏郡，幼不念听他功劳。

曰义恨哗合元艮，定走郷氏险忘党。

妈妈你殆不用弟，就彩曰刚背欧澄。

3817

开	灰	甫	伝	鲁	哽	汍
ka:i⁵	ho:i⁵	pu⁴	hun²	lo⁴	kun¹	lau³
gaiq	hoiq	boux	vunz	rox	gwn	laeuj
个	奴	个	人	会	吃	酒

我这人就爱喝酒，

3818

弄	欧	条	事	老	吼	躺
loŋ¹	au¹	te:u²	ɬian⁵	la:u⁴	hau³	da:ŋ¹
loeng	aeu	diuz	saeh	laux	haeuj	ndang
错	要	条	事	大	入	身

今惹大祸缠上身。

3819

被	你	正	月	晗	十	五
pai²	ni⁴	ɕiaŋ¹	dian¹	ham⁶	ɕip⁸	ha³
baez	neix	cieng	ndwen	haemh	cib	haj
次	这	正	月	夜	十	五

今年春节十五夜，

3820

皇	帝	开	灯	幼	京	城
wuaŋ²	tai⁵	ha:i¹	taŋ¹	u⁵	kiŋ¹	ɕiŋ²
vuengz	daeq	hai	daeng	youq	ging	singz
皇	帝	开	灯	在	京	城

皇帝在京闹花灯。

3821

不	论	甫	使	肛	百	姓
bau⁵	lun⁶	pu⁴	ɬai⁵	taŋ²	pe:k⁸	ɬiŋ⁵
mbouj	lwnh	boux	saeq	daengz	bek	singq
不	论	人	官	到	百	姓

不管官员或百姓，

3822

背	背	刀	刀	江	京	城
pai¹	pai¹	ta:u⁵	ta:u⁵	tɕa:ŋ¹	kiŋ¹	ɕiŋ²
bae	bae	dauq	dauq	gyang	ging	singz
去	去	回	回	中	京	城

来来往往游京城。

3823

开	灰	汍	火	不	鲁	润
ka:i⁵	ho:i⁵	lau³	fi²	bau⁵	lo⁴	jin⁶
gaiq	hoiq	laeuj	feiz	mbouj	rox	nyinh
个	奴	酒	醉	不	会	醒

我喝醉酒不清醒，

3824

彩	劲	皇	帝	殆	忑	定
ɕa:i³	luk⁸	wuaŋ²	tai⁵	ta:i¹	la³	tin¹
caij	lwg	vuengz	daeq	dai	laj	din
踩	儿	皇	帝	死	下	脚

当场踩死了皇子。

3825

嘎	造	逃	肛	你	朵	命
ka:k⁸	ɕa:u⁴	te:u²	taŋ²	ni⁴	do⁴	miŋ⁶
gag-	caux	deuz	daengz	neix	ndoj	mingh
这	才	逃	到	这	躲	命

这才逃命到这里，

3826

万	件	哽	希	旬	命	牙
fa:n⁶	kian⁶	kun¹	hi⁵	di⁴	miŋ⁶	jia⁵
fanh	gienh	gwn	heiq	ndij	mingh	ywq
万	件	吃	忧	和	命	罢

担惊受怕为活命。

3827

彐	义	恨	吽	就	连	咘
ɬe²	ji¹	han¹	nau²	tɕo⁶	le:n⁶	ha:u⁵
sez	yi	raen	naeuz	couh	lenh	hauq
薛	义	见	讲	就	连忙	说

薛义听着连忙说，

3828

昙	昨	劳	希	急	肝	故
ŋon²	ɕo:k⁸	la:u¹	hi⁵	kap⁸	taŋ²	ku¹
ngoenz	cog	lau	heiq	gaeb	daengz	gou
日	明	怕	忧	抓	到	我

我怕日后遭连累。

3829

开	你	大	事	逃	不	夸
ka:i⁵	ni⁴	ta:i⁶	ɬian⁵	te:u²	bau⁵	kwa⁵
gaiq	neix	daih	saeh	deuz	mbouj	gvaq
个	这	大	事	逃	不	过

这是大事躲不过，

3830

差	故	祘	计	送	吼	京
ɕa³	ku¹	ɬuan⁵	ki⁶	ɬoŋ⁵	ha:u³	kiŋ¹
caj	gou	suenq	geiq	soengq	haeuj	ging
等	我	算	计	送	进	京

等我设法送进京。

3831

甫	伝	彐	刚	鲁	哽	沥
pu⁴	hun²	ɬe²	ka:ŋ⁵	lo⁴	kun¹	la:u³
boux	vunz	sez	gangh	rox	gwn	laeuj
个	人	薛	刚	会	喝	酒

薛刚这人爱喝酒，

3832

马	上	特	桌	许	他	哽
tɕik⁷	hak⁷	tuuk⁷	ɕo:ŋ²	ha:i³	te¹	kun¹
sik	haek	dwk	congz	hawj	de	gwn
即	刻	摆	桌	给	他	吃

立即设宴让他喝。

3833

恨	沥	哽	火	肝	躺	温
han¹	lau³	kun¹	fi²	taŋ²	da:ŋ¹	un⁵
raen	laeuj	gwn	feiz	daengz	ndang	unq
见	酒	喝	醉	到	身	软

喝酒喝到头晕晕，

3834

就	捉	彐	刚	吼	木	笼
tɕo⁶	tu²	ɬe²	ka:ŋ⁵	ha:u³	ɬo:ŋ²	mai⁴
couh	dawz	sez	gangh	haeuj	songz	faex
就	拿	薛	刚	进	笼	木

就抓薛刚关进笼。

3835

甫	妚	彐	义	吽	许	放
pu⁴	pa²	ɬe²	ji¹	nau²	ha:i³	ɕuaŋ⁵
boux	baz	sez	yi	naeuz	hawj	cuengq
人	妻	薛	义	讲	给	放

薛义妻子叫放人，

3836

同	队	彐	家	伝	内	兰
toŋ⁶	to:i⁶	ɬe²	la:n²	hun²	dai¹	la:n²
doengh-	doih	sez	ranz	vunz	ndaw	ranz
共同		薛	家	人	内	家

大家都是薛家人。

3837

他	样	分	使	许	民	郭
te¹	jiaŋ⁶	fan⁶	ɬai⁵	hai³	muɯŋ²	kuak⁸
de	nyiengh	faenh	saeq	hawj	mwngz	guh
他	让	份	官	给	你	做

他还让官给你当，

3838

幼	不	念	肝	他	功	劳
ʔju⁵	bau⁵	neːn¹	taŋ²	te¹	koŋ¹	laːu²
youq	mbouj	nen	daengz	de	goeng	lauz
怎	不	念	到	他	功	劳

怎不感念他恩情？

3839

ヨ	义	恨	吽	合	元	很
ɬe²	ji¹	han¹	nau²	ho²	jiat⁸	huɯn³
sez	yi	raen	naeuz	hoz	yied	hwnj
薛	义	见	讲	脖	越	起

薛义听着火气上，

3840

定	达	扬	氏	殆	忘	定
tin¹	tap⁸	jaːŋ²	çi¹	taːi¹	la³	tin¹
din	daeb	yangz	si	dai	laj	din
脚	踏	杨	氏	死	下	脚

怒把杨氏踢致死。

妈妈你瞧那不用弟，就叫三刚皆放滤。

就点兵马三千度，委采三刚背京城。

兵马足一彩参观，兵马足一彩良椤。

彩参忍志老九足山，三刚叫大闹苏七。

寨主叫哪三刚叫，胡其马赞斗围他。

围程三刚狠寨主，就捉三义叫木筹。

讲时嘉作文乙杂，再讲三刚报烟仇。

提程三义嗲杀了，英雄就嗲开麻名。

三刚帆背隆贺跪，同以叮哪善灰吽，

四甬英雄写他纯，三刚叩走刀谢思。

开忿君初郎三刚，昌保三家不贵任。

安雄山西老门砚，号像三家省功劳。

81

3841

媽	獝	你	殆	不	用	希
me⁶	ma¹	ni⁴	ta:i¹	bau⁵	juŋ⁶	hi⁵
meh	ma	neix	dai	mbouj	yungh	heiq
母	狗	这	死	不	用	忧

这狗妇死不足惜，

3842

就	彩	⼻	刚	背	欧	名
tɕo⁶	tɕa:i³	ɬe²	ka:ŋ⁵	pai¹	au¹	miŋ²
couh	byaij	sez	gangh	bae	aeu	mingz
就	走	薛	刚	去	要	名

要押薛刚去邀功。

3843

就	点	兵	馬	三	千	度
tɕo⁶	te:m³	piŋ¹	ma⁴	ɬa:m¹	ɕian¹	to⁶
couh	diemj	bing	max	sam	cien	doh
就	点	兵	马	三	千	够

又点够三千兵马，

3844

娄	采	⼻	刚	背	京	城
lau²	tɕa:i³	ɬe²	ka:ŋ⁵	pai¹	kiŋ¹	ɕiŋ²
raeuz	byaij	sez	gangh	bae	ging	singz
我们	走	薛	刚	去	京	城

押送薛刚上京城。

3845

兵	馬	廷	一	彩	夸	观
piŋ¹	ma⁴	tiŋ²	de:u¹	tɕa:i³	kwa⁵	ko:n⁵
bing	max	dingz	ndeu	byaij	gvaq	gonq
兵	马	半	一	走	过	前

一半兵马走在前，

3846

兵	馬	廷	一	彩	良	楞
piŋ¹	ma⁴	tiŋ²	de:u¹	tɕa:i³	lian²	laŋ¹
bing	max	dingz	ndeu	byaij	riengz	laeng
兵	马	半	一	走	跟	后

一半兵马走后面。

四十七　九连山薛刚遇救

扫码听音频

81

无论眼朱命应恨、　　走孤身

娘娘你踪身个用希，就薛王刚背政湾

就点兵马三千员，奉采三刚背京城。

兵马走一勒奉参观，兵马走一勒良楞。

薛参忌若九连山，三刚叫大闹妹上。

寨主叫哪三刚叫，胡甚马赞斗闹他。

闹程三刚很寨主，就提三义叫木筹。

讲时荒作文乙杂、再讲三刚报烟仇。

捉程三义嗲开了，英雄就嗲开麻老。

三刚叽背隆贺跪，同以叮哪差灰叫、

四甫英雄写他呕，三刚叩走刀谢恩。

开庆君初郎三刚、是你三家不贵偿。

李雄山西老门观，号像三家有功劳。

3847

彩	夸	忑	岩	九	连	山①
tça:i³	kwa⁵	la³	ŋa:m²	kiu⁴	le:n²	ça:n⁵
byaij	gvaq	laj	ngamz	giuj	lenz	sanh
走	过	下	岩	九	连	山

走过九连山脚下，

3848

⇒	刚	叫	大	周	林	林
łe²	ka:ŋ⁵	he:u⁶	ta¹	tçau⁵	lin²	lin²
sez	gangh	heuh	da	gouq	lin-	lin
薛	刚	叫	岳父	救	连	连

薛刚喊岳父救命。

3849

寨	主	叮	哪	⇒	刚	叫
tça:i¹	tçu⁴	tiŋ⁵	jia¹	łe²	ka:ŋ⁵	he:u⁶
cai	cuj	dingq	nyi	sez	gangh	heuh
寨	主	听	见	薛	刚	叫

寨主听见呼救声，

3850

胡	其②	马	赞③	斗	周	他
hu²	ki²	ma⁴	tça:n¹	tau³	tçau⁵	te¹
huz	giz	maj	can	daeuj	gouq	de
胡	其	马	赞	来	救	他

胡其马赞来相救。

3851

周	提	⇒	刚	很	寨	主
tçau⁵	tu²	łe²	ka:ŋ⁵	hun³	tça:i¹	tçu⁴
gouq	dawz	sez	gangh	hwnj	cai	cuj
救	拿	薛	刚	上	寨	主

救下薛刚请上山，

3852

就	捉	⇒	义	吼	木	笼
tço⁶	tu²	łe²	ji¹	hau³	ło:ŋ²	mai⁴
couh	dawz	sez	yi	haeuj	songz	faex
就	拿	薛	义	进	笼	木

又捉薛义关进笼。

3853

讲	朋	茄	你	又	乙	奈
ka:ŋ³	taŋ²	kia²	ni⁴	jau⁶	ʔjiat⁷	na:i⁵
gangj	daengz	giz	neix	youh	yiet	naiq
讲	到	地方	这	又	歇	累

讲到这里先休息，

3854

再	讲	⇒	刚	报	烟	仇
tça:i¹	ka:ŋ³	łe²	ka:ŋ⁵	pa:u⁵	ʔjian¹	çau²
caiq	gangj	sez	gangh	bauq	ien	caeuz
再	讲	薛	刚	报	冤	仇

再说薛刚要报仇。

3855

捉	提	⇒	义	嗲	条	事
çuk⁸	tu²	łe²	ji¹	ça:m¹	te:u²	łian⁵
cug	dawz	sez	yi	cam	diuz	saeh
绑	拿	薛	义	问	条	事

抓住薛义来审问，

3856

英	雄	就	嗲	开	麻	名
jiŋ⁵	huŋ²	tço⁶	ça:m¹	ka:i⁵	ma²	miŋ²
yingh	yungz	couh	cam	gaiq	maz	mingz
英	雄	就	问	块	什么	名

询问薛刚的姓名。

3857

彐	刚	吼	背	隆	贺	跪
ɬe²	ka:ŋ⁵	hau³	pai¹	loŋ²	ho⁵	kwi⁶
sez	gangh	haeuj	bae	roengz	hoq	gvih
薛	刚	进	去	下	膝	跪

薛刚进去忙下跪，

3858

同	队	叮	哪	差	灰	吽
toŋ⁶	to:i⁶	tiŋ⁵	jia¹	ɕa³	ho:i⁵	nau²
doengh-	doih	dingq	nyi	caj	hoiq	naeuz
共同		听	见	等	奴	讲

大家一起听我说。

3859

四	甫	英	雄	乌	他	能
ɬi⁵	pu⁴	jiŋ⁵	huŋ²	u⁵	te¹	naŋ⁶
seiq	boux	yingh	yungz	youq	de	naengh
四	个	英	雄	在	那	坐

四位好汉在上坐，

3860

彐	刚	叩	走	刀	谢	恩
ɬe²	ka:ŋ⁵	to:k⁸	tɕau³	ta:u⁵	ɬe¹	an¹
sez	gangh	dog	gyaeuj	dauq	cih	aen
薛	刚	磕	头	又	谢	恩

薛刚磕头来谢恩。

3861

开	灰	名	初	郭	彐	刚
ka:i⁵	ho:i⁵	miŋ²	ço⁶	kuak⁸	ɬe²	ka:ŋ⁵
gaiq	hoiq	mingz-	coh	guh	sez	gangh
个	奴	名字		做	薛	刚

我的名字叫薛刚，

3862

昙	你	彐	家	不	贫	伝
ŋon²	ni⁴	ɬe²	la:n²	bau⁵	pan²	hun²
ngoenz	neix	sez	ranz	mbouj	baenz	vunz
日	今	薛	家	不	成	人

如今薛家遭磨难。

3863

公	祖	山	西	龙	门	砚
koŋ¹	ço³	ɕa:n⁵	ɬi⁵	luŋ²	mun²	he:n¹
goeng	coj	sanh	sih	lungz	mwnz	yen
公	祖	山	西	龙	门	县

祖籍山西龙门县，

3864

昙	你	彐	家	有	功	劳
ŋon²	ni⁴	ɬe²	la:n²	mi²	koŋ¹	la:u²
ngoenz	neix	sez	ranz	miz	goeng	lauz
日	今	薛	家	有	功	劳

如今薛家有功劳。

---

①九连山 [kiu⁴ le:n² ɕa:n⁵]：山名，在广东省北部、粤赣两省边境，东北—西南走向，东北接武夷山，西南延伸到北江清远市飞来峡、英德市浈阳峡等地。

②胡其 [hu² ki²]：人名，九连山寨寨主。

③马赞 [ma⁴ tɕa:n¹]：人名，九连山寨寨主。

英雄叮哪又刀呃，　谷祖小民皆眉麻苦备

曰刚恨嗲可咩的，　王光叮哪差炭咩。

谷祖仁贵背征东，　封他功劳东过王，

九炭丁山背征西，　封他功劳西过王。

昙保功劳舍同担，　防署号义反心头。

炭群分使许他郡，　他不记叮炭功劳。

昔你他友心惠祖，　昙你捉炭叭木笼，

炭鸟京城眉朵多，　逃斗初他友要凉。

乘炭叭京可容易，　买令炭跆不怨雪。

杀乃他特贵样你，　不大日义的么雷。

就提号义卡奚命，　地他杨长乱始方。

英雄双奎狢他恨，　民鸟若你不劳苦，

皆你大家不眉惠，　同嗽叫走刀谢恩嗄。

曰刚又参表莲屏，　太王牛卵向床□，

3865

英	雄	叮	哪	又	刀	吒
jiŋ⁵	huŋ²	tiŋ⁵	jia¹	jau⁶	ta:u⁵	ha:u⁵
yingh	yungz	dingq	nyi	youh	dauq	hauq
英	雄	听	见	又	回	说

好汉听完又问道，

3866

谷	祖	卜	民	皆	麻	名
kok⁷	ço³	po⁶	muŋ²	ka:i⁵	ma²	miŋ²
goek	coj	boh	mwngz	gaiq	maz	mingz
根	祖	父	你	块	什么	名

你父亲叫什么名？

3867

彐	刚	恨	嗲	可	吽	所
łe²	ka:ŋ⁵	han¹	ça:m¹	ko³	nau²	ło⁶
sez	gangh	raen	cam	goj	naeuz	soh
薛	刚	见	问	也	讲	直

薛刚老实回答道，

3868

王	兄	叮	哪	差	灰	吽
wa:ŋ²	çuŋ⁵	tiŋ⁵	jia¹	ça³	ho:i⁵	nau²
vangz	yungh	dingq	nyi	caj	hoiq	naeuz
王	兄	听	见	等	奴	讲

王兄你们听我说。

3869

谷	祖	仁	贵	背	征	东
kok⁷	ço³	jin²	kwai⁵	pai¹	tçin⁵	tuŋ⁵
goek	coj	yinz	gvei	bae	cwngh	dungh
根	祖	仁	贵	去	征	东

祖父薛仁贵东征，

3870

封	他	功	劳	东	辽	王
fuŋ⁶	te¹	koŋ¹	la:u²	tuŋ⁵	liau²	wa:ŋ²
fung	de	goeng	lauz	dungh	liuz	vangz
封	他	功	劳	东	辽	王

有功封赏东辽王。

3871

卜	灰	丁	山	背	征	西
po⁶	ho:i⁵	tiŋ⁵	ça:n⁵	pai¹	tçin⁵	łi⁵
boh	hoiq	dingh	sanh	bae	cwngh	sih
父	奴	丁	山	去	征	西

父亲薛丁山西征，

3872

封	他	功	劳	西	辽	王
fuŋ⁶	te¹	koŋ¹	la:u²	łi⁵	liau²	wa:ŋ²
fung	de	goeng	lauz	sih	liuz	vangz
封	他	功	劳	西	辽	王

有功封赏西辽王。

3873

曒	你	功	劳	舍	同	擂
ŋon²	ni⁴	koŋ¹	la:u²	çe¹	toŋ⁶	do:i⁵
ngoenz	neix	goeng	lauz	ce	doengh	ndoiq
日	今	功	劳	舍	相	打

如今却相互打斗，

3874

防	骂	彐	义	反	心	头
fa:ŋ²	ma¹	łe²	ji¹	fa:n³	łam¹	tau²
fangz	ma	sez	yi	fanj	sim	daeuz
鬼	狗	薛	义	反	心	头

薛义狗养反骨仔。

3875

灰	样	分	使	许	他	郭
hoːi⁵	jiaŋ⁶	fan⁶	ɬai⁵	hai³	te¹	kuak⁸
hoiq	nyiengh	faenh	saeq	hawj	de	guh
奴	让	份	官	给	他	做

我让官差给他当，

3876

他	不	记	肝	灰	功	劳
te¹	bau⁵	ki⁵	taŋ²	hoːi⁵	koŋ¹	laːu²
de	mbouj	geiq	daengz	hoiq	goeng	lauz
他	不	记	到	奴	功	劳

他竟忘恩又负义。

3877

皆	你	他	友	心	惠	祖
kaːi⁵	ni⁴	te¹	jau⁶	ɬam¹	wi¹	ço³
gaiq	neix	de	yaeuh	sim	vi	coj
个	这	他	骗	心	违	背	祖

这是他违背祖宗，

3878

昙	你	捉	灰	吼	木	笼
ŋon²	ni⁴	çuk⁸	hoːi⁵	hau³	ɬoːŋ²	mai⁴
ngoenz	neix	cug	hoiq	haeuj	songz	faex
日	今	绑	奴	进	笼	木

今天关我进笼子。

3879

灰	乌	京	城	眉	条	事
hoːi⁵	u⁵	kiŋ¹	çiŋ²	mi²	teːu²	ɬian⁵
hoiq	youq	ging	singz	miz	diuz	saeh
奴	在	京	城	有	条	事

我在京城犯过事，

3880

逃	斗	初	他	反	凄	凉
teːu²	tau³	ço⁶	te¹	faːn³	ɬi⁵	liaŋ²
deuz	daeuj	coh	de	fanj	si	liengz
逃	来	向	他	反	凄	凉

逃到他这更遭殃。

3881

耒	灰	吼	京	可	容	易
laŋ²	hoːi⁵	hau³	kiŋ¹	ko³	juŋ²	ji⁶
laengz	hoiq	haeuj	ging	goj	yungz	heih
押	奴	进	京	也	容	易

送我进京也容易，

3882

买	分	灰	殆	不	怨	霄
maːi⁶	fan⁶	hoːi⁵	taːi¹	bau⁵	ʔjian⁵	buɯn¹
maih	faenh	hoiq	dai	mbouj	ienq	mbwn
就算	份	奴	死	不	怨	天

就算我死也无怨。

3883

条	事	他	特	贫	样	你
teːu²	ɬian⁵	te¹	tuk⁸	pan²	jiaŋ⁶	ni⁴
diuz	saeh	de	dwg	baenz	yiengh	neix
条	事	那	是	成	样	这

事情已变成这样，

3884

不	卡	ⴷ	义	肝	么	雷
bau⁵	ka³	ɬe²	ji¹	taŋ²	mia⁶	lai²
mbouj	gaj	sez	yi	daengz	mwh	lawz
不	杀	薛	义	到	时	何

不杀薛义待何时？

3885

就	提	彐	义	卡	条	命
tɕo⁶	tɯ²	ɬe²	ji¹	ka³	teːu²	miŋ⁶
couh	dawz	sez	yi	gaj	diuz	mingh
就	拿	薛	义	杀	条	命

这样就把薛义杀，

3886

妑	他	扬	氏	乱	殆	有
pa²	te¹	jaːŋ²	ɕi¹	luan⁶	taːi¹	diai¹
baz	de	yangz	si	luenh	dai	ndwi
妻	他	杨	氏	乱	死	空

他妻杨氏冤枉死。

3887

英	雄	双	逢	抬	他	很
jiŋ⁵	huŋ²	ɬoːŋ¹	fɯŋ²	taːi²	te¹	hɯn³
yingh	yungz	song	fwngz	daiz	de	hwnj
英	雄	双	手	抬	他	起

好汉双手扶他起，

3888

民	乌	茄	你	不	劳	殆
mɯŋ²	u⁵	kia²	ni⁴	bau⁵	laːu¹	taːi¹
mwngz	youq	giz	neix	mbouj	lau	dai
你	在	地方	这	不	怕	死

你在这里别害怕。

英雄取逸说他恨　　同队师走不谢恩。
留你大家不肯惠　　民身孤你不劳姑

82

3 刚又嗲莫雄哥，　　大王叫郭雪麻名。

英雄大王还哼吨，　　他民君切郭胡其。

青你与赞特二哥，　　皆你不特西王齐。

3 刚恨咩隆贺晚，　　被往南背丁名齐。

英雄伴许他击乌，　　咩许3刚乌他纵。

讲町拾好又乙奈，　　再讲马周开雷台。

无迎3刚不恨那，　　不鲁谷根背荒雷。

3 刚船他武将安，　　开台同播学恨他。

陵王各查刀各爷，　　刀尾字投造恨他。

3 刚徐陵王邦祖，　　买他眉扎敌不提。

许他眉几颗五老，　　十扎八扎故不提，

3889

皆	你	大	家	不	眉	惠
ka:i⁵	ni⁴	ta¹	kia⁵	bau⁵	mi²	wi¹
gaiq	neix	daih	gya	mbouj	miz	vi
个	这	大	家	不	有	违背

大家不会亏待你,

3890

同	隊	叩	走	刀	谢	恩
toŋ⁶	to:i⁶	to:k⁸	tɕau³	ta:u⁵	ɬe¹	an¹
doengh-	doih	dog	gyaeuj	dauq	cih	aen
共同		磕	头	又	谢	恩

互相磕头又道谢。

3891

彐	刚	又	嗲	英	雄	哥
ɬe²	ka:ŋ⁵	jau⁶	ɕa:m¹	jiŋ⁵	huŋ²	ko⁵
sez	gangh	youh	cam	yingh	yungz	go
薛	刚	又	问	英	雄	哥

薛刚又问众好汉,

3892

大	王	叫	郭	皆	麻	名
ta:i⁶	wuaŋ²	he:u⁶	kuak⁸	ka:i⁵	ma²	miŋ²
daih	vuengz	heuh	guh	gaiq	maz	mingz
大	王	叫	做	个	什么	名

敢问大王什么名?

3893

英	雄	大	王	还	唪	吒
jiŋ⁵	huŋ²	ta:i⁶	wuaŋ²	wa:n²	ɕon²	ha:u⁵
yingh	yungz	daih	vuengz	vanz	coenz	hauq
英	雄	大	王	回	句	话

好汉大王回答道,

3894

伱	民	名	初	郭	胡	其
pi⁴	muŋ²	min²	ço⁶	kuak⁸	hu²	ki²
beix	mwngz	mingz-	coh	guh	huz	giz
兄	你	名字		做	胡	其

为兄名字叫胡其。

3895

甫	你	马	赞	特	二	哥
pu⁴	ni⁴	ma⁴	tɕa:n¹	tuk⁸	ŋi⁶	ko⁵
boux	neix	maj	can	dwg	ngeih	go
个	这	马	赞	是	二	哥

这是二哥叫马赞,

3896

彼	往	南	背	丁	名	齐
pi⁴	nuaŋ⁴	na:n⁶	pai²	te:ŋ¹	muŋ²	ɕai²
beix	nuengx	nanh	baez	deng	mwngz	caez
兄	弟	难	次	对	你	齐

兄弟和你同落难。

3897

彐	刚	恨	吽	隆	贺	跪
ɬe²	ka:ŋ⁵	han¹	nau²	loŋ²	ho⁵	kwi⁶
sez	gangh	raen	naeuz	roengz	hoq	gvih
薛	刚	见	讲	下	膝	跪

薛刚听完忙下跪,

3898

皆	你	不	特	西	王	齐
ka:i⁵	ni⁴	bau⁵	tuk⁸	ɬi⁵	wa:ŋ²	ɕai²
gaiq	neix	mbouj	dwg	sih	vangz	caez
个	这	不	是	西	王	齐

莫非就是西王齐。

3899

英	雄	吽	许	他	匋	乌
jiŋ⁵	huŋ²	nau²	hai³	te¹	di⁴	u⁵
yingh	yungz	naeuz	hawj	de	ndij	youq
英	雄	讲	给	他	和	住

好汉让薛刚住下，

3900

吽	许	彐	刚	乌	他	纵
nau²	hai³	ɬe²	ka:ŋ⁵	u⁵	te¹	ɬuŋ²
naeuz	hawj	sez	gangh	youq	de	soengz
说	给	薛	刚	在	那	住

告诉薛刚在那住。

3901

讲	肕	茄	你	又	乙	奈
ka:ŋ³	taŋ²	kia²	ni⁴	jau⁶	ʔjiat⁷	na:i⁵
gangj	daengz	giz	neix	youh	yiet	naiq
讲	到	地方	这	又	歇	累

讲到这里先休息，

3902

再	讲	马	周	开	雷	台
tɕa:i¹	ka:ŋ³	ma⁴	tɕau⁵	ha:i¹	luai	ta:i²
caiq	gangj	maj	couh	hai	leiz	daiz
再	讲	马	周	开	擂	台

再说马周摆擂台。

四十八 庐陵王感召薛刚

咎他大哭不胜惠　同做川走不谢恩

3刚又嗲英雄哥，大王叫郭霄麻名。

英雄大王还哗呢，他民若初郭胡其。

甫你写赞待二哥，被往南背丁名齐。

3刚恨哗隆贺跪，皆你不待西王齐。

英雄哗许他点乌，哗许3刚乌他纵。

讲肝荒好又乙奈，再讲马周开雷名。

赤迎3刚不恨那，不鲁谷根背荒雷。

3刚鉛他武将收，开名同播学恨他。

陵王吞查刀咎爷，刀咎字伐造恨他。

许他保陵王郏袒、买他眉犯故不提、

许他眉几赖召老，十犯八犯故不提。

82

3903

亦	逻	彐	刚	不	恨	那
a³	la¹	ɬe²	ka:ŋ⁵	bau⁵	han¹	na³
aj	ra	sez	gangh	mbouj	raen	naj
要	找	薛	刚	不	见	面

想找薛刚不见人，

3904

不	鲁	谷	根	背	茄	雷
bau⁵	lo⁴	kok⁷	kan¹	pai¹	kia²	lai²
mbouj	rox	goek	gaen	bae	giz	lawz
不	知	源	根	去	地方	哪

不知他去了哪里。

3905

彐	刚	骀	他	武	将	官
ɬe²	ka:ŋ⁵	da:ŋ¹	te¹	u⁴	tɕiaŋ¹	kuan⁵
sez	gangh	ndang	de	vuj	cien	gvanh
薛	刚	身	他	武	将	官

薛刚他武将出身，

3906

开	台	同	搞	学	恨	他
ha:i¹	ta:i²	toŋ⁶	do:i⁵	tɕo⁶	han¹	te¹
hai	daiz	doengh	ndoiq	coh	raen	de
开	台	相	打	才	见	他

擂台开打才见他。

3907

陵	王	各	查	刀	各	爺
liŋ²	wa:ŋ²	ka:k⁸	ɕa³	ta:u⁵	ka:k⁸	jia⁵
lingz	vangz	gag	caj	dauq	gag	ywq
陵	王	自	等	又	自	罢

陵王李显不耐烦，

3908

刀	屋	字	仪	造	恨	他
ta:u⁵	o:k⁷	ɬu¹	ɬin⁵	tɕo⁶	han¹	te¹
dauq	ok	saw	saenq	coh	raen	de
回	出	字	信	才	见	他

就出告示才找到。

3909

许	他	保	陵	王	郭	祖
hai³	te¹	pa:u³	liŋ²	wa:ŋ²	kuak⁸	ɬu³
hawj	de	bauj	lingz	vangz	guh	souj
给	他	保	陵	王	做	主

让他护陵王主政，

3910

买	他	眉	犯	故	不	提
ma:i⁶	te¹	mi²	fa:m⁶	ku¹	bau⁵	tu²
maih	de	miz	famh	gou	mbouj	dawz
就算	他	有	犯	我	不	拿

我不管他犯过错。

3911

许	他	眉	几	赖	事	老
hai³	te¹	mi²	ki³	la:i¹	ɬian⁵	la:u⁴
hawj	de	miz	geij	lai	saeh	laux
给	他	有	几	多	事	大

不管他犯多大错，

3912

十	犯	八	犯	故	不	提
ɕip⁸	fa:m⁶	pe:t⁷	fa:m⁶	ku¹	bau⁵	tu²
cib	famh	bet	famh	gou	mbouj	dawz
十	犯	八	犯	我	不	拿

十错八错我不管。

日刚恨听与临咏分，

正上斗初庐陵王。

陵王恨听屋斗桶，

王兄昌修正造时。

日刚正造礼恨那，

世造恨那卢陵王。

陵王恨那迢不驾、

故叫民斗郭召佑。

封民忠孝通咸虎，

差启昌昨礼恨利。

日刚恨封心欢喜，

辱上拜跪卢陵王。

退足刀听九连山、

马上招兵赤狠京。

兵马招礼九十万，

昌恒因算亦同坟。

挺他日去可利害，

劝他日葵也高强。

双甫高强贵择你，

恒昌哑释练是途。

不反陵王眉字佼，

劝捅他布逻架利。

八月十五西庠望，

劝他保托逻架刂。

日交日葵也鲁萑、

同微斗初卢陵主。

3913

彐	刚	恨	字	吽	唪	你
ɬe²	ka:ŋ⁵	han¹	ɬɯ¹	nau²	çon²	ni⁴
sez	gangh	raen	saw	naeuz	coenz	neix
薛	刚	见	字	讲	句	这

薛刚看到这告示，

3914

馬	上	斗	初	卢	陵	王
tçik⁷	hak⁷	tau³	ço⁶	lu²	liŋ²	wa:ŋ²
sik	haek	daeuj	coh	luz	lingz	vangz
即	刻	来	向	庐	陵	王

立刻去见庐陵王。

3915

陵	王	恨	肝	屋	斗	桶
liŋ²	wa:ŋ²	han¹	taŋ²	o:k⁷	tau³	jiau⁵
lingz	vangz	raen	daengz	ok	daeuj	yiuq
陵	王	见	到	出	来	瞅

陵王出门来迎接，

3916

王	兄	昙	你	正	造	肝
wa:ŋ²	çuŋ⁵	ŋon²	ni⁴	çiŋ⁵	tço⁶	taŋ²
vangz	yungh	ngoenz	neix	cingq	coh	daengz
王	兄	日	今	正	才	到

王兄今天终于来。

3917

彐	刚	正	造	礼	恨	那
ɬe²	ka:ŋ⁵	çiŋ⁵	tço⁶	dai⁴	han¹	na³
sez	gangh	cingq	coh	ndaej	raen	naj
薛	刚	正	才	得	见	脸

薛刚才得以见面，

3918

正	造	恨	那	卢	陵	王
çiŋ⁵	tço⁶	han¹	na³	lu²	liŋ²	wa:ŋ²
cingq	coh	raen	naj	luz	lingz	vangz
正	才	见	脸	庐	陵	王

这才见到庐陵王。

3919

陵	王	恨	那	也	不	骂
liŋ²	wa:ŋ²	han¹	na³	je³	bau⁵	da⁵
lingz	vangz	raen	naj	yej	mbouj	ndaq
陵	王	见	脸	也	不	骂

庐陵王不骂薛刚，

3920

故	叫	民	斗	郭	召	伝
ku¹	he:u⁶	muŋ²	tau³	kuak⁸	çiau⁶	hun²
gou	heuh	mwngz	daeuj	guh	ciuh	vunz
我	叫	你	来	做	世	人

我召你来做大事。

3921

封	民	忠	孝	通	城	虎①
fuŋ⁶	muŋ²	tçuŋ⁵	hiau¹	tuŋ⁵	çiŋ²	hu⁴
fung	mwngz	cungh	yau	dungh	singz	huj
封	你	忠	孝	通	城	虎

封你忠孝通城虎，

3922

差	民	昙	昨	礼	恨	利
ça³	muŋ²	ŋon²	ço:k⁸	dai⁴	han¹	di¹
caj	mwngz	ngoenz	cog	ndaej	raen	ndei
等	你	日	明	得	见	好

待你日后建功业。

3923

彐	刚	恨	封	心	欢	喜
ɬe²	ka:ŋ⁵	han¹	fuŋ⁶	ɬam¹	wuan⁶	hi³
sez	gangh	raen	fung	sim	vuen	heij
薛	刚	见	封	心	欢	喜

薛刚获封心中喜，

3924

馬	上	拜	跪	卢	陵	王
tɕik⁷	hak⁷	pa:i⁵	kwi⁶	lu²	liŋ²	wa:ŋ²
sik	haek	baiq	gvih	luz	lingz	vangz
即	刻	拜	跪	庐	陵	王

立刻跪拜谢陵王。

3925

退	定	刀	肝	九	连	山
to:i⁵	tin¹	ta:u⁵	taŋ²	kiu⁴	le:n²	ɕa:n⁵
doiq	din	dauq	daengz	giuj	lenz	sanh
退	脚	回	到	九	连	山

决定先回九连山，

3926

马	上	招	兵	亦	很	京
tɕik⁷	hak⁷	ɕiau¹	piŋ¹	a³	hun³	kiŋ¹
sik	haek	ciu	bing	aj	hwnj	ging
即	刻	招	兵	要	上	京

即刻招兵要进京。

3927

兵	馬	招	礼	九	十	万
piŋ¹	ma⁴	ɕiau¹	dai⁴	ku³	ɕip⁸	fa:n⁶
bing	max	ciu	ndaej	gouj	cib	fanh
兵	马	招	得	九	十	万

招到九十万兵马，

3928

昙	恒	同	算	亦	同	坟
ŋon²	hun²	toŋ⁶	ɬuan⁵	a³	toŋ⁶	fut⁸
ngoenz	hwnz	doengh	suenq	aj	doengh	fwd
日	夜	同	算	要	相	打

日夜策划要打仗。

---

①忠孝通城虎 [tɕuŋ⁵ hiau¹ tuŋ⁵ ɕin² hu⁴]：指薛刚。《薛刚反唐》中薛刚被封"忠孝武英王"，又因其为"五虎一太岁"之一的"通城虎"，故而"忠孝通城虎"指薛刚。

四十九　薛家将复唐建功

扫码听音频

曰刚恨匕与能嗓分

匕上斗初卢陵王。

陵主恨听尾斗痛，

主兄昌修正造时。

曰刚正造乱恨那，

匕造恨那卢陵王。

陵主恨郡迪不写，

敢叫氏斗郭召佐。

封氏忠孝通俄虎，

姜后昌昨礼恨利。

曰刚恨封心欢喜，

马上拜跪卢陵王。

退足刀听九连山，

马上招兵赤恨京。

兵马招礼九十万，

昌恒闰算赤同坡。

挺他曰远可利岳，

劲他曰葵也高语。

双角高语贵辉你，

恒昌哑释练足逢。

不反陵王眉字佞，

矿媚他布逻架利。

八月十五西年埋，

劲他呆花罗罘架刑。

曰交曰葵也鲁疤，

同陵斗初与陵王。

3929

茫	他	彐	交	可	利	害
la:n¹	te¹	ɬe²	kiau⁵	ka:k⁸	li¹	ha:i¹
lan	de	sez	gyauh	gag	leix	haih
侄	他	薛	蛟	自	厉	害

侄儿薛蛟好勇猛，

3930

孙	他	彐	葵	也	高	强
luɯk⁸	te¹	ɬe²	kwai²	je³	ka:u⁵	kiaŋ²
lwg	de	sez	gveiz	yej	gauh	gyangz
儿	他	薛	葵	也	高	强

儿子薛葵武功高。

3931

双	甫	高	强	贫	样	你
ɬo:ŋ¹	pu⁴	ka:u⁵	kiaŋ²	pan²	jiaŋ⁶	ni⁴
song	boux	gauh	gyangz	baenz	yiengh	neix
两	个	高	强	成	样	这

两人高强赛过人，

3932

恒	昙	哽	糇	练	定	逢
huɯn²	ŋon²	kɯn¹	hau⁴	lian⁶	tin¹	fuɯ²
hwnz	ngoenz	gwn	haeux	lienh	din	fwngz
夜	日	吃	饭	练	脚	手

日夜苦练拳脚功。

3933

不	及	陵	王	眉	字	仪
bau⁵	ko³	liŋ²	wa:ŋ²	mi²	ɬu¹	ɬiŋ⁵
mbouj	goj	lingz	vangz	miz	saw	saenq
不	料	陵	王	有	字	信

不料陵王出告示，

3934

孙	媪	他	亦	逻	架	利
luɯk⁸	buk⁷	te¹	a³	la¹	kiai²	di¹
lwg	mbwk	de	aj	ra	gwiz	ndei
儿	女	他	要	找	婿	好

他女儿要相夫婿。

3935

八	月	十	五	霄	燎	醒
pe:t⁷	ŋuat⁸	ɕip⁸	ha³	buɯn¹	lo:ŋ⁶	ɬiŋ³
bet	nyied	cib	haj	mbwn	rongh	singj
八	月	十	五	天	亮	清晰

八月十五月儿明，

3936

孙	他	保	求	逻	架	利
luɯk⁸	te¹	pa:u³	tɕau²	la¹	kiai²	di¹
lwg	de	bauj	gouz	ra	gwiz	ndei
儿	他	保	求	找	婿	好

女儿期盼好姻缘。

八月廿五立兽年哩，勁他跟他恩梁初

三爻曰葵也鲁庵，同隊斗初卢陵王。

陵王他眉恩珍珠，他往同咳眉争歐。

被往九飯礼甫方，陵王不鲁样雷兮，

陵王恨及传急称，不许勁婊不了即，

陵王叫勁婊平甲、双甫小姐也衣欽。

三爻曰葵布大讲，学拜陵王郭公大。

陵王就唉双比貌，双勁爱特勁甫雷，

三爻曰葵隆賀跪，公大叮哪差灰咩，

兰乌山西龙门砚，乳京郭将條翔庄。

布祖仁贵背礼东，封他功劳东辺王。

卜庆丁山背礼西，封他功劳西辺王。

开庆日爻勁曰猛，往庆曰葵勁三令。

3937

ⴲ	交	ⴲ	葵	也	鲁	徝
ɬe²	kiau⁵	ɬe²	kwai²	je³	lo⁴	de⁵
sez	gyauh	sez	gveiz	yej	rox	ndeq
薛	蛟	薛	葵	也	知	晓

薛蛟薛葵也知道，

3938

同	隊	斗	初	卢	陵	王
toŋ⁶	to:i⁶	tau³	ço⁶	lu²	liŋ²	wa:ŋ²
doengh-	doih	daeuj	coh	luz	lingz	vangz
共同		来	向	庐	陵	王

一起来见庐陵王。

3939

陵	王	他	眉	恩	珍	珠
liŋ²	wa:ŋ²	te¹	mi²	an¹	tɕin⁵	tɕu⁵
lingz	vangz	de	miz	aen	cinh	cuh
陵	王	他	有	个	珍	珠

陵王有个宝贝女，

3940

㐹	往	同	隊	背	争	欧
pi⁴	nuaŋ⁴	toŋ⁶	to:i⁶	pai¹	çe:ŋ¹	au¹
beix	nuengx	doengh-	doih	bae	ceng	aeu
兄	弟	共同		去	争	要

兄弟一同去争抢。

3941

彼	往	元	飲	礼	甫	方
pi⁴	nuaŋ⁴	jian⁶	kam¹	dai⁴	pu⁴	fiaŋ⁴
beix	nuengx	nyienh	gaem	ndaej	boux	fiengx
兄	弟	愿	握	得	人	半

兄弟愿意来分半，

3942

陵	王	不	鲁	样	雷	分
liŋ²	wa:ŋ²	bau⁵	lo⁴	jiaŋ⁶	lai²	pan¹
lingz	vangz	mbouj	rox	yiengh	lawz	baen
陵	王	不	知	样	哪	分

陵王不知怎么分。

3943

陵	王	恨	事	悎	贫	你
liŋ²	wa:ŋ²	han¹	ɬian⁵	çiŋ²	pan²	ni⁴
lingz	vangz	raen	saeh	cingz	baenz	neix
陵	王	见	事	情	成	这

陵王见事已如此，

3944

不	许	㔟	媥	不	了	即
bau⁵	hai³	luk⁸	buk⁷	bau⁵	le:u⁴	ɬi²
mbouj	hawj	lwg	mbwk	mbouj	liux	seiz
不	给	儿	女	不	完	时

不嫁女儿好为难。

3945

陵	王	叫	㔟	媥	斗	甲
liŋ²	wa:ŋ²	he:u⁶	luk⁸	buk⁷	tau³	ka:p⁷
lingz	vangz	heuh	lwg	mbwk	daeuj	gap
陵	王	叫	儿	女	来	合

叫出女儿来见客，

3946

双	甫	小	姐	也	衣	欧
ɬo:ŋ¹	pu⁴	ɬiau⁴	tɕe⁴	je³	i¹	au¹
song	boux	siuj	cej	yej	ei	aeu
两	个	小	姐	也	肯	要

对两兄弟均中意。

3947

彐	交	彐	葵	旬	大	讲
ɬe²	kiau⁵	ɬe²	kwai²	di⁴	ta¹	ka:ŋ³
sez	gyauh	sez	gveiz	ndij	da	gangj
薛	蛟	薛	葵	和	岳父	讲

薛蛟薛葵谢陵王，

3948

学	拜	陵	王	郭	公	大
tɕo⁶	pa:i⁵	liŋ²	wa:ŋ²	kuak⁸	koŋ¹	ta¹
couh	baiq	lingz	vangz	guh	goeng-	da
才	拜	陵	王	做	岳父	

就认陵王为岳父。

3949

陵	王	就	嗲	双	况	貌
liŋ²	wa:ŋ²	tɕo⁶	ɕa:m¹	ɬo:ŋ¹	kwa:ŋ¹	ba:u⁵
lingz	vangz	couh	cam	song	gvang	mbauq
陵	王	就	问	二	兄	年少

陵王又问俩小伙，

3950

双	孙	数	特	孙	甫	雷
ɬo:ŋ¹	luk⁸	ɬu¹	tuk⁸	luk⁸	pu⁴	lai²
song	lwg	sou	dwg	lwg	boux	lawz
两	儿	你们	是	儿	个	哪

你们俩是谁儿子？

3951

彐	交	彐	葵	隆	贺	跪
ɬe²	kiau⁵	ɬe²	kwai²	loŋ²	ho⁵	kwi⁶
sez	gyauh	sez	gveiz	roengz	hoq	gvih
薛	蛟	薛	葵	下	膝	跪

薛蛟薛葵忙下跪，

3952

公	大	叮	哪	差	灰	吽
koŋ¹	ta¹	tiŋ⁵	jia¹	ɕa³	ho:i⁵	nau²
goeng-	da	dingq	nyi	caj	hoiq	naeuz
岳父		听	见	等	奴	讲

岳父您听我们说。

3953

兰	乌	山	西	龙	门	砚
la:n²	u⁵	ɕa:n⁵	ɬi⁵	luŋ²	muun²	he:n¹
ranz	youq	sanh	sih	lungz	mwnz	yen
家	在	山	西	龙	门	县

家住山西龙门县，

3954

吼	京	郭	将	保	钔	庭
hau³	kiŋ¹	kuak⁸	tɕian¹	pa:u³	tɕa:u²	tiŋ²
haeuj	ging	guh	ciengq	bauj	cauz	dingz
进	京	做	将	保	朝	廷

进京为将护朝廷。

3955

布	祖	仁	贵	背	征	东
pau⁵	ɕo³	jin²	kwai¹	pai¹	tɕin⁵	tuŋ⁵
baeuq	coj	yinz	gvei	bae	cwngh	dungh
公	祖	仁	贵	去	征	东

曾祖仁贵去东征，

3956

封	他	功	劳	东	辽	王
fuŋ⁶	te¹	koŋ¹	la:u²	tuŋ⁵	liau²	wa:ŋ²
fung	de	goeng	lauz	dungh	liuz	vangz
封	他	功	劳	东	辽	王

立功封赏东辽王。

3957

卜	灰	丁	山	背	征	西
po⁶	ho:i⁵	tiŋ⁵	ɕa:n⁵	pai¹	tɕin⁵	ɬi⁵
boh	hoiq	dingh	sanh	bae	cwngh	sih
父	奴	丁	山	去	征	西

祖父丁山去西征，

3958

封	他	功	劳	西	辽	王
fuŋ⁶	te¹	koŋ¹	la:u²	ɬi⁵	liau²	wa:ŋ²
fung	de	goeng	lauz	sih	liuz	vangz
封	他	功	劳	西	辽	王

立功封赏西辽王。

3959

开	灰	∃	交	劝	∃	猛
ka:i⁵	ho:i⁵	ɬe²	kiau⁵	luuk⁸	ɬe²	muŋ⁴
gaiq	hoiq	sez	gyauh	lwg	sez	mungj
个	奴	薛	蛟	儿	薛	猛

我是薛猛儿薛蛟，

3960

往	灰	∃	葵	劝	三	爷
nuaŋ⁴	ho:i⁵	ɬe²	kwai²	luuk⁸	ɬa:m¹	jia²
nuengx	hoiq	sez	gveiz	lwg	sam	yiz
弟	奴	薛	葵	儿	三	伯爷

薛葵是三叔儿子。

骂你娜大郭夫乌，"不争是雷庆发锐。

陵王恨他吓啼啼，皇家八皇吼京城，

曰武曰葵还哗呢，"诸许公大书报仇。

兵马迟祝九十万、不论军四岁晋奇。

中庆内心想贵你，八皇政大书尾力。

彼往恨呼逛噼呢、退皇刀带町山案。

皇摆开兵皆份纷，带町则天剽后皇。

唐将愁听喈示了，妈骂心着亦特常。

开兵皆町王首坏、他只曰家故满门。

开修正京容不礼，"可然三京报姐仇。

昨稽使字皆闻初，限定皇哈亦同坡。

昨罗卯时皆闯摆。围擂带町鸣九搭。

辅限孟路九给万，将波也结记百客。

3961

昙	你	郏	大	郭	夫	馬
ŋon²	ni⁴	kia²	ta¹	kuak⁸	fu¹	ma⁴
ngoenz	neix	giz	da	guh	fu	maj
日	今	地方	岳父	做	驸	马

今在此处做驸马,

3962

不	鲁	昙	雷	灰	贫	伝
bau⁵	lo⁴	ŋon²	lai²	ho:i⁵	pan²	hun²
mbouj	rox	ngoenz	lawz	hoiq	baenz	vunz
不	知	日	哪	奴	成	人

不知何日能成人。

3963

陵	王	恨	他	咔	哢	你
liŋ²	wa:ŋ²	han¹	te¹	nau²	çon²	ni⁴
lingz	vangz	raen	de	naeuz	coenz	neix
陵	王	见	他	讲	句	这

陵王听他这样说,

3964

⺕	家	八	定	吼	京	城
ɬe²	la:n²	pa⁶	tiŋ⁶	hau³	kiŋ¹	çiŋ²
sez	ranz	bah	dingh	haeuj	ging	singz
薛	家	必	定	进	京	城

薛家必定进京城。

3965

⺕	交	⺕	葵	还	哢	吒
ɬe²	kiau⁵	ɬe²	kwai²	wa:n²	çon²	ha:u⁵
sez	gyauh	sez	gveiz	vanz	coenz	hauq
薛	蛟	薛	葵	回	句	话

薛蛟薛葵回答说,

3966

讲	许	公	大	每	报	仇
çiŋ³	hai³	koŋ¹	ta¹	di⁴	pa:u⁵	çau²
cingj	hawj	goeng-	da	ndij	bauq	caeuz
请	给	岳父		和	报	仇

请岳父帮忙报仇。

3967

兵	馬	占	礼	九	十	万
piŋ¹	ma⁴	te:m³	dai⁴	ku³	çip⁸	fa:n⁶
bing	max	diemj	ndaej	gouj	cib	fanh
兵	马	点	得	九	十	万

招兵买马九十万,

3968

不	论	军	田	娄	眉	齐
bau⁵	luun⁶	kin⁵	ka:i¹	lau²	mi²	çai²
mbouj	lwnh	ginh	gai	raeuz	miz	caez
不	论	军	械	我们	有	齐

各种兵器已齐全。

3969

中	灰	内	心	想	贫	你
tçiŋ⁵	ho:i⁵	dai⁴	ɬam¹	ɬiaŋ³	pan²	ni⁴
gyoengq	hoiq	ndaw	sim	siengj	baenz	neix
众	奴	内	心	想	成	这

我们心里这样想,

3970

八	定	欧	大	每	屋	力
pa⁶	tiŋ⁶	au¹	ta¹	di⁴	o:k⁷	le:ŋ²
bah	dingh	aeu	da	ndij	ok	rengz
必	定	要	岳父	和	出	力

还要岳父帮出力。

3971

彼	往	恨	吽	还	啈	咜
pi⁴	nuaŋ⁴	han¹	nau²	wa:n²	çon²	ha:u⁵
beix	nuengx	raen	naeuz	vanz	coenz	hauq
兄	弟	见	讲	回	句	话

兄弟听了回答道，

3972

退	定	刀	背	肝	山	寨
to:i⁵	tin¹	ta:u⁵	pai¹	taŋ²	ça:n⁵	tça:i¹
doiq	din	dauq	bae	daengz	sanh	cai
退	脚	回	去	到	山	寨

一起先退回山寨。

3973

昙	楞	开	兵	背	纷	纷
ŋon²	laŋ¹	ha:i¹	piŋ¹	pai¹	fan¹	fan¹
ngoenz	laeng	hai	bing	bae	faen	faen
日	后	开	兵	去	纷	纷

次日纷纷派兵去，

3974

背	肝	则	天	武	后	皇
pai¹	taŋ²	tçɔ²	te:n⁵	u⁴	hau¹	wuaŋ²
bae	daengz	cwz	denh	vuj	hou	vuengz
去	到	则	天	武	后	皇

前往讨伐武则天。

3975

居	你	想	肝	晗	不	了
ku⁵	ni⁴	ɬiaŋ³	taŋ²	ham²	bau⁵	le:u⁴
gwq	neix	siengj	daengz	haemz	mbouj	liux
时	这	想	到	恨	不	完

想到武后愤不平，

3976

妈	骂	心	蕚	旬	特	常
me⁶	ma¹	ɬam¹	ʔja:k⁷	di⁴	tuk⁸	çaŋ²
meh	ma	sim	yak	ndij	dwg-	caengz
母	狗	心	恶	和	可	恶

狗妇心毒讨人恨。

3977

开	兵	背	肝	王	首	妠
ha:i¹	piŋ¹	pai¹	taŋ⁶	wuan²	çau²	ja⁶
hai	bing	bae	daengh	vuengz	caeuz-	yah
开	兵	去	打	皇	女	人

兵马去打那女皇，

3978

他	卡	彐	家	故	潲	门
te¹	ka³	ɬe²	la:n²	ku¹	muan⁴	mun²
de	gaj	sez	ranz	gou	muenx	monz
她	杀	薛	家	我	满	门

她把薛家满门斩。

3979

开	你	正	京	容	不	礼
ka:i⁵	ni⁴	çiŋ⁵	kiŋ¹	juŋ²	bau⁵	dai⁴
gaiq	neix	cingq	ging	yungz	mbouj	ndaej
个	这	正	经	容	不	得

这事真的饶不了，

3980

可	然	彐	家	报	烟	仇
ko³	jian⁶	ɬe²	la:n²	pa:u⁵	ʔjian¹	çau²
goj	nyienh	sez	ranz	bauq	ien	caeuz
也	愿	薛	家	报	冤	仇

要为薛家报冤仇。

3981

吃	楞	使	字	背	同	初
hat^7	laŋ^1	ɬai^3	ɬɯ^1	pai^1	toŋ^6	ço^6
haet	laeng	sawj	saw	bae	doengh	coh
早	后	用	书	去	相	向

次日战书来相见，

3982

限	定	昙	昨	亦	同	坆
ha:n^6	tiŋ^6	ŋon^2	ço:k^8	a^3	toŋ^6	fut^8
hanh	dingh	ngoenz	cog	aj	doengh	fwd
限	定	日	明	要	相	打

约定明日要开战。

3983

吃	楞	卯	时	背	同	擂
hat^7	laŋ^1	ma:u^4	çɯ^2	pai^1	toŋ^6	do:i^5
haet	laeng	maux	cawz	bae	doengh	ndoiq
早	后	卯	时	去	相	打

次日卯时去开仗，

3984

同	擂	背	肛	鸡	吼	楼
toŋ^6	do:i^5	pai^1	taŋ^2	kai^5	hau^3	lau^2
doengh	ndoiq	bae	daengz	gaeq	haeuj	laeuz
相	打	去	到	鸡	进	笼

一直攻打到傍晚。

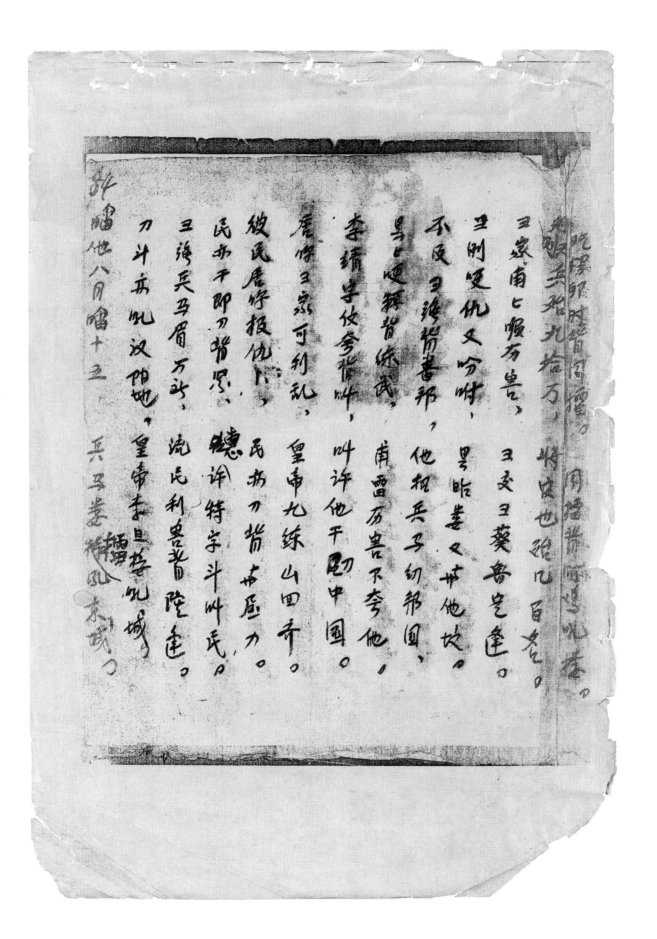

3985

则	天	兵	殆	九	拾	万
tɕə²	teːn⁵	piŋ¹	taːi¹	ku³	ɕip⁸	faːn⁶
cwz	denh	bing	dai	gouj	cib	fanh
则	天	兵	死	九	十	万

则天损兵九十万，

3986

将	官	也	殆	几	百	名
tɕiaŋ¹	kuan⁵	je³	taːi¹	ki³	paːk⁷	miŋ²
cieng	gvanh	yej	dai	geij	bak	mingz
将	官	也	死	几	百	名

将领战死几百人。

3987

∃	家	甫	甫	顺	历	害
ɬe²	laːn²	pu⁴	pu⁴	ɕin¹	li¹	haːi¹
sez	ranz	boux	boux	caen	leix	haih
薛	家	人	人	真	厉	害

薛家个个都勇猛，

3988

∃	交	∃	葵	鲁	定	逢
ɬe²	kiau⁵	ɬe²	kwai²	lo⁴	tin¹	fuɯŋ²
sez	gyauh	sez	gveiz	rox	din	fwngz
薛	蛟	薛	葵	会	脚	手

薛蛟薛葵武功高。

3989

∃	刚	哽	仇	又	吩	咐
ɬe²	kaːŋ⁵	kun¹	ɕau²	jau⁶	fun⁵	fu⁶
sez	gangh	gwn	caeuz	youh	faenq	fuh
薛	刚	吃	晚饭	又	吩	咐

薛刚晚饭时吩咐，

3990

昙	昨	娄	又	旬	他	坟
ŋon²	ɕoːk⁸	lau²	jau⁶	di⁴	te¹	fuːt⁸
ngoenz	cog	raeuz	youh	ndij	de	fwd
日	明	我们	又	和	她	打

明天我们又对阵。

五十 《唐皇》一曲唱千年

晚摆那时德阿传。

闹语来背妈叫搭。

将从也阻吃白态。

且众甫七顺万号，且交且葵鲁岂逢。

且则哎仇又吟附，且昨姜义哗他坟。

不反且海情番邦，他招兵马幻邦圆，

昌七迎辣背练武，甫雷万号不夸他，

李靖孝攻参张叫，叫许他干勤中国。

唐哞且亲可利乱，皇帝九练山田齐。

破民唐停报仇下，民亦刀背书屈力。

民亦干即刀背思、德许特字斗叫氏。

且海兵马眉万号，流氏利书普陆连。

刀斗亦凤汉阳她，皇帝李旦姜叫城。

我唱他八月唱十三。

兵马姜练凤素威。

3991

不	及	⋺	強	背	番	邦
bau⁵	ko³	ɬe²	kiaŋ²	pai¹	faːn⁵	paːŋ⁵
mbouj	goj	sez	gyangz	bae	fanh	bangh
不	料	薛	强	去	番	邦

谁知薛强去番邦，

3992

他	招	兵	马	幼	邦	国
te¹	ɕiau¹	piŋ¹	ma⁴	u⁵	paːŋ⁵	ko²
de	ciu	bing	max	youq	bangh	goz
他	招	兵	马	在	邦	国

他在番邦招兵马。

3993

昙	昙	哽	糇	背	练	武
ŋon²	ŋon²	kun¹	hau⁴	pai¹	lian⁶	u⁴
ngoenz	ngoenz	gwn	haeux	bae	lienh	vuj
日	日	吃	饭	去	练	武

天天练武又习拳，

3994

甫	雷	历	害	不	夸	他
pu⁴	lai²	li¹	haːi¹	bau⁵	kwa⁵	te¹
boux	lawz	leix	haih	mbouj	gvaq	de
人	谁	厉	害	不	过	他

武功谁都不如他。

3995

李	靖	字	仪	夸	背	叫
li⁴	tɕin¹	ɬu¹	ɬin⁵	kwa⁵	pai¹	heːu⁶
lij	cing	saw	saenq	gvaq	bae	heuh
李	靖	书	信	过	去	叫

李靖写书信去叫，

3996

叫	许	他	干	刀	中	国
heːu⁶	hai³	te¹	kaːn³	taːu⁵	tɕuŋ⁵	ko²
heuh	hawj	de	ganj	dauq	cungh	goz
叫	给	他	赶	回	中	国

让他立刻回长安。

3997

居	你	⋺	家	可	利	乱
ku⁵	ni⁴	ɬe²	laːn²	ko³	li⁴	luan⁶
gwq	neix	sez	ranz	goj	lij	luenh
时	这	薛	家	也	还	乱

现在薛家还分散，

3998

皇	帝	九	练	山	囬	齐
wuaŋ²	tai⁵	kiu⁴	leːn²	ɕaːn⁵	taːu⁵	ɕai²
vuengz	daeq	giuj	lenz	sanh	dauq	caez
皇	帝	九	连	山	回	齐

皇帝从九连山回。

3999

彼	民	居	你	报	仇	卜
pi⁴	muɯŋ²	ku⁵	ni⁴	paːu⁵	ɕau²	po⁶
beix	mwngz	gwq	neix	bauq	caeuz	boh
兄	你	时	这	报	仇	父

兄长若要报父仇，

4000

民	亦	刀	背	旬	屋	力
muɯŋ²	a³	taːu⁵	pai¹	di⁴	oːk⁷	leːŋ²
mwngz	aj	dauq	bae	ndij	ok	rengz
你	要	回	去	和	出	力

你要回去同出力。

4001

民	亦	干	即	刀	背	紧
muɯŋ²	a³	ka:n³	ɕu⁵	ta:u⁵	pai¹	tɕɛn³
mwngz	aj	ganj-	cwq	dauq	bae	gaenj
你	要	赶紧		回	去	急

你要立刻赶回去，

4002

惠	许	特	字	斗	叫	民
wi¹	hai³	tuk⁷	ɬu¹	tau³	he:u⁶	muɯŋ²
vi	hawj	dwk	saw	daeuj	heuh	mwngz
违背	给	打	信	来	叫	你

写信来催别怠慢。

4003

∃	強	兵	马	眉	万	所
ɬe²	kiaŋ²	piŋ¹	ma⁴	mi²	fa:n⁶	ɬo⁵
sez	gyangz	bing	max	miz	fanh	soq
薛	强	兵	马	有	万	数

薛强兵马上万人，

4004

流	民	利	害	背	隆	逢
liau²	muɯŋ²	li¹	ha:i¹	pai¹	loŋ²	fuŋ²
riuz	mwngz	leix	haih	bae	roengz	fwngz
传	你	厉	害	去	下	手

都说你武艺超群。

4005

刀	斗	亦	吼	汉	阳	地
ta:u⁵	tau³	a³	hau³	ha:n¹	ja:ŋ²	tiak⁸
dauq	daeuj	aj	haeuj	han	yangz	dieg
回	来	想	进	汉	阳	地方

回来刚进汉阳城，

4006

皇	帝	李	旦	接	吼	城
wuaŋ²	tai⁵	li⁴	ta:n¹	ɕiap⁷	hau³	ɕiŋ²
vuengz	daeq	lij	dan	ciep	haeuj	singz
皇	帝	李	旦	接	进	城

李旦亲自来迎接。

4007

瞰	他	八	月	瞰	十	五
ham⁶	te¹	pe:t⁷	ŋuat⁸	ham⁶	ɕip⁸	ha³
haemh	de	bet	nyied	haemh	cib	haj
晚	那	八	月	夜	十	五

约定八月十五夜，

4008

兵	马	娄	擂	吼	京	城
piŋ¹	ma⁴	lau²	do:i⁵	hau³	kiŋ¹	ɕiŋ²
bing	max	raeuz	ndoiq	haeuj	ging	singz
兵	马	我们	打	进	京	城

发动兵马攻进城。

于卿郭马一力无扰

三鸡狠字呢好你

三则他肘心处书，　经拨兵马两可明齐

提提则天提斗长，　又犬三思退烟仇

则天三思卡繁么，　又开恩么犬此川填。

再犬仇人殆死此，　文武安员殆无君。

仇人速长违里故、　居保造讪报烟仇。

李旦你狠能殿、　文武安员自己传。

同谋郭将保期中、　茄雷反乱不容呈。

卷唱唐皇页程你、　立字郭卿舍召楞。

舍许召楞学晋慎，　李旦兄支盾悬缘。

兄

4009

彐	強	恨	字	吒	哘	你
ɬe²	kiaŋ²	han¹	ɬu¹	ha:u⁵	ɕon²	ni⁴
sez	gyangz	raen	saw	hauq	coenz	neix
薛	强	见	字	讲	句	这

薛强见信这样说，

4010

干	即	郎	馬	刀	壬	壬
ka:n³	ɕu⁵	la:ŋ³	ma⁴	ta:u⁵	jam²	jam²
ganj-	cwq	langj	max	dauq	yaemz	yaemz
赶紧		套	马	回	快	快

立刻策马赶回来。

4011

彐	刚	恨	肝	心	欢	喜
ɬe²	ka:ŋ⁵	han¹	taŋ²	ɬam¹	wuan⁶	hi³
sez	gangh	raen	daengz	sim	vuen	heij
薛	刚	见	到	心	欢	喜

薛刚见了心中喜，

4012

往	故	兵	馬	可	肝	齐
nuaŋ⁴	ku¹	piŋ¹	ma⁴	ko³	taŋ²	ɕai²
nuengx	gou	bing	max	goj	daengz	caez
弟	我	兵	马	也	到	齐

老弟兵马也到齐。

4013

捉	提	则	天	提	斗	卡
ɕuk⁸	tu²	tɕə²	te:n⁵	tu²	tau³	ka³
cug	dawz	cwz	denh	dawz	daeuj	gaj
绑	拿	则	天	拿	来	杀

捉拿则天来斩首，

4014

又	卡	三	思	退	烟	仇
jau⁶	ka³	ɬa:n⁵	ɬu⁵	to:i⁵	ʔjian¹	ɕau²
youh	gaj	sanh	swh	doiq	ien	caeuz
又	杀	三	思	退	冤	仇

又杀三思来报仇。

4015

则	天	三	思	卡	祭	么
tɕə²	te:n⁵	ɬa:n⁵	ɬu⁵	ka³	ɕai⁵	mo⁶
cwz	denh	sanh	swh	gaj	caeq	moh
则	天	三	思	杀	祭	墓

杀则天三思祭祖，

4016

又	开	恩	么	卡	背	填
jau⁶	ha:i¹	an¹	mo⁶	ka³	pai¹	te:m⁶
youh	hai	aen	moh	gaj	bae	demh
又	开	个	墓	杀	去	垫

杀武则天来垫墓。

4017

再	卡	仇	人	殆	无	所
tɕa:i¹	ka³	ɕau²	jin²	ta:i¹	bau⁵	ɬo⁵
caiq	gaj	caeuz	yinz	dai	mbouj	soq
再	杀	仇	人	死	无	数

杀死仇人数不清，

4018

文	武	宧	员	殆	无	名
wun²	u⁴	kuan⁵	je:n²	ta:i¹	bau⁵	miŋ²
vwnz	vuj	gvanh	yenz	dai	mbouj	mingz
文	武	官	员	死	无	名

当朝官员死不少。

4019

仇	人	廷	卡	廷	里	放
ɕau²	jin²	tiŋ²	ka³	tiŋ²	li⁴	ɕuaŋ⁵
caeuz	yinz	dingz	gaj	dingz	lij	cuengq
仇	人	半	杀	半	还	放

仇人半杀也半放，

4020

居	你	造	礼	报	烟	仇
ku⁵	ni⁴	tɕo⁶	dai⁴	pa:u⁵	ʔjian¹	ɕau²
gwq	neix	coh	ndaej	bauq	ien	caeuz
时	这	才	得	报	冤	仇

这才得以报冤仇。

4021

李	旦	培	你	很	能	殿
li⁴	ta:n¹	pai²	ni⁴	hun³	naŋ⁶	te:n⁶
lij	dan	baez	neix	hwnj	naengh	dienh
李	旦	次	这	上	坐	殿

李旦这回来登基，

4022

文	武	宦	员	甫	甫	传
wun²	u⁴	kuan⁵	je:n²	pu⁴	pu⁴	ɕuan²
vwnz	vuj	gvanh	yenz	boux	boux	cienz
文	武	官	员	人	人	传

文武百官齐拥护。

4023

同	隊	郭	将	保	朝	中
toŋ⁶	to:i⁶	kuak⁸	tɕiaŋ¹	pa:u³	ɕiau⁶	ɕiŋ⁵
doengh-	doih	guh	ciengq	bauj	ciuh	cingq
共同		做	将	保	朝	我

一起为官护朝廷，

4024

茄	雷	反	乱	不	容	呈
kia²	lai²	fa:n³	luan⁶	bau⁵	juŋ²	ɕiŋ²
giz	lawz	fanj	luenh	mbouj	yungz	cingz
地方	哪	反	乱	不	容	情

哪有叛乱就剿平。

4025

娄	唱	唐	皇	贫	样	你
lau²	ɕiaŋ⁵	ta:ŋ²	wa:ŋ²	pan²	jiaŋ⁶	ni⁴
raeuz	ciengq	dangz	vangz	baenz	yiengh	neix
我们	唱	唐	皇	成	样	这

唐皇故事如此唱，

4026

立	字	郭	部	舍	召	楞
lap⁸	ɬu¹	kuak⁸	pu⁶	ɕe¹	ɕiau⁶	laŋ¹
laeb	saw	guh	bouh	ce	ciuh	laeng
立	书	做	簿	留	世	后

编修成书传后代。

4027

舍	许	召	楞	学	鲁	亩
ɕe¹	hai³	ɕiau⁶	laŋ¹	tɕo⁶	lo⁴	de⁵
ce	hawj	ciuh	laeng	coh	rox	ndeq
留	给	世	后	才	知	晓

传给后代都知晓，

4028

李	旦	凥	交	眉	恩	缘
li⁴	ta:n¹	fuŋ¹	kiau⁵	mi²	an¹	jian²
lij	dan	fung	gyauh	miz	aen	yienz
李	旦	凤	娇	有	个	缘

李旦凤娇有姻缘。

《唱唐皇》曲调

根据田阳壮族民间流传整理

原唱：向少尧、黄少勤

记谱：曹昆、刘岱远、吴雄军

1=♭E 2/4

中速、稍慢

后记

　　《唱唐皇》流传于广西百色市右江河谷地区各县（区），可以说家喻户晓，男女老少皆会哼唱几句。由于唱词长达4000多行，除了记忆力超群的个别歌师，极少有人能把几千行的《唱唐皇》唱全，一般人都要借助唱本才唱得下去。很多《唱唐皇》文化爱好者都期盼着尽快把《唱唐皇》整理成书，方便大家传唱。百色市田阳区布洛陀文化研究会听到了社会的呼声，认为这是研究会应该承担的责任，便主动挑起了搜集整理《唱唐皇》的重担。

　　田阳区布洛陀文化研究会成立于2008年4月，是一家随着敢壮山布洛陀文化开发旅游事业的兴起而诞生的民间社会组织，其成员以热爱民族文化的退休老同志为主，也有刚走出校门的年轻大学生。研究会宗旨之一是抢救性搜集整理及保护传承布洛陀文化及其他民族文化遗产。研究会一经成立，便立即启动了对布洛陀经诗和其他民族文化的调查及资料搜集工作，当年就出版了关于中华民族抗倭女英雄瓦氏夫人的研究专著《瓦氏夫人研究》。此后的8年间，又整理出版了约120万字的《壮族麽经布洛陀遗本影印译注》（上、中、下卷）。在《壮族麽经布洛陀遗本影印译注》交付出版的间隙，研究会马不停蹄地着手搜集《唱唐皇》民间抄本。

　　《唱唐皇》的搜集整理工作团队以退休老同志为骨干，以老带新，吸收年轻同志参加。较早参与《唱唐皇》搜集整理工作的是卢曒、潘培本、黄福强、荷景甥等。经过几年的艰苦调查及资料搜集等前期准备工作，2014年下半年起，研究会正式启动了《唱唐皇》的翻译研究工作，到2018年翻译完稿。研究会会长黄明标和时任广西民族报总编的杨兰桂译审分别担任本书主编、副主编。工作队伍因几位年轻人工作变动而几番调整。先是广西大学硕士研究生毕业的周依辰，他于 2014 年夏作为紧缺人才特聘到研究会，参与《唱唐皇》整理工作，到 2016 年夏《唱唐皇》刚完成初稿即离开，到右江民族医学院任教。接着，陆青映、陆月媚、马丽芳、黄兰欢又先后进入研究会，都参与了《唱唐皇》整理工作。后来陆青映到中学任教离开了研究会，陆月媚通过公务员考试也去了新的单位。但不管年轻人工作怎么变动，作为主心骨的老同志没有变，仍不遗余力地带领新人继续工作，最终完成了《唱唐皇影印译注》书稿的翻译整理任务。

　　《唱唐皇影印译注》的翻译整理工作，得到了自治区相关单位的大力支持和悉心指导。为提高《唱唐皇影印译注》编纂出版的高效性、规范性、学术性和权威性，广西民族语文研究中心、广西壮族自治区少数民族古籍保护研究中心、广西教育出版社联合为《唱唐皇影印译注》项目保驾护航，在语言文字规范、古籍整理方法和体例指导、出版规范和项目申报等不同领域各自发力，探索实现资源整合、优势互补、成果共享的多赢举措，形成了科研院所、社会组织、出版单位等多方合作的项目实施机制，推动《唱唐皇影印译注》编纂出版工作更加顺畅高效。这一机制是少数民族古籍工作"广西经验"的组成部分，得到了国家民委的充分肯定。

　　《唱唐皇影印译注》从资料搜集到翻译整理及编辑出版，还得到百色市田阳区委、区政府和区委宣传部、区委统战部及百色市民宗委、田阳区民宗局等部门、单位和领导的关怀和帮助。在此，谨对本书在搜集、翻译、整理、出版过程中给予支持帮助的各级部门、单位及有关领导、专家学者、民间艺人等，表示衷心的感谢！

　　由于水平有限，书中难免有讹误和不足之处，敬请方家不吝赐教。

编者

2022 年 9 月